ZERONOVEL

연비 장편소설

I

동아

 I

초판 1쇄 인쇄일 | 2022년 5월 4일
초판 1쇄 발행일 | 2022년 5월 13일

지은이 | 연비
펴낸이 | 박성면
펴낸곳 | (주)동아

출판등록 | 제406 - 3960100251002007000071호
주소 | 경기도 파주시 문발동 223-1 2층
전화 | (031)8071 - 5201
팩스 | (031)8071 - 5204
E - mail | bear6370@hanmail.net

정가 | 12,500원

ISBN 979 - 11 - 6302 - 574 - 0 (04810)
       979 - 11 - 6302 - 573 - 3 (set)

이제 그만 새 가족을 찾으려합니다

ZERONOVEL

연비 장편소설

I

동아

c o n t e n t s

프롤로그

레티시아는 무거운 눈꺼풀을 들어 올렸다. 정신을 차렸을 땐 제단 위 나무 기둥에 몸이 묶인 채였다. 상처로 가득한 발 아래에는 불이 붙지 않은 장작이 쌓여 있었고, 제단 양옆에 놓인 무쇠 화로에서 불꽃이 타닥 거리며 튀어 올랐다.

혼몽한 가운데, 레티시아는 낯선 광경과 마주했다. 군복을 입은 기사 들이 제단 바깥에 일렬로 서 있었고, 가면을 쓴 사형 집행관이 제단 앞 쪽에 대기 중이었다.

힘없이 고개를 내리자 성난 군중들이 보였다. 그들은 제각기 소리치며 레티시아를 향해 손가락질하고 있었다.

"망할 년!"

"악마와 손을 잡은 악독한 계집!"

"얼른 죽이지 않고 뭐 해? 저 계집을 어서 쳐 죽이라고!"

웅성거리는 소리가 귓가를 찢을 듯이 커졌다.

레티시아는 의식을 겨우 붙잡고 인파가 몰린 광장을 내려다보았다. 가물거리던 시야가 잡히자 익숙한 얼굴들이 보였다. 가문 사람들이 앞장서 그녀의 사형을 원하고 있었다.

레티시아의 머리를 땋아 주던 하녀가 돌을 던졌다. 가문의 기사는 악마에게 몸을 판 음탕한 마녀라며 침을 퉤 뱉었다.

하나같이 사생아라며 레티시아를 무시했다가, 후계자가 되고 나서 급히 고개를 숙였던 이들이었다.

그때였다.

또각또각 날카로운 구두 소리가 들리자, 레티시아는 그쪽으로 시선을 옮겼다.

"왜 피오네 영애를 죽인 거야, 언니."

갈색 머리의 여자가 레티시아에게 가까이 다가왔다. 그리고 안타까운 듯 얼굴을 일그러뜨리며 레티시아를 올려다보았다.

"차라리 내 목숨을 노리지 그랬어! 내가 그렇게 미웠다면 나를 죽이지 그랬어!"

여자는 눈물을 뚝뚝 흘리며 레티시아를 원망스레 노려보았다. 입에 재갈을 문 것도 아니건만 레티시아는 답할 수 없었다.

"양녀인 내게 자리를 빼앗긴 게 그리 억울해도……."

수진의 중얼거림에 레티시아는 말없이 시선을 내렸다. 고개를 숙이는 게 고작이었다.

오래전부터 마네르 공작가의 가주 자리는 레티시아의 것이었다.

레티시아는 사생아란 이유로 어릴 적부터 모멸 어린 시선과 조부의 학대를 받았다. 그러다 조부가 죽은 후 능력이 부족한 오라비를 대신해 후계자가 될 기회를 얻었다.

그 결과, 레티시아는 열한 살에 후계자 수업을 시작하여 5년간 철저하게 교육받았다. 사생아가 감히 오라비의 자리를 탐낸다고, 권력에 눈

멀었다며 욕해도 후계자로 인정받기 위해 끊임없이 노력했다. 열여섯 살이 되던 해엔 드디어 가문의 후계자로 인정받았다.

한 번도 웃어 준 적 없던 부친, 가이안조차 결국엔 레티시아의 능력을 인정해 주었다. 1년이 지나 열일곱 살 성년이 되면 가주 자리를 물려주겠다고 약조도 하였다. 그래서 레티시아는 어릴 적 받았던 상처가 속에서 곪는지도 모르고, 가주 자리를 물려받기만을 기다렸다.

하지만 가주 자리는 노예 출신인 양녀의 것이 되었다. 레티시아가 후계자로 인정받은 지 고작 2년 뒤에 일어난 일이었다.

공작가에 입양된 양녀는 제국어도 서툴렀고 뛰어난 능력을 갖춘 것도 아니었다.

수진은 입양되기 전 우연한 계기로 신어를 하게 되었다. 마네르 가문은 신성 가문이기도 했으므로, 가이안은 수진을 눈여겨보다가 입양하였다.

그렇게 수진은 노예 신분에서 공작가의 사랑받는 막내딸이 되었다.

수진은 공작에게 애교 있게 굴었다. 어쩌다 레티시아에게 시선이 가기라도 하면 어떻게서든 빼앗긴 시선을 되찾아왔다.

가이안은 친딸인 레티시아를 버리고 양녀인 수진에게 가주 자리를 물려주었다. 그가 아끼는 양녀가 가주가 되기엔 능력이 부족하다는 것을 알면서도 결정을 번복하지 않았다.

양녀를 더없이 아끼던 그는 심지어 수진의 죄를 레티시아에게 뒤집어씌웠다. 대대로 공작가에 충성을 바쳐 온 유로 백작. 그의 막내딸인 피오네 영애를 죽였다는 누명이었다.

그러나 피오네를 살해한 건 수진이었다.

석 달 전, 수진은 측근 기사와 레티시아를 죽일 계획을 논하다 피오네에게 들키고 말았다. 부친인 유로 백작에게 살해 계획을 전부 알리겠다고 하자 그녀를 목 졸라 살해했다.

이후 수진은 기사를 시켜 강력한 환각제를 억지로 레티시아에게 먹이고, 그녀가 피오네 영애의 목을 졸라 죽인 것으로 위장했다.

약의 효과가 빠지고 레티시아가 뒤늦게 정신을 차렸을 땐, 한순간에 살인자가 되어 있었다. 반쯤 미쳐 피오네를 죽이고 싶다고 했지만, 자신이 아무리 미쳐도 그녀를 죽였을 리가 없었다. 하지만 환각제 때문에 기억이 나지 않았다.

모든 증거가 레티시아가 범인이라고 가리켰고, 미리 계획해 둔 것처럼 레티시아는 사형이 결정되었다.

수진에게 가주 자리를 물려주었다 해도, 가이안은 여전히 그녀의 부친이었다. 사형을 막으려 했다면 충분히 막을 수 있었을 터.

그럼에도 가이안, 선대 공작은 레티시아를 버리는 길을 택했다.

'아버지에게 버려진 기분이 어때? 노예였던 양녀의 죄를 뒤집어쓴 기분은?'

감옥에서 수진의 입을 통해 직접 들은 사실이었다.

레티시아는 눈을 감았다. 눈꺼풀을 닫자 고였던 눈물이 흘러내렸다.

어리석은 자신에 대한 회한, 믿었던 아버지에게 버려졌단 비탄이 손목에 박힌 가시나무의 고통보다 선명했다.

수진은 기사들의 만류에도 불구하고 레티시아에게 더 가까이 다가갔다.

"멍청한 년."

그리고 레티시아에게만 들리도록 작은 목소리로 중얼거렸다.

"신어도 할 줄 모르면서 신성 가문의 가주가 되려 했어?"

수진은 승리에 찬 미소를 짓고 있었다. 친딸인 레티시아를 제치고 가주가 되었단 사실에 자긍심은 물론, 희열마저 느끼는 얼굴이었다.

레티시아는 찢어진 입술을 달싹여 무언가를 말하려다 그만두었다. 누명을 뒤집어쓴 그녀의 말을 들어 줄 사람이 이곳엔 없었다.

"……."

"불쌍해서 못 봐 주겠네. 양녀에게 자리를 빼앗겨서 억울해 미치겠지?"

오히려 레티시아에게 억하심정을 가졌던 건 수진 쪽이었다. 그녀는 레티시아가 노예였던 자신에게 호의로 대해 준 건 기억에서 지워 버렸다.

답이 없는데도 수진은 계속 말을 이었다.

"고고한 아가씨 흉내 내면서 즐거웠어? 노예인 나를 내려다보는 그 눈빛이 사람을 얼마나 비참하게 하는지 알아?"

레티시아는 수진이 노예라 하여 함부로 대한 적 없었다. 제국의 유일한 공녀라고 벌벌 떨며 고개를 조아렸던 건 수진이었다.

"사생아 출신이라 그렇게 노력했다지? 고귀하신 공녀님께서 버림받을 줄 누가 알았을까? 공작이 될 거라며 널 동경해 온 내가 멍청했지."

레티시아는 수진이 그토록 자신을 미워하는 이유를 알 수 없었다. 공녀로서 권위를 내세운 적도 없다. 살기 위해 노력했고, 노력해서 인정받은 것뿐이었다.

"그것도 다 옛날 일이지. 억울해서 죽을 때 편히 눈이나 감을 수 있으려나? 반반한 얼굴 됐다 뭐 해. 노인네 후처 자리가 그리 넘쳐난다는데."

눈을 감은 레티시아에게 마지막 말은 유독 선명히 들렸다.

다시 눈을 떴을 때, 붉은 입술을 힘껏 말아 올린 수진이 보였다. 반응 없던 레티시아가 시선을 주자 수진이 활짝 웃었다.

"네가 할 줄 아는 거라곤……."

그때였다.

죽은 듯이 입을 다물던 레티시아가 입술을 느릿하게 열었다. 수진이 기대했던 것과 달리 레티시아의 목소리는 지극히 담담했다. 툭. 눈물방울이 뺨을 적셨지만 레티시아는 말을 멈추지 않았다.

"공작에게 아양을 떠는 것뿐이었지."

그 한마디뿐이었는데, 수진은 입술을 꽉 깨물며 레티시아를 노려보았다.

"입 닥쳐!"

레티시아는 픽 웃었다. 낮은 웃음이 그녀의 입가에서 흘러나왔다. 그제야 수진이 실수를 깨달은 듯 입을 다물었다. 격앙된 외침이었지만 화로에서 타오르는 장작불 소리에 묻혀 퍼지지 않았다.

레티시아는 더 말하지 않고 입을 다물었다.

사생아일지라도 공작가의 명부에 당당히 이름을 올리고 싶었다. 경멸과 조소를 받을수록 마네르의 가주로서 인정을 받고 싶었다. 다시 태어나도 사랑받을 가능성은 없었기에 감히 기대도 하지 않았다.

노력으로 자신의 가치를 증명한 것도 살아남기 위해서였다. 그마저 염원도 없다면 그대로 죽어 버릴 것 같아서.

사람대접을 받고 싶었다.

사람답게 살고 싶었다.

숨을 쉬고 싶었다.

그래서 상처받은 것을 숨겨 가며 노력했다.

잡힐 것 같았던 희망의 끝이 절망인지도 모르고.

"결국엔……."

비탄이 담긴 숨이 허공으로 떠오르는 불씨 사이로 흩어졌다.

'이렇게 처참히 버릴 거였으면…… 기회도 주지 말았어야지.'

레티시아는 무너질 듯한 얼굴로 웃었다. 이 순간에도 눈가에서 떨어지는 눈물이 원망스러웠다. 자신의 죽음을 바라는 이들에게 우는 모습을 보이고 싶지 않았기에.

한 줄기 후회가 그녀의 멍든 가슴을 스쳤다.

'행복해지렴, 레티.'

어머니가 세상을 떠나기 전 어린 딸의 손을 잡고 했던 말.

'전 행복해질 수 없어요……. 제겐 그럴 자격이 없었나 봐요.'

그 말이 이제야 떠올라 레티시아는 고개를 들 수 없었다.

어릴 적 어머니의 무릎에 앉아 꽃차를 마실 때만큼은 행복했다. 공작
저에 혼자가 된 후론 마음 놓고 웃어 본 적이 없었다.

뒤로 물러난 수진이 눈물을 흘려 내며 레티시아를 올려다보았다.

"피오네 영애를 죽인 죗값을 치러. 그리고 죽는 순간까지 언니가 저지른
과오를 후회해."

저지른 적 없는 죄였기에 레티시아는 어떤 말도 내뱉지 않았다.

아버지에게 양녀의 살해를 용인했던 이유를 묻고 싶었다. 친딸인
그녀를 버리면서까지 그래야 할 이유가 있었는지.

하지만 죽음을 앞둔 지금까지도 그 이유를 알아내지 못했다.

수진을 택한 것이 아버지로서 총애였는지, 공작가의 주인으로서 내린
판단이었는지.

"피오네 백작 영애를 살해한 죄인, 레티시아의 사형을 집행한다!"

소리친 사형집행관이 불이 타오르는 나무 막대를 레티시아의 발치로
가져왔다. 불꽃은 곧 장작으로 옮겨졌다. 뱀의 혀처럼 넘실거리는 불이
레티시아의 발끝을 타고 올라갔다.

화르륵!

붉은 불씨가 서서히 번져 가더니 몸집을 키웠다.

그 순간 레티시아가 마지막으로 보았던 건 가족들의 모습이었다.

울부짖는 수진, 막냇동생을 위로하듯 어깨를 감싸 안은 오라버니. 그
리고 무감정한 얼굴로 레티시아를 지켜보는 아버지. 그의 얼굴에 죄책감
따윈 없었다.

광장에 있는 모든 사람이 레티시아를 살인자라고 외쳤다. 광기에 찬
얼굴로 돌을 던지는 이도 있었다.

이곳에 있는 모든 사람이 미치광이 악녀의 죽음을 바랐다.

화르륵!

불길이 거세져 레티시아의 발목까지 순식간에 번졌다.

끔찍한 고통이 이는 순간에도 레티시아는 눈을 감지 못했다.

미쳐 버린 악녀의 안식을 빌어주는 이는 없었다. 버려진 주제에 감히 구원을 바라서도 안 되었다.

발목까지 오던 불꽃이 빠르게 번져 낡은 드레스 자락을 휘감았다.

그때, 레티시아의 흐릿한 시야에 믿지 못할 광경이 들어왔다. 고개를 숙인 채 애도하는 사람이 있었다.

단 한 명이었다.

가문에서 버려진 공녀가 죽기만을 기다리는 사람들이 가득한 곳에서.

로브를 쓴 남자는 기도를 하기 위해 모았던 두 손을 내렸다. 그리고 숙였던 고개를 서서히 올렸다. 레티시아의 시선이 무너질 듯 남자를 향했다.

새하얀 로브를 쓰고 있어 얼굴 전부를 볼 수 없었지만, 날카롭고 깊은 눈매가 드러나 있었다. 그 사이로 어둡게 잠긴 보라색 눈동자가 연민을 담은 채 레티시아를 바라보았다.

"죽……여……줘."

레티시아는 그에게 빌듯이 읊었다. 살갗이 불길에 타들어 가는 고통에 뇌가 녹을 것 같았다.

로브를 쓴 남자가 마력이 깃든 활을 꺼내 들었다. 레티시아는 염원이 가득한 눈으로 그를 바라보았다. 아름다운 금빛의 활이 유일한 구원처럼 보였다.

화살은 레티시아의 심장을 향해 겨누어졌다. 그제야 그녀는 안도하며 옅은 숨을 흘렸다.

휘익.

포물선으로 날아간 화살이 그대로 레티시아의 심장으로 박혀 들었다.

푸욱!

심장에 화살이 꽂히는 순간, 레티시아는 안도했다.

바람이 불며 남자가 썼던 로브가 벗겨지자 짧게 자른 짙은 흑발이 바람에 흩날렸다. 죽는 순간이 되어서야, 레티시아는 남자의 정체를 알아차렸다.

일라이 네르바드.

마네르 공작가와 천적이었던 네르바드의 젊은 후작. 그리고 마탑의 새로운 주인.

일라이가 죽어 가던 레티시아에게 안식을 고했다. 매혹적인 선을 가진 남자의 입술이 담담히 움직였다.

'공녀에게 안식이 닿기를.'

유일한 위로를 들으며 레티시아는 스륵 눈을 감았다.

다시 살게 된다면. 그래서 일라이를 만나게 된다면 묻고 싶었다.

어째서 당신만이 내 안식을 빌어 준 것인지.

삶의 끝에 이르러서야, 레티시아는 자신을 외면했던 가족과 가주가 되겠다는 오래된 염원을 버렸다.

이윽고.

어둑한 안식이 레티시아를 찾아왔다.

chapter 1
레티시아 마네르

레티시아는 눈을 떴다.

그녀가 혼몽한 상태에서 깨어나기까지 시간이 걸렸다.

"흐윽."

한순간에 정신이 들더니 가물거리던 눈이 번쩍 떠졌다. 그녀는 반사적으로 손을 움직여 눈앞으로 가져갔다.

분명 자신은 불에 타 죽었다.

그런데…….

시야에 들어온 손은 생채기가 나 있는 것 빼곤 멀쩡했다. 팔에도 긁힌 자국이 있었지만, 불에 그슬린 흔적은 아니었다.

"저승에 온 건가?"

레티시아는 황급히 이불을 걷어 냈다. 침대 위에 누워 있단 것도 지금 알아차렸다. 종아리에도 매를 맞은 자국뿐이었다. 마치 어렸을 때처럼 몸 곳곳에 상처가 남아 있었다.

조부는 분을 못 이길 때마다 손을 들어 레티시아를 때렸다. 그래서 뺨이고, 손이고, 무릎이고 남아난 적이 없었다. 레티시아는 눈을 크게 뜨고 손을 몇 번이고 살폈다.

'손도 작아졌어.'

늘씬했던 팔다리가 짧아져 있었다. 시야도 낮았다. 어째서 자신이 어려진 건지 혼란스러웠다.

"저승에선 다들 어려지는 건가?"

그럴지도 모르겠다. 레티시아는 더 깊게 생각하는 대신 베개에 얼굴을 묻었다. 그리고 허름한 이불 속으로 파고들었다. 이불도 베개처럼 낡았지만, 바짝 마른 빨래에서 날 법한 햇빛 냄새가 났다.

레티시아는 고개를 들어 방 안을 살폈다.

'저승인데 어릴 때 머물렀던 내 방과 똑같아.'

허름한 시트로 덮인 침대, 한쪽 다리가 짧아 기울어진 나무 탁자와 검게 변색된 촛대, 곰팡이가 슨 낡은 옷장과 일기장을 보관했던 철제 서랍까지 전부 그대로였다.

기억 속에 있던 방과 똑같았다. 그녀가 열한 살 때까지 머물렀던 방이었다. 창고를 개조한 이 방은 낡고 좁은 데다, 북향이라 햇볕도 잘 들지 않아 어두컴컴하고 음습했다.

나중에야 창고 같은 방에서 더 넓은 방으로 옮기게 되었다. 그것은 레티시아를 못 잡아먹어 안달이었던 조부가 죽은 이후였다.

오라비가 받던 후계자 수업은 온전히 그녀의 몫이 되었고, 레티시아는 인정받았단 생각에 기뻐했다. 하지만 옮겼던 방도 시녀가 머물 만한 방이었기에 지금 생각하면 기뻐할 일도 아니었다.

레티시아는 방을 둘러보던 것을 그만두었다. 어차피 그녀는 한 번 죽지 않았던가.

'왜 그토록 가주 자리에 목을 맸을까.'

이제 와서 과거에 미련을 가지는 것이 의미 없게 느껴졌다.

산 채로 불에 태워졌다.

아버지는 친딸을 죽이기 위해서 황제의 허가까지 받아 가며 법적으로 금지한 화형을 택했다.

'그렇게까지 나를 죽이려 했던 이유가 있었을까.'

레티시아는 베개에 지친 고개를 깊숙이 묻었다.

저승으로 온 마당에 날 죽여야 했던 이유를 알아내는 것도 우스워.

레티시아는 옛 미련을 한숨으로 흘려보냈다. 열린 창문 사이로 불어 온 바람이 그녀의 금발을 흐트러뜨렸다.

'후계자가 되겠다고 결심한 후론 한 번도 행복하지 않았어.'

사생아란 오명을 떨쳐 내기 위해 가주가 되어 공작가의 명부에 이름을 올리려 했다. 그 생각만으로 어릴 적부터 자신에게 쏟아지던 모멸과 경멸을 버텨 냈지만, 그 끝은 결국 죽음이었다.

그런 죽음 끝에 처음으로 맞는 고요한 아침이었다.

열린 창문 사이로 들어온 바람에 하얀색 커튼이 살랑거렸다. 참새들이 지저귀는 소리가 마음을 편안하게 했다. 레티시아의 눈이 다시 감길 무렵이었다.

벌컥.

방문이 열리며 누군가 허락 없이 성큼성큼 안으로 들어왔다.

"레티시아!"

누군가 자신을 부르는 소리에 레티시아는 눈을 떴다.

심판하러 온 천사일지도 모르겠다고 생각하며 그녀는 몸을 일으켰다. 문가에는 기다렸던 천사 대신 기억 속에서 몇 번이고 보았던 얼굴이 있었다.

진한 갈색 머리. 연한 밤색 눈동자. 열셋쯤 돼 보이는 소년이었다.

'필립……?'

소년을 알아본 레티시아의 눈이 크게 떠졌다.

소년의 정체는 레티시아의 이복 오라비인 필립 마네르였다.

필립은 작고한 공작 부인의 아들로, 그의 외가인 위스턴 백작가는 예술로 유명해서 혈통으로는 나무랄 데가 없었다.

'저승에서 혈통은 별 소용없겠지만.'

레티시아는 조소를 삼켰다. 천사가 멍청한 필립의 얼굴을 하고 있을 리 없으니 저놈도 분명 죽은 거겠지.

필립은 레티시아를 무시하며 자존심을 세우곤 했다.

기사 시험에서 떨어진 날엔, "네년이 가문으로 오고 나서 되는 일이 없어졌어!" 하고 소리치고는 화풀이하듯 레티시아의 뺨을 때렸다.

필립이 크고 작은 일로 목소리를 높일 때마다, 어릴 적 레티시아는 어깨를 움츠리곤 했다.

오라비는 무엇에 또 화가 났는지 씩씩거리며 거친 숨을 내뱉고 있었다.

"아직도 할아버지 얼굴 안 보겠다고 버티고 있나? 이런 건 시녀장이 해결해야지! 아씨, 왜 나한테 귀찮게 부탁하는 건데."

죽은 조부를 저승에서도 봐야 한다니, 효자가 따로 없다. 그런 생각을 하며 레티시아가 냉소적으로 물었다.

"언제 죽었어?"

화를 내려던 필립의 얼굴이 멍청해졌다. 어찌나 놀랐는지 입을 헤 벌리고 레티시아를 쳐다볼 정도였다.

"기사치고 안위와 목숨은 기가 막히게 챙기더니…… 너도 꽤 일찍 죽었네."

오라비가 서임을 받은 정식 기사라고 생각되지 않을 정도로 안위를 귀히 여겼다는 뜻이었다.

필립은 정신 나간 사람 보듯 레티시아를 쳐다보았다. 자신은 아직 열세 살 견습 기사였다. 4년 뒤, 성년이 되어야 기사 서임을 받을 수 있었다.

그보다 오라비를 '너'라고 불렀던 사실에 필립은 얼굴을 일그러트렸다.

"'너'? 너 진짜 미쳤냐?! 어딜 건방지게 오라버니를 너라고 불러?"

바짝 다가온 필립이 위협적으로 몸을 숙이며 으르렁댔다. 레티시아는 어느새 일어나 침대 헤드에 몸을 기댄 채였다.

"그게 뭐 어때서? 네놈도 죽은 마당에 공자님이라고 불러 주길 원해?"

금발의 소녀가 고개를 삐딱하게 들고서 필립을 쳐다보았다. 언제나 시선을 피하는 쪽은 레티시아였다. 그러니 그녀에게서 한 번도 본 적 없는 서늘한 눈빛에, 필립이 당황한 얼굴로 입을 벙긋거렸다.

석 달 전, 필립은 종기사 훈련을 위해 공작저를 떠나 있었다. 훈련을 마치고 돌아오니 많은 것이 바뀌어 있었다.

사생아라 괄시했던 레티시아가 예법 수업을 받고 있었고, 자신을 유독 아꼈던 조부는 노환으로 쓰러져 생사를 오가는 상태였다.

레티시아가 그가 받던 수업을 배우게 되자 필립은 자존심이 상했다. 아버지가 일방적으로 예법 수업을 권했을 테니, 레티시아에겐 선택권이 없다는 걸 알면서도 화가 났다.

안 그래도 꼴 보기 싫었는데, 의식도 오락가락한 조부가 레티시아를 보겠노라고 고집을 피워 댔다. 손녀를 죽도록 괴롭힐 땐 언제고, 이제 와 용서를 받겠다는 조부도 웃겼다.

그보다 더 이상한 건 레티시아였다. 어제만 해도 죄라도 지은 것처럼 눈도 못 마주치던 이복동생이 지금은 우습다는 시선으로 그를 보고 있었다.

필립은 찜찜한 기분을 느꼈지만, 레티시아의 기를 죽여야겠단 생각에 목소리를 높였다.

"야, 넌 네가 사생아인 거 잊었냐? 내가 받던 수업을 받으면 날 제치고 후계자라도 될 것 같았어?"

"죽어서도 똑같이 한심한 소리를……."

레티시아는 한숨을 삼켰다. 겨우 되찾은 안온이 무례한 불청객 때문에 산산조각이 나고 있었다.

"네가 아버지한테 졸랐지? 이게 겁도 없이 내 자리를 노리려고 해?! 네가 뭔데 내가 받던 수업을 받냐고!"

필립이 픽 비웃으며 레티시아의 머리를 툭 쳤다. 머리를 때려도 별 반응이 없자 필립이 레티시아의 머리채를 휙 잡았다. 누가 우위에 섰는지 가르쳐 주겠단 의도였다.

레티시아는 손을 뻗어 머리채를 쥐던 필립의 손을 꽉 잡았다. 동시에 반대쪽 손을 뒤로 뻗어 탁자 위에 있는 촛대를 잡아 필립을 향해 힘껏 휘둘렀다.

가까스로 피한 필립이 화들짝 놀라 뒤로 물러섰다.

"두 번 죽고 싶다면야."

레티시아는 촛대를 잡은 채 자리에서 일어났다. 촛대를 잡지 않은 다른 손으로 헝클어져 엉망이 된 금발을 쓸어 넘겼다.

"허억! 헉! 이 미친년이 오라버니를 죽이려 해? 운이 나빠 못 피했으면 찔렸을 거라고!"

"아쉽네."

레티시아는 무감각한 시선으로 필립을 쳐다보았다. 금색 머리카락이 빠져 그녀의 손 틈 사이로 떨어졌다.

"그거 알아? 기사는 검 **빼면** 시체라는 거."

필립은 그제야 자신의 손을 내려다보았다. 이 좁고 낡은 방에서 무기가 될 만한 것은 없었다.

"내가 널 죽이는 게 빠를까. 네가 도망치는 게 빠를까."

레티시아는 피식 웃고서 필립에게 다가갔다. 조부에게 매번 뺨을 맞아 겁먹었던 그녀에게 필립 또한 폭력을 행사하였다. 그러니 이제는 레티시아가 필립에게 보여 줄 차례였다.

오라비의 얄팍한 힘과 권력 따위는 지금의 그녀에겐 소용없다는 것을.

'죽은 마당에 참지 않겠어.'

레티시아는 촛대를 잡은 손에 힘을 주었다.

"뭐, 뭐 하려는 건데…….. 돌았냐? 미쳤어?!"

엉거주춤 뒤로 물러난 필립이 벽에 다다르고서야 걸음을 멈췄다. 무더운 여름인데도 한겨울처럼 벽이 차가워 필립은 흠칫 놀랐다.

레티시아가 아래로 향했던 촛대를 가볍게 앞으로 돌렸다. 마치 레이피어를 되잡는 모양새였다. 필립이 눈앞에서 보고도 믿기지 않을 만큼 가뿐한 동작이었다.

놀란 오라비를 보고 레티시아가 나긋한 웃음을 지었다.

"어쩌지……. 한 번 죽고 나서 예법은 이미 잊어버렸는데."

지난 삶에서 질리도록 검술을 배웠다. 호신술에 그치는 정도였지만 열세 살 정도로 앳돼 보이는 필립을 상대로는 충분했다.

"고통 없이 죽여 줄게. 귀하신 적자의 몸이니, 사생아인 내가 편히 보내드리지."

레티시아는 촛대를 든 채 필립에게 다가가 그의 목을 겨누었다. 촛대 끝이 정확히 목의 경동맥에 닿자 필립이 소스라치게 놀라 레티시아를 쳐다보았다.

"셋."

레티시아는 의미 모를 숫자를 세었다. 촛대의 그림자가 필립의 목에 길게 드리워졌다.

"둘."

필립의 두 눈이 튀어나올 만큼 커졌다. 검술과 더불어 수년간 배워 온 무술도 지금은 무용지물이었다. 눈앞의 어린 여동생이 소름 끼칠 만큼 정확하게 목의 급소를 노린 탓이다.

"잘, 흐억, 잘못했어! 용, 용서해 줘. 제발……!"

죽을 수도 있다는 공포감에 필립이 후두둑 눈물을 떨구며 사죄했다. 레티시아는 무감정한 시선으로 필립을 올려다보았다.

끝이 날카로운 촛대를 바로 떼어 내는 대신 약간의 힘을 주었다. 상처 하나 없는 필립의 목에서 얕은 생채기가 나면서 피가 흘러내렸다. 레티시아는 목소리를 낮추며 말했다.

"내 앞에서 목소리 높이지 마. 감히 내 머리채를 잡으려고도 하지 마. 다시 한번 그 입으로 '네년'이라고 지껄였다간······."

촛대를 쥔 레티시아의 손에 힘이 더 들어갔다.

꾸욱.

날카로운 금속이 목 안의 살갗을 파고들자 필립이 눈물 젖은 얼굴로 고개를 끄덕였다.

"그 귀하신 몸, 사생아 손에 처분될 테니까."

필립을 보던 레티시아의 붉은 눈동자가 가늘어졌다.

"앞, 앞으로 조심할게."

레티시아와 눈이 마주치자 필립이 먼저 눈을 내리깔며 답했다.

"아쉽네. 사과 안 했으면 조부님 뵙게 해 주려고 했는데."

"뭐, 뭐?!"

필립이 놀라 입을 벙긋거렸다. 멀쩡히 살아 있는 조부가 꼭 이미 죽었다는 소리로 들렸다. 필립은 바짝 긴장한 얼굴로 침을 삼켰다. 아무리 봐도 레티시아가 이상했다.

1년 전, 억지로 끌려간 사냥터에서 토끼를 잡을 때도 눈을 질끈 감았던 아이였다. 오죽하면 필립이 쏜 화살 때문에 작은 동물이 다칠까 봐 손을 벌벌 떨기까지 했다.

레티시아가 뒤로 물러나자 필립은 손으로 목을 꾹 눌렀다. 붉은 피가 한껏 번져 나왔지만 죽지 않아 다행이란 생각이 들었다.

필립은 레티시아의 눈치를 보다가 옆으로 걸어 나갔다. 문고리를 쥘 때까지 레티시아의 심기를 거스르게 될까 봐 아무 말도 하지 않았다. 덜덜 떨리는 손으로 문고리를 쥐었다. 손에 차가운 금속이 닿고 나서야 필립은 안도했다.

끼익.

문을 열었을 때, 레티시아가 등 뒤에서 찌를까 무서워 눈을 질끈 감았다. 아무런 일도 일어나지 않자 필립이 질끈 감았던 눈을 슬며시 떴다.

방 곳곳에 얼음 조각이 기둥처럼 솟아나 있었다. 조금 전에 그가 느꼈던 기묘한 감각은 착각이 아니었다. 여름이라 바깥에 눈이 올 리가 없는데, 문 주변에도 얼음으로 덮여 있었다. 푸른빛이 도는 얼음 결정은 이제껏 필립이 봐 왔던 것과 달랐다.

"방, 방이 좀 추운 것 같네."

레티시아가 대답 대신 빨리 꺼지라고 눈짓하자, 필립이 질겁해서 방을 빠져나왔다.

툭.

레티시아는 저도 모르게 쥐고 있던 촛대를 떨어뜨렸다. 필립 때문에 화가 올랐을 땐 몰랐는데, 촛대에도 얼음이 맺혀 있어 뒤늦게 한기가 느껴진 탓이다.

방 안의 온도는 소름이 돋을 만큼 서늘했다.

'뭐지?'

이상함을 느낀 레티시아가 주위를 둘러보았다. 필립의 말대로 방 안에 있는 모든 금속이 얼어붙어 있었다.

써늘한 기온에 레티시아는 몸을 어루만지며 고개를 숙이다가 소스라치게 놀라고 말았다. 그녀의 손 주변에 새하얀 안개가 흐르는 것을 발견했기 때문이었다.

"저승이라 추워진 건가?"

깨어났을 땐 이 정도로 춥지 않았는데, 지금은 실내에 있어선 안 될

하얀 안개가 방 안을 가득 메우고 있었다. 카펫에 떨어진 촛대, 쇠로 된 창틀, 낡은 청동 장식까지 전부 얼어 얼음으로 덮인 상태였다.

"아……."

레티시아는 서리가 맺힌 오른손을 감쌌다. 그녀의 손에서 희미한 안개가 작고 약한 소용돌이를 그리며 흐르고 있었다.

'도대체 무슨 일이…….'

레티시아가 놀란 듯 눈을 크게 떴다.

빛줄기처럼 뻗어 나간 얼음은 문 앞까지 닿아 있었다. 필립의 등이 닿았던 벽에도 기묘한 모양의 얼음 결정이 돋아났다.

'어렸을 때 벽난로도 켜 주지 않아 춥게 지냈었지.'

그게 많이 억울했던 건가. 죽어서도 얼음이 낀 것을 보면.

레티시아는 떨리는 몸을 느끼고 옷장을 열었다. 어릴 때 자주 입던 낡은 모포가 때마침 있어서 꺼내 몸에 둘렀다.

"하아."

숨을 뱉자 새하얀 입김이 공기 중으로 흘러나왔다.

'얼음 지옥, 뭐 그런 건가?'

레티시아는 대수롭지 않게 생각했다.

"산 채로 불에 타 죽었는데 이젠 얼음 지옥이라……."

일라이가 쏜 금빛 화살이 심장을 맞힌 직후, 그녀의 의식은 어둠에 사로잡혔다. 그래서 그 뒤의 일은 기억나는 것이 없었다.

레티시아는 햇볕을 좀 더 쐬기 위해 창가로 다가갔다. 햇볕이 창틀에 닿았는데도, 창틀에 맺힌 얼음은 조금도 녹지 않고 그대로였다.

* * *

"아가씨, 일어나세요!"

잠깐 침대에 기대 쉰다는 게 깜빡 잠이 들었나 보다.

레티시아는 눈꺼풀을 힘겹게 들어 올렸다. 누군가 몸을 무거운 밧줄로 묶은 것처럼 축 늘어졌다. 까닭 모를 피곤이 몸을 짓누르는 듯했다. 레티시아는 몸을 일으켜 청소 중인 하녀를 멍하니 쳐다보았다.

익숙한 얼굴이었다.

'카라.'

레티시아가 열여섯이 될 때까지 전담 하녀로 있던 아이라, 그녀에 관해서는 기억이 세세했다. 카라는 제 기분대로 행동하는 편이었다. 시녀장에게 혼나면 레티시아에게 짜증을 내거나 정제되지 않은 날것의 감정을 쏟아부었다.

"점심도 거르시고 주무시면 어떡해요? 시녀장이 저한테 한 소리 한다고요!"

"저승에서 밥도 챙겨 줘?"

카라는 레티시아의 말을 못 들은 척했다. 평소엔 유령처럼 말수가 없더니 하필 제일 바쁠 때 헛소리를 하는 레티시아가 못마땅했다.

"이 얼음 좀 봐. 이걸 도대체 어디서 구한 거예요? 여름이라 덥다고 귀한 얼음 막 써도 돼요?"

카라의 투덜거림에 레티시아는 그녀가 닦고 있는 창틀로 시선을 옮겼다.

어느덧 저녁이었다.

붉은 낙조에 반사된 얼음 결정이 반짝거렸다. 이미 다른 곳에 있던 얼음은 녹은 지 오래였다. 창틀에 반짝거리던 얼음은 카라가 손을 대자 녹아 버렸다.

"온 방이 물투성이네. 짜증 나."

하녀의 혼잣말이 레티시아의 귀에도 똑똑히 들렸다.

어쩌면 여기가 저승이 아닐지도 모른다. 레티시아는 숨을 깊이 들이

쉬었다. 저승이라 확신할 만한 증거도 없었고, 꿈이라 하기엔 과거와 똑같은 일이 반복되고 있었다.

한 가지 의문이 레티시아의 머릿속을 스쳤다.

'그렇다면 여기는 어디일까.'

눈을 뜬 방도 열한 살 때까지 머물렀던 곳이었다.

필립의 이기적인 성격도 그대로였다. 변성기가 와서 쇠 긁는 목소리와 쉽게 화내는 행동도 현실처럼 생생했다.

레티시아는 손끝에 맺힌 얼음 조각을 내려다보았다.

푸른빛을 띠는 얼음 결정.

장인이 정성 들여 세공한 보석보다 더 아름다웠다.

아무리 봐도 평범한 얼음은 아니었다. 여름에, 그것도 방 한가운데 얼음이 생기는 것도 이상한 일이다.

'내겐 이런 능력이 없었는데.'

단순한 우연일까. 필립이 얼음을 만드는 마법 도구라도 가져왔나 싶어 주위를 살폈지만, 그마저도 보이지 않았다.

'저승이 아니라…… 내가 지금 꿈을 꾸는 건가?'

꿈이라서 마법을 쓸 수 있는 것일지도 몰랐다.

하지만 꿈이 아니라면?

레티시아는 자신에게 물었다.

손끝에 맺힌 얼음 조각은 혼몽한 정신을 깨울 만큼 차가웠다.

"뭘 그리 멍하니 있어요? 내일이면 당장 사제님이 오실 텐데!"

하녀의 투덜거림에 레티시아가 눈을 크게 떴다.

"사제가 왜……."

저승도 아니고, 꿈속 세계도 아니라면 사제가 어째서 온단 말인가.

"왜긴 왜겠어요? 아가씨가 선대 공작님을 용서 못 하겠다고 버티시니까 사제님이 설득하러 오신 거죠."

말이 설득이지, 카라가 슬쩍 들었을 땐 거의 협박 수준이었다. 하지만 자신이 상관할 일이 아니었기에 하녀는 입을 꾹 다물었다.

"사제님이 아가씨를 만나러 온 것도 벌써 두 번째예요. 그때마다 이 낡은 방을 쓸고 닦느라 얼마나 고생인지 아세요? 잘 쓰지도 않는 응접실도 청소해야 한다고요!"

"……."

레티시아는 대꾸하지 않았다. 문득 과거의 기억이 떠올랐다.

열한 살 때까지 창고를 개조한 방에서 지냈고, 하녀들은 청소는커녕 식사 시중도 제대로 들지 않았다. 어쩌다 방에 올라오는 음식도 공작과 필립이 먹다 남긴 것이었다. 전담 하녀가 있었지만 늘 자리를 비워서 방 안을 치우는 건 레티시아의 몫이었다.

딱 한 번.

하녀들이 부산을 떨며 레티시아의 방을 청소하는 날이 있었다.

중앙 교단에서 사제가 공작저를 방문하는 날이었다.

"……사제가 날 보러 온다고? 내가 조부를 용서하길 바라서?"

레티시아는 말하고 나서 차가운 비소를 흘렸다. 레티시아의 중얼거림에 카라가 당연하단 얼굴로 고개를 끄덕였다.

"저번처럼 사제님 만나기 싫다고 숨어 있어도 소용없어요."

하녀의 말에 레티시아는 길게 숨을 들이쉬었다.

'똑같아.'

과거에 겪었던 일과 같았다.

열한 살의 여름, 중앙 교단 출신의 사제가 레티시아를 찾아왔다. 사제의 이름은 가말. 오랫동안 공작저와 연줄이 닿았으며, 조부가 레티시아에게 용서를 받기 위해 불러들인 자였다.

조부는 브륀힐드(대성녀를 믿는 자)로 신실한 것을 넘어 종교에 목숨을 걸었다. 그리고 대성녀가 남긴 율법 중 다음과 같은 구절이 있었다.

어린아이와 약한 동물을 해하지 말라.
율법을 어긴다면 지옥의 가장 끝,
심층의 구덩이에서 영혼이 닳을 때까지 태워질 것이다.

대성녀 힐데가르트의 율법을 어겨 지옥에 떨어지는 것을 조부는 두려워했다. 레티시아를 때리고 난 뒤에는 기도실에서 사죄 기도를 했을 정도였다.

죽을 때가 돼서야, 조부는 두려움이 극에 달해 레티시아에게 용서를 받으려 했다. 하지만 그마저도 직접 사과하지 않고 사제를 앞세웠다.

'어쩌면…….'

레티시아는 숨을 깊게 들이쉬었다.

이곳이 어디인지 몰라도 새로운 삶이 시작된 거라면, 예전처럼 살지 않을 것이다.

'침착하자, 레티시아.'

레티시아는 짧게 심호흡하며 침대에서 일어났다. 그리고 하녀를 돌아보며 말했다.

"내일 입을 수 있게 깨끗한 외출복으로 준비해 둬."

이제껏 부탁한 적 없던 레티시아가 명령하자 하녀가 불만에 차 항명했다.

"외출하시게요? 조부님의 허락도 없이 어딜 가시려고요?"

"허락, 이라……."

레티시아가 낮게 중얼거리자 카라가 기다렸다는 듯 소리쳤다.

"그래요! 허락! 아가씨가 멋대로 숨는 게 얼마나 민폐인지 모르세요? 기사들도 시녀장도 저만 탓한다구요! 벌써 그렇게 이기적으로 구시면……."

카라가 못마땅한 얼굴로 눈썹을 들어 올렸다. 레티시아는 그녀를 빤히 쳐다보며 말했다.

"이기적으로 굴어서 네게 손해를 끼쳤지."

레티시아는 가슴 앞으로 팔짱을 끼고는 하녀에게 무감정한 시선을 고정했다.

"다시는 이기적으로 굴지 않겠다고 약속해 줘?"

미안하다는 말과는 다르게, 레티시아의 표정은 바늘로 찔러도 틈 하나 보이지 않을 만큼 냉정해 보였다.

"뭐……, 뭐예요. 진짜! 뭐 잘못 드시기라도 하셨어요?"

"아버지와 필립이 먹다 남긴 개밥만 먹는데, 내가 제정신이면 좋겠어?"

"지금 항의하시는 거예요? 왜 갑자기 그러는 건데요. 지금껏 불만 하나 없이 지내셨으면서, 왜 오늘같이 바쁜 날에 하필!"

"하필."

레티시아는 하녀의 말을 따라 하며 고개를 기울였다. 아이답지 않은 서늘한 눈빛에 카라가 따지다 말고 입을 다물었다.

"그러게. 왜 하필 지금일까?"

레티시아는 팔짱을 풀고 카라에게 다가갔다. 평소처럼 움츠린 모습이 아니었다. 허리를 꼿꼿이 세운 채 고개를 든 걸음새라 예법에 완벽해 보였다.

"쥐 죽은 듯이 살면서 불만 따위 내뱉지 말았어야 했는데. 쥐새끼처럼, 그렇지?"

"그, 그렇다곤 안 했어요. 제가 언제 아가씨에게 쥐새끼라고……."

"앞으로 불만이 있으면 즉각 말할 테니 바로잡도록 해."

레티시아는 당연한 듯 말했다. 기세에 눌려 몸을 굳혔던 카라가 발끈해 소리쳤다.

"아가씨가 뭔데 저에게 이래라저래라 가르치시는 거예요?"

레티시아는 카라의 소맷자락을 잡아 제 앞으로 끌었다. 레티시아의 상처 난 손보다 매끈한 하녀의 손이 그녀의 턱에 닿았다.

"네 윗사람."

"그, 그게……."

카라가 말을 얼버무리자 레티시아는 그녀의 손을 꽉 쥐었다.

"나를 천하다고 말할 수 있는 것도 마네르의 직계 혈족뿐이지. 귀족의 피가 조금도 섞이지 않은 네가 내 주인이라고 생각했니?"

레티시아가 물었지만 정말로 궁금해서 물은 건 아니었다. 논리적으로 맞는 말이었기에 카라는 하려던 말을 삼키고 고개를 숙였다.

"……죄송합니다, 아가씨. 제가 분에 넘치는 행동을 하였어요."

카라가 고개를 숙여 사죄했지만, 진심은 아니었다. 레티시아는 이를 알면서도 제대로 사과하라며 하녀를 다그치진 않았다.

후계자 수업을 배울 때, 군주론에 대해 익혔다. 아랫사람에게 충성을 받으려면 두 가지만 기억하면 된다.

첫째, 누가 위에 있는지 보여 주는 것이다. 그게 권력이든 신분을 앞세운 무엇이든 상관없었다.

둘째, 상대가 복종하고 나면 그에 따른 보상을 내려야 한다. 한 번 쓰고 버리는 패라고 해도, 보상은 주어야 한다.

'당분간 여기서 지낸다 해도, 넌 내 편으로 삼을 가치가 없어.'

레티시아는 고개를 숙인 카라를 보며 눈을 가늘게 떴다.

하녀는 그녀의 사람으로 만들 필요도 없는 자다.

레티시아는 무감각한 물건을 보듯 전담 하녀를 천천히 훑었다. 체력 소모를 감수하면서까지 하녀와의 관계에서 우위를 점하려는 이유가 있었다.

사람은 사회적 동물이었기에 옆 사람이 상대를 어떻게 대하느냐에 따라 행동이 달라지기 마련이다. 그러니 공작가의 사용인들에게 제대로 된 대접을 받으려면 전담 하녀의 무례한 태도부터 바로 잡아야 했다.

'하녀를 제압할 수단이 필요해.'

제국의 하나뿐인 공녀라는 신분은, 지금으로선 쓸모가 없었다. 사용인들이 레티시아에게 유독 오만방자한 건 그녀가 마네르 공작 영애란 사실을 잊어서 그런 게 아니었다.

그렇다면 윗사람인 것을 보여 주기 위해 무력을 휘둘러야 하는가.

위압감을 주겠답시고 하녀의 뺨을 때리는 건 감정에 못 이기는 어리석은 행동이었다. 그리고 신분을 앞세워 손을 휘두르던 조부 같은 쓰레기는 되고 싶지 않았다.

상대가 같은 귀족이었다면 뺨을 내쳤을지 모르나, 카라는 귀족인 레티시아보다 아랫사람이었다. 아랫사람을 물건 취급하며 채찍질하는 귀족들이야 많았지만, 그들과 같은 부류가 될 생각은 없었다.

천한 피가 섞여 더럽다는 이야기를 어렸을 때부터 죽기 직전까지 들어왔다. 그런데도 레티시아는 귀족으로서 품격을 유지하는 것이 의무라고 생각했다.

'어차피 어려져 눈높이도 맞지 않고.'

레티시아는 언제 화를 냈냐는 듯 카라의 손을 꽉 잡던 것을 놓아 주었다. 맞을 거라고 생각했는지, 눈을 질끈 감았던 카라가 실눈을 떴다.

"네가 우려하는 일은 없을 거야. 매번 사제님을 기다리게 할 수도 없는 노릇이고."

레티시아의 말에 카라가 놀라 숨을 흡 들이켰다. 그럴 일은 없을 거라니. 예상치 못한 답에 카라가 멍하니 눈만 깜빡였다.

이번에도 또 아랫사람인 하녀 앞에서 지긋지긋한 눈물을 보이는 건가 싶었다. 모시던 아가씨가 붉어진 눈시울로 사제님을 보고 싶지 않다며, 애처롭게 자신의 옷자락을 쥘 거라고 카라는 생각했다.

그때는 우월감을 만끽하며 "그게 아가씨의 의무다. 마네르 일족이면서 그것도 모르시냐" 하고 윗사람이라도 된 듯 레티시아를 가르칠 생각이었다. 그런데 예상에서 한참 벗어나자 카라가 당황해 물었다.

"……방금 뭐라 하셨어요? 아가씨가, 아가씨가 직접 사제님을 만나겠 다고요?"

얼마나 놀랐으면 묻는 목소리가 염소처럼 떨리고 잔뜩 얼빠진 얼굴이 었다.

"내일, 가말 사제님을 응접실로 안내해. 나도 늦지 않게 미리 준비할 테니."

레티시아는 철제 서랍으로 걸음을 옮기며 말했다. 그녀의 얼굴이 워낙 담담했기에, 카라로선 레티시아의 표정을 읽기 힘들었다. 레티시아는 얼이 빠져 있는 카라에게 재차 말을 꺼냈다.

"그러니 시녀장에게도 귀찮게 굴지 말라고 전해. 숨지 않을 테니 기사를 풀고 감시할 필요도 없다고."

하녀가 듣기에 평소와 다른 확신에 찬 어조라 더 기이하게 느껴졌다. 놀라 입을 다물지 못하는 카라에게 레티시아가 부드럽게 말했다.

"깨끗한 외출복을 준비하란 거, 잊지 마. 마네르 공작 영애로서 매번 잠옷 차림으로 사제님을 뵐 순 없잖니."

"그, 공작 영……, 아. 알겠습니다."

공작 영애가 맞긴 해? 레티시아의 말을 지적하려던 카라가 그녀의 신분이 공작 영애란 것을 깨닫고 고개를 끄덕였다.

윗사람에게 고개를 끄덕이는 건 무례한 행동이었지만, 레티시아는 굳이 지적하지 않았다. 그녀에게 중요한 건 가말 사제와의 대면이었다.

하녀의 기를 꺾는 건, 사제를 정리하고 난 다음이었다.

* * *

"카라에게서 이야기 들었습니다. 내일 사제님을 직접 뵙겠다고요?"

그날 초저녁. 시녀장 마리암이 직접 레티시아의 침실을 방문했다. 레티시아는 그녀의 부탁으로 카라가 갖다 놓은 낡은 가죽 의자에 앉아 책을 보고 있었다.

열여섯에 읽었던 고서, 『헤브론』의 사본을 찾으려 했지만 그 귀한 것이 서재에 있을 리가 없었다. 그래서 철제 서랍에서 아무 책을 꺼내 보던 중이었다.

우연히 꺼낸 것이 북부 윈터 영지의 전설을 동화로 만든 책이었다. 레티시아가 보고 있던 책을 흘끗 본 마리암이 조소를 감추지 못했다.

"아, 동화책을 보시는 중이었군요? 제가 방해한 것 같은데 다시 올까요?"

마음에도 없는 소리.

레티시아는 책을 탁 소리 나게 덮고는 마리암을 쳐다보았다.

"굳이 왔는데 갈 필요까지야……. 자네를 번거롭게 할 마음은 없어."

레티시아가 별거 아니란 미소를 지으며 대꾸했다.

지금 '자네'라고 한 거야? 할 말을 잃은 마리암이 얼굴을 붉혔다가 미간을 좁혔다.

"지금 '자네'라고……."

틀린 표현은 아니었지만 열한 살 계집아이에게 듣고 있자니 상당히 불쾌했다. 레티시아가 적녀였다면 넙죽 "네, 아가씨" 하며 항명하지 않고 넘어갔겠지만, 상대는 반쪽짜리 사생아다. 게다가 모계는 비천한 알레타 출신이었다.

예전에는 알레타가 고대 왕국의 순수 혈통이라 불리며 지배자로 군림했을지 몰라도 지금은 아니었다. 피케네 제국이 세워진 후로 피지배층이 되어 천대받는 실정이었다. 한때는 알레타가 마법, 천문학, 의술, 정령술에도 능했던 적이 있었지만 다 옛말이었다.

고대 알레타의 순수 혈통들은 다른 민족의 피가 섞이지 않는 경우, 모두 붉은 눈을 가졌다. 레티시아는 마네르 공작의 피를 이어받고도 선명한 적안을 가졌으니 예외인 셈이다.

마리암은 이런 사정을 모르는 데다 관심도 없었다. 저 붉은 눈이 비천하단 증거이자 사특한 것으로 느껴졌다.

"'자네'라고 함부로 말씀하실 게 아닙니다."

마리암이 레티시아를 더럽다는 듯 위아래로 훑어 내렸다. 뭐가 그리 불쾌한지 아가씨란 호칭은 쏙 뺀 뒤였다.

"'자네'라 부르면 안 되는 거였나?"

이렇게 나올 거라 예상했지.

레티시아가 눈을 크게 뜨고 고개를 기울였다.

자신은 사생아라 해도 공작의 딸.

반쪽짜리라 명부에 이름을 올리지 못했다 해도, 시녀장이 함부로 호칭을 가르쳐선 안 되는 상황이었다.

레티시아는 알겠다는 듯 눈매를 부드럽게 휘었다. 그리고 시녀장의 말을 못 알아들은 것처럼 종 부르듯 그녀의 이름을 불렀다.

"마리암. 이리 와 볼래?"

"허! 아가씨에게 제 이름을 부르시라 허락 드린 적 없습니다. 그리고 이리 오라뇨! 제가 무슨 키우는 개라도 되는 듯이 말씀하시는데, 어디서 그런 못된 버릇을 배우신 겁니까?!"

까다롭게 구네.

레티시아는 속으로 생각하고 코웃음 쳤다. 그러고는 고개를 숙여 하얗고 가냘픈 손을 들어 입가로 가져갔다.

"아, 미안."

누가 봐도 웃음을 참는 모양새라 마리암은 더욱 불쾌해졌다. 자신은 화가 나는데 상대는 웃고 있으니 짜증과 분노가 치솟았다.

"'시녀장님'이라 제대로 불러 주십시오. 처음, 그 천한 계집의 손을 잡고 이 저택에 왔을 때처럼 똑바로 부르시란 말입니다!"

마리암은 위계질서를 잡겠답시고 고개를 빳빳이 세웠다. 주인 일가를 보필해야 한단 직책은 잊은 지 오래였다.

레티시아는 그런 시녀장이 우스웠다.

시녀장이 말하는 천한 계집이 자신의 어머니라는 것도 모르지 않았다. 분명, 과거의 자신은 어머니는 천한 계집이 아니라며 울며불며 소리쳤다.

하지만 지금은 어쩐지 웃음이 새어 나왔다. 어떤 말을 하면 눈앞의 어린 공녀가 상처를 받을지 마리암은 갖잖은 머리를 굴렸을 것이다.

'내가 태생에 콤플렉스를 가졌다는 걸 알고.'

레티시아는 알 만하단 표정을 하며 소리 내어 웃었다. 레티시아가 웃음을 감추느라 고개를 숙인 탓에 마리암은 그녀가 운다고 생각했다.

"울음 뚝 그치세요! 열한 살이나 먹은 공녀께서 그리 유약하셔서야 되겠습니까? 시녀장인 제 말에 눈물부터 흘리시면……."

사생아라 해도 레티시아는 주인 일가였다. 마리암은 공작에게 머리를 조아리며 벌벌 떨었지만, 그의 딸인 레티시아를 짓누르는 것은 무척 즐겁게 느껴졌다.

"푸흡. 제가 마음이 약해지실 거라 생각하시나 본데……."

희열을 느낀 마리암이 입술을 쭉 끌어올리며 레티시아를 쳐다볼 때였다. 레티시아가 숙였던 고개를 들었다.

"아, 아가씨?"

마리암이 놀라 레티시아를 불렀다. 조부가 요사스럽다고 손가락질했던 붉은 눈이 가늘어진 채 마리암을 보고 있었다.

레티시아는 천천히 등받이에 몸을 기댄 채 비스듬히 고개를 기울였다. 그런 다음, 시녀장을 무례하게 불렀다.

"너."

"……아가씨!"

"왜."

전담 하녀인 카라를 대할 때보다 더 건성으로 한 대답이었다. 마리암의 미간이 사납게 좁혀졌다. 열한 살이라 해도 공녀는 공녀. 그런데도 레티시아는 제국어도 제대로 떼지 못했는지 그림 가득한 동화책을 보는 꼴이 우스웠다.

'저 멍청한 계집을 내가 가르쳐야겠어.'

마리암은 기가 막혀 허, 하고 헛웃음을 짓다가 얼굴을 일그러뜨렸다.

"시녀장님이라 부르라고 했잖습니까!"

아, 알겠다. 날 어린 시녀쯤으로 대하고 있는 거였네.

단정히 앉아 있던 레티시아가 탁자에 팔을 올려 턱을 괴고는 마리암을 빤히 쳐다보았다.

"꼭 그래야 할까, 마리암?"

기가 찬 얼굴을 한 마리암이 레티시아 앞에서 목소리를 높였다.

"저 또한 귀족 가문 출신입니다. 제 아버지께선 3대째 마네르 공작가를 모셔 온 유서 깊은 데니스 자작으로서……."

레티시아의 오만한 자세에 마리암이 얼굴을 구기며 훈계하려던 때였다. 레티시아는 코웃음 치며 시녀장의 말을 바로 끊었다.

"아, 우리 존귀한 시녀장께서도 마네르의 피가 흘렀던가?"

"예?"

"자네도 자네의 입으로 말하지 않았나. 네 부친이 3대째 마네르 공작가를 모셔 왔다고. 누가 보면 내가 데니스 자작 가문 출신이고, 시녀장이 공작의 딸인 줄 알겠어."

"그건 아니지만……!"

"그래, 아니지. 윗사람인 내가 아랫사람을 어떻게 부르든 간에 자네가 간섭할 수 없는 문제인데."

레티시아는 여전히 턱을 괸 채 시녀장을 위아래로 훑었다. 마리암이 그녀를 무시하며 봤던 시선보다 더 무례하고 노골적이었다.

"날 우습게 여기는 건 이미 알고 있지만—."

레티시아는 말을 하다 말고 멍청한 허수아비와 대화라도 하는 것처럼 가벼운 한숨을 흘렸다.

"그건 마네르 적통의 피가 흐르는 내 아버지와 조부께서 봤을 때뿐이지. 공작가를 대대로 모셔 온 가신이 겁도 없이 마네르 공녀를 가르치려 드나."

레티시아는 어이없어하는 시녀장을 똑바로 바라보았다. 레티시아가 한 말이 전부 맞았기에 마리암도 달리 할 말이 없었다.

몸을 움찔 굳힌 마리암이 뭐라 항명하려던 때였다.

똑똑.

노크 소리가 들리더니 기사가 문을 열고 들어왔다.

"사제님께서 보내신 서신입니다."

마리암이 뒤늦게 표정 관리하며 레티시아 대신 서신을 건네받았다. 자연스레 페이퍼 나이프를 찾으며 서신을 뜯으려는 행동에 레티시아가 동화책을 집어 테이블을 내리쳤다.

쾅!

갑작스레 난 큰 소리에 마리암이 놀라 고개를 쳐들었다.

"뭐, 뭐야?"

정작 소리를 낸 레티시아 본인은 차라도 마시듯 평온한 얼굴이었다.

"가져와."

고급 차 대신 미지근한 물을 삼키며 레티시아가 명령했다. 당연히 마리암은 말을 듣지 않았다. 그녀는 자신에게 온 서신이라도 되는 것처럼 뒤로 숨겼다. 그 방자한 태도에 이번엔 레티시아가 하, 하고 헛웃음을 터뜨렸다.

레티시아는 의자에 몸을 기댄 채 시녀장에게 손을 까닥였다.

"멍청하게 시간 끌지 말고 가져오는 게 좋을 텐데. 내가 심통이 나 자네 탓하기 전에."

"무, 무슨······!"

"시녀장이 서신을 빼앗아 가서 사제님을 뵐 수 없게 됐다. 사제님을 뵙지 못했으니 조부님을 용서할 수 없다. 손녀의 용서 따윈 바라지 않고 그냥 조용히 돌아가시는 게 좋겠다. 이대로 말할까?"

"잠, 잠깐만요! 제정신으로 하는 소리예요?"

당황한 마리암이 다급하게 소리쳤다. 레티시아가 그렇게 말하면 곤란해지는 건 시녀장인 그녀였다.

이 저택에 레티시아의 편은 없었었다. 하지만 선대 공작이 어린 손녀에게 용서받기 직전까지 겁 많은 레티시아를 달랠 필요가 있었다.

조부가 레티시아에게 용서받거나 그전에 숨이 멎는다면 그것도 끝이지만.

"아, 정 자네가 읽겠다면 그러도록 해. 가말 사제님에게 연락은 못 받은 걸로 하지."

레티시아는 동화책을 팔랑 넘기며 시선을 내렸다.

『하얀 여왕』이란 동화책은 재미없기로 유명해서 제국의 아이들도 기피하는 것이었다. 펼쳐진 책 위로 하얀 눈이 가득한 윈터 산맥이 드러났다.

레티시아가 어찌나 여유롭게 책을 보는지, 시녀장이 서신을 건네주든 말든 상관없다는 태도였다.

"하, 그럼 직접 읽으시죠! 아가씨께서 제국어를 똑바로 읽지 못하시니까 도와드리려는 건데 저를 뭘로 보고······!"

마리암이 쭈뼛거리며 레티시아에게 서신을 건넸다. 레티시아는 시선 하나 주지 않고 말했다.

"페이퍼 나이프."

"그건 카라가……."

"가져와. 하녀인 카라에게 시녀장인 널 다시 가르치라고 하기 전에."

멍청한 년. 시녀장은 나고 카라는 하녀라고!

그런 게 가능할 리가 없다고 생각했기에, 마리암이 입술을 비죽거리며 말대꾸하려던 때였다.

"내가 자네를 내치는 조건으로 조부님을 용서하길 원해?"

입 다물라는 말은 없었지만 그만 닥치고 페이퍼 나이프를 가져오란 소리였다. 결국, 마리암은 레티시아가 원하는 대로 따라 줄 수밖에 없었다.

20분.

시녀장이 부산스레 침실을 나간 뒤, 돌아오기까지 걸린 시간이었다.

낡은 철제 테이블과 어울리지 않는 고급 페이퍼 나이프, 깃펜을 올려 둘 수 있는 유리 조각. 그리고 한 번도 맛본 적 없는 고급 수제 간식이 위에 올려져 있었다. 녹색 찻잎을 띄운 따뜻한 차도 함께였다. 마리암이 열려던 서신도 여전히 밀봉된 채로 테이블 위에 놓여 있었다.

트레이를 끌고 온 마리암이 붉어진 얼굴로 소리쳤다.

"아가씨가 이렇게 정신 나간 것처럼 구는 것도 오늘만이에요! 아니, 내일까지만이라구요! 아가씨가 선대 공작님을 용서하게 되면, 이 짓도 이걸로 끝이에요!"

트레이를 끄는 건 하녀의 일이었다. 귀족 출신의 시녀장이 직접 트레이를 끌다니, 하녀들이 알면 비웃을 것이 분명했다.

"왜 갑자기 변심한 건지 몰라도 내일이면 끝인 거, 아시겠어요?"

마리암은 소리치면서도 행동은 정중했다. 레티시아가 먹을 다과를 테이블에 올릴 때도 책잡힐까 지극히 공손했다.

"아, 기억할게. 내가 자네 목숨줄 잡고 있다는 거. 그리고 내일이 아니야. 조부님께서 살아 계시는 동안, 자네가 예의 바른 행동을 하는지 지켜볼 생각이거든."

레티시아는 내일이 아니라는 사실을 정정해 주며 뒷말을 이었다.

"데니스 자작가가 공작가를 모시는 것도 3대로 끝나면 자네도 좀 속상하겠어."

말을 마친 레티시아는 상냥한 웃음을 띠었다. 그러자 마리암이 기겁하며 두 손을 배로 모아 허리를 숙였다.

"흐읍. 아가씨도 참! 그게 무슨 소리예요? 앞으로 잘 모실 테니 선대 공작님껜 아무 말 말아 주세요……. 그리고 용서란 건 대가 없이 하는 거예요! 알겠죠, 아가씨?"

끝까지 훈계하던 시녀장이 나가고 나니 방 안이 조용해졌다.

레티시아는 다과를 하나 집어 심드렁한 얼굴로 살폈다.

'나, 원. 저렇게 표정 관리 못 해서야…….'

조부가 세상을 뜨면 그때 괴롭히겠단 시녀장의 심보가 눈에 뻔히 보였다. 하지만 레티시아로선 두려운 것이 없었다.

그녀가 어렸을 때 기억하던 시녀장은 무섭고 악독한 존재였다. 하지만 열여덟까지 살았던 눈높이에서 보자니 시녀장은 다루기 쉬운 어른이었다.

화가 난다고 독을 구할 생각은 못 한다. 간식을 땅에 떨어뜨리는 분풀이가 다였다. 조금 거슬렸단 이유로 독을 먹인 수진에 비하면 시녀장은 순진한 편이었다.

이제껏 고급 간식이 따로 올라온 적은 없었지만, 간식에 장난친 건 아닌지 겉은 먼지 한 점 없이 깨끗했다.

"대가 없는 용서를 하라고……."

시녀장은 누구를 극도로 증오해 본 적 없어서 저렇게 우둔한 소리를 하는 것이 틀림없다.

"죄를 저지른 건 조부인데, 못된 계집이 되기 싫으면 용서하라 했지."

그 헛소리를 지껄인 건 시녀장 마리암이 아니었다. 내일 레티시아를 친히 보러 오겠단 뜻을 밝힌 가말 사제였다. 운 좋게 사제가 된 놈이 입 바른 소리를 했다. 그것도 어린아이를 상대로 협박까지 해 가며.

타인의 맹목적인 증오를 받게 되면, 그리고 그 증오로 죽고 싶을 만큼 괴로워지면 그런 말 따위 감히 하지 못할 텐데.

"사제님께선 용서하면 착한 아이, 용서하지 않으면 이기적이고 못된 계집이라 했던가……."

레티시아는 시녀장이 놓고 간 다과를 입으로 가져갔다. 고급 다과를 땅에 던졌든 짓밟았든 상관없다. 어차피 모두 씹어 버리면 그만 아닌가. 레티시아는 무료한 얼굴로 다과를 쏙 입에 넣었다.

"역시 애새끼 취향 아니랄까 봐 더럽게 달아."

혀가 아릴 정도로 단 것이 필립 그놈이 딱 좋아할 맛이다. 인생이 쓰면 다과도 쓰게 느껴진다는데, 기분 나쁠 만큼 달았다. 달콤한 향에도 레티시아의 인형처럼 무감정한 얼굴은 그대로였다.

"흐음. 평소처럼 흙 맛은 안 나네. 침도 안 뱉었나 본데."

레티시아가 화형대에 끌려가기 전날.

실패할 걸 알면서도 음독했을 때와 지금 단것을 먹은 후의 표정은 놀라울 만치 똑같았다.

* * *

그날 늦저녁, 레티시아는 자신이 겪은 현상에 대해 되짚었다.

'어떻게 다시 살아난 걸까.'

창 너머로 붉은 놀이 지는 것을 바라보며 생각을 정리했다. 주변에 사람이 없어서 고요한 가운데, 레티시아는 테이블로 시선을 내렸다. 철제 테이블에는 펼쳐진 동화책과 잉크가 든 깃펜이 미지근한 차와 함께 놓여 있었다.

레티시아는 이미 한 번 죽음을 겪었다. 그런데 열한 살까지 머물렀던 방에서 눈을 뜬 건 우연일까.

꿈이 아니라면 가능성은 하나였다.

후계자였을 때 봤던 고서.

마탑을 세운 창시자, 대현자 아브라함이 기적이라 불리는 사이邪異한 현상을 기록한 『헤브론』. 해석본도 없었던 고서, 『헤브론』을 레티시아가 읽었던 건 후계자가 된 열여섯 때의 일이었다.

그녀의 가문, 마네르는 피케네 제국을 세우는 데 공을 세운 개국 공신이었다. 건국 초 고대 왕국의 유적지에서 성유물을 발굴했고, 가문 내 지하 시설에 보관해 두었다.

성유물은 그 존재부터 기적을 부르는 상등 성유물부터, 골동품 취급 받는 하등 성유물까지 다양했다. 그중 네임드Named 성유물을 완벽하게 쓰기 위해선 신어를 할 줄 알아야 했지만, 레티시아는 신어를 하지 못했다.

신어는 노력과 학습으로 체득할 수 없는 것이었다.

'아버지의 딸로 운 좋게 태어난 주제에 노력만 한 게 뭐가 대단해? 신어는 노력으로 할 수 없는 거잖아. 아버지는 쓸모없는 언니 대신 내가 필요했던 거야.'

1년 뒤, 열일곱으로 성년이 된 레티시아를 제치고 가주가 된 수진이 한 말이었다.

수진이 신어를 한다는 이유로 가주로 택했지만, 정작 공작은 편한 대로 레티시아를 이용했다. 그 또한 고대어에 능숙했지만, 아버지보다 더 노력했던 레티시아만큼은 아니었다. 그래서 공작은 레티시아를 버리기 전까지 고대어를 읽고 해석할 것을 부탁했다.

그렇게 봤던 고대의 책이 『헤브론』이었다. 마탑에 있는 원본과 다른 사본이었지만.

12월 제야의 그믐이 오기 전, 제물을 바치면 일어나는 기적. '그 현상'에 대한 기록을 『헤브론』에서 봤던 기억이 난다.

'헤브론에서 본 내용대로라면 꿈이 아닐지도 몰라.'

레티시아는 고대어로 쓰진 『헤브론』의 첫 장을 기억해 냈다. 그리고 동화책의 빈 페이지에 떠오른 내용을 고대어로 적어 나갔다. 자신이 겪은 현상을 이해하기 위해서 『헤브론』의 신화를 요약했다.

『헤브론』에서 언급되는 위대한 존재는 오직 둘.

시간의 축을 다스리는 대성녀 힐데가르트.

일곱 죄악의 권능, 그리고 일곱 개의 이름을 가진 태초의 악마 이블리스.

둘을 연구했으며 마탑을 세운 시초, 대현자 아브라함이 『헤브론』의 저자였다.

시간의 주인, 힐데가르트에게서 시간을 훔쳐 온 이블리스부터 대현자 아브라함의 연구는 시작되었다.

대성녀 힐데가르트는 시간의 축 중심에 선 자였다.

성녀가 다스리는 시간을 틈틈이 노리는 자가 있었다.

금빛 날개를 가진 태초의 악마이자 일곱 죄악의 주인, 이블리스.

그녀는 힐데가르트의 시간을 훔쳐 와 어린 인간 아이들에게 나눠주었다.

대성녀의 권능이 담긴 성유물을 쓰기 위해선 신성을 가져야 했다. 허나 금빛의 마왕, 이블리스의 이름을 빌린다면 힐데가르트의 축복이라 여겨지는 '신성'을 가지지 않은 자도 시간을 되돌릴 수 있었다.

즉, 힐데가르트가 잠든 밤을 노려 대성녀의 눈을 가린다. 그런 다음 성유물을 타락하게 만들어 시간 영역에 간섭할 수 있었다. 그리하여 성유물을 이용해 시간을 미래에서 과거로 돌리는 것을 '회귀'라 명명한다.

'회귀'는 힐데가르트의 신성한 성역을 깨고 절대선인 시간에 간섭하는 행위였다.

힐데가르트에게서 신성을 부여받지 않고도 그러한 권능을 쓸 수 있는 건 두 부류였다.

일곱의 죄악을 다스렸으며 〈오만〉의 권능을 가진 마왕, 아블리스.

그리고 그녀와 계약하여 태초의 악마, 아블리스의 이름을 잇게 된 여섯의 아이.

아이들은 아블리스의 귀여움을 받아 〈오만〉을 제외하고서 금빛 마왕의 다른 여섯 이름을 각각 가지게 되었다.

힐데가르트의 지배와 감시에서 벗어나, 끝끝내 타락하여 대악마가 된 아이들만이 성유물로 시간을 되돌릴 수 있었다.

시간을 되돌리는 방법은 크게 두 가지였다.

하나는 '신성'을 쓰는 것이다. 시간의 성유물을 정당한 방법으로 쓰기 위해선 힐데가르트의 축복인 성력이 있어야 했다.

다른 하나가 금기시되는 '마왕의 힘'을 이용하여 성유물을 타락시키는 것이었다.

두 가지 모두 성유물이 필요했다.

하지만 고서를 발견한 500년 전부터 기록이 지워진 상태여서 구체적으로 어떤 성유물인지, 성유물의 이름이 뭔지, 묻힌 곳까지 전부 미스터리로 남았다.

시간의 성유물에 대해 알려진 바가 없었지만, 시간을 돌리기 위한 한 가지 조건은 알고 있었다.

제야.

한 해가 끝나는 12월의 마지막 날.

금환 일식이 시작된 순간, 대성녀의 제단에 제물을 바치게 되면 시간을 역행하는 기적이 행하여질 것이다.

시간을 역행하는 건 두 가지 의미였다.

미래에서 과거로 가는 회귀. 그리고 죽은 자를 살리는 부활을 뜻했다.

금환 일식이 언제인지를 두고 고고학자들의 해석이 분분했지만, 『헤브론』에서 누구나 동의하는 해석이 있었다.

대성녀가 창조한 태양을 마왕이 만든 금빛 달이 가리는 때.

레티시아가 죽던 날은 제국에서 쓰이는 힐데가르트 역법에 따르면 제야가 아니었다. 그러니 이론이 틀렸다고 볼 수 있었지만, 레티시아는 더 넓은 것까지 생각했다.

"이블리스의 시간."

만년필이 이블리스란 이름을 새겨 나갔다.

대성녀의 역법으론 한 해가 끝나는 12월 마지막 날이 제야였다. 한 식구가 모여 불을 환히 켜고 대성녀에게 감사를 표하는 날이었다.

하지만 이블리스의 제야는 6월의 첫째 날이었다.

'기적을 행사할 수 있는 사이한 날.'

이날은 저주가 깃든다고 하여 집 안의 모든 등불을 끄고 푸른 촛불을 켜 악마를 내쫓았다. 이는 어디까지나 일반적인 관습과 전통을 가진 신민 기준이었다.

반대로 네르바드처럼 악마를 숭배하는 가문이라면 '이블리스의 제야'가 바로 축제의 날이었다. 창문이든 대문이든 문이라면 뭐든 열고, 모시는 악마가 어찌 촛불 따위를 무서워하겠냐며 코웃음 치고는 촛불을 더 크게 밝혔으리라.

레티시아는 자신이 죽었던 날을 동화책의 귀퉁이에 적어 나갔다.

6월 1일.

신성 가문 마네르에선 사이한 것을 피하는 날이자, 그녀의 안식을 빌어 주었던 일라이에게는 가문의 축제일이었다.

'축제에 가지 않고 왜 내 처형식에 왔던 걸까.'

의문이 들었지만, 레티시아는 일라이가 우연히 왔다곤 생각하지 않았다.

지금 당장 묻고 싶었다. 악마를 믿는 당신이, 어찌하여 신성 가문의 핏줄인 자신의 안식을 빌어 준 거냐고.

하지만 답을 해 줄 사람이 없었다.

고서 『헤브론』의 이론에 의하면 두 번째 삶일지도 몰랐다. 아니, 두 번째 삶이라고 레티시아는 확신했다.

레티시아는 떨리는 손으로 깃펜을 꾹 움켜쥐었다. 만년필의 검은 잉크가 누렇게 변색된 종이에 지익 번져 갔다. 『헤브론』의 이론이 맞을 거란 정황상 증거는 없다. 하지만 대현자 아브라함의 이론이 틀렸다는 증거 또한 없었다.

'회귀했다면 날 구했던 일라이는 어떻게 되었을까.'

그 당시의 일라이는 마탑주이자, 네르바드 후작으로 스물한 살이었다. 그러나 지금은 열네 살이 되었을 일라이 소후작. 마탑주는커녕 차기 마탑주로 인정받지 못한 소년이 동경과 두려움의 대상이었던 마탑주와 같은 사람이라고 볼 순 없었다.

'만날 수 있을까.'

그 사실을 알면서도 레티시아는 일라이를 만나고 싶었다. 회귀 전의 일라이가 아니라 하더라도 상관없었다. 그녀를 구해 준 건 미래의 그였으니, 일라이를 찾아가 보고 싶었다.

묻고 싶었다.

'왜 나를 구해 줬느냐고…….'

타인이 보기에 일라이는 미친놈이었다. 마탑주인 흑발의 미남자는 아름답다는 소문과 함께 미친놈이라 불렸다.

죽어 가는 레티시아. 그것도 신성 가문의 공녀를 상대로 화살을 쏜 극악무도한 악마 숭배자.

사형식을 즐겁게 지켜보던 마네르 사람들이 경악해도 눈 하나 깜짝하지 않을 위인이 일라이였다. 레티시아의 숨을 멎게 하여 가문의 신성한 의식을 망쳤어도, 그 누구도 그에게 손을 대지 못했으리라.

일라이는 대현자 아브라함의 이름을 가진 자.

마탑의 주인이자 고서 『헤브론』의 다음 장을 써 나갈 수 있는 유일한 존재였다.

그러니 마력이 담긴 금빛 화살을 쏴서 레티시아를 살해하고도 상처 하나 없이 마탑으로 돌아갔을 것이 분명했다.

'분명 그랬겠지.'

과거의 마탑주가 어떻게 됐을지 명확히 모르지만, 지금 만나는 봐야 했다. 하지만 레티시아는 일라이와는 사적으로 만난 적이 없었다. 어찌 보면 당연한 일이었다.

일라이의 가문, 네르바드는 가문이 세워질 적부터 악마를 숭배해 왔다. 일곱 죄악의 마왕, 이블리스부터 다른 여섯의 대악마까지.

그에 비해 레티시아의 가문, 마네르는 대성녀 힐데가르트만을 유일신으로 여기며 섬겨 왔다.

일반 신민이라면 몰라도, 신성 가문의 공녀인 레티시아가 일라이를 만난다는 건 상상할 수 없는 일이었다. 그 자체로 가주인 아버지에 대한 기만이었기에 돌무더기를 맞아도 할 말이 없었다. 그러니 그녀가 일라이를 만나게 되면, 그리고 그 사실이 알려지면 가문에서 쫓겨날 수도 있었다.

레티시아는 동화책 한 귀퉁이에 일라이의 이름을 적어 나갔다. 고대 어로 적어서 그런지, '일라이 네르바드'란 이름만 봐도 악마의 것 같았고 사이해 보였다.

레티시아는 일라이의 이름에 밑줄을 그으려다 멈췄다. 가문에 인정받기 위해 아버지의 말을 따랐다. 어찌 보면 '교활하고 간악한 네르바드 일족과 만나지 말라'는 것도 아버지의 가르침에 속해 있었다. 레티시아는 밑줄을 긋는 대신 동그라미를 새겼다. 확신의 의미로 별표도 세 개나 덧붙였다.

"뺨을 맞더라도 일라이 네르바드는 꼭 만나야겠어. 반드시."

지금의 일라이는 뭣 모르는 애송이……까진 아니더라도, 곤궁한 상황에 놓인 후계자였다. 그의 아비인 네르바드 후작이 친아들을 살해하기 위해 눈에 불을 켰기 때문이었다.

결국, 패배한 건 네르바드 후작이었지만, 일라이가 아비를 죽이고 작위를 잇기 전까지 온갖 고생을 다 하는 편이었다.

친아비의 간계로 일라이는 열네 살에 한쪽 눈을 잃기까지 했다.

"은혜는 은혜로."

적어도 안식을 빌어 준 은혜는 갚아야 하지 않겠어.

레티시아는 종이가 찢어지고 나서야 깃펜을 떼었다.

"손이 더러워졌네."

레티시아는 창가로 다가가 카라가 막 달았을 새하얀 커튼으로 손을 뻗었다. 그러고는 손에 묻어난 검은 잉크를 쓱 닦았다.

"원수는 원수로……."

레티시아는 네르바드 가문의 문장을 떠올렸다.

더럽혀진 커튼이 무더운 여름 밤바람에 흩날렸다. 그것이 꼭 제 운명 같아 레티시아는 얼룩이 생긴 커튼을 한참 올려보았다.

두 개로 크게 난 창문의 양옆에 달린 커튼이 힘없이 바람에 흔들렸다. 그와 동시에 어린 레티시아를 지독히도 괴롭혔던 모욕들이 스멀스멀 올라왔다.

'더러운 사생아.'

'알레타의 피가 섞인 더러운 계집.'

'네년이 죽어도 마네르의 이름을 이을 순 없다!'

묶인 커튼을 보니 옴짝달싹할 수 없는 처지가 꼭 자신과 같았다.

레티시아는 손을 뻗어 흰 커튼을 떼어 내려 했다.

어지간한 힘을 주었는데도 커튼은 여전히 묶여 있었다.

그제야 레티시아는 깨달았다. 어중간한 힘으론 이런 보잘것없는 커튼을 떼어 낼 수 없다는 것을.

'이제야 깨달은 거야. 왜 진작 알지 못했을까.'

레티시아는 하는 수 없이 촛대를 들고 와 커튼의 중간 부분을 잘라 버렸다.

스걱.

말끔히 잘리는 커튼을 보고 레티시아는 후련한 미소를 지었다.

그날 밤, 늦게나마 제대로 된 저녁 식사를 레티시아의 몫으로 가져온 카라가 찢어진 커튼을 보고 경악해 소리쳤다.

"꺄악! 새로 단 커튼에 뭐 하시는 거예요? 진짜 미쳤어요? 선대 공작님 때문에 미치신 거죠?"

"오늘은 시키지도 않은 짓을 하는구나."

레티시아는 몸만 살짝 돌려 태연히 하녀를 맞았다.

"아, 그리고 나. 아직 미치진 않았어."

레티시아는 바닥에 던져진 하얀 커튼을 흘끗 내려다보았다. 카라가 울 것 같은 얼굴로 입술을 달싹이며 웅얼거렸다.

"왜요? 왜 그러신 건데요! 제가 힘들게 단 커튼을……."

"아, 잉크가 묻은 손으로 만졌지 뭐니. 얼룩이 졌길래 떼 버렸어."

"아가씨가 이런 치졸한 장난질로 저 괴롭힌 거, 절대 잊지 않을 거예요!"

이를 악문 카라가 씩씩거리며 창고에서 비슷한 커튼을 찾으러 갔다. 찾기도 힘들어서 두 시간이나 더 걸렸다. 사제가 방에 올 리는 없겠지만, 그것과 별개로 떨어질 시녀장의 불호령은 카라도 무서웠다.

그사이 레티시아는 식사를 마쳤는지 만족한 얼굴이었다. 언제 따뜻한 물로 씻었는지 뽀얀 얼굴이기까지 했다. 시중든 하녀도 없는데 또 어떻게 말린 건지, 머리카락 끝이 물기에 젖었을 뿐, 부드럽게 흘러내리는 금발 그대로였다.

"침대에 그렇게 누워 계시면 어떡해요?"

"왜? 커튼 달려고? 어차피 사제가 내 방에 오는 일은 없을 텐데, 대충 해."

"비켜 주셔야 달죠! 그리고 대충이라뇨! 남 일이라고 쉽게 말씀하시지 마세요! 안 그래도 시녀장에게 미운털 박혔는데 아가씨 때문에 혼나기라도 하면……."

"내일 내가 없을 때 해. 이제 잘 거니까. 아, 음식 냄새 안 나게 그릇 잘 가져가고."

레티시아는 귀찮다며 손사래를 치는 침대 헤드 중앙에 자리 잡고서 몸을 기댔다.

"비켜 주세요!"

카라가 비켜 달라며 레티시아에게 애절한 시선을 보냈다.

레티시아는 턱을 괸 채 발을 동동 굴리는 하녀를 빤히 쳐다보았다.

침대 옆으로 창가가 나 있었기에 커튼을 달려면 침대를 밟아야 했다. 하녀가 아가씨의 침대를 밟는 것은 무례한 행동이어서, 예비 천으로 침대 위를 덮는 것이 예의였다.

레티시아는 카라가 예비 천 없이 커튼만 달랑 들고 왔다는 것을 이미 확인한 뒤였다.

"밟아. 네가 날 밟았다고 시녀장에게 말할 생각은 없으니까."

성실한 태도를 보였으면 마음이 바뀌었을지도 모르지만, 비켜 줄
이유가 없었다.

"아아악! 저 미친! 내 커튼!"

밤이 늦어 문밖으로 쫓겨난 카라가 기껏 단정히 묶은 머리를 쥐어뜯
었다. 못된 아가씨의 계략 때문에 새벽까지 뜬눈으로 지새우게 생겼다.

문밖에서 카라가 초조해하든 말든 레티시아의 관심 밖이었다.

레티시아는 보고 있던 동화책을 덮고 침대에 누웠다.

습기로 가득한 방에서 유일하게 햇빛 냄새가 나는 베개.

이것도 레티시아가 새로 천을 구해 베개 크기에 맞춰 자르고 바느질
한 것이었다. 베개와 이불 세탁도 그녀의 일이었으니 전담 하녀가 실로
하는 일이 없었다.

"미쳤어, 진짜. 저 못된 계집이 내 앞길 망치려고 작정한 거야!"

카라의 작은 비명이 아늑한 자장가처럼 들려서 레티시아는 잠에 빠져
들었다.

하녀의 기를 좀 더 일찍 꺾는 게 좋겠다고 생각하면서.

* * *

"또 이렇게 미적거리실 거예요? 도대체 언제까지 사제님을 기다리
시게⋯⋯."

벌컥.

문이 열리며 중년의 여자가 들어왔다. 다짜고짜 소리친 시녀장이
정면을 보고 눈을 흡떴다.

레티시아가 낡은 의자에 단정한 차림새로 앉아 있었다.

매번 숨느라 산발이 되었던 금색 머리를 곱게 묶었고, 입술에는 색이
없는 향유를 발라 생기가 돌았다. 하늘색 드레스는 낡았지만 단추도 빠짐

없이 달려 있었고, 흘러나왔던 소매의 실밥도 정리되어 있었다. 손톱 끝도 관리한 것처럼 반질거렸다.

두 손을 포갠 레티시아가 고개를 들어 시녀장에게 시선을 주었다.

"이제야 온 건가? 늦었어."

레티시아가 차분한 표정으로 말하자 마리암이 놀라 입을 떡 벌렸다.

"아, 아니. 왜 벌써 준비를……."

공녀가 늦장 부릴 거라고만 생각했지, 준비를 끝냈으리라곤 생각지 못했다. 예상 밖의 상황에 마리암이 금붕어처럼 입을 벙긋거렸다.

똑똑.

노크 소리가 들리더니 기사가 문을 열고 들어왔다. 그는 허공에 손가락질하는 마리암을 지나쳐 레티시아 앞으로 다가와 한쪽 무릎을 굽혔다.

"모시러 왔습니다, 아가씨."

기사가 무뚝뚝한 얼굴로 사제의 방문을 알렸다.

"가말 사제님께서 응접실에서 아가씨를 기다리고 계십니다."

레티시아는 얼이 빠진 시녀장을 뒤로한 채 먼저 방을 빠져나왔다. 무표정한 얼굴의 호위 기사가 그녀를 뒤따랐다.

20분 남짓 걸었을까. 외관 2층에 있는 응접실에 도착할 수 있었다.

레티시아를 본 다른 기사가 빠르게 문을 열어 주자, 그녀는 우아한 걸음새로 안으로 들어섰다. 공작가의 시종이 타 준 차를 홀짝 마시고 있던 중년의 사제가 눈을 크게 떴다. 늘 산발이 된 채 기사에게 붙잡혀 왔던 공녀만 봐 왔기 때문이었다.

자리에서 일어난 가말 사제가 헛기침하며 인사했다.

"어……, 어흠. 오늘은 일찍 오셨군요."

"제가 늘 사제님을 기다리게 하였지요."

레티시아는 부드럽게 말하며 기사가 꺼내 주는 의자에 앉았다. 그

동작이 물 흐르듯 자연스러워 가말은 그녀에게서 시선을 떼지 못했다. 햇볕을 잘 쐬지 못했는지 뺨은 창백했고, 낡은 드레스는 새로 맞춘 것이 아닌데도 그녀의 몸보다 헐렁했다.

'여전히 가문에 냉대받고 있나 본데.'

부모의 사랑을 받아 뺨이 통통한 귀족 영애들만 봐 왔던 가말은 한눈에 척 알아차렸다. 그가 마지막으로 방문한 것이 석 달 전이었는데, 공녀의 차림새가 단정해진 것을 빼곤 마른 체격은 그대로였다. 그사이에 더 살이 빠졌는지 가느다란 손목뼈가 보일 정도였다.

'그런데…… 다른 사람이 된 것처럼 눈빛이 달라졌어.'

그래서인지 지금처럼 차분하게 차를 마시는 레티시아의 모습이 가말에게는 한없이 낯설었다.

"으흠, 괜찮습니다. 저를 피해 숨으실 만도 하지요. 선대 공작님이 손녀이신 공녀님을 오죽 괴롭혔습니까? 그 속상함을 사제인 제가 어찌 이해 못 할까요……."

"중앙 교단 출신 사제님이라 그런지 이해를 잘하시는군요."

레티시아가 놀랐다는 표정으로 눈을 크게 떴다가 살짝 웃었다. 아이답게 순진무구한 미소였다. 그걸 보던 가말은 일이 잘 풀리겠단 생각에 속으로 쾌재를 불렀다.

순진한 어린아이를 구슬려 조부를 용서하게 하는 것은 식은 죽 먹기였다.

가말이 차를 마시던 레티시아에게 궁금한 듯 물었다.

"석 달 사이에 예법에 익숙해지셨군요. 그전에는 꼭…… 어디 주워 온, 크흠. 공녀님이 바뀌신 건 아닌가 하고, 놀랐습니다."

농담인 듯 건넨 말은 무례했다. 하지만 레티시아는 크게 신경 쓰지 않았다.

'저자가 무례했던 게 하루 이틀도 아니었지.'

지난 생에 강도 높은 예법 수업을 받았으니, 외부인을 상대로 공녀 흉내를 내는 건 어렵지 않았다. 이러한 사정을 알 리 없는 가말 입장에선 석 달 만에 사람이 바뀐 거라 실로 소름이 돋았다.

"사제님께 긴히 드리고 싶은 말씀이 있습니다."

차분하면서도 정중한 요청에 가말이 들고 있던 찻잔을 내려놓고 고개를 끄덕였다. 레티시아는 사제에게 본론을 꺼내는 대신 문 앞에 서 있던 호위 기사에게 나가 보란 눈짓을 보냈다.

"이건 아닙니다, 아가씨. 미성년인 아가씨를 중년의 사제와 단둘이 두라뇨."

호위 기사, 파베르가 미간을 좁히며 강한 우려를 표했다. 가말 사제는 소아를 강간한 모몬토 남작에게 면벌부를 준 전례가 있었기 때문이었다. 꺼림칙한 사실이지만, 공녀 앞에서 이러한 사실을 전할 수 없었기에 파베르는 못마땅한 얼굴로 가말을 훑었다.

"뭐가 걱정이오? 내 슬하에 공녀님만 한 두 딸이 있는데. 거기다 기사분께선 내가 중앙 교단 출신인 걸 잊었나 보오?"

"죄송하지만, 아가씨. 외부인과 단둘이 계실 수는 없습니다. 게다가 여기 응접실에는 묵언 마법이 걸려 있어, 문제가 생겨도 제가 바로 대처할 수 없습니다."

파베르가 짜증 섞인 얼굴로 반대하자 뻔뻔히 웃던 가말이 벌컥 화를 냈다.

"허! 나 참 어이가 없어서. 이 몸은 오래전부터 마네르 일가를 모셔 왔소! 자네, 겉보기엔 멀쩡해 보이는데. 귀가 먹어 두 딸이 있다는 내 말을 못 들은 겐가?!"

파베르는 가말의 말을 무시하고 레티시아를 바라보았다.

'순진해도 정도가 있지.'

공작저에서 있으나 마나 한 호위 기사 취급을 받았기에 이렇다 할 충성심도 없었다. 하지만 강간범을 옹호한 가말 사제와 어린 여자아이를 둘 순 없었다.

레티시아는 파베르가 나가지 않고 버티는 이유를 눈치챘다.

'호위도 제대로 안 서는 한량 중의 한량. 그런데도 기본 양심은 있었던가.'

레티시아는 의외란 얼굴로 기사를 훑다가 아이다운 표정을 짓고는 웃음을 띠었다.

"뭔가 오해가 있었나 봐요, 파베르 경. 가말 사제님은 그런 분 아니에요. 그리고 사제님께 고해성사하는 것을 경이 듣는 것도 원치 않구요."

고해성사할 사제가 없어 저런 새끼한테 한다고? 파베르가 어이없단 얼굴로 레티시아를 쳐다봤다가 결국에는 고개를 숙였다.

"……알겠습니다, 아가씨."

공녀가 저렇게 강경하니 파베르로서도 더는 할 말이 없었다.

고집을 피우던 호위 기사가 나간 후, 가말은 흡족한 미소를 지었다.

"저 말 안 듣는 놈이 호위 기사였나요? 바꾸시는 편이 낫겠습니다."

"맞아요. 그리 성실하지는 않지만, 충직한 편이죠."

레티시아는 기억을 떠올리며 기사에 대한 평을 마쳤다.

공녀가 외출한 적이 없었기에, 한가해진 호위는 시가를 태우기 위해 자주 자리를 비웠다. 하지만 그것과 별개로 레티시아는 기사에 대한 평가를 하에서 중하로 약간 올렸다.

기사가 나가기 전, 사제를 상대로 보여 준 행동 때문이었다.

'사제님께 경고하건대, 아가씨께서 마네르 혈통임을 기억하십시오.'

스릉.

기사는 허리춤에서 검집을 푼 뒤 가말이 보는 앞에서 검을 꺼내 보였다. 그 서슬 퍼런 기백에 가말은 얌전히 입을 다물었다. 공녀를 상대로 허튼짓 하면 손목을 베겠단 의도가 명백히 보였기 때문이었다.

파베르는 나가기 전, 품에서 작은 태엽 시계를 꺼내 레티시아에게 건 넸다. 시계의 태엽 장치를 돌리면 기사에게 위험 신호가 가는 것으로, 한때 유행이던 상품이었다. 과거에도 호위에게서 몇 번 받은 적이 있었 지만, 쓸 일은 없었다.

"저 호위가 충직하단 말입니까? 푸흡, 흡."

뭣 모르는 어린 계집이 공녀랍시고 기사를 평가하다니. 그 모습이 우스워 가말은 웃음을 참지 못했다.

레티시아가 공녀라곤 해도 고작 열한 살.

사생아라 후계자 수업도 받지 못했을 테니, 눈앞의 공녀는 민가의 무지한 아이들과 똑같았다.

태도가 얌전한 게 오늘은 말이 좀 통할 것 같단 말이지.

드디어 이 멍청한 계집을 설득할 거란 생각에 가말은 히죽 웃었다.

이미 마네르 선대 공작에게서 20골드를 계약금으로 받은 상황이었다. 용서만 받아 낸다면, 가말은 제 주머니를 30골드로 두둑이 채울 수 있 었다. 계약을 완수해 낸 대가로.

가말이 한동안 말이 없자 레티시아가 찻잔을 내려놓고 그를 불렀다.

"사제님."

"네, 공녀님."

"궁금한 것이 있어 그런데, 한 가지 여쭤도 될까요?"

"그럼요. 언제든 물으시지요."

뭐든 물어보란 태도에 레티시아가 상냥한 미소를 지으며 물었다.

"가말 사제님께서 모몬토 남작을 감싸고 계셨나요? ……들리는 말로는 남작에게 면벌부를 주셨다던데."

레티시아의 차분한 목소리가 응접실을 울린 것과 동시에 가말의 표정이 굳어졌다.

"저는 아직 너무 어린 데다, 이야기 나눌 사람도 많지 않아요. 그러니 사제님, 제 앞에서까지 거짓말을 하실 필요는 없답니다."

레티시아는 찻잔을 내려놓으며 부드럽게 미소 지었다. 그 미소가 힐데가르트 성상을 떠올리게 할 만큼 고아해서 가말은 저도 모르게 얼굴을 붉혔다. 닮을 대로 닮은 양심이 찔린 탓이다.

"사실대로 말씀드리자면, 제가 모몬토 남작에게 면벌부를 주었습니다. 하지만 모몬토 남작도 그만의 사정이 있겠다 싶어서……."

그 쓰레기가 처분되지 않고 살아 있는 사정?

레티시아는 냉소적인 표정을 감추며 고개를 끄덕였다.

가말 사제가 소아 성애자인 모몬토 남작에게 죄를 사면해 주었단 증거로 면벌부를 주었다. 그리고 이 사실을 레티시아는 이미 알고 있었다.

감옥에서 죽어 간 아이들의 법적 보호자도 아니면서, 함부로 남작을 사면해 준 것은 용서받지 못할 행위였다.

면벌부를 남용하여 사제 개인은 뒷주머니를 채우고, 교단 또한 지하 금고를 채웠다. 성당 건설과 포교는 명분일 뿐이었다.

레티시아의 조부, 그레이엄은 손녀를 학대한 죄를 수년간 저질러 왔다. 하지만 워낙 신실했던지라 면벌부를 받는 대신 레티시아에게 직접 용서받고 싶어 했다.

죄책감 때문이 아니었다.

'지옥에 떨어지는 것이 두려워서.'

조부는 가말 사제가 써낸 면벌부가 지옥 방지책으로 효과 없으리라고 판단했다. 강간범을 감싼 사제에게 받는 면벌부가 어떤 효력이 있겠는가. 중앙 교단의 사제라 한들.

레티시아는 경멸하는 기색을 감추고는 다 이해한단 얼굴로 고개를 끄덕였다.

"모몬토 남작이 죄를 깨닫고 진심으로 고해성사하였기에 사제님도 용서하였던 거지요?"

"예, 뭐……. 그럼요."

가말이 반듯하게 접힌 손수건을 꺼내 이마에 흐르는 땀을 닦았다.

'진심으로 용서라니, 가당치도 않지.'

뱃살이 흘러내릴 만큼 살이 찐 모몬토 남작이 뒤뚱뒤뚱 걸으며 신전까지 찾아왔지만, 용서를 빈다는 말을 입 밖으로 꺼낸 적은 없었다.

'거, 면벌부는 언제 나오는 거요? 쓸 게 뭐가 있다고 그리 오래 걸리나. 사업하느라 바쁘니, 거, 빨리빨리 합시다, 에헴!'

'추잡한 남작 놈. 기분은 잡쳤지만, 돈은 받았으니 된 거지.'

그날을 떠올리다 고개를 내저은 가말이 한숨을 내쉬며 말했다.

"공녀님께선 저 막돼먹은 기사와 달리 너그러우시군요. 그렇습니다, 공녀님. '죄는 미워해도 사람은 미워하지 말라'는 대성녀님의 가르침을 사제로서 따랐을 뿐입니다."

'금화 몇 닢에 잘도 따랐겠지.'

그리고 사람을 미워하지 말라니. 힐데가르트가 그런 말을 한 적은 없다. 레티시아는 이를 알면서도 고개를 갸웃하며 물었다.

"아, 그렇군요. 대성녀님께서 그리 말씀하셨단 말이죠?"

"틀림없습니다. 어찌 사제로서 교리를 속이겠습니까?"

돈 받는 교리겠지. 레티시아는 눈을 내리깔며 찻잔을 느릿하게 쓸었다.

그녀는 지난 삶에서 대성녀의 교리를 질릴 만큼 들었다.

대성녀의 십이계명에 따르면 '용서받지 못한 자는 영혼이 닳을 때까지 심층의 구덩이에 가둬질 것'이라 하였다. 또한, 죄인이 용서받기 전까지 그가 저지른 죄에 엄격했다.

그러니 죄인은 상처 입은 사람에게 직접 용서를 받아야 했고, 사제가 대리자로 면벌부를 발행하는 것도 엄격히 금지되었다. 즉, 면벌부 자체가 대성녀의 교리와 어긋나는 일이었다.

하지만 레티시아가 교리를 모른다고 생각한 사제는 거짓말을 늘어놓았다. 뭣도 모르는 계집 속이는 거야 일도 아니었다.

가말은 두 시간 동안 레티시아에게 조부를 용서해야 하는 이유를 설교로 늘어놓았다.

"······해서 조부님을 용서하시는 것이 공녀님에게도 좋은 일이란 말입니다. 이해되셨습니까?"

"아, 네······."

레티시아는 순종적인 자세로 설교를 들으며 고개를 끄덕였다. 그러다가 순진무구한 얼굴로 물었다.

"그런데 어쩌죠, 사제님. 전 죄도 미워하고 그 죄를 저지른 자는 더 끔찍이 미워하는데······. 조부님을 용서하지 않으면 정말로 나쁜 계집이 되는 건가요?"

들려오는 말에 가말이 몸을 움찔 굳혔다. 레티시아가 끝까지 포기하지 않으면, 그때 "공녀님께선 정녕 못된 계집이 되실 작정입니까!" 하고 소리칠 작정이었기 때문이었다.

할 말을 빼앗긴 가말이 더듬거리며 겨우 답했다.

"아, 어. 그렇습니다. 용서하지 않으면 못된 계집이 되는 겁니다! 장차 아이를 낳아 교육하셔야 할 분이 벌써 행실에 대해 안 좋은 소문이 도신다면······."

사제의 헛소리에 레티시아는 침착한 얼굴로 고개를 끄덕였다. 레티시아가 언뜻 수긍하는 태도를 보이자 가말은 안도의 숨을 길게 내쉬었다.

공녀라고 해도 아직 어린 계집이니, 어려운 존재인 조부와 중앙 교단 출신의 사제에게 길게 대항할 수 없을 터.

"그럼 이제 제 손을 잡고 조부님을 찾아가는 겁니다. 용서하겠단 한마디면 모든 게 해결되는······."

가말이 흡족한 미소를 지을 때였다. 레티시아가 두 손을 가지런히 모은 채 상냥한 어조로 물었다.

"그런데 사제님, 제가 조부님을 용서하지 않고 못된 계집이 되면요?"

"……예?"

가말이 못 들을 걸 들었단 얼굴로 되물었다. 레티시아가 후, 한숨을 내쉬고는 하얗고 보드라운 뺨을 조심스레 쓸었다.

"제가 지옥에 처박히는 한이 있어도 조부님을 용서하지 않겠다면, 그땐 어떻게 하시겠어요?"

"저, 저, 정신 나간 겁니까? 겁도 없이 사제 앞에서 그런 말을……!"

멍청하긴.

레티시아는 순진무구한 웃음을 내버렸다. 수줍게 두 손을 모았던 것도 풀었다. 다리를 꼰 레티시아가 무릎 위에 손을 올렸다. 동시에 조소를 담은 붉은 눈동자가 사제를 같잖다는 듯 내려다보았다.

"그래, 내 생각에도 마귀가 단단히 낀 것 같아. 이제부터 못된 계집이 될 생각인데, 자네 생각은 어떻지?"

레티시아가 즐겁다는 듯 금색 머리칼을 꼬고는 피식 웃었다. 가말이 미친년이라고 중얼거리는 걸 들었지만, 레티시아는 표정 변화 없이 냉소를 지었다.

"강간을 저지른 모몬토 남작도 용서해 주는데, 내가 못된 계집이 되면 자네가 면벌부를 뿌리면 되는 거 아닌가?"

"……그, 그게 무슨!"

"왜? 내가 틀린 소리를 했나?"

레티시아의 말에 가말이 입을 딱 벌렸다.

"그, 그 무슨 말도 안 되는 소리를 하십니까? 지금껏 제 이야기를 뭘로 들으신 겁니까! 공녀님께서도 분명 제 말뜻이 뭔지 이해하셨다고……."

"이해했지. 자네가 날 이용해 등쳐 먹으려는 것쯤은."

레티시아가 삐딱한 시선으로 가말을 쳐다보며 답했다. 안색이 붉으락
푸르락 변한 가말이 자리에서 벌떡 일어났다. 그 탓에 의자가 뒤로 넘어
가며 시끄러운 소리가 났다.

끼익, 쿵!

커다란 소음에 레티시아는 반사적으로 어깨를 움츠렸다.

'옳지!'

그 기민한 반응을 가말은 놓치지 않고 포착했다.

레티시아는 오랫동안 조부의 폭력에 시달려 왔으니, 말로 타이르는 것
보다 고함치고 손을 올리는 게 더 효과 있을 거다. 이거다 싶은 가말이
두 손으로 테이블을 쾅, 치며 소리쳤다.

"제 말이 우스운 겁니까? 제가 중앙 교단 출신인 걸 잊으셨나 본
데……!"

가말의 엄포에 레티시아는 그를 훑던 눈을 가늘게 좁혔다. 그리고 테
이블 위에 있던 찻잔을 쥐어 사제에게로 내던졌다.

펀!

찻잔이 사제의 상체에 정확히 맞고 떨어져 카펫 위를 뒹굴었다. 식은
찻물이 차차 번지며 사제의 하얀 제복에 누런 흔적을 남겼다.

"내가 지옥의 끝자락에 선대 공작을 처박겠다는데ㅡ."

그리 말하며 레티시아는 자리에 앉은 채로 등받이에 느긋이 몸을 기
댔다. 그러고는 팔짱을 끼며 당황해하는 사제를 위아래로 훑었다.

"네놈이 뭔데 공녀인 내게 이래라저래라 하는 거지?"

"하, 뭐, 진짜! 뭐 이런 계집이 다 있어?! 공녀, 당신이 조부만 용서
하면 다 해결된다니까! 무시당하면서까지 분란을 일으키고 싶어? 이 멍
청한……!"

"어딜 감히."

사제의 무례한 행동에 레티시아의 눈이 서늘해졌다. 공녀의 달라진

분위기에 가말이 벙어리처럼 입술을 달싹거렸다.

악마와 계약이라도 한 건지 레티시아 공녀는 석 달 만에 다른 사람이 되었다.

넋이 나간 가말이 레티시아를 향해 손가락질하며 입을 벙긋거렸다.

"네년이 결국 악, 악마와 계약했구나! 독한 년! 조부를 용서할 수 없다고 악마와 계약해?"

결국, 가말의 입에서 모욕적인 언사가 나오자 레티시아는 자리에서 일어났다. 그러고는 책장에 장식용으로 꽂힌 책을 들어 가말에게 다가 갔다.

"너 같은 새끼 말 들을 바에는 악마와 계약하는 게 낫지."

사람 팔뚝만 한 책의 두께에 가말이 놀라 뒷걸음질 쳤다.

"대성녀의 가르침을 따르겠다고 맹세했던 사제가 고작 금화 몇 푼에 눈이 멀어서……."

털썩.

다리에 힘이 풀린 가말이 뒤로 물러섰다. 마네르 공녀의 몸에 악마가 깃들었단 생각에 가말의 머릿속이 새하얘졌다. 레티시아는 두꺼운 책으로 사제의 머리를 내리치는 대신 그가 허리춤에 차고 있던 단검을 빼 들었다.

레티시아가 든 단검은 세례용이 아니었다. 사제도 손이 베일까 제대로 쓰지 못하던 호신용 검이었다. 처음 잡는 검을 익숙한 듯 쥐고 있는 걸 보니, 저년의 몸에 필시 악마가 깃든 거다!

두려움에 몸을 떨면서도 가말은 30골드를 포기할 수 없어서 소리 쳤다.

"내, 내 말 잘 들어! 공녀 당신이 조부를 용서하지 않는다면 천국에 계신 네 어미도 지옥에 끌려가게 될 거다! 사제인 내가 기도하면 그렇게 될 거라고!"

아, 이제야 나왔군. 레티시아는 사제의 말을 기다렸다는 듯 기쁜 얼굴을 해 보였다. 그러자 가말이 멍한 얼굴을 했다.

레티시아가 조부를 용서하게 된 건 이 말 때문이었다.

그녀는 대성녀를 믿지 않았지만, 지옥이 있을 거라는 힐데가르트의 교리만큼은 굳게 믿었다. 그렇지 않다면 조부가 지옥에 떨어지길 바라며 여섯 살 때부터 조부의 학대를 버텨 온 의미가 없었기 때문이었다.

1년 전, 조부의 방해로 어머니의 임종마저 지키지 못하자 원망은 증오로 바뀌었다. 하지만 가말 사제의 거듭된 설교로 레티시아는 조부를 용서했다.

강요로 인한 용서였다. 그 어디에도 레티시아의 뜻은 없었다.

결국, 지난 삶에서 용서를 받은 조부는 편안한 죽음을 맞이했다. 그리고 레티시아는 수년간 스스로를 증오했고, 탓했으며, 원망했다. 화형대에 몸이 묶여 죽게 되는 그 순간까지도 후회했다.

'이젠 떨어질 지옥이 있다 해도 상관없어.'

죽음 끝에 겨우 얻은 새로운 삶의 기회.

이 정도 일로 물러서지 않겠다고 레티시아 자신과 약속했다.

'행복해지렴, 레티.'

어머니와 약속했던 대로 행복을 거머쥐려는 욕심 따윈 없다. 어차피 행복 따위, 레티시아의 것이 아니었다.

가족들에게 애정을 갈구하고 인정을 받으려 했음을 후회했고, 미련했던 자신을 바꾸고 싶었다.

그러기 위해선 타인의 기대를 저버려야 한다.

바로 지금, 첫 번째 선택의 기회가 눈앞에 놓여 있었다.

'조부를 용서하지 않아. 어떤 압력이 쏟아져도 버텨 내, 레티시아.'

레티시아는 단검의 손잡이를 쥔 손에 힘을 꾹 주었다.

"조부께선 항상 말씀하셨어. 여자아이는 얌전해야 한다. 양보해야 한다.

가문을 이끄는 남자들에게, 어른에게 순종적이어야 한다고."

"그, 그렇지! 지금이라도 무지를 깨달았으면 다행⋯⋯."

"착하게 살아서 내게 뭐가 남았지? 용서할 권리조차 빼앗긴 뒤론, 난 조부도 미워하지 못했어."

그를 함부로 용서했단 사실에 지독히도 자신을 경멸했다. 스스로를 욕하고, 탓하고, 비난했다.

"미안해서가 아니었지. 편한 죽음을 위해 용서해 달란 거야. 그것도 직접 말할 용기가 없어서 사제를 앞에 내세우면서까지."

레티시아는 말을 마치며 으득 입술을 깨물었다.

살이 파이고 뼈를 깎는 한이 있더라도 조부를 지옥에 처박을 것이다.

그의 편에 섰던 가말 사제도 용서할 수 없었다.

이용만 당하고 버려졌던 삶. 처절한 죽음.

그 끝에야 비로소 다시 살아갈 기회가 주어졌다. 그것이 신의 자비였든 악마의 농락이든 미래를 바꿀 유일한 기회였다.

"조부를 용서할 생각 따위 없어. 지옥의 끝 바닥에 처박을 생각이거든. 그리고 당신도⋯⋯."

스릉.

레티시아는 넋이 나간 가말 앞에서 검을 빼 들었다. 가말의 흔들리는 눈동자가 검 끝을 향했다.

"살, 살려⋯⋯ 아아악!"

겁을 먹은 가말이 비명을 내지르며 두 팔로 머리를 감쌌다.

콰득!

레티시아는 여린 손으로 제 복부에 단검을 꽂아 넣었다. 낡은 드레스에 붉은 핏물이 번져 갔다.

"으헉. 흐, 흐어!"

가말의 비명을 들으며 레티시아는 뒤로 물러섰다. 힘껏 찌른 탓에 제대로 서 있을 수가 없었다.

챙그랑!

찔렀던 검을 느릿하게 힘주어 빼냈다.

레티시아의 손에 들린 사제의 검이 바닥으로 떨어졌다.

"당신 인생, 제대로 망쳐 줄게."

레티시아는 핏물이 배어 나온 입술을 비틀어 웃었다.

그것이 레티시아가 할 수 있는 최고의 복수이자 죽은 아이들을 위로할 방법이었다.

"미, 미친년! 제대로 미쳤어! 여기서 나가야 돼……."

가말이 반쯤 정신이 나간 채 중얼거렸다.

레티시아는 피로 물든 손을 뒤로 뻗어 리본을 빼냈다. 부드러운 금발이 하얗고 고운 뺨을 타고 흘러내렸다. 뺨과 머리에도 붉은 피가 묻어 있었다.

"세……치 혀로 ……내 어머니를 지옥에 ……처박겠다고 했지."

탈세와 친조카 부정 고용을 반복해 온 가말은 2년 뒤, 교단에서 파면당한다. 그것을 레티시아가 좀 더 일찍 당겼을 뿐이었다.

"……내, 내 검!"

가말은 뒤늦게 알아차렸다.

어째서 레티시아가 호위를 내보내고 단둘이 있으려 한 건지. 어찌하여 자신의 검으로 배를 찌른 것인지.

상황을 파악한 가말이 덜덜 떨리는 손으로 떨어진 단검을 주웠다. 질척한 피가 주름진 손에 묻었지만, 그 사실도 모를 정도로 가말은 넋이 나가 있었다.

"숨, 숨겨야 해. 내가 한 게 아니라고. 내가 한 게 아니란 말이다! 이 미친년이 혼자 자해를……!"

가말이 핏기가 싹 가신 얼굴로 소리쳤다.

그때였다.

소름 끼치는 시선이 느껴지자 가말이 천천히 고개를 돌렸다.

쾅!

거칠게 열린 문틈으로 공작가의 기사들이 서 있었다.

"한낱 사제 놈이 겁도 없이 마네르 공녀를……."

기사들 사이에서 앞에 나선 파베르는 이를 악물었다. 기어코 망할 사제 놈이 사고를 친 것이다.

조금 전.

문밖에서 한참 대기하던 파베르는 두 시간이 넘게 지나자 슬슬 기다리기 귀찮아졌다. 그래서 응접실이 있는 복도를 벗어나 현관으로 향했다. 거기서 동료와 가벼운 농담 따먹기를 하며 시가를 태웠다. 외성에 주인 일가가 드나드는 일이 좀처럼 없어 가능한 일이었다.

세 개를 넘게 태울 때쯤, 갑작스레 미약한 신호가 울렸다.

달칵. 달칵. 달칵. 달칵. 달칵. 달칵. 달칵. 달칵. 달칵. 달칵.

레티시아에게 준 태엽 시계에서 온 신호였다.

한 번만 태엽 장치를 돌려도 신호는 간다. 열 번이나 온 신호에 파베르는 미친 듯이 복도로 뛰었다.

"망할! 아가씨!"

소리친 파베르가 미친 듯이 뛰자 사태의 심각성을 느낀 다른 기사들도 그를 뒤따랐다. 욕을 지껄인 파베르가 빠르게 문을 열었고, 그를 비롯한 기사들은 피를 흘리며 쓰러진 레티시아와 마주했다.

피로 물든 단검을 쥔 채 엉거주춤 서 있는 가말은 그다음이었다.

파베르는 바로 달려서 쓰러진 레티시아를 살폈다.

"치료사를 불러! 아니, 지혈부터! 의사부터 데리고 와!"

파베르가 정신없이 소리치는 사이, 공작가의 기사들이 가말에게 다가 갔다.

이미 모든 정황이 가말 사제가 범인이라 가리켰다.

사생아라 해도 레티시아는 마네르의 유일한 공녀.

그런데 공녀가 피를 흘리며 쓰러졌고, 범행의 도구로 보이는 단검을 가말 사제가 쥐고 있었다. 머리가 헝클어진 채 피투성이가 된 레티시아와 대조적으로 가말은 멀쩡한 차림새였다.

이 상황에서 가말의 진실을 들어 줄 이는 없었다.

"저 새끼 잡아!"

한 기사가 소리치자 기사들이 우르르 달려가 가말을 제압했다.

고위 사제라고 공작가의 기사들을 은근히 무시했던 가말이 찍소리 한 번 내지 못하고 붙잡혔다.

"내가, 내가 한 게 아니야. 내가 한 게 아니라고! 저년이 멋대로……!"

"저 새끼 입 닥치게 해!"

파베르가 진땀을 흘리며 레티시아를 지혈하는 사이, 기사 중 누군가가 가말의 입을 팔꿈치로 가격했다.

퍼억!

있는 힘껏 때린 탓에 사제의 이가 몇 개 나갔지만, 아무도 신경 쓰지 않았다.

"흐어억. 흐윽. 내가, 아, 야니라고."

가말이 이가 빠져 서툰 발음을 내뱉자 회색 머리를 한 기사가 그의 뺨을 열댓 번 후려쳤다.

짜악!

"닥쳐, 이 새끼야! 네놈은 사형당해도 말 못 해."

기사 중 그 누구도 입을 열지 못했지만, 모두가 자신들이 공녀의 호위를 제대로 서지 못했음을 알고 있었다.

기사들이 레티시아가 조부에게 수십 차례 뺨을 맞는 일을 묵인했던 것과 이번 일은 다른 경우였다.

공녀는 외부인에게 생명이 위급할 정도로 다쳤고, 결과적으로 이번 일만큼은 기사들의 책임이었다.

"……공작님께서 아시면 네놈의 눈알을 빼서 짓씹게 하실 테니까."

회색 머리 기사의 중얼거림에 나머지 기사들은 동의하지 못했다.

눈알만 뺀다면 자비로운 결과였다. 기사들의 사지를 잘라 마네르에서 키우는 늑대의 먹이로 줄 것이다.

레티시아의 응급처치를 겨우 끝낸 파베르가 식은땀을 흘리며 자리에서 일어났다. 몇 번이나 손을 물로 씻었지만 피 칠갑 된 상태였다. 뒤늦게 달려온 의사에게 레티시아를 맡기고는 비틀거리는 걸음새로 가말에게 다가왔다.

"네놈이 한 짓이 뭔지 깨닫게 될 거다."

마네르의 가주, 가이안은 잔혹한 사람이었다.

딸에게 관심이 없는 것과 공녀의 생사에 문제가 생긴 것은 다른 문제였다. 공녀를 공격한 것은 마네르 공작가 자체를 공격한 것이며, 반쪽짜리 공녀라 해도 사제가 해치려 든 건 심각한 일이었다.

이제껏 없던 관심이, 온 적 없던 눈길이 다시 공녀를 향할 것이다.

마네르의 주인인 그가 공녀의 생사를 위협하게 한 가말을 그냥 둘 리가 없었다.

또한 공녀를 외부인의 위협에서 지켜 내지 못한 기사들도.

"흑, 흐윽. 살, 살려……."

흐느끼는 가말의 귀로 음침한 목소리가 들렸다.

"네놈은 주군의 혈육을 건드렸다. 그 순간 중앙 교단 출신이란 것도, 고위 사제란 것도 의미가 없어진 거지."

파베르는 조소를 삼키며 가말의 턱을 움켜쥐고 똑똑히 눈을 마주쳤다.

"외롭진 않을 거다. 네놈이 산 채로 늑대에게 뜯어 먹히면, 그다음은 우리 차례가 될 거거든."

기사 중 그 누구도 파베르의 말에 토 다는 이가 없었다. 암묵적으로 그들도 동의했다.

가이안은 상벌이 분명한 주인이기도 했다.

군기가 바짝 들어간 기사들조차 레티시아의 호위에 방만하단 걸 알고 있었으나, 공작은 굳이 지적하지 않았다. 공작이 이제까지 넘어갔던 것은 공녀에게 위협이 될 만한 일이 없었기 때문이었다.

하지만 오늘은 아니었다.

그들은 쓰러진 레티시아를 착잡한 얼굴로 쳐다보았다.

다행히 생명에 지장이 없다고 의사로부터 들었지만, 그 누구도 안도하지 못했다.

공녀를 제대로 보살피지 못한 책임을 져야 했기 때문이었다.

레티시아가 마네르의 혈통이며, 모셔야 할 주인이었음을 기사들은 뒤늦게 깨달았다.

* * *

"회복되시려면 보름 정도 푹 쉬셔야 합니다."

레티시아가 정신을 차린 건 이틀이 지나서였다.

눈을 떴을 땐 침대 위였고, 알싸한 약 냄새가 코끝을 스쳤다.

상처 부위가 쓰라렸지만, 레티시아는 내색하는 대신 언제나처럼 아픔을 참았다. 그리고 말하는 젊은 남자를 향해 고개를 들었다.

처음에는 남자가 누군지 바로 알아차리지 못했다. 그러다 머리가 깨질 듯이 아파지더니, 단편적인 기억이 스쳤다.

'글란츠.'

이십 대 중반 평민 출신의 유능한 의사로, 실력이 워낙 좋아 아버지의 신뢰를 한 몸에 받는 사람이었다. 글란츠는 공작의 주치의였고, 지금은 선대 공작의 진찰을 맡았기에 저택에서 머무르는 중이었다.

'조부가 평민이라 깔보면서도 글란츠에게 진찰받기 원했었지.'

기억하기로는, 의사는 인정 욕구도 강한 편이었다.

한쪽 손을 가슴에 얹고 인사한 글란츠가 입을 열었다.

"앞으로 하녀들이 불편함 없이 아가씨의 시중을 들 겁니다."

그의 손짓에 따라 레티시아가 시선을 옮기자 양손을 모은 채 고개를 숙이고 있는 카라가 보였다. 카라 옆에는 얼굴을 좀처럼 보기 힘들었던 다른 하녀들도 있었다.

"문밖에는 기사들이 상시 대기 중입니다. 다시는 아가씨께서 불편한 일을 겪으시지 않도록……."

"호위의 수를 늘린 건가?"

"예, 아가씨. 한 명으론 부족한 듯하여 다섯 명을 붙였습니다."

"그렇게나 많이?"

레티시아가 썩 내키지 않는 얼굴로 물었다. 공녀의 호위로 다섯은 많은 수가 아니었으나, 막 잠에서 깬 레티시아는 그 점까지 생각지 못했다.

'후계자가 되고 나서야 최정예로 호위 다섯을 붙여 줬는데.'

레티시아가 놀랐다고 생각한 글란츠가 고개를 끄덕이며 조심스레 답했다.

"호위였던 파베르와 그날, 외성을 지키던 기사들은 전부 잘렸습니다. 아, 파베르는 아가씨의 호위를 서던……."

"알아. 파면당했나?"

"네, 그렇습니다. 습격이 있던 그때, 호위가 자리를 비웠다고 하더군요. 가말 사제와 모종의 거래가 오간 건 아닌지 조사를 받는 중입니다."

"가말 사제는?"

"지하 감옥에 갇혔습니다. 중앙 교단에 연락을 넣어 달라 떼를 쓰다 지금은 처……, 음, 많이 맞고 넋이 나간 상태입니다."

하마터면 처맞았다고 할 뻔한 글란츠가 가슴께를 문지르며 숨을 삼켰다.

공작이 그냥 넘어갈 일은 없었고, 이를 알았던 가말은 감옥을 탈출하려 했으나 매만 벌었을 뿐이다.

중앙 교단에 연락이 닿아도 달라지는 건 없을 텐데, 사제는 끈질겼다. 하루 넘게 발악하다가 코뼈가 부러지고 나서야 체념하는 듯 보였다. 그리고 그 모습을 잠깐 지켜봤던 글란츠는 꿈틀거리는 벌레 같다고 생각했다.

"죄송합니다, 아가씨. 제 출신이 미천하다 보니 저도 모르게 그만……."

크게 신경 쓰지 않은 레티시아가 물었다.

"호위도 감옥에 끌려갔다고 했지? 그가 가말 사제와 가담했을 거라고 생각해서?"

"……예. 3부대 기사단장의 판단으론 그런 듯합니다. 사제가 습격했을 때, 자리를 비웠던 것도 영 수상하고요."

호위에게 자리를 비우라고 했던 건 그녀였지만, 의사에게 말할 수는 없었다. 레티시아는 일단 고개를 끄덕이고는 기사단 정보를 떠올렸다.

마네르 가문에 속하는 기사단은 총 세 개였다.

1부대 적기사단.

2부대 녹기사단.

3부대 회색 기사단.

제복의 목깃과 소맷단의 색으로 구분했으며, 소속에 따라 맡는 임무가 달랐다.

공작을 전면에서 보호하는 직속 기사들은 1부대로, 적기사단에 포함되어 있었다. 레티시아의 호위였던 파베르는 실력으로 보자면 2부대 정도였지만, 평민이라 3부대 말단에 그쳤다.

'호위가 감옥에 있다고 했지.'

레티시아가 신변을 걱정한다고 생각했는지, 글란츠가 넌지시 말했다.

"전보다 아가씨의 경호를 강화하고자 전원 2부대 호위로 구성하였습니다. 아가씨께서 안심하실 수 있게 공작님의 뜻에 따라 단장이 선정했습니다."

"그럴 리가……."

없다고 대답하려던 레티시아가 입을 다물었다.

후계자로 삼을 것도 아닌데, 2부대 기사에게 호위를 맡긴다고?

변덕도 그런 변덕이 없다. 어째서 아버지가 생각을 바꾸었는지 레티시아는 궁금했다. 공작 본인에게 묻지 않는 이상, 그 이유를 알긴 힘들어 보였다. 물어도 쉽게 답해 주지 않을 사람이지만.

하지만 아버지의 변심보다 더 신경 쓰이는 것이 있었다.

"내 호위를 선정한 단장이, 혹시 1부대 단장인가?"

"2부대 단장으로 알고 있습니다."

"……아, 그래."

레티시아는 긴장을 풀었다가 문득 든 생각에 몸을 바짝 굳혔다.

'마주치면 어떤 얼굴로 봐야 하지?'

언젠가 1부대 기사단장을 만날지도 모른다. 그 생각에 레티시아는 입술을 깨물었다.

긴장이 안 될 수가 없다.

왜냐면…….

'스승님.'

1부대 단장, 유로 백작은 레티시아의 스승이자 과거, 레티시아가 살해했다고 누명을 썼던 피오네 영애의 아버지였다.

'바로잡아야 해. 피오네가 죽는 일이 없도록.'

하지만 지금 신경 쓸 문제는 아니었다. 가말 사제는 해결했다고 쳐도 아직 조부가 남아 있었다. 그리고 피오네가 위험에 처하기 전까지 7년이 남았으니까.

레티시아는 천천히 숨을 내뱉고는 글란츠에게 물었다.

"내 호위가 바뀌는 데 적기사단장의 의견도 있었나?"

"아, 제 기억으론 유로 백작님은 주인님의 명령으로 란델 영지로 향하셨습니다. 그쪽이 워낙 마물이 많다 보니, 란델 자작가에서 군 증원을 요청해서요. 그쪽은 전시다 보니, 유로 백작님도 아가씨가 다치셨단 소식을 못 들으셨을 겁니다."

"그래, 적기사단장이시니 바쁠 수밖에. 모르시는 게 더 나아."

글란츠는 레티시아의 말에 별다른 위화감을 느끼지 못했다.

그녀가 말한 대로 유로 백작은 공작저에서 세 손가락에 뽑힐 만큼 바쁜 사람이었다. 가끔 공작저에 들르는 것도 몸이 아픈 막내딸, 피오네가 머무는 별장과 저택이 가까웠기 때문이었다.

이번 일로 저택으로 돌아오진 않을 것이다. 소식을 모르기도 했거니와, 안다 해도 자리를 비울 수 없었다. 그만큼 상급 마물이 나타난 란델 영지의 상황은 처참했고, 유로 백작이 공작가의 사병을 이끌었기 때문이었다.

그런데 더 놀라운 소식이 있었다.

"아참, 주인님께서 황성에서 급히 돌아오신다고 합니다. 아가씨께서 많이 다치셨는지도 제게 물으셨습니다. 서신으로 연락을 드렸는데도, 두 눈으로 꼭 직접 봐야겠다고 하셔서……."

평온한 얼굴로 의사의 말을 듣던 레티시아의 표정이 깨졌다.

"아……버지가 직접 오신다고?"

"예. 떠나실 때만 해도, 황제 폐하와의 알현이 있다고 들었습니다. 그 것도 뒤로 미루시고 오신다고, 보좌관의 불만이 크더군요."

'하.'

레티시아는 헛숨을 삼켰다.

의사가 말한 소식은 레티시아도 알고 있는 사실이었다.

조부가 숨을 거두기 며칠 전, 공작은 황성으로 떠나 있었다. 윈터 영지 내의 식량 문제를 해결하기 위해서였다. 말이 해결이었지, 탁상공론에 불과했지만 황제는 끊임없이 공작을 호출했다.

윈터 영지의 반년은 겨울, 또 반년은 여름으로 겨울엔 작물을 재배할 수 없었다. 그러니 북부의 척박한 영지에서 재배 기간이 긴 밀을 키울 순 없었고, 따라서 주 식량을 재배하지 못해 북부는 늘 굶주린 상황이었다. 그나마 생육 기간이 짧은 고구마, 감자 등 구황 작물을 키우는 게 다였다.

이걸로는 부족했는지, 북부는 특용, 약용 작물을 함께 재배했고, 이를 팔아서 마련한 자금으로 식량을 사 왔다. 하지만 50년 전부터 윈터 영지에 겨울이 계속된 후로는 특용 작물 재배도 어려워졌다.

자연스레 윈터 영지는 곤궁해졌고, 상단으로부터 식량 구매가 어려워졌기에 외부의 도움을 받아야만 하는 상황이었다.

식량을 지원할 수 있는 가문은 그리 많지 않았다.

황가.

그리고 윈터를 제외한 중앙 세 가문.

동부의 황금 가문, 아스테반.

서부의 악마 숭배자, 네르바드.

남부의 신성 가문, 마네르.

50년 전부터는 세 가문과 황실에서 북부에 식량을 지원해 왔고, 세 가주와 황제는 언제까지 식량을 지원할지 논했다.

하지만 10여 년 전.

동부 아스테반의 가주는 후계자도 없이 실종되었고, 네르바드의 가주는 반쯤 정신이 나가 있어 비협조적이었다.

황제도 친아들을 죽이겠다는 네르바드 가주를 설득하려다가 미친놈은 답이 없다며 포기했다. 당장 제 코가 석 자라며, 대악마와 계약한 아들을 죽이기 전까지 네르바드는 아무것도 하지 않겠다고 못 박아 두었기 때문이었다.

이러한 상황에서도 프란츠 황제는 북부의 군주, 윈터 백작의 눈치를 보느라 바빴다. 윈터 백작의 진두지휘 아래, 북부인들은 마물과 외세의 침략을 맞는데 목숨을 걸어 왔기 때문이었다.

북부의 하얀 늑대 일족, 윈터.

윈터 가문은 제국이 세워지기 전부터 북부를 지키던 이들이었다. 마물과 외세로부터 제국을 지키는 윈터를, 황가는 외면할 수 없었다.

식량을 어떻게 지원할지는 황제와 마네르 공작의 논의를 통해 결정되었다.

그 중요한 결정을 앞두고서 공작이 저택으로 돌아온다는 것이다.

그것도 줄곧 방치했던 레티시아를 보기 위해 황제와의 알현을 뒤로 미루면서까지.

"……아버지가 언제 오신다고 했지?"

묻는 목소리가 떨렸지만, 의사는 알아차리지 못했다. 그러다 공작의 보좌관으로부터 받은 서신이 떠올라 공녀에게 바로 전했다.

"마차가 아니라 말을 타고 오신다고 했으니, 주인님께선 이틀 안에 도착하실 겁니다."

"그렇게 빨리……."

공녀의 떨떠름한 표정에 글란츠가 환히 웃으며 말했다.

"군마를 타고 오시니 빠를 수밖에요. 허리 배기신다고, 고급 마차 아니면 안 타시는 분이 말을 타고 당장 오신다고 하셨으니까요."

레티시아는 말도 안 된다며 고개를 저었다.

공작이 그녀 자신을 보러 올 리 없다는 뜻이었지만, 다르게 생각한 글란츠가 눈을 굴렸다.

매일 서류만 보던 공작이 말을 타다 떨어질 것 같아서 그런 건가?

"아가씨께선 잘 모르시지만, 공작님. 말 잘 타십니다. 청년일 때는 잠깐 황실 기사로 지내셨거든요. 지금이야 매일 집무실에서 지내시지만, 실력 어디 가겠습니까? 그러니 걱정하지 마세요, 아가씨."

레티시아는 의사를 보던 시선을 창가로 돌렸다. 냉소적인 시선이 꽃이 흐드러지게 피어난 후원을 향했다.

그것을 쑥스러워한다고 생각한 글란츠가 "아가씨께서도 귀여운 구석이 있으셨네" 하고 알 만하다는 얼굴을 했다.

아버지를 오매불망 기다리는 어린 딸.

꽤 감동적인 재회가 될지 모르겠다고 글란츠는 생각했다.

두 사람의 감동적인 재회보다는, 가말 사제의 끝이 더 궁금했지만.

글란츠는 손목을 들어 시계를 확인했다. 그가 불안감이 깃든 눈으로 레티시아를 흘긋 쳐다보았다.

"그럼 저는 공부하러 가도 되겠습니까? 제게는 아주 중요한 공부라서요."

무언가 기대하는 게 있는 듯한데. 조심스럽게 물어오는 태도에 레티시아는 눈을 가늘게 떴다. 유능한 의사가 공부를 지속하는 건 당연했지만, 글란츠의 과거를 생각해 보면 떨떠름했다.

글란츠는 인체를 직접 보고 공부하고 싶어 했고, 때마침 가말 사제가 감옥에 있었다. 공작저의 죄수가 있으면, 그가 직접 처리하러 가곤 했다.

"글란츠 경의 그런 점이 대단하다고 생각해."

시신을 해부하면서까지 배우려 하는 그 열정.

'그것도 열정이라면 열정이겠지.'

레티시아의 영혼 없는 칭찬에 글란츠는 눈을 흡떴다. 칭찬을 건네는 공녀의 표정이 냉소적인 것은 중요치 않았다. 공작저로 와서는 야, 이 새끼, 평민 나부랭이 소리만 듣던 글란츠에게 '경'을 붙여 준 건 레티시아가 유일했다.

그것도 마네르 주인 일가에서.

"……저, 공녀님을 위해서라도 열심히 공부하겠습니다. 모처럼 공작
님께서 연구 지원을 많이 해 주셨거든요."

글란츠는 히죽 웃으려던 입매를 점잖게 굳히고는, 레티시아에게 진심
을 담아 말했다.

"그래, 그러렴."

레티시아는 무표정한 얼굴로 글란츠를 훑었다. 그 시선이 공작 못지
않게 차가워서 글란츠는 웃다 말고 황급히 고개를 숙였다.

* * *

"아니, 자기 도대체 왜 그래? 지칠 때도 됐잖아. 그만 포기하라고! 왜
앙탈을 부려대? 그것도 나 같이 유능한 주치의 앞에서."

벌겋게 충혈되어 핏발이 선 두 눈이 사제의 벗은 몸을 훑었다.

"미, 미친놈아! 꺼져! 꺼지라고!"

가말이 질겁하며 두 손으로 몸을 가렸다.

"공개적으로 사형당하는 게 그리 좋아? 목이 잘리고 싶어? 사람들이
다 네놈만 보고 욕할 텐데? 차라리 내 손에 조용히 죽는 게 낫지."

"흐, 흐억, 허억!"

가말이 피로 물든 몸을 질질 끌며 감옥을 벗어나려 했지만, 글란츠가
이를 막더니 사제의 등에 털썩 앉았다.

치이익.

불에 달군 인두가 펑퍼짐한 등을 누르자, 매캐한 냄새가 좁은 감옥
안으로 퍼졌다. 살갗이 타는 소리를 들으며 글란츠는 픽 웃었다.

"그러게……. 왜 공녀님을 해치려 들었어?"

"내, 내가 한 거 아냐!"

"아, 정말. 또, 또 그 소리야? 자긴 정말 지치지도 않네."

이쯤 되면 허튼소리를 내뱉는 사제 놈의 입을 꿰매야 하나 싶었다. 글란츠가 진지하게 고민하던 순간 가말이 몸을 펼떡이며 소리쳤다.

"진짜야! 진짜라고! 그년이 스스로 자해를 했다고! 왜 내 말을 못 믿어! 내가, 이 내가 두 눈으로 똑똑히 봤는데……!"

가말이 울음을 터뜨리자 글란츠는 고개를 기울였다. 그러고는 알만하다는 표정으로 사제의 어깨를 두드렸다.

"공녀님이 왜? 그럴 이유가 뭐가 있어? 열한 살 공녀가 단검으로 본인을 찔렀다고?"

"분명 들었어! 그, 그년이 나와 선대 공작을 지옥에 처박겠다고 했다고!"

그 여린 공녀님이 선대 공작을 지옥에 처박으시겠다고? 그럼 나야 좋지. 겉보기와 달리 겁이 없으시긴 하네.

그렇게 생각한 글란츠는 이번에도 고개를 기울였다.

굳이 공녀님이 그래야 할 이유가 있나?

의아해하는 글란츠의 귀로 울음 섞인 목소리가 들렸다.

"내가 공녀에게 조부를 억지로 용서하라고 했으니까!"

"……아."

글란츠가 짧게 탄식했다. 드디어 말이 통하나 싶어 가말의 눈에 희망이 얇게 깔렸다.

"맞지? 당신이 생각해도 그렇잖아! 그러니 이거 풀어 줘. 선대 공작에게서 받은 금화도 두둑이 줄게! 지금 당장 중앙 교단에 연락해서……!"

"호오, 그렇단 말이지? 아, 이거. 믿어 주고 싶네."

"하, 하하. 살았어! 난 살았다고! 이대로 날 풀어 주면 은혜는…… 컥."

그때였다.

좌악!

가말의 뒤에 있던 글란츠가 의료용 검을 들어 사제의 목을 베었다.

뚝. 뚝.

붉은 피가 목덜미에서 번져 가는 것을 보며 글란츠는 희열에 찬 미소를 지었다.

"근데 어쩌라고."

나 같은 평민은 높은 분들의 뜻을 멋대로 짐작해선 안 돼. 알려 해서도 안 된다고.

공작에게 당신의 딸이 미쳐 스스로 찔렀다고 말하라고?

그게 사실이면 사실을 아는 제 목이 잘릴 것이고, 거짓이라면 세 치 혀를 놀린 죄로 혀가 잘릴 것이다.

글란츠는 숨을 거둔 가말을 보며 쯧, 혀를 찼다.

"그러게. 적당히 설쳐 댔어야지."

글란츠는 차가워진 시신을 심드렁하게 쳐다보았다.

"모몬토 남작. 그 발정 난 돼지를 왜 함부로 용서해? 네까짓 게 뭐라고……. 이대로 풀려나도 네놈의 목숨을 노리는 평민들의 손에 맞아 죽었을걸."

툭.

글란츠는 숨을 거둔 시신을 발로 툭툭 치며 투덜거렸다.

많이 배운 쓰레기가 멍청한 쓰레기의 숨을 거뒀다. 어차피 인과응보라고 글란츠는 생각했다.

자리에서 일어난 글란츠가 두 팔을 뻗으며 연극을 하듯 말했다.

"후후, 걱정하지 마십시오! 저 쓰레기는 유능한 글란츠 경이 처벌했습니다, 공녀님. 그러니 안심하셔도 됩니다."

……하고 말하면 기뻐하시려나?

글란츠는 자신을 '경'으로 높여 주었던 레티시아를 떠올리며 히죽 웃었다.

* * *

"조금 후면 저택에 도착할 겁니다."

기사의 말에 가이안은 말에 탄 채 주위를 둘러보았다. 곧 그의 시선이 남쪽을 향했다. 저택이 있는 방향이었다. 무더운 여름 저녁, 숲에는 녹음이 진 나무가 가득했지만, 가이안은 거기엔 눈길조차 주지 않았다.

"그놈은 잘 처리했겠지."

"예. 글란츠가 확실히 처리했다고 서신을 보냈습니다."

기사는 그놈이 누구인지 묻지 않고 바로 답했다.

중앙 교단 출신이었든, 선대 공작이 아끼던 사제였든 간에 가말은 이미 죽은 목숨이었다.

"교단에서는 아무런 연락도 없었나?"

"공작님께서 사제를 처벌하겠다고 하니, 불쾌감을 표하긴 했지만…… 별다른 말은 없었습니다."

"그렇겠지. 그놈, 상당히 뒤가 구리던데."

깨끗하게 살아온 자였다면 처리하는 데 어려웠겠지만, 뒤가 지저분했기에 쉽게 처리했다.

가말 사제가 수년간 탈세와 부정 고용을 도왔다는 혐의가 발각되었고, 이를 교단에 알리자 그쪽에서 흰 서신을 보내왔다.

서신에는 다섯 문장이 전부였다.

그것도 "공작, 당신 마음대로 하라"는 말을 퍽 예의 있게, 그리고 길게 늘여 쓴 것이었다.

교단 측에서도 항복했으니 사제를 별 탈 없이 처리할 수 있었다. 교단이 강하게 불만을 표했어도, 공작은 조금도 물러설 생각이 없었다. 그걸 알기에 중앙 교단도 두 손 들고 물러선 것이다. 최상위 권력자인데다, 독하기로 소문난 마네르 공작에게 비빌 것이 아니었다.

"그만 쉬고 이만 출발하지."

기사는 고개를 끄덕였다. 평소라면 칼같이 쉬었을 공작께서 군마를 타고도 쉼 없이 가자고 재촉했다.

'걱정되시는 건가.'

그렇게 생각하면서도 기사는 섣불리 묻지 못했다.

공작은 사제가 처리되었는지 물었지만, 정작 딸인 레티시아의 안부는 묻지 않았다.

기사는 꼬깃꼬깃하게 접힌 다른 편지를 내려다보았다. 그러자 그 옆에 있던 보좌관이 불안한 눈으로 그를 응시했다.

정확히는 그의 손에 잡힌 편지를.

[저택에 오면 놀랄 겁니다.]

발신자는 글란츠.

며칠 전 사건에 대해 자세히 언급한 것도 없었고, 무슨 일인지 몰랐기에 보좌관은 함부로 공작에게 편지의 내용을 전할 수 없었다.

원래도 글란츠와 편지를 주고받는 사이였고, 공작은 보좌관이 값비싼 매를 쓰는 것을 용인해 주었다. 정확히는, 글란츠가 저택에서 일어나는 시시콜콜한 일들을 보좌관에게 전달하는 것을 허락했다.

공작이 전달받기엔 사소한 내용이 대부분이었다. 그렇기에 보좌관은 자신 앞으로 온 편지를 읽고, 개중에 중요하다고 생각되는 정보를 공작에게 전했다.

그런데 지금 보낸 편지에는 별다른 정보가 없었다.

오로지 진심 어린 협박뿐이었다.

[공녀님은 마음이 넓으며, 아량을 베풀 줄 아시는 분입니다. 샘, 당신도

그 모습을 보았으면 좋았을 텐데, 그러지 못해 아쉽습니다.]

서신의 내용은 그게 끝이 아니었고, 다소 황당한 내용이 담겨 있었다.

[저택에 도착하면 저를 찾아오십시오. 그리하면 제가 샘, 당신을 공녀님 앞으로 모시겠습니다.

아, 예전에 레티시아 공녀님을 "어미가 창녀 출신이라 웃음 파는 것 말고는 할 줄 아는 게 없다. 아니면 질질 짜는 게 전부다. 멍청한 년."이 라고 말한 것을 사과하십시오.]

당연하게도, 샘은 편지의 끝자락을 찢어 가슴 안쪽에 보관했다. 공작의 기사를 상대로 자신이 레티시아를 욕했단 사실을 보일 순 없었다.

"뭐, 이런 놈이 다 있어……."

보좌관은 투덜거리며 기사의 뒤로 엉거주춤 다가갔다. 천생 문인이라 말을 탈 줄 몰라서 기사의 뒤에 타야 했다. 그토록 수도의 사택에서 저 택으로 돌아가는 것을 바랐는데, 지금은 가고 싶지가 않았다.

글란츠가 마지막에 남긴 경고 때문이었다.

[세 치 혀를 놀린 것을 사죄하지 않는다면, 네놈의 혀를 쓸모없는 고깃 덩어리로 만들어 주겠습니다.]

반인격장애를 앓는 의사의 경고에 보좌관은 몸을 떨 수밖에 없었다. 기사의 도움으로 말을 탄 통통한 보좌관이 조심스레 고개를 들었다.

앞에 아무것도 없었다. 평소 서두르지 않기로 유명한 공작이 저 멀리서 달려가는 게 보였다.

저택에 도둑이 들어 성유물을 싹 훔쳐 갔다는 소식이라도 들었는지.

"젠장, 공작님!"

말도 하지 않고 출발한 공작을 보며 기사는 허, 하고 탄식했다.

"꽉 붙드십시오."

"자, 잠깐…… 으헉!"

급하게 출발하는 바람에 보좌관의 혀가 잘릴 뻔했지만, 그 누구도 신경 쓰지 않았다. 보좌관의 세 치 혀를 신경 쓰는 건 한때 친구처럼 편지를 주고받았던 글란츠가 유일할 터였다.

chapter 2
하얀 여왕

퀴퀴한 냄새에 레티시아는 소매로 입가를 가리고 미간을 찌푸렸다. 공녀의 반응을 귀신같이 살피던 글란츠가 품에서 유리병을 꺼내 칙칙, 허브 향을 뿌려 댔다.

"좀 더럽지요? 제가 봤던 감옥 중에서 손꼽힐 만큼 더럽긴 하네요. 도대체 간수들이 청소를 어떻게 하는 건지……."

의사의 말을 한 귀로 흘려 낸 레티시아가 물었다.

"고문에 능하다고 했던가?"

"아. 저는 쪼오금 할 줄 알지, 이렇게 전문가는 아닙니다."

"그러면?"

"간수 중에 난쟁이 혼혈이 한 명 있는데, 그 땅딸보가 나선 듯합니다. 자기보다 키 큰 남자가 죄수로 잡혀 오면, 어찌어찌해서 키를 줄여 준다 더군요. 열등감이 폭발해서……."

글란츠의 말에 레티시아는 웃지 않고 그를 지그시 쳐다보았다.

"……죄송합니다. 키가 작으신 간수분께서 정성 들여 손을 봤을 거라 추측됩니다."

"그래서 사람을 이 꼴로 만들었다고?"

레티시아가 허, 기가 차서 웃었다. 화가 난 어조는 아니었지만 유쾌한 웃음과는 거리가 멀었다.

"……예. 쓸모없는 기사라고 손가락 두 개를 부러뜨린 모양입니다. 이 정도면 아주 가벼운 처벌이겠네요."

다리는 왜 안 자르고 그냥 뒀지? 혼자 중얼거리던 글란츠에게 공녀의 무감정한 시선이 향했다.

"가볍다는 게 어떤 의미지?"

레티시아가 미간을 좁히며 묻자 글란츠가 바로 고개를 숙이며 답했다.

"이틀이 지나도록 고문을 했는데, 다섯 손가락이 멀쩡히 붙어 있으니…… 가벼운 거라고 생각합니다."

글란츠는 웃지 않으려 노력하며 입에 힘을 주었다.

기사의 몸은 훌륭한 연구 재료니, 조금만 더 참아야 했다.

글란츠는 기대감을 억누르고는 힘겹게 물었다.

"공녀님, 이제 어떻게 하면 될까요? 저 기사…… 계속 내버려 두기도 그렇잖습니까?"

오늘 새벽, 레티시아는 의사에게 감옥으로 안내하라고 명령을 내렸다.

호위를 처리한다고 생각했던 글란츠는 기대감에 부풀어 레티시아를 감옥으로 안내했다. 어떻게 처리하면 잘했다고 소문이 날지 기대하는 글란츠에게 차가운 명령이 떨어졌다.

"풀어 줘."

"……예에에?!"

칼 같은 명령에 글란츠의 입이 딱 벌어졌다.

"곤, 곤란한데요. 공작님이 저보고 호위를 끝장내라 하셨는데……!"

의사가 안 된다며 버티자 레티시아는 어서 풀라며 매서운 눈짓을 보냈다.

"지금 당장."

공녀가 미, 미쳤나 봐. 공작의 명령에 맞서겠다고? 겁도 없이!

딸꾹. 숨을 삼킨 글란츠가 레티시아 쪽을 쳐다보며 경악했다.

"뒤, 뒤에⋯⋯!"

레티시아는 천천히 고개를 돌렸다.

"뭐야."

그녀는 눈을 가늘게 뜨고 자신보다 키가 작은 중년 남자를 내려다보았다. 붉은 턱수염을 가진 남자가 망치를 들고 레티시아 앞으로 온 탓이다.

"네놈들은 뭐야!"

오히려 소리친 건 중년 남자 쪽이었다. 그제야 레티시아는 남자의 키가 상당히 작고, 드워프 혼혈이 간수로 일한다는 사실을 떠올렸다.

"뭔데 남의 작업장에서 방해하는 거냐고?!"

쇳소리가 나는 걸걸한 목소리에 레티시아는 차분히 답했다.

"레티시아."

"그게 누군데!"

걔가 도대체 뭔데. 간수가 당연하게 따지는 탓에 레티시아는 처음으로 당황했다.

"⋯⋯모르면 됐어."

"저놈이 좀 멍청⋯⋯하진 않습니다, 하하."

멍청하다고 비웃으려던 글란츠도 조용히 입을 다물었다. 간수가 든 망치에 피가 범벅된 것을 봤기 때문이었다.

"그럼 방해하지 말고 구석으로 꺼져!"

간수는 거칠게 외치고는 물이 가득 든 나무통을 질질 끌고 왔다.

좌악!

파베르는 쏟아지는 물줄기를 맞으며 정신을 차렸다.

"이 새끼, 이거 똑바로 눈 안 떠?"

간수가 안면을 후려쳤기 때문에 그는 눈을 떠야 했다. 하지만 시커먼 안대를 쓰고 있어 눈앞이 보이지 않았다. 파베르는 억울함을 담아 소리쳤다.

"아무것도 모른다고 했잖아! 난 정말로 몰라! 내가 뭣 때문에 공녀님을 해치겠어?!"

"시부럴. 죄를 짓고도 이렇게 당당한 건 처음 보네. 네놈이 자리를 비워서 생긴 일이구만! 사제와 손잡았다고 빨리 인정해, 이놈아!"

"내가 원해서 자리를 비킨 게 아니었다고! 레티시아 공녀가 먼저……!"

파베르가 쉰 목소리로 외쳐 댔지만, 간수는 단호했다.

"주인 일가 이름을 막 부르는 것 봐? 네놈, 네르바드의 사주를 받고 온 게지?! 공녀님을 끔찍하게 살해하려고!"

간수는 말이 통하지 않았다. 멀쩡한 사람도 미치광이로 만드는 걸로 유명한 자였다. 애초에 고문하는 간수가 제정신일 리 없었지만.

끼릭. 끼이익.

기계 장치가 돌아가며, 파베르는 다시 벽에 매달린 채 두 손이 묶이게 되었다.

그가 고개를 쳐들고 소리를 내질렀다.

"아아악! 내가 한 게 아니었다고 몇 번 말해 이 개자식아! 공녀가 시켰다고!"

덕분에 키가 작아 땅딸보로 불리던 간수의 얼굴에 침이 튀었다. 키 차이가 나는 탓에 쇠틀로 된 계단 형태를 밟고 섰던 간수의 얼굴이 와락 일그러졌다.

"내가 그딴 거에 관심 있을 거 같아? 난 그냥 너같이 잘난 맛에 사는

새끼들이 고통스러워하는 걸 보려고 하는 거야. 그리고 공녀님이 시켰다
는 말, 누가 믿겠어?"

파베르가 입술을 으득 깨물었다.

이게 다 레티시아 공녀 탓이다! 공녀가 자리를 비우라고 명령하지만
않았어도……!

"그래, 내 탓이야."

들려온 목소리에 파베르는 이제 고문으로 정신이 나간 건가, 하고 잠깐
생각했다.

이제 환청까지 들리네. 허탈한 웃음이 그의 입가로 번졌다.

그런 상황에서 간수는 펜치를 들다 말고 고개를 돌렸다.

아까 그 여자애다. 금발에 요사스러운 적안을 가진.

"이것들이 진짜! 조용히 구경만 하랬지!"

간수의 호통에 레티시아는 고개를 기울이고는 팔짱을 꼈다.

드워프들은 단순하고 다혈질이라더니, 그 혼혈도 만만치 않네.

"주인 일가에게 충성심이 대단한가 본데."

레티시아가 비꼬듯 말하자 간수가 힘껏 고개를 끄덕였다. 자부심이
높다 못해 넘쳐흐를 정도였다.

"그리고 내가 그 주인 일가고."

레티시아는 한숨을 내쉬며 짤막하게 답했다. 그 말에 간수의 눈이 튀어
나올 듯이 커졌다.

"……뭐?!"

"드워프는 사람을 잘 못 알아본다며? 그래도 머리 색과 눈 색 정도는
기억했어야지. 내가 이름도 알려 줬잖아?"

"……무, 무슨 말인데!"

레티시아는 단정히 묶었던 리본을 풀었다. 그러자 탐스러운 금발이
흘러내리며 레티시아의 뺨으로 내려앉았다.

"내 호위, 풀어 줘."

공녀는 늘 긴 금발을 풀어 헤쳐 산발이며, 새빨간 눈동자는 암울하다는 소문이 퍼져 있었다.

하지만 눈앞의 소녀는 맑은 눈동자에 단정한 모습이었다. 긴가민가하는 간수에게 레티시아는 자신이 공녀임을 다시 알려 주었다.

그제야 눈앞의 소녀가 레티시아 공녀라고, 간수는 깨달았다.

"죽, 죽을죄를 지었습니다……!"

간수가 넙죽 무릎을 꿇고 고개를 숙였고, 파베르는 넋이 나가 눈을 깜빡였다. 앞이 안 보이는 상황에서도 공녀의 목소리는 선명히 들렸기 때문이었다.

레티시아는 드레스 자락을 쥐고서 붙잡힌 기사 쪽으로 가까이 다가갔다. 그 뒤를 글란츠가 불안한 표정으로 뒤따랐다.

"풀어 줘."

레티시아의 명령에 간수가 퍼뜩 고개를 들고는 힘없이 웅얼거렸다.

"안, 안 됩니다. 공작님이 직접 명령하셨는데. 제, 제가 어찌……."

"아버지에겐 내가 잘 말씀드릴 테니 풀어 줘."

"저, 저 죽습니다."

간수가 겁에 질린 얼굴로 이마를 땅에 박았다. 파베르를 고문하면서 즐거워했던 것과는 다른 반응이었다.

"맡은 일을 잘 해냈다고 좋게 말씀드릴 거야."

나긋한 목소리에 간수가 조심스레 바닥에서 이마를 떼어 냈다.

그가 세상에서 제일 무서워하는 사람이 바로 마네르 공작이었다. 간수는 한때 뒷골목을 주름잡는 대장장이였으나, 공작에게 밉보이고 나서 마네르 공작가로 끌려왔다. 지하 감옥의 간수로 신세가 전락한 뒤로는 주인 일가라면 무조건 두려워했다.

"내가 호위에게 자리를 비우라고 명령했어. 그렇지, 파베르 경?"

"허, 하. 하하. 네, 네. 그렇고말고요!"

이게 꿈인가 생시인가. 겨우 정신 차린 기사가 다급한 심정으로 답했다.

"그, 그럼 저자가 사제와 짠 게 아, 아니란 소리일까요……."

두 눈을 굴리던 간수가 말을 더듬거리며 소심하게 물었다.

"파베르는 항상 진심이었어. 내 호위를 선다고 밤낮으로 일하느라 병도 달고 살잖아."

레티시아가 웃으며 하는 말에 파베르는 창백한 얼굴로 고개를 끄덕였다.

스윽.

어느새 글란츠가 옆으로 빠져나와 기사가 쓴 안대를 풀어 주었다.

"저, 공녀님. 외람되지만 이자가 밤낮으로 호위 임무를 빠지는 걸 봤었습니다. 그, 지병이란 것도 시가를 죽어라 많이 피워 대서 호흡기 쪽에 문제가 있는 건데……."

글란츠의 중얼거림에 간수가 눈을 흡떴다. 레티시아는 귀찮아지기 전에 상황을 정리했다.

"나를 지키느라 너무 힘들었던 거지. 아무튼, 네게 피해 가는 일은 없을 거야. 호위를 내가 데려갔으면 하는데."

"……예, 예! 아무럼요! 족쇄도 얼른 풀어 드립죠! 행여 저놈이 공녀님의 말을 듣지 않는다면 제가 확실히 말을 듣도록……."

기사의 족쇄를 풀어 주던 간수는 잠시 멈칫했다. 공작의 손속에 자비가 없던 탓에 이번 일로 벌을 받는 건 아닐지 두려웠기 때문이었다.

마네르 일가라면 치를 떨면서도 어떤 벌이 내려질지 몰라 두려웠다. 하지만 공녀가 직접 와서 부탁하는데 안 들어줄 수도 없었다.

사실, 부탁보다 명령에 가까웠지만.

여전히 간수가 손을 벌벌 떨자 레티시아는 옅은 한숨을 쉬었다.

'얼마나 지독히 괴롭혔으면.'

그게 눈에 보여서 레티시아는 미간을 찌푸리며 쯧, 하고 혀를 찼다. 그러다 간수의 죄목을 떠올리고는 찌푸렸던 미간을 풀었다.

'인신매매하던 놈이었지. 자신보다 키가 큰 남자들만 골라서……'

차라리 이렇게 마네르의 간수로 복역하는 것이 지은 죄를 갚는 일일지도 모른다.

철컥.

간수는 빠르게 움직여 기사의 사지를 묶었던 족쇄를 풀어 주었다. 자유의 몸이 된 파베르가 바닥으로 철퍼덕 넘어졌다. 그 모습을 본 글란츠가 뒷짐 진 채 "저런" 하고 혀를 찼고, 레티시아는 주저 없이 앞으로 다가갔다.

"……죄, 죄송합니다."

파베르가 찢어진 이마를 돌볼 새도 없이 몸을 일으키려 했다. 하지만 이틀 넘게 사지가 묶여 있던 탓에 팔은 물론, 다리에도 힘이 들어가지 않았다. 엉금엉금 기듯 움직이는 파베르에게 레티시아가 손을 내밀었다.

"자, 파베르 경."

레티시아의 행동에 파베르는 믿을 수 없다는 듯 그녀를 쳐다보았다.

아무리 어리고 유약하다 해도 공녀도 사람이고 눈이 있었다. 자신이 호위를 제대로 선 적이 없다는 걸 레티시아가 모를 리가 없었다.

그걸 알면서도 레티시아는 파베르에게 기회를 주었다.

파베르를 용서하려는 건 아니었다. 딱히 기사에게 악감정을 가진 적 없으니까.

자신 때문에 겪지 않아도 될 문초를 겪었기에 구하러 온 것뿐이었다.

어차피 가문에서 공녀 취급도 제대로 받지 못하는 처지였기에, 호위를 탓할 마음은 들지 않았다. 조부와 가말 사제. 둘과 직접 엮인 시녀장은 용서할 생각이 없었지만.

"고생했어."

레티시아는 조금은 진심을 담아 말했다. 그녀가 내민 손에 파베르는 어찌할 줄 모르다가 황급히 제 손을 옷자락에 닦았다.

피와 오물로 범벅된 손을 파베르가 떨구자 레티시아는 한숨을 흘렸다.

눈치 빠른 글란츠가 장갑 낀 손으로 기사의 손을 잡고 손수건으로 벅벅 닦았다.

"돌아가셔서 소독하시면 될 겁니다. 그렇다고 너무 오래 잡진 마세요."

레티시아는 피식 웃고는 파베르에게 다시 손을 건넸다.

손만 깨끗해진 파베르가 황망한 얼굴로 레티시아를 보다가 고개를 숙였다.

"제겐 그 손을 잡을 자격이 없습니다. 다음에 제대로 된 기사가 되었을 때, 그때……."

제게 내밀어 주신 손을 잊지 않고 기억하겠습니다.

파베르는 차마 끝까지 말을 잇지 못하고 말을 삼켰다. 레티시아는 묘한 눈으로 기사를 내려다보았다. 목이 꺾이기라도 했는지, 기사는 숙인 고개를 들 줄 몰랐다.

"그대, 다시 내 호위 기사가 될 마음이 있나?"

레티시아의 말에 파베르가 고개를 퍼뜩 들었다. 너무 놀라 입을 헤 벌렸다는 것도 잊은 채.

"어, 어째서…… 제게 그런 기회를 주시는 겁니까?"

"가말 사제의 손목을 직접 부러뜨렸다기에."

"그건 공녀님 때문이 아니라, 제가 너무 화가 나서 분을 못 참고……."

"알아. 화나서 부러뜨린 거."

"죄송합니다. 알고 계셨군요……."

파베르는 머쓱함에 뺨을 긁적였다. 나쁜 짓을 하고도 칭찬받는 기분은 꽤 묘했다.

레티시아는 어쩔 줄 모르는 파베르를 보며 작게 한숨을 흘렸다. 적당히 양심 없고 감정을 내보이는 사람이 호위로 괜찮았다.

그녀의 목적을 이루기 전까진.

* * *

공작이 수도의 사택에서 공작저로 돌아온 건 하루가 더 지나서였다.

출발할 때 말끔했던 모습과 다르게 돌아올 때는 흙과 먼지에 덮인 채라 집사는 놀랄 수밖에 없었다.

공작은 목욕 시중을 들겠다는 하인들을 제치고 곧장 욕실로 가서 씻고 집무실로 향했다. 어느덧 새벽이 지나 아침이 되었지만, 그는 잠자리에 들 생각이 없어 보였다.

"레티시아는?"

공작이 소매의 금장 단추를 직접 채우며 집사에게 물었다. 시선은 여전히 단추에 고정된 채였다. 대답이 들리지 않자 공작은 물기가 남은 머리를 쓸어 올리며 집사를 쳐다보았다.

평소라면 바로 대답했을 집사가 할 말을 찾지 못하고 입을 달싹거렸다.

"집사, 레티시아가 어떻게 되었냐고 물었을 텐데."

다행히 고비는 넘겼고, 생명에 지장이 없다고 들었으면서도 공작은 집사에게 다시 물었다.

"저 그것이⋯⋯."

공작이 피곤한 듯 눈가를 문질렀다. 군기가 바짝 들어간 집사는 제대로 대답하지 못하고 문가를 힐끔거렸다.

"레티시아가 병상에 있다고 했지. 회복되는 즉시, 집무실로 오라고 전해."

"그것이 아가씨께서······."

집사는 당혹한 얼굴로 문가에서 시선을 떼지 못했다. 그제야 공작 또한 고개를 돌려 닫힌 문을 주시했다.

달칵.

"······!"

문이 열린 순간 가이안 공작의 눈이 크게 떠졌다.

"다녀오셨어요, 아버지."

문이 열리며 들어온 사람은 레티시아였다. 공작은 못 믿겠다는 듯 한 차례 얼굴을 쓸었다.

아침 7시. 귀족 영애라면 자고 있을 시간이었다. 그런데다 레티시아는 줄곧 그를 두려워했다. 제대로 눈을 마주치지 못했고, 가끔 집무실로 부르면 시선을 피하곤 했다.

그렇다고 가이안이 서운함과 섭섭함을 느꼈던 건 아니었다. 레티시아가 그를 아버지로 대하지 못하는 것처럼, 공작 또한 레티시아를 딸로 대한 적이 없었으니까.

선대 공작에게 배운 방식을 가이안은 답습했다.

후계자가 아니면 가문에 쓸모가 없는 존재였고, 가주의 아이는 쓸모 있음을 증명해야 했다.

자질이 없다면 내쳐지기 마련이었으나, 필립은 적자란 이유로 어느 정도 보호를 받아 왔다. 그에 반해 레티시아는 후계자도, 적녀도 아니었기에 무관심과 냉대 속에서 자랐고 공작도 이를 알았다.

올바르지 않다는 걸 알면서도 가이안은 바꾸려고 노력하지 않았다. 이미 그는 가주였기에 바꿀 필요성을 못 느꼈기 때문이었다. 그래서인지 과거의 레티시아는 아버지에게 상당한 거리감을 느꼈고, 지나치게 어려워했다.

"아버지께서 저를 찾으실 것 같아서, 먼저 찾아뵀어요."

"……내가 널 찾을 거란 건 어떻게 알았지?"

"글란츠가 알려 주더군요. 제가 크게 다친 건 아닌지, 관심이 많으셨다고요."

그럴 땐 걱정이란 말을 쓰는 거였지만, 레티시아는 일부러 '관심'으로 표현했다. 아버지가 날 걱정할 리 없을 테니까.

"허. 그럼 딸이 다쳤는데 묻지 않을 아버지도 있나?"

가이안이 조소하며 묻자 레티시아는 대답 없이 그를 빤히 쳐다보았다. 꼭 "당신이 그랬지" 하고 표정으로 말하는 모양새라 공작은 웃음을 거두었다.

"시간이 너무 이르다면 돌아갈게요. 폐를 끼치고 싶진 않아요."

"아니, 되었다. 앉아 있어."

공작은 지친 듯 얼굴을 쓸고는 집사에게 눈짓을 보냈다. 눈치 빠른 집사가 차를 가지러 간 사이 공작이 입을 열었다.

"그날 무슨 일이 있었지?"

명령에 가까운 물음이었지만, 레티시아는 차분히 답했다.

"아버지께서 주치의에게 들으신 그대로예요."

"……그게 전부라고?"

글란츠가 하나도 빠짐없이 전달했겠지만, 그건 중요치 않았다.

사제가 휘두른 단검에 레티시아는 다쳤고, 지금은 회복 중이었다.

성인이라도 겁에 질려 벌벌 떠는 게 정상인데, 레티시아는 지나치게 담담했다.

보통의 아이였다면 아버지가 오자마자 품으로 달려가 울음을 터뜨렸을 일이었다.

"네, 별다른 건 없었어요. 주치의가 보고를 빼먹었나요? 한번 주의를 줬는데, 그냥 넘어가면 안 되겠네요."

말과는 다르게 레티시아는 그냥 넘어갈 생각이었다.

"네 입으로 들을 생각이었다. 그날 무슨 일이 있었는지."

공작이 이렇게까지 두어 번 말을 반복하는 건 드문 일이었다. 본인도 그 사실을 잊었는지 공작은 레티시아의 입이 열리기만을 기다렸다.

레티시아는 잠시 뜸을 들이다 주변을 두리번거렸다.

고슴도치가 포악한 육식 동물을 경계하는 모습이라, 공작은 미간을 찌푸렸다. 공작 본인도 제 아비의 폭력성은 물론, 레티시아가 학대받는 사실도 알고 있었다.

알면서도 방관했었기에 공작은 잠시간 말이 없었다.

그제야 공작의 두 눈에 겁에 질린 레티시아의 모습이 들어 왔다.

"조부님의 편인 가말 사제는 아버지도 막지 못하시겠죠."

"그게 무슨 말이냐?"

"가말 사제가 휘저어도 보고만 계셨죠. 아버진 조부님께 유독 약하시잖아요."

레티시아의 중얼거림에 공작은 치솟는 격분을 참느라 길게 숨을 들이켰다. 레티시아가 안 좋은 일을 당해서가 아니라, 공작가가 우습게 보여서 분한 것이다.

물어볼 게 더 있는데도 레티시아는 아직도 겁에 질려 떨고만 있었다. 그 모습이 답답했던 가이안은 레티시아를 다그치려다 그만두었다. 무정한 아버지라 해도 다친 딸에게 차마 소리칠 순 없었다.

"……가말 사제와 따로 면담한 적이 있었어요."

"그놈이 널 어떻게 했지?"

"조부님을 용서하라고 협박했어요. 마네르의 공녀인 제가 못된 계집이 되면 안 된다고요."

"그딴 소리를 했다고?"

공작이 참지 못하고 책상을 쾅, 쳤다. 주먹 쥔 손이 분노로 떨려왔다. 가문에서 내팽개친 자식도 다른 사람에게 무시당하면 기분 나쁜 법.

레티시아를 소유물로 생각하던 공작으로선 불쾌한 일이었다. 그냥 넘길 수 없는.

"어머니가 지옥에 떨어질 거라고도……."

"하. 조부를 용서하지 않으면 안나마리가 지옥에 갈 거라 그랬다, 이 거군."

공작이 어이가 없어 헛웃음을 터뜨렸다.

제 딸을 우습게 보았다는 건 아버지인 자신도 능멸하려는 의도가 아니 겠는가.

감히.

공작은 주먹 쥔 손에 힘을 주더니 레티시아를 쳐다보며 물었다.

"그래서 용서해 주었나?"

레티시아는 바로 답하지 않고 숙였던 고개를 들었다.

눈물이 가득 찬 커다란 눈동자가 공작을 보고 있었다. 하지만 공작은 그 속에 담긴 감정이 두려움이 아니란 걸 알아차렸다. 숨기지 못한 날것의 감정이 서려 있었다. 차갑고 날카로운 얼음 조각 같은.

"아뇨, 아버지."

레티시아는 눈물이 고인 눈으로 공작을 똑바로 바라보며 말을 이었다.

"사제가 제 목을 치겠다 해도 전 용서할 수 없었어요. 아버지가 저를 비난한다고 해도요."

힐난하는 어조는 아니었지만, 공작은 입술을 꾹 깨물다가 한참 후에야 다시 물었다.

"내가 왜 널 비난한다고 생각한 거지?"

"아버지는 조부님의 말씀이라면 뭐든 들으셨잖아요."

사실과는 다른 말이었다. 공작은 조부의 명령을 철저히 무시했다. 애가 탄 조부가 빌고 나서야, 몇 가지 부탁을 들어줬을 뿐이다.

어렸던 아들이 가주가 된 후에도 선대 공작은 제 성질을 못 이겨 사사건건 간섭하려 들었고, 가이안은 제멋대로 구는 아버지를 용납하지 못했다.

자연스레 조부는 아들을 어려워했고, 대신 화를 풀 상대를 찾았다.

그 상대가 가이안의 어린 딸, 레티시아였다.

적녀도 아니었으니 뒤를 봐줄 외가도 없다. 어미는 몸이 약해 병을 앓다가 숨을 거두었고, 아비는 딸을 보호하고 아껴 주지 않았다.

조부는 아들의 경멸 어린 시선을 받을 때마다, 레티시아를 지독하게 괴롭히며 제 기분을 풀었다.

가이안이 레티시아를 앞서서 보호했다면, 적어도 그런 노력이라도 보였다면 조부도 쉬이 손녀를 건드리지 못했을 것이다.

그리고 그 사실을 레티시아뿐만 아니라 공작 본인도 뼈저리게 알고 있었다.

"제가 조부님에게 뺨을 맞아도, 폭언을 들어도 그저 지켜만 보고 계셨잖아요……."

레티시아는 저도 모르게 이를 악물고 말했다. 쏟아 내지 못한 원망이 무정한 아버지에게 향했다. 감정을 내비친 적은 이번이 처음이었다.

"레티시아."

가이안이 할 말을 찾지 못해 딸의 이름을 불렀다.

"……더러운 창부의 딸."

레티시아는 아버지를 곧게 주시하며 한 자 한 자 짓씹듯 말했다.

"가문의 명부에 이름을 올릴 수 없는 비천한 계집."

"레티시아!"

가이안이 목소리를 높였지만, 그녀는 끝까지 뒷말을 이어나갔다.

"절대로 마네르가 될 수 없는, 되어서도 안 되는 계집 따위가……."

레티시아는 젖어 드는 눈으로 가이안을 바라보았다.

서러웠다. 두렵고 무서웠다.

어머니가 있을 때는, 세차게 떨어지는 경멸과 비난의 목소리에서 벗어날 수 있었다. 악의로 가득한 목소리가 닿기 전에 어머니는 귀를 가려 주며 그녀의 다정한 웃음을 보게 했다.

어머니, 안나마리는 유일한 보호막이자 세상 전부였다.

그랬으나…….

어머니가 숨을 거두고 나서 레티시아의 삶은 더욱 비참해졌다.

그녀가 머무르던 작은 방의 문이 닫혔고, 빛이 새어 들지 않도록 암막으로 가린 뒤 가둬졌다.

완벽히.

암막이 만들어 낸 그림자가 새하얀 손으로 변했다. 그 손이 레티시아의 발목을 붙잡고 질질 끌고 갔다.

네가 있을 곳은 어둡고 좁은 방이 아니라고.

절벽 아래, 지옥의 구렁텅이가 네년이 떨어질 곳이라고.

빌어먹을 사생아가, 알레타 출신의 계집이 있을 곳은 심층의 구덩이뿐이라고.

자신을 그곳으로 이끈 손들을, 레티시아는 똑똑히 기억했다.

어머니의 임종을 지키지 못하게 한 조부.

어머니에게 배운 대로 고대어로 썼던 일기를, 조부에게 일러바쳐 불태워 버린 시녀장.

조부를 억지로 용서하게 한 가말 사제.

그리고 마지막은.

당신.

"네년 따위가, 주제도 모르고 마네르의 명부에 이름을 올리려 하냐고 소리쳤을 때도……."

왈칵.

쏟아지는 눈물에 레티시아는 눈을 감아야 했다. 눈꺼풀이 닫히며 뜨거운 눈물이 뺨을 타고 흘렀다. 눈물로 얼룩진 얼굴을 보며 가이안은 할 말을 찾지 못했다. 레티시아가 이렇게 직접 원망을 쏟아 낸 적이 없었기 때문이었다.

그리고 이번이 처음이자 마지막이 되리란 걸, 그는 모르고 있었다.

"나 같은, 계집은 죽어서도 가문의, 명부에 이름 하나 올리지, 못할 거라고. 죽어도 어머니와 내, 이름을 올릴 수 없을 테니, 네 어미년을 따라 숨을, 끊으라 했었는데……."

레티시아는 말을 하다 말고 애써 헛웃음을 지었다.

우습다. 이제 와서 무정한 아비에게 이런 이야기를 털어놓는 자신이.

끔찍했다.

알면서도 모르는 척 외면해 왔던 아버지에게 이런 말을 해야 하는 지금의 상황이.

"제게 감히 그런 말을 한 조부를, 전 용서할 수 없어요."

레티시아가 손등으로 눈물을 훔치자, 미지근한 액체가 고운 손을 간지럽혔다.

"조부의 말마따나 제가 죽게 돼도, 지옥에 떨어진다 해도……."

"레티시아."

이번에도 이름을 불렀지만, 레티시아는 일그러진 얼굴로 고개를 내저었다.

당신에겐 내 이름을 부를 자격이 없어.

가이안. 나를 죽음으로 내몰았던 당신에게는.

그리고 당신의 손을 잡고 내 모든 것을 앗아간 수진도.

"절대로 용서할 수 없어요."

레티시아는 고요한 눈으로 가이안을 바라보았다.

"……허, 그랬었나. 일이 바빠서 이제야 알았다."

변명 같은 말이라고, 가이안은 생각했다. 그리고 늘 외면해 왔던 딸에게 처음으로 눈길을 주었다.

그러자 유리 조각 같은 붉은 눈동자가 주시해 왔다.

가이안은 무언가에 홀린 사람처럼 시선을 떼지 못했다.

아끼는 물건을, 귀히 여겼던 물건을 힘겨워하면서도 버리려는 어린아이.

레티시아는 그런 표정으로 자신을 보고 있었다. 괜히 찔린 기분이라서 가이안은 벌컥 화를 냈다.

"왜 내게 말하지 않았지? 도와 달라고 했으면, 언제든 도와줬을 거다."

"……네. 모두 제 잘못이었죠."

"지금이라도 신경 써 주마. 그럼 된 거 아닌가?"

"괜찮아요. 그러니까, 바뀌지 말고 그대로만 있어 주세요."

바뀌지 마. 바뀔 생각도 없잖아.

그러니 가이안, 당신은 계속 그렇게 살아.

당신의 딸인 나를 외면하고, 버리고, 죽였던 그 모습 그대로.

"……."

가이안은 주먹을 꽉 쥔 채 레티시아를 쳐다보았다.

그도 사람인지라 화가 나긴 했다. 하지만 화난 이유가 보통의 아버지와는 달랐다. 선대 공작과 그의 사람인 사제에게 레티시아가 우습게 보였기 때문이었다.

그래, 그렇겠지. 레티시아는 감정을 다스리느라 감았던 눈을 뜨며 물었다.

"아버지는 왜 화가 나신 거예요?"

"……."

가이안은 쉽사리 답하지 못했다.

레티시아가 사제 같은 놈에게 무시당해서였지, 딸을 걱정해서가 아니었다.

'절대로 용서할 수 없어요.'

분명, 조부에게 하는 말이었다.

원망도, 진득한 분노도, 차가운 시선도.

그런데 용서하지 않겠단 말이 꼭 공작 자신에게 하는 것만 같았다.

"······레티시아."

가이안은 마땅찮은 표정으로 레티시아를 바라보았다. 본인도 아버지로서 한 게 없다는 걸 알기에 달리 나오는 말은 없었다. 딸의 이름을 제대로 불러 본 적이 손에 꼽을 만큼 적었다.

"그 뒤로는 아버지도 아는 이야기예요. 제가 끝까지 용서하지 못하겠다고 하자 사제가 단검으로 저를 협박했고, 끝내는 다치게 했죠."

레티시아는 쓰게 웃으며 자신의 복부로 손을 얹었다. 그러자 드레스 안쪽으로 감은 붕대가 손끝에 닿았다.

잘게 떨고 있는 손이 공작의 시야에 들어찼다.

"조부님께선 아직도 저를 기다리실 거예요. 가말 사제를 철석같이 믿으셨거든요."

"······내가 무심했다."

공작의 사과에 레티시아는 고개를 저었다.

이미 늦었다는 걸, 당신은 모르는 걸까.

지금의 공작은 모를 것이다. 수년 뒤에 그가 얼마나 잔혹하게 바뀌는지.

결국에는 양녀에게 가주 자리를 주는 것으로 모자라, 산 사람을 불에 태우면서까지 죽음으로 몰아넣었던 것도.

"아뇨, 아버지."

당신은 계속 무심해야 해. 이제 와서 바꾸려 하지 마.

"그리 말씀하셔도 전 조부님을 용서할 생각 없어요."

가이안이 양손을 꽉 쥐고서 레티시아를 바라보았다. 그의 침잠한 눈동자에 레티시아는 하려던 말을 하는 대신 입을 다물었다.

"그래, 용서하지 마라. 네 조부는 원래부터 그런 사람이다."

"……그렇겠죠."

그 말이 본인에게도 해당한다는 걸 알까.

레티시아는 입술을 꾹 깨물었다.

어쩐지 이 상황이 너무 우스워서 하마터면 웃을 뻔했다.

"조부님께서 생명이 위급하시다고 들었어요. 만약 숨을 거두시게 되면—."

레티시아는 차마 다음 말을 잇지 못하고 멈췄다.

조부는 그녀에겐 죽도록 미운 사람이었지만, 가이안에게는 낳아 준 아버지였으니까.

"장례식……."

가이안은 굳은 얼굴로 입술을 뗐다. 그의 녹색 눈동자가 무언가를 떠올리듯 가늘어졌다.

"곧 장례식이 있을 텐데, 레티시아 넌 들를 필요 없다."

당신이 웬일로? 레티시아는 고마워하는 대신 곧바로 물었다.

"저를 직계로 인정하지 않아서요?"

"아니, 널 직계로 인정해서다."

가이안은 자리에서 일어나 레티시아 쪽으로 허리를 숙였다. 가까워진 거리에 레티시아가 뒤로 물러서려던 때였다.

여린 팔을 거세게 움켜쥔 그가 그녀의 귀에 무어라 속삭였다. 그 말을 들은 레티시아의 눈이 크게 떠졌다. 동요로 커진 동공이 제 자리를 찾은 건 찰나의 시간이 흘러서였다.

"……네가 기뻐할 일이지."

가이안은 낮게 중얼거리고는 레티시아의 팔을 놔주더니 몸을 뒤로 물렸다.

내가 기뻐할 일……. 내가, 기뻐할, 일.

레티시아는 떨리는 손으로 자신의 팔을 움켜쥐었다.

'조부에게서 널 보호하지 못한 책임을 지겠다.'

그리고 가이안은 숨을 멈춘 레티시아의 귓가에 속삭였다.

'널 위해 선물을 하마, 레티시아. 그 선물은—.'

무정한 아버지가 준비했다는 선물은 그녀를 위한 것이 아니었다.
오히려…….

* * *

"하아, 하아."

레티시아는 집무실을 나온 뒤, 급히 숨을 들이켰다. 눈물로 얼룩진 뺨을 거칠게 닦고서 복도로 걸음을 내디뎠다.

아침인데도 어둑한 복도에는 촛불만이 켜져 있을 뿐이었다.

'아무도 없어.'

일부러 사람을 물린 것인지, 집무실 앞을 지켜야 할 시종과 기사가 보이지 않았다. 레티시아는 창백한 얼굴을 한 채 복도 끝에 다다랐다. 우측으로 틀자 후원 쪽으로 난 커다란 창이 그녀를 맞아 주었다.

"미친 새끼."

사람이 없다는 걸 확인하고 나서야, 레티시아는 거친 욕설을 내뱉었다.

조금 전, 낮게 웃은 공작이 믿지 못할 말을 지껄였다.

'네 조부는 이틀 뒤, 죽게 될 거다.'

어떻게 그리 잘 아느냐고 묻지 않았건만, 공작은 의문을 알아차린 듯 친절히 답해 주었다.

'널 후계자로 만들기 위해서.'

반은 진실이었고, 반은 거짓이었다.

지금은 공작이 조부를 견제했기에 전처럼 폭군 노릇은 하지 못했지만,

조부가 제 사람들을 이용해 공작가에 영향을 끼치려 했던 건 사실이었다. 공작에게 그런 조부는 꽤 오랫동안 걸림돌이 되어 왔다.

사람으로 태어났으니 잠깐은 고민했을 터.

천륜을 저버리고 제 아비의 목을 꺾어야 할지, 아니면 지금까지 그래 왔듯 참고 참아서 살려 두어야 할지.

늘 고민해 오던 공작은 전자를 택했다. 더는 참는 것이 무의미하다고 판단한 것이다.

그래서 조부를 용서하지 않겠다는 딸에게 선물이라 일렀다.

그레이엄 마네르.

자신의 아버지이자, 레티시아의 조부인 선대 공작을 제 손으로 죽이겠다고. 그러니 장례식에는 올 필요가 없다고.

"하, 하하."

레티시아는 비틀거리며 걸으려다 그만두었다. 힘이 빠진 몸을 지탱하기 위해 억지로 창틀을 붙잡았다.

"미친놈."

아버지는 정말로 미친놈이었다.

내 핑계를 대면서 조부를 죽일 줄은 몰랐지만.

"나를 후계자로 삼겠다고? 이번에도……."

레티시아는 있는 힘껏 입술을 베어 물었다. 진득한 화가 났지만, 지금으로선 풀어낼 방법이 없었다.

"나를 멋대로 이용한 건 당신이잖아."

조부를 죽이겠다는 것도 당신의 선택이고.

쓸모없는 아비의 목을 쳐 내기로 한 것도 당신의 선택인데.

그것을 딸을 위해서라고, 다정한 웃음과 함께 말하는 공작은 미친 게 틀림없었다.

"미치기만 한 게 아니라 쓰레기였어."

레티시아는 하, 하고 헛웃음을 흘렸다.

그녀도 죽도록 공작이 미웠고, 그를 원망하며 죽었지만, 다시 눈을 뜨고 나서 공작을 죽여야겠다고 생각한 적은 없었다.

아버지였으니까. 그녀를 낳아 준 아버지였으니까.

그런데 가이안은 스스럼없이 조부를 죽이겠다고 했다.

양심이라곤 없는 것처럼. 조금의 거리낌도 없이 담담한 태도로.

그리고 그 살인이 나를 위한 것처럼 꾸며 댔지.

레티시아는 덜덜 떨리는 손을 입가로 가져갔다.

"욱."

속이 메스꺼워 견딜 수가 없었다.

조부가 언제 죽을지 예측했던 건 그녀뿐만이 아니었다. 그녀의 아버지, 가이안도 알고 있었다. 그레이엄 마네르가 언제 죽게 될지. 그 증거로 과거에 조부가 죽게 되는 날과 이번에 공작이 언급한 날이 같았다.

달라진 점이 있다면 레티시아가 그 사실을 알게 되었다는 것뿐.

"왜 내게 알려 준 거지? 자칫 불리해질 수도 있는 일을……."

레티시아가 느낀 불안감이 서서히 모습을 드러냈다. 하지만 지금 당장은 거대한 암막과 마주할 수 없었다. 언제나 선택권을 가졌던 건 아버지였고, 그녀는 선택받거나 버려지는 쪽이었으니까.

"……벗어나야 해."

레티시아는 저도 모르게 생각했다. 그녀의 본능이 목소리를 낮추고 경고했다.

가문을 버리기 전에, 마네르 가문에서 먼저 벗어나라고.

* * *

글란츠는 조용히 문을 닫았다.

탁.

문이 닫히는 소리에도 침대에 누운 노인에게선 별다른 반응이 없었다.

"아, 이제 왔어?"

꾸벅꾸벅 졸던 시녀장이 눈을 비비며 자리에서 일어났다. 그녀는 오랜만에 나타난 글란츠를 보며 반색했다. 의사가 진찰할 때는 간호를 쉴 수 있기 때문이었다.

"게으름 좀 작작 피워 대."

시녀장은 주름진 입가를 씰룩이며 투덜거리더니 말을 이었다.

"언제 오나 했네. 당신이 자리를 비운 사이에 그레이엄 님이 몇 번이나 발작한 줄 알아? 나 혼자서 이 노인네를 어떻게 맡으란 건데!"

"아, 그거. 선대 공작님과 오래 있고 싶으실까 봐 일부러 늦게 왔는데요. 옛정 때문이라도요."

"너 진짜 미쳤어? 입조심해!"

전에는 둘이 잘만 있더니, 곧 죽을 놈이라고 옛정마저 없어진 건가…….

글란츠는 선대 공작과 꽤나 가까웠던 시녀장을 의뭉스러운 눈길로 훑었다.

"시녀장님도 이제 좀 질리셨나 보네요. 암, 그럴 만도 하죠."

"이 미친 새끼가……! 네놈 목 잘리기 싫으면 입조심해!"

시녀장이 불쾌하단 얼굴로 글란츠를 훑고는 어깨를 툭 치고 지나갔다.

갈 곳 없는 평민 주제에.

글란츠는 시녀장이 나갈 때까지 공손히 허리를 숙였다.

달칵. 문이 닫히자 그가 천천히 고개를 들었다.

"입버릇이 영 나쁘네. 그러니 둘이 쌍으로 붙어먹었지."

글란츠는 킬킬거리고는 주사기를 들어 노인의 팔로 가져갔다.

"조금, 따끔하실 겁니다."

킥킥. 웃음을 참지 못한 글란츠가 음습한 두 눈을 빛냈다.

그가 손끝에 힘을 줄수록 정체 모를 새까만 액체가 노인의 혈관으로 파고들었다.

"더러운 평민 놈이 손수 준비한 건데, 꿀떡꿀떡 잘 드시네요. 선대 공작님, 배고프셨나 보다……. 흐흣."

글란츠가 선대 공작의 몸에 주입한 건 맹독 벨라돈나였다.

독에 당하면 서서히 사지가 마비되다가 결국에는 눈만 깜빡거리는 게 전부였다. 더 독을 강하게 주입하면, 단숨에 목숨을 끊을 수도 있었지만 글란츠는 꾹 참아 왔다.

지독한 노인네를 대성녀의 품으로 보내려면 공작의 허락이 떨어져야 했다.

"흐아암. 이 짓거리 하는 날도 이제 얼마 안 남았네."

그때였다. 그레이엄의 손이 글란츠의 손목을 확 움켜잡았다.

독이 주입되어도 상관없다는 건지, 그 사실마저 모를 정도로 멍청해진 건지 선대 공작이 넋이 나간 채 무언가를 중얼댔다.

귀를 기울인 글란츠의 귀로 힘이 빠진 목소리가 들려왔다.

"레……티……시……."

익숙한 이름에 글란츠는 손을 입가로 가져가며 놀라워했다.

"와, 하하! 이 지경이 됐는데, 아직도 손녀를 찾는단 말이야? 진짜 독한 노인네라니까."

글란츠는 손으로 입가를 가린 채 "질린다, 질려" 하고는 학을 뗐다. 핏발이 선 눈동자가 글란츠를 노려보았다. 어떻게든 레티시아를 데려오라는 것처럼.

그레이엄이 쓰러진 건 몇 달 전. 그 시기부터 글란츠는 치료랍시고 맹독을 주입해 왔다. 그레이엄은 죽어 가는 중에도 허연 눈동자로 천장을 바라보았다.

"레……티……시……아."

레티시아에게 용서를 받아야 한다.

그 생각만이 노인의 머릿속에 그득 찼다.

과거에 두려울 것 없는 폭군이었던 그레이엄에게 죽음보다 더 두려운 것이 있었다.

어린아이와 약한 동물을 해하지 말라.

율법을 어긴다면 지옥의 가장 끝, 심층의 구덩이에서 영혼이 닳을 때까지 태워질 것이다.

바로 대성녀의 율법.

죄를 저질렀던 그레이엄도 힐데가르트가 말한 망자들의 구덩이에 끌려가고 싶지 않았다.

억겁의 염화가 죄인의 영혼을 씨 한 점 남기지 않고 태우리라.

뼛속 깊이 새겨 온 대성녀의 교리를 누군가 그레이엄에게 서늘한 음성으로 속삭이는 듯했다.

한때 그가 지독히도 괴롭혔던 손녀, 레티시아 마네르.

그 아이의 용서를 받아야만 지옥에서 도망칠 수 있을 거라고.

* * *

"빙결, 이라……."

다음 날 아침, 레티시아는 두꺼운 동화책을 어루만졌다.

금속으로 된 책표지에는 돌조각으로 된 하얀 눈이 가득 내렸고, 새하얀 늑대가 설원을 밟는 조각 그림이 새겨져 있었다.

"윈터에서는 하얀 늑대를 키운다지."

레티시아의 말에 카라가 "네" 하고 답하며 긴장한 얼굴로 고개를 끄덕였다.

"우리 가문에도 늑대가 있고."

레티시아는 숙였던 고개를 들어 카라를 쳐다보았다. 공녀의 무심한 표정에 카라는 말없이 고개를 숙였다.

"윈터의 흰 늑대 새끼를 데려와 품종을 개량시켰다는데."

레티시아는 낡은 책을 툭 던지듯 꺼냈다. 카라의 시선이 오래된 책으로 향했다. 남부의 동물을 기록한 책에는 그녀가 한때 봤던 늑대 삽화가 있었다.

갈색 털을 가진 늑대는 그림치고는 무척 생생했다. 번뜩이는 회갈색 눈동자. 갈퀴처럼 생긴 검은 발톱까지.

꿀꺽.

카라는 양손을 모으고 책을 향했던 시선을 바로 했다.

그녀가 그리 겁먹는 것도 이상한 일은 아니었다.

오늘 이른 새벽.

공작저에서 갈색 늑대가 탈출한 사건이 있었다. 그리고 때마침 공교롭게도 감옥에 갇혀 있던 죄인도 탈옥했다.

운 좋게 도망쳤던 죄인은 공작저를 벗어나지 못했다. 한참을 숲 쪽으로 내달리다 두 손이 묶인 채 늑대에게 몸을 뜯어 먹혔기 때문이리라.

그 죄인의 이름은 바로, 가말 브리오.

중앙 교단 출신으로, 선대 공작에게서 금전으로 후원받던 사제였다.

"그 늑대가 살아 있는 사제의 몸을 뜯어 먹었다더군."

레티시아는 말을 마치고 카라가 미리 준비해 둔 따뜻한 차를 마셨다. 그 모습을 초조하게 지켜보던 카라가 어색하게 웃었다.

"……사, 제님이 사고를 겪으신 거네요."

"운이 나빴지. 누가 알았겠어? 조부님이 뒤를 봐주는 사제가 그렇게 허무하게 죽을지."

"그, 그러게요. 아가씨."

카라는 떨리는 손을 꽉 붙잡았다. 복잡한 상황까진 몰라도 한 가지는 확실히 알았다.

오늘 새벽에 있었던 일이 결코 사고가 아니었음을.

공작저의 지하 감옥은 훈련받은 기사라 해도 탈옥할 수 없었다. 경계가 삼엄한 정도를 넘어 안에서 밖으로 간단하게 나갈 수 없는 구조였다. 특수한 장치가 지하와 연결되어 있었고 이 문을 열 수 있는 건 간수뿐이었다.

단 한 명.

간수 외에도 탈옥을 눈감아 줄 수 있는 사람이 또 있긴 했다. 당연하게도, 공작이었다.

탁.

레티시아는 시선을 내리깔며 마시던 차를 내려두었다.

"아버지께서 상심이 크셨나 봐. 정당한 처벌을 받아야 하는데, 그렇게 죽어 버렸으니."

어느새 잔이 비었다. 심호흡한 카라가 찻주전자를 기울여 레티시아의 찻잔에 차를 따랐다.

조르륵.

덜덜 떨리는 하녀의 손을, 레티시아는 무감정한 눈으로 주시했다.

카라는 운이 나빴다. 운이 나빠 오늘 비번이었고 청소를 쉬는 대신 상인에게서 식료품을 받으러 새벽에 성문까지 가야 했다.

툭.

식료품을 받던 카라는 성벽에 걸려 있던 불운한 시체와 마주했다. 그 모습은 속을 몇 번이나 게워 내도 지워지지 않을 만큼 끔찍했다. 우연히 목격한 뒤로 카라는 한동안 정신을 차리지 못했다.

그녀가 겨우 정신을 차린 건 오후가 지나서였다. 레티시아가 차를 끓여 달라 불렀기 때문이었다.

"그, 사제……가, 우욱. 운이 나빴던, 거겠죠."

카라는 더듬거리며 겨우 답했다. 가말 사제는 레티시아에게 줄곧 무례했다.

무례하다 못해 공녀를 해치려 들었다는 이야기까지 떠돌았다. 그 죄로 가말은 산 채로 늑대에게 잡아먹혔다고 했다.

카라는 끔찍했던 광경을 다시 떠올렸다. 하필이면 그때 괴짜 의사를 만나서 더 재수가 없었다.

'아닌데. 살아 있을 리가 없는데……. 기사님들, 정말입니까? 정말로 저 가엾은 사제님이 살아 있었다고요?'

우욱. 땅에 주저앉은 채 속을 비우는 카라는 주치의가 하는 말을 그대로 듣게 되었다.

글란츠가 어깨를 으쓱하고는 기사들에게 이것저것 말하고 있었다. 시신을 보고 뒷걸음질 치는 기사들이 보이지 않는지, 글란츠는 어쩐지 신난 얼굴이었다.

그 수상한 주치의가 레티시아 곁을 맴돌자 카라는 불안해졌다. 인형 눈알을 박은 것처럼 소름 끼치는 눈이 이따금 카라를 주시했기 때문이었다.

공녀님에게 계속 무례하게 군다면 다음은 네 차례입니다.

마치 그런 눈빛이라 더 기분이 나빴다.

극도로 불안해하는 카라를 보며 레티시아가 말을 붙였다.

"지하 감옥에 또 다른 문이 있다는 거, 알고 있니?"

"예? 없, 없는 걸로 알고 있습니다만……."

"있어. 그 문을 열면 지상하고 연결되는데, 죄수들은 그 사실을 알면 서도 문을 열지 않아."

"왜······ 그런 거예요?"

카라는 저도 모르게 물었다.

레티시아는 톡, 테이블을 두드리며 심드렁히 답했다.

"그 문을 열면 마네르의 늑대들이 기다리고 있거든. 3일간 굶주린 늑대가 시뻘건 이를 드러내는데······."

"우욱."

카라는 늑대를 이야기할 때마다 치솟는 토악질을 참지 못했다. 황급히 뒤로 물러난 하녀를 보며 레티시아는 픽 웃었다.

그렇게 바락바락 대들더니, 고작 이 정도로 무서워할 줄은 몰랐다.

카라만 사제의 주검을 본 건 아니었다. 레티시아도 공작의 곁에 서서 그 모습을 똑똑히 봐야 했다. 그리고 공작이 지껄이는 개소리도 꽤 긴 시간 동안 들어 주었다.

'감옥에서 도망친 자가 어떻게 되는지······ 이제 알겠느냐?'

'예전부터 알고 있었어요, 아버지.'

레티시아는 고저 없는 목소리로 답했고, 공작이 알 수 없는 눈으로 그녀를 내려다보았다.

피융!

그는 레티시아에게서 시선을 떼지 않은 채 기사를 향해 손짓했다. 공작의 지시에 따라 독이 묻은 화살이 포물선을 그리며 한 가지 목표물로 날아갔다. 공작의 기사가 쏜 화살이 늑대의 몸을 꿰뚫었고, 감옥 주변을 떠돌던 늑대는 그렇게 사살당했다.

죄목은 간단했다.

사람 고기를 한 번 맛본 늑대는 다시 사람을 잡아먹기 때문에 살려 둘 수 없다는 것이다.

하지만 레티시아도, 공작의 기사도, 하물며 공작 본인도 알고 있었다.

저 늑대는 사람을 잡아먹은 적이 없다는 것을.

애초에 가말은 죽었고 마네르의 늑대는 사체를 탐하지 않는다. 숨을 거둔 먹잇감은 쓸모가 없었다.

'피케네에서 제일가는 맹수니, 위험은 뿌리 뽑아야 한다.'

가이안 공작은 숨을 거둔 늑대를 보며 레티시아에게 그렇게 말했다. 하지만 레티시아는 아버지의 말에 동의하지 않았다. 그녀도 분명 알고 있었다.

'제일가는 맹수요?'

레티시아는 픽 웃고는 차가운 눈동자를 들었다. 고요한 적안에 숨이 끊긴 갈색 늑대의 모습이 들어왔다.

호선을 그리던 입술이 열린 것도 그 순간이었다.

'제가 알기론, 저 품종은 북부에서 데려온 것이라더군요.'

'그래서?'

'북부의 윈터. 설산에 사는 하얀 늑대를 훔쳐 와 남부 늑대와 개량시켰죠. 10년도 전에 공작가의 수의관이 그리했던가요.'

'……잘 알고 있구나. 그런 사소한 부분까지도.'

'남부의 왕이라고 불리는 마네르 늑대도, 윈터의 하얀 늑대가 나타나면 잡아먹힌다고 해요.'

'그래, 그렇지. 하지만 그 윈터의 하얀 늑대가 여기까지 내려올 일이 무어 있을까.'

가이안은 화를 내는 대신 순순히 인정했다. 그의 딸이 무엇을 말하는지 그 또한 알아차렸다. 마네르 늑대는 마네르 가문. 그리고 레티시아가 말한 하얀 늑대는 윈터 가문, 그 자체다.

'맹수의 왕 자리는 남부의 것이 아니에요. 북부의 주인, 윈터. 오직 하얀 늑대만이 그 자리에 오를 테니까.'

북부의 하얀 늑대가 남부에 나타나면 저 가짜들은 전부 숨통이 끊길 것이다.

그런 의미로 말하는 레티시아에게 가이안은 뜻 모를 미소를 지었다.

'굶어 죽을 늑대에게 퍽 관심이 많구나. 그 고고한 하얀 늑대가 굶기 직전이라고 아무거나 삼킬까. 그렇지 않으냐, 레티시아?'

그리고 레티시아의 턱을 들어 자신과 똑바로 눈을 마주치게 했다. 어둑한 녹색 눈동자가 어린 딸을 향했다. 적자인 필립보다 더 후계자에 가깝다고 생각하며 가이안이 레티시아를 차갑게 훑었다.

'명심하거라, 레티시아. 윈터의 하얀 늑대들은 아무거나 삼키지 않는다. 반쪽짜리 사생아라면 더더욱.'

'그건 저도 잘 알고 있어요.'

'아, 아예 방법이 없는 건 아니지. 윈터가 ————를 간절히 찾고 있다고 들었으니. 하지만 네게 그럴 가능성이 얼마나 있겠느냐?'

테레사 윈터.

레티시아는 철혈 백작이라 불리는 북부 군주의 이름을 되뇌었다.

윈터의 하얀 늑대가 찾고 있다는 게 무엇인지 레티시아는 이미 알고 있었다.

'정령술사.'

윈터에 겨울이 계속되는 저주를 해결하기 위해서 정령술사를 찾는 것이리라. 하지만 때로는 답을 알아도 해결되지 않는 문제가 있었다.

바로 지금처럼.

처음, 눈을 뜨고 나서 필립과 마주쳤을 때 레티시아는 정체 모를 얼음을 불러내긴 했다. 하지만 그녀가 생각하기에 자신은 정령술사가 아니었다.

'난 체질적으로 마법은 쓰지 못해.'

레티시아는 열여섯 때부터 앓았던 병을 떠올렸다.

피온병.

마력이 너무 강해 신체를 갉아먹고, 끝내는 단명에 이르게 하는 희귀병이었다.

'마법이 아니라면 뭘까.'

내가 불러낸 얼음 조각이 빙결이었으면.

레티시아는 그렇게 바라면서도 헛된 생각이라 고개를 저었다.

푸르게 빛나던 얼음 조각.

햇볕에도 녹지 않던 얼음 결정은 신이했지만, 정령술이라고 단정 지을 만한 증거가 하나도 없었다.

레티시아는 아쉬움을 누르며 펼쳐진 동화책으로 시선을 옮겼다.

그녀가 읽은 동화책에는 빙결이란 단어가 꽤 자주 나왔다. 정확히는, '빙결'과 '염화'였다.

설산에는 위대한 두 정령이 터를 잡았다.

하나는 태고의 빙결.

새하얀 늑대라 불리는 그녀는 '라이아덴'이라는 이름을 가졌으며, 위대한 대정령 중 하나였다.

두 번째는 억겁의 염화.

염화는 검은 털에 푸른 갈퀴를 가진 불의 정령이었다.

그를 두고 귀여운 어린아이, 아름다운 소년, 미모를 가진 남자라는 말이 떠돌았지만 실체를 본 이는 없었다.

설산에서 지내던 빙결과 염화. 두 정령은 오누이였는데, 사이가 좋은 편은 아니었다. 무엇보다 두 정령은 성격이 정반대였다.

빙결은 염화가 사람의 손을 타기 좋아하는 데다, 길 잃은 고양이처럼 졸졸 따라다니는 것을 보며 한심하게 여겼다. 외로운 늑대이길 자처하는 빙결은, 설산에 오는 사람을 모조리 내쫓았다.

그녀가 허락하는 건 오로지 윈터의 여자들.

윈터의 피가 흐르는 직계 혈족.

그중에서도 여자만이 설산을 밟을 수 있었다.

하지만 '그 사건' 이후로, 빙결이 윈터의 직계를 허락했던 건 이미 오래전 일이 되었다.

설산에서 지내던 위대한 존재는 셋.

태고의 빙결. 억겁의 염화.

그리고……,

정령을 돌봐주었던 금빛의 용 자칼리아.

50년 전, 용이 무장한 군인들에게 사냥당하자 미쳐 버린 빙결은 설산에서 사람을 모조리 내쫓았다.

하얀 늑대는 눈에 띄는 인간은 모조리 짓밟고, 산 채로 얼어 죽게 하였으며, 뼛조각조차 남지 못하게 짓씹어 삼켰다.

빙결의 광증을 버티다 못한 염화는 겁을 집어먹고 설산을 벗어나 숨었다.

결국 빙결, 라이아덴은 용을 잃어버린 슬픔을 이기지 못하고 완전히 미쳐 버렸다.

그리고 시작된 윈터의 겨울은 50년이 지나도록 끝나지 않았다.

금빛 용이 나타나지 않는 이상, 저주는 계속될 것이다.

하얀 늑대 일족이 머무르던 땅.

내 사랑스러운 윈터에 다시는 여름이 돌아오지 않으리라.

대충 이런 이야기였다.

동화치고는 감동도 없고, 결말도 없었으며, 재미도 없었다.

이런 동화를 냈다는 이유만으로 멱살이 잡힐 만큼 지루한 책인데, 저자가 누군지도 알 수 없었다.

이 동화책은 언뜻 보면 용사가 용에게서 공주를 구한 이야기와도 맥락이 닿았다.

다른 점이 있다면 사악한 용은 하얀 늑대 라이아덴.

용에게 붙잡힌 공주는 사람이 아닌, 겨울이 끊임없이 계속되는 윈터 영지였다. 그리고 공주를 구한 영웅에게 결혼할 기회를 주는 왕은 다름 아닌 윈터 백작일 터.

마지막에는 보상을 하는 결말로 흘러가는 게 이야기의 정석.

보통은 이야기가 그렇게 흘러가야 맞았지만, 이 고리타분한 동화에는 이야기의 '기'와 '승'밖에 없었다.

'두 번 봐도 재미없는 동화야.'

"하얀 여왕……. 누가 썼을까."

레티시아의 중얼거림에 카라는 퍼뜩 고개를 들었다.

"저…… 아가씨!"

기가 죽었던 하녀의 얼굴이 펴진 건 한순간이었다.

'모른 척할까. 귀찮겠는데…….'

레티시아는 무료한 얼굴로 턱을 괴고서 하녀를 흘긋 쳐다보았다.

"아가씨!"

카라가 용기 내서 부르자 레티시아가 의욕 없이 물었다.

"……그래. 너, 뭐 좀 알고 있니?"

별 기대하지 않는 투였지만, 카라가 맹렬히 고개를 끄덕였다.

"네! 사실, 제가 들은 것이 좀 있어서요."

"뭐……. 말해 보렴. 짧게 요약해서. 아, 결론부터."

레티시아가 심드렁한 눈으로 봤지만, 카라는 결연한 표정으로 고개를 끄덕였다.

이때야말로 잘 대답해야 할 것이다.

그렇지 않다면 이번에는 아가씨가 날 늑대의 밥으로 줄지 모르니까. 아니, 분명히 그럴 거라고 카라는 생각했다.

공녀는 아까부터 윈터의 하얀 늑대니, 마네르의 품종 늑대니 뭐니 하며 평화와는 거리가 먼 이야기를 해 댔다.

분명 카라 자신이 숨을 거둔 사제와 같은 꼴이 될 거라고 협박하는 것이리라. 사악하고 악독한 공녀 같으니라고! 그래도 뭐……. 좀 알고 있는 건 말해 줄 생각이었다.

대놓고 의욕 없는 태도에 카라는 기분이 상했지만, 침착하게 이야기를 시작했다.

"저, 그게요. 제가 좀 더 어렸을 때 란델 자작가에서 일했었거든요. 고모가 그쪽에서 하녀로 오래 일해서 저도 일을 배우겠다고 머물렀던 적이 있어요."

"그런데?"

"란델 자작 영애분이 고서를 복원하는 취미를 가지셨는데, 책에 좀 일가견이 있으셨어요."

"그래? 그건 처음 듣는 이야기네."

심드렁히 답했던 레티시아가 곧 눈을 크게 떴다.

"그럼 이 책이 어디서 나왔는지 알아?"

"그때 란델 영애……. 아니, 제니 아가씨가 그러셨거든요. 이따위 재미없는 동화책을 누가 썼는지 참 궁금하다고."

"잠깐……. 란델 자작가는 고서만 담당한다며? 관리를 잘하지 못해 책이 좀 낡긴 했지만, 20년 전이면 고서가 아닌데."

적어도 100년은 지난 것이어야 고서로 여겼다.

동화책의 발행 연도는 힐데가르트력 519년 겨울.

지금이 520년 여름이었으니 그리 오래된 것도 아니었다.

"고서도 아닌데 복원해야 한다고 엄청 화내셨던 기억이 나요. 다른 가문의 의뢰를 맡으셨는데……."

"의뢰?"

"네! 이건 비밀이지만……."

카라는 허리를 숙여 레티시아의 귓가에 소곤거렸다.

이야기를 듣던 레티시아가 눈을 가늘게 떴다. 비장한 하녀의 태도와 다르게 그다지 비밀도 아니었다.

"윈터 영지에 겨울이 계속되는 저주가 생겼는데…… 이미 아시는군요."

"알다마다. 란델 자작 가문이 윈터 영지에 빚을 진 건 처음 알았지만."

"역시 그렇죠?"

카라는 저도 모르게 뿌듯해하다가 서늘한 레티시아의 시선과 마주치고 입을 다물었다.

이럴 땐 내심 글란츠가 부러웠다.

레티시아가 상냥히 대해 준 적도 없고, 싸늘하게 쳐다보는데도 쑥스럽다는 듯 머리를 긁적이는 그 또라이 의사가.

"그래서 란델 자작 가문이 빚진 거와 이 동화책이 무슨 상관인데?"

레티시아는 『하얀 여왕』이라고 적힌 두꺼운 동화책의 케이스를 탁 덮었다.

저 책 두꺼워서 무서워.

몸을 움찔 굳힌 카라가 조심스럽게 입을 열었다.

"아시다시피 윈터는 군부 가문이잖아요? 북부의 군벌."

"그렇지. 그걸 모르면 피케네 신민이 아니라고 할 정도니까."

"어렸을 때라 다 기억나는 건 아니지만……. 제니 아가씨가 그러셨어요! 백작님이 시켜서 한다고."

"백작? 제국에 백작이 한둘이어야지."

레티시아가 심드렁히 답하자 카라가 답답한 듯 가슴을 쳐 댔다.

이미 아가씨의 눈 밖에 난 처지였지만 이대로 물러설 순 없었다.

늑대에게 던져질까 봐 무서웠지만, 공녀에게 점수 따려는 의도도 없잖아 있었다.

거기다 글란츠가 "공작가에서 오래 살아남으려면 공녀님을 따르는 게 좋을걸요." 하고 말하지 않았는가.

똑같이 아가씨를 외면할 땐 언제고, 이제 와서 측근처럼 구는 글란츠와 파베르의 행동 변화도 한몫했다.

특히나 호위는 이전만 해도 매일 시가를 피우겠다며 외성 현관으로 꾸역꾸역 가더니, 요새는 붙박이장이라도 된 것처럼 공녀의 방문 앞을 지켰다.

카라는 문밖에 우뚝 서 있는 호위를 흘끗 쳐다보며 말을 이었다.

"그 동화책, 윈터 백작님이 쓰신 거래요."

"……무슨. 마물 잡느라, 외세 침략 막느라 바쁜 백작께서 한가하게 동화책이나 쓴다고?"

"초고요, 초고."

처음 쓴 원고 말이에요!

카라는 허리를 깊게 숙인 채 레티시아의 귓가에 속살거렸다.

"초고를 개떡……같이 쓰셔서 그걸 제니 아가씨가 다시 처음부터 끝까지 문장을 샅샅이 가다듬은 거예요. 윈터 백작님께서 워낙 악필인 데다, 날림으로 끄적이셔서 제니 아가씨가 해석하느라 이 세상과 하직할 뻔했다고 하셨거든요."

"윈터 백작이 고대어라도 썼다니?"

"아뇨, 그냥 제국어였는데요."

"같은 제국어를 해석할 필요가 있어? 뭐 하러 그런 수고를……."

"애들 보는 동화책에 웬 군대 용어를 잔뜩 쓰셨더라구요. 그런 걸 보면 군부의 수장이 맞긴 맞나 봐요."

레티시아는 잠시 할 말을 잃었다.

아이들을 상대로 쓴 글에 군대 용어라니. 애들이 그런 걸 볼 리가 없지. 그래서 란델 자작 영애가 쉬운 아이들 말로 순화한 걸 테고.

헛웃음을 삼킨 레티시아가 물었다.

"그 유명한 윈터 백작이 남몰래 글 쓰는 게 취미였다고?"

레티시아가 말도 안 된다며 고개를 내젓자 카라가 한숨을 푹 내쉬었다. 그러고는 자신의 이야기를 제대로 들을 생각이 없는 레티시아에게 투덜거리듯 말했다.

"정령술사를 찾으신다고 했단 말이에요!"

"……뭐?"

이미 레티시아도 알고 있는 사실이라 새삼 놀라울 것도 없었다. 레티시아가 놀란 데는 다른 이유가 있었다.

"정령술사를 만나고 싶으셔서 직접 동화책을 쓰셨대요. 백작님께 직접 들은 건 아니지만, 제니 아가씨가 분명 그랬어요."

"어째서? 정령술사는 500년간 맥이 끊긴 지 오래야. 차라리 마탑으로 가서 마법사를 찾는 편이……."

낫다고 말하려던 레티시아는 입을 다물었다.

동화책에도 분명 나와 있었다.

마법으로는 미쳐 버린 대정령, 빙결을 잠재울 수 없다고.

대정령을 다스리는 것 따윈 바라지 않으니, 광증을 앓는 라이아덴을 잠깐이나마 잠재울 정령술사가 필요하다고. 그리고 정령을 잠재워야 윈터를 지독히 괴롭혔던 겨울의 저주가 멈출 거라고도 했다.

"동화책을 쓰는 게 얼마나 효과 있겠어? 완전된 거 아니야?"

"제 생각도 그래요. 어른들 보라고 백작님이 직접 동화책을 쓰셨겠어요? 동화책이니 애들 보라고 쓴 거 같긴 한데……."

"아."

레티시아는 무언가 깨달은 듯 눈을 크게 떴다.

이런 재미없는 동화책을 아이들이 볼 리도 만무했지만, 동화를 보는 대상은 어른이 아닌 아이들이었다. 카라의 말이 정말이라면 윈터 백작이 직접 깃펜을 든 이유가 있을 터.

간혹 마법사 중에 어릴 적 재능을 모르고 지나치는 경우가 있다고 했다.

개중에 우연히 스승을 만나 마법 능력을 피우고 마법사가 된다는 일화도 더러 있었다.

공통점은 하나였다.

아이들은 자신의 능력이 뭔지 모른다는 것.

어른들이 네 능력은 뭐다, 라고 알려 줘야 제 능력을 알아차리곤 했다.

정령술사도 마찬가지였다. 어느 날 갑자기 정령술이 발현된다면, 그건 어른이 아닌 아이들일 가능성이 더 컸다.

그 가능성을 모두 엎어 버리는 명제가 하나 있었지만.

피케네에는 정령술사가 존재하지 않는다.

피케네 제국은 라반 대륙으로 흩어진 정령술사의 핏줄을 모조리 찾아내 섬멸시켰다.

정령술사를 대대로 배출했던 알레타.

한때 지배층이었던 그들은 이름을 잃고, 정령의 권능을 잃고, 자리와 땅을 잃었다. 결국에는 피케네의 피지배층이 되어 계단에서 제일 아래에 있는 신분이 되었다.

평민이되, 노예보다 못한 대우를 알레타가 받게 된 건 오래전 일이었다.

500년 전 사멸된 정령술이 다시 꽃필 일은 없었다. 피케네 제국의 황실이 대대로 알레타 민족을 탄압했기 때문이었다.

정령술사라면 여자, 남자, 아이, 노인 할 것 없이 모조리 죽였다. 그러니 500년이 지난 지금에서 정령술사가 나타날 리 없었다.

그걸 알 텐데도 윈터 백작은 성미에 맞지 않는 글을 써 가며 『하얀 여왕』이라는 동화를 만들어 냈다.

무너지기 직전인 영지를 살리고 싶단 헛된 희망 때문에.

어떻게든, 무슨 수를 써서든, 어떤 방식으로든 윈터 영지를 되살려야겠단 의무감으로.

그 절박함을 윈터가 아닌 외부인들은 알 수 없었다.

제국에서 500년 넘는 역사를 가진 윈터가(家).

그들이 찾으려 했던 건 그냥 정령술사가 아니었다.

어린 정령술사.

그것도 제 능력을 자각하지 못한 정령술사를 기다리고 있었다.

"윈터 백작은 가능성 없다는 걸 알면서도……."

레티시아는 자리에서 벌떡 일어났다. 급히 확인할 것이 있었다.

'외출해야 해. 그곳으로 가려면!'

공작저를 벗어나기 위해선 공작의 허락을 받아야 했다. 그 사실에 레티시아는 움직이다 말고 눈을 찌푸렸다.

'분명…….'

중앙 교단의 최상층에 이능을 확인할 수 있는 시험장이 있었다. 정확히는 교단의 본 건물에서 한참 떨어진 북쪽 건물로, 외부인이 들어올 수 없게 감시탑을 세운 곳이었다.

언제 한 번 그곳으로 끌려간 적이 있었다. 피오네 영애가 살해되고, 그 핏자국을 두 손에 묻힌 채. 그리고 그곳에 있던 성유물로 레티시아가 범인이라고 확정되었다.

누명을 풀 기회도, 재판도 없었다.

"카라, 외출 준비를……."

하라고 말하려던 레티시아가 문가로 시선을 돌렸다.

달칵.

문고리가 돌아가며 낯선 사람이 허락 없이 방으로 들어섰다.

새하얀 의복을 걸친 중년 여성이었다. 희끗희끗한 회색 머리가 내려쓴 후드 사이로 드러났다.

"중앙 교단의 사제, 나브티스라 합니다. 선대 공작님께서 부르셔서 오게 되었습니다. 마지막 안식 기도를 올리기 전에…… 공녀님을 꼭 봐야겠다고 하시더군요."

"거짓말이에요, 아가씨! 선대 공작님은 쓰러지신 뒤로 아무런 말도 못하신다고요! 당신, 사기꾼이지?!"

카라가 말도 안 된다며 소리치자 중년 여자가 피식 웃었다. 그녀는 로브를 벗으며 레티시아에게 다가오더니, 소매를 천천히 걷어붙였다.

레티시아의 시선이 상처 하나 없는 사제의 손목으로 향했다.

리본 매듭처럼 휘어지는 곡선. 그 아래에 그어진 한 줄.

대성녀 힐데가르트의 성스러운 흔적인 동시에 교단의 문장이었다. 그것도 고위 사제들만 몸에 새긴다고 알려진.

"그, 성, 성흔이 가짜일 수도 있잖아요?"

"사제가 아닌 자가 함부로 성흔을 새기면 몸이 찢겨 나갑니다."

여자는 입술만 움직여 속삭이듯 말했다.

"그, 그 성흔이 정말이면 좋겠네요……. 그렇죠, 아가씨?"

가말과는 비교도 안 되는 기백에 카라는 덜컥 겁이 나 레티시아를 흘끗 쳐다보았다. 밉고, 재수 없고, 악독한 아가씨였건만 이럴 때는 또 의지가 되었기 때문이었다.

"그래, 진짜겠지. 성흔을 거짓으로 새기면 산 채로 몸이 찢길 텐데."

레티시아는 그리 답하며 '하얀 여왕'이 새겨진 동화책의 금속 케이스를 어루만졌다. 무표정하던 여자의 시선이 레티시아가 보던 동화책으로 향했다.

그 찰나의 순간.

무미건조하던 눈동자에 묘한 이채가 서렸다.

하지만 카라는 미묘한 변화를 알지 못했다. 이를 눈치챈 건 레티시아뿐이었다.

"조부님이 계신 곳으로 모시겠습니다, 공녀님."

자신을 교단의 고위 사제라고 밝힌 여자가, 레티시아에게 기다렸다는 듯 손을 내밀었다.

"나브티스라고 했던가요?"

선대 공작이 지내는 침실을 몇 걸음 앞두고서, 레티시아는 뒤를 돌아보며 물었다. 과거에 들어 본 적 없는 이름이었다. 그러니 사제의 정체를 레티시아도 알지 못했다.

'전에는 가말 사제가 안식 기도를 했었지. 새로운 사제가 올 거라고 왜 생각 못 했을까.'

과거와 다른 행동을 했기에 미래가 바뀐 것이리라.

"대사제라면 교단에 이름이 올려져 있을 텐데, 대사제의 이름은 들은 적이 없네요."

"정확히는 대사제, 였었습니다. 10여 년 전, 파면당한 뒤로 명부에 이름이 지워졌거든요."

"파면당했으면 지금은 대사제 신분이 아닐 텐데요. 선대 공작님께서 부르신 건가요?"

"그럴 리가요. 교단의 부름을 받고 잠시 들른 것입니다. 가말 사제가 사고로 숨졌기에, 제가 잠시 그의 일을 맡게 된 것이지요."

교단에 이름이 오르지 않았다면 정식 사제가 아니다. 간혹 금전 때문에 교단에서 파면된 후로도 사제임을 내세우며 활동하는 자들이 있긴 했다. 하지만 그렇다고 보기에는 사제에게서 범접할 수 없는 위압감이 느껴졌다.

'대사제라 하기에는…….'

레티시아는 긴장을 숨기면서 나브티스를 살폈다.

'검을 써 왔던 기사 같은데. 아니면 군인.'

권력의 정점에 선 자만이 할 수 있는 눈.

거기다 파면된 걸 지적했는데도 느긋하게 웃는 모습.

그렇다고 레티시아가 사생아라며 무시하지도 않았고, 기를 꺾으려는 시도도 없었다.

"하급 귀족이면 모를까. 조부님이 눈 멀쩡히 뜨고 있었다면, 파면된 대사제를 부르진 않았을 텐데. 교단에서 실수한 거겠죠?"

"교단이야, 늘 그렇지 않습니까?"

".음. 교단이 주먹구구식 운영을 한다고 대사제 본인의 입으로 말씀하실 줄은 몰랐네요."

"파면당했으니까."

나브티스가 레티시아에게 다가오며 느긋한 웃음을 띠었다. 그리고 넌지시 말을 흘렸다.

"공녀님께서도 궁금하실 텐데요. 누가 대사제를 파면했는지."

"……궁금하다고 하면, 알려 주실 건가요?"

"그럼요. 공녀님의 아버지께서 저를 파면시켰는데, 이게 뭐라고 비밀로 할까요."

놀리는 듯한 어조에 레티시아는 한쪽 눈썹을 추켜세웠다.

화를 내는 것도, 네 아버지가 내게 몹쓸 짓을 했다 원망하는 것도 아니었다. 명백한 사실의 전달. 그 이상, 그 이하도 아니었다.

"당신의 말이 사실이라면, 내게 복수를 하려고 접근한 거야? 오래전 파면당했단 이유로."

"글쎄, 어쩌려나?"

나브티스는 재밌다는 듯 입가를 끌어 올렸다. 그 미소에 조금도 긴장한 기색이 없어, 레티시아는 경계심을 올렸다.

'발톱 세우는 고양이 같네.'

나브티스가 어깨를 으쓱했다. 레티시아는 더욱 경계하며 그녀를 쳐다보았다.

"복수라니, 가당치도 않지."

농담처럼 말한 나브티스가 피식 웃으며 뒷말을 흘렸다.

"파면이야, 뭐. 마음에 안 들면 할 수 있는 거 아닌가?"

나브티스는 그리 말하며 회색 머리칼을 쓸어 올렸다. 수십 년간 검을 잡아 온 손에 부드러운 머리칼이 흘러내렸다. 남부로 오기 보름 전, 귀찮음을 무릅쓰고 염색한 것이었다.

그것이 꼭 겨울 바다에서 흐르는 빙하 같다고 생각하며 레티시아는 뒤로 두 걸음 물러섰다. 그러자 고개를 기울였던 나브티스가 레티시아를 따라 앞으로 다가왔다.

"나도 마음에 안 드는 놈들은 눈앞에서 치워 버리는 성정이라……. 그게 편하기도 하고."

말을 낮추는 것이 묘하게 자연스러웠다.

레티시아를 위협할 것 같았던 나브티스가 복도 끝으로 시선을 주었다. 변변찮은 애송이가 검을 든 채 멀지 않은 곳에 서 있었다. 레티시아의 호위, 파베르였다. 액면가는 좀 나가 보인다 생각하며 나브티스가 스스럼없이 물었다.

"저건 공녀님이 키우는 개인가요? 뭐, 실력은 변변찮아도 충성심은 높이 살 만해. 눈치도 좀 빠른 것 같고."

나브티스는 피식 웃으며 레티시아의 머리로 손을 뻗었다. 레티시아가 저도 모르게 눈을 감자 나브티스는 눈을 가늘게 좁혔다. 그녀는 한숨을 삼키며 레티시아의 금색 머리칼을 손수 정리해 주었다.

"나 때문에 흐트러진 것 같아서."

"……그것참 친절하시네요."

"흐음, 그런 말은 처음인데. 나쁘지 않네요."

나브티스가 그리 말하며 먼저 걸음을 옮겼다. 레티시아는 그녀를 따라가는 대신 멀찌감치 서서 지켜보았다.

그때였다. 몸을 빙그레 돌린 나브티스가 레티시아에게 무언가를 휙 던졌다.

"받아요, 공녀님."

레티시아는 눈을 가늘게 뜨고서 이미 잡아챈 물건으로 시선을 내렸다.

"뭘 주신 거예요?"

나브티스가 고개를 기울이고는 뺨을 긁적였다. 맹수의 것처럼 날카로운 눈매가 장난스레 휘어졌다.

"아, 그거. 윈터의 아이들이 가지고 노는 장난감. 내 딸의 애착 돌이 었는데 뺏어 온 거예요."

장난감……. 내 나이가 몇인데.

그렇게 말하려던 레티시아는 조용히 입을 다물었다.

열여덟 살에 생을 마감했지만, 지금은 열한 살이니까.

'그래도 장난감은 좀. 멍청한 필립이라면 모를까.'

흩날리는 눈꽃을 돌로 조각한 장난감. 이걸 동화책 『하얀 여왕』에서도 본 적이 있다.

'윈터의 장난감을 왜 내게 준 걸까.'

묘한 기시감이 들었다. 말로 설명할 수 없는 기분에 레티시아는 손에 잡힌 작은 돌을 꽉 쥐었다. 저도 모르게 나온 행동이었다.

'대사제가 만약 윈터 출신이라면…….'

레티시아는 조부가 지내는 침실로 향하면서도 작고 시원한 돌을 줄곧 매만졌다. 낯선 이가 준 선물로 마음이 편안해졌다. 그녀 자신도 이유를 모를 만큼.

* * *

'레티시아 공녀가 겁 많고 유약하다더니, 집사에게 듣던 거와는 다르네.'

대사제가 본성을 벗어난 건 시간이 조금 지나서였다. 공녀를 선대 공작이 머무는 곳까지 안내했으니 할 일은 끝냈다.

가짜 사제의 발걸음이 좀 더 가벼워졌다.

그녀가 전직 대사제, '나브티스'로 위장하면서까지 마네르 공작가에 숨어든 이유가 있었다. 깐깐하고 고지식한 가이안과 다음 회의에서 마주치기 전에 성유물 하나를 훔치려 했기 때문이었다.

'안 들키면 좋고. 들키면 뭐, 어쩔 수 없고.'

나브티스는 우아한 자세로 걸으며 깊은 생각에 잠겼다. 일전에 가이안과 꽤 긴 대화를 전언 마법으로 나눈 적이 있었다.

'겨울을 끝낼 성물? 그런 건 없다고 이미 말했잖소, 백작.'

'끝내는 게 아니라, 정령의 힘을 약하게 만드는 성유물이라면 있지 않습니까.'

'이미 500년 전에 황가에서 정령술사를 뿌리 뽑으면서 정령술도 사멸된 지 오래입니다.'

'폐하께서는 가이안, 당신이 '베르타의 미소'를 가지고 있다던데?'

'폐하께서 착각하신 거겠지요. 설령 있다 해도 베르타급 성유물로는 겨울을 끝낼 수 없습니다.'

'그러니 도와줄 수 없다? 윈터를 방패로 삼을 땐 이것저것 부탁하더니, 너무하군요.'

'그래서 백작과 백작의 영민이 굶어 죽지 않게 구호를 베풀고 있지 않소.'

다시 생각해도 기분 나쁜 말이었다.

'이쪽은 목숨 걸고 북부를 지키는데. 남부의 곡창지대도 소유했으면서 구호로 생색은······.'

식량 지원만 아니었다면 가이안의 멱살을 몇 번 잡았을 텐데, 그러지 못해 영 아쉬웠다. 아름답지만, 어딘지 모르게 어두워 보이는 그 얼굴이 분노로 일그러지면 더 좋고.

'얼굴과 권력 빼면 시체. 흐음, 머리도 쳐 줄까.'

가이안은 그랬지만, 방금 마주쳤던 못난이 아들은 아비에 비해 멍청한 데다 성격도 더러웠다.

'멍청한 사제가 죽고 나니, 이번엔 늙은 년이 왔네. 시체 냄새 풍기는 노인네가 죽든 말든 나와 뭔 상관이야?! 바쁘니까 꺼져!'

그녀의 정체를 모르는 필립 공자가 한 말이었다.

가짜 나브티스는 공자의 방자함이 꽤 신선하다고 생각했다. 그녀의 기사들이 봤다면 공자의 세 치 혀가 남아나지 않았으리라. 이제껏 감히 그 누구도 그녀에게 그딴 식으로 대한 적이 없었으니까.

설령 그게 제국의 황제라 할지라도.

"그 아버지에 그 아들이라 생각했는데……. 딸은 어디서 주워 온 건가? 아니면 어디, 망국 출신 왕녀를 데려온 건가."

아니지. 그럴 리가 있나.

요새 지루한 동화책을 너무 많이 봤어. 자신답지 않게 순수한 생각이 들자, 그녀는 눈썹 사이를 좁혔다.

'공녀의 붉은 눈……. 알레타의 피가 섞인 혼혈이란 건 들었지만.'

레티시아 공녀는 가이안 마네르와 외양도 닮지 않았고, 성격도 다른 듯했다.

아, 딱 한 가지.

아랫사람에게 선을 긋는 그 쌀쌀맞은 성격은 닮긴 했다.

강한 상대를 마주해도 굽히지 않는 뻣뻣한 고개와 차가운 눈매도.

하지만 제멋대로 군 적은 없었고 무례하지도 않아서 마네르답지 않은 오만함이라고 그녀는 생각했다.

'오히려 가이안보다 더할지도.'

금발의 어린 공녀는 천사 같은 얼굴을 했으면서, 지나가는 맹수를 눈빛으로 얼릴 듯했다.

'차가웠지. 공녀는 신성 가문이니, 대사제 출신을 반길 만도 한데.'

그녀는 잠깐 고민하다가 다시 남쪽으로 걸음을 옮겼다. 대사제 신분으로 당당히 왔으니 이제는 성물을 훔칠 시간이었다.

정령의 힘을 약하게 만드는 성유물.

'베르타의 미소.'

그것만 찾고 북부로 돌아갈 생각이었다.

'영지를 비우시고 남부까지 가신다고요? 그것도 호위 한 명 없이?'

'나보다 강한 남자가 없는 걸 어떡해, 집사.'

'그것도 일리가 있지만……! 북부 군주의 체면을 생각해서라도, 기사 두엇쯤은 데리고 가시죠.'

'성물 훔치러 가는 건데. 내가 죽기 전까진 윈터의 저주를 끝내야지. 아, 힐데가르트에게 기도해 줘. 내가 성유물 무사히 훔칠 수 있게.'

'그럼 조용히 갔다 오세요! 백작님은 천년만년 오래 사실 거면서……. 그리고 대성녀도 그런 기도는 안 받아요!'

그래서 조용히 왔는데, 공녀에게 굳이 하지 않아도 될 말을 한 데다 선물까지 주었다.

'레티시아라고 했던가. 맹랑하기 그지없어.'

귀를 쫑긋 세운 초식 동물처럼 저를 경계하는 게 귀엽긴 했다. 겁도 없는 가이안의 딸에게 윈터의 장난감을 주게 될 줄 몰랐지만.

철혈 백작이라 불리던 그녀답지 않은 사소한 변덕이었다.

* * *

레티시아는 문 앞에 서서 짧게 심호흡했다.

암녹색으로 칠한 커다란 문을 열면, 침대 위에 누워 있는 조부가 있으리라.

그렇게나 기다렸던 순간이었다.

"조부님."

레티시아는 후, 숨을 길게 들이쉬고는 감았던 눈을 떴다.

'두 번째 기회.'

타인의 기대를 저버릴 기회.

있지도 않은 신뢰의 끈을 잘라 버릴 기회.

그리고……

'죽도록 후회했던 일을 바로잡을 기회.'

이번 일로 좋지 않은 평판이 땅 끝까지 내려갈 것이다. 그래서 더 이 순간이 기다려졌다.

조부님.

착하고 순종적인 당신의 손녀가, 어떻게 나쁜 계집이 되어 가는지 보여 드릴게요.

끼익.

문이 열리자, 레티시아는 무감정한 얼굴을 한 채 안으로 발걸음을 내디뎠다. 한때 눈물로 얼룩졌던 붉은 눈동자에 차가운 오만이 서렸다.

이제 시작이었다.

침실 안으로 들어선 레티시아는 드레스 자락을 두 손으로 쥐고 주변을 살폈다.

방에는 죽음의 냄새가 확 풍겨왔다. 진한 약을 달인 냄새. 약초의 싸한 향기가 섞여 기묘한 냄새를 만들었다.

그때, 누군가 그녀에게 말을 걸었다.

"이제야 오셨네요. 드디어 정신을 차리셨나 봐요?"

선대 공작을 병간호하던 시녀장이었다. 비웃으며 하는 말에도 레티시아는 반응하지 않았다.

"조부님과 이야기할 게 있으니 비켜."

"여전히 무례하시네요."

"자네보다 더할까."

레티시아는 픽 웃으며 시녀장을 서늘한 눈으로 훑었다.

공녀는 한순간에 확 바뀌었다. 이상하다고 생각하면서도 시녀장은 달리 할 말을 찾지 못했다.

"오늘은 다행히 의식을 회복하셨어요. 간단한 의사소통은 하실 수 있을 거예요."

글란츠가 효과 좋은 약을 주겠다더니, 선대 공작은 정말로 의식을 회복했다.

"그래, 다행이지."

"그, 그럼 전 이만 가 보도록 할게요."

시녀장은 힐끔거리며 레티시아의 눈치를 살피다가 조용히 방을 떠났다.

"조부님."

손녀의 부름에 조부는 느릿하게 눈꺼풀을 열어 의식이 있음을 알렸다.

"저를 오래간 찾으셨다고 들었어요. 조부님께서."

"……레티……시아."

머리가 희끗희끗 센 노인이 주름진 입가를 움직여 미소를 그려 냈다. 죄책감 따윈 찾아볼 수 없는 얼굴에 레티시아는 구역질이 치미는 것을 참으며 물었다.

"가말 사제로부터 아직 소식을 못 들으셨군요."

"네……, 네가…… 나를 용서하겠……다고 들었……다."

조부의 눈이 희망으로 가득 차는 것을 보며 레티시아는 실소를 머금었다.

내가 조부를 용서할 거라고? 누가 그런 헛소리를 했을까.

'시녀장이겠지. 의식도 회복했으니까 귀찮아지기 전에 장단을 맞춰 준 거고.'

레티시아는 놀라는 대신 무미건조한 눈으로 조부를 바라보았다.

"제게 할 말이 있으실 텐데, 해 보세요."

차가운 목소리였지만, 오랫동안 침대에 누워 지내느라 기력이 쇠한 조부는 눈치채지 못했다.

"……미, 안, 하다. 네게 몹쓸 짓을 많이 했어. 내 아들이 잘 됐, 으면, 하는 마음에 평……민과 만난 것을 용, 서할 수 없, 었다."

"어머니가 평민이라 저를 그토록 괴롭히셨나요?"

"네, 게 상처 준 것이 있, 다면 사, 과하마……."

조부는 검버섯이 핀 손을 떨면서 손녀에게 뻗었지만, 차마 잡지는 못했다. 레티시아는 간이 의자에 앉은 채 용서해 달라는 조부를 무미건조하게 내려다보았다.

"나, 를 이제 그만 용, 서해다오……."

조부는 애처롭게 손녀의 옷깃을 잡으면서도 레티시아의 눈을 피했다.

여섯 살이던 레티시아가 공작저로 와서 열한 살이 될 때까지, 선대 공작은 레티시아를 모욕하고 학대했으며 괴롭혔다.

'알레타 출신이 어딜 공작가로 기어들어 와! 이 더러운 계집년!'

그가 벌레 보듯 경멸 어린 시선으로 볼 때마다 레티시아는 겁에 질려 몸을 움츠렸다.

답이 들려오지 않자, 조부는 손녀의 소맷귀만 보던 고개를 조심히 들었다.

'할아버지, 할아버지. 어머니의 마지막을 지키게 해 주세요. 임종은 지키게 해 주세요. 저, 가문에서 내, 치셔도 좋으니까…….'

울먹이며 빌었던 손녀가 오늘은 다른 사람이 된 것처럼 달라 보였다.

조부는 넋이 나간 채 레티시아를 바라보았다.

붉은 낙조가 비치는 금발은 고귀해 보였고, 보석 같은 붉은 눈동자는 사늘한 빛을 품고 있었다.

꼭 그 모습이 엄벌을 내린다는 정의의 대천사를 떠올리게 했다.

그는 비슷한 것을 젊었을 적 본 적이 있었다.

마네르의 가주 자리를 앞두고서 맹세했을 때였다.

'성 힐데가르트시여. 마네르, 네르바드, 윈터. 세 가문의 가주에게 전해 내려오는 저주가 제게 이어지지 않게 하소서. 대신 제 아들에게 그 저주가 가도 좋으니…….'

그때 그레이엄 마네르가 보았던, 대성당의 유리창을 비추던 붉은 석양.

레티시아의 뺨에 닿는 붉은 햇빛이 그 기억을 끄집어냈다. 레티시아의 입술이 서서히 열리는 것을 그레이엄은 멍하니 쳐다보았다.

"당신께선, 제가 태어난 것 자체가 죄악이라고 했었죠. 잘못한 것이 없는데도, 저는 매일 매를 맞고 회개 기도를 하며 빌어야 했어요."

상처받은 기억은 풀리지 않는 매듭과 같아, 매듭이 엉키기 전에만 풀 수 있었다. 그러니 이미 엉킨 이후에 용서와 사과를 건넨다 해도 풀리지 않는 법이다.

상처를 준 사람은 기억하지 못한다.

자신이 했던 난폭한 말도, 심장이 찢겨 피가 날 때까지 비수를 꽂았다는 사실도.

마음 편히 지내다가 지금처럼 늙어 기력이 쇠하거나, 죽을 때가 되어서야 후회하며 용서를 구했다.

'잘못했어요.'

'살려 주세요.'

'쥐 죽은 듯이 살게요.'

어렸던 레티시아가 조부에게 매번 무릎 꿇고 했던 말들이었다. 조부가

던진 장신구에 맞아 피를 흘리면서도 머리를 조아렸던 적도 있었다.

레티시아는 자신을 애타게 바라보는 선대 공작을 향해 천천히 입술을 열었다.

"대성녀께서 당신을 보듬어 주진 않을 거예요."

눈앞의 악독한 노인은 처음으로 레티시아의 진심을 듣게 되었다. 그가 건강했더라면 "이 건방진 계집년!" 하고 소리쳤겠지만, 기력이 쇠한 탓에 손녀를 가만히 바라볼 수밖에 없었다.

레티시아는 무정한 말을 이어 나갔다.

"제가 그렇게 기도했어요. 어머니의 임종도 지키지 못하고 보내드린 날."

어린 딸을 애타게 찾았을 어머니에게 조부는 복수랍시고 마지막 인사도 나누지 못하게 하였다.

"어머니의 장례식 때, 전 사흘간 끼니도 거르고 쓰러지기 전까지 힐데 가르트에게 기도했어요. 당신이 결코 어머니가 계신 곳에 오지 못하게 해 달라고 몇 번, 몇백 번이나……."

아이답지 않게 메마르게만 보였던 눈동자에 유리 조각이 맺혀 흘렀다. 레티시아는 눈 하나 깜빡하지 않은 채 조부와 시선을 마주했다.

"그러니 조부께선 천국에 가시지 못할 거예요. 천국은 어머니가 쉬시는 곳이니까."

레티시아는 느릿하게 입술을 떼며 차갑게 말을 이었다.

"감히 천국에 갈 생각은 하지 마. 지옥의 끝이 당신이 머물 자리니까."

그 말을 끝으로 레티시아는 죽음의 냄새가 퍼진 방을 빠져나왔다.

"레, 티, 시아……. 허억! 헉!"

조부가 레티시아의 이름을 부르며 뒤에서 손을 뻗었지만, 그녀는 뒤돌아보지 않았다.

쉽게 용서를 구하는 자들을 레티시아가 용서할 이유가 없었다.

설령 그것이 가족이라 피로 이어진 관계라 하여도.

* * *

"그 성유물. 어디에 숨겨 놨는지 보이지도 않아."

가짜 대사제는 깊은 한숨을 내쉬고는 주위를 둘러보았다. 의자 삼아 걸터앉았던 기사가 꿈틀거리자, 목덜미를 쳐서 기절시켰다.

"하기야. 지하 창고에 그 귀한 성유물들을 보관해 놓는데, 잠금장치 하나 없진 않겠지."

그래도 이건 너무했다. 마네르의 직계가 아니면 열 수 없는 문이라니.

창고의 문을 열려면 마네르 직계 혈족이 필요하다. 뒤늦게 필립 마네르를 납치해야 했나 싶지만, 썩 내키진 않았다.

'필립이 적장자라 후계 수업을 받는다지만……. 아직 후계자도 아니니 문을 열 수 있을지 모르겠고.'

그녀가 찾는 성유물, '베르타의 미소'.

상급 성유물이니 귀하긴 해도 네임드급은 아니다. 대성녀가 직접 만든 힐데가르트급에 비할 바 못 되었다. 그러니 성유물을 쌓아 두고 있는 마네르 공작으로선 하나 없어진다고 해도 신경 쓰지 않을 것이다.

"전에는 별관에 뒀다더니, 그새 지하 창고로 옮겨 둔 건가."

그녀는 한숨을 쉬며 제복 바지를 살폈다. 하필 흰옷이라 주변에 튄 핏자국이 선명히 보였다.

"집사에게 한 소리 듣겠는걸."

사실 그보다는, 윈터에 계속되는 겨울을 잠시라도 멈출 수 없다는 것에 화가 났다.

'백작님, 제가 지금은 집사로 지내지만, 한때 교단의 대사제로 일해서 압니다. '성 베르타의 미소'……. 과거에는 귀했을지 몰라도, 정령술이

죽은 지금에는 별 쓸모없는 성유물입니다. 남쪽 별관에 장식품으로 둘 정도지요.'

'하긴. '베르타의 미소'는 정령술사와 맞서기 위해 만들어 낸 성유물이었으니. 그 성유물이 정령의 힘을 약하게 만든다고 했지. 그게 있으면 잠깐이라도 겨울을 멈출 수 있을지 몰라.'

'어중간한 베르타급으론 대정령 라이아덴의 힘을 억누를 수 없습니다. 힐데가르트가 만든 네임드 성유물이 아니면 소용없을 거예요.'

'가지 말란 나브티스의 말을 들어야 했나.'

뒤늦게 후회하던 백작은 인기척이 느껴지자 눈을 가늘게 좁혔다. 그녀의 시야에 작고 새까만 구두코가 들어왔다.

"미안한데……."

기절 좀 해야겠다. 뒷말을 삼키며 그녀가 몸을 일으켰을 때였다.

예상치 못한 인물이 그곳에 서 있었다.

"여긴 어떻게……."

가짜 대사제가 마주친 사람은 레티시아였다.

레티시아는 대사제의 곁으로 가까이 다가와 그녀의 옷깃을 잡았다. 혹여 도둑질을 들킨 대사제가 도망칠까 봐 붙잡은 것이었다.

잠깐의 침묵 후.

레티시아는 대사제를 올려다보며 말했다.

"제가 두 번째 문을 열 수 있어요."

"……어떻게?"

마네르의 직계만이 '문'을 열 수 있다고 했지만, 적녀도 아닌 공녀에게 방법을 알려 줬을 리가 없었다.

대사제가 의아한 얼굴로 공녀를 곁눈질했다. 레티시아는 대답 대신 창고의 문으로 다가갔다. 그런 다음 그녀를 돌아보며 말했다.

"별 볼 일 없는 장난감이지만, 그에 대한 답례예요."

근처에 기절해 있던 기사의 허리춤에서 단검을 꺼내 날을 살피는 레티시아를 향해, 가짜 대사제가 말을 걸었다.

"검술을 배운 적도 없을 텐데, 위험하지 않나?"

"잘못 쓸 때 위험한 거겠죠."

레티시아는 답하며 검지 끝을 단검으로 살짝 베었다. 그리고 문가에 핏방울이 맺힌 손을 가져갔다.

아무런 일도 일어나지 않자 대사제가 픽 웃었다.

"그럼 그렇지. 후계도 아닌 공녀가 문을 열 수 있을 리가……."

그때였다.

쩌억.

거대한 석문이 반으로 쪼개지는 것을 보며 대사제는 조용히 입을 다물었다. 두 번째 문이 열리며 새하얀 빛이 복도로 스며들었지만, 대사제는 창고 안으로 들어가지 않았다.

대사제가 미동도 없이 서 있자, 레티시아는 그녀를 재촉했다.

"다 가져가세요."

"……뭐?"

"감당할 자신 있으면, 마네르에서 뭐든 훔쳐 가세요. 어차피 여기에 힐데가르트급 네임드 성유물은 없으니까."

후하다 못해 파격적인 제안이었다.

공녀의 정신이 가출한 건가? 대사제가 의심했지만, 레티시아는 담담히 말했다.

"수많은 성유물 중에서 뭘 찾으시나요?"

"……베르타의 성유물을 찾고 있었다."

물론 그 또한 대정령의 힘을 억누르기 위한 임시방편일 뿐. 실제로 효력이 있을지 미지수였다.

대사제 나브티스의 이름을 빌린 여자, 테레사 윈터는 레티시아를 고요한 눈으로 내려다보았다. 그녀가 정말로 찾는 건 정령술사였다. 윈터를 끝나지 않는 겨울에서 구원해 줄 수 있는.

하지만 테레사는 그리 말할 수 없었다.

"그거라면 저기 널려 있을걸요. 창고 안에 가득 든 게 베르타 성유물이니까."

테레사는 기시감이 들어 레티시아의 눈을 바라보았다. 그다음은 창고를 가리키는 손이었다.

아무것도 없는 손에 희미한 안개가 돌고 있었다.

푸른 빛 조각이 흩어지며 흔적을 감추는 순간, 테레사는 손을 내뻗었다.

탁.

손이 잡힌 레티시아가 눈을 크게 떴다.

'문까지 열어 주었는데, 왜 붙잡는 거지?'

그리 물으려던 찰나, 차갑고 낮은 목소리가 레티시아의 귓가에 들려왔다.

"너, 정령술사인가?"

생각지도 못한 물음에 레티시아는 숨을 깊게 들이쉬며 답했다.

"그럴 리가요."

"방금 그건……."

마력이라기에는 그 흐름이 미묘하게 달랐다. 테레사는 마법을 쓰지 못했지만, 윈터 일족이었기에 마력의 기운은 확실하게 느낄 수 있었다. 수차례 느꼈던 혼탁한 마력과는 차원이 다른 것이었다.

'청량하다 못해 시릴 정도로 맑은 기운.'

이제껏 접해 본 적 없는, 이질적인 기운은 마법 따위가 아니었다.

'마법이 아니라면, 성력?'

공녀는 신성 가문 마네르의 혈족이었다. 그러니 성력을 쓴다 해도 이상할 것이 없었지만, 테레사는 이번에도 확답을 내리지 못했다.

그녀가 모르는, 석연찮은 무언가가 분명 있었으니까.

"공녀가 정령술사였다면, 바로 윈터로 데려갔을 텐데. 윈터를 구해 줄 사람이라면 어떤 가문이라도 상관없었을 테니까."

"윈터에서 정……말로 정령술사를 찾는 건가요?"

"내 가문, 윈터에서 오래전부터 찾았었지. 그리고 손목 함부로 잡아서 미안하구나."

잡은 손을 풀며 테레사는 옅은 한숨을 내쉬었다. 그녀가 무척 자연스럽게 말을 놓았기에 레티시아도 별 위화감을 느끼지 못했다.

분명, '윈터'라고 했어.

레티시아는 숨이 턱 막혀 제대로 답하지 못했다.

호위인 파베르가 대사제의 거동이 수상하다고 알려 주지 않았다면, 그녀를 따라올 일은 없었을 것이다.

남쪽 외성으로 향했단 말에 대사제가 성물을 노린다는 걸 바로 알아차렸다. 흔한 일도 아니었지만, 그리 드문 것도 아니었다.

'윈터의 장난감을 주기도 했고…….'

호의를 베풀어 준 대사제가 행여 기사들에게 제압당할까 봐 서둘러 외성의 지하로 온 거였다. 연약한 대사제가 기사들에게 잡힐 거라고만 생각했지, 다 때려잡았을 줄은 몰랐다. 그것도 잔 상처 없이 멀쩡한 모습인 채로.

"……방금, 윈터에서 정령술사를 찾는다고 하셨죠. 정말인가요?"

레티시아는 절박한 얼굴로 테레사의 옷깃을 꽉 붙잡은 채 물었다. 간절함마저 느껴지는 몸짓에 테레사는 눈을 가늘게 뜨며 답했다.

"맞아, 그랬지."

옷깃을 쥔 공녀의 손이 잘게 떨려 왔다. 초조했는지 아랫입술을 잘근 깨무는 게 보였다. 겁 없는 장난이라고 생각한 테레사가 고개를 내저으며 한숨을 내쉬었다.

그러다 혹시나 하는 생각에 레티시아에게 시선을 내렸다.

"정말로 정령술사가 있다면 만나 보고 싶은데. 소개해 준 공녀에게도 대가를 주고, 백작님께 데려갈 생각이야."

"그게 정말이라면, 윈터 백작님께서 그 정령술사를 도와주실 수 있나요?"

"어떤 걸 원하는지 안다면 그럴지도 모르지. 정령술사의 부탁이라면 기꺼이."

이 사람이 테레사 윈터였다면 좋았을 텐데.

레티시아는 저도 모르게 대사제를 올려다보며 생각했다.

하지만 윈터 백작은 '하얀 여왕'이라는 이명답게 하얀 머리칼에 붉은 눈을 가진 미인이었다. 회색 머리에 주름진 얼굴을 가진 대사제와는 달랐기에, 레티시아는 눈앞의 사람이 테레사 본인이라곤 생각지 못했다.

하지만 지금이 기회라는 것쯤은 바로 알아차렸다. 윈터와 연이 닿을 유일한 기회.

'그 고고한 하얀 늑대가 굶기 직전이라고 아무거나 삼킬까.'

가이안 공작은 그리 말하며 레티시아를 비웃었지만, 그녀는 아버지의 말을 무시했다.

자신이 정령술사라면 윈터의 도움을 받아 가문을 나갈 수 있다. 빛한 점 들지 않는 어둡고 낡은 새장에서.

일라이가 마탑주였다면, 아니. 하다못해 차기 마탑주이기라도 했다면 그의 도움을 받았겠지만.

'지금은 내가 일라이를 구해도 모자랄 상황이니까.'

아들을 죽이는 데 혈안이 된 네르바드 후작. 그 미친놈이 개최한 악마 가문의 연회에서 일라이를 만날 수 있을 것이다.

'한 달. 그 안에 윈터와 접촉할 수 있다면…….'

레티시아는 긴장한 기색을 겨우 감추고 마른침을 삼켰다.

눈앞의 대사제가 윈터 출신이 아닐 수도, 어쩌면 대사제 자체가 아닐 수도 있었지만 절반의 확률을 믿기로 했다.

'속아도 피해 보는 건 없잖아. 만약 진짜라면 기회를 놓쳐선 안 돼.'

대사제가 정말로 윈터 출신인지, 사실 확인은 나중에 해도 늦지 않다.

"계약은 대등한 위치에서 이루어지는 법이에요."

"그렇지. 그 정령술사가 윈터에 대단한 걸 요구한다 해도 상관없어. 대정령 빙결을 잠깐이라도 잠재울 정령술사라면."

대사제의 말처럼 윈터는 영지를 구할 정령술사를 원했고, 그 능력을 보여야 거래할 수 있었다.

회귀 후, 레티시아에게 정체를 알 수 없는 이능이 생겼지만, 어떤 능력인지 알아내려면 중앙 교단이나 마탑의 시험장으로 가야 했다.

'내 능력……. 마법이 아닌 건 확실해.'

레티시아는 과거 열여섯 살에 피온병에 걸렸던 기억을 떠올렸다.

피온병은 체내에 쌓인 과다한 마력을 배출하지 못해 서서히 죽게 되는 희귀병이었다.

고서 『헤브론』에서 피온병은 완치된 적이 없다고 나와 있었다.

피온병이 발병하는 원인은 두 가지였다.

첫째, 방대한 마력을 보유할 것.

둘째, 체질적으로 마법을 쓰지 못해 마력이 과다하게 체내에 쌓일 것.

본디 마력이란 생명이 순환하는 흐름으로, 피가 돌고 살이 붙고 호흡하는 것과 같은 원리였다.

강한 마력을 가질수록 마법사가 되기 유리하고, 마법사가 되고 나서도 마력을 쌓는 훈련을 해야 했다. 뼈를 깎는 고통을 이겨 내고, 피와 땀을 흘려 내면서.

하지만 피온병은 선천적으로 마력이 넘쳐나는 병이므로 마력을 쌓을 필요가 없다. 오히려 체질적인 이유로 마법을 쓰지 못했고, 이처럼 순환되지 못한 거대한 마력의 흐름은 사람의 정신과 신체를 갉아먹었다.

그러다 정신력이 약한 사람들은 미쳐 버렸고, 정신력으로 버틴다 해도 육신이 버티지 못했다. 결국, 육신이 무너지고 수명이 급격히 줄어서 시한부 신세가 되는 것이다.

레티시아는 열여섯 살이 되던 해, 몸이 급속도로 약해졌고 의사에게 진찰받다가 피온병에 걸렸단 사실을 알게 되었다.

피온병은 알레타의 순수 혈통에만 전해지던 희소병이라서, 레티시아 자신도 의문을 가졌다. 그녀는 조부가 그렇게도 싫어했던 혼혈이었기 때문이다.

그렇다고 어머니에게 특별한 혈통이 있느냐 하면, 그것도 아니었다.

레티시아가 기억하는 어머니는 평범한 사람으로, 작은 찻집을 운영한 게 다였다. 그것도 공작저로 오기 전이었지만.

'손님 없는 꽃차 가게였어.'

조금 특이한 거라고 해 봤자, 사람보다 작은 동물들이 산속의 찻집을 더 자주 방문했다는 것뿐.

날다람쥐와 토끼들이 자기들끼리 옹기종기 모여 있는 건 봤었다. 호두, 잣, 커피 열매 따위를 어머니에게 주겠다고 작은 발로 꽉 쥐고서 오매불망 기다리곤 했으니까.

어머니에게 한없이 너그러운 작은 짐승들이 레티시아는 눈에 띄게 경계했다. 그 모습을 보고 레티시아가 안나마리에게 물었다.

'왜 동물들이 엄마만 쫓아다녀? 작은 애들은 사람을 무서워한다는데, 왜 매번 선물을 주러 오는 거야?'

'선물? 이 조그마한 것들이?'

'그러면?'

'아, 그게 선물이었구나? 필요 없다는데, 자꾸만 주길래 난 조공인 줄

알았지. 쪼그마한 애들이 원래 잘 그러잖니? 잘 봐주십사, 하고 이런 거
잘 바치잖아.'

그것을 두고 어머니는 작은 동물이 푼푼이 모아 바치는 조공이라고
넌지시 말하곤 했다.

결국, 손님이 없는 꽃차 가게는 망해 버렸지만.

그렇게 꽃차 가게를 운영하다 망했다는 것을 빼면, 어머니에게 이렇다
할 특이점은 없었다. 어머니는 색이 옅은 백금발에 적안을 지녀서 눈에
띄는 외모였고, 레티시아는 그녀를 쏙 빼닮았다.

조부는 금색 머리칼과 적안이 그 계집을 생각나게 한다며 레티시아를
더 집요하게 괴롭혀 댔다.

'전에는 저주처럼 느꼈었지. 마법사에게 눈 색을 바꿀 수 있냐고 물어
봤을 정도니까.'

하지만 지금은 아니었다. 어떤 특징을 가졌든 그녀의 눈이고 몸이
었다.

'타인이 내 가치를 매기게 둘 이유는 없어.'

조롱과 악의로 가득한 조부의 말을 귀담아듣느니 어디서 개가 짖네,
하고 넘기는 게 나았다.

레티시아는 이전처럼 타인의 시선을 피하는 대신 고개를 바로 들었다.

눈앞의 대사제는 레티시아를 편견 없이 바라보았다. 윈터 백작 또한
붉은 눈을 가졌기 때문일까.

테레사의 눈은 어둡고 짙은 적안이었다. 한때는 '적안'이야말로 피가
짙게 흐른다는 상징이며, 가장 강한 이능을 가졌단 증거라며 자랑스럽게
여긴 적도 있었다.

하지만 제국에 속한 네 가문의 이능이 약해진 이후에, 눈동자 색으로
능력을 추측하는 관행은 사라졌다.

'윈터는 내 반쪽이 알레타 혈통이라 해도 경멸하지 않을 거야.'

레티시아는 격해진 심장 박동을 느끼며 호흡을 가다듬었다.

"계약 조건은 저도 몰라요. 제 친구가 결정할 테니까요. 정령술사라는 걸 증명하면 윈터 백작님을 만날 수 있다 하셨죠."

"그래, 공녀."

"교단의 탑으로 가면 되나요? 최상층의 시험장으로 가면 정령술사로서 자격이 있는지 알 수 있다고 들었어요."

중앙 교단에서 시험을 보겠다는 말에 테레사는 눈썹을 치켜들었다.

이 정도면 공녀 본인이 정령술사라는 어떤 확신이 있어서 하는 말인가 싶을 정도였다.

테레사는 팔짱을 낀 자세로 레티시아를 유심히 살폈다. 떨려 하면서도 끝까지 할 말을 하는 공녀가 그리 밉지만은 않았다.

"꼭 공녀가 정령술사란 말처럼 들리는군."

"그랬으면 좋았을 거예요."

그런 확신이 있었다면 좋았겠지. 바로 윈터로 떠날 수 있을 테니까.

아쉬움을 감추는 레티시아를 보며 테레사가 물었다.

"정령술사였던 알레타의 왕들이, 모두 붉은 눈을 가졌다는 걸 알고 있나? 한때 라반 대륙을 지배했던 전사들이지."

"……대강은 알고 있었어요."

"가이안이 알레타의 왕녀를 훔쳐 온 건 아니겠지."

테레사는 옅은 미소를 짓더니 말을 이었다.

"비록 지금은 노예보다 못한 취급을 받긴 해도, 그들이 라반 대륙의 주인이었던 것과 왕국 너머의 땅까지 지배해 왔단 사실은 변하지 않아."

"그것도 한때였다고, 고서에서 본 적은 있어요."

"그 한때가 천년이 넘었지. 알레타의 순수 혈통은 두려움의 대상이었으니까. 특히, 고대 마도 왕국 '피온'의 왕족들은."

알레타 왕국, 그리고 피온 왕가는 건강한 육신을 위해 근친을 엄격히 금지하면서도 순수 혈통을 유지하는 데 혈안이 되어 있었다.

가장 강한 정령술사를 왕으로 삼기 위해 정령술사끼리 혼약을 맺었으며 미약한 후계가 태어나면 죽였다.

생체 병기로 만들어진 정령술사는 강한 힘을 가진 대가로 수명이 채 20년을 넘지 못했다.

알레타의 왕들은 대정령의 힘으로 마도 왕국의 지배력을 강화하려 했으나, 결국에는 자멸의 길을 겪게 되었다.

테레사는 레티시아의 머리칼을 부드럽게 쥐고는 눈을 내리깔며 말했다.

"대정령을 다스렸던 알레타의 왕과 그의 일족들은 오래전 몰락했고, 그 틈을 타 실권을 잡은 게 피케네의 시조였지."

한때 신하였던 자가 왕이 되고, 왕과 그의 혈족들이 반역자의 발치에 무릎을 꿇는 건 역사서에서 종종 볼 수 있는 일이었다.

피케네를 세운 초대 황제는 평범한 기사에 불과했다.

그를 황제로 만든 조력자가 아니었다면 감히 황위를 꿈꾸지 못했으리라.

기사를 황제로 만든 조력자는 자신을 낳아 준 왕과 왕비의 목을 자르고, 형제자매였던 왕녀와 왕자를 죽였다. 그리고 자신을 따르던 기사에게 감히 꿈꿔 보지 못했을 황제의 관을 씌웠다.

피케네 제국의 시조, 게오르그 피케네를 도왔던 건 대현자 아브라함.

아브라함 피온.

알레타 왕국의 마지막 왕족이자 최후의 정령술사였던 대현자.

그가 정령술사의 대를 끊게 한 장본인이었다.

테레사는 여전히 레티시아의 머리칼을 손에 쥔 채 말을 전했다.

"고서 '헤브론'은 대현자의 유일한 기록이고, 제국의 네 가문에 의해 유지로 받들어졌지. 하지만 그 누가 알까. 대현자 본인이 어떻게 형제자매를 살육했는지 기록한 마서라는 걸."

"……대사제께선 꽤 많은 걸 아시네요. '헤브론'은 네 가문의 가주에게만 전해지는 기록인데도요."

"공녀만큼이나 잘 알까. 마네르의 적녀도 후계자도 아닌데, 제멋대로 두 번째 문을 열었으면서."

테레사가 가볍게 타박하자 레티시아는 할 말을 찾지 못해 입을 다물었다.

회귀 전, 이전 생에 후계자의 자리에 올랐을 때 두 번째 문까지 열었던 기억이 있었다. 그래서 이번에도 가능했던 거겠지만.

실은 레티시아도 과거 후계자 수업을 받아서 알고 있었다.

마탑의 창시자로 존경받는 위대한 대현자 아브라함. 그가 피온 왕가의 뿌리를 뽑아 버렸다는 것을.

"대정령을 다스렸던 건 아브라함이 마지막이야. 두 눈을 감기 전에는 마탑에 예언도 남겼지. 대정령을 다스릴 정령술사가 모습을 드러낸다면, 그때는―."

테레사는 잠깐 숨을 멈추고 레티시아의 반응을 살폈다. 공녀의 무심한 얼굴에 그녀는 눈을 가늘게 뜨며 말을 계속했다.

"제국의 번영과 영광을 가져올 거라더군. 그야말로 헛소리지."

정말로 대현자의 후손이 제국에 번영과 영광을 가져온다면, 어째서 정령술사를 그토록 죽게 내버려 뒀겠는가.

"어찌 됐든 윈터 백작도 죽기 전에 만나고 싶은 것뿐이야. 정령술사들은 단명한다고 하니."

테레사는 레티시아의 머리칼을 붙잡던 손을 떼어 냈다. 어쩐지 아쉬웠다.

"단명, 한다고……."

레티시아는 드레스 자락을 꾹 쥐었다.

이번 삶이 과거처럼 흘러간다면 앞으로 5년 뒤에는 발병할 것이다.

이번엔 피온병으로 단명할지 모른다는 생각이 잠깐 들었다.

'고서 '헤브론'과 대현자 아브라함의 흔적을 좇다 보면 약을 찾을 수 있을까?'

아직 앓고 있는 건 아니니 후에 생각하기로 했다.

이름만 같을 뿐이지, 『헤브론』에서 말한 병과는 다를 테니까.

'그보다 그 예언이란 게 더 마음에 걸려.'

레티시아도 들은 적 있다. 대악마들의 총애를 받는 자가 제국에 번영을 가져온다는 그 예언.

테레사는 정령술사라고 잘못 아는 거겠지만, 레티시아는 따로 묻지 않았다.

"대현자의 후손을 만나게 되면 윈터 백작께선 무릎이라도 꿇으실 생각이라더군."

"설마요……. 그, 정령술사가 나타난다고 해도 북부의 주인께서 그러실 리가 없잖아요?"

얼음 인형 같던 공녀가 처음으로 당황한 기색을 내비쳤다. 테레사는 즐겁다는 듯 웃었다.

"그야 모르지. 아, 공녀도 마네르의 후계자가 아니면서 두 번째 문을 열었지. 윈터 백작께서 관심을 가질 법도 한데……."

마네르의 직계 혈족만이 열 수 있다는 문장이 문에 조각되어 있었지만, 어디까지나 최소 조건이었다. 필립이 와도 두 번째 문을 열었을지 미지수였다. 그런데 이렇게 바로 문을 열어 버리다니……. 테레사는 꽤 흥미를 느꼈다.

"대현자가 그랬다지. 정령술사라는 건, 기적임과 동시에 불행이라고."

고서 『헤브론』에서 봤던 문장을 테레사가 부드러운 목소리로 읊었다.

"기적을 불행으로 만들지 불행을 기적으로 만들지는, 본인에게 달렸다더군."

테레사는 레티시아에게 손을 뻗고는 손등으로 뺨을 쓸었다.

고서의 예언록에서 어린아이에게 정령술이 발현된다고 했지만, 이렇게 앳된 소녀가 정령술사란 확신은 들지 않았다.

하지만 윈터를 구할 정령술사를 오랫동안 찾아온 것도 사실이었다.

정령술사를 찾아내느냐에 따라 가문과 영지의 존폐가 달렸다.

그러니 테레사는 물론, 한때 윈터의 가주였던 그녀의 어머니도 목을 맬 수밖에 없었다.

500년 전에 섬멸된 정령술사를 찾아다니자, 제국의 귀족들은 윈터 백작이 드디어 정신이 나간 거라며 비웃었다.

테레사와 그녀의 가문이 범접할 수 없는 무력을 가졌기에 귀족들은 윈터를 두려워했다. 제국의 귀족들에게 윈터는 눈을 마주칠 수 없는, 손 닿을 수 없는 곳에 있는 위대한 가문이었다.

동경은 질투를 함께 부른다.

그래서인지 윈터가 무너지는 것을 보게 될 거라고, 귀족들이 암암리에 내기하곤 했다.

마물과 외세로부터 북부를 지키는 윈터라는 방패가 깨지면, 피케네 제국이 위험해 처할 테지만 모른 체했다. 고고하고 강한 하얀 늑대 일족이 무너져 내리는 것만큼 재밌는 건 없을 테니까.

테레사는 윈터의 주인이었기에 이대로 낙담할 수 없었다. 대사제 출신의 집사, 나브티스조차도 정령술사를 찾는 건 포기해야 한다고 말했던 상황일지라도.

테레사의 첫째 딸, 잔느조차 어머니의 희망을 믿어 주지 못했다. 그래서 테레사가 정령술사를 찾는 것이 무의미하다고 말했다.

'북부를 버려요, 어머니. 이제 윈터는 더 이상 영광을 찾지 못할 거예요. 이대로 가다간 영지민은 모두 굶어 죽거나 얼어 죽고, 우리 윈터는 해골과 시체 따위를 지키며 죽은 가문으로 남게 될 거예요.'

잔느는 윈터의 후계자로서 회의를 내비쳤다.

'차라리 다른 가문을 쳐요. 병사와 영지민이 굶어 죽기 전에, 살아 있는 생명마저 눈보라에 삼켜지기 전에 전쟁을 일으켜요. 윈터의 무력이라면, 분명 황제도 눈감아 줄 거예요.'

한때, 테레사도 첫째 딸의 제안을 받아들여 어떤 가문을 쳐야 할지 고민한 적이 있었다.

가주가 사라진 황금 가문, 아스테반.

아들을 죽이겠다며 미쳐 버린 후작이 다스리는 악마 가문, 네르바드.

가장 탐나는 것은 남부의 비옥한 땅에 자리 잡은 신성 가문, 마네르였다.

막강한 군대를 가진 윈터가 황금 가문 아스테반을 손에 넣긴 쉬웠지만, 테레사는 그럴 생각이 없었다.

가주와 후계자가 사라진 땅을 삼키는 건 교활하고 비겁한 짓이었으니까.

네르바드는 썩 탐나지 않았다. 악마를 숭배하는 가문답게 이질적이고 폐쇄적인 문화가 있어서 윈터와 함께할 수는 없었다.

가장 눈독 들였던 마네르도 생각해 보았지만, 그 역시 쉽지 않았다.

마네르는 제국의 유일한 공작가였으며, 피케네 황가와 오래전부터 돈독하고 깊은 관계를 유지해 왔다.

그리고 무엇보다도.

테레사는 윈터를 버리고 싶지 않았다. 아니, 버릴 수 없었다.

그녀가 나고 자란 땅을 어떻게 그리 쉽게 버릴 수 있을까.

윈터는 테레사의 전부이자, 목숨을 걸어도 좋을 만큼 귀한 존재였다. 테레사는 윈터 가에 대한 책임감을 넘어, 가문과 영지를 사랑했다. 나고 자란 북부를 경외했으며, 윈터를 위해서라면 목숨도 바칠 수 있었다.

하지만 그녀에게 남은 것은 오래전 빛바랜 희망.

그리고 원터가 처참히 무너질 거란 예견 정도였다.

"공녀가 정령술사를 알고 있다면, 그 정령술사가 원터를 도와줄 생각이 있다면—."

게다가 지금은 정령술사의 피가 흐르던 알레타가 무너졌고, 외세와 마물은 북부를 노리는 데다, 다른 위협까지 도사리는 상황. 그러니 전설 속 기적처럼 정령술사가 나타난다 한들, 황가도 쉽게 죽이지 못할 것이다. 오히려 황가가 정령술사와 정혼 관계를 맺기 위해 회유한다면 모를까.

"북부로 와라. 그리고 그 친구에게 이것을 줘."

테레사는 품 안에서 목걸이를 꺼내 주었다. 그리고 목걸이의 금속 장식에서 검은 돌을 빼내 레티시아에게 건네며 말했다.

"원터에 흔하게 널린 정령석이지."

"이걸 어째서 제게……."

"어차피 정령술사가 없으면 정령석도 쓰지 못해. 한때는 이것 때문에 전쟁이 일어날 만큼 귀한 돌이었지만, 지금은 길가의 돌멩이보다 못해졌거든."

테레사의 말 그대로였다. 본래 색을 가졌을 정령석은 아무런 빛도 내지 못했다. 과거에는 백색으로 빛났을지 모르나, 지금은 흑요석으로 보일 만큼 색이 없는 돌이 정령석이었다.

설산 아래, 생명이 움텄던 원터가 죽음의 땅이 된 것처럼.

"공녀의 친구를 원터에서 만나게 되면 좋겠구나. 내 주군이신 원터 백작께선 정령술사 친구가 원하는 거라면 뭐든 들어줄 생각이니까."

"……뭐든요?"

"원터는 대가를 치를 준비가 되어 있다. 원하는 게 부라면 가문 금고의 열쇠를 주고, 명예라면 가장 높은 자리에 올려 주겠다. 권력을 원한다면……."

테레사는 말끝을 흐리며 레티시아에게 다가갔다. 그리고 허리를 숙여 레티시아와 두 눈을 마주친 뒤, 그녀의 턱을 부드럽게 들어 올렸다.

"군사를 써서라도 권력을 쥐어 주겠다. 황실이 윈터의 정령술사에게 감히 손을 뻗지 못하도록."

"그런 걸 바라진 않을 거예요."

레티시아의 중얼거림에 테레사는 쓴웃음을 삼키며 손을 떼어 냈다.

정령술사가 있다면, 그리고 그녀의 앞에 나타나기만 한다면 원하는 게 뭐든 상관없었다.

대범하게 세상을 원한다 해도 바치리라.

"정령술사가 내 앞에 나타나기만 하면……."

테레사는 목소리를 낮추는 레티시아에게 허리를 숙였다. 그것으로 모자라 레티시아 앞에 한쪽 무릎을 굽혀 꿇었다. 피케네의 황제에게조차 굽힌 적 없던 고고한 무릎이었다.

"세상에서 가장 귀한 존재로 만들어 주겠노라고—."

테레사는 고개를 들어 레티시아와 두 눈을 마주쳤다. 본래는 붉었을, 하지만 회색으로 바꾼 눈동자에 놀란 공녀의 얼굴이 비쳤다.

고아한 금발. 경계심과 놀라움이 뒤섞인 선명한 적안.

그 모습을 두 눈에 담으며 테레사는 입술을 느릿하게 떼었다.

"윈터의 하얀 늑대가 맹세하마."

* * *

레티시아의 예상과 다르게 테레사는 아무것도 훔쳐 가지 않았다.

레티시아가 직접 '두 번째 문'을 열어 줬는데도, '베르타의 미소'를 가져가는 대신 레티시아에게 충고를 건넸다.

"공녀, 그대 아비의 성정은 익히 알고 있지. 윈터와 엮인 걸 알면 가만있지 않을 거다. 어떤 방법으로 '문'을 열었는지 몰라도 함구하는 게 좋을걸."

"어째서 '베르타의 미소'를 가져가지 않는 거예요?"

"공녀가 문을 열어 줬으니까."

"그게 대사제와 무슨 상관인진 몰라도 백작님께서 실망하실 거예요."

"그러든지. 공녀도 끝까지 모르는 체하는군. 본인이 그런 위험을 무릅 쓰면서까지 날 도와야 할 이유가 있나?"

"……."

"자각은 하고 있겠지. 직계 혈족만이 열 수 있는 문을 열었다. 그것만 으로 충분히 위협을 당할 상황이야. 그런데, 그 문을 열어 가문의 성유 물을 다른 가문에 건네겠다? 그것도 윈터에?"

테레사는 레티시아를 내려다보며 차가운 눈을 빛냈다. 명백한 경고의 뜻이었다.

공녀의 행동은 가주에게 반기를 드는 그 자체였다.

명석한 공녀가 이를 모르지 않을 터.

"내가 가주라면, 공녀의 손발에 족쇄를 채워 감히 가문에서 벗어날 수 없도록 가둬 둘 거야. 그리고 영원히 탈출할 수 없게 감시할 거다."

"그러지 않으실 거잖아요."

대사제가 어떤 사람인지 모르면서, 레티시아는 저도 모르게 그렇게 말했다.

맹랑한 말에 테레사는 묘한 눈으로 레티시아를 바라보았다.

"결국 내 잘못이니 뜻대로 해 주어야지. 세상을 원한다면 자유를 주거 나, 따스함을 원한다면 품에 더 보듬어 주거나."

테레사는 얼어붙은 레티시아를 보며 쯧, 혀를 찼다.

그건 생각지도 못했다는 표정이라서 가이안이 얼마나 딸에게 냉혹하 게 대했는지 한눈에 척 보였다.

'키우는 짐승에게도 정이 붙으면 잘해 주기 마련이건만.'

마네르 공작이 딸인 공녀에게 따뜻한 감정을 베푼 적은 전혀 없어 보였다. 그렇기에 공녀 또한 다른 가문의 사람을 경계하고, 의심하면서도 연이 닿을 기회를 만들려는 것이리라.

신성 가문, 마네르에서 벗어나기 위해서.

"대사제님은 백작님이 어떤 분이신지 잘 아시나 봐요."

"……알다마다. 백작께선 자기가 가주로서 자질이 없다면, 차라리 죽는 편이 낫다고 생각하는 편이라."

테레사는 그렇게 말하며 가볍게 손가락을 튕겼다.

탁.

명쾌한 소리에 레티시아가 정신을 차렸다. 테레사는 레티시아가 쥐고 있던 새까만 정령석을 눈짓으로 가리켰다.

"그 친구가 귀족이었나? 그렇다 해도 교단에 출입하기 번거로울 거야."

"귀족은 아니지만, 그럴지도 모르겠어요."

"그 정령석을 잘 봐. 안쪽에 윈터의 문장을 새겨 뒀으니, 마음대로 써도 좋다고 전해 줘. 윈터 백작의 이름을 얼마든지 내세워도 좋고."

그러나 테레사가 준 정령석은 레티시아가 이미 잽싸게 주머니에 넣은 뒤였다.

먹이를 뺏길까 봐 경계하는 다람쥐 같네.

테레사는 피식 웃고는 레티시아를 홀로 두고 떠났다. 제복 위로 걸친 그녀의 하얀 로브가 여름 바람에 옅게 흩날렸다. 그 로브가 군복 같다고 생각하며 레티시아는 그 모습을 끝까지 지켜보았다.

테레사 또한 레티시아를 북부에서 보기를 원했기에 마지막 인사를 남겼다.

"윈터에서 다시 만날 수 있기를 기대하마."

그때는 가짜 대사제가 아니라, 북부의 군주 테레사 윈터로서.

"그 정령술사 친구가 진심으로 바라는 게 뭐지?"

테레사는 북부로 떠나기 전, 레티시아에게 질문했다.

공녀의 말을 전부 믿는 건 아니지만, 궁금하긴 했다. 본인을 친구라고 숨기면서까지 얻고자 하는 게 무엇인지. 예리하다 못해 직설적인 물음에 레티시아는 솔직하게 답할 수밖에 없었다.

"……새장에서 탈출하길 원해요. 그녀를 가둔 낡고 좁은 곳에서."

"어떤 새장?"

떠보는 듯한 질문에 레티시아는 쉽사리 답하지 못했다. 알 만하다고 중얼거린 테레사가 말을 덧붙였다.

"어떤 새장인지, 말할 결심이 서면 윈터로 서신을 보내. 공녀의 친구가 정령술사란 확신이 든다면, 윈터는 그 어떤 위험을 무릅쓰더라도……."

테레사는 나직하게 웃으며 굽혔던 무릎을 폈다. 고아한 회색 눈동자가 레티시아를 물끄러미 바라보았다.

"그 어떤 대단한 새장이라 한들, 부숴 줄 테니까."

* * *

"이상한 사람……."

정체 모를 대사제는 대범할 뿐만 아니라, 섬세하기까지 했다. 레티시아에게 손수건을 내밀며 구두코에 묻은 피를 닦는 것이 좋겠다며 조언했을 정도니까.

레티시아는 떠나기 직전, 두 번째 문을 닫는 것까지 완벽히 해냈다.

이번 생에선 처음으로 문을 여는 거라 떨리긴 했지만, 과거에 후계자로서 열어 봤으니 크게 걱정하지는 않았다. 그리고 두 번째 문을 여는 것 정도론 아버지의 의심을 사지는 못했다.

문이 열린 걸 알아도, 멍청한 필립의 짓이라 생각할 게 뻔했다. 그만큼 레티시아는 공작저에서 없는 사람 취급을 받았다. 게다가 가이안은 두 번째 문에 외부인의 출입을 알리는 성유물을 설치해 두지 않았다.

'문'은 마네르의 직계가 아니면 열 수 없는 데다, 두 번째 문 '성 베르타'는 그다지 중요하지 않아서 일찌감치 신경을 껐다.

가이안이 중요시하는 건 세 번째 문, '성 힐데가르트'.

마지막 문을 열려고 시도한다면, 그 즉시 감옥에 감금시킬 것이 분명했다.

'마지막 문 뒤에는, 힐데가르트급 성유물이 있으니까.'

문을 열기도 전에 무장한 공작가의 기사들과 마주치게 되리라.

어쨌든 두 번째 문, '성 베르타'를 지키는 기사들은 전부 사이좋게 바닥에 누워 있었다. 테레사가 어찌나 세게 기절시켰는지, 정신을 잃은 기사들은 레티시아가 떠나는 순간까지 일어나지 못했다.

하지만 아예 인기척이 없던 건 아니었다. 레티시아는 지하 창고를 벗어나 복도로 향하던 걸음을 멈추고 뒤를 돌아보았다. 아주 작은 움직임이 공기의 흐름을 타고 느껴졌다.

외부의 기척에 한껏 예민해져 있던 데다, 복잡한 생각이 휘몰아쳤기에 레티시아는 자신이 변했다는 것을 알아차리지 못했다. 이전 생에서 검술 훈련을 받았을 때도 이렇게까지 세세히 기척을 느낀 적 없었음에도.

레티시아는 입술을 깨물었다. 그녀는 무기 하나 없이 무방비한 상태였다.

'누굴까. 공작가의 기사라면 입을 막아야 해.'

공교롭게도 기둥 뒤에 숨었는지 작은 그림자만 드리워져 있었다. 분명, 대사제도 저 낯선 기척을 느꼈을 텐데 따로 말해 주지 않았다.

'섬세하다는 거 취소야.'

레티시아는 그렇게 생각하며 주머니에 든 정령석을 꽉 쥐었다. 무기처럼 보이게 하려는 행동이었지만, 그녀가 생각하기에도 별 효과가 없었기에 먼저 치기로 했다.

"당장 나와. 나오지 않으면 내 호위를 불러 직접 확인할 텐데, 괜찮겠어? 쥐도 새도 모르게 처리하기 전에……."

"히끅!"

꾹 참다 내뱉어진 숨소리에 레티시아의 눈이 커졌다.

이윽고 기둥 뒤에서 조그마한 아이가 빼꼼히 고개를 내밀었다. 뭐가 그리 무서운 건지 눈가도 촉촉이 젖어 있었다.

"……죄, 죄송해요."

레티시아는 대답하지 못했다. 눈앞의 아이를 여기서 볼 거라고 생각한 적 없었으니까.

"길, 길을 잃었는데……. 아, 아빠가 억지로 숨바꼭질하자고 해서……. 재미도 없는데, 자꾸 놀아 달라고 해서요."

남색 머리칼을 곱게 묶은 소녀가 곰돌이 인형을 쥔 채 울먹였지만, 그 말이 제대로 들릴 리 없었다.

"공, 공녀님?"

조심스러운 부름에 레티시아가 멍하니 중얼거렸다.

"……피오네."

그녀가 누명을 쓰긴 했지만, 과거에 수진에게 살해당했던 피오네가 곰 인형을 든 채 서 있었다.

레티시아는 한동안 얼어붙은 채 피오네를 쳐다만 보았다. 피오네 또한 굶주린 사자와 마주한 것처럼 기둥 뒤에 철썩 붙어 있었다. 공녀님과 복도에서 몇 번 마주친 적은 있었지만, 이렇게 단둘이 보게 된 건 처음이었기 때문이었다. 게다가 필립이 틈만 나면 괴롭혀 댔기에 그의 동생인 레티시아도 무섭게 느껴졌다.

하지만 두려움만 있었던 건 아니었다.

치마를 잡고서 무릎을 까딱 숙여야 한다는 걸 알면서도, 피오네는 영혼이 빠져나간 얼굴로 멍하니 있었다.

'와아, 예쁘다. 천사 같아……. 진짜 대천사님일까?'

피오네는 힐끔거리며 레티시아를 곁눈질했다.

"……대천사 이브Eve?"

두 눈에 안대를 쓰고, 한 손에 검을 들었다는……. 악을 섬멸한다던 대천사 이브일까?

피오네는 눈을 굴리며 심각한 고민에 빠졌다.

태초의 천사님이라고 들었는데. 레티시아를 한참 바라보던 피오네가 퍼뜩 정신을 차렸다.

'아, 맞다! 아빠가 마네르 혈족은 모두 조심하랬는데.'

아버지는 피오네에게 가능한 주인 일가인 마네르 혈족들과는 마주치지 말라고 당부했었다.

괴팍하고, 이기적이고, 위압적으로 구는 족속들이라고.

모시는 공작이 나쁜 사람이라며 몇 번이나 한탄했지만, 그럴 때마다 피오네는 한 귀로 듣고 흘렸다.

물론 겁이 많은 데다 낯을 많이 가렸던 피오네는 마네르 공작을 보자마자 "악마 같다"며 눈물을 터트린 적 있지만, 그건 이미 잊은 지 오래였다.

'공작님, 애 잡아먹는 표정 그만두시라니까. 딸하고 아들 둔 아버지 맞긴 합니까?'

피오네가 훌쩍일 때마다, 아버지 유로 백작은 공작에게 표정 풀라며 나무랐다. 그래서인지 피오네가 기억하는 공작님은 무서운 사람이었고, 아들인 필립 마네르는 회생 불가의 개망나니였다. 피오네는 욕을 할 줄 몰랐지만, 주변에서 들려오는 말이 그랬다.

하지만 정작, 공작의 딸인 레티시아에 대해서는 들은 바가 없었다.

기사단장인 아버지는 그저 가엾은 공녀라고만 말하고는 뒷말을 삼켰을 뿐이었다.

레티시아는 떨리는 발걸음을 움직여 피오네에게 다가갔다.

움찔.

눈을 질끈 감은 피오네가 뒤로 물러났다. 전에 필립이 피오네에게 인사 똑바로 하라며, 틈만 나면 손찌검하는 시늉을 했기 때문이었다. 아버지가 목격하고서 "필립, 저 개새끼의 팔을 자르고 백작을 그만두겠다!" 하며 길길이 날뛴 뒤로는 잠잠했지만.

그 오빠의 그 동생일지도 몰라. 그리 생각하던 피오네에게 떨리는 목소리가 들렸다.

"피오네."

"네?"

딸꾹질하며 겨우 답한 피오네가 조심스레 눈을 떴다. 레티시아는 피오네에게 다가가 이제 아홉 살이 된 소녀를 꽉 끌어안았다.

"미안해, 피오네."

전생에서 피오네가 죽은 건 레티시아의 잘못이 아니었다. 피오네가 수진에게 살해당하기를 바란 적은 결코 없었다. 하지만 수진과의 후계 다툼에 피오네가 휘말린 것도 사실이었다.

"……보고 싶었어."

레티시아는 피오네의 어깨에 고개를 묻었다. 피오네는 얼어붙은 채 눈을 데굴데굴 굴렸다.

"네에……."

공녀님과 난, 거의 초면인데. 어색해하던 피오네는 손을 뻗어 레티시아의 어깨를 토닥였다.

"뚝, 하셔야 해요. 우, 울면 무서운 하얀 여왕이 선물 다 빼앗아 간댔어요!"

"괜, 찮아. 내게선 가져갈 것도 없을 테니까……."

뭐가 뭔지 도대체 모르겠지만, 피오네는 용기를 내어 서툰 위로를 건넸다.

서툴지만 다정한 위로에 레티시아의 눈가가 더 젖어 들었다.

"미안, 피오네. 눈물이 멈추지 않아서……."

레티시아가 눈물을 흘리자 피오네도 곧 훌쩍이기 시작했다. 영문은 모르겠는데, 공녀가 말없이 우는 게 서글퍼진 탓이다.

"으허엉, 아빠."

피오네가 우는 소리가 외성의 복도를 울린 순간.

"피오네!"

멀지 않은 곳에서 쩌렁쩌렁한 외침이 들렸다.

"숨바꼭질해도 좋은데, 외성은 위험하니까 가지 말라고 했잖아!"

남색 머리칼을 짧게 친 삼십 대 초반의 미남자가 화가 난 얼굴로 성큼성큼 다가왔다. 그의 시선이 작은딸을 인질처럼 붙잡고 있는 소녀에게로 향했다.

부드러운 금발 아래, 가녀린 손이 피오네를 꽉 쥐고 있었다.

'저 금발은…….'

레티시아 마네르.

마네르 공녀이자, 주군의 딸.

바로 알아본 남자가 표정을 굳혔다.

"피오네, 이리 와. 공녀가 널 울렸어?"

아주 그냥, 그 아버지에 그 딸이네.

레티시아 공녀가 딸을 울렸다고 생각한 단정한 미남이 한쪽 눈썹을 치켜올렸다. 이전에 레티시아의 스승이었던 유로 백작이었다.

유로 백작은 화를 참으며 레티시아의 어깨를 홱 잡아챘다가, 목각 인형처럼 입만 벙긋거렸다. 레티시아 공녀가 자기 딸을 끌어안고 울고 있었기 때문이었다.

예상을 벗어나도 한참 벗어난 상황에, 유로 백작이 당혹해하며 피오네에게 물었다.

"네가 너보다 큰 언니를 울렸니, 피오네?"

"아녜요!"

"그럼 왜 둘이 그러고 있는 건데? 공녀는 왜 여기에……."

유로 백작은 뒤늦게 레티시아를 들여다보았다.

공녀는 피오네와 이전까지 접점이 없는 데다, 유로 자신이 말을 걸어 본 것도 이번이 처음이었다. 몇 달 전만 해도 죽은 눈을 했던 공녀가, 그리움과 슬픔이 담긴 눈으로 자신을 보고 있었다.

"……스승님."

자그마한 중얼거림에 유로 백작이 당황한 얼굴로 주절거렸다.

"아, 음. 스승님이 보고 싶어서 울었던 겁니까? 근데 공녀에게 스승이 있었나?"

"……."

"아, 예법 선생이 있었지. 설마, 그 깐깐한 카트린느 부인 때문에 우는 거예요?"

레티시아는 피오네를 품에 안은 채 고개를 저었다. 그녀를 줄곧 괄시했던 예법 선생을 스승으로 여길 리가 없다. 그녀의 스승은, 적기사단장인 유로 백작뿐.

'스승님.'

내 결백을 유일하게 믿어 줬던 사람.

죽은 딸의 시신을 붙잡고 오열하면서도, 끝까지 레티시아를 믿어 주었던 건 스승님뿐이었다.

'레티시아, 넌 내 제자다. 내 자식에게도 가르쳐 주지 않는 유로 가문의 검술을, 네게 가르쳤다. 피오네는 그런 널 동경해 왔어. 올곧은 길을 걷겠다던 네가, 피오네를 죽였을 리가 없다. 내 제자인 네가…….'

모두 그녀가 피오네를 살해했다며 손가락질했건만, 유로 백작만은 레티시아의 결백을 믿어 주었다. 강제로 먹은 약 때문에 그녀의 정신이 몽롱한 걸 보면서도.

레티시아가 숨을 거두기 전, 스승님을 볼 수 없었지만 백작은 그 자리에 있었다. 사랑했던 피오네를 잃고, 자식처럼 아꼈던 제자마저 잃게 되는 그 순간을 기억하려는 듯 자리를 떠나지 못했다.

"피오네는, 피네는…….”

레티시아는 흐느낌을 멈추기 위해 입술을 깨물며 말을 이었다.

"제가 지킬게요.”

그 대답에 유로 백작이 놀라 입을 딱 벌렸다가 굳은살이 박인 손으로 제 얼굴을 쓸어내렸다.

"필립이 시켰습니까? 내 신의를 얻어 내라고.”

유로 백작이 조소를 지으며 레티시아를 삐딱하게 쳐다보았다.

"그런 다음 내 딸을 괴롭힐 생각인가, 레티시아 공녀.”

레티시아는 품에 안고 있던 피오네를 놓고는 몸을 일으켰다. 그러고는 툭, 주름진 치마를 털며 옷차림을 단정히 정리했다. 언제 울었냐는 듯 눈가를 손등으로 슥 닦고는 유로 백작에게 한 걸음 다가갔다.

"제가 그렇게 보이세요?”

"뭐……?”

"제가 필립 같은 쓰레기라고 생각하시는 건가요, 백작님은.”

오히려 레티시아가 담담히 묻자 유로 백작은 할 말을 잃고 말았다.

필립과 같은 취급을 했다고 저렇게 날 선 반응을 보이나? 아니, 무디다고 해야 할지 모르겠다.

공녀는 필립 그 개망나니가 자기 오빠란 걸 잊었던가? 그리 생각한 유로 백작이 말했다.

"훌쩍대며 아니라고 부인하거나, 잘못했다고 사과할 줄 알았는데……."

"아직은 제가 잘못한 게 없는데."

레티시아는 유로 백작을 삐딱하게 보며 되받아쳤다.

감동은 잠깐이었을 뿐, 스승님이 원래 속이 좁고 남을 잘 의심한다는 걸 잊고 있었다. 게다가 마네르에 충성을 바치면서도 주인 일가 욕은 어찌나 찰지게 하는지, 그간 들었던 공작 욕을 서책으로 엮으면 손목만 한 두께가 나올 것이다.

"아니, 난……. 공녀가 내 딸을 괴롭히려는 줄 알았지."

"어……. 저, 괴롭히시는 거예요?"

피오네가 곰돌이 인형을 품에 안은 채 뒷걸음질 쳤다. 드레스를 걸친 작은 등이 딱딱한 흰 기둥에 닿자 소스라치게 놀라는 게 보였다.

"피오네 영애."

레티시아는 피오네에게 주저하지 않고 다가갔다.

'이전과 같은 일이 반복되어선 안 돼.'

그러려면.

레티시아는 피오네 곁으로 가서 그녀의 머리로 손을 뻗었다. 눈을 질끈 감은 피오네가 실눈을 뜬 건 잠시 후였다.

"난 진심이야. 피오네 영애를 지키겠다는 거."

"왜, 왜요?"

"나도 모르지."

레티시아는 그렇게 말하며 피오네의 남색 머리칼을 부드럽게 쓸어 주었다. 차마 이 어린아이에게 7년 후에 네가 죽게 될지도 모르니까, 그렇게 말할 순 없었다.

어쩌면 그 미래가 오지 않을 수도 있다. 수진이 오기 전에, 그녀가 양녀가 되기 전에 마네르를 벗어날 생각이니까. 하지만······.

심장이 쿵쿵 울릴 정도로 계속되는 기시감과 불안으로 레티시아는 단정 짓지 못했다. 수년 뒤에도 피오네가 안전할 수 있을지는.

"아무도 믿지 마. 백작님만 믿어, 알았지?"

레티시아는 그렇게 말하며 피오네의 머리를 쓰다듬던 손을 떼어 냈다. 가만히 지켜보던 유로 백작이 팔짱을 낀 채 레티시아를 차가운 눈으로 주시했다.

"공녀, 내 딸에게 관심을 끊어줬으면 하는데. 내가 너무 큰 걸 바라는 건가?"

"그럴게요."

"그렇게 쉽게 답해?"

"백작님의 말이니까."

날 끝까지 믿어 주었던 스승님, 당신의 말이니까.

"마네르 혈족이 다시는 피오네에게 접근하지 못하게 할게요."

레티시아는 무심한 얼굴을 하고서 피오네에게 멀어졌다. 그 모습을 곰 인형을 안은 피오네가 물끄러미 보고 있었다.

유로 백작이 팔짱을 낀 손에 힘을 주다가, 제복을 당기는 손길에 힘을 풀고 시선을 내렸다.

"······아빠, 왜 무섭게 굴어요? 공녀님은 나쁜 사람 같지 않은데."

"피오네, 너······. 필립도 좋은 사람이라고 그랬지."

레티시아는 조금 떨어진 곳에서 유로 백작과 피오네를 바라보았다.

사랑받는 어린 딸과 딸의 신뢰를 한 몸에 받는 아버지.

그들의 관계를 보며 부러워했고, 자신에게도 그런 기회가 오지 않을까 기대했었다. 하지만······.

'쓸모없다고 버려졌지.'

레티시아는 쓴웃음을 지으며 고개를 돌려 피오네를 바라보았다.

'공녀님, 이거……. 피오네가 준비한 선물이에요!'

다가오지 말라고 차갑게 대했는데도, 피오네는 늘 그녀를 쫓아다녔다. 하루는 이야기하고 싶어서, 하루는 선물을 주고 싶어서, 같이 차를 마시고 싶어서…….

졸졸 쫓아다니는 이유도 여럿이었지만, 레티시아는 한 번도 곁을 내준 적이 없었다. 후계자가 되기 전에는 그럴 여유가 없었고, 후계자가 된 후로도 가시밭길을 걷는 기분이어서 옆에 사람을 둘 생각 따윈 못했다.

그리고 지금은 다른 의미로 거리를 두려 했다. 아버지가 피오네를 이용해 자신을 휘두르게 될까 봐. 그러니 이전에도 그랬듯 더 먼 거리를 둘 생각이었다. 이번 생은 후계자가 될 생각도 없으니, 피오네가 멋있다고 쫓아다닐 일도 없었다.

"대신, 필립도 제가 정리할게요. 그렇게 하도록 내버려 두세요"

레티시아는 피오네를 보호하듯 서 있는 유로 백작을 향해 말했다.

'다시 스승과 제자가 될 일은 없겠지.'

차라리 이걸로 잘된 것일지도 몰랐다.

* * *

별장으로 돌아가는 마차 안.

유로 백작은 품에 잠든 피오네를 내려다보며 복잡한 생각에 잠겼다. 피오네는 아버지인 자신을 찾으러 외성까지 갔다지만, 공녀는 왜 그곳에 있는지 알 수 없었다.

그것보다 더 궁금한 건, 왜 피오네를 지키겠느냐고 한 거였다.

자신을 스승님이라 부르는 건 원체 제정신이 아니어서 그렇다 쳐도.

'그런 것치곤 눈빛이 맑았지.'

전에 몇 번 봤을 때처럼 미치기 직전의 모습이 아니었다. 풀어 헤친 머리는 곱게 빗어 리본으로 묶었고, 꺼멓게 죽었던 눈동자에는 생기가 있는 것을 넘어 어떤 확고한 의지마저 드러날 정도였다.

'적자에다 후계 수업을 받는 필립을 잡겠다니. 대신 후계자라도 되겠다는 건가……?'

말도 안 되는 소리. 그렇게 생각하면서도 유로 백작은 저도 모르게 기대가 되었다. 백작은 창가에 턱을 괸 채 멀어지는 마네르의 본성을 지켜보았다. 붉어진 저녁노을이 그의 얼굴에 드리워졌다.

그로선 필립 공자가 귀찮긴 했다. 어째서 검술을 가르쳐 주지 않느냐고 바락바락 대들 때마다 머리를 쥐어박고 싶을 정도였으니까.

하지만 자신이 별장에서 자리를 비웠을 때, 피오네가 잠든 침대에 독거미를 풀었던 거나 쥐 사체를 머리맡에 뒀을 때는 이성이 뚝 끊어져 버렸다.

필립이 주군의 아들이 아니었다면, 즉시 그 자리에서 손목을 베었으리라.

피오네는 그럴 때마다 괜찮다고 아버지를 안심시키려 했지만, 유로 백작은 그때만 생각하면 심장이 철렁했다.

괴롭히는 이유도 우스웠다.

말로는 "피오네가 공자인 그에게 주종 관계를 보이지 않아서"라고 했지만, 피오네는 나이가 어려도 예의를 아는 아이였다. 명기사로 이름을 떨쳤던 유로 자신이 필립의 검술 스승이 되기를 거부했기에 불만을 품고 딸에게 화풀이하는 것이리라.

오죽하면 필립을 욕했던 큰아들조차 공자에게 대충이라도 검술을 가르치라고 설득했었다. 하지만 유로 백작은 조금의 고민도 없이 단칼에 쳐 냈다.

검은 양면성을 가진 도구였다. 삶을 윤택하게 만드는 동시에 망칠 수 있는 날붙이.

필립은 후계자도 아니면서 권력을 휘두르려 했고, 그런 놈에게 유로 가문의 검술을 가르쳐 줄 수 없다는 게 유로 백작의 신조였다.

하지만 대쪽 같은 나무는 부러지기 마련이라고, 유로 백작도 알게 모르게 걱정했다. 막내딸이 주군의 아들에게 괴롭힘 받는 걸 보니 아버지로서 마음이 무거웠다. 그럴 때마다 피오네는 괜찮다며 다독였지만, 정말로 기사단을 그만둬야 하나 싶을 정도였다.

"공녀님 무서웠지?"

유로 백작이 잠에서 깬 피오네의 머리를 쓰다듬으며 물었다.

"아니에요, 멋있었어."

피오네가 뺨을 붉히자 유로 백작이 어이가 없어 헛웃음을 지었다.

"욘석 봐라? 필립 공자는 무섭다며?"

"공녀님은 달라. 나를 '피네'라고 불러 줬는걸. 지켜 주겠다고도 했잖아?"

"사람 쉽게 믿지 말라니까, 피오네. 애칭을 부른다고 바로 믿을 거야?"

"그치만, 아빠. 망나니 공자는 날 하녀, 멍청한 계집이라고 불렀는걸."

"미안, 피오네. 아빠가 경고했는데 아직도 그놈이 정신을 못 차렸어, 나 원."

"에이, 아빠도 참. 필립 걔는 할아버지 돼서야 정신 차릴걸?"

유로 백작은 한숨을 내쉬며 피오네의 뺨을 쓸었다.

막내딸은 바깥세상을 보는 것도, 나들이 가는 것도 좋아하는데 늘 일이 바빠 곁에 있어 주지 못했다. 그래서 며칠 전에 약속해 둔 것이 있었다.

"한 달 뒤에, 정말 네르바드 가문 연회에 따라가도 괜찮겠어? 위험할지도 모르는데? 아빠 마음 졸이는데도 꼭 가야겠니?"

"응, 갈래. 아빠도 공작님 지키러 간다며? 다른 가문 연회 가 본 적이 없기도 하고……. 악마 가문이라니, 무섭긴 한데 궁금해."

"후작이 미쳤다고 소문이 자자해. 그냥 별장에서 쉬자. 네르바드 가문은 진짜 나쁜 놈들만 모여 있다고."

"언제는 공작님이 나쁜 놈이라더니?"

불만스레 중얼거린 피오네가 무언가 생각났는지 눈을 동그랗게 떴다.

"아빠, 아빠! 그 연회에 천사, 아니. 공녀님도 가?"

"적자인 필립이 갈 텐데, 올 리가 있겠어? 그건 왜?"

"에이, 아쉽다……."

혀를 찬 피오네가 괜히 치맛자락을 털며 긴 한숨을 내쉬었다. 그 모습을 빤히 보던 유로 백작은 허, 하고 헛웃음을 지었다.

"피오네는 위험하니까, 집에 있자? 오빠가 놀아 줄 거야."

"그럴 거면 왜 약속했어? 네르바드 연회에 데려간다고 했잖아. 거짓말쟁이! 아빠랑 더 놀고 싶고, 또래 영애들도 보고 싶었는데……!"

"하, 알았다. 알았어. 그냥 넘어가는 법이 없지. 가자, 가."

그리 답하면서도 유로 백작은 착잡한 기분을 감추지 못했다.

분명 사고가 터질 텐데, 몸이 약한 피오네를 데려가도 되는 걸까. 후작이 미쳐서 아들에게 마비시키는 독을 먹이고 감옥에 가뒀다는 걸, 피오네가 알 리 없었다.

유로 백작 또한 알지 못했다. 그곳에서 무슨 일이 벌어질지도.

chapter 3
일라이 네르바드

댕— 댕—.

종이 치는 소리에 레티시아는 창문 너머를 내려다보았다.

유로 백작과 그의 딸, 피오네와 마주친 지 하루가 지났을 때였다. 불그스름한 오후의 햇빛이 비치며 공작저에 그림자를 드리워 냈다. 땀을 뻘뻘 흘리는 장정들이 나무 관을 들고 움직였고, 멀지 않은 곳에서 검은 상복을 입은 시녀장이 무어라 소리치고 있었다.

'조부의 장례식이 곧이었지.'

레티시아는 무표정한 얼굴로 바깥을 내려다보다가 커튼을 쳐 버렸다. 그런 다음 몸을 돌려 무릎 꿇고 앉은 하인을 쳐다보았다. 주근깨가 얼굴에 박힌 삼십 대의 청년이 벌벌 떨었다. 불안한 듯 눈동자를 이리저리 굴려 댔지만, 그를 구해 줄 사람은 없어 보였다.

"개밥 만드는 거 재밌었습니까?"

글란츠가 레티시아를 대신해 물었다. 그녀는 침대 끝에 걸터앉아 두려워하는 하인을 지켜보았다.

"재미없었어요? 왜 대답이 없지?"

"제, 제가 미쳤던 게 틀림없습니다. 용, 용서해 주세요. 제발……."

"아하! 미쳐서 저지른 실수였다고? 공녀님 식사 제대로 안 올렸던 거, 나도 알고 네놈도 아는데. 개밥 만드는 거 재밌다고 막 섞었잖아?"

글란츠가 비아냥대자 하인은 할 말이 없어졌는지 입을 꾹 다물었다. 그 모습을 불안하게 지켜보던 카라가 문밖에서 망을 보고 있었다. 행여 공작이나 필립 공자가 올까 봐 경계하는 모습이었다.

"내가 저 지하 감옥의 땅딸보와 절친한 사이인 거 알지?"

"그, 그 살인자 드워프요?"

"드워프 혼혈이라니까. 아무튼, 이번에 좀 친해졌는데, 내가 널 좀 손 봐 달라 할 수도 있고?"

감옥으로 끌려가 고문받을지 모른다는 생각에 하인의 앞섶이 축축해 졌다. 무심히 쳐다보던 레티시아가 한숨을 삼키며 말했다.

"그쯤 해 둬."

"하지만……."

"가볍게 경고만 하랬지. 협박하랬나?"

"……죄송합니다."

글란츠는 급히 허리를 숙여 사과하고는, 하인의 몸을 꽁꽁 묶었던 밧 줄을 풀어 주었다.

"다, 다시는 공녀님이 드실 음식에 장난치지 않겠습니다. 제 동료들에 게도 조심하라 이, 이르겠습니다. 풀, 어 주신 은혜도 잊지 않고요."

"그만 가 봐."

하인이 방을 빠져나갈 때까지 글란츠의 협박은 계속됐다.

그따위 장난을 계속 치면, 식탁 위에 돼지고기 대신 올라갈 거란 말로.

카라는 이 상황이 적응되지 않아 긴장한 얼굴로 레티시아를 흘끗 살폈다.

어떻게 저 광증을 앓는 의사를 다스렸는지 몰라도 공녀는 무서울 정도로 침착했다.

공작과 필립 공자가 먹다 남은 음식을 섞어 식사를 만들던 하인이 나타났을 때도, 화를 내거나 소리치지도 않았다. 그저 무표정한 얼굴로, 조곤조곤한 목소리로 "왜 그랬냐"고 물었을 뿐이다.

하인이 "그게 잘못인지 몰랐다. 무료해서 그랬다."라고 어처구니없는 말을 했을 때도, 공녀는 말없이 쳐다볼 뿐이었다. 손톱 하나는 뽑아 버려야 한다고 글란츠가 제의했지만, 레티시아는 벌벌 떠는 하인을 지켜보다가 물었다.

'내가 약자라서 그랬니?'

그 말이 가지는 여파는 꽤 컸다. 그제야 상황의 심각성을 깨달았는지 하인의 얼굴이 창백해졌다.

'그래, 그랬겠지. 내가 사생아라서. 아버지의 관심과 보호 그 어떤 것도 받지 못했으니까.'

레티시아는 홀린 듯이 그녀를 올려다보는 하인에게 다음 말을 이었다.

'키우는 개 취급도 받지 못했으니 얼마나 우스웠을까. 날 괴롭혀서 그깟 얄팍한 자존심을 채우고 싶었겠지. 네가 뭐라도 된 것 같아서.'

조금의 감정도 담기지 않은 말들이 정확하게 하인의 귓가로 떨어졌다. 아마 그 본인도 생각지 못했던 저열한 심리를 되짚었으리라.

'한 가지는 알았으면 하구나. 아버지의 딸인 내가 키우는 개 취급도 못 받는데, 하인인 넌 어떨 것 같은지.'

그 말을 뒤로 하인은 제대로 대답도 못 하고 얼어붙어서 고개를 들지 못했다.

지금 공작가에서 처리된다 해도 아무도 모를 것이다.

아니, 하인이 쥐도 새도 모르게 사라진 걸 알아도 그 누구 하나 의문을 표하지 않으리라.

마네르 공작가는 그런 곳이었다.

* * *

그레이엄 마네르, 선대 공작의 장례식은 7일 동안 진행되었지만, 레티시아는 얼굴 한 번 비추지 않았다. 7일 내내 자리를 지켜야 했던 필립이 "그 정신 나간 계집은 어디 있냐"라며 불만을 토로할 정도였다.

아들이었던 가이안 공작은 장례식이 시작될 때까지 깜깜무소식이었다가, 마지막 날에야 잠깐 들러 안식 기도를 올렸다. 선대 공작과 공작의 사이가 좋지 않다는 건 공공연한 사실이었기에 그 누구도 의문을 표하지 않았다.

장례식에서 가장 눈에 띄는 인물도 있었다. 고급스러운 검은색 양장을 입고 나타난 주치의, 글란츠였다. 그는 자신이 그레이엄 마네르의 친아들이라도 되는 것처럼 눈물, 콧물 다 쏟으며 슬픔을 표했다.

중앙 교단에서 파견된 사제가 이 가문은 어찌 된 가문이기에, 공녀가 조부의 장례식에도 모습을 비추지 않느냐고 불만을 표했을 때는 땅을 치며 대성통곡을 했다.

그 모습이 어찌나 꼴불견인지 조문하러 온 가신들은 물론, 교단의 사제들까지 저 남자가 선대 공작과 사랑에 빠지기라도 했던 거냐며 혀를 내둘렀다.

선대 공작은 가문의 관례에 따라 마네르 공작가의 후원에 묻히게 되었다. 하지만 사흘이 지나기 전에 관은 파헤쳐졌고, 시신에는 오물이 잔뜩 흘렀다.

도대체 누가 선대 공작의 시신을 저렇게 엉망으로 만들었는가를 두고,

공작저 내에서 소란이 잠깐 일었다.

시녀장이 그랬다더라, 아니다, 선대 공작을 사랑했던 정신 나간 주치의가 그랬다더라.

선대 공작에게 뺨을 맞던 하인들이 홧김에……

범인이 누구인지 목격했다던 정원사는 술에 취한 거였다고 입을 다물어 버렸다.

가이안 공작은 엉망이 된 주검을 보더니 단 한마디만 남겼다.

"더러워졌으니 처리해라."

주검이 없어 텅 비어 버린 관.

그게 선대 공작, 그레이엄 마네르의 마지막이었다.

* * *

"인사하거라, 레티시아."

갑작스러운 상황에 레티시아는 눈을 가늘게 떴다.

장례식 내내 방에 틀어박혀 있던 그녀가 공작의 집무실로 갔던 건, 방문하라는 호출이 있었기 때문이었다. 달리 거절할 명분도 찾지 못했기에 레티시아는 억지로 몸을 일으켜 그나마 단정한 옷으로 갈아입고는 집무실로 향했다.

가이안 혼자 있을 거란 예상과 다르게 집무실 안에는 다른 손님이 먼저 와 있었다. 이곳에서 볼 거라 생각지 못했기에 조금 놀랐지만, 레티시아는 처음 본다는 듯 인사를 건넸다.

"안녕하세요, 유로 백작님. 처음 뵙겠어요, 레티시아라고 합니다."

"……반갑습니다, 공녀."

한쪽 눈썹을 치켜올렸던 유로 백작도 레티시아를 이 자리에서 처음 만난 것처럼 인사했다.

지나가면서 몇 번 공녀를 본 적 있지만, 제대로 인사를 한 건 이번이 처음이었다. 저번에 우연히 만나긴 했어도 그땐 서로 겨를이 없던 차였다.

그렇다 해도 처음 본다고 인사하는 건 좀 이상하지 않나?

유로 백작은 의문을 지우고는, 딸에게 인사를 건네는 레티시아를 지켜보았다.

"안녕, 피오네."

"아, 안녕하세요!"

"몇 번 봤었는데, 제대로 인사하는 건 이번이 처음이네."

레티시아는 유로 백작의 뒤에 숨어 있는 피오네를 보며 아는 체했다.

저번에 만났었잖아? 고개를 갸웃하던 피오네가 아니라고 말하려던 때였다.

"그랬지, 피오네. 오늘 공녀님 처음 만난다고 아끼던 드레스 입고 왔잖니?"

"응? 아, 네……."

피오네가 아버지의 눈치를 보며 슬쩍 답하자 레티시아는 안도의 한숨을 속으로 삼켰다.

다행히 가이안은 별생각이 없어 보였다. 관심도 없는 딸을 웬일로 부르나 싶었는데, 그의 충실한 기사단장을 불렀을 줄이야. 이전에는 없던 일이었기에 레티시아는 의아해하면서도 아무렇지 않은 척 물었다.

"어쩐 일로 저를 부르셨어요, 아버지?"

"그동안 네게 너무 무심했더구나. 필립은 비싼 값 들여 가며 수도 최고의 스승을 붙여 주었는데, 네겐 예법 스승만 붙여 줬었지."

"그것도 제겐 감지덕지해요, 아버지."

레티시아의 마음에도 없는 소리에 가이안이 눈을 가늘게 좁히며 말했다.

"아니다. 고작 그런 예법 교육에 그쳐서야 되겠느냐? 필립도 배우는 걸, 너도 배워 봐야지."

"전 멍청해서 따라가지 못할 거예요. 더 비싼 값을 내셔야 할 텐데, 그냥 오라버니를 믿고 지지해 주세요."

뒤늦게 진심을 담을 걸 그랬나. 레티시아는 영혼 없이 말했단 생각에 냉랭한 표정을 풀었다. 그리고 그 나이 대에 맞는 소녀답게 부끄러운 듯 뺨을 긁적이며 말을 덧붙였다.

"멍청한 저 대신, 오라버니를 더 신경 써 주세요. 워낙 마음이 여리잖아요."

"네 오라비가 쓸데없이 멍청하고, 마음이 좁아 질투한다고 말하고 싶은 게냐?"

깍지 낀 두 손을 턱에 걸친 가이안이 레티시아에게 대놓고 물었다.

아니, 그렇게까진 말하지 않았는데. 아들에 대한 평가가 너무 박한 거 아닌가. 필립이 공작 부인 소생이라며 아끼고 돌 땐 언제고.

레티시아는 당황한 것처럼 눈을 휘둥그레 떴다가 천천히 깜빡였다.

"오라버니가 마음이 여리긴 해도 누굴 질투하겠어요. 가문에서 제일 사랑받는데."

"진심으로 하는 소리냐?"

"네. 필립 오라버니……. 기사가 되겠다는 열정도 크고, 의젓하잖아요."

"필립이?"

가이안이 못 믿겠다는 듯 되물었을 때 하마터면 레티시아도 웃을 뻔했다. 물론 조소였다.

아들이 미덥지 않은 둔재였으면 뭐 하러 후계자 수업을 받게 했단 말인가.

레티시아가 입술에 힘을 주는데, 근처에서 호쾌한 웃음소리가 들렸다. 유로 백작이었다.

"큭……. 큭큭. 하하하!"

제 친구가 배를 붙잡고 폭소하자 가이안이 불쾌한 듯 한쪽 눈썹을 올렸다.

"뭐가 그리 웃겨?"

"열정이 대단하긴 하지. 공작님 아들이 미친개처럼 제 딸을 괴롭히는 거 보면 말입니다."

유로 백작은 웃음을 뚝 그치고 무표정한 얼굴로 가이안을 쳐다보았다. 미묘했던 방 안의 공기가 한순간에 날카로워졌다. 다소 둔한 피오네도 알아차릴 정도였다.

"필립 대신 공녀를 제자로 삼으라고 부르신 거라면 거절하겠습니다. 아들이든 딸이든, 기본 소질도 없어 보이는데 검술 스승이 될 생각은 전혀 없거든요."

공작을 보던 시선을 돌린 유로 백작이 레티시아의 반응을 살폈다. 눈에 띄게 실망할 거라 생각했다. 그런데 레티시아의 반응은 크게 달랐다.

"맞아요, 아버지. 전 검술 쪽에 재능이 전혀 없나 봐요. 검술이라니, 그런 건 난폭하고 거친 남자들만 하는 거잖아요. 전 안 할래요. 얌전히 방에서 책을 보는 게 좋아요."

레티시아가 의욕 없는 표정으로 유로 백작을 흘끗 쳐다보았다. 그리고 기대했다. 유로 백작이 이전 생처럼 "공녀를 가르치지 않겠다"라고 냉정히 말하기를.

3년을 버티고 나서야, 제자로 인정했던 야박한 스승이었다.

"저렇게 의욕이 없는데 검술을 가르치라니, 그럴 마음이 전혀 들지 않습니다."

"그래도 둘 중 하나는 가르쳐야지, 유로 경."

가이안의 꺾이지 않는 고집에 유로 백작이 신경질적으로 머리를 쓸어넘겼다.

그놈의 지위와 충성이 뭐라고! 당연한 듯이 명령해 대는 가이안의 멱살을 잡을까, 잠깐 고민했지만 언제나처럼 참아 냈다.

"그럼 열정 넘치는 공자보다는, 조금의 열정도 없는 레티시아 공녀로 하겠습니다."

"저를요? 잘못 말씀하신 거겠죠?"

"아니, 난 제대로 말했어. 내 딸 괴롭히기 바쁜, 그 인성 더러운 놈에게 검술을 가르치라고? 어떤 식으로 피오네를 위협할지 뻔히 아는데."

이제껏 검술을 가르쳐 주지 않아서 딸을 괴롭혔다고 치자. 실수했다고 호되게 혼내면? 그다음에는 피오네를 찾아가 더한 해를 끼칠지 몰랐다.

필립이 기사가 되고 싶어 하든 말든, 유로 백작은 심성이 비틀어진 놈과 감정적으로 얽히고 싶지 않았다. 차라리 가이안처럼 똑똑하기라도 했다면 충성이라도 바치지. 멍청한 데다 성격도 나쁘니 그리 최악일 수가 없었다.

"공녀가 검술 열심히 배워서 그치를 정리해 주면 더 좋고."

공녀가 그랬었지. 피오네 옆에서 얼쩡거리는 필립 마네르를 정리해 주겠다고.

레티시아는 그저 한 말이겠지만, 유로 백작은 잊지 않았다. 차악과 최악이 있다면 차악을 택하는 게 사람의 본성. 레티시아는 유로 백작에게 있어 최악인 필립을 떨쳐 낼 차악이었다.

"단, 하루만 제대로 가르칠 겁니다."

"하, 거참……. 내 딸에게 그렇게 야박하게 굴어야겠나?"

"아닙니다, 공작님. 하루면 보입니다. 제대로 검을 들 생각인지 아닌지는."

"자네가 그렇다면 그런 거겠지."

"그럼 하루만 가르쳐 보고……."

"아니, 일주일."

가이안이 서늘한 시선을 들어 유로 백작에게 무언의 압박을 가했다. 하루 만에 가능성이 보이면 좋겠으나, 가이안이 생각하기에도 레티시아는 불안불안했다.

아무리 비싼 교육을 시켜도 필립은 발전이 없었고, 레티시아는 존재 자체도 희미해서 아무런 기대가 없었다. 하지만 이따금 레티시아의 서늘한 눈동자를 볼 때마다, 가이안은 그녀를 후계자로 삼게 될지도 모른다고 생각했다.

레티시아는 제 의사와 상관없이 눈치싸움을 하는 두 어른을 힐끗거렸다.

아버지 같지도 않은 아버지.

처음에는 무섭도록 냉정했지만, 제자로 인정한 뒤로 그녀에게 신뢰와 애정을 보여 주었던 스승.

둘 중 선택해야 한다면 유로 백작이다.

게다가 가이안의 고집만큼이나 유로 백작도 고집이 셌기에, 여기서 검술 훈련을 받지 않겠다고 말해 봤자 별 소용이 없어 보였다.

"그럼 일주일만 배워 볼게요."

레티시아의 순종적인 대답에 가이안은 만족한 듯 흡족한 미소를 지었다. 그에 비해 유로 백작은 묘한 시선으로 그녀를 쳐다볼 뿐이었다.

"대신, 아버지에게 드릴 청이 있어요."

* * *

"똑바로!"

유로 백작의 거센 외침에 레티시아는 느슨히 들었던 검을 고쳐 잡았다. 드디어 제대로 하나 싶어 백작의 얼굴이 밝아질 때쯤. 레티시아는 의욕 없는 얼굴로 "합!" 하고 외치고는 대충 휘둘러 댔다.

"하, 하하하! 이따위 실력으로 내 제자가 되겠다고?"

"네, 염치없지만 이런 실력으로 백작님의 제자가 되고 싶어요."

"애초에 그럴 마음이 있긴 했어? 그리고, 누가 검을 그런 식으로 잡으래!"

"백작님이요."

"두 손으로 잡으라고 했지! 내가 언제 한 손으로 잡으랬나."

"진정한 검사는 한 손으로 잡는 거라고 하셨잖아요?"

"그런 적 없어! 누가 초십자에게 그따위로 가르치냐고."

유로 백작이 한껏 붉어진 얼굴로 소리쳤지만, 레티시아는 못 알아듣겠다며 고개를 갸웃했다. 그 모습을 지켜보던 피오네가 땅이 꺼질 만큼 한숨을 푹 내쉬었다.

"아빠도 힘들겠다……. 쉽게 돈 버시는 게 아니었구나. 매일 투덜대는 게 이해돼."

"저것 봐. 오죽하면 피오네도 저러겠냐고."

딸의 작은 목소리를 놓치지 않고 유로 백작이 레티시아를 혼냈다. 그제야 레티시아는 목검을 대충 휘두르던 것을 그만두고 피오네 쪽으로 시선을 돌렸다.

검술 훈련을 받게 된 지 6일째.

몸이 약했던 피오네가 드물게 컨디션이 좋았는지, 레티시아의 검술 훈련을 참관하고 있었다.

피오네가 "보고 싶다!"라며 떼를 썼고, 유로 백작이 위험하다는 이유로 반대하려 했지만 레티시아가 오히려 그를 설득했다. 별장에만 갇혀 지내는 것보다 바람을 쐬는 게 더 좋을 거라고.

공녀님이 검을 휘두르면 멋있을 텐데. 그렇게 생각했던 피오네의 기대는 폭삭 가라앉았고, 애초에 기대도 없었던 유로 백작은 속이 타 죽을 지경이었다.

"예의는 바른데, 왜 제대로 하지 않는 거냐?"

"실력도 없는데 예의도 없으면 최악이잖아요."

"필립, 그 개망나니처럼?"

그렇게 말한 유로 백작은 저도 모르게 피식 웃고 말았다.

공녀는 무심하고 관조적인 태도를 보이면서도 필립을 평가할 때만큼은 진심이었다. 어쩌면 멍청한 오라비처럼 되지 말자는 좌우명을 가졌는지도 몰랐다.

"말로만 예의를 갖추면 뭐 해. 모처럼 제대로 가르치려는데, 제대로 따라 하는 게 하나도 없어!"

"제 실력이 미진해서 그래요. 죄송합니다, 백작님."

"사과는 곧 죽어도 잘해! 더럽게 말 안 듣길래, 자존심 세우나 싶었는데 그것도 아니고……. 도대체 이러는 이유가 뭐냐?"

"저도 잘하고 싶은데, 워낙 실력이 없어서 고민 중이에요."

아니, 거짓말할 거면 의욕 좀 갖추라고!

유로 백작은 영혼 없이 말하는 레티시아를 보며 가슴을 쳐 댔다. 그가 금쪽같이 여기던 검은 이미 바닥에 내려 둔 지 오래였다.

실력이 없으면 없는 대로 노력하는 모습이라도 보여야 하는데, 너무 아끼는 게 아닌가.

"염전보다 더 짜겠다! 그렇게 노력과 기력 아껴서 뭐 할래?"

"공녀……잖아요?"

"말이 공녀지! 이대로 자라면 뭐가 되겠어? 백수밖에 더 돼? 그렇다고 자수를 놓는 데 진심인 것도 아니고. 피오네에게는 결혼도 하기 싫다고 했다며."

"그거야, 백작님의 따님이 계속 누구와 결혼할 거냐고 물어오니까 그런 거죠."

피오네가 귀를 쫑긋 세웠다. 레티시아는 무심한 얼굴로 소녀를 훑고는 다시 유로 백작에게 고개를 돌렸다.

6일 내내, 아침부터 밤까지 가르치던 유로 백작이 목에 핏대를 세우며 물었다.

"인정받고 싶다는 생각이 조금도 없어?"

"……."

"이젠 대답도 안 하네. 인정받고 싶잖아. 사람이라면 그래. 잘하고 싶고, 칭찬 듣고 싶고, 가치를 입증하고 싶잖아."

"노력하면 그게 될까요?"

별안간 레티시아가 물었다. 웃음기 없는 건조한 눈동자가 유로 백작을 향했다.

"죽으라고 노력하면 인정받을 수 있나요? 뼈를 깎고, 살을 파면서까지 노력했는데……."

그래도 인정받지 못하면요? 아니. 후계자가 되어 인정을 받았다고 생각했는데.

그 끝이 버려지는 거였다면.

사람들이 던진 돌을 맞으며 화형대에 매달려 죽을 줄 알았다면…….

그래도 내가 노력해야 했어요? 스승님의 말처럼 그렇게 처절하게 노력하면, 제가 원하는 걸 얻을 수 있나요?

레티시아는 그리 묻고 싶었지만, 유로 백작에게 물을 수 없었다. 그저 고개를 숙인 채 입술을 꾹 깨물었다.

한때는 그랬다. 눈물이 날 만큼 힘들어서 내려놓고 싶었지만 버텼다. 심장이 터질 듯이 가쁘게 뛰어서 쉬고 싶어도 검을 놓지 않았다. 손에서 책을 놓은 적도 없었다. 귀족 가계도를 외웠고, 내게 사생아라며 비웃는 귀족들과 웃으며 얼굴을 마주해야 했다.

그게 '마네르'의 레티시아가 해야 할 일이었으니까.

"저는 노력할 줄 몰라요. 하고 싶지도 않아요."

차라리 모든 걸 잊고 다른 곳에서 눈을 떴다면 다시 시작했을지도 모르지.

죽도록 했던 노력 때문에 피오네가 죽게 되었는데. 스승님에게 칭찬 받고 싶어서 미친 듯이 연습했던 검. 그 검으로도 내 한 몸 지키지 못했 는데.

레티시아는 고개를 저으며 손에 쥔 목검을 내려놓았다.

툭.

바닥으로 떨어진 목검이 유로 백작의 발치로 굴러갔다.

레티시아는 유로 백작이 등을 돌릴 거라고 생각했다. 어차피 남은 기 간은 하루. 하루 더 일찍 포기한다고 해서 없던 재능이 꽃피우는 것도 아니었다.

유로 백작도 그걸 아니까 내일이 되기 전에 포기할 것이다. 그 후로는 가이안도 더는 검을 가르치란 말을 못 하겠지.

유로 백작은 발치에 떨어진 목검을 주워 들었다. 그리고 고개를 숙인 레티시아에게 다가가 그녀의 손을 붙잡으며 목검을 건넸다. 유로 백작이 레티시아가 목검을 잡을 때까지 기다리며 말했다.

"네겐 기회가 없었을 뿐이다, 레티시아 마네르."

"아……."

"검을 잡아라. 기회를 놓치지 마. 아무도 네게 가르쳐 주지 않으니, 내가 가르쳐 주겠다. 살아가는 방법도, 노력하는 방법도."

레티시아가 떨리는 손으로 목검을 꽉 쥐는 것을, 유로 백작은 놓치지 않았다.

"네가 누군지 보여 줘. 멍청한 오라비에게도, 네게 가치가 없다고 단 언했던 무정한 아비에게도."

여린 손등에 핏줄이 돋는 것을 보며 유로 백작의 눈동자에 어떠한 감 정이 스쳤다.

기대감.

감정이 가리키는 바는 하나였다.

레티시아는 목검을 쥔 채 입술을 꽉 깨물었다. 아직도 스승은 그녀의 손을 잡아 주고 있었다. 비록, 유로 백작은 자신의 스승이었단 사실을 기억 못 할지라도.

레티시아는 숙였던 고개를 들었다. 눈물로 얼룩진 눈동자에 형용할 수 없는 감정이 서렸다.

다시…….

내게 그런 기회가 올까. 노력해도 버림받지 않는, 그런 날이.

"마네르의 레티시아로 살고 싶지 않아요."

레티시아는 유로 백작의 손에서 잡힌 손을 빼내며 중얼거렸다. 격정이 사라진 고요한 눈동자가 스승을 바라보았다.

"제 가치는 제가 정해요, 백작님. 못난 오라비는 물론, 아버지도 함부로 판단하게 두지 않을 거니까."

"……무슨 뜻인지 알겠다. 난 네가 줄곧 후계자가 되고 싶어 한다고 생각했다."

"한때는……. 그런데 지금은 아니에요."

레티시아는 그렇게 말하며 목검을 유로 백작에게 건넸다.

"유로 가문의 검술을 배울 수 있다면 영광이겠죠. 하지만 제게는 그럴 자격이 없어요."

"스스로 가치를 정한다면서, 검술은 포기하겠다고?"

"기사가 될 생각도, 후계자가 될 생각도 없으니까요."

내가 원하는 건 정령술사가 되는 것.

눈을 떠서 보았던 얼음 조각이 '빙결'이라면 그 힘으로 가문에서 탈출할 생각이었다.

"그러니 스승님의 검술. 제가 아닌 다른 사람에게 가르쳐 주세요."

* * *

유로 백작은 외진 곳에 있던 연무장을 벗어나 작은 카페테리아로 향했다. 그를 알아본 기사들이 일제히 고개를 숙이며 인사했지만, 평소와 다르게 받아 주지 않았다.

"스승님이라고……."

했었지. 자신을 놀리려는 건지, 공녀는 입버릇처럼 스승님이라고 불렀다.

"하아, 대체 뭐지? 장난치는 것처럼 안 보였는데."

유로 백작은 신경질적으로 머리를 쓸다가 기사가 눈치껏 건네주는 수통을 받아 입 안으로 들이부었다. 기사의 얼굴도 보지 않고 빈 수통을 내밀고는 다시 연무장으로 걷기 시작했다.

"뭐가 뭔지 하나도 모르겠네, 젠장!"

평소에는 답답하거나 짜증이 날 때면 말을 타고 달리곤 했다. 그런데 공녀를 가르치는 상황이니 자리를 오래 비울 수도 없었다. 그리고 자꾸만 쥐새끼처럼 힐끔거리는 필립 때문에 더 신경이 쓰였다.

안 보이는 줄 알고 수풀 뒤에 숨은 거겠지만, 레티시아가 어떤 수업을 받는지 관음 중이었다. 이따금 피오네를 몰래 쳐다볼 때면 기분이 더러웠다. 공작의 아들이 아니었으면, 진작 죽사발을 내 줬으리라.

"그냥 물어보자. 도대체 왜 나를 스승이라고 부르는 건지. 그런 주제에 검술은 또 왜 배우기 싫다는 건지!"

연무장으로 돌아가는 유로 백작의 발걸음이 다급해졌다. 성격 급한 백작은 갑갑하게 죄던 목깃을 확 풀어 버렸다. 그대로 연무장으로 돌아가려는 백작을 세운 건, 부관의 부름이었다.

"단장님! 어딜 그리 급히 가십니까? 잠깐이라도 좋으니 이것만 결재해 주시고……."

"아, 뭐야. 급한 거냐?"

"급한 건 아니었는데, 거의 일주일씩이나 자리를 비우시니 급해졌죠."

유로 백작은 눈대중으로 서류를 슥 훑었다. 별로 중요한 것도 아니었다.

"네르바드 연회에 데려갈 병사가……. 너 미쳤냐? 정예 기사 50명?"

"녹 기사단장님이 그러라고 하셨는데, 왜 저보고 그러세요!"

"그놈은 대성녀를 믿다가 신실한 것을 넘어 종교에 미친 놈이라고! 악마 가문은 씨를 말려야 한다고 생각하는 놈 말을 곧이곧대로 따라?"

이 정도 병력이면 네르바드 가문과 전쟁하자고 선전포고하는 거나 다름없었다. 일반적으론 기사 열 명 정도가 적당했지만, 연회 장소가 네르바드다 보니 열다섯 명 정도면 충분할 것이다.

유로 백작은 기사를 사납게 노려보다가 서류를 빼앗아 숫자를 확 그어 버렸다.

"15명. 결재 끝. 머리가 근육으로 꽉 찼지? 우리 좀, 사리 분별은 하고 살자."

유로 백작은 결재를 끝마치고 부관에게 서류를 던지곤 몸을 돌렸다. 그때 그의 귓가에 부관의 불만 섞인 투정이 들려왔다.

"단장님이 자리를 오래 비우셨잖습니까? 별 재능도 없는 계집, 가르친다 뭐다 하면서."

꽈악.

그 순간 유로 백작은 바로 기사의 멱살을 잡아 들어 올렸다. 서릿발 같은 눈동자가 기사를 잡아먹을 듯이 내려다보았다.

"건방 떨지 마라. 네 본분을 지켜."

"아, 알, 알겠습니다."

탁!

숨을 제대로 쉴 수 없어 끅끅거리는 기사의 멱살을 유로 백작이 던지듯 놔주었다. 하지만 엄중한 경고는 그대로였다.

"감히, 공녀를 모욕하는 말을 더 했다간, 넌 옷을 벗기 전에 땅에 묻히게 될 거다. 쥐도 새도 없이 사라지거나."

"며, 명심하겠습니다."

"훨씬 나아."

유로 백작은 한심한 얼굴로 부관을 훑다가 사납게 말했다.

"예……?"

"너 새끼보단 낫다고, 그 공녀가."

날것의 금속을 보는 듯한 그 눈동자. 그런 눈은 만들어 낼 수도, 꾸며 낼 수도 없었다.

유로 백작은 구겨진 서류를 감흥 없는 얼굴로 내려다보았다.

네르바드 연회가 곧.

거기서 어떤 사고가 터질지 모르니, 공작과 그의 혈육을 지키기 위해 연회에 참석해야 했다. 재수 없는 필립 마네르를 지켜야 하는 건, 유로 백작으로서도 큰 스트레스였다.

하지만.

'대신, 아버지에게 드릴 청이 있어요.'

5일 전.

공작의 집무실에서 레티시아는 가이안에게 한 가지 조건을 걸었다. 유로 백작에게서 검술 수업을 받는 대가로.

'곧 있을 네르바드 연회. 그곳에 저를 데려가 주세요.'

'내가 왜 적자인 필립을 두고 널 데려가야 하지? 납득할 이유를 댄다면 몰라도.'

'아버지께서 필립 대신 저를 후계자로 생각하시니까요.'

레티시아는 두 손을 쥔 채 무표정한 얼굴로 다음 말을 이었다.

'그 연회에 참석하는 건 필립 마네르가 아니라 저, 레티시아 마네르예요.'

연회에 참석하는 건, 가이안 공작과 그의 딸인 레티시아 마네르였다.

* * *

"살, 살려 줘……!"

피오네는 땅바닥에 주저앉은 채 벌벌 떨었다.

그녀의 앞에는 커다란 늑대가 이를 드러내며 서서히 다가오고 있었다. 무슨 일이 생겼는지 되짚을 여유도 없었지만, 한 가지는 기억했다.

연무장에 홀로 서 있던 레티시아에게 시원한 음료라도 갖다 주고 싶어서, 피오네는 몰래 자리를 비웠다. 잘 쓰이지 않는 외성의 연무장이었기에 작은 테이블과 의자 세 개가 놓인 곳에서 벗어나 본성으로 향하던 길이었다.

부스럭거리는 소리가 나더니 필립이 피오네의 앞을 가로막았다. 그러고는 자꾸 줄 게 있다고 후원으로 따라오라며 손짓했다. 피오네는 망설였지만 필립이 권위를 내세우며 윽박지르자, 겁에 질린 채로 따라갈 수밖에 없었다.

필립은 가던 중에 걸음을 멈추고 피오네의 옷에 정체를 알 수 없는 가루를 뿌려 댔다. 피오네는 그게 뭔지도 모른 채 기분 나쁜 가루를 맞았지만, 왜 그런 걸 뿌리냐고 따지지도 못했다.

이윽고 도착한 후원에서 피오네가 마주한 건 거대한 늑대였다. 회갈색 몸체를 가진 늑대가 며칠이나 굶었는지 침을 질질 흘린 채 홀로 있었다. 그제야 피오네는 상황을 깨닫고 뒤를 돌아보았다. 필립은 창백한 안색의 하인 몇 명과 함께 도망치고 있었다.

'멍청한 년! 꼴좋다! 원망하라면 네년 애비를 원망하든가! 아하하.'

필립은 늑대를 두려운 눈으로 쳐다보면서도, 겁에 질려 옴짝달싹 못하는 피오네를 보며 비웃었다.

홀로 남게 된 피오네는 뒷걸음질 쳤다. 너른 후원에는 그 흔한 나무 한 그루도 보이지 않았고 전부 수풀뿐이었다.

철컹!

다행히 늑대는 땅에 박힌 말뚝에 묶여 있었다. 하지만 녹이 슨 철쇄는 금방이라도 뚝, 끊길 것만 같았다.

"아, 아빠……."

울먹거렸지만, 그녀를 도와줄 사람은 이곳에 없었다.

레티시아는 연무장에서 잠시 쉬고 있을 테고, 유로 백작은 자리를 비워 딸이 어디로 갔는지 모를 것이다. 피오네는 하얗게 질린 얼굴로 금방이라도 달려들 것 같은 늑대를 쳐다보았다. 머릿속이 얼어붙어 제대로 된 생각이 떠오르지 않았다.

철컥, 철컥!

굶주린 늑대가 목에 뻣뻣하게 힘을 주며 앞발을 끌었다. 우지끈, 하며 말뚝이 부서지는 소리에 피오네는 숨을 멈췄다.

죽을 것이다. 죽고 말 것이다. 공포에 질린 소녀의 눈에서 눈물방울이 번졌다.

그때였다.

바람을 스치고 날아든 무언가가 늑대의 옆구리에 박혀 들었다. 무늬 없는 단검이었다.

"깽!"

늑대가 비명을 토해 내며 울부짖자 피오네는 눈을 감고 더 몸을 움츠렸다. 아무 일이 일어나지 않자 피오네는 조심스레 눈을 떴다. 그녀의 앞을 가로막은 사람이 있었다. 레티시아였다.

"피오네, 뒤로 빠져나가서 어른들을 불러와."

늑대를 자극하지 않으려는지, 레티시아가 입술만 움직여 말을 뱉었다.

"공, 공녀님!"

"쉿. 큰 소리 내지 마. 가서 유로 백작을⋯⋯!"

말을 이으려던 레티시아가 침음을 삼켰다. 비틀거리던 늑대가 다시 몸을 일으켰다.

"크릉, 크르릉!"

단검에 독을 바른 것도, 단검이 늑대의 몸속에 깊숙이 파고든 것도 아니었다. 상처를 입긴 했지만 열한 살과 아홉 살짜리 두 소녀를 잡아먹는 건 일도 아니었다.

레티시아는 시선은 앞으로 한 채 손을 뒤로 뻗어 피오네의 팔을 잡았다. 그리고 늑대가 완전히 기력을 찾을 때까지 조용히 움직였다.

슥.

하지만 늑대의 시야에서 벗어날 순 없었다. 상대는 마네르의 회색 늑대. 윈터의 하얀 늑대를 개량시켜 몸집은 더 컸지만, 민첩성은 떨어졌다. 하지만 그 사실도 레티시아에게는 별 도움이 되지 못했다.

'호위라도 있었다면⋯⋯!'

그랬다면 버텼을지 모르나, 레티시아는 저보다 어린아이를 지켜야 하는 처지였다.

"크르릉!"

이윽고 회색 늑대가 거대한 몸집을 일으켜 레티시아에게 달려들었다. 레티시아에게는 기회가 있었다. 살 기회와 목숨을 던질 기회.

세 번째 선택의 순간, 레티시아는 주저 없이 결정을 내렸다.

살려면 피오네를 버리고 가야 했다. 발톱에 긁혀 상처를 입더라도 제 목숨은 부지할 수 있으리라. 하지만.

"눈 감지 마, 피오네."

레티시아는 그렇게 말하며 아무것도 쥐지 않은 팔을 늑대에게 뻗었다. 숨을 깊게 들이켜고는 기운을 다스리자 손끝에 새하얀 안개가 돌기 시작했다.

'팔 한쪽은 내놓아야 피오네가 살아. 그 틈을 타서 도망치게 한다면……'

콰득!

붉은 피가 튀며 살과 근육이 씹히는 소름 끼치는 소리가 들렸다. 피오네의 멈춘 눈동자 앞으로 붉은 핏자국이 흩뿌려졌다. 레티시아의 것이었다.

"흐읏, 훗……!"

피오네는 창백한 얼굴로 흐느꼈다. 그녀 또한 유로 가문의 일원이었고, 유로 백작가는 공작가를 지키는 검이기를 자처했었다.

"검, 배우고 싶댔지?"

레티시아는 피오네가 이전에 했던 말을 그대로 읊었다. 그녀도 이미 알고 있었다. 어째서 피오네가 끈 떨어진 사생아 공녀의 뒤를 졸졸 따라다녔는지.

피오네 유로는 기사가 되고 싶었다. 하지만 몸이 약해 꿈도 꾸지 못했고, 입양된 오라버니가 아버지를 따라 기사가 되는 것을 먼발치에서 바라만 봐야 했다.

"내가 가르쳐 줄게. 그러니까……."

레티시아는 고통에 얼굴을 찡그리면서도 피오네를 돌아보았다.

"너도 기사가 될 수 있어, 피오네. 공작저로 돌아가면 가르쳐 줄 테니 지금은……!"

그때였다.

퍽! 하는 소리와 함께 폭발한 늑대의 살점이 깨진 조각처럼 튀었다. 뚝, 뚝. 레티시아의 손끝으로 피와 얼음 조각이 섞여 흘러내렸다. 늑대가 삼켰던 팔에는 파란 얼음 조각들이 갑옷처럼 둘려 있었다.

"고, 공녀님 팔에 얼음이……!"

피오네가 놀라 소리쳤다. 레티시아는 담담한 얼굴로 제 팔을 훑으며 말했다.

"할 수 있겠지, 피오네."

"……."

"필립과 맞서는 거."

레티시아는 말하며 멀지 않은 곳을 바라보았다. 서늘한 눈동자가 후원 입구에서 뒷걸음질 치는 필립을 향했다.

"못한다고 해도 상관없어. 내가 가르쳐 줄 테니까."

그 말을 끝으로 레티시아는 숨을 거둔 늑대를 무미건조한 눈으로 내려다보았다. 피오네는 숨을 삼킨 채 레티시아를 올려다보았다. 곧이어 새파랗게 질린 입술이 떨리는 음성을 뱉어 냈다.

"될게요……. 피오네, 제일가는 기사가 되고 싶어요. 공, 녀님을 지킬 수 있는."

자신을 위해 기사가 되겠다는 말에도 레티시아는 대답하지 않았다. 피오네를 믿지 못해서가 아니었다. 희생을 바탕으로 한 헌신을 받고 싶지 않았다.

"아니. 내가 아닌 널 위한 기사가 되면 돼, 피오네."

차가운 목소리와는 다르게 진심이 담겨 있었다. 둔감한 피오네도 이 순간만큼은 알아차렸다.

눈물로 얼룩졌던 소녀의 눈동자에 선명한 빛이 스며들었다. 피오네는 손등으로 거칠게 눈가를 문지르고는 레티시아를 똑바로 올려다보았다.

"지킬 사람이 있어야 진정한 기사가 된다고, 아버지가 피오네에게 그랬어요."

"누군가를 믿고 따르는 건 좋아. 하지만 그 상대가 내가 되면……."

넌 다시 위험에 처하겠지. 레티시아는 뒷말을 삼키고는 먼저 몸을 돌렸다.

"복잡한 건 됐고, 일단은 건강해져. 그러면 돼."

피오네의 손을 잡아 일으켜 주지도, 그녀에게 괜찮냐는 따뜻한 말 한

마디도 없었다.

"스승님에겐 비밀로 해 줘. 하인들이 입을 놀리기 전까진."

그 말을 끝으로, 레티시아는 피오네가 다치지 않았다는 것을 확인하고서 떠났다. 피오네는 멀어져 가는 공녀의 모습을 지켜보다가 맹세하듯 말했다.

"피오네 유로, 공녀님만을 위한 기사가 되고 말 거예요……!"

안전하고 따뜻한 온실 속에서만 지내던 피오네에게 낯선 감정들이 몰아닥쳤다.

긴장과 설렘. 두려움.

그리고 분노.

피오네는 일그러진 눈동자로 필립이 있던 곳을 주시했다. 누구로부터 공녀를 지켜야 할지, 피오네의 뇌리에 확실하게 새겨졌다.

* * *

다음 날 아침, 레티시아는 피곤한 눈가를 문질렀다. 어제저녁에 있었던 일 때문에 몸이 모래주머니를 매단 것처럼 무거웠다.

하녀가 준비한 세숫대야에 붕대를 감지 않은 한쪽 손을 담그고, 미지근한 물로 얼굴을 씻어 내렸다. 방 한편에 있던 낡은 전신 거울에 유독 피곤해 보이는 소녀의 얼굴이 비쳤다.

'어제 처음으로 능력을 제대로 썼어. 완벽히 컨트롤하려면 시간이 더 필요하겠지만.'

그 탓에 몸이 피로를 호소했다. 모든 마법에는 대가가 있다고 했으니, 자신이 쓴 능력에도 대가가 필요한 것이리라. 그렇게 생각하면 몸이 축 늘어지는 것도 이해가 갔다.

레티시아는 아무도 없는 방에서 느긋한 휴식을 즐겼다. 복잡한 머리를 비우고, 테이블 위에 올려진 따뜻한 차를 한 모금 마셨다. 반만 쳐 놓은 커튼 사이로, 눈부신 아침 햇살이 스며들어 눈가를 간지럽혔다.

"가야 할 시간인데."

연무장으로 가야 할 시간임을 깨달았지만, 레티시아는 낡은 의자에 몸을 기대는 것을 택했다. 어차피 수업은 어제로 끝이었다. 오늘까지 검술을 봐준다고 했지만, 유로 백작도 이미 포기했으리라.

'어제 일을 스승님도 알게 되었으려나……'

피오네에게 어제 일을 함구해 달라고 부탁했으니 비밀로 했을 테고, 문제는 필립과 하인들 쪽이었다.

하인이 입을 놀렸다면 기사들이 찾아올 만도 한데 아무런 일도 없었다. 그렇지만 필립이 가이안에게 조르르 달려가 어제 일을 말했을지 아닐지는, 레티시아도 확신이 가지 않았다.

그렇게 오후 4시가 될 때까지 그녀의 방을 찾는 사람은 없었다. 전담 하녀인 카라와 몇몇을 제외하고서.

레티시아는 철제 서랍 안에서 작은 돌 두 개를 꺼냈다.

하나는 윈터의 아이들이 가지고 논다는 시원한 장난감.

다른 하나는 정체 모를 대사제가 준 정령석이었다.

새까만 정령석은 빛을 잃어 흑요석처럼 보였다. 한때 백색으로 빛났다는데, 그 모습이 어땠을지 쉽게 그려지진 않았다.

레티시아가 정령석을 만지작거릴 때였다. 똑똑, 단정한 노크 소리가 들려왔다.

"들어와."

노크하는 건 전담 하녀인 카라뿐이고, 다른 하녀들을 조용히 따라 들어오는 편이었다. 그 외에 여기 올 사람이라고 해 봤자, 요새 부쩍 신나 보이는 글란츠와 여전히 죄인처럼 숨죽여 지내는 호위, 파베르가 다였다.

달칵.

들어오란 소리를 들었는지 낡은 문이 뻣뻣하게 열렸다. 그게 답답했는지 문을 벌컥 연 사람이 성큼성큼 안으로 들어섰다. 그 소리에 정령석을 내려다보던 레티시아가 고개를 들었다. 거친 말을 내뱉으려던 입술이 약간 벌어졌다.

"공녀."

상대는 유로 백작이었다. 그가 화가 난 얼굴로 피오네의 손을 붙잡고 걸어왔다. 피오네는 훌쩍이며 울고 있었고, 유로 백작은 딸의 손을 잡은 채 레티시아 쪽으로 다가왔다.

두 사람을 여기서 보리라곤 생각지 못했기에 레티시아는 당황했다. 마땅한 대답을 고르기도 전에 유로 백작의 입이 먼저 열렸다.

"할 말이 있어서 이렇게 급히 찾아왔다. 무례를 용서해다오."

레티시아는 이유를 묻는 대신 잠자코 고개를 끄덕였다. 짐작 가는 것이 있었지만, 유로 백작에게 대놓고 묻진 않았다.

'혹시 오해하는 걸까. 필립이 늑대를 푼 건데, 내가 그런 거라고.'

그럴 가능성도 농후했다. 가해자였던 필립과 하인들이 목격자 행세를 했다면. 그때는 아무도 레티시아의 말을 믿어 주지 않으리라. 피오네가 진실을 말해 준다면 몰라도.

'또…….'

또다시 하지도 않은 일로 누명을 써야 하는 건가. 정령석을 쥐던 레티시아의 손이 잘게 떨릴 때였다.

"고맙다. 내 딸의 목숨을 구해 줘서."

유로 백작이 그렇게 말하며 고개를 숙여 왔다. 그런 아버지를 빤히 보던 피오네도 유로 백작을 따라서 고개를 숙였다.

"고마워요, 공녀님. 피오네 목숨을 구해 줘서."

두 사람의 인사에 레티시아는 놀라 눈을 크게 떴다.

네가 위험에 처하게 했다고, 네 탓이라고 비난을 들을 준비만 했었지, 이렇게 고맙단 인사를 들을 거라곤 생각하지 못했다.

"공녀도 놀랐을 테니 며칠 뒤에 찾으려 했는데, 피오네가 하도 성화여서……. 팔은 좀 괜찮나?"

"미안해요, 공녀님. 피오네 때문에 다치셨죠."

레티시아는 말을 잊은 사람처럼 눈만 깜빡였다.

그제야 두 사람의 시선이 붕대에 감긴 공녀의 팔로 향했다. 얼핏 봐도 꼼꼼히 치료된 모습에 유로 백작과 피오네가 동시에 한숨을 내쉬었다.

레티시아는 유로 백작과 피오네를 번갈아 쳐다보다가 자신의 팔로 시선을 내렸다. 어제 다쳤던 팔은 글란츠가 이미 치료해 둔 뒤였다. 늑대에게 물렸단 말에도 글란츠는 쉽게 믿지 못했지만.

'늑대에게 물렸는데 손이 이렇게 멀쩡합니까? 날카로운 이빨에 스쳐 피부가 찢긴 것 말고는, 근육과 뼈도 너무 멀쩡한데…….'

오히려 농담이냐고 웃다가, 레티시아의 싸늘한 시선에 입을 다물어야 했다.

레티시아가 정신을 차린 건 유로 백작의 엄한 목소리 때문이었다.

"피오네, 약 건네야지."

"아, 응. 공녀님, 이거……. 수도에서 제일 귀한 약이래요. 이거 바르시면 빨리 나으실 거예요!"

"그럴 필요까진 없었는데."

레티시아의 말에 피오네의 얼굴이 어두워졌다. 낙담한 딸을 흘끗 보던 유로 백작이 아쉬운 얼굴로 레티시아를 바라보았다.

"아, 음. 고마워."

뒤늦게 레티시아가 고맙단 인사를 하자 피오네의 얼굴이 환하게 밝아졌다. 조마조마해하던 유로 백작도 부드러운 미소를 지었다. 두 사람의 웃는 모습에 레티시아는 정령석을 테이블 위에 놓고서 자신의 가슴께로 손을 가져갔다.

얼어붙었던 심장에 따뜻한 온기가 화악 퍼지는 기분이었다. 봄바람이 살랑이듯 간질거리는 기분이어서 레티시아는 고개를 숙였다.

누구에게도 이 감정을 들키면 안 될 것 같았다. 행복함을 느끼면 그마저도 앗아 갈까 싶어서.

"고맙단 인사를 하러 왔다만, 아직 할 말이 더 남았어."

"네, 백작님."

"내 제자가 되어라."

"……아뇨. 아버지의 명령 때문이라면, 거절하겠습니다."

레티시아가 단호히 거절하자 유로 백작이 긴 한숨을 삼켰다. 피오네의 손을 잡지 않은 손으로 얼굴을 문지른 그가 붉어진 얼굴로 말했다.

"절 스승으로 삼아 주십시오, 레티시아 공녀님."

"전 공녀님의 총애를 받는 기사요!"

부녀가 뺨을 붉히며 하는 청에 레티시아는 팔짱을 끼더니 고개를 기울였다.

"저는 그럴 자격이 없어……."

"있어요! 제가 봤어요!"

피오네는 레티시아의 말을 싹둑 끊고는 부끄러운지 고개를 숙였다. 유로 백작이 레티시아를 걱정스럽게 보며 물었다.

"혹 몸이 안 좋아진 걸 핑계로 거절하는 것인지……!"

"아빠, 어서 가요! 공녀님이 쉬셔야 한대요!"

"잠깐만, 내 대답은 듣고 가야지. 백작님도요!"

당황한 레티시아가 자리에서 일어나 붙잡으려 했지만, 유로 백작은 피오네의 말을 듣고서 딸을 품에 확 안아 들었다.

"답은 승낙으로 듣도록 하지."

그리고 뒤도 돌아보지 않고 레티시아의 방을 떠났다. 홀로 남게 된 레티시아는 손을 뻗은 채 우두커니 서 있었다. 답을 한 적 없는데도, 유로 백작과 피오네. 두 사람은 멋대로 받아들였다.

아버지는 스승. 딸은 공녀를 위한 기사가 되겠노라고.

* * *

"회색 늑대 한 마리가 우리에서 탈출했습니다만, 얼마 못 가 사살되었습니다."

기사의 보고에 가이안은 서류에 서명하던 것을 멈췄다. 그리고 미간을 좁히며 물었다.

"대체 관리를 어떻게 하는 거지?"

"……죄송합니다. 외람되게도 필립 공자께서 관리인에게 열쇠를 빼앗아 열었다고 합니다."

"필립이 또?"

그렇게 묻는 공작의 표정은 험악하기 짝이 없었다. 화가 나다 못해 짜증이 치밀었다.

쾅!

화가 단단히 난 공작이 책상을 거세게 내려쳤다.

"저번에 유로 백작이 말했었지. 필립이 피오네가 잠든 침대에 독거미를 풀었다고."

"……외람되지만, 그렇습니다."

"이번에는 회색 늑대를 풀었고."

가이안도 어지간하면 적당히 넘어가려고 했다. 하지만 이번이 두 번째다. 아무리 공작 자신이 유로 백작의 주군이라고 하나, 지켜야 할 도리가 있는 법.

마네르 공작가를 위해 충성을 바친 백작의 얼굴을 어떻게 보겠는가.

실력도 뛰어난 데다, 주인을 위해 목숨을 걸 만한 기사를 찾는 건 흔치 않았다. 괜히 주인 가문이 가신과 가신의 식솔들까지 책임지는 게 아니었다.

오래전, 유로 가문은 마네르 공작가에 충성을 맹세했다. 가문과 가문끼리의 약속이고 오래전부터 이어 온 충성이라고 하나, 결국 사람 사이의 일이었다.

충성도 마음에서 비롯된 것.

계속해서 필립이 피오네를 위험에 처하게 한다면, 유로 백작이 공작가와 등지는 날이 오고야 말 것이다. 그렇게 되면 유로 가문 하나만 잃는 건 아니었다.

마네르 공작가의 무력을 담당했던 주축이 빠져나간다면, 공작가의 군기가 허물어지고 기사들도 흩어질 테니.

가이안은 자신이 실수했음을 깨달았다. 그가 처음부터 필립에게 따끔하게 경고했다면, 피오네에게 화풀이하려고 늑대를 푸는 일은 없었을 것이다.

"피오네는……. 크게 다쳤나?"

만약 그 자리에서 피오네가 죽었다면, 유로 백작은 가문의 인장을 버리러 왔을 터. 다시는 공작 당신에게 충성을 바치는 일은 없을 거라며. 하지만 아직 소식이 없는 걸 보니 피오네는 멀쩡한 모양이었다.

공작이 안도의 한숨을 내쉬는 것을 보고서 기사가 말했다.

"순찰하던 저희 쪽 기사가 후원에서 늑대 사체를 발견했습니다."

"유로 백작이 처치했나? 그에겐 그리 어려운 일도 아니지."

"아닙니다, 공작님."

"그러면? 그 자리에 다른 기사가 있었던가? 한 마리라고는 해도 윈터의 늑대를 개량시킨 종이니, 처리하는 게 쉽지 않았을 텐데."

"공녀님께서, 늑대를 처리하셨다고 합니다. 그렇게 들었습니다만······."

"말도 안 되는 소리로군. 레티시아에게 무슨 능력이 있어서? 이제 열한 살 된 계집아이가 검으로 늑대를 쓰러뜨렸겠나?"

"필립 공자님께서 그러셨습니다. 그를 따르던 하인 두 명도 같은 말을 했습니다만······."

"필립의 말을 믿나? 불똥이 튈까 봐 자네에게 거짓말한 거겠지."

녹 기사단장이 실수를 깨달았다는 듯 고개를 숙였다. 보고하면서도 석연치 않은 점이 있었다.

"늑대는 검에 의해 숨이 끊어진 게 아니었습니다. 사체 주변에 무늬 없는 단검이 있었지만, 늑대의 몸이 폭발한 것처럼 터져 있었습니다."

"레티시아가 마법이라도 부렸다고? 아주 어렸을 때, 교단에 데려가서 시험을 본 적이 있다. 그땐 어떤 이능도 없었지."

"······제 생각에도 필립 공자님께서 거짓말을 하시는 것 같습니다. 제대로 밝히지 못하여 죄송합니다, 공작님."

"됐다. 하나 있는 아들이 그 모양이니, 자네들도 고민이 많겠지."

공작은 그리 말하며 이를 악물었다. 필립만 떠올리면 화가 치솟았기 때문이었다. 이제는 결단을 내릴 때도 됐다. 더는 필립의 헛짓거리를 용납할 수 없었다.

"베릴 경."

"네, 공작님."

공작이 고개를 기울이며 명령을 내렸다.

"필립을 한 달간 근신에 처한다. 한 달간 물과 먹을 것만 주고 본관 밖으로 나오지 못하게 해."

"그리하셔도 괜찮을는지요?"

"그래야 자기 처지를 깨닫겠지. 또한, 필립을 가르쳤던 스승들도 돌려보내라. 자격 없는 놈에게 언제까지고 투자할 순 없는 법이니."

필립은 기사가 되고 싶다고 했으니, 적당한 기사를 데려다가 검술만 가르칠 생각이었다.

쓸모없는 잡초가 꽃까지 잡아먹기 전에 싹을 잘라 내야 한다. 그것이 가이안의 지론이었다.

"그리고 이것도 전해. 다시 한번 그따위 사고를 친다면, 가문에서 내쳐 버리겠다고."

공작가의 명부에서 이름을 지워 낼 거란 엄숙한 경고에 기사는 말없이 고개를 숙였다.

* * *

필립이 근신형을 받게 되었단 소식에도 레티시아는 썩 기쁘지 않았다. 저번의 경고로 한동안 모습을 드러내지 않던 필립이 또다시 레티시아를 찾았기 때문이었다. 그것도 하필 네르바드 연회에 참석하기 위해 떠나기로 한 전날에.

"네가 또 내 자리를 빼앗은 거지? 이 못된 녀……. 여자야!"

"내가 뭘."

씩씩거리는 필립에게 대충 대답하며 레티시아는 보고 있던 지도를 서랍 안으로 넣었다. 유로 백작에게 부탁해 구한 네르바드 저택의 지도였다.

지도를 받으면서 유로 백작에게는 비밀로 해 달라 부탁했고, 백작은 걱정하지 말라며 안심하란 말까지 덧붙였다. 피오네를 구해 준 은혜를 차차 갚을 거라나.

'오늘 안에 저택의 구조를 다 외워야 하는데.'

유로 백작도 쉽게 구할 순 없었는지, 전날 저녁이 되어서야 지도를 가져다주었다. 그래서 레티시아는 식사도 하는 둥 마는 둥 하며 연회장이 있는 저택 본관부터 외관, 창고와 감옥의 위치까지 외우는 중이었다. 하 필이면 가장 바쁠 때 필립이 들이닥친 것이다.

"네가 나 대신 연회에 가겠다고 했다며?"

"맞아. 그래서 어쩔 건데?"

"뭐, 뭐?!"

의자에서 일어난 레티시아는 필립에게 다가가 그의 코앞에서 걸음을 멈추었다.

"네가 아버지에게 잘 보였어야지. 네 처신이 멍청하고 우둔한 걸 왜 내 탓을 해?"

"야! 네 주제를 잊었냐? 사생아가 어딜 감히 다른 가문의 연회에 가?! 네가 나 대신 갈 거라고 입 털지 않았으면……!"

"결정권은 아버지에게 있어. 연회에 사생아를 데리고 갈지, 적자를 데 리고 갈지는. 몰랐니?"

냉정한 말에 필립은 할 말을 잃고 버벅거렸다. 레티시아는 자신에게 삿대질하는 필립의 손을 붙잡아 내렸다. 그리고 말했다.

"불만이 있거든 아버지에게 가서 말해. 나 같은 사생아는 버리고 널 데려가 달라고."

"그, 그런 게 가능했으면 내가 널 찾아왔겠나?"

"왜 불가능한데? 난 그렇게 했는데. 쓸모없는 너 대신 날 데려가 달라고."

"야! 이게 진짜! 너만 아니었어도 내가 갈 자리였어. 내가 다 말할 거야! 네가 악마와 계약해서 이상한 사술을 쓴다고!"

"말해. 당장 가서 말해 줘. 아니면 같이 갈까?"

"미, 미친……. 넌 미쳤어!"

"알고 있으니까 꺼져. 내가 또 미쳐서 널 얼음 조각으로 만들기 전에."

레티시아는 손을 뻗어 필립의 가슴팍을 꾹 눌렀다. 방에서 꺼지라는 뜻이었다.

"이 못된 계집! 네가 언제까지 그렇게 오만하게 구는지 두고 볼 거야! 네가 후계자가 되면 내가 성을 간다, 갈아!"

필립은 씩씩거리면서도 조용히 물러났다. 전에 레티시아가 했던 경고가 생각나 심한 욕도 하지 못했다. 그렇게 본전도 찾지 못하고 레티시아의 방을 나가더니, 일부러 문을 쾅! 하고 닫는 것도 잊지 않았다.

레티시아는 한숨을 내쉬며 다시 자리에 앉았다.

자기 전에 하녀가 들를 테니, 그 전에 네르바드 저택의 구조를 모두 외워야 했다.

* * *

"안색이 좋아 보이는구나."

다음 날 아침, 네르바드 후작저로 가는 마차 안에서 가이안이 말했다. 그의 맞은편에 앉았던 레티시아는 잠깐 침묵하다 고개를 끄덕였다.

"주치의 말로는 손을 다쳤다는데."

"별거 아니었어요. 목검을 잡는 게 서툴러서 그랬나 봐요. 치료를 잘 받아서 이젠 다 회복됐어요."

레티시아는 적당히 말했다. 가이안이 그녀의 말을 믿든 안 믿든 상관없었다.

공작과 레티시아가 탄 커다란 마차 뒤에는, 유로 백작과 피오네가 탄 마차가 따라오고 있었다. 사두마차가 적당한 속도로 달리는 가운데, 경장 차림의 기사들이 말을 탄 채 호위했다. 이 정도 속도라면 이틀 뒤 네르바드 저택에 도착할 수 있을 것이다.

조용히 창밖을 내다보던 가이안이 다시 침묵을 깼다.

"일라이 네르바드에 대해 들어본 적 있나? 네르바드 소후작이지."

"네, 아버지. 여러모로 유명하니까요."

"일라이가 차기 마탑주 후보로 꼽힌다더군. 마탑의 원로인 네르바드 후작과 윈터 백작이 반대할 테니 오르진 못하겠지만."

"그렇겠죠. 듣기론 그를 낳아 준 어머니를 죽이고, 대악마와 계약했다죠. 어떤 대악마와 계약했는지 몰라도."

"꽤 유명한 사건이었지. 소후작이 줄곧 후작에게 반항하다가 감옥에 갔다던데. 멍청하고 한심한 놈이야. 그런 놈이 마탑주가 될 리가 없지."

가이안의 냉소적인 평가에 레티시아는 표정 변화 없이 답했다.

"맞아요, 한심한 놈이죠. 마탑주도 되지 못하고 죽을걸요."

레티시아는 비소를 흘리면서 드레스 자락을 힘주어 잡았다. 아버지의 말은 틀렸다.

왜냐면…….

'어차피 마탑주가 되는 건 일라이니까.'

그때가 되면 가이안 공작도 일라이를 함부로 대하진 못할 것이다.

마탑주는 황제도 간섭할 수 없는 고유의 권한을 가졌고, 제국에 속해 충성을 바치는 귀족들과는 결을 달리했다. 귀족을 심판대에 올릴 수 있었고, 물증만 있어도 즉결 처분권을 쓸 수 있었다.

이전 생에서 모몬토 남작을 끔찍하게 죽인 것도 일라이였다.

그 뒤로 소아 성애자였던 귀족들이 줄줄이 발각되었고, 그들 모두 목이 잘려 처형당했다.

'거침없고 잔혹해서 제 아비 되는 사람도 무서워할 만해.'

아직 어린 아들을, 네르바드 후작이 두려워하는 이유가 있었다.

일라이는 다섯 살에 대악마와 계약했다.

후작은 아내를 제물로 바쳐 어린 아들의 몸에 대악마를 부르는 소환 의식을 준비했다.

제물로 바쳐진 일라이의 어머니는 아들을 위해 죽는 길을 택했다. 어린 아들이 대악마와 무사히 계약하려면 가장 가까운 혈육의 희생이 필요했기 때문이었다. 그것이 트라우마로 이어질지 모르고.

하지만 일라이가 악마에게 홀려 어머니를 죽였다는 이야기가 퍼졌다. 네르바드 후작이 의도한 그대로였다.

후작은 일라이의 의식을 통제하여 생체 병기로 쓰려 했지만, 그 시도는 실패로 돌아갔다. 소환은 성공하여 일라이는 대악마와 계약하고도 신체를 잃지 않았고, 온전한 정신을 유지했다.

그가 완벽히 살아남은 뒤로, 네르바드 후작은 언젠가 아들이 자신을 죽일 거라며 두려워했다. 그래서 근 몇 년간은 외부 활동을 줄이고 저택에 틀어박혔다. 대악마를 숭배하는 가문답지 않게, 대사제들을 불러 모아 후작 본인의 방에 결계까지 칠 정도였다.

네르바드도 북부의 윈터만큼이나 폐쇄적이어서 가문의 연회가 좀처럼 열리지 않는 편이었다. 반대로 후작과 일라이가 다른 가문의 연회에 참석한 적도 없었다.

오죽하면 황제가 윈터의 식량 문제를 논하려 네르바드 후작을 불러도 "친아들이 죽을 때까지 밖으로 나가지 못한다."고 했을 정도였다.

'제국에 충성을 바친 4대 가문의 가주란 자가, 비속 살해에 미쳐 있다니…… 이게 말이나 되오?'

프란츠 황제가 네르바드 후작은 미친놈이라며 치를 떨었던 것을, 가이안도 기억했다. 그랬던 네르바드 가문에서 연회가 열리니, 다른 가문의 호기심이 증폭될 수밖에 없었다. 공교롭게도 신성 가문인 마네르에도 네르바드 측이 초대장을 보내왔기에, 가이안은 직접 가기로 했다.

네르바드 후작이 연회를 개최했다는 건 둘 중 하나였다. 드디어 제정신을 차렸거나, 아니면 자기에게 위협적이던 아들을 붙잡는 데 성공했거나.

가이안이 첩자를 풀어 알아본 바로는, 일라이 네르바드는 감옥에 갇혀 있었다. 그것도 한 달이 넘는 기간 동안.

"네르바드가 숭배하는 건 여섯의 대악마라는 걸 알고 있겠지."

"네, 아버지. 저도 어렴풋하게는······."

"대악마에게 이름과 권능을 하사한 금빛의 마왕, 이블리스를 경외한다는 것도."

"어릴 때 들은 적이 있어요. 수백 년 동안, 네르바드의 가주들은 여섯의 대악마와 계약해 왔다고."

나태. 탐욕. 미색. 분노. 인색. 질투.

이것이 여섯 대악마의 이름이자 권능이었다.

마지막 '오만'을 포함하여 일곱 개의 죄악이라 불렸으며, 대성녀 힐데가르트가 경계하라 성서에 남겼을 정도였다. 일라이도 역대 네르바드 가주들처럼 여섯 대악마 중 하나와 계약했을 것이다.

하지만 네르바드 가주들 중, '오만'의 권능을 가진 마왕 이블리스와 계약한 자는 없었다고 한다. 끔찍한 대학살을 저질러도, 경이로운 선행을 보여도, 귀한 것을 바쳐도 이블리스는 소환에 응한 적이 없었다. 그래서 그를 두고 네르바드 가주들이 탄식했을 정도였다.

'오만이란 이름답게, 고고한 마왕.'

태초의 악마라는 고결함 때문인지, 여섯 대악마의 왕이어서 그런지 이블리스는 500년 동안 이 세계에 소환된 적이 없었다. 고서 『헤브론』에서 500년 전에 딱 한 번, 소환되었단 기록이 남아 있을 뿐.

'마지막 소환이 언제였지? 분명 대현자가······.'

레티시아가 상념에서 벗어난 건 가이안의 말 때문이었다.

"저택으로 가면 내 곁에서 떨어지지 마라. 어떤 더러운 일이 일어날지 모르는 곳이니."

"네, 아버지."

더러운 짓은 당신이 제일 잘 저지르는 것 아닌가?

레티시아는 조소를 참고 무표정한 얼굴로 창밖을 내다보았다.

* * *

"안쪽으로 모시겠습니다, 공작님. 공녀님은 저를 따라오시지요."

네르바드 저택에 도착한 건, 출발한 지 이틀이 지나서였다. 고급 숙소에서 눈을 붙였다지만 오랫동안 마차를 탔으니 피곤할 수밖에 없었다.

마차에서 내리기 전부터, 네르바드 저택의 입구에서 집사와 시녀장이 나와 공작가의 사람들을 기다렸다. 네르바드는 악마 가문이니 신성 가문을 배척할 거라 생각했는데, 그렇지 않았다.

의외의 환대에 레티시아는 '역시, 권력인가' 하고 생각하며 시녀장을 뒤따라 움직였다. 가이안은 집사의 안내를 받기 전, 잠깐 걸음을 멈추고는 레티시아를 불렀다.

"유로 백작과 떨어지지 마라."

"네, 아버지."

레티시아는 감흥 없는 얼굴로 답했다. 그 모습에 가이안이 한쪽 눈썹을 추켜 올렸지만, 별다른 말은 하지 않았다.

'가족이라 걱정하는 것이 아닐 텐데.'

필립이 후계자로 삼지 못할 만큼 하등품인 걸 깨달았으니, 그나마 있는 사생아 딸을 상등품으로 만들려는 것일 터.

겁도 없이 저택을 나다니다 다치게 되어 상품의 가치를 잃게 될까 봐 저리 말하는 것이었다.

"사고도 치지 말고."

말하면서도 가이안은 혹시나 하는 마음이었다.

'공녀님께서, 늑대를 처리하셨다고 합니다.'

은연중에 기사의 보고가 생각났지만, 그게 정말이라고는 생각하지 않는다. 하지만 지금의 레티시아는 몇 달 전과 확연히 달라서 불안하게 만드는 구석이 있었다.

"네, 아버지. 얌전히 지낼게요."

고분고분한 대답을 듣고 나서야, 가이안은 흡족한 듯 미소 지으며 몸을 돌렸다. 하지만 레티시아는 얌전히 있을 생각 따위 없었다.

다른 가문까지 와서 소란을 일으키는 건 싫었지만, 찾을 사람이 있었다.

네르바드 저택의 지도를 통째로 외웠던 이유가.

* * *

"시간이 늦었으니 이만 자고, 내일 보도록 하지. 피오네도 공녀님에게 인사하렴."

"안녕히 주무세요, 공녀님."

피오네는 유로 백작을 따라 고개를 숙였다.

두 사람이 나간 뒤, 레티시아는 홀로 낯선 방 안을 둘러보았다.

배정받은 곳은 본관의 4층에서 마지막 방이었다. 유로 백작과 피오네는 레티시아 옆방에 같이 머물렀으니, 위급 상황 시 언제든 달려올 수 있었다. 3층에 네르바드 후작이 머무는 것을 생각하면 파격적인 대우였다. 다른 귀족들은 외관에 머물렀지만, 네르바드 후작이 공작가를 특별 대우한 것이다.

레티시아는 새벽이 될 때까지 기다렸다가 드레스에서 하녀복으로 갈아입었다. 그 위에 두꺼운 케이프를 걸치고는 방 밖으로 나왔다. 후작가의 하녀복은 발이 넓은 글란츠에게 부탁해 구한 것이었다.

끼익.

문 근처에서 대기 중이던 파베르가 졸린 눈으로 그녀를 보며 물었다.

"공녀님……? 이 밤중에 어딜 가시려고요. 게다가 하녀복은 왜……."

"목소리 낮춰, 파베르 경."

"네, 알겠습니다. 그나저나 어디를 가시려고…….."

"갈 데가 있으니 따라와. 글란츠가 준 건 잘 챙겨 왔겠지?"

"그럼요. 몇 번이나 신신당부하셨으니까요. 글란츠가 빠짐없이 물건을 준비해서 제게 건넸습니다."

"잘했어. 검문에 무사히 넘어간 것도 파베르 경 덕분이야."

"아무것도 아니었습니다. 수상한 약병이라고, 처음에는 의심하더니 제가 기침 몇 번 하고 약을 그대로 마시니까 넘어가 주던데요. 뭔진 몰라도 꽤 기분 나쁜 단맛이었지만요."

파베르는 기분 나쁠 정도로 끈적이던 갈색 액체를 떠올리며 몸을 떨었다. 아마도 수면제 종류일 게 뻔하지만, 그 때문인지 저택에 도착하기 전 각성제를 들이부었다. 그 덕택에 파베르는 시시때때로 졸리다가, 또 잠이 깨는 기현상을 겪고 있었다.

"다른 약도 챙겼겠지? 수면제 말고도."

"네. 가장 중요한 약이라고, 글란츠가 크리스털 병에 따로 넣어 줬습니다. 구하기가 정말 어려웠다더군요. 아, 명령하신 대로 갓 구운 빵과 시원한 우유도 준비했습니다."

"바구니 챙겨 둬. 이제 가자."

레티시아는 어디로 가는지 알려 주지도 않고 먼저 4층을 벗어났다.

케이프로 얼굴을 가리기에는 모자랐는지, 레티시아는 파베르에게서 로브를 건네받아 걸쳤다. 파베르는 자신이 걸칠 로브를 팔에 두르고는, 음식이 든 바구니를 들고 공녀를 뒤따랐다.

* * *

"쿨럭!"

흑발의 소년이 붉은 핏덩이를 뱉어 냈다. 입가를 타고 흐르는 선혈이 바닥으로 뚝, 뚝 떨어졌다.

며칠째 갇혔는지 모른다. 이곳이 저택의 감옥이란 것만 알았을 뿐, 시간 감각이 둔해진 탓이다.

바닥에 널브러진 채 두 팔은 족쇄에 묶여 있어 손끝을 움직이는 게 다였다. 너덜거리는 손에 손톱은 빠져서 군데군데 비어 있었고, 하얀 셔츠는 오래된 피로 변색되었다.

"흐아, 이렇게 고문한다고 계약했던 대악마가 사라지는 건 아닐 텐데. 이대로 숨 멎기 전에 후작님에게 가서 살려 달라 빌어!"

간수가 쇠로 된 펜치를 든 채 고개를 갸웃했다. 후작의 요구도 터무니없었다. 죽기 직전까지 몰아붙여서 더는 마력을 쓰지 못하게 만들라니.

일라이가 괴물 같은 회복력을 가졌다지만 마력을 쓰지 못하는 이상, 열네 살 도련님에 불과했다.

마력으로 신체를 회복할 수 있다 해도 제물이 있어야만 한다. 살아 있는 자를 죽이거나, 산 자의 수명을 멋대로 이용한다면 빠르게 회복할 것이다.

하지만 일라이의 두 손목을 옭아맨 족쇄는 일반적인 금속이 아니었다. 오래전, 마네르 가문과의 항쟁으로 얻어 낸 귀한 성유물이었다. 두 번째 문에서 얻어 낸 성유물이라나.

간수도 자세한 건 몰랐지만, '베르타의 침묵'이라 불리는 족쇄는 마법사가 마법을 쓰지 못하도록 마력을 억눌렀다. 일라이는 고개를 숙인 채 간수의 발치에 피 가래를 내뱉었다.

"그 개……새끼한텐 죽……어도 안 빌어."

일라이가 찢어진 입술로 읊조리자, 간수가 혀를 차더니 채찍을 휘둘렀다.

촤악!

입고 있던 까만 바지가 찢어지고 허벅지가 터져 붉은 피가 줄줄 흘렀다. 간수는 희멀건 얼굴로 웃었다.

"비명 한 번 안 지르는 거 보니, 독하구먼. 근데, 그건 알아야지. 이 저택에서 도련님을 구해 줄 사람은 아무도 없다는 거."

일라이는 검은 안대를 쓴 채 허탈한 웃음을 터뜨렸다.

그래, 그 말이 맞을 것이다.

어머니를 죽이고 대악마와 계약한 악마를 구해 줄 사람은 없으리라.

일라이는 감히 구원을 바라지 않았다. 그에게 허락되지 않는 유일한 일이었기 때문이었다.

"죽여, 그냥. 여, 기서 나가면 네, 놈부터 갈기갈기 찢, 을 테니까……."

땀과 피에 젖은 흑발이 엉망으로 흩어져 있었다. 일라이는 처연한 얼굴로 입술을 깨물었다.

"이 새끼가……!"

덜커덕!

지하 감옥의 문이 흔들리는 소리에 간수가 일라이에게 휘두르려던 채찍을 멈췄다. 문틈으로 시선을 돌린 간수가 헛것을 봤다는 듯 눈을 홉떴다. 어느새 감옥 문이 열려 있었다.

로브를 쓴 소녀가 그를 무미건조한 눈으로 보고 있었고, 그 뒤에는 덩치가 있는 남자가 검을 든 채 서 있었다.

"너, 너희들 뭐, 뭐야!"

"이교도라고 해 두지. 대악마를 숭배하는."

레티시아는 일부러 목소리를 깔며 대답하고는 손을 들었다.

하얗고 가녀린 손에는 어떠한 무기도 없었다. 행여 마탑에서 보낸 어린 마법사인가 싶어, 간수가 바짝 몸을 굳혔다.

"마법사가 대가 없이 마법을 쓰지 못한다는 건, 나도 알고 있지!"

"그런가?"

"쥐새끼 하나 없는 감옥에서 마법을 쓸 수나 있겠어? 계집, 네 옆에 있는 덩치를 제물로 바치려고?"

간수가 기선을 제압하려는 듯 으박질렀다. 레티시아는 고개만 살짝 돌려 로브를 쓴 호위를 쳐다보았다.

"저, 저를 제물로 쓰시려고요……?"

당황한 파베르가 레티시아를 보며 소곤거렸다. 언제부터 공녀가 마법을 썼는지 모르겠지만, 파베르는 레티시아 주변을 도는 시리고 맑은 기운에 몸을 떨었다.

"미안한데, 그딴 거 없어도 돼."

그 말을 끝으로 레티시아는 숨을 고르며 집중했다. 그리고 두 손을 뻗고서 제물 타령을 해대는 간수의 팔 쪽으로 시선을 내렸다.

"움직이지 마. 잘못 피하면 목이 잘릴……."

피슝!

레티시아가 말을 끝마치기도 전에 날카로운 얼음 화살이 간수의 팔에 박혔다. 그녀의 손에서 만들어진 얼음 화살이 살갗을 뚫고 근육을 벤 것이다.

"으아악!"

"이런, 이미 박혔네."

붉은 피가 확 튀며 간수의 몸이 고꾸라졌다. 그 틈을 타 파베르가 감옥의 문을 발로 찼고, 레티시아는 안으로 들어섰다.

"간수, 기절시켜."

"네, 마법사님."

파베르도 어느 정도 눈치는 있었기에 평소대로 공녀님이라 부르는 대신 마법사로 둘러댔다. 그는 목덜미를 쳐서 간수를 기절시키고는 긴 채찍으로 몸을 묶었다. 간수의 입을 벌려 수면제를 들이붓는 것도 잊지 않았다. 기절해서 제대로 삼키지 못했지만.

"이제 망봐."

레티시아는 파베르에게 명령을 내리고는 족쇄에 묶인 소년에게 다가갔다. 인기척에 놀랐는지 일라이는 몸을 움찔했다.

"안대부터 벗길게."

레티시아는 그리 말하고는 일라이의 두 눈을 가리던 안대를 풀어 주었다. 매듭이 워낙 꽉 묶여 있어 단검을 써야 했다.

서걱서걱.

천 조각이 잘리는 소리에 일라이가 숨을 들이켰다. 이윽고 그의 눈을 가리던 안대가 벗겨지며 흐릿한 시야에 사람의 형상이 잡혔다.

"……?"

오랫동안 압박되었던 탓인지, 눈앞의 사람이 뚜렷하게 보이지 않았다. 어둠에 익숙한 눈동자가 초점을 되찾는 데까진 시간이 필요했다.

일라이는 눈을 느릿하게 깜빡이다가 레티시아를 빤히 바라보았다. 창살 틈으로 스며든 달빛이 로브를 쓴 소녀의 얼굴을 비추고 있었다. 제대로 얼굴을 볼 수가 없어서, 일라이는 그 로브를 벗기고 싶다고 생각했다.

일라이는 단서를 찾으려는 사람처럼 레티시아의 모습을 빠짐없이 눈에 담았다. 새까만 감옥 안을 비추는 듯한 금빛 머리칼과 로브 안에 가려진 붉은 눈이 걱정과 연민을 담고 자신을 보고 있었다.

그런 눈은 일라이도 처음이었다. 어머니를 죽이고 대악마와 계약한 뒤로 사람들의 시선이 두려움과 경멸로 변했으니까.

"누, 구……."

일라이는 겨우 입술을 떼며 물었다. 고문을 받을 때마다 이를 악물고 비명을 참느라, 나오는 건 쉰 목소리가 다였다.

"난……."

레티시아는 상처투성이의 일라이를 보고 아무 말도 잇지 못했다. 붉은 눈동자가 일그러졌지만, 눈물은 고이지 않았다.

당신의 구원자.

그렇게 말하기에는 일라이는 이미 솜이 끄집어내진 인형처럼 만신창이인 데다, 다친 상황이었다. 레티시아는 화가 나 입술을 깨물었다. 그녀가 겪었던 일을 일라이도 겪고 있었다.

가장 사랑을 주어야 할 가족이 상처 주고 학대하는 일을 서슴지 않는다. 대악마의 계약자로 태어났다는 이유로 사람 취급조차 받지 못했으리라.

'공녀에게 안식이 닿기를.'

일라이가 했던 말을 레티시아는 결코 잊을 수 없었다. 모두가 그녀에게 죽으라며 손가락질할 때, 단 한 사람만은 안식을 빌어 주었다.

그런데 그런 사람이 이렇게 처참한 꼴로 있을 줄은 몰랐다. 레티시아는 덜덜 떨리는 손을 내뻗어 일라이의 목을 두 팔로 끌어안았다.

와락.

그녀의 품에 안기게 된 일라이의 숨이 멎었다. 레티시아에게서 나는 시원한 바람 향이 지친 그의 영혼을 달래 주는 것만 같았다.

"난 위선자야. 당신을 이용하러 온 나쁜 마법사지."

마법사는 아니었지만, 일라이를 이용하러 온 것은 맞았다.

일라이 네르바드가 금빛의 화살을 쏴서 지친 영혼에 안식을 안겨 주었던 걸, 레티시아는 잊을 수 없었다.

하지만 은혜를 갚으려는 의도만 있는 건 아니었다. 일라이는 마탑주가 될 사람. 그의 월등한 마력으로 비롯된 권력을 이용할 생각이었다. 정확히는, 레티시아 자신을 새장 속에 가둔 마네르를 벗어나기 위해서.

가문을 벗어나고도 권력자의 보호가 필요했기에 일라이를 구하러 온 것이었다.

"내가 너무 늦게 와 버렸어. 빨리 구해 주지 못해서 미안해……."

일라이는 레티시아의 품에 안긴 채 지친 두 눈을 감았다. 피와 눈물로 얼룩진 눈꺼풀을 닫으며 느릿한 숨을 들이켰다. 어쩐지 웃음이 새어 나왔다. 자신을 위선자라고 한, 낯선 소녀의 품이 따뜻했던 탓이다.

"……좋, 은 위선이네."

일라이는 레티시아의 어깨에 고개를 기댄 채 그렇게 중얼거렸다.

이제껏 자신이 구한 사람은 많았으나, 자신을 구하러 온 사람은 아무도 없었다.

일라이도 마냥 선의로 타인을 구한 것은 아니었다. 마탑주가 되기 위해선 많은 선행을 보여야 했고, 일라이는 자신을 철저하게 통제해 가며 제국과 마탑을 위해 헌신했다. 그 자신은 대악마와 계약해 악마라고 불리면서도, 몸을 바치고 피를 흘리면서까지 철저히 선을 증명해 왔다.

하지만 돌아오는 건 결국 이런 배신뿐이었다.

일라이는 마력이 불안정한 탓에 안정시켜 주는 치료제를 오래간 섭취해 왔다. 수년 동안 믿었던 수하가 안정제를 건넸고, 받아 마시고 난 후 눈을 뜨니 감옥 안이었다.

수차례 배신당했으면서도 이번만큼은 적응이 되지 않았다. 언제나처럼 빠져나갈 구멍을 만들어 뒀는데, 신성 가문의 성유물까지 가져와 제압할 줄은 몰랐다.

이렇게 무기력한 감정을 느낀 것도 처음이었다.

친부인 네르바드 후작을 증오할지언정 두려워한 적은 없었다. 무능력한 아비를 우습게 보았던 일라이였다.

한 달간 감옥에 갇혀 있자, 일라이는 서서히 정신이 붕괴하는 것을 느꼈다. 매일 밤 받은 고문 때문만은 아니었다. 검은 안대를 쓰고 있어 빛 한 점 볼 수 없었다. 두 손은 결박되었으며, 상급 성유물 베르타의 침묵 때문에 조금의 마력도 쓰지 못했다.

무력감. 탈진. 굴복감. 배신. 절망. 분노가 뒤섞여 일라이는 미쳐 가던 중이었다.

처음으로 죽고 싶다는 생각이 들었을 때. 금발에 붉은 눈을 가진 소녀가 그를 구해 주었다.

"이, 름……."

일라이는 찢어진 입술로 힘없이 중얼거렸다. 이름을 알고 싶단 뜻이었다.

"알려 줄 수 없어. 지금은……."

왜냐고 묻는 대신 일라이는 레티시아의 옷깃을 꽉 쥐었다. 다 죽어 가는 주제에 어디서 그런 힘이 났는지 레티시아의 손이 끌려왔다.

"왜 나, 를 구……해 줬지?"

"당신이 나를 구했으니까."

"그런 적……."

없다고 말하는 거겠지. 레티시아도 바로 알아차렸다. 그의 말이 맞았다.

그녀를 구한 건 이전 생의 일라이. 지금의 일라이 네르바드는 아직 그녀를 구한 적이 없었다.

그러니…….

"일라이, 당신이 나를 구해 줄 사람이니까."

레티시아는 그리 말하고는 일라이를 품에서 조심스레 떼어 냈다. 피와 눈물로 범벅된 소년의 얼굴은 처연하게 느껴질 정도였다. 레티시아는 손을 뻗어 피와 땀으로 엉망이 된 흑발을 쓸어 주었다.

타인의 손길이 닿은 건 오랜만인지라, 일라이는 레티시아의 손이 가까워질 때마다 눈꺼풀을 떨었다.

"……당신 줄 안정제, 갖고 왔어."

그렇게 말한 뒤, 레티시아는 대기하고 있던 파베르를 불러 간수의 주머니에서 열쇠를 가져오게 했다.

달칵. 달칵.

열쇠를 받아 든 레티시아는 족쇄에 끼우고 두 번 돌렸다. 족쇄가 풀리며 일라이는 두 손의 자유를 되찾았다.

풀썩.

힘을 잃은 몸이 레티시아 위로 쓰러지는 바람에 그녀는 그의 품에 갇힌 채 감옥 바닥에 누워야 했다. 일라이의 품에 안겨 있는 형태여서 레티시아는 당황하며 눈을 깜빡였다.

안정제를 마신 일라이가 정신을 차린 건 새벽하늘이 좀 짙어졌을 때였다. 따뜻한 온기가 느껴져 고개를 드니 레티시아가 제 어깨에 기대 있었다. 레티시아의 뺨을 쓸자, 그녀의 눈꺼풀이 느릿하게 움직였다.

일라이는 벗어나고 싶지 않다고 생각하면서도, 정신을 다잡은 뒤 몸을 일으켰다. 그리고 허리를 숙여 레티시아의 눈을 부드럽게 손으로 덮어 주었다.

"눈 감고 있어."

그 말을 남긴 뒤, 일라이는 구석에 기절해 있던 간수에게 다가갔다. 잠깐 숨을 고른 후, 그의 심장에 단검을 박아 넣었다.

콰득!

붉은 피가 튀며 소년의 창백한 뺨을 물들였다. 몇 번을 찔러도 분이 풀리지 않을 것 같았는데, 일라이는 단 한 번으로 간수의 목숨을 끊었다. 분노로 얼룩졌던 눈동자가 차가워지며 싸늘한 금속처럼 변해 갔다. 대악마와 계약한 뒤로 감정을 통제하는 데 능숙한 탓이었다.

성유물이 마력의 순환을 막고 있었기에 실로 오랜만에 감정을 다시 느끼게 되었지만, 그것도 잠깐에 그쳤다. 일라이는 간수의 손목을 들어 흘러내리는 피를 마셨다. 더럽고 역했지만 살기 위해선 마력을 운용해야 했다. 평소에는 피를 마시지 않아도 되었지만, 마력 소모가 극심한 탓에 가릴 수가 없었다.

꿀꺽.

일라이는 식어 버린 피를 한 모금 삼키더니 구역질을 겨우 참아 냈다. 그리고 입술을 깨물고는 간수의 피로 대악마의 문장을 그리기 시작했다. 회복 마법을 쓰기 위해서였다.

마력이 제대로 순환되자, 찢기고 도려내졌던 살점이 붙기 시작했다.

"읏……!"

회복은 될지언정 고통은 여전했기에 일라이는 손등으로 입을 틀어막았다. 살갗을 깨물자 한결 고통이 가시는 듯했다. 그는 피와 땀에 젖은 얼굴을 하얀 셔츠로 훔치고는 레티시아에게 다가왔다.

"알아낼게, 당신 이름."

평소에는 고조 없던 목소리가 조금은 떨렸다. 하지만 그 자신도 알아차리지 못했다.

"내 이름……."

일라이 당신이 알아낼 수 있을까…….

레티시아는 눈을 내리깔며 입술을 달싹였다.

죽은 듯이 살던 마네르의 사생아를, 지금의 일라이가 모를 거라고 생각했다. 하지만 알아내는 것도 시간문제였다.

일라이는 떨리는 숨을 내뱉으며 레티시아의 어깨에 고개를 묻었다. 그리고 저보다 작은 소녀를 끌어안으며 말했다.

"……날 이용하고 싶으면, 그렇게 해."

기꺼이 이용당해 줄 테니까.

소년의 입술 한쪽이 올라가며 매혹적인 미소를 그려 냈다.

"당신이 누구든 간에."

곧, 야트막한 속삭임이 레티시아의 귓가를 간지럽혔다.

레티시아가 정신을 차린 건 시간이 조금 지나서였다. 벽에 기댄 채 잠들 줄은 몰랐다. 그것도 일라이의 품에 갇히듯 안겨서.

'구하러 온 건데, 맘을 놓으면 어쩌자는 거야…….'

레티시아는 잠들었던 자신을 탓하며 혀를 작게 찼다. 등 뒤에서 느껴지는 온기에 깊은숨을 들이켰다.

'안정제에 수면 효과가 있던가?'

평소 불면증을 앓는다고 들었는데, 일라이도 깊은 잠이 든 것 같았다. 어깨를 감싼 그의 손을 조심스레 풀어 내자, 아주 푹 잤는지 옅은 신음이 흘러나왔다.

"……으음."

이제야 잠에서 깼는지 뒤늦게 뒤척이는 소리가 들렸다. 일어난 게 분명한데도 일라이는 여전히 레티시아를 끌어안은 채였다.

"깼으면 풀어 줘."

일라이의 품이 안락하긴 했지만, 이제는 헤어질 시간이었다. 다른 간수가 오지 않은 게 천만다행 아닌가. 그런 사실을 아는지 모르는지 일라이는 레티시아가 숨넘어갈 만큼 느릿하게 움직였다. 그답지 않은 굼뜬 행동에 레티시아가 몇 번이나 재촉했지만.

"이런 온기는 처음이라……. 당신, 따뜻해서 더 있고 싶지만 안 되겠지."

일라이의 낮은 중얼거림에 그녀는 재촉하던 것을 그만두었다. 어느덧 일라이의 품에서 벗어난 레티시아가 수면제의 영향으로 쿨쿨 자는 호위에게 다가갔다.

그녀가 허리를 숙여 바닥에 대자로 누운 호위를 깨우려 했을 때였다.

툭, 툭.

어느새 옆에 선 일라이가 레티시아의 손을 붙잡아 거두었다. 그런 다음에 겁도 없이 잠든 호위의 옆구리를 발로 건드렸다.

"사람을 발로……."

"당신 손보다는 내 발이 더 빨라. 그리고, 더 확실하지."

일라이는 느른한 미소를 흘리고는 파베르가 깨어난 것을 확인하고서 몸을 물렸다. 그리고 떠날 준비를 마친 레티시아와 어기적거리며 일어난 호위를 번갈아 쳐다보더니, 공녀 쪽으로 걸음을 옮겼다.

"……기다려 줘."

일라이는 그렇게 말하고는 레티시아의 뺨을 향해 고개를 숙였다. 하지만 붉은 입술이 새하얀 뺨에 닿지는 않았다.

일라이가 손을 뻗어 레티시아를 부드럽게 안아 주었다. 무엇을 더 기다려 달라는 건지 이어진 말도 없었다.

그저 눈을 감고 레티시아의 어깨 위로 고개를 묻을 뿐이었다. 어떤 다정한 위로를 받은 사람처럼.

* * *

"저대로 둬도 괜찮겠습니까? 어디 마차라도 대령해야 하는 게 아닐지……."

감옥을 나서기 전, 파베르가 불안한 얼굴로 입구를 흘끔거렸다. 감옥을 지키고 있던 병사들은 수면제가 든 음식을 먹고 쿨쿨 자고 있었다.

'아저씨들, 이거 좀 드세요. 후작님이 연회라고 특별히 베푸셨어요.'

레티시아를 어린 하녀라고 생각한 병사들은, 무더위에 지친 상태여서 시원한 우유부터 벌컥벌컥 마셨다.

"도망칠 틈은 이미 만들어 줬어."

레티시아는 그리 답하며 로브를 깊게 눌러썼다. 일라이가 마력을 조금이라도 회복했으니, 자력으로 저택에서 벗어나는 건 그리 어려운 일이 아니었다. 호위가 걱정하는 바는 알겠지만, 일라이를 정문까지 데려갈 순 없는 노릇이 아닌가.

"여기서 죽을 사람도 아니고."

네르바드 연회는 이전 생에도 있었다. 그때의 레티시아는 참석하지 못했지만, 연회 때 일라이는 한쪽 눈을 잃었다고 들었다.

그 뒤로 일라이는 마석을 깎아 만든 보석안을 착용했다. 겉보기에는 그의 보라색 눈과 다를 것이 없어서 말해야만 알 수 있었다. 하지만 한쪽 눈을 대체할 수 있는 건 그 어디에도 없었다.

눈은 심장 다음으로 마력이 많이 밀집된 신체 부위.

그 때문에 일라이가 성년이 되어 강대한 마력을 지니고, 마탑주가 된 후로도 그는 불안정한 마력에 시달려야 했다. 대악마와 계약해 그 마력을 한낱 인간의 몸에 지니고 있으니 마력이 안정되는 것도 이상했지만.

때때로 폭주할 위험이 있긴 했어도 마탑주가 사고를 일으켰다는 소식은 듣지 못했다. 마력이 폭주해 사고가 터졌지만 여론을 억눌렀거나, 그게 아니라면 어떠한 방식으로 불안정한 마력을 다스린 것이리라.

그 사실을 떠올리던 레티시아가 감옥의 입구에 서서 뒤를 돌아보았다.

새까만 어둠이 내려앉은 곳. 그녀가 선 발치에서부터 먼 곳까지 그림자가 한없이 늘어져 있었다. 어둠에 사로잡히는 게 어떤 기분인지 조금은 알 것 같았다.

"소후작…… 나오지 않는군요."

"뜻이 있는 거겠지. 그게 그의 선택이라면."

레티시아는 미련 없이 몸을 돌렸다. 그녀가 쓴 회색 로브 사이로 바람이 스며들어 금빛 머리칼이 살짝 흐트러졌다.

잠시 후, 계단 아래 그림자 속에 숨어 있던 인영이 조심스레 움직였다. 일라이는 낡은 셔츠를 걸친 채 레티시아가 빠져나간 감옥 입구를 올려다보았다.

언제든 나갈 수 있었다. 그를 기다리고 있는 충성스러운 기사도 만나야 했다. 그렇지만.

"어떻게 얻은 기회인데……. 놓칠 순 없지."

네르바드 후작의 광증을 알릴 때가 되었다. 일라이는 감옥을 빠져나가는 대신, 그가 갇혔던 곳으로 되돌아갔다. 걸으면서 그는 어둠 속에 동화된 눈을 내리깔았다. 어떠한 감정도 품지 않은 보라색 눈동자가 암흑에서도 형형히 빛났다.

일라이는 조금 궁금해졌다. 아까 본 소녀를 다시 만날 수 있을지.

"……당신을 다시 보게 되는 날이 올까. 마네르의 레티시아."

* * *

"어제, 저희 아빠가 코 고는 소리가 옆방까지 들린 건 아니겠죠? 전 시끄러워서 잠을 못 잤거든요."

분홍색 드레스를 입은 피오네가 레티시아를 힐끗거리며 물었다. 레티시아는 대답하는 대신 단상 쪽을 바라보았다.

일라이를 구한 다음 날 저녁에 시작된 연회였다.

피오네가 재차 말했다.

"아, 어제 너무 시끄러워서 공녀님 방을 두드려 봤는데, 안 계신 것 같았어요."

"잠깐 후원에 바람 쐬러 갔어."

레티시아는 답하며 피오네의 팔을 붙잡아 구석으로 이끌었다. 아까부터 그녀를 흘끔거리는 시선 때문에 예민해졌다. 적색 드레스를 입어서 눈에 띄는 거라면 괜찮겠지만, 그것보단 신성 가문의 공녀란 이유 때문일 것이다.

네르바드와 마네르는 워낙 사이가 나빴으니까.

그런 데다 후계자인 줄 알았던 첫째 공자 대신 구박받던 공녀가 온다고 하니, 귀족들이 호기심을 가진 것이리라.

"아, 맞다! 연회가 사흘이랬죠? 그때는 아빠 코 막아 둘게요!"

"나 어제 푹 잤으니까, 안 막아도 돼."

"다행이에요. 혹시……."

더 말을 이으려던 피오네는 입을 다물었다. 단상에 앉아 있던 네르바드 후작이 몸을 일으켰기 때문이었다.

사십 대 중반이라던 후작은 그보다 훨씬 더 나이가 들어 보였다. 회색 머리칼을 깔끔히 넘겼지만, 눈 밑의 그림자와 충혈된 눈 때문에 광증을 앓는 것만 같았다.

후작이 주름진 손을 덜덜 떨며 축배를 들었다. 그리고 보라색 입술을 떼며 축사를 읽었다.

레티시아는 귀족에게 둘러싸인 마네르 공작의 위치를 살피고는, 피오네와 함께 구석으로 빠졌다. 공작 곁에 있는 유로 백작이 레티시아와 피오네의 위치를 끊임없이 확인해 오자, 레티시아는 그에게 괜찮다는 시선을 보내고는 기나긴 축사를 흘려들었다.

그때였다.

"이곳에 오신 귀빈들께서 심심하지 않도록, 재미있는 유흥거리를 준비했소."

후작의 말과 함께 연회장을 빛내던 조명등이 순서대로 꺼졌다. 암막 커튼을 달았던 탓에 빛 한 점 새어들지 않아 순식간에 사위가 어두워졌다. 그러자 레티시아는 본능적으로 피오네를 잡아끌어 그녀의 옆에 두었다.

유로 백작이 공작에게 양해를 구하고, 둘에게 다가올 때쯤.

촤악!

조명등이 다시 커지며, 연회장 중앙에 검은 천으로 뒤덮인 무언가가 놓였다.

끼릭, 끼릭.

바퀴가 달린 철제 우리가 조금씩 움직이더니 한곳에서 멈췄다. 네르바드 후작은 광대 분장을 한 중년 남자에게 연극을 시작하란 눈짓을 보냈다.

"여기에는 흉측한 마물이 있습니다! 여러분도 아시다시피, 소후작님은 뛰어난 마법사였죠."

"설마……."

레티시아의 입술이 벌어졌다. 저 안에 든 게…….

"일라이 소후작님이 잡아 온 미물입니다. 여러분에게 보여 드리고 싶지만, 숙녀분들께서 놀라실까 걱정되는군요. 익히 들어 봤을 로키입니다. 몸뚱이는 짐승이고, 얼굴은 사람 형태로 아주 흉측한 몰골을 하고 있습니다, 하하하!"

광대의 커다란 외침에 귀족들의 시선이 한곳으로 몰렸다. 검은 천에 뒤덮인 철제 우리였다. 거대한 늑대도 들어갈 법한 철제 우리는 정사각형 구조였고, 천에 뒤덮여서 안쪽에 뭐가 들었는지 볼 수 없었다.

"이 더러운 로키를 처리하는 귀족분께, 원하는 만큼의 금화를 드리겠습니다. 여자분이든, 남자분이든 상관없습니다! 저택의 보물이든, 계집이든, 사내든 원하는 대로 가질 기회요!"

"와아아!"

후한 보상에 얼어붙었던 귀족들이 뒤늦게 함성을 질렀다. 그 누구도 저기에 사람이 들어 있을 거라 생각지 못했다. 오직 레티시아만이 저 안에 든 게 로키가 아니라, 사람일 거라고 추측했을 뿐.

레티시아는 가장 먼저 공작을 살폈다. 연회장 중앙에 있는 탓에 그와 철제 우리와의 거리는 꽤 가까운 편이었다.

하지만 공작은 저급한 놀이라고 생각했는지, 흥미로워하는 대신 눈살을 찌푸린 후 기웃거리는 귀족들을 헤치고 레티시아가 있는 쪽으로 다가오고 있었다.

그보다 먼저 온 유로 백작이 피오네와 레티시아를 붙잡고 뒤로 물러서게 했다. 연회장에 무기를 들고 갈 수 없었기에 그의 허리춤은 검집 없이 비어 있었다.

"둘 다 내 곁에 붙어 있어. 연회장에서 무기를 든 건 후작가의 기사들 뿐이니까."

무기를 소지한 공작가의 기사들은 연회장 밖에 머물러야 했다. 그런데 허리춤에 장검을 찬 사람이 딱 한 명 있었다.

마네르 공작이었다.

검문을 서던 후작가의 기사가 무기를 반납하라며 웅얼거렸지만, 공작의 싸늘한 눈초리에 바로 입을 다문 뒤로는 그 누구도 제국의 유일한 공작에게 감히 무기를 반납하라고 요구하지 못했다.

"잠깐만요."

레티시아는 유로 백작에게 말하고는 공작이 오기 전에 문가로 다가갔다. 반쯤 열린 문을 밀고 나오자, 멀지 않은 곳에 호위 파베르가 기다리고 있었다.

레티시아는 그를 구석으로 데려가서 지금 당장 해야 할 일들을 알려 주었다. 설명을 듣던 파베르는 의문이 들었지만, 구태여 묻는 대신 알겠다고 고개를 끄덕였다.

공녀의 부탁은 간단했다. 연회장 조명과 연결된 장치를 꺼 달란 거였다. 레티시아가 지도에서 이미 위치를 봐 두었기에 조명과 연결된 장치가 어디 있는지 알려 줄 수 있었다.

게다가 공작저에도 비슷한 장치가 있어서 파베르에게 그리 어려운 일이 아니었다. 생활 마력으로 운용하는 방식의 조명이었다. 어찌 됐든 연회 준비로 바쁜 상황에서 조명을 감시할 인력은 없을 테니까.

"여기, 신호 장치. 전에 봤으니 익숙할 거야."

레티시아는 드레스 뒤쪽 주머니에서 시계를 꺼내 들었다. 일전에 공녀가 썼던 태엽 시계로, 태엽을 돌리면 호위를 서는 기사들에게 위험

신호가 가는 것이었다.

파베르에게 세 번의 신호가 가면 조명을 꺼 달라고 이야기한 뒤, 레티시아는 몸을 돌려 연회장으로 돌아왔다.

잠깐 자리를 비웠을 뿐인데, 눈앞에는 믿지 못할 광경이 펼쳐져 있었다. 철제 우리 사이로 흘러나온 피가 대리석 바닥을 흥건하게 적셨고, 활을 쥔 귀족 남자가 낄낄대며 웃고 있었다.

"로키가 맞긴 해? 처녀가 우는 소리와 비슷한 울음이라는데, 소리도 안 들려."

방금 활을 쏜 귀족 남자의 뒤로, 일곱의 사내가 줄지어 서 있었다. 광대의 신호에 맞춰 지정된 곳에서 철제 우리로 활을 쏘기 위함이었다. 신청자가 활을 쏘면, 광대가 철제 우리로 건너가 반대편 천을 걷어 로키가 살아 있는지 확인했다.

"빨리 비켜. 이제 내 차례라고!"

그 모습을 보던 레티시아는 이를 악물었다.

철제 우리 안에 든 건 일라이였지, 로키가 아니었다. 이전 생에서도 네르바드 후작은 친아들을 로키로 속여 철제 우리에 감금시켰고, 귀족이 쏜 화살에 의해 일라이는 한쪽 눈을 잃게 되었다.

'그렇게 돼선 안 돼……!'

드레스 자락을 쥔 손이 잘게 떨렸다. 날카로운 손톱이 손바닥을 파고들었지만, 레티시아는 아픔을 느낄 새도 없었다.

"이제 내 차례……!"

희열에 찬 귀족 남자가 활을 드는 순간, 레티시아는 그의 앞을 막아서고 두 팔을 펼쳤다.

"뭐야?! 안 비켜?"

레티시아가 공녀라는 걸 잊었는지, 활을 든 이십 대 청년이 벌컥 화를 냈다. 네르바드 후작이 준다는 금화와 보상에 두 눈이 먼 것이다.

"비켜, 내 차례라고!"

활을 든 남자가 시위를 당긴 채 비키라고 소리를 질렀지만, 레티시아는 눈 하나 깜짝하지 않았다.

저 남자가 미쳐 활을 쏜다고 해도 비킬 수 없었다.

어째서 어젯밤 풀어 주었던 일라이가 붙잡힌 건지 모르겠지만, 위협에 빠졌다면 다시 구할 생각이었다.

'어제 올라오지 않았을 때 찾아서 데려와야 했어.'

뒤늦게 후회했지만, 이미 물은 엎질러진 뒤였다. 레티시아는 활을 쏘려는 남자를 노려보며 단상에 앉아 있을 후작에게 말했다.

"제가 저 마물을 쏘겠습니다, 후작님."

"어서 비켜, 계집!"

"단, 저 별 볼 일 없는 귀족 영식을 제 눈앞에서 치워 주세요. 그리해 주신다면……."

레티시아는 그 자리에 선 채 몸만 살짝 돌렸다. 그리고 네르바드 후작을 향해 우아한 미소를 지으며 말했다.

"마네르의 레티시아가, 재밌는 일을 보여 드리죠."

모두가 보는 앞에서 레티시아는 기사가 건네주는 활을 받아 들었다. 귀족 영식이 들었던 것보단 작았지만, 구조는 제대로 갖춘 활이었다. 레티시아는 보호용 검은 장갑을 끼고서 활의 시위를 당겼다.

이대로 철창 안의 일라이를 맞힌다면 즉사할 것이다.

맨 처음 도전한 중년 남자만 일라이를 맞혔을 뿐, 그 뒤에 두 명이 쏜 화살은 철제 우리를 맞고 튕겼다. 그만큼 쇠창살이 촘촘하단 뜻이었다. 검은 천이 철제 우리를 뒤덮고 있어 활을 조준하기도 어려웠다.

"기대하겠소, 마네르 공녀."

네르바드 후작이 붉은 와인이 든 잔을 기울이며 크게 웃었다.

후작이 레티시아에게 먼저 쏠 기회를 주었기에 뒤에 있던 영식은 씩씩거릴 뿐, 먼저 쏘겠다고 나서지는 못했다.

레티시아는 호흡을 멈추고는 한쪽 눈을 감았다. 활의 시위를 당긴 채 방향을 잡더니, 별안간 우측으로 홱 꺾었다.

"어, 어?"

쉬이익!

시위를 당기던 손을 놓자, 날개깃이 달린 화살이 그대로 광대에게 날아갔다.

콱!

화살은 광대의 허벅지에 정확히 맞아 들었다.

"으, 으아악!"

울부짖는 소리에도 레티시아는 다시 화살을 시위에 걸고서 도망치는 광대를 조준했다.

슈우웅!

두 번째로 날아간 화살이 광대의 종아리에 박혔다. 생명에 지장은 없었지만, 광대는 비명을 내지르며 바닥에 엎어졌다.

"흐음……."

그것을 지켜보던 후작이 묘한 침음을 흘렸다. 허튼짓한다면 기사를 시켜 활을 빼앗았겠지만, 그런대로 소소한 재미는 있었기 때문이었다.

소란스럽던 연회장에 고요한 정적이 내려앉았다. 활을 제대로 못 다룰 거라 생각했던 공녀가 광대를 두 번이나 맞혀서 일제히 놀란 탓이었다. 그리고 놀란 사람 중에는 공작가의 두 사람이 있었다.

"말도 안 돼……."

"일주일 사이에 레티시아에게 활 쏘는 법을 가르쳤나? 검술 대신."

유로 백작은 손으로 얼굴을 쓸어내렸고, 공작은 그리 물으며 굳은 낯으로 레티시아를 지켜보았다.

"흐, 흐윽. 살, 려 주십시오……!"

혼자서 철제 우리 안을 엿볼 때마다 낄낄거리던 광대가 머리를 바닥에 박은 채 빌어 댔다. 주인인 네르바드 후작에게 비는 것인지, 활을 든 레티시아에게 비는 것인지 본인도 알 수 없었다.

레티시아가 광대에게 살인 충동을 느껴서 쏜 건 결코 아니었다. 다른 사람이 일라이에게 활을 쏠 기회를 빼앗기 위함이었다. 네르바드 후작은 일라이를 죽이려 했지만, 이왕이면 아들이 최대한 고통스럽게 죽기를 바랐다.

적개심과 증오. 후작 자신은 대악마와 계약하지 못했기에 계약한 아들에게 가졌던 열등감이 폭발한 것이다.

못난 아비지. 그리 생각하며 레티시아가 물었다.

"이 정도면 재미있으셨나요?"

네르바드 후작은 손뼉을 느릿하게 치며 흡족한 미소를 그려 냈다. 그러다가도 레티시아를 향해 입술을 비틀며 말했다.

"재밌었지. 하지만 그 정도 유흥으론 성에 안 차. 철제 우리 안의 로키를 사냥해 달란 거였지, 불쌍하고 가엾은 광대를 처리하란 건 아니었네."

레티시아는 광대를 조준했던 활을 내렸다. 그녀도 생각이 같았다.

"좋습니다, 후작님. 이제부터 정말로 재밌는 걸 보여 드리죠."

쨍!

레티시아는 그녀가 쥐고 있던 활을 바닥에 내던졌다. 활의 금속 부분과 대리석이 부딪치며 날카로운 소리가 났다. 레티시아는 주머니 안에 넣어두었던 정령석을 한 번 쓰다듬었다. 정령술사란 확신은 없다.

그래도.

레티시아는 머리를 단정히 묶었던 리본을 풀었다. 붉은 리본을 손목에 두른 뒤, 검은 장갑을 벗어 바닥에 내던졌다. 그리고 주머니에 넣어

두었던 태엽 시계를 꺼내 돌렸다.

달칵. 달칵. 달칵.

세 번의 신호가 간 뒤, 레티시아는 조명이 꺼지기를 기다렸다. 공녀의 행동을 후작이 흥미롭게 지켜볼 때였다.

"그 장난감은 익숙해. 가신들의 딸이 몇 번 들고 다니던 거였지. 별 쓸모는 없었지만."

시간이 흘러도 조명이 꺼지지 않았다. 후작의 눈에 슬슬 지루함이 떠올랐다. 그가 손을 들어 다음 상대를 부르려던 때였다.

쩌적, 쩌저적!

서 있는 레티시아의 발끝에서부터 얼음 조각이 유리 꽃처럼 펼쳐졌다. 바람 한 점 불지 않는 곳에 미약한 바람이 불기 시작하더니, 어느새 공녀의 손에는 백색의 활이 들려 있었다.

방금 잡았던 활과 크기와 모양이 비슷했지만, 활을 이루는 형태는 완전히 달랐다. 금속 대신 얼음으로 이루어진 것이었다. 백색의 반투명한 활에 레티시아는 시위를 당기고, 활을 조준했다.

무더운 여름 저녁과 어울리지 않는, 시린 바람이 레티시아 주변을 맴돌았다. 금빛 머리칼이 바람에 흩날린 순간.

쉬융!

레티시아는 얼음으로 된 활의 시위를 놓았다.

콰쾅!

백색의 화살이 눈부신 빛과 함께 날아가며 철제 우리에 정확히 박혀들었다. 레티시아는 그 순간을 놓치지 않고 철제 우리로 다가가 검은 천을 잡아당겼다.

철제 우리를 덮은 천은 크고 무거워서 쉽게 끌리지 않았다. 레티시아가 붙잡은 원단의 끝 쪽에서부터 새하얀 얼음꽃이 피어났다.

파직.

얼어붙은 천이 유리 조각처럼 깨지며 허공으로 흩어졌다.

쩌적, 쩌저적.

얼음은 천에만 붙었던 게 아니었다. 마정석으로 만든 새까만 철제 우리에 백색의 얼음 조각이 생성되더니, 급속도로 부식되기 시작했다.

"마, 마법사다!"

"공녀가 마법사였어!"

"꺄아악! 저 안에 사람이……!"

귀족들의 비명을 뒤로, 철제 우리 안에 갇힌 존재가 밝혀졌다. 사람 얼굴을 한 마물, 로키가 아니었다. 철창 안에 갇힌 것은 일라이 네르바드였다.

피에 젖은 흑발. 두 손목은 교차한 채로 새까만 족쇄에 묶여 있었고, 갇힌 거라고 보기 어려울 만큼 깨끗한 하얀 셔츠와 검은 바지를 입고 있었다. 그의 젖은 머리에서 물기가 바닥으로 뚝뚝 떨어졌다.

오늘이 장례식이라며, 죽기 전에 초라한 몰골만이라도 깨끗하게 해 주겠다는 우스운 배려 때문이었다.

일라이는 검은 안대를 한 채 고개를 들었다.

허벅지에 꽂힌 화살 때문에 쉼 없이 피가 흘러내려 바닥을 적셨다.

"일라이!"

파직!

레티시아가 철제 우리에 손을 뻗는 순간, 그를 가두던 마정석이 부식되며 깨졌다. 일라이의 손목을 옭아매던 성유물도 부서진 지 오래였다. 백색의 얼음꽃이 검은 조각과 뒤섞여 흩어져 내렸다.

소년의 뺨과 살갗 곳곳을 그으며 생채기를 남겼지만, 일라이는 입술을 세게 깨물 뿐이었다.

"지켜 줄게, 일라이. 당신만큼은……!"

레티시아는 그렇게 말한 뒤 일라이에게 다가가 그의 앞에서 무릎을 꿇었다. 부식된 마정석 조각이 드레스 안쪽까지 파고들며 아릿한 고통을 주었다. 하지만 레티시아는 손을 뻗어 일라이를 제 품에 기대게 했다.

"안정제 하나로는 부족했던 거지?"

레티시아가 그렇게 말한 순간, 치직거리는 소리가 나며 조명이 꺼졌다.

어둠이 내려앉은 틈을 타 레티시아는 일라이의 두 뺨을 손으로 감싼 채 고개를 숙였다. 이미 입 안에 붉은 마력 안정제를 머금은 상태였다. 입술에서 입술로 안정제가 흘렀다. 일라이는 무엇을 마시는지도 모른 채 레티시아가 주는 것을 받아 마셨다.

일라이도 낯선 이가 주는 것을 받아들인 건 이번이 처음이었다.

맞닿은 입술, 뺨에 느껴지는 따뜻한 온기, 차가운 향은 어젯밤 겪은 것이지만.

레티시아의 옷깃을 쥔 손이 잘게 떨렸다. 일라이가 다 삼키고 나서야, 레티시아는 깊게 붙였던 입술을 떼었다. 일라이는 느릿한 한숨을 뱉으며 감았던 눈꺼풀을 들어 올렸다. 검은 안대가 벗겨지면, 공녀가 눈앞에 있기를 바라면서.

레티시아는 일라이의 뺨을 쥐던 손을 떼어 냈다. 그녀의 손이 일라이의 두 눈을 가렸던 안대의 매듭을 풀어 주었다. 연회장에 어둠이 내려앉아 한 치 앞을 보기 힘들었지만, 일라이만은 똑똑히 볼 수 있었다.

누가 그를 구해 주었는지. 그에게 구원의 손길을 내민 사람이 누구였는지.

일라이는 레티시아의 손을 잡아끌어 제 뺨으로 갖다 댔다. 잠깐 느꼈던 온기가 아쉬워진 탓이다. 안정제를 마신 덕분에, 몽롱하게 풀어졌던 보라색 눈동자가 총기를 되찾았다.

일라이는 레티시아의 손에 뺨을 묻으며 한숨과 함께 말했다.

"은혜는 갚겠습니다, 나의 은인."

그러고는 붉은 입술을 레티시아의 손등에 묻었다. 내리깔았던 눈을 치켜뜨고서 공녀의 모습을 두 눈동자에 박아 넣었다.

'어두워서 아무것도 보이지 않아.'

반대로 레티시아는 일라이를 제대로 볼 수 없었다. 사위가 너무 어두워서 흐릿한 실루엣만 보일 뿐이었다. 진득한 시선이 느껴졌지만, 레티시아는 일라이가 그녀의 얼굴을 못 볼 거라고 생각했다. 그래서 그녀는 고개를 숙여 목소리를 낮추며 속삭였다.

"가문에서 탈출하게 되면, 마탑주가 되어 줘. 차기 마탑주라도 좋아."

어둑해진 보라색 눈동자가 짐승의 것처럼 가늘어졌다. 이용당해 주겠다고 했지만, 꽤 구체적인 요구였다.

그제야 일라이는 궁금해졌다.

레티시아 마네르가 원하는 것이 무엇인지.

"레티시아 공녀가⋯⋯. 내게 원하는 게 뭐지?"

'어떻게 내 정체를 아는 거지? 원래부터? 아니면 어제⋯⋯.'

레티시아는 심장이 철렁 내려앉는 기분이었지만, 일라이와 오래 있을 수 없단 사실을 떠올렸다. 더는 시간을 지체할 수 없었기에 그의 목을 끌어안으며 귓가에 속삭였다.

"날 가둔 새장에서 벗어나는 것."

일라이는 곧바로 그 의미를 알아차렸다.

공녀가 어떤 이유로 나가려는지 몰라도, 그녀가 말한 새장은 신성 가문 '마네르'였다.

"내 계약자, ――의 대악마를 걸고 맹세하지."

어떤 대악마와 계약했는지 레티시아는 알 수 없었다. 사방이 어두웠고, 일라이의 목소리가 유독 작았기 때문이었다.

하지만 다음 목소리는 똑똑히 들렸다.

"그게 공녀의 뜻이라면."

꺼진 조명석이 다시 켜진 건 레티시아가 일라이에게서 벗어난 직후였다. 다시 불이 켜졌지만, 연회장은 엉망이었다. 비명을 지르던 귀족들이 엎어져 있었고, 몇몇은 모여서 몸을 떨었다.

연회장의 귀족들은 네르바드 후작이 죽이려던 것이 그의 아들, 일라이 네르바드임을 깨달았다. 일라이의 흑발과 마력이 깃든 요요한 보라색 눈동자는 그 자체로도 그가 누구인지 증명했다.

차기 마탑주 후보로서 장차 마탑주가 될 거라 꼽히는 마법사. 일라이는 무감정한 눈동자로 좌중을 훑었다. 그리고 제 허벅지로 시선을 내리더니, 꽂혀 있던 화살을 그 자리에서 뽑았다.

일라이는 피를 뚝뚝 흘리며 네르바드 후작에게 다가갔다.

'후작을 죽일 생각인가?!'

'미쳤어! 아들을 죽이려 하다니.'

'연회에 오는 게 아니었는데……!'

상당수 귀족이 동요했고, 그들 중 몇몇은 나가고 싶어 문가를 서성였으나 후작가의 기사들이 문을 가로막고 비켜 주지 않았다. 그러던 중 후작가의 기사 둘이 서로의 눈치를 보더니, 검을 든 채 레티시아에게 조금씩 다가갔다. 일라이를 죽이려는 목적을 레티시아가 방해했기 때문이었다.

그때였다.

쿵!

"네, 네가 어떻게……!"

의자에서 일어난 네르바드 후작이 일라이를 보며 손가락질했다. 귀신이라도 본 얼굴이었다. 일라이는 네르바드 후작의 얼굴이 닿을 만한 거리에서 걸음을 멈췄다. 그리고 허리를 숙여 아버지의 주름진 손등에 느릿하게 입술을 맞추었다.

"아버지께서 저를 사랑해 주시고 아껴 주신 덕분입니다."

"미, 미친 새끼……!"

"대악마와 계약한 뒤로는, 아버지의 말에 복종해 왔습니다. 인간이되 인간의 감정을 갖지 않는 저를 당신께서 두려워하신 것도, 잘 압니다."

"놔라, 이거 놔!"

그러자 일라이는 입술을 떼고는 네르바드 후작의 손을 꽉 잡았다. 늘씬한 손에 핏줄이 돋으며, 후작의 두꺼운 손을 강한 악력으로 붙들었다.

"제가 그리 미우셨나요? 그래서 당신의 말에 복종해 왔던 저를 죽이려 하셨군요."

"네놈은 악마의 씨앗이다! 내 씨앗이 아니야! 네 어미가 대악마와 뒹굴어 낳은 자식이란 말이다!"

일라이는 몸을 덜덜 떠는 후작을 보며 고개를 기울이더니 늙은 아비의 손을 부드럽게 놔주었다.

차라리 그랬다면 좋았을 텐데. 내가 당신의 핏줄이 아니라, 대악마의 자식이었다면.

하지만 네르바드 후작의 망상일 뿐이다. 더 큰 권력을 탐냈던 후작은 네르바드 가주 자리로 만족하지 못했다. 그래서 마네르 공작가를 치려 했고, 자신에게 승산이 없다고 판단하여 어린 아들을 생체 병기로 만들려 했다.

제 아내를 제물로 바쳐, 어린 아들이 어머니를 찌를 때까지.

'아버지의 뜻대로 한 나를 용서하렴, 일라이.'

일라이는 그 순간을 잊지 못했다. 단검을 들고 덜덜 떠는 소년을 감싸 안은 채 칼에 찔렸던 어머니를.

'나의 어린 계약자여, 그대의 소원은 무엇인가?'

그리고 그 후에 보았던 어둠 그 자체와 바람이 속삭이는 듯한 고대의 목소리를.

후작 부인이 타계한 후, 일라이가 미쳐 어머니를 죽였다는 소문이

퍼졌다. 후작 부인은 살아생전에 명망이 높았기에 일라이는 저택에서 미움받는 공적이 되었다.

자신이 후작의 외동아들이었음에도, 일라이는 아버지의 손에 언제 죽게 될지 몰라 두려움에 떨었다.

하지만 그것도 수년 전 일일 뿐.

일라이가 마법의 원리를 깨달은 뒤로는, 네르바드 후작은 그의 손아귀에 있는 가련한 먹잇감이었다.

그런데도 일라이는 아버지를 죽이는 길을 택하지 않았다. 죽어 가던 어머니가 아버지를 용서하라고 당부했기 때문이었다. 하지만…….

일라이는 눈을 내리깔고는 어느새 주저앉은 후작을 내려다보았다.

"……이제는 제 몸을 지키겠습니다, 아버지."

일라이는 그 말을 끝으로 네르바드 후작에게서 몸을 돌렸다. 허벅지에서 배어 나오던 붉은 피는 서서히 멎었지만, 눈앞이 흐릿한 것까지 막을 순 없었다. 일라이는 입술을 깨물고는 레티시아에게 다가갔다. 공녀가 멀지 않은 곳에 있었다.

헤어지기 전에 손을 붙잡고 약속해 주고 싶었다. 분명 조금 전에도 구해 준다고 말했지만, 일라이는 걸음을 멈추지 않았다.

그때였다.

여유로운 발소리가 들리더니, 누군가 일라이의 앞을 가로막았다.

장검을 든 가이안 공작이었다. 레티시아에게 접근했던 기사 둘을 찌른 검에 핏물이 진득이 흘러내렸다.

"네르바드의 소후작이었던가?"

가이안이 일라이의 앞을 가로막으며 비소를 머금었다. 힘을 쓴 탓에 가쁜 숨을 몰아쉬는 레티시아의 손목을 붙잡아 제 곁에 머물게 하고서. 가이안은 레티시아를 붙잡지 않은 손으로 검을 비스듬히 들었다.

그는 적대감이 서린 눈으로 일라이를 노려보고는, 장검을 일라이의 목 끝에 겨누었다.

그러다 이 상황이 재밌다고 생각했는지 낮게 웃으며 검을 내렸다.

"후작도 되지 못한 짐승 새끼가, 내 후계가 될 레티시아에게 접근할 수 없다."

가이안이 서늘한 눈으로 경고했지만, 일라이는 걸음을 멈추지 않았다.

일라이가 한쪽 무릎을 꿇고는 레티시아의 빈손을 잡아 제 앞으로 가져왔다.

쪽.

그리고 보란 듯이 레티시아의 손등에 입술을 짙게 맞추었다. 두 눈을 날카롭게 빛내며 일라이가 말했다.

"다음에 만날 땐, 네르바드 후작으로서 보게 될 겁니다. 나의 공녀님."

말을 마친 뒤, 일라이는 레티시아의 손등을 놔주고는 천천히 몸을 일으켰다. 가이안 공작을 보며 두 눈을 매혹적으로 휘는 것도 잊지 않았다.

"제가 후작이 되면 따님께 청혼하겠습니다. 그럴 기회를 주실 수 있겠습니까?"

"그럴 자격이 없다고 했을 텐데도! 후작도 아닌 놈이 감히……!"

일라이도 정말로 청혼할 생각은 아니었고, 그저 떠보려는 의도였다. 새장 속의 주인이 어떤 반응을 할지 궁금했기에.

역시나 예상했던 반응이었다. 자식을 소유물로 생각하는 자들은 결혼이든, 다른 이유에서든 제 품에서 벗어나는 걸 용납하지 못했다.

"그때는 아버님이라고 불러 드려야겠군요, 가이안 공작님."

일라이는 그렇게 말하고는 가슴에 한쪽 손을 얹고 정중히 고개를 숙였다. 나무랄 데 없는 완벽한 예법에 가이안이 입술을 짓씹듯 깨물었다.

"네놈이 네르바드 후작이 된다고 달라지는 게 있겠느냐?!"

"달라지는 게 없다면, 이제 달라지도록 바꿀 겁니다. 다시 만날 때까지, 건강히 지내시길."

할 말을 전하고 일라이는 레티시아와 두 눈을 맞추었다. 자신을 보고 안타깝게 일그러졌던 붉은 눈동자는 어느새 완벽한 유리 조각으로 변해 있었다. 레티시아는 감정을 능숙히 감추며 고요한 시선으로 일라이를 바라보았다.

'공녀에게 안식이 닿기를.'

그녀를 위해 금빛 화살을 쏴 주었던 마탑주, 일라이 네르바드를.
일라이 또한 오늘의 일을 쉬이 잊을 수 없었다.
레티시아 마네르가 자신을 구하기 위해 쏘았을 백색의 얼음 화살을.
분명, 어제 봤던 얼음 조각처럼 아름다울 것이다.
그 활의 주인만큼이나.

* * *

"네르바드 후작."
연회장 안에는 주저앉은 채 벌벌 떠는 네르바드 후작과 가이안 공작. 이렇게 둘만 있었다. 연회를 찾았던 손님은 일제히 저택을 떠났고, 레티시아는 유로 백작과 피오네와 함께 공작저로 돌아갔다. 공작의 명령 때문이었다.
일라이 네르바드는 홀로 저택을 나섰다. 그의 앞을 가로막는 기사는 없었다.
"베르타의 성유물로도 아들을 붙잡지 못했군."
"성, 유물을 돌려주지 않아 책임을 물으시려는 겁니까?"
"상관없어. 오래전 항쟁으로 사라졌다 알려진 성유물이었고, 그리 귀한 것도 아니었으니."

가이안은 그렇게 말하며 장검을 든 채 네르바드 후작에게 다가갔다. 노쇠한 중년 남자가 피로 얼룩진 두 손에 얼굴을 묻고 있었다.

"이제, 그대는 죽는 일만 남았군. 그것도 자식에 의해서."

가이안의 중얼거림에 후작이 놀라 고개를 들었다. 붉게 충혈된 눈이 공작을 향했다.

"도, 도와주십시오!"

다리에 힘이 풀린 후작이 엉금엉금 기어 가이안의 코앞에서 멈추었다. 주름진 손이 공작의 바짓단을 붙들고 애원했다.

"제, 제 아들을 죽여 주십시오! 아니, 제 아들도 아닙니다! 저 악랄하고 잔혹한 괴물을 죽여 주십시오, 제발……!"

"어려운 부탁이야, 후작. 그리고, 내가 왜 그래야 하지?"

"일, 일라이를 죽여 주신다면 뭐든 드리겠습니다."

"가장 귀한 것도?"

가이안의 물음에 네르바드 후작은 여러 번 고개를 끄덕였다.

"그럼 예언록으로 하지. '헤브론'의 마지막 장에 기록된 예언."

"그, 그런 건 제 저택에 없습니다."

"알아. 마탑에서 보관하고 있을 테니."

가이안은 피식 웃으며 허리를 굽혀 후작과 시선을 마주했다. 한쪽 무릎을 꿇은 그가 후작의 턱을 우악스럽게 거머쥐었다.

쫘악.

"일라이를 죽여 주겠다. 단, 그 계획이 성공한다면 마탑의 원로 자리를 내놓아야 할 거다."

"다, 다른 원로들의 반대가 없다면야……."

"그 누가 반대할까. 황금 가문 아스테반의 가주는 실종 되었고, 윈터는 식량난에 허덕이는 신세지. 후작, 당신이 마네르에 원로 자리를 양보한다면, 그 누구도 반대하지 않을 거다."

"그, 그러겠습니다. 마네르 공께서 일, 라이만 죽여 준다면……!"

가이안은 네르바드 후작을 버러지 보듯 내려다보았다. 오래전부터 찾았던 예언록을 손에 넣을 수 있다면, 나쁘지 않은 거래였다.

고서 『헤브론』의 마지막 장.

종장의 예언록은 본디 마탑주만 열람할 수 있는 것.

마탑주가 되려면 네 명의 원로로부터 동의를 얻어야 했으며, 그 대리자 격인 차기 마탑주는 원로 두 명의 동의가 필요했다.

'교활한 놈. 원로들에게 인정받지 못해 차기 마탑주도 되지 못한 놈이……!'

가이안 자신이 후계로 삼을 레티시아에게 청혼하겠다는 것부터가 마음에 들지 않았다. 허락 없이 소유물에 손을 대려고 하다니.

일라이가 어떤 대악마와 계약했는지 알아내면 약점을 찾을 텐데. 지금에선 단서가 없었다. 계약자는 대악마의 문장을 빌려 권능을 보이며, 그의 이름을 묵언으로 읊는다. 그러니…….

대악마의 문장과 이름.

힘의 원천이자 약점을 알아낸다면…….

그전까지 마탑주가 된 일라이 네르바드가 먼저 그 예언록을 보게 둘 순 없다. 가이안 자신이 앞서 마탑의 원로가 되면 어떻게든 예언록에 접근할 기회가 생길 테니.

그가 간절히 예언록을 찾는 이유는…….

『헤브론』의 예언록에는 4대 가문의 가주들이 겪게 될 저주가 기록되어 있다.

100년 주기로 네 가문에 변화를 가져올 대변혁 또한.

이들을 대현자 아브라함이 예측하여 예언으로 남겨 두었기 때문이었다.

'그 예언록을 본다면, 레티시아가 바뀐 이유를 알아차릴 수 있겠지.'

어느 날 갑작스레 생긴 듯한 미지의 능력도.

* * *

"저, 진짜 깜짝 놀랐어요!"

피오네의 조잘거림에 레티시아는 졸린 얼굴로 고개를 끄덕였다. 정오의 햇살이 더 몸을 나른하게 만든 탓이다.

이틀 전, 네르바드 저택에서 얼음 화살을 쏜 뒤로 기력이 쇠한 레티시아는 졸음을 이기지 못했다. 마차와 숙소에서 잠깐 휴식한 거로는 피로가 풀리지 않았다.

그에 비해 피오네는 쌩쌩했다. 몸이 약했던 애가 맞나 싶어 레티시아는 눈을 가늘게 떴다가 겨우 졸음을 이겨 내며 대꾸했다.

"그래, 많이 놀랐겠구나."

"네! 공녀님이 마법을 쓰시는 거 보고 피오네 심장이 철렁했어요."

"그 정도였니?"

레티시아는 나른한 얼굴로 답했다. 활력 없는 모습에 피오네는 두 팔을 뻗어 거대한 원을 만들어 내더니 활짝 웃으며 말했다.

"네! 이만큼이나요! 공녀님 마법사가 되시면, 마탑으로 가시는 거예요?"

"글쎄······."

레티시아는 말끝을 흐렸다. 피오네의 기대와 다르게 그녀는 마법사도, 마법을 쓴 것도 아니었다. 단지 자신의 능력이 정령술이라 여러 정황으로 짐작할 뿐이다.

'난 알레타의 혼혈이니까······.'

하지만 그마저도 확신할 수는 없었다.

정령술사는 대대로 고대 알레타 왕국, 즉 피온 왕가의 혈통이었다. 그렇지만, 어머니는 작은 동물들이 잘 따랐다는 것 외에는 평범한 사람이었다.

'뭐가 없었지. 그리고, 정령술사는 500년 전에 맥이 끊겼는데.'

레티시아는 중앙 교단에 들러서 자신이 정령술사인지 확인할 계획이었다. 마탑에도 시험장이 있었지만 여기서 너무 먼 데다, 마탑과 신성 가문인 마네르는 사이가 그리 좋은 편은 아니어서 방문하기 껄끄러웠다.

'그래도 교단에는 쉽게 들어갈 수 있으니까.'

문제는 시험 이후의 결과였다. 정령술사든, 정령술사가 아니든 아버지의 귀에 들어가게 되리라.

'그게 무서워서 공작저에 처박혀 있을 순 없어. 알아보는 게 먼저야.'

그다음은 결과에 따라 움직이면 된다.

레티시아는 이미 두 가지 길을 만들어 두었다.

첫 번째는 윈터와 접촉할 기회.

윈터 백작을 만난 건 아니었지만, 그녀를 따르는 대사제에게서 정령석도 받았다.

'대사제가 정말로 윈터 측 사람인지 확인해 봐야겠지만.'

두 번째는 일라이 네르바드의 도움을 받을 기회였다.

레티시아는 능력이 발각되는 위험을 무릅쓰고서 일라이를 구해 주었다. 은혜도 갚고 그의 도움을 받기 위해서였다.

구해 준 의도가 어찌 됐든 일라이는 레티시아에게 고마움을 표했고, 그녀를 도와주겠단 뜻을 밝혔다. 아직 후작도 안 된 일라이 공자가 대놓고 공작과 기 싸움을 할 줄은 몰랐지만.

'다음에 만날 땐, 네르바드 후작으로서 보게 될 겁니다. 나의 공녀님.'

아직도 일라이가 했던 말이 생생했다. 자신의 손등에 짙게 입술을 맞추고 그런 말을 남겼었다.

'일라이가 차기 마탑주가 되면 좋겠지만…….'

앞으로 몇 년을 더 기다려야 할지 몰랐다. 이전 생에선 오래 걸렸으니까.

'그래도 할 만큼 했어.'

이제 남은 건 가문에서 조용히 지내면서, 언제 중앙 교단의 시험장으로 빠져나갈지 틈을 보는 것이다.

레티시아는 턱을 괸 채 펼쳐진 동화책으로 시선을 내렸다. 피오네가 놀아 달라 조르길래 적당히 동화책이나 보여 주고, 졸린다고 하면 유로 백작에게 보낼 생각이었다.

하지만 피오네는 동화책 따위에 관심이 없었다. 『하얀 여왕』이 얼마나 재미없는 동화책인지, 피오네도 이미 알고 있기 때문이었다. 턱을 괴어 꽃받침을 한 피오네가 반짝거리는 눈으로 레티시아만 보며 말했다.

"있잖아요, 공녀님은 피오네의 영웅이에요."

"그래, 뭐. 별 볼 일 없는 영웅도 있기 마련이지. 내가 가문에서 끈 떨어진 신세라는 건 알고 있니?"

"저도 알 건 알아요! 그 얘기도 열 번째니까요! 그치만, 끈은 떨어졌어도 공녀님은 피오네도 구해 주셨고, 그 잘생기고 예쁜 오빠도 구했잖아요?"

"잘생기고 예쁜?"

"네, 아빠 말로는 일라이 공자라고 했었는데……. 그 엄청나게 잘생긴 오빠요!"

일라이가 잘생기긴 했지. 레티시아는 피오네처럼 턱을 괴며 저도 모르게 생각했다. 이전에 마지막으로 보았던 일라이의 모습이 생생했다. 그때는 스물한 살이었지만.

새하얀 로브를 쓴 흑발의 일라이는, 잘생겼다는 말로는 부족할 만큼 잘생겼었다.

짙은 눈썹. 그 아래 보기 좋게 자리 잡은 오뚝한 코. 색정적으로 보이는 붉은 입술. 그에 비해 남자답게 날카로운 턱선. 넓고 단단한 어깨. 탄탄한 가슴. 날렵한 허리까지.

저물어 가는 황혼이 비쳤던 얼굴은 신이 빚었다고 봐도 좋을 만큼 아름다웠다. 군중을 경멸 어린 시선으로 내려다보는 것으로 모자라, 냉소를 담았던 보라색 눈동자까지.

'그 모습이 꽤 강렬했나 보네. 나도 참⋯⋯.'

이렇게까지 생생하게 기억날 줄은 몰랐다. 레티시아는 어쩐지 낯부끄러워서 손등에 뺨을 묻었다.

"공녀님, 열나요? 피오네가 주치의 아저씨 불러올까요? 웃는 게 사악해서 좀 무섭긴 하지만⋯⋯."

"아, 글란츠는 됐어. 자주 보면 머리 아파지니까."

"네⋯⋯."

피오네는 얌전히 대답하며 레티시아를 흘끔거렸다. 아까 잘생긴 오빠 이야기를 한 뒤로, 공녀님은 꽤 긴 시간 동안 말이 없었다. 뺨이 조금 붉어지긴 했지만.

"어, 공녀님⋯⋯. 혹시 잘생긴 오빠 생각하시는 거예요?"

"아니, 피오네. 난 일라이 생각한 적 없어. 전혀."

레티시아가 딱 잘라 부정하자 피오네는 고개를 주억거렸다.

이 언니, 아무래도 그 잘생긴 오빠를 생각하는 게 맞았다.

'아빠가 제대로 전하라 했었으니까.'

피오네는 뺨을 긁적이고는 공녀님을 찾아온 목적을 떠올리며 말했다.

"아, 공녀님! 전에 마차 안에서 그러셨잖아요? 중앙 교단에 가고 싶다고요."

"그랬지."

레티시아는 한숨을 내쉬며 답했다. 스승님에게 알릴 생각은 아니었지만, 얼떨결에 말해 버렸다.

사제지간이긴 하지만, 유로 백작의 고집으로 인한 일방적인 관계일 뿐, 아직 완전한 신뢰가 쌓인 건 아니었다. 그래서 괜한 말을 꺼낸 게 아닌지 걱정했는데, 하루가 지나기도 전에 피오네가 먼저 물어온 것이다.

"교단에 가시면 호위가 필요하실 거라고, 아빠가 말했어요."

"호위라면 파베르를 데리고 가도……."

"그 아저씨는 회색 기사단이잖아요? 아빠 말로는, 적어도 1부대 적기
사는 데리고 가셔야 한대요."

"그 점은 걱정하지 마시라고 전해 줘. 적기사라니……. 귀한 인재가
나를 위해 시간을 내줄 리도 없고."

유로 백작이 따라가려는 걸 피오네는 겨우 막았다. 공녀가 조심스레
움직이고 싶어 하는 데다, 백작 또한 오래 자리를 비울 수 없었다.

"아빠가 믿을 만한 기사를 추천해 주신대요."

"믿을 만한 기사? 그건 유로 백작의 관점이겠지?"

"네! 피오네도 그 사람, 꽤 믿을 만하다고 생각해요. 저와 가까운 사
이는 아니지만……."

피오네의 말을 듣던 레티시아가 고개를 기울였다. 본인 중심의 화법을
쓰는 건 익히 알고 있었지만, 그렇다 해도 피오네의 말은 이상했다.

유로 백작이 신뢰하는 기사를 피오네도 신뢰한다. 거기다 믿을 만한
사람인데, 친하지는 않다고?

"그게 누군데?"

레티시아는 바로 거절하는 대신 팔짱을 낀 채 물었다. 피오네가 뺨을
긁적이더니 덤덤한 얼굴로 말했다.

"루비얀 유로. 유로 백작의 후계자예요."

피오네가 말한 믿을 만한데 친하지 않은 기사는, 그녀의 오라버니였다.

* * *

"공녀님! 여기예요, 여기!"

다음 날 저녁, 레티시아는 다쳤던 곳에 유로 백작이 준 연고를 바르고는 후원으로 나섰다.

유로 백작은 "몸이 낫는 즉시 검술을 가르쳐 주겠다!"라며 호언장담했지만, 레티시아는 어쩐지 조금 쉬고 싶어졌다. 그간 쉼 없이 생각하고, 긴장하고, 다쳤기 때문이었다.

주방에서 나온 음식을 섞어 장난치던 하인도 정리했으니, 이제 공작 저에서 그녀에게 함부로 대하는 사람은 없었다.

'남은 건 시녀장뿐이던가……?'

시녀장은 아직 정리를 못 했는데, 요샌 조용한 눈치였다. 전처럼 무례하게 굴었다면 바로 정리했을 텐데, 생존 능력이 없진 않은지 몸을 사리는 모양이었다. 어제도 피오네가 가고 난 후, 깨끗한 다과와 차를 직접 들고 왔으니까.

'피오네 영애가 왔었다면서요? 카라가 제대로 다과를 내왔을지 모르겠네요, 호호.'

마리암은 낡은 탁자 위에 직접 간식을 올려 주고는 레티시아의 무릎에 냅킨까지 덮어 주었다.

'아, 하녀 애들이 멍청하게 굴진 않았나 모르겠어요. 저처럼 공작가를 오래 보필해 왔다면 모를까……. 걔들은 윗사람을 모셔 온 경력이 터무니없이 짧아서 문제예요.'

레티시아는 시녀장이 태도를 바꾼 이유를 알아차렸다.

가이안 공작은 따로 후계자를 둔 적이 없었다. 그 때문에 가문에서든 가문 밖에서든 당연히 적자인 필립이 후계자가 될 거라고 생각했다.

공작이 하나 있는 아들을 후계자로 만들겠다며 돈을 퍼부었지만, 필립은 후계자로서 자질이 없었다. 그렇다고 사생아인 레티시아가 후계자가 될 가능성은 없어 보였다.

시녀장은 필립이 후계자가 될 거라고 생각해서 레티시아에게 멋대로 굴었다. 하지만 연회에 간 건 레티시아였고, 크게 상황이 바뀌었다. 시녀장으로선 좋든 싫든 레티시아에게 잘 보여야 하는 처지였다.

'사람이 바뀔 리가 없지. 본질은 그대로니까.'

이전 생에서 시녀장은 레티시아가 쓴 일기장을 멋대로 불태워 버렸다. 누가 볼 수 없게 고대어로 쓴 일기를 비웃으면서.

그 일기장은 레티시아의 전부였다. 어머니의 마지막 임종을 지키지 못했지만, 그녀와 했던 약속을 지키고 싶어서 쓴 일기였기 때문이었다.

'제국어도 제대로 못 뗀 계집이, 주제에 모르는 언어로 쓴 게 기분 더 럽잖아.'

이전 생의 시녀장은 그렇게 말했다. 레티시아가 뭘 썼는지 알았다면, 그대로 조부에게 달려가 이를 생각으로.

'시녀장은 어떻게 할까.'

레티시아가 고민하던 때였다. 함께 걷던 피오네가 놀란 듯 그녀의 드레스 자락을 잡아당겼다. 그제야 레티시아는 상념에서 벗어나 피오네를 끌어안았다. 혹시 모를 위험이 있을까 봐, 본능적으로 한 행동이었다.

"공녀님?"

피오네가 놀란 얼굴로 커다란 눈을 깜빡였다. 레티시아가 왜 안아 주는 건지 몰라도, 그것이 꽤 설레서 가만히 안겨 있었다.

"어?"

그러다 앞을 바라보던 피오네는 누군가를 보고 놀란 듯 눈을 크게 떴다. 수풀에 가려져 있던 낯선 인영이 모습을 드러냈다.

새하얀 제복을 입은 분홍색 머리칼의 소년이었다. 목깃과 소맷자락에 붉은 장식이 들어가 있었다.

'적기사단······!'

적기사단은 공작 휘하의 기사들로, 소수 정예만 모인 곳이었다. 그런 적기사를 후원에서 마주칠 거라고 생각하지 못했던 레티시아는 놀라고 말았다.

레티시아가 공녀임을 알아본 소년이 가슴팍에 손을 얹고 허리를 숙였다.

"처음 뵙겠습니다, 공녀님. 유로 백작가의 장남, 루비얀이라고 합니다."

루비얀 유로라고……?

레티시아는 놀라 눈만 깜빡였다. 그도 그럴 것이 루비얀은 분명…….

"교단에 가실 때까지 제가 공녀님의 호위를 맡게 되었습니다. 곁을 지키는 것을, 허락해 주시겠습니까?"

녹색 눈동자를 가진 눈매가 휘며 루비얀이 부드러운 미소를 덧그렸다.

'루비얀…….'

유로 백작의 여동생 부부가 마차 사고로 세상을 떠났고, 백작은 홀로 남게 된 루비얀을 친양자로 입양했다. 피오네는 어릴 때부터 몸이 약해서 후계자가 될 수 없었기에, 루비얀은 유로 가문의 후계자가 되었다.

사고 또는 경제적 이유로 자녀를 키울 수 없는 부부가 먼 친척의 후계자로 입양을 보낸다. 이는 귀족 사회에서 흔히 볼 법한 이야기였다.

"공녀님?"

루비얀이 의아한 얼굴로 레티시아를 불렀다.

"……아, 알겠어요. 유로 경께서 제 호위를 맡아 주신다니 기쁘네요."

"아닙니다, 공녀님. 오히려 제가 영광입니다."

루비얀은 그렇게 말하며 제 가슴팍에서 손을 떼고는 레티시아의 안색을 살폈다. 말과 달리 그녀는 그리 기쁜 얼굴이 아니었다.

'그때, 나를 찾아왔었지.'

감옥에서 갇혀 죽음을 기다리던 날. 그녀의 발치로 크리스털 병이 굴러와 닿았다. 독살할 때 자주 쓰이는 맹독 벨라돈나가 든 것이었다.

'명예로운 죽음을 맞을 기회를 주겠다.'

기사 제복을 입은 남자가 그녀에게 그렇게 말했었다. 분홍색 머리는 비에 젖어 뺨에 달라붙었고, 녹색 눈동자에 짙은 증오가 서려 있었다.

'피오네는 아버지의 유일한 보물이었는데…….'

피오네를 애틋하게 여긴 적은 없었어도 그의 동생이었다. 하물며 그가 은혜를 갚기로 맹세했던 아버지는 망가져 버렸다. 그렇게 활발하던 사람이 밖으로 잘 나오지 않았고, 텅 빈 저택에 돌아가고 싶은 마음이 없다며 작고 초라한 집을 구해 술만 퍼마셨다.

유로 백작이란 명예도, 마네르의 방패였던 것도 전부 잊어버린 것처럼.

루비얀은 증오가 들끓는 눈으로 레티시아를 보며 말했다.

공녀, 당신을 제자로 아꼈던 아버지를 생각해서 독을 구해다 준 것이라고. 마지막 자비로 고통 없이 숨이 멎을 수 있게.

레티시아는 수진이 준 약을 먹어 정신이 흐려진 와중에도 루비얀이 준 독약을 손에 쥐었다. 마지막으로 보았던 건 세차게 몸을 돌리던 남자의 모습.

그때 루비얀은 적기사단장이었다. 본래 유로 백작이 입었어야 할 황금 무늬가 새겨진 제복을 걸치고 있었으니까.

'나한테 독을 줬던 사람…….'

그건 호의였을까. 아니면 증오였을까. 레티시아는 묘한 기분이 들어 루비얀을 쳐다보았다.

화형대에 끌려가기 하루 전날 그 독을 마셨지만, 그녀는 죽지 않았고 끔찍한 고통도 없었다. 수진이 기사를 시켜 해독제를 먹였기 때문이었다.

그러니 이전 생의 루비얀이 주었던 독이 진짜인지 가짜인지 확신할 수 없었다. 지금으로선.

"루비얀 경이라고 불러 주시면 됩니다. 공작님께서 가끔 아버님을 '유로 경'이라고 부르시니까요."

"그러도록 하죠, 루비얀 경."

호칭이야 뭐가 됐든 상관없다. 레티시아는 불편한 기분이 들어 루비얀에게 고개를 끄덕이고는 몸을 돌렸다.

'내가 마음에 안 드시는 건가······.'

루비얀은 그렇게 생각했다. 공녀가 날을 세운 건 아니었지만, 확실히 경계하는 느낌이라고. 제대로 인사한 건 오늘이 처음이라, 루비얀은 이유조차 짐작하기 어려웠다.

'아버지에게 듣기로 차갑고 쌀쌀맞지만, 가끔은 마음 따뜻한 사람이랬는데.'

루비얀은 우두커니 서서 레티시아를 바라보다가 이대로 안 되겠다 싶어서 한걸음에 달려갔다. 그리고 레티시아의 옷소매를 조심스레 잡아끌었다. 감히 공녀의 손목을 잡을 생각은 못 했던 탓이다.

대범한 움직임과 어울리지 않는 소심한 행동에 레티시아가 허, 하고 헛웃음을 흘렸다.

"뭐예요?"

"혹시······ 싫으신 거라면, 시정하겠습니다."

루비얀의 말에 레티시아는 팔짱을 낀 채 고개를 기울였다.

'솔직히 말할까? 맞아, 난 당신이 마음에 들지 않는다······고.'

하지만 께름칙한 사람은 이전 생의 루비얀이었지, 지금의 그는 아니다. 레티시아는 한쪽 눈썹을 올리며 답을 재촉했다.

"경이 마음에 들지는 않지만, 호위 서는 건 허락할게요. 경도 좋아서 내 호위를 서는 게 아닐 테니까."

"아, 제 머리……가 아니라 제가 마음에 드시지 않는 거였군요. 죄송합니다."

루비얀이 뺨을 붉히며 고개를 숙였다. 그는 공녀가 자신의 분홍 머리를 못마땅하게 여긴다고 생각했다. 눈에 띄는 색이라서 기사단에서도 자주 놀림을 받았다. 이번에야말로 진한 남색으로 염색해야겠다고 다짐할 정도로.

이런 반응은 또 처음이라서 루비얀은 당황한 얼굴로 말을 이었다.

"앞으로는…… 공녀님 눈에 띄지 않겠습니다."

"교단에 갈 때도요?"

레티시아가 반색하며 묻자 루비얀은 그건 아니라며 고개를 저었다.

'왜 날 탐탁지 않게 여기시는지 물어보고 싶은데.'

잠깐 고민하다가 루비얀은 그만두었다. 자신은 기사고 그녀는 공녀였으니 답을 캐묻는 게 무례라고 생각했기 때문이었다.

"교단에 갈 때는 제가 곁을 지키겠습니다."

"그래요, 루비얀 경. 그 외에 제게 달리 할 말이 있나요?"

"예. 한 마디만 더해도 되겠습니까?"

"하세요."

여전히 팔짱을 끼던 레티시아는 탐탁지 않은 얼굴로 고개를 끄덕였다. 피오네가 흥미로운 표정으로 둘을 번갈아 쳐다보았다.

"저를 마땅찮게 여기셔도 됩니다. 그래도 공녀님의 곁은 지키게 해 주십시오."

기사의 정중한 요청에 레티시아는 팔짱을 풀고서 한숨을 내쉬었다. 그 소리에 루비얀이 표정을 굳혔다. 뒤늦게 주제넘었단 생각이 들었기 때문이었다.

"제 곁에 있어 주세요. 교단에 갈 때까지만."

루비얀은 속으로 '갈 때뿐만 아니라 올 때도……'라고 생각했지만,

말없이 고개를 끄덕였다.

　오라버니의 얌전한 태도에 피오네가 고개를 갸웃했다. 평소에도 말수가 없는 편이었지만, 저렇게 기가 죽은 얼굴은 아니었다.

　"감사합니다, 공녀님. 저를 믿고 맡겨 주셔서."

　루비얀의 인사에 레티시아는 살짝 고개를 끄덕였다. 하지만 무표정한 얼굴은 그대로였다.

　이전 생에서 피오네가 수진에게 살해된 후.

　레티시아를 교단에 끌고 간 건, 유로 백작의 아들 루비얀 유로였다. 교단의 최상층 앞에서 거친 손으로 레티시아의 머리칼을 쥐고 루비얀이 명령했었다.

　'네 죄가 밝혀지면, 그때 내 손으로 널 죽이겠다. 네가 피오네를 죽였던 것처럼.'

　대사제가 조사를 통해 레티시아가 피오네를 살해했다고 밝혔지만, 루비얀은 그녀를 죽이지 않았다. 그가 손을 쓰지 않아도 이미 공녀의 사형이 결정되었기 때문이었다.

　그 기억 때문에 레티시아는 루비얀이 살갑지 않았다.

　'당신 처지에서 생각하면 이해되겠지. 근데 난 이해하고 싶지 않아.'

　또다시 교단에 끌려가는 일은 없을지라도 레티시아는 이전의 기억 때문에 루비얀이 두려웠다. 그래서 그와 거리를 두고 싶었다. 호위를 서는 건 어쩔 수 없겠지만, 그 이상 가까워지고 싶진 않았다.

　저택으로 돌아가는 길에서 피오네가 걱정스럽게 물었다.

　"공녀님, 저희 오빠가 분홍 머리라 싫어하시는 거죠? 적기사단 중에 그런 아저씨들이 많았거든요."

　"아니, 피오네. 난 루비얀 경이 금발이라도 탐탁지 않았을 거야."

레티시아는 답하며 한숨을 흘렸다. 그러고는 피오네와 함께 천천히 걸으며 후원을 벗어날 때였다.

"공녀님!"

저 멀리서 한 기사가 레티시아 앞으로 뛰어왔다. 정중히 고개 숙여 인사한 기사가 다급한 얼굴로 말했다.

"공작님께서 공녀님을 찾으셨습니다. 긴히 할 말이 있으시다고……."

＊ ＊ ＊

피오네와 헤어진 레티시아가 공작의 집무실에 들른 건, 20분 남짓 지났을 때였다.

집무실에 앉아 있던 공작은 인기척이 들리자 고개를 들었다. 그리고 안으로 들어서는 레티시아를 보며 물었다.

"루비얀은 만나 봤나?"

"네, 아버지. 적기사가 제 호위라니, 생각지도 못했는데 감사드려요."

고맙다는 인사에 가이안은 쥐고 있던 깃펜을 내려 두고 레티시아를 물끄러미 바라보았다.

"그리 기뻐하는 기색이 아니군."

"아뇨, 정말 기뻐요."

그런 것치곤 무감정한 얼굴인데. 가이안은 머리를 쓸어 올리고는 입을 열었다.

"뭐, 됐다. 애초에 네 생각이 중요한 건 아니니까. 그리고 넌 그게 문제다."

"네?"

"피오네처럼 좀 솔직해져라. 딸이면 딸답게 애교도 부리고 좀 살갑게 굴 줄 알아야지."

"……애교요?"

"그래. 100년 된 목석 갖다 놓은 거 같아서 불쾌하구나."

난 당신 얼굴 보는 게 더 불쾌한데 피오네처럼 해 달라……?

이게 무슨 개똥 같은 소리야. 해 주는 건 없는데 바라는 게 너무 많은 거 아닌가? 이제 와서 부녀 행세를 하자고?

'까짓것 해 주지, 뭐. 아비 노릇은 하기 싫으면서 딸의 애교는 보고 싶은가 본데.'

레티시아는 차분한 미소를 지으며 고개를 끄덕였다.

그 뒤로 가이안은 괜한 말을 했다고 생각했는지 계속 침묵을 유지했다. 기사를 시켜 집무실로 당장 오라던 건 그였는데도.

레티시아는 초연한 얼굴로 '애교 있는 딸'이 될 준비를 마쳤다.

그래 놓고 딸에게 앉으란 말 한마디가 없어서 오래 서 있던 차였다.

'먼저 불러 놓고 어지간히 시간 끌긴. 대체 난 뭐 하러 부른 거야?'

레티시아는 잠시 고민했다. 응당 이런 상황이라면 "무슨 일로 저를 부르셨나요, 아버지."라고 해야 맞을 테지만……. 레티시아는 생각을 바꾸었다. 가이안이 먼저 말할 틈을 주지 않기로. 그래서 그녀는 먼저 말하기로 했다.

"긴히 드릴 말이 있어요, 아버지."

가이안이 굳은 얼굴을 하더니 눈을 가늘게 떴다. 무슨 일로 불렀냐고 묻는다면 부른 이유를 말해 줄 생각이었다. 오랜 고민 끝에 내린 결정으로, 며칠 전부터 레티시아에게 할 말을 정해 두었다. 아마 들으면 제 딸도 무척 놀라면서 기뻐할 소식이리라.

레티시아 널 후계자로 삼을 생각이 있다. 단, 네가 후계자 수업을 열심히 한다면.

이런 말로 얄팍한 희망을 주고, 그럴듯한 여지를 두어 딸을 입맛대로 길들일 생각이었다. 가이안은 몰랐지만, 이전 생에 그가 레티시아를 대했던 방식과 똑같았다.

그런데…….

"아버지, 제가 성년이 되면 가문에서 절 파면시켜 주세요."

"뭐? 그게 무슨 헛소리냐?!"

"공작가의 귀한 명부에 비천한 제 이름을 올릴 순 없잖아요. 아버지도 조부님 말씀에 동의하신 거 아니었어요?"

레티시아가 먼저 선수를 쳐 버렸다. 당연하게도 가이안이 벌컥 화를 냈다.

"하! 레티시아, 너……! 진심으로 하는 소리는 아니겠지?"

"전 언제나 진심이었어요, 아버지. 아, 관심이 없으셔서 모르셨겠다. 제 생각이 짧았네요. 일찍 말할걸! 후, 속 시원해."

레티시아가 생글생글 웃으며 말했다.

"농담이라면 그쯤 해 둬라!"

"죄송하지만, 방금 했던 말은 꼭 들으신 걸로 해 주세요."

피오네를 쭉 봐 왔기에 애교를 부리는 건 식은 죽 먹기였다. 매운맛, 신맛, 쓴맛 다 섞어 버린 애교면 더 마음에 들리라.

'먼저 쳐야 승산이 있는 법.'

레티시아는 말을 마치며 후련한 미소를 지었다. 그러다 가이안을 흘 겨보더니 떼를 쓰며 투정 부렸다.

"아, 아버지! 왜 말이 없어요! 호옥시, 삐지셨어요? 레티시아가 후계 자 안 한다고 해서?"

레티시아가 고개를 갸웃하며 팔짱을 끼자, 가이안이 이를 사리물었다.

"아, 삐지셨구나!"

그 모습을 본 레티시아가 고개를 원위치로 하고는 손뼉을 치며 해맑 게 웃었다.

쾅!

"지금 뭣 하는 게냐?!"

가이안이 참지 못하고 주먹 쥔 손으로 책상을 세게 내려쳤다.

그래, 그렇게 해야 가이안 매너지!

아직도 저 버릇을 못 고쳤단 거에 좀 유감이었다.

평소에는 점잖은 척 굴던 공작도 조부와 똑같은 부류였다. 그가 제 분을 못 이겨 목소리를 높이고 물건을 세게 칠 때마다 레티시아는 두려워하며 숨을 죽여야 했다.

'가문을 나갈 땐 나가더라도 당신 그 개 같은 버릇, 고쳐 주고 나가야겠어.'

짝!

레티시아는 더 크게 손뼉을 치며 큰 소리를 내기 위해 숨을 길게 들이쉬었다. 힘껏 친 탓에 손이 얼얼했다.

"아니, 아버지! 그렇게 해서 책상 부서지겠어요? 더 세게 쳐야죠!"

"레티시아!"

가이안이 다시 언성을 높이려 하자, 레티시아는 이를 악물고 도자기가 있는 쪽으로 다가갔다.

"제가 가르쳐 드릴게요, 아버지. 그렇게 백날 쳐 봤자 귀하신 손만 아플 테니까."

레티시아는 가이안이 아끼는 도자기를 들었다. 그와 눈이 마주친 순간 화사한 미소를 지었다.

"이 정도는 해야 깨지죠."

그 말과 동시에 레티시아는 도자기를 든 두 손의 힘을 뺐다.

쨍그랑!

도자기가 시원하게 깨지며 파편이 카펫 위로 산산이 흩어졌다. 파편 중 하나가 튀어 그녀의 뺨을 스치며 그었지만, 레티시아는 눈 하나 깜짝하지 않았다.

얌전하다 못해 쥐 죽은 듯이 살던 딸의 폭력적인 모습에 가이안은 경악을 금치 못했다.

"레티시아!"

분노에 찬 고함에 레티시아는 손등으로 뺨의 상처를 훑고는 눈을 내리깔았다. 그리고 얌전히 답했다.

"제게 가르쳐 주신 대로 행동했을 뿐이에요. 제가 본 게 그것뿐이거든요."

목소리를 높이고 툭하면 손을 올리며 물건을 던지는 것.

당신의 거울이 되어 주겠다는데, 왜 저렇게 화를 내고 당황해하는지 알 수 없었다.

"후, 속 시원해라. 좋은 거 가르쳐 주셔서 감사해요. 저도 아버지를 따라서 아랫것들에게 본보기를 보여야겠어요."

가이안은 할 말을 잃고 레티시아를 바라보았다. 제 딸이 드디어 미쳤단 생각이 잠깐이지만 깊게 들었다.

"필립 오라버니가 아버지를 닮아 주먹이 시원시원 하나 봐요. 기분 나쁘면 하인들 막 패던데. 기사가 되겠다면서 가문의 기사들 후려치며 동료애를 다지더라고요?"

"너! 하고 싶은 말이 뭐냐?!"

"저도 잘 몰라요. 필립의 주먹이 시원시원하다는 거?"

레티시아는 자신 없다는 듯 말끝을 흐리고는 테이블 옆 의자를 빼서 털썩 앉았다.

"죄송해요. 방금 건 공녀답지 않았죠? 공녀는 어떻게 앉더라? 카트린느 예법 선생님이 대충 가르쳐 줬었는데."

시간 약속을 안 지켜서 날 매일 기다리게 했던 그 선생 말이지.

레티시아는 머리를 쓸어올리고는 다리를 꼬아 앉았다. 그 모습에 가이안이 입술을 꽉 깨물었다.

"레티시아 다리 아프니까 좀 앉을게요. 그래도 되죠?"

"하, 그래. 앉아라."

피오네의 3인칭 화법이 제법 효과가 있는지, 가이안은 질린 얼굴을 했다. 남의 딸인 피오네가 칭얼거리는 게 나쁘지 않아서 그렇게 좀 해 보란 거였지, 저렇게 근본 없는 애교를 부리라고 한 건 아니었다.

"그래서, 후계자가 될 마음이 없다? 조금도?"

"네!"

"그렇게 쉽게 대답……! 하, 됐다. 네 말대로라면 필립이 후계자가 될 텐데. 그 애가 가주가 되면 무사할 듯싶으냐? 쥐도 새도 모르게 사라질 거란 생각은 안 들어?"

"아, 맞다. 그러면 제가 후계자가 되고, 또 가주가 되면 필립 내쳐도 돼요?"

"그거야 네 마음이겠지."

"생각해 보니 그냥 내쳐선 안 될 거 같아요. 쥐도 새도 모르게 죽이는 건 좀 그러니까……."

레티시아는 뺨을 긁적이더니 가이안을 향해 밝게 물었다.

"일단 눈앞에서 치워 버릴 거예요. 재수 없는 얼굴 보기 싫으니까."

"……."

가이안이 침묵했다. 공교롭게도 필립은 그의 판박이였다.

다른 점이 있다면 잘생긴 아비를 아들이 억울하게 닮았단 정도?

"으음, 제가 가주가 되면요, 아버지. 필립이 대를 못 잇게 공 두 개 끊어 놓고 내보내도 되나요?"

"아비 앞에서 못 하는 말이 없구나!"

"필립은 저보고 노인네 후처로 들어가서 아이나 순풍순풍 낳으라던데요. 저 아직 열한 살인데 말이에요."

"마음대로 해라. 네 마음대로!"

가이안이 짜증이 치밀어 목소리를 높였다. 그러자 레티시아가 목소리를 아주 작게 내며 물었다.

"필립을 종사제로 보내 버릴 거예요."

종사제는 순결을 지키는 사제를 뜻했다. 결혼을 할 수 없으며 당연히 자식도 둘 수 없다. 연인과 정을 통해서도 안 된다.

레티시아는 가이안을 똑바로 바라보며 떠보듯 물었다.

"제가 가문을 말아먹어도 탓하지 않으실 거죠? 저도 사교계의 꽃이라던 헬라 부인처럼 남편 한 명, 정인 한 명 둘 건데 허락해 주실 거죠?"

"……그래, 계속해 봐라. 어디 계속해 봐."

"네, 그럼 계속할게요. 원하신다니까."

레티시아는 웃음기를 싹 지우고 초연한 얼굴로 말을 이었다.

"제가 못 먹고 못 입어서 그런데, 예산 좀 넉넉히 써도 되겠죠? 원래 그렇잖아요, 아버지. 없이 산 애들이 돈 밝히는 거. 돈 많은 마네르 공작 딸이 그런 건 좀 유감이시겠지만."

"마음대로 써라."

휘말린다고 생각했는지, 노기를 억누른 가이안이 긴 숨을 내쉬며 답했다.

"아, 제가 가주가 되면 아버지 방은 제 거네요? 조부님처럼 골방……. 아, 아니 아늑하고 안락한 방에서 지내시는 거고요?"

"……가주가 마땅히 공작의 침실과 집무실을 사용해야겠지."

가이안이 너그러운 미소를 지으며 답했다. 하지만 그의 속은 부글부글 끓다 못해 폭발할 지경이었다.

레티시아가 안타깝다며 두 눈썹을 휘었다.

"불은 잘 때 드릴게요. 조부님처럼 갑자기 쓰러지시면 안 되니까."

"그래, 어디 끝까지 해 봐. 이김에 해묵은 감정 다 털어 내자꾸나."

자리에서 일어난 레티시아가 가이안에게 다가가더니 그의 두 손을 꼬옥 붙잡았다. 세상 제일의 효녀처럼 걱정스레 가이안을 보며 말을 전했다.

"필립 오라버니 때문에 그간 많이 화나셨다는 거 알아요. 제가 후계자가 되면 필립을 가장 먼저 눈앞에서 치워 드릴게요. 속 시원하게 정리할 거예요."

이번에도 빠르게 제 할 말만 전한 레티시아가 단정한 미소를 지으며 손을 떼어 냈다. 그리고 열린 문틈으로 시선을 주었다. 그곳에는 얼어붙은 필립이 있었다.

"필립 마네르, 왜 그렇게 서 있어? 아버지에게 어서 잘못했다고 빌어."

레티시아는 두 손을 다소곳이 모으고는 전에 꺼내둔 의자에 앉았다. 그런 다음 문가에서 훌쩍이는 필립에게 턱짓했다.

"뭐 하니? 어서 아버지께 무릎 안 꿇고. 너 때문에 화가 나셨다잖아."

필립이 숨도 제대로 못 쉬고 껵껵 울자, 레티시아는 '어머' 하고 손으로 입가를 가렸다. 그리고는 자리에서 일어나 어쩔 줄 모르는 필립의 손을 다정히 붙잡고 가이안 앞으로 데려갔다.

"무릎 꿇고 사과해, 필립."

"나, 난 네, 오, 오빠라고!"

쿵!

필립이 훌쩍이면서 짜증을 내자 레티시아는 필립의 정강이를 세게 차고는 그녀보다 더 큰 오라비의 무릎을 꿇게 했다.

"이거 봐요, 아버지. 아버지의 자랑스러운 딸이 유로 백작님께 배운 거예요. 아버지가 절 후계자로 삼는다고 하셨으니까, 누가 윗사람인지 필립에게 똑똑히 보여 줘야겠어요."

"유로 백작이 그딴 걸 가르쳤다고? 그렇다 해도 지나치구나, 레티시아!"

"네, 저 좀 지나쳐요. 근데 뭐 어때요? 이제 후계자가 된다는데."

레티시아가 기대감에 가쁜 숨을 몰아쉬며 두 눈을 빛냈다. 가이안이 이를 악물고는 주먹을 말아 쥐었다. 쾅, 하고 책상을 치려던 그는 조금 전의 레티시아의 기행이 생각나 그만두었다.

대신 목소리를 한껏 낮추며 저조한 기분을 드러냈다.

"그쯤 해 둬라. 널 후계자로 삼겠다고 말한 적 없어. 필립이 멍청하니 네게도 기회를 준다는 것뿐이지."

"아, 아버지……! 제가 멍청하다뇨, 흐읏. 저 안 멍청해요!"

훌쩍이던 필립이 숫제 엉엉 울기까지 하자 가이안은 피가 거꾸로 솟는 기분이었다. 흘끗거리며 가이안의 눈치를 보던 레티시아가 이번에도 나섰다. 시키지도 않은 짓을 또 할 셈이었다.

"질질 짜지 마."

레티시아는 허리를 숙이더니 필립의 턱을 두 손으로 힘껏 그러쥐었다. 가이안이 자주 하는 행동을 레티시아가 선보인 것이다.

"적당히 해라! 그쯤 해 둬!"

"아버지가 적당히 하라잖아. 뚝 그쳐."

"레티시아!"

가이안이 벌떡 일어나자 레티시아는 소스라치게 놀라 필립의 턱을 쥐던 손을 놓고 뒤로 물러났다.

"아버지도 조부님처럼 저 때리시려고요?"

두 손으로 얼굴을 가리며 애처롭게 물었다. 하지만 드러난 눈동자만큼은 한없이 서늘했다. 그 간격에 가이안이 허, 하고 헛웃음을 터뜨렸다.

"앞으로 네게 어떤 기대도 하지 않겠다! 후계자는 아무나 되는 줄 아느냐? 너처럼 제멋대로에 버르장머리 없는 계집은……!"

"네, 아버지. 계속 말씀하세요."

레티시아가 차분히 두 손을 모으고 이어질 말을 종용했다. 그제야 딸에게 휘말렸다는 것을 깨달은 가이안이 성큼성큼 레티시아에게 다가갔다.

발 앞에 그림자가 드리워졌지만, 레티시아는 이전 생처럼 두 눈을 감는 대신 가이안을 똑바로 바라보았다.

'겁낼 것 없어. 때리면 맞으면 돼.'

맞은 만큼 당신에게 세 배로, 아니 열 배로 돌려줄 테니까. 독기가 서린 눈이 가이안을 향하자, 가이안이 얼굴을 일그러뜨리며 웃었다.

"네가 미쳤구나!"

"이제 아셨어요?"

"빌헬름 수도원에 끌려가고 싶은 게냐? 정신 교정이라도 받으면 정신 차리겠지!"

가이안이 노성을 토하자 레티시아는 기다렸다는 듯 고개를 끄덕였다.

"그러세요, 아버지."

당신이 어딜 보내든 상관없어. 오히려 저택에서 멀어지면 멀어질수록 좋았다. 그곳이 정신 교정하는 수도원이라 해도.

"거기서 성년이 될 때까지 처박혀야 정신을 차리겠어?!"

"보내세요. 보내도 정신 못 차릴 계집이니까."

"내가 못 보낼 것 같으냐?"

"어차피 못 보내시잖아요. 제가 수도원에 가서 정말로 미치기라도 하면 곤란한 건 당신인데."

레티시아는 서늘한 눈을 빛내며 되받아쳤다. 그리고 이어 말했다.

"네르바드 연회에 필립 대신 절 데리고 간 건 잊으셨나 봐요. 교단의 시험장에 가 보라고 적기사까지 붙여 주신 것도 잊으셨나?"

"건방지구나!"

"네, 저도 알아요. 저 건방진 거. 근데 이유 없이 건방지진 않아요."

레티시아는 차갑게 말하고는 드레스 한쪽을 걷어 손목 안쪽을 내보였다. 손목 안에는 날카로운 것으로 그은 듯한 붉은 상처가 있었다. 어머니가 돌아가셨을 때 새긴 상처였다.

해묵은 상처는 옅어졌지만, 마음속 상처는 아물지 않고 그대로였다.

"이해 따윈 바라지 않아요. 저도 아버지를 이해하고 싶지 않고요."

"레티시아!"

"그러니, 제가 멋대로 지내게 내버려 두세요."

레티시아는 팔을 더 걷어붙였다. 조부의 채찍이 닿았던 곳이다. 제때 치료받지 못해 옅은 흉이 져 있었다. 상처를 목격한 가이안의 표정에는 흔들림이 없었다. 그에게 레티시아는 딸이 아니라 소유물에 불과했기 때문이었다.

"키우던 개도 지나가던 행인에게 돌을 맞게 되면 지켜 준다는 데……."

"……."

"아버지. 아니, 공작님 당신은 알면서도 내버려 두셨잖아요. 저를 이용하실 거면 좀 더 잘해 주시지 그랬어요."

옛 상처를 보여 주면 아비가 용서를 빌 거라 기대하는, 그런 순진한 생각으로 말한 건 아니었다.

당신은 내게 잘못했다고 빌지도 않을 거고, 절대 용서를 구하지도 않을 테니까.

두 무릎을 꿇고 처절히 후회한다 해도, 절대로 용서하지 않으리라.

그러니…….

"일주일 안에 교단으로 떠날 테니 그리 아세요. 아버지가 허락하신 거예요."

"네게 능력이 있으면 그때는 기뻐해야 할 거다. 내 선택을 받게 될 테니까."

"좋아요. 공작님 당신도 내게 원하는 것을 내줘야 할 거예요."

레티시아는 픽 웃으며 걷어붙였던 소매를 확 내렸다. 주저앉아 대성통곡하는 필립에게 다가가 사늘하게 말했다.

"대성녀에게 기도해, 필립 마네르. 내게 아무 능력이 없기를."

레티시아는 차가운 눈길을 거두고는 그대로 홱 몸을 돌렸다.

전처럼 공작에게 예의를 지킬 이유가 없어졌다.

아비 같지 않은 남자를 아버지라 부를 필요도.

* * *

"공작, 이라……. 하."

필립과 둘만 남게 된 가이안이 입술을 짓씹었다. 뭉툭하게 자른 손톱이 손바닥을 거세게 짓눌러 붉은 자국을 자아냈다.

"아, 아버지. 아버지, 제가 잘, 못……."

"꺼져라. 다시는 내 눈에 띄지 마라."

가이안은 냉기가 뚝뚝 흐르는 시선으로 필립을 내려보다 마지막 경고를 전했다.

"레티시아를 건들지 마라. 다시는! 피오네도 마찬가지다."

"그, 그 계집들이 제게 먼저……!"

필립이 벌떡 일어나서 소리치자, 가이안은 아들에게 다가가 힘껏 뺨을 후려쳤다.

짜악!

"버려지는 건 너다, 필립 마네르! 감히, 다시는 그딴 행동 보이지 마라. 명부에서 네 이름을 도려내기 전에."

필립이 우두커니 선 채 후두둑 눈물을 흘렸다.

믿었던 세상에서 버려지는 기분은 끔찍했다. 제 자리라고 믿어 의심치 않았던 마네르의 성벽 위에서 내쳐진 건, 그가 조소하며 경멸했던 레티시아가 아닌 필립 마네르였다.

chapter 4
버려진 황자

　그날은 비가 무척 오는 날이었다. 여름밤에 퍼붓는 비는 고요한 저택을 더 음산하게 만들었다. 레티시아는 침대 헤드에 몸을 기댄 채 창 너머를 바라보았다. 새로 단 하얀 커튼이 반쯤 쳐져 있었고, 굳게 닫힌 유리창 너머로 빗방울이 흘러내렸다.

　'그때도 분명……..'

　레티시아는 느릿하게 눈꺼풀을 감았다. 어머니가 세상을 떠났을 때도 이렇게 비가 퍼부었다.

　그날이 마지막이 될 줄은 몰랐지만.

　'어머니를 만나겠다고 짐 마차라도 타서 별장까지 가려 했었지……..'

　그때 열 살이었던 레티시아는 저택에서 별장으로 오가는 식료품 상인에게 은화 몇 푼을 주며 태워 달라 부탁했다. 하지만 이렇게 어린아이가 짐마차 뒤 칸에 타는 것을 마음씨 좋은 상인은 걱정했고, 그는 시녀장에게 대신 물었다.

당연히 시녀장이 별장까지 레티시아를 보낼 리 없었다. 위험하다는 이유로 막아선 거면 시녀장으로서 할 일을 다 한 거였다. 하지만 조부의 명령으로 레티시아를 통제해 오던 시녀장이다.

뭐 하나 갖춘 것 없는 공녀가 함부로 공작저에서 벗어나려는 모습에 그녀는 분노했다. 그리고 조부에게 말해 레티시아를 못 가게 막았고, 조부는 손녀의 뺨을 투박한 손으로 때렸다.

짜악!

'네 어미를 보러 가겠다고? 누구 마음대로! 누가 이 계집이 멋대로 움직여도 좋다고 허락했느냐?!'

조부는 노기가 어린 얼굴로 주변을 훑었다. 벌벌 떠는 사용인들은 눈을 마주치지 못하고 고개를 숙였다. 늙은 폭군의 한 마디에 하나같이 움츠러들어 레티시아를 도와줄 사람은 없었다.

소란을 듣고 온 필립이 놀란 눈으로 봤다가 뺨을 감싼 채 울음을 참는 레티시아를 보며 킬킬 웃었다.

'할아버지, 봐주지 마세요! 저 계집과 그 여자가 수치도 모르고 멋대로 공작가로 왔잖아요. 주제를 알게 해 줘요.'

투욱, 툭.

습기 찬 나무 바닥에 투명한 눈물이 맺혀 흘렀다. 레티시아는 두 팔로 머리를 감싼 채 하염없이 눈물을 흘려냈다.

무서워.

두려워.

힘들어.

도와줘.

헛된 희망이라 생각하면서도 레티시아는 누군가 나서 주길 바랐지만, 그녀를 도와줄 사람은 이 자리에 없었다. 지켜보던 사용인들은 시선을 돌리거나 애써 먼 곳을 쳐다보았다. 오히려 레티시아를 손가락질하며 비웃는 자들도 있었다.

레티시아는 철저히 약자였고, 선대 공작은 강자였다. 그래서 도와주기는커녕 선대 공작의 편에 서기로 한 것이다. 한 줌의 양심 때문에 심장이 따끔거리는 게 싫어서, 얄팍한 죄책감에 저열한 희열을 덧씌우면서까지.

저택의 사용인들은 귀족 출신의 어린 여자아이가 겪을 고통에 기쁨을 만끽했다.

허리춤에 검집을 찬 기사들조차 고개를 돌려 외면했다. 어린아이를 지켜야 한다는 기사도 따위, 마네르 저택에는 없었다. 한때는 있었을지 몰라도 작은 소녀가 눈물을 흘릴 때는 사라진 규칙이 되었다. 그게 편했으니까.

그때 문이 열리고 낡지만 깨끗한 드레스를 걸친 귀부인이 나타났다.

'선, 선생님……'

레티시아는 두 손으로 바닥을 짚고서 일어섰다. 가쁜 숨을 몰아쉬다가 휘청거리는 걸음을 내디뎠다. 그리고 그녀의 어머니보다 족히 열다섯 살은 많은 귀부인의 옷자락을 애처롭게 붙잡았다.

'도, 도와주세요……. 선, 선생, 님.'

카트린느 부인은 정의로운 사람이었다. 예법 선생답게 레티시아에게도 정중했으며 옳고 그름이 뭔지 아는 어른이었다.

레티시아가 사생아인 걸 알면서도 카트린느 부인은 필립과 다름없이 대했다. 어머니 외에 불린 적 없는 이름을 불러 주고, 눈을 마주치며 따뜻한 인사를 건네주었다.

'안녕, 레티시아. 네가 오빠만큼 자라게 되면 내게서 예법을 배우게 될 거란다.'

그렇게 레티시아에게 인사했던 사람이었다.

레티시아는 부어오른 뺨을 감쌀 생각도 못 한 채 덜덜 떨리는 손으로 카트린느 부인의 벨벳 드레스를 움켜쥐었다. 잠시 당황했던 카트린느 부인이 주변을 둘러보았다.

황후의 시녀로 일했던 만큼 명민한 그녀는 묻지 않고도 상황 파악을 끝냈다.

'손 떼렴, 레티시아.'

카트린느 부인은 다정하게 웃으며 제 옷자락에서 레티시아의 손을 잡아 떼어 냈다. 그 손길이 소름 끼칠 만큼 다정하고 조심스러워서 레티시아는 예법 선생이 그녀를 도와줄 거라고 믿었다. 지켜보던 사용인조차 정의로운 카트린느 부인이 선대 공작과 맞설 거라 생각했으니.

잠깐이라 해도 그녀는 황후의 시녀였던 몸.

비록 시녀장까진 오르지 못하고 황궁에서 나오게 되었지만, 그 자긍심과 명예는 높이 살 만큼 대단했다.

황성을 나올 때도 황후에게서 고생했단 의미로 패물을 받았을 정도였고, 카트린느 부인은 황후에게 받은 팔찌를 자랑으로 여기며 손목에 채웠다. 카트린느 부인은 팔찌를 채우지 않은 손으로 레티시아의 손을 붙잡았다.

황후가 준 선물에 행여 빗물이 들어갈까, 공작저로 출발하기 전에 놓고 왔기 때문이었다. 토끼처럼 빨개진 눈으로 헐떡이며 눈물을 꾹 참는 레티시아에게 카트린느 부인이 다정하게 속삭였다.

'어른들 말씀 들어야지. 대성녀의 말씀대로, 착한 아이가 되려면 웃어른을 공경해야 한단다. 조부님 말씀인데 손녀인 네가 더 잘 들어야지.'

카트린느 부인은 레티시아의 손을 놓고서 두 어깨를 부드럽게 밀어 조부 앞으로 데려갔다.

그때의 공포를, 레티시아는 잊을 수가 없었다.

잠깐이나마 카트린느 부인이 올곧은 어른이라고 믿었다. 저택의 사람들과는 다르다고 신뢰했다. 카트린느 부인은 레티시아에게 말했었다.

'나도 너만 한 딸이 있었으면 좋았을 텐데. 어머니가 별장에 계신다고 했지? 어머니는 못 되더라도 이모로 생각하렴.'

'네, 선생님.'

'어머, 선생님이라니……. 필립처럼 이모라고 불러. 난 공작 부인과 어릴 적부터 친했었거든.'

'네, 선생님…….'

카트린느 부인은 그리 말하며 레티시아의 머리를 부드럽게 쓰다듬었다. 레티시아가 처음 받아본 어른의 호의는 따뜻했다.

'너도 꽤 고집 있구나? 이모라고 불러도 된다니까. 어쨌든, 레티시아. 어려운 일 있으면 끙끙 앓지 말고 선생님에게 부탁하렴.'

선생님이 도와줄게.

그 말을 철석같이 믿었지만, 카트린느 부인은 껍데기를 쓴 어른이었다.

좋은 사람이 되어야 한다고 입버릇처럼 말하던 그녀는, 선택적으로 좋은 사람이었다. 선대 공작, 가이안 공작, 그리고 마네르의 적자인 필립에게는 좋은 사람이었다. 하물며 마네르 저택의 사용인들에게도.

하지만 카트린느 부인은 레티시아에게 좋은 사람이 되는 것을 바로 포기했다. 별 고민도 없었다. 그녀의 탓이 아니다. 입 발린 말을 믿은 어리고 멍청한 계집의 탓일 뿐.

똑똑.

정중한 노크 소리에 레티시아는 내리깔았던 눈꺼풀을 들어 올렸다. 비가 퍼붓던 그 날과 다르게 그녀의 눈동자는 메마르기만 했다.

한때는 눈물이 강을 이루었으리라. 넘쳐흐르던 강물은 마르고 또 말라서 모랫바닥이 되었으리라. 결국, 금빛 사막에서 흘러든 백색의 모래보다 좀 더 짙은 모래만 남게 되었을 뿐.

"아가씨."

문이 열리며 모습을 드러낸 건 시녀장이었다. 그녀가 조심스러운 얼굴로 레티시아를 불렀다.

"용건부터."

레티시아는 감정 없는 목소리로 마리암에게 말했다. 움찔 몸을 굳힌 시녀장이 제 옷자락을 붙잡다가 겨우 놓고 문을 닫았다.

"카트린느 부인께서 오셨습니다. 예법 수업을 너무 오래 쉰 것 같다고……."

자작의 딸이었던 시녀장은 카트린느 남작 부인에게 존칭을 붙였다. 그게 당연했다.

"그래……. 선생님을 볼 때도 됐지. 너무 오랫동안 기다리셨을 테니까."

레티시아의 유리 조각 같은 붉은 눈동자가 시녀장을 향하자, 그녀는 시선을 피해 고개를 숙였다.

"이번에는 좀 늦게 준비를 할까요?"

"왜?"

"매번 세 시간씩 기다리셨으니까요. 카트린느 부인께서 매번 늦으셔서……."

"아니, 마리암. 나는 가르침을 받는 제자고, 카트린느 부인은 가르침을 주시는 선생님 아니던가? 이번에도 내가 먼저 준비할 수 있게 해 둬."

"아, 네……. 전담 하녀에게 채비 준비를 하라고 일러두겠습니다."

시녀장이 조심스레 말하며 고개를 슬쩍 들었다. 저택에 무슨 일이 있었는지 몰라도 분위기가 바뀌었다는 건 그녀도 알고 있었다.

'뭔진 몰라도 판도가 바뀌었어. 더는 필립 공자 뒤꽁무니를 좇아선 안 돼.'

기본적인 눈치는 있었기에 20년 넘게 저택에 시녀장으로 머무를 수 있었다. 그녀가 속한 데니스 자작 가문이 3대째 공작가를 모셔 왔다는 건 애초에 중요치 않았다.

충성심을 높이 사는 다른 귀족 가문이라면 모를까. 마네르 공작가는 충성을 바쳐도 쓸모없다고 판단되면 버렸다. 마네르에서 버려지면 나이 든 시녀장은 갈 곳이 없었다. 공작이 한가하게 추천장 따위 써 줄 일 없을 테니.

"카트린느 부인에게 좀 더 일찍 오라고 전달할까요? 필립 공자를 보겠다며 지금 저택에 와 계시는 걸로 알고 있습니다만."

"아니, 원래 약속 시각대로 해. 저녁 5시였던가?"

"네, 아가씨."

"아직 시간 많이 남았으니까 피오네와 함께 점심을 먹고 싶은데. 아, 식사 후에 차 마실 거니까 본관 3층 응접실에 준비해 둬."

"그곳은 작고하신 공작 부인께서 아끼셨던……. 아, 아닙니다. 하녀들을 시켜 빠짐없이 준비하라 일러두겠습니다."

레티시아를 곁눈질로 보던 시녀장이 고개를 숙였다. 이전과 달라진 점이 있다면 공녀가 허락할 때까지 고개를 들지 않는다는 것이었다.

'우리 공녀님이 미치광이 네르바드 후작에게서 일라이 소후작을 구하셨다네요? 마법을 썼다는데 시녀장님은 보신 적 있습니까?'

글란츠가 시녀장을 보며 이죽거리며 했던 말이 뒤늦게 생각났기 때문이었다.

레티시아는 꽤 시간이 흐른 후에야 시녀장에게 고개를 들라고 허락했다.

"피오네가 좋아하는 것들로 준비해 줘. 부탁할게, 마리암."

공녀의 붉은 눈과 마주친 순간, 시녀장은 저도 모르게 눈을 내리깔았다. 부탁한다는 말이 차가운 명령처럼 들렸기 때문이었다.

* * *

째각. 째각. 째각.

시침이 돌아가는 소리와 중년 부인이 손톱을 씹는 소리가 겹쳐졌다. 명백한 불협화음에 시녀장이 눈살을 찌푸렸다. 곁에 있던 공녀의 전담 하녀, 카라 또한 중년 부인을 흘끗 쳐다보다가 시계 쪽으로 시선을 옮겼다.

바야흐로 밤 11시.

자정이 다 되어 가는 시간에도 레티시아는 교습실로 나타나지 않았다. 저녁 8시에 도착한 카트린느 부인은 세 시간째 소식 없는 공녀를 기다리는 중이었다.

"세상천지에 선생을 기다리게 하는 학생이 어디 있나요? 내가 교본 만드느라 바빠서 몇 시간 늦긴 했어도!"

카라는 속으로 '있어요. 그게 우리 공녀님이죠.'라고 생각하며 웃음을 참았다.

파닥파닥.

하녀라며 은근히 카라를 무시하던 카트린느 부인이 시뻘게진 얼굴로 손부채질을 해댔다. 이쯤 되자 오기가 생겨서 카트린느 부인은 궁둥이를 꽉 붙이고 앉았다.

매번 예법 선생인 그녀가 레티시아를 기다리게 했으나, 이번에는 카트린느 부인이 레티시아를 기다려야 했다.

"도대체 예법 선생을 뭘로 보는 거예요! 지금 당장 공녀를 찾아와요! 당장."

카트린느 부인이 씨근덕거리며 화를 내자 시녀장이 고개를 기울이더니 팔짱을 꼈다. 말은 안 했지만, 표정은 '우리가 왜?' 하는 얼굴이었다. 카트린느 부인과 마리암을 번갈아 쳐다보며 눈치를 살피던 카라도 시녀장의 뻔뻔함에 편승하기로 했다.

"지금 내 말 안 들려요?!"

"아, 네. 듣고 있습니다, 카트린느 부인."

"대답만 하지 말고 당장 공녀 찾아와요! 당신들, 그거 하라고 있는 사람들 아닌가?"

"흐음……. 죄송합니다, 부인. 부끄럽게도 제가 공녀님에게 신뢰받지 못하는 상황이라서요. 정말 부끄럽지만, 어디 계시는지 모른답니다."

마리암이 노련한 미소를 지으며 받아치자, 카트린느 부인의 시선이 망부석처럼 서 있는 카라를 향했다.

"당신은?"

"네? 저, 저도 이미 눈 밖에 난 지 오래라……."

"다들 제정신이야? 시녀장과 전담 하녀가 공녀의 위치를 모르면 누가 알겠어요?!"

카트린느 부인이 붉어진 얼굴로 성질을 부리자, 카라가 몸을 움찔 굳히더니 눈치 보며 물었다.

"제, 제가 알아 올까요?"

"묻지 말고 당장 갔다 와요!"

카라가 주춤하며 한참 서 있던 몸을 움직이려던 때였다. 그녀를 저지하는 낮은 외침이 들렸다.

"카라!"

"시, 시녀장님?"

"우리가 비록 공녀님의 신뢰는 못 받는 아랫것들이지만, 누구를 모시는진 알아야 하지 않겠니?"

"네?"

"공녀님이 언제 너보고 찾으라 하신 적 있든?"

"아, 아니요."

"그럼 가만히 있어. 괜히 기웃거리다 화 입지 말고."

"네, 시녀장님……."

카라는 시녀장을 흘끔거리다가 다시 제자리로 돌아왔다. 늘 까탈스럽게 굴던 시녀장이 웃음기 하나 없는 얼굴로 자리를 지켰다.

'호랑이가 없으면 여우가 왕이라니. 딱 그 꼴이잖아?'

시녀장도 자존심이 있었는지, 황후의 시녀였던 카트린느 부인의 부탁을 단칼에 거절했다. 카트린느 부인이 정중히 요청했어도 제 안위가 먼저인 사람이라 찾는 척만 하고 휴게실에서 쉬었겠지만.

"하, 지금 뭣들 하는 거예요?"

"죄송하지만 카트린느 부인? 전담 하녀인 카라와 저, 시녀장 마리암은 마네르의 하나뿐인 공·녀·이신 레티시아 마네르 님의 명령만 듣고 있답니다."

"하! 그게 말이 된다고 생각해요?"

"네에, 부인. 말이 된다고 생각합니다."

'공녀'를 힘주어 말하는 시녀장을 보며 카라는 속으로 혀를 내둘렀다. 저렇게 뻔뻔할 수가……

평소에는 아가씨가 내린 명령을 제대로 따른 적 없으면서?

아니, 생각해 보니 요새는 철두철미하게 아가씨의 편의를 봐주는 듯싶었다.

'태세전환이 글란츠급이네. 아니, 그보다 더 빠른 건가?'

카라가 질린다는 얼굴로 시녀장을 위아래로 훑어볼 때였다. 마리암은 더 뻔뻔한 미소를 지으며 말을 덧붙였다.

"마네르 공작가를 3대째 모셔온 유서 깊은 데니스 자작가의 일원으로서, 공녀님의 명령 없이는 한·발·자·국·도 이 방에서 나갈 수 없습니다. 같이 기다리죠."

정면만 보며 말하던 시녀장이 고개를 숙여 카트린느 부인에게 산뜻한 미소를 지었다. 시녀장은 내심 그런 생각이었다.

카트린느 부인, 너도 당해 봐라. 당신도 공녀에게 당하고 나면 그딴 소리 못 할 테니!

카트린느 부인은 아직 소식을 못 들은 듯했다. 레티시아 공녀가 하루 아침에 바뀌었단 사실을.

"공작님에게 바로 말하겠어요! 오늘의 수업 태도, 정말 형편없군요. 무릇 아랫사람이라면 윗사람이 잘못했을 때 충심 어린 말을 전해야 하는 법 아닌가요?"

기다리다 지친 카트린느 부인이 소파에서 벌떡 몸을 일으키며 그리 말했을 때였다.

벌컥.

동시에 문이 열리며 부드러운 목소리가 들려왔다.

"어떤 충심?"

왔다! 올 게 왔구나! 마리암과 카라가 동시에 문가로 시선을 주었다. 그곳에는 비를 맞고 왔는지 생쥐 꼴로 서 있는 레티시아가 있었다. 흙먼지도 풀풀 날렸고, 머리에는 풀잎도 꽂혀 있었다.

'아가씨가 직접 꽂으신 건 아니겠지?'

카라는 말도 안 되는 생각을 하며 황급히 모포를 찾아 들고 레티시아에게 다가가 그녀의 어깨 위에 둘러주었다. 여름인데도 옷장 정리를 하지 않아 모포가 남아 있는 게 다행이었다.

마네킹처럼 서 있던 마리암도 눈치껏 하인을 불러 교습실의 벽난로에 불을 지피게 했다.

"여름에 불 피울 필요까지 있나?"

"네? 아가씨께서 추우실까 봐 피우려 했습니다만, 하인을 물릴까요?"

"알았으니 나중에 오라고 전해."

레티시아가 선뜻 고개를 끄덕이자, 마리암은 긴장했던 몸을 풀고 얼른 움직였다. 내심 저도 모르게 기뻤다. 늘 필요 없다고, 하지 말라고 차갑게 응시하던 공녀가 불이 필요하다고 말했기 때문이었다.

레티시아는 귀찮아서 내버려 둔 거였지만, 마리암의 발끝이 날듯이 가벼워졌다. 카라도 두꺼운 모포를 씌워 주고 뿌듯한 표정이었다.

"아, 이럴 게 아니고 얼른 방으로 돌아가시죠! 욕실에 따뜻한 목욕물도 받아 둘게요!"

카라가 신이 나서 말하다가 레티시아와 눈이 마주치자 헙, 하고 입을 다물었다.

"고마워, 카라. 고생이 많아."

레티시아는 단조로운 목소리로 답하고는 모포로 몸을 감싼 채 카트린느 부인에게 다가갔다. 마르고 키가 큰 편이었던 카트린느 부인이 내려다보는 모양새였지만, 레티시아는 별로 상관없었다. 목이 좀 아픈 것 빼고는.

"어떤 충심일까?"

"그게 갑자기 무슨 소리죠?"

"부인이 그랬지. 윗사람이 잘못하면 아랫사람이 충심을 보여야 한다고."

"하! 그걸 몰라서 물으세요? 웃어른을, 그것도 예법 선생님을 기다리게 했는데 잘못한 게 아니라고? 게다가 하늘 같은 선생님에게 왜 말을 낮추는 거니?!"

"누가 내 웃어른? 설마, 카트린느 당신이?"

레티시아는 픽 웃고는 고개를 설레설레 저었다.

그 무례한 태도에 카트린느 부인이 폭발하고 말았다.

"내가 우습게 보여? 하! 네가 아직 어려서 사리 분별이 안 되는구나! 사생아 주제에 황후의 시녀였던 내게……."

"들을 가치도 없는 말이네요, 선생님."

레티시아는 무감정한 얼굴로 카트린느를 쳐다보더니 별 미련 없이 몸을 돌렸다. 시간 낭비하기 싫다는 태도였다.

"레티시아!"

문가로 향하던 레티시아가 걷던 것을 멈추고 고개를 돌렸다. 먼저 화를 낸 것도 카트린느 부인이건만, 그녀는 모욕적인 말을 들은 레티시아보다 더 분노한 얼굴이었다.

"손버릇이 나빠 패물을 훔치다 쫓겨났다지? 황후의 시녀란 게 감투라면 감투겠지만."

"누가 그딴 헛소문을 흘려? 하, 아니야. 난 패물 훔친 적 없어! 어떻게 감히 황후마마의 패물을……."

"그래? 뭐, 뻔하지. 당신이 진짜로 훔쳤거나, 멍청해서 밀려났거나."

그렇게 말했지만 자리에서 밀려난다고 멍청한 게 아니었다. 때로는 선하고 능력 있는 사람을 제치고, 교활하고 영악한 자가 줄을 잡는 법이니.

수년을 노력했던 그녀가 수진에게 가주 자리를 빼앗겼던 것처럼.

하지만 카트린느 부인은 선한 것도 아닌 데다 능력도 없었다. 황궁에서 쫓겨난 후로 황후의 시녀였던 지위를 그럴싸한 감투로 썼을 뿐.

"당신을 정말로 믿었다면 황후마마도 넘어가셨겠지. 너그러우신 분이라, 아랫사람의 실수에 관대하시니 한 번쯤은 눈감아 줬을 텐데."

"이, 이……!"

맞는 말이어서 카트린느 부인은 부들부들 떨면서도 대꾸하지 못했다.

"네가 뭘 안다고!"

"당신보단 잘 알지."

반은 진실이었고, 반은 거짓이었다. 레티시아는 황후를 실제로 본 적이 없었기 때문이었다. 사생아인 그녀가 제국의 황족을 볼 기회가 몇 번이나 있었겠는가.

대면한 적은 없어도 공작에게서 몇 번 들은 기억이 있었다.

'늙은 여우 계집! 후계자로 삼을 아들도 없으면서 뭘 믿고 그렇게……!'

레티시아가 열여섯에 후계자가 되었을 무렵이었다.

그때쯤 가이안은 어찌 된 영문인지 성격이 변해 갔다. 원래도 이기적이었지만, 냉랭했던 성격이 조부를 닮아 가더니 쉽게 화를 내고 목소리를 높였다. 한번 분노하면 쉽게 사그라지지 않았다.

그때 황성으로 가서 황후에게 무슨 소리를 들었는지 몰라도 가이안은 책상을 뒤집고 소리를 내질렀다. 그의 부름을 받고 간 레티시아는 원치 않게 눈앞에서 목격했다.

'그깟 사생아를 앞세워 뭘 하겠다고! 다 잡은 판에 훼방을 놓겠다? 내가 뭣 때문에 그 얼간이 1황자를 황태자로 밀었는데!'

공작의 눈에 레티시아는 감정 없는 마네킹으로 보였다. 그녀 또한 그 사실을 알았기에 숨소리 하나 내지 않았다. 그저 두 손을 그러쥔 채 아버지의 분노가 사그라질 때까지 기다렸다.

날것의 감정을 쏟고 나서야 진정된 가이안은 황성에서 겪었던 일을 말해 주곤 했다.

들은 정보를 조합하기론, 피케네 제국의 황후는 프란츠 황제와 적대적인 사이였다.

둘 사이의 자식이 없었기에 황제는 황비 소생의 1황자를 황태자로 삼기 위해 오래간 물밑 작업을 해 왔다. 쥐 죽은 듯이 지내던 황후가 목소리를 높인 건, 황제와 마네르 공작이 물밑 작업을 어느 정도 마쳤을 때였다.

'이제 와서 사생아를……! 그 어린놈이 누구 씨인 줄 알고, 황비 소생인 1황자와 제위를 두고 맞붙으려 해!'

공작의 말대로라면, 녹티스 황후는 황제의 사생아를 전면으로 내세

왔다. 황비 소생의 황자가 황태자가 되는 걸 막기 위해서.

'결국 실패로 끝났지만.'

황후가 어느 날 발견한 사생아를 가련히 여겼던 것은 아니었다. 실로 오랫동안 황제에 대한 복수심에 불탔던 그녀는 모든 수단을 총동원해 황제를 무너뜨리고 싶어 했을 뿐.

'황후가 지지했던 사생아가, 바로 네 가문 중 하나였지. 이름이 미하엘, 이었나······.'

금발에 새파란 눈동자를 가진 아름다운 소년.

사생아에서 운 좋게 황자가 되어서 그때 당시 난리였다. 축복받은 황자라고. 실제로 미하엘과 마주친 적은 없어도 이전 생에서 초상화로 본 적은 있다.

그 당시, 일라이는 소아 성애자 모몬토 남작을 잔혹하게 처리한 탓에 악명이 자자했다. '마탑주'보다 '살인귀'라는 이명을 더 들었을 정도로.

그래도 그의 눈 돌아갈 만큼 잘생긴 얼굴, 훤칠한 체격으로 수면 아래에서 찬양받던 시절.

뒤늦게 나타난 미하엘은 귀부인들 사이에서 그 못지않은 인기를 누렸다.

흑발의 일라이가 차갑고 무심한 연상의 분위기라면, 금발의 미하엘은 묘한 분위기를 가진 연하로 보였기 때문이었다. 실제로 일라이는 레티시아보다 세 살 많았고, 미하엘은 두 살이 더 어렸다.

'마탑주와 사생아 황자. 둘의 사이가 좋았던가······?'

딱히 접점이 없어서 나쁘지도, 좋지도 않은 관계였던 것 같은데. 레티시아도 둘의 관계에 대해선 아는 바가 없었다. 그때는 둘에게 사적인 관심이 없었기 때문이었다. 그것과 별개로 워낙 유명했으니 모르래야 모를 수가 없었지만.

"대화를 왜 하다 마는 거야?! 날 무시해도 정도껏 해야지! 그리고, 너

따위 사생아 계집이 황후마마를 나보다 더 잘 안다고? 15년을 내가 곁에서 모셨는데!"

새된 목소리에 레티시아는 상념에서 벗어났다. 그리고 꽤 빠르게 답했다.

"황후마마께서 황성에 입성할 때부터 데려온 시녀를 내쳤던 건, 당신이 처음이라던데. 아, 처음이자 마지막이었나?"

자존심에 상처를 입은 카트린느 부인이 가쁘게 심호흡했다. 주름진 얼굴에 일그러지더니 어느새 두 눈에 눈물이 고였다.

"아니! 아, 니야! 그 자리는 내게 전부였다고! 네가 뭘 알아? 방금 한 말 당장 취소 못 해?!"

상대할 가치도 없는 여자네.

분한 듯 눈물을 흘리는 카트린느 부인을 보고 레티시아는 몸을 돌려 교습실을 빠져나갔다.

잠시 후.

"저런, 불쌍해라. 눈물 그치세요. 그러게, 왜 화를 자초하셨을까?"

시녀장이 쿡 웃음을 참으며 손수건을 꺼내 카트린느 부인에게 건넸다. 당연하게도 카트린느 부인이 그녀의 손을 쳐 냈다.

짜악!

손등이 붉어졌지만, 마리암은 눈 하나 깜짝하지 않았다. 공녀를 상대할 때에 비하면 저 늙은 여우는 우스울 뿐이다.

끼익.

문을 여는 소리가 정적을 깨뜨렸다. 뒤늦게 땔감과 부지깽이를 들고 온 하인이 어리둥절한 표정으로 시녀장에게 물었다.

"저, 땔감을 가져왔는데……."

"필요 없어. 주인이 나가셨거든."

마리암은 이미 공녀가 떠나고 없는 문 너머를 바라보며 중얼거렸다. 카라도 서둘러 공녀의 뒤를 따라간 후였다.

마리암은 알 수 없는 감정에 사로잡혔다. 카트린느 부인에게 뻗대긴 했지만, 내심 걱정된 건 사실이었다. 그런데 레티시아가 도착한 순간 마리암은 저도 모르게 안도했다.

조부에게 뺨 맞고 울던 공녀를 방관했던 자신과 다르게 레티시아는 방관하지 않았으니까.

'잘 모셨어야 했는데.'

뒤늦게 후회했지만, 마리암도 실은 알고 있었다. 자신에게는 절대 기회가 오지 않으리란 걸. 레티시아가 차가운 눈으로 볼 때마다 마리암은 방관자이자 가해자였던 과거와 마주해야 했다.

그녀가 원하든, 원치 않든.

* * *

그날 이후 일주일이 지났지만, 카트린느 부인은 레티시아 앞에 더는 모습을 보이지 않았다. 대신 예법 선생 자리를 그만두기 위해 사직서를 들고 공작을 직접 찾아갔다.

카트린느 부인이 "공녀가 나를 너무 기다리게 했다. 무례한 아이는 가르치고 싶지 않다."라는 뜻을 밝히자, 공작은 더 묻지 않고 그만두겠다는 부인의 뜻을 존중했다.

그 후로 카트린느 부인은 사용인들의 배웅 없이 쓸쓸하게 저택을 나서야 했다. 그녀는 퍼붓는 장대비를 맞으며 상업 마차를 기다리는 동안 생각했다.

'날 세 시간이나 기다리게 해? 분명 고의야! 저만 아는 몹쓸 계집!'

하지만 레티시아에게는 그럴 만한 사정이 있었다.

일주일 전, 오후 4시.

레티시아가 피오네와 차를 마시고 슬슬 일어나려던 때였다. 그런데 피오네가 늘 가지고 다니던 곰 인형을 잃어버렸다. 레티시아는 몸을 사리지 않고 후원의 수풀까지 샅샅이 살폈다.

'엄, 마가 준 선물인데…… 으아앙!'

피오네의 어머니는 사고로 일찍 세상을 떠났고, 마지막으로 받은 생일 선물이 그 곰 인형이었다. 이를 알았던 레티시아가 비를 맞으며 찾아준 덕분에 결국 피오네는 낡은 곰 인형을 품에 끌어안을 수 있었다.

그 덕택에 비 맞은 생쥐 꼴이 되어 버렸지만.

'공작이 왜 카트린느 부인을 그만두게 됐을까. 말릴 수도 있었는데.'

예법 선생이 자존심이 센 편이긴 해도 공작가에서 받는 수업료는 꽤 센 편이었다. 그러니 공작이 그녀의 사직서를 반려했다면 못 이기는 척 돌아왔으리라.

'카트린느가 공작 부인의 오래된 친우라며 그답지 않게 존중을 보였었지.'

겉치레여도 공작이 존중을 표하는 사람은 그리 많지 않았다. 그래서 레티시아는 예법 선생을 내쳐 달라고 말할 생각은 하지 못했다. 애초에 그런 부탁 따위, 하고 싶지도 않았지만.

그래서 일주일이 지난 지금.

쏴아아.

레티시아는 창 너머로 거세게 쏟아지는 빗줄기를 바라보았다.

"저……, 공녀님, 오늘 교단으로 출발하신다고 들었습니다. 하지만 비가 많이 와서 로테암 다리를 건너기 어려운 상황이니, 비가 그칠 때까지 기다려 주시겠습니까?"

레티시아는 바로 대답하는 대신 창가를 보던 시선을 내렸다. 그녀의 방에서 한쪽 무릎을 꿇은 루비안이 답을 기다렸다.

"경의 말이 맞아요. 비가 그칠 때까지 기다리도록 하죠."

"감사합니다, 공녀님."

지나치게 정중하네. 그래도 그가 기사로서 본분을 다한 거라고 생각하며 레티시아는 여상한 어조로 말했다.

"언제까지 무릎 꿇고 있을 생각이에요? 이만 일어나요."

"아, 죄송합니다……."

"죄송하단 말, 너무 많이 하지 말아요. 잘못을 저지른 것도 아닌데 매번 죄송하다고 할 필요 없어요."

"저는 마네르의 기사고, 공녀님을 지켜야 하는 처지여서……."

그랬던 것 같습니다. 그 말을 삼킨 루비얀에게 레티시아가 한숨을 내쉬며 말했다.

"내가 경의 윗사람이라 해도 그래요. 그리고 호위 서는 것도 잠시뿐이니까, 그리 어려워할 것 없어요."

"배려에 감사드립니다."

루비얀은 그렇게 답했지만 도리어 불편한 기분이었다. 귀족 출신이긴 해도 그의 아버지는 백작위를 잇지 못해 한미한 남작가에 그쳤고, 유로 백작가에 입양된 후로도 루비얀은 잘해야 한다는 생각에 사로잡혀 있었기 때문이었다.

'내가 잘해야, 아버님께서 부끄러워하실 일도 없다.'

그런 생각으로 루비얀은 흠 잡히지 않기 위해 최선의 노력을 다했다. 하지만 그 강직하다 못해 완고한 성정 때문에 루비얀은 기사단 동료들과 그리 사이가 좋은 편이 아니었다.

오로지 기사로서 이름을 알리겠다는 생각으로 검술을 연마했고, 공작가의 일원으로서 완벽한 예의를 보이고 싶었다.

그랬던 루비얀도 공녀에게 제대로 예를 지키진 못했다.

두 사람이 사적으로 만나거나 가까이서 마주친 적이 없긴 했지만.

그것이 뒤늦게 부끄러워 루비얀은 고개를 들지 못했다. 하지만 이를 모르는 레티시아는 그저 그가 껄끄럽기만 했다.

'일라이는 어떤 속내인지 알 수 없었는데.'

눈앞의 소년 기사는 어떤 생각을 하는지 대충 보였다. 무엇 때문인지 몰라도 옅은 죄책감을 가진 듯했으니까.

'루비얀, 당신은 내게 잘못한 게 없어. 그러니 아직…… 죄책감 가질 일도 없지.'

레티시아는 여전히 턱을 괸 채 루비얀을 내려다보다가 창 너머로 시선을 옮겼다.

초여름이 훌쩍 지나서 그런지 무더위가 더 기승이었다. 시원한 비가 더위를 씻겨 주면서도 습기를 머금은 찬 바람을 몰고 왔다.

'내일이면 비가 그치려나…….'

이미 중앙 교단 측에 이른 시일 내에 들르겠다는 언질을 주었다.

'윈터 백작의 이름을 대고 시험을 받겠다는 계획은 틀어졌지만. 공작이 허락했으니 교단에 가는 데는 아무 문제 없어.'

레티시아는 손을 내려 주머니 안쪽을 매만졌다. 그곳에는 여전히 윈터의 대사제가 준 정령석이 있었다. 그 돌을 만지니 조금 안심이 되어서, 레티시아는 옅은 한숨을 흘렸다.

"루비얀 경, 난 비가 그치는 대로 교단에 갈 생각이에요. 그때까지만 호위를 부탁해요."

주머니에서 손을 뗀 레티시아가 루비얀을 돌아보며 말했다. 루비얀이 그러겠단 뜻으로 망설임 없이 묵례했다.

레티시아는 어두운 시선으로 루비얀을 바라보았다.

이전의 당신은 그토록 나를 증오했는데, 이번 생의 당신은 어찌 될까…….

똑같이 나를 미워하게 될지, 아니면 조금은 나를 이해해 줄는지.

'아니.'

레티시아는 섣부른 생각에 고개를 내저었다. 스스로의 멍청함에 조소가 새어 나왔다.

'아무도 믿어선 안 돼. 하물며 나를 죽이려 했던 남자라면 더욱…….'

그렇게 사람을 믿어서 배신당하지 않았는가. 그녀가 믿었던 사람은 아버지인 가이안 공작이 유일했지만.

'사람은 누구나 제 기준에 맞춰 행동해. 그게 이득일지, 안위일지. 신념일지…….'

그 어떤 것이든 레티시아는 루비얀을 믿지 않기로 했다.

'일라이가 있으니까.'

일라이도 완전히 믿는 건 아니었다. 아직 레티시아와 그는 깊은 관계가 아니었고, 서로 간에 이렇다 할 감정도 미약했다.

그래도 이것 하나만큼은 믿을 수 있었다.

일라이는 원수는 더 큰 원수로 갚는 악마 같은 사내다. 하지만.

'그는 약속을 지킬 사람이야. 반드시.'

은혜는 더 큰 은혜로 갚을 줄 알았다. 그걸 위해서라면 제 안위 따위 크게 신경 쓰지 않는 남자. 그래서 레티시아는 일라이를 기다리기로 했다. 그가 네르바드 후작이 되어 가문을 찾아올 때까지.

하지만 그 전에 레티시아도 해 둘 것이 있었다.

* * *

"……여기가 교단이군요."

휘황찬란한 백색의 건물 앞에서 루비얀이 넋이 나간 듯 중얼거렸다. 그에 비해 레티시아는 감흥 없는 얼굴을 하고서 먼저 입구 안으로 들어섰다.

"신분 패를 주시겠습니까?"

"마네르 공작 영애십니다."

레티시아가 말하기 전에 뒤따라온 루비얀이 대답하며 신분 패를 보였다. 레티시아의 것은 아니었지만, 마네르 공작가의 까마귀 인장이 찍혀 있어 문지기는 한눈에 알아보았다. 게다가 이틀 전부터 고위 사제가 왔다 갔다 하며 공녀가 언제 올지 기다렸기에 바로 문을 열어주었다.

백색으로 된 아치문을 지나자 시끌시끌한 소리가 들려왔다. 때마침 단식절이 끝났는지 보따리 상인들이 과일이며 말린 육포 등을 팔고 있었다.

레티시아는 빠르게 걸음을 옮겨 바로 본 건물로 향했다. 한 번쯤은 둘러볼 법도 했지만, 그녀는 곧바로 고위 사제가 기다리고 있을 예배당 쪽으로 움직였다. 오히려 루비얀이 당황해하며 빠른 걸음으로 레티시아의 뒤를 쫓았다.

걷다 보니 이미 본 건물이 코앞이었다. 레티시아를 알아본 중년 사제가 허리를 숙이며 정중하게 인사했다.

"어서 오십시오, 마네르 공작 영애."

흰 사제복의 가슴팍에 대성녀의 문양이 있는 것으로 보아 고위 사제였다.

"공작님으로부터 전언은 들었습니다. 어떤 이능을 가졌는지 확인하고 싶다고 하셨는지요?"

"네, 사제님."

"좋습니다. 바로 시험장으로 모시겠습니다. 그곳의 성유물이 공녀님의 이능을 판단할 것입니다."

"네, 사제님. 시험장은 어릴 때 이후로 두 번째군요."

"귀족 집안의 아이는 다섯 살이 되기 전에 어떤 이능이 있는지 보러 교단에 들르니 말입니다, 허허. 그때도 이능이 있다고 나왔습니까?"

"아무런 이능도 없었습니다."

"흐음. 그러면 이번에도 같은 결과가 나올 겁니다. 직접 오신다고 하여 준비는 해 두었지만……."

"감사합니다, 사제님."

헛걸음하지 말란 소리로군. 레티시아는 왜 그런 말을 하느냐고 묻는 대신 사제를 뒤따라 본 건물을 지나 예배당 안을 걸었다.

"운이 좋다면 마법 재능이 뒤늦게 발현되기도 합니다. 그래 봐야 50년에 한 번씩이지만요."

"저도 기대하고 온 건 아닙니다, 사제님. 아버지께서 권하셔서 들른 것뿐이에요."

레티시아도 본인에게 어떤 능력이 있을 거라 막연한 기대를 한 건 아니었다.

확신하고 왔을 뿐.

"공작저로 돌아가는 길에 예배당에 들르시지요. 대성녀님께 기도를 올리시면 운이 좋아질 겁니다. 탁 트인다고도 하죠. 그런 의미에서 저희 교단에 기부하시는 게……."

중년 고위 사제의 말허리를 자르며 레티시아가 부드럽게 답했다.

"송구합니다, 사제님. 전 가문에서 내놓은 사생아라 사적인 재산은 없습니다. 용돈을 따로 받은 적이 없거든요. 정말 부끄럽지만, 수중에 한 푼도 없습니다."

그러니 기부 타령 그만하고 입을 다물란 소리였다.

레티시아가 지은 미소가 더없이 부드러워 사제는 자신이 착각했겠거니, 하고 넘겼다.

"허허……. 그 정도로 어려움을 겪고 있으셨군요. 제국 유일의 공녀님께서, 허."

"네. 공녀란 감투를 쓰고도 가진 게 없어 부끄럽지만, 기도는 올리고 가겠습니다. 어떤가요, 사제님?"

귀족이면서. 그것도 공녀면서 공짜로 기도를 올리겠다고?

헛숨을 삼킨 사제가 황당하단 얼굴로 레티시아를 쳐다보았다.

"아, 그러시군요. 이거 참, 뭐라고 말씀드려야 할지……. 기도는 올리셔도 됩니다."

고위 사제가 곤란한 미소를 흘리면서 속으로 열심히 욕했다.

어찌 된 게 공녀란 작자가 신전에 오면서 기부할 생각이 없단 말인가!

"사제님께 면목이 없군요. 남작가의 영애가 와도 은화 열 개는 기부할 테니까요."

뜨끔.

그런 생각을 하고 있던 고위 사제가 화급히 고개를 저으며 답했다.

"어디 금액이 중요하겠습니까?"

"그랬나요?"

레티시아가 성의 없이 답하자 사제가 발끈해 억지웃음을 지었다.

"그렇다고 정말로 교단에 한 푼도 없이 오실 줄은 몰랐지만……."

은근히 탓하는 말에 레티시아가 픽 웃었다. 그녀가 앞서 빠르게 걸은 탓에 예배당 중앙에 있는 힐데가르트 성상을 마주할 수 있었다.

"그런데 사제님, 제 아버지가 이미 금화 50개를 신전에 기부한 걸로 압니다."

레티시아는 대성녀 성상을 올려다보며 중얼거렸다.

"그걸로 부족했다면 공녀 된 소양으로 아버지에게 직접 말씀드리겠습니다. 그래야 제 아버지께서 믿음이 부족하셨던 걸 깨닫고, 더 넓은 마음으로 교단에 더 기부하실 테니까요."

"예……? 아, 아닙니다. 그러고 보니 며칠 전에 공작님께서 기사를 시켜 기부로 신심을 보이셨는데, 제가 잠깐 착각했나 봅니다."

"사제님은 그러실 만도 하지요. 나이가 나이니만큼."

"허, 허허. 공녀님께서 무료하신 듯 보여 건넨 농담이었습니다. 혹시 공작님께 제 이름을 전하실 건 아니지요? 제가 방금 했던 말은 잊어 주시지요."

"물론요. 저도 무료해서 한 농담이었습니다, 엘몬트라 사제님."

"이 늙은이를 고약하게 놀리시는군요?"

중년의 사제가 발끈해 이마에 주름을 만들며 억지로 웃자, 레티시아가 두 손을 가지런히 모으며 답했다. 그녀의 시선은 여전히 성상에 고정된 채였다.

"안심하세요, 사제님. 철부지도 아니고 아버지에게 일일이 이르겠습니까? 신심이 부족하니 뭐니, 그런 것들은……."

레티시아는 말을 멈추고 합장한 채 성상을 향해 고개를 숙였다.

"대성녀께서 판단하실 겁니다. 한낱 인간이 아니라."

고개를 든 레티시아가 몸을 살짝 돌려 사제를 말없이 주시했다.

공녀는 한낱 인간이라고 했지만, 사제의 귀에는 "네가 감히 마네르 공작을 판단하려 하느냐?"고 조소하는 것으로 들렸다. 가이안 마네르는 건국 초부터 이능이 전해진 신성 가문의 주인이기 때문이었다.

"그, 그렇죠. 저도 그렇게 생각합니다. 저, 엘몬트라. 공녀님의 고견에 감탄했습니다."

"이제 아셨으니 그걸로 되었습니다. 신의 뜻 앞에서 사제님도, 저도 한낱 미물에 지나지 않는걸요."

신을 믿는 자라면 누구나 할 수 있는 소리였지만, 사제의 귀에는 닥치고 길이나 안내하라는 의미로 들렸다. 이달의 기부 우수자 명단에 들 만큼 아비가 통 큰 기부 했으니, 귀찮게 따지지 말지? 그런 압박도 있었다.

"지당하신 말씀입니다. 이 늙은이의 주책으로 지체된 듯하니, 공녀님을 시험장으로 바로 안내하겠습니다."

빈말이라도 "아닙니다, 사제님."이라고 하는 게 예의였지만, 레티시아는 고개를 가볍게 끄덕였다. 당신과 나. 한가하게 담소나 나눌 사이 아니니까, 시간 그만 끌고 안내하란 의미에서. 기부 타령하며 눈치 주던 사제의 기분 따위 레티시아가 신경 쓸 바 아니었다.

* * *

"기사분은 들어가시지 못합니다."

예배당을 지나쳐 레티시아는 마법 동력장치로 탑의 최상층에 도착했지만, 문을 지키던 평사제가 따라오던 루비얀을 막았다.

"자격이 있는 자만 시험을 받을 수 있습니다. 기사분도 따로 신청하셨습니까?"

"저는 그냥 공녀님의 호위입니다. 시험장에 어떤 게 있는지 모르는데, 여기서 기다리라뇨?"

레티시아는 손을 뻗어 나서려는 루비얀을 막았다. 깐깐한 인상의 평사제가 표정을 굳힌 채 문 앞을 가로막듯 서 있었다.

"여기서 기다리도록 해요. 옆방에 소파도 있으니 거기서 쉬면 되겠네. 불편한 건 없을 테고."

"하지만 공녀님……! 매년 시험을 치르다 사고에 휘말리는 일도 있습니다."

"무얼 그리 걱정하십니까? 문 안에 있는 건 성유물이 전부라, 위험할 것도 없습니다."

평사제가 피곤하단 얼굴로 루비얀을 쏘아보았다.

애초에 사람을 해하기 위해 만들어진 성유물은 없었다. 규칙대로 하면 다치는 일은 없다. 이능이 없는 걸 받아들이면 되는데, 그럴 리가 없다며 더 욕심을 부리다 화를 입는 것일 뿐.

루비안에게 적당히 쉬라고 말한 뒤, 레티시아는 평사제를 뒤따라 시험장 안으로 들어섰다. 곳곳에 놓인 황금 장식을 보고도 그녀는 별 감흥을 느끼지 못했다. 천천히 앞서 가던 평사제가 몇 가지 주의 사항을 읊었다.

"성유물을 파괴해선 안 됩니다."

"네, 사제님."

"뭐……. 그리 긴장하실 건 없습니다. 성유물은 웬만한 힘으로 파괴되지 않으니까요."

"그랬던 전적이 있나요?"

"100년간은 교단에서 그런 적은 없습니다. 아, 듣기론 마탑에서 수년 전에 큰 사고가 있었다더군요."

"마탑이라면……."

"일라이 네르바드. 그 공자가 성유물을 몇 개 건드린 모양입니다. 그 뒤로 그 성유물들은 쓸 수 없게 되어 버렸죠."

"그는 성유물을 망가뜨린 책임을 졌나요?"

"그럴 리가요……. 전 마탑주의 후계자였으니 어영부영 넘어갔겠죠. 마탑의 원로들도 가만히 있는데, 휘하에 있는 마법사들이 뭐라고 나서겠어요."

레티시아는 더 묻는 대신 고개를 끄덕였다. 별걱정은 하지 않았다. 대악마와 계약한 일라이 정도라면 모를까. 이능을 시험받으러 온 그녀가 성유물을 부수는 일은 없을 것이다.

"여기서 잠깐만 기다리십시오. 이 중앙 홀을 지나면 마력이 있는지 시험할 수 있는 큰방이 나올 겁니다. 시험관에게 준비되었는지 묻고 오겠습니다."

백색 문을 열고 들어온 지 20분 남짓이 흘렀다.

평사제는 또 다른 문에서 멈춰 서더니 레티시아를 돌아보며 기다리라고 권했다.

"네, 사제님. 천천히 갔다 오시지요."

하필이면 말로만 듣던 정령석 앞이라, 레티시아는 떨리는 목소리를 감추며 답했다.

레티시아는 바위처럼 우뚝 솟은 정령석에 시선을 두었다. 높이가 3미터는 될 법한 새까만 정령석은 날것 그대로 보였으며 듣던 대로 아무런 빛이 돌지 않았다.

'정령술사와 반응하면 백색으로 변한댔지.'

정령석 자체는 성유물이 아니었다. 허공에 뜬 푸른 천이 흐르는 물처럼 움직이며 정령석을 휘감고 있었고, 이 푸른 천이 바로……

'성녀 베르타가 숨을 거둘 때 함께 태워졌다는 성력이 깃든 천.'

베르타의 안식. 2,000년이 넘는 역사 속에서 힐데가르트의 이름을 이은 유일한 성녀.

성 베르타의 주검은 불에 태워졌을지언정, 그녀가 걸쳤던 푸른 의복은 불길에 사그라지지 않았다고 한다.

푸른 천은 지옥에서 타오르는 불꽃, 푸른 염화의 일부였다.

본디 염화의 주인인 대천사 라파엘에게서 성녀 베르타가 빌려 온 것.

대천사의 권능이 담긴 푸른 불꽃은 지옥에 갇힌 죄인의 영혼을 태웠다. 성화라고도 불리는 푸른 염화는 자연계의 붉은 불꽃보다 더 고귀했기에.

베르타의 안식은 지옥의 입구와 천국의 문을 잇는 거대한 이공간.

바다처럼 흐르는 푸른 불꽃은 두 개의 성역을 지켜 왔으매,

힐데가르트의 일곱 번째 권좌, 대천사 라파엘이 이를 성녀 베르타에게 허락했다.

두 개의 성역을 잇는 푸른 천은 불꽃으로 이루어져 지옥의 죄인에게는

끝없는 고통을 주고, 천국의 수혜자에게는 영원한 안식을 약조했다. 베르타의 안식을 두른 천국의 수혜자들은 백색의 계단 앞에서 두 가지 문을 선택할 수 있다.

힐데가르트의 백성이 되는 백색의 문.

영면의 기회 대신 기억을 지운 채, 다시 윤회의 길로 접어드는 흑색의 문.

대성녀에게 선택받은 영혼은 안식과 고통의 두 갈래에서 선택해야 했다. 베르타의 안식을 두른 자들의 특권이리라.

'하지만……'

내겐 그런 선택권조차 없었지. 지옥에 끌려가지도, 천국의 문 앞에 도달한 적도 없으니까.

'지옥과 천국을 잇는 거대한 천이라고 하기에는……. 부유 마법이 걸린 원단 같은데.'

레티시아가 정령석을 감싸고 있는 푸른 천을 향해 손을 뻗으려 하자, 잠깐 자리를 비웠다가 돌아온 평사제가 다급히 말렸다.

"잠깐만요, 공녀님! 시험장에 오기 전에 엘몬트라 사제님에게서 몇 번이나 들으셨을 텐데요! 악령이 깃든 돌이니, 함부로 건들지 말라고. 그 돌을 건드려서 목숨을 잃은 자가 한둘이 아니니 조심……."

"난 이미 목숨 걸고 왔어요, 사제님."

레티시아는 사제의 말허리를 잘라 내며 푸른 천으로 손을 뻗었다. 베르타급 성유물 중에서 가장 위대하다 칭해지는 마지막 안식을 향해서.

"마력을 시험하러 온 것이 아닙니까! 당장 정령석에서 손 떼십시오! 저 큰 방으로 가면 마력을 시험할 수 있는 곳이 있으니까……!"

기겁한 사제가 소리침과 동시에 레티시아가 뻗은 손이 정령석에 닿았다. 아무런 일도 없었다. 평소대로 미약한 바람이 불자 사제는 안심했다.

하지만 그 순간.

"······!"

사제는 믿지 못하겠다는 듯 침음을 흘렸다.

우우웅—.

500년간 변화 없던 정령석이 새하얀 빛을 내뿜으며 반응했다. 가녀리고 여린 공녀의 손에 의해서.

그때였다.

피잉!

귀를 찢는듯한 고음과 함께 공기와 빛이 공명하는 소리가 퍼졌다.

스스슷.

정령석에 불규칙한 빛의 선이 제멋대로 그어지더니 보이지 않던 고대의 문자가 빛과 함께 새겨지기 시작했다. 금빛 머리칼이 살짝 흩날리며, 레티시아 주변으로 미약한 바람이 불어왔다.

휘이잉.

미약했던 바람이 점점 거세지더니 이내 레티시아의 머리칼이 세게 흩날릴 정도였다. 물 흐르듯이 유영하던 푸른 천의 움직임이 멎었다.

베르타의 마지막 성유물, '안식'이 정령석과 반응한 것이다.

레티시아는 본능적으로 주머니로 손을 뻗었다. 그녀의 손에는 윈터의 대사제가 준 작은 정령석이 들려 있었다.

작은 돌을 감싸고 있던 암흑색 가루가 벗겨졌다. 그러자 백색의 빛이 새하얀 안개가 되어 윈터의 정령석 주변을 돌기 시작했다. 이윽고 작은 돌 중앙에 윈터가의 문양이 모습을 드러냈다.

태고의 대정령. 그중에서 빙결의 주인, 라이아덴을 본 따 만들었던 새하얀 늑대가.

이윽고 정령석에도 고대 문자가 새겨지기 시작했다.

스스스슷.

정령석에 새겨지는 금색의 문자를 레티시아는 홀린 듯이 바라보았다. 푸른 천이 멈춘 것과 반대로 금색 문자는 정령석을 돌며 빠르게 흘러갔다.

윈터. 하얀 늑대.
라이아덴. 태고의 빙결.
일곱 번째 권좌, 라파엘의⋯⋯.

레티시아는 그제야 그것이 그녀가 『헤브론』에서 봤던 고대 문자임을 알아차렸다. 자세한 형태는 달랐지만, 분명 같은 뿌리에서 난 거였다. 그래서 전체적인 맥락은 알지 못해도 고대어로 된 단어는 읽을 수 있었다.

'이 문자들. 내가 일기에 썼던 고대어와⋯⋯ 같아.'

레티시아의 어머니, 안나마리가 제국어보다 먼저 가르쳐 줬던 알레타의 고대어.

'그때, 분명⋯⋯!'

레티시아는 여섯 살 때 어머니에게 들었던 정령석 이야기를 떠올렸다.

'레티, 정령석은 총 두 개야. 하나는 중앙 교단의 최상층에 있는 거대한 돌. 그 태고의 정령석에서 윈터 가문을 수호해 왔던 하얀 늑대가 태어났지.'

'우와! 신기해. 늑대가 정령석에서 태어나요?'

'아니, 하얀 늑대는 얼음의 숨결에서 태어났어. 그래서 태고의 빙결이라 불렸지. 그가 태어난 땅 그 자체가 정령석이 된 거야. 온전히 유지된 건 교단에 있는 게 다겠지만.'

'하얀 늑대요?'

'그래. 윈터를 지키는 빙결의 검, 라이아덴. 교단의 정령석만이 라이아덴의 주인을 판별할 수 있어.'

그 뒤로 어머니는 다른 정령석에 대해서도 알려 주었다.

'마탑의 지하에 억겁의 정령석이 있지.'

'땅속에 정령석이 있어요?'

'그렇단다. 억겁의 염화, 파르비스가 태어난 곳. 푸른 불꽃이 너른 대지를 삼켰을 때 어린 대정령도 눈을 떴거든.'

'걔도 늑대예요?'

'아니. 검은 여우라는데, 멍한 면이 있어서 고양이로 착각한 것 같네. 귀여운 친구지.'

'파르비스는 실수가 많은 정령이네요.'

파르비스의 본체는 거대한 검은 여우. 그리고 작은 모습일 땐 흑묘라 하였다. 두 정령 모두 이마에 정령석이 있다고도.

빙결은 새하얀 털을 가졌으며 이마에 다이아 모양의 정령석이 하나.

염화는 새까만 털을 지녔으며 이마에 다이아 모양의 정령석이 세 개.

'마탑에 있는 억겁의 정령석. 그게 파르비스의 뜻을 이어받은 자를 증명한다고 했었나……'

하지만 그 증명이란 것은 실제로 일어난 적 없는 일이다.

마탑의 정령석은 어떨지 모르겠지만, 이제껏 교단에 보관된 정령석이 희미한 백색을 띤 적은 몇 번 있었다. 500년에 열 번 정도였을 것이다.

하지만 빛은 찰나에 꺼졌고, 그들 중 교단의 역사에서 정령술사라 불린 자는 전무했다. 그 누구도 마른 땅에 작은 빗방울 하나 내리지 못했으니까.

"아……. 이, 이건……."

평사제가 넋이 나간 채 정령석을 바라보았다.

화아앗!

정령석을 감도는 백색의 빛은 꺼지기는커녕, 더 환한 빛을 내뿜었다.

금색의 문자가 정령석 위에 나타난 건 500년 만에 처음이었다.

백색으로 공명한 정령석. 그리고 정령석을 원형으로 감싸며 느릿하게 돌아가는 금색의 고대 문자.

고서 『헤브론』에선 이 현상을 한 단어로 명명했다.

심연에 잠든 태고의 정령석을 깨운 자.

그자가 바로 윈터 가문의 상징이자, 대정령 태고의 빙결 라이아덴.

위대한 하얀 늑대의 유일무이한 주인이라고.

"정, 정령술사!"

사제의 비명 섞인 외침을 뒤로, 레티시아는 새하얀 빛에 둘러싸였다.

* * *

『라파엘, 넌 금기를 어겼다.』

타오르는 얼음 불꽃 속에서 아름다운 대천사가 메마른 눈을 떴다. 얼음이 흘러내리는 새하얀 머리칼. 푸르게 타오르는 불꽃의 눈동자. 대성녀 힐데가르트의 마지막 권좌, 라파엘Raphael이었다.

그는 첫 번째 권좌였던 이브가 타락했단 사실을 들어 알았다.

『위대한 어머니시여.』

라파엘은 한쪽 무릎을 꿇으며 대성녀에게 예를 다했다. 성스러운 흰 옷이 바람에 나부꼈으며 새하얀 날개가 빛을 반사하며 펄럭였다.

『저는 당신께서 버린 누이를 따라가겠나이다.』

라파엘은 그리 말하며 대성녀가 보는 앞에서 푸른 불꽃으로 타오르는 빙결로 스스로 가슴을 찔렀다.

『가련한 지저의 영혼에게 누이는 선과 악이 무엇인지 알게 하였고, 지옥의 빙결에 숨을 빼앗기지 않도록 불완전한 불을 훔쳐 무지한 자들에게 나누었으며……』

'누이, 이브는 어머니의 다른 딸과 아들을 귀히 여겼을 뿐이다.'
지옥을 지키는 마지막 대천사, 라파엘은 푸른 피를 뱉었다. 무감정했던 얼굴에 처음으로 웃음꽃이 피어났다.

『어머니의 피와 살점으로 빚은 누이가 당신의 낙원에서 사라졌기에……』

정의의 대천사, 이브가 사라진 순간. 라파엘은 깨달았다. 심판의 대천사는 빈껍데기가 되었을 뿐이다. 이브가 사라진 세상에서 무엇이 정의인지 알 수 없었다.
그러니 그 무엇도 심판하지 못하리라.

『차라리 누이가 있는 심연으로 떨어져 그곳에서 심판하겠나이다.』

새하얀 빛에 휘감긴 대성녀가 침묵을 깼다.

『아니, 라파엘. 그대는 이브가 떨어진 곳에 닿지 못할 것이다.』

본래 빙결과 염화는 하나였던 몸.

격렬한 분노로 타인의 생명을 훔친 자에게는 영혼까지 타오르는 빙결의 심판을,

차가운 눈동자와 사늘한 입으로 타인을 눈물짓게 하고 그의 생을 끊게 한 자에게는 영혼과 피가 끓다 멸할 때까지 염화의 심판을.

그것이 심판의 대천사, 라파엘의 권능이었다.

대성녀가 내린 형벌에 따라 그의 영혼은 두 개로 나뉘어, 작고 비천한 동물로 변해 영원히 지저를 떠돌아야 했다. 빙결은 백색의 암늑대가 되었으며, 염화는 흑암의 수여우가 되었다.

고귀한 대천사, 심판께서 위대한 대정령이 되었나니,

그는 누이, 이브를 찾아 이 땅의 악한 자들을 심판할지어다.

정의의 대천사, 이브가 금빛의 마왕 이블리스가 되었으매.

이블리스가 현신할 때 심판의 날이 찾아올지어다.

이 땅에 사라졌던 정의가 모습을 드러내기 위하여.

「*이브가 대성녀가 하사한 이름을 버리고, 스스로를 구원해 이블리스의 이름을 찾을 때까지.*」

* * *

레티시아는 느릿하게 눈꺼풀을 감았다 떴다.

'분명 의식을 잃었었는데······.'

눈을 뜨니 여전히 정령석이 있는 시험장이었고, 그녀는 거대한 돌 앞에 서 있었다.

'머리 아파.'

미약한 바람이 불며 레티시아의 금빛 머리칼을 간지럽혔다. 이렇게

머리가 깨질 듯이 아픈 적은 처음이었다. 누가 강제로 기억을 주입한 것처럼.

'성전 속 내용인가? 왜 이런 걸 보게 된 거지?'

정령석에 얽힌 기억을 보게 되었지만, 레티시아는 그것이 감히 라파엘의 기억이라고는 생각지 못했다.

'내가 왜 이런 걸 보게 된 건지 몰라도 이건 확실해.'

정의의 대천사, 이브는 대성녀 힐데가르트의 첫 번째 아이.

대성녀의 딸인 그녀는 인간의 죄 유무를 판단했다. 그녀의 명령으로 죄인은 지옥으로 끌려갔으며, 대천사의 인도하에 선인은 천국으로 보내졌다.

지옥에서 심판을 맡았던 건 심판의 대천사, 라파엘.

그는 대성녀 힐데가르트의 마지막 아이. 즉 일곱 번째였다.

장례식이 7일인 것도 그 안에 심판이 이루어지기 때문이었다.

'일곱 번째, 라……. 한 마디로 귀염둥이 막내가 어머니를 배신하고 집에서 쫓겨난 누님을 따라갔단 거네.'

그건 좀 충격이었다.

레티시아도 이전 생에서 성전의 역사를 질릴 만큼 배웠다. 그래서 대성녀와 금빛의 마왕, 둘의 관계가 파탄 직전이라는 건 알고 있었다. 하지만 마왕이 대성녀의 딸일 줄은 몰랐다. 어머니의 명령을 어기고 배반한 딸. 그런 딸을 심연에 가둔 어머니라니……

인간의 관점으로는 가히 이해하지 못할 행동이었다.

'고서 헤브론에서 봤던 회귀란 것도 결국 집안싸움 때문이었나……'

한 집. 아니, 천상의 낙원에서 어머니와 같이 살려니 성정이 맞지 않았던 딸은 집을 나가 마왕이 되었고, 지옥보다 더 깊은 심연에 갇힌 상황에서도 스스로 이름을 바꿨다는 것이다. 이브에서 이블리스로.

그러다 12월의 제야가 되면 어머니가 잠든 틈을 엿보다가 낙원으로 올라온 뒤, 모친이 귀히 아끼는 성유물을 훔쳐 와서 제멋대로 쓴다는 거였다.

이걸 고대어로 표현하면,

대성녀가 잠든 틈을 타, 이블리스가 성유물을 가져와 마왕의 권능으로 타락시킨다.

……였다. 어쨌든 금기를 어겨 대성녀에게 버려진 이블리스가 시간의 성유물로 회귀까지 한다는 건데.

'명색이 마왕이었던 이블리스는 안타까웠을지도 몰라.'

혼자서 회귀와 귀한 능력을 독점하는 것이.

그래서 대성녀의 제단 위에서 죽어 가던 여섯 아이에게 이름과 권능을 나눠 준 것이리라.

'자기 것도 나누는 거 보면 천사가 맞긴 하나 보네.'

어머니 것까지 훔쳐서 나눠 주다니, 역시 마왕답다. 타락한 역천사라 그렇게 행동할 수 있는 거겠지만.

어떻게 보면 여섯 아이를 구한 것도 마왕이 베푸는 선택적 구원이었다. 이블리스가 마왕답지 않게 자비를 베푸는 기준은 아직 알 수 없었다.

레티시아는 대성녀와 금빛의 마왕이 들으면 통탄할 생각을 하며 주변을 훑었다.

"다, 다, 당신 몸에 악, 악령이 깃들었구나!"

평사제가 혼절할 듯한 얼굴로 레티시아를 보고 있었다. 아직 아무 짓도 안 했는데.

"대, 대성녀시여. 가련한 자를 돌봐 주시고……."

눈을 질끈 감고 두 무릎을 꿇으며 기도하던 사제가 마른침을 삼켰다.

레티시아가 가까이 다가갈수록 손이 벌벌 떨려 왔다.

"사제님."

고아한 목소리에 공포에 질린 사제가 실눈을 떴다. 천사 같은 소녀가 무표정한 얼굴로 저를 내려다보고 있었다.

"때론 사람이 더 악마 같은 법입니다."

레티시아는 사제를 물끄러미 바라보다가 먼저 몸을 돌렸다. 황망한 얼굴의 사제가 멍하니 그 모습을 지켜보았다.

파삭.

정령석은 완전히 깨져 버렸고, 레티시아가 걸음을 뗄 때마다 금빛의 조각이 부서져 내렸다.

대성녀의 가르침을 기록한 성서. 그리고 고대의 성전聖傳에서 이블리스가 현신할 때를 언급했었다.

금빛의 마왕 아블리스가 대성녀를 따르는 선량한 자들의 두 눈을 멀게 하리라.
마왕의 고요한 목소리는 두 귀를 잃게 하며, 종말을 고하기 위해 무릎 꿇은 가련한 자들을 타락시킬지어다.

레티시아는 저도 모르게 생각했다.

대성녀를 따르는 자들이 정말로 선량했는지. 이블리스가 그들의 두 눈을 멀게 하였는지.

혹은 원래부터 그들의 두 눈이 멀었던 게 아닐지.

신을 믿는 자들이라고 다 선을 행하는 건 아니었다. 극도의 선을 보이는 자가 있는가 하면, 죄를 저지르고 돈을 뿌려 면벌부를 사는 자들도 널려 있었다.

죄를 저질러도 부유하면 벌을 받지 않고, 가난하면 죄를 저지르지 않아도 벌을 받는다. 신전에 기부하지 않으면 지옥에 떨어진다는 사제의 협박도 어제오늘의 일이 아니었다.

마음이 아픈 자를 조롱하고 몸이 불편한 자를 비웃는다.

밤에 잠들기 전 사죄 기도를 올려 죄를 씻어 내면 타인에게 상처를 주었던 것은 없던 일이 되어 버렸다.

레티시아는 금빛의 마왕을 만난다면 묻고 싶었다.

당신이 인계의 존재에게 선과 악을 알게 한 것을, 지옥의 염화를 지저에 하사한 것을 후회하지 않는지.

레티시아는 문을 나서기 전 뒤를 돌아보았다.

태고의 정령석은 부서진 지 오래였고, 베르타의 안식으로 불리던 푸른 천은 사라져 버렸다. 레티시아는 그녀의 손목에 푸른 문양이 생겼다는 것을 알지 못했다. 너무 옅어 희미했기 때문이었다.

다만 그보다는 백색으로 하얗게 빛나는 돌, 윈터의 정령석이 레티시아에게는 더 중요했다.

'처음으로 받은 선물이니까.'

레티시아는 차갑게 느껴지는 돌을 만지작거리며 깊은숨을 내쉬었다. 제 안위를 위해서라면 사제를 처리해야 했지만, 그녀는 그러지 않았다. 타인의 목숨을 해칠 권리가 레티시아에게는 없었기 때문이었다. 더욱이 그것이 무고한 자라면.

* * *

"생각보다 무르잖아? 처리했어야지."

흰 셔츠를 입은 소녀가 백색 탑 위에 걸터앉은 채 투명한 유리창을 내려다보았다. 빛이 반사되며 시험장에서 있었던 일을 여과 없이 보여 주었다.

교단의 최상층. 그 위를 덮은 아치 형태의 유리창은 '베르타의 관조'라는 성유물이었다.

'베르타의 관조'는 수백 년 전 중앙 교단과 마네르 가문이 고대 유물을 파헤쳤을 때 찾은 작은 돌로 만들어졌다. 그 돌은 성녀 베르타가 아끼던 제자의 두 눈을 빼앗아 성력을 넣어 만든 성유물이었다.

돌을 가루 내어 유리와 섞었기에 유리창은 거대한 성유물과 같은 효과를 내고 있었다. 그래서 본래 안에서만 밖이 보이는 구조여야 했지만, 지금은 그 반대였다. 대악마와 계약한 소녀가 성유물을 멋대로 타락시켰기 때문이었다.

"베르타의 염탐도 꽤 쓸모가 있어. 정─말 잘 보이잖아."

은발을 단발로 친 소녀가 붉은 사과를 아삭 베어 물며 재밌다는 미소를 흘렸다.

"베르타급이면 영 쓰레기는 아니다, 이건가?"

낮게 중얼거린 소녀가 유리창 아래에 몸을 기댔다. 그리고 난장판이 된 시험장을 느긋하게 구경했다.

그곳에는 깨진 정령석만 남아 있었다.

정령석에서 하늘 위로 치솟던 백색의 기둥도, 정령석을 휘감듯 돌던 금빛의 문자도 없었다. 모두 흔적 없이 사라진 후에는 정령석의 깨진 파편만 흩어져 있을 뿐.

"어머니께서 지켜보라고 하신 이유가 이거였구나. 흐음, 이 정도일 줄은 모르셨겠지만."

잔느 윈터는 느른한 한숨을 흘리며 유리창으로 손을 뻗었다. 투명했던 창이 검게 변색되며 부서져 내렸다. 성유물을 타락시켜 사이한 기적을 행사한 것이다.

열네 살 소녀가 할 만한 일은 아니었지만, 잔느 윈터는 평범한 사람이 아니었다.

그녀는 대악마 〈분노〉의 계약자.

흔히 릴리스Lilith라고 알려진 여성형 대악마의 계약자였다.

릴리스는 잔느가 어릴 때는 '아가'라고 불렀으며, 잔느가 자란 뒤로 '자매'라고 부르곤 했다. 평소라면 말을 걸어 왔을 릴리스가 이상하리만치 침묵을 유지했다.

'베르타의 관조'를 타락시켜 몰래 안을 엿봤을 때도, "역시 내 자매로군." 하며 기뻐해야 할 릴리스가 목소리 한 번 내지 않았다.

"릴리스는 왜 말이 없어? 저녁인데 벌써 자? 야행성이라며."

「······.」

"탐욕이 여기 있어서 그래? 걱정 마. 일라이가 저 애를 넘보지 못하게 확실히 감시할 테니까."

「아니.」

릴리스는 명료히 답하며 그게 아니라고 말을 흘렸다.

「실로 오랜만에 감정을 느껴 봐서.」

릴리스는 한숨 비슷한 것을 흘려보냈다. 그녀의 한숨을 들을 수 있는 건 계약자인 잔느뿐이었다. 혹은 또 다른 대악마와 계약한 일라이거나.

"어떤 감정인데?"

「그리움, 미련, 집착. 그런 것들이지······. 까마득한 과거에 흘려보냈던. 재밌게도 다른 감정도 느껴졌어.」

그 말을 하고 릴리스는 고개를 기울이더니 입술을 떼었다. 명암으로 이루어진 형체의 기척과 움직임은 잔느의 눈에만 보였다.

"뭘 느꼈기에 재밌다는 거야?"

「두려움.」

릴리스는 야트막한 한숨을 흘리며 답을 골랐다.

오래전 대성녀가 내린 형벌로 육신을 잃어버렸던 그녀는 잔느의 눈을 통해서 세상을 보고 귀를 통해서 만물의 이야기를 들었다. 릴리스도 대악마였기에 예언 일부는 알고 있었다. 하지만…….

「노망난 할망구가 남겼던 예언인데 꽤 생생히 기억나. 힐데가르트가 말하길…….」

육신을 잃기 전 들었던 예언 중 가장 기억나는 건…….

릴리스는 계약자인 잔느의 목소리로 예언을 읊었다.

"대악마들의 총애를 받는 자가, 대륙에서 가장 광대한 제국에 영광과 명예를 가져올지어다."

하지만 예언은 이게 끝이 아니었다. 공교롭게도 대악마인 그녀도 모르는 예언이 있었다.

대현자 아브라함이 예지했으며, 탑의 최상층에 보관된 고서 『헤브론』.

그 원본의 종장, 예언록에 두 번째 예언이 담겨 있었다.

마탑의 결계가 얼마나 대단한지, 대악마인 릴리스가 잔느의 몸에 현신하여도 『헤브론』이 있는 마지막 탑의 문을 열 수가 없었다.

"어차피 일라이가 마탑주가 되겠지. 그럼 그때 그가 예언을 보게 되면 우리도 훔쳐보자. 협박해서든, 뭐든."

「악랄하고 무심한 탐욕에게 그게 통할까?」

"왜 자신 없는 소리를 하고 그래? 릴리스 주특기가 협박이잖아. 화나서 깽판 치거나."

「그러니까 내가 분노의 릴리스인 거지.」

어떻게든 예언록을 훔치자는 잔느의 제안에 릴리스는 고개를 갸웃했다. 릴리스가 꼭 그렇게까지 해야겠냐며 묻자, 잔느는 고개를 끄덕였다.

"일단 저 사제부터 입막음해 볼까. 목격자는 한 명뿐이니 기억을 조작해서 사건을 축소해야 해."

자신에겐 그럴 권한이 없다는 릴리스의 말에 잔느는 알 만하다는 표정을 지었다.

계약자가 대악마의 고유한 권능을 쓰려면 대가를 치러야 한다. 저 평사제가 빌빌대는 걸 보니 잔느 자신의 손가락 하나만 바치면 기억은 지울 수 있겠지만.

'고작 이런 일에 바치긴 아까워.'

잔느는 멀쩡히 붙어 있는 다섯 손가락을 쫙 펼쳤다.

릴리스는 잔느가 몸을 다치는 걸 제일 싫어했다. 대악마치고는 꽤 다정한 편이라서 그런 건지. 그래도 잔느가 손가락을 바쳐서 기억을 지우겠다고 하면 릴리스로서는 거부할 수 없었다.

「자매의 손은 귀해서 안 돼. 저놈의 목을 잘라. 간단하니 좋네.」

사제의 목을 자르면 더 곤란해진다.

자기 계약자만 귀애하는 릴리스는 구태여 귀찮게 기억을 지워야 하느냐며 되물었다.

"응. 복잡하긴 해도 기억만 지우려고. 죽이면 더 일이 커지거든."

잔느는 머리칼을 쓸어 올리며 품에서 무언가를 꺼내 들었다. 작은 열쇠가 그녀의 손에 들렸다.

"이거 예전에 우리 집사가 훔쳐 온 성유물. 릴리스도 알지? 나브티스가 교단의 대사제였잖아. 이걸로 기억을 잠깐 지울 수 있대. 대가는 성유물의 파괴."

열쇠로 된 성유물의 정확한 이름은 잔느도 몰랐다. 그도 그럴 것이 성유물은 힐데가르트, 베르타, 세라피나 순으로 위대하다고 알려졌으니. 하급인 세라피나 성유물은 다들 딱히 기억하지 않는 편이었다. 잔느도 릴리스도 강하고 센 것을 좋아했기 때문에 편파적으로 기억하곤 했다.

"그럼 잠깐 강화 능력 좀 빌려줘, 릴리스. 내가 벌벌 떠는 사제 놈의 기억을 깔끔하게 지울 수 있게."

릴리스가 고개를 끄덕이자 잔느는 곧바로 깨진 유리창을 구둣발로 차 버렸다.

파장창!

아치형의 유리 천장이 깨지며 유리 조각이 튀는 순간 잔느는 평사제의 코앞으로 뛰어내렸다.

"안녕, 아저씨."

"누, 누구……. 방, 방금 본 정령술사가 아닌데."

"걘 이미 교단을 떠났거든. 원한은 없지만, 그 쓸모없는 기억 좀 지울게."

한숨 자고 나면 개운할 거다. 시험장이 이 꼴이 되었으니 관리자인 사제가 교단에서 잘려도 어쩔 수 없는 노릇이었다.

"신, 신고해야 해! 방금 악령이 시험장을 멋대로 빠져나갔으니까 신, 고를……."

"아까 그 예쁜 애가 악령이라고? 아저씨, 눈이 단단히 삐었구나."

릴리스가 사랑스러운 금발에 귀여운 자매라고 속삭였지만, 잔느는 고개를 갸웃했다.

'귀엽긴 한데. 마냥 귀엽지만은 않았어.'

어딘가 모르게 다람쥐나 토끼를 떠올리게 했다. 문제는 늑대가 와도 발톱을 세우며 맞붙을 작은 맹수란 거겠지만.

"내가 진짜 악마야. 아까 그 귀여운 애 말고."

잔느는 가문의 영광으로 알라며 속삭이고는 사제의 앞에 열쇠를 들이밀었다.

스스스ㅡ.

새까만 열쇠가 검은 가루로 변해 흩어지며 사제의 눈앞에서 공중을 부유했다. 밤의 공간을 떼어 놓은 모자이크 조각처럼.

"사제, 네놈은 오늘 일을 기억하지 못해. 어떤 회복 마법으로도. 세라피나의 제약에서 벗어나 기억을 되찾아 말하려는 순간, 심장이 멈출 테니까."

잔느가 성유물을 대가로 제약을 걸자, 릴리스의 정온한 목소리가 실바람을 타고 흘러나왔다.

「나, 분노의 릴리스 이름으로 자매의 제약을 허락한다.」

릴리스는 권능을 빌려주며 문득 오래전 기억을 떠올렸다.

12월 제야에 태어난 소녀는 아름다운 목소리로 경외를 받았다. 타락하여 대악마가 되기 전에는 '인내하라'며 대성녀의 제단 앞에서 노래하기까지 했다.

육신을 잃기 전 릴리스는 분홍색 머리를 곱게 묶고 새하얀 성화를 든 채 대성녀를 찬미했다. 지금은 피보다 더 짙은 붉은 머리칼에 검은 옷을 걸친 어른이 되어 버렸지만.

거대한 베르타의 안식이 그녀의 입을 틀어막고 있어서 잔느의 목소리가 아니면 목소리를 낼 수 없었다. 흩어지는 공기에 불과해 지저의 것들에게 닿지 않았다.

「자매, 넌 나처럼 살지 마라. 순진하게 살다 이용당하고 버려지지 마. 순진함이 용납되는 건, 성년이 되기 전까지니까.」

릴리스도 한때 신의 아이라고 불렸다.

순결한 손을 죽은 자의 피로 더럽히고, 새하얀 옷이 검붉은 피로 얼룩지기 전에는.

그 어떤 시련과 고난이 닥쳐도 인내하라는 말을 한낱 분노 때문에 어기고 말았다.

릴리스의 아득한 목소리에 감출 수 없는 날것의 감정이 묻어났다. 그것도 찰나였다. 고요한 대악마의 속삭임을 끝으로 사제는 두 눈을 감았다. 깊은 잠이 든 것이다.

"흠냐. 흠……."

어떤 달콤한 꿈을 꾸는 것처럼 사제의 입가에 행복 가득한 미소가

지어졌다. 잔느는 픽 웃으며 사제의 몸뚱이를 발로 툭 쳤다.

"누가 나를 감히 이용해?"

릴리스는 오래 살아서 그런지 걱정도 많단 말이지. 내 어머니보다도 더.

잔느는 차가운 눈을 내리깔며 나른한 숨을 흘렸다.

"나는 어머니에게도 온전한 마음을 준 적 없어. 나 자신에게도."

잔느는 윈터를 지키기 위해 태어났다고 본인의 숙명을 정했다.

감정은 사치이며 약점에 지나지 않는다. 본인조차 가문과 윈터를 위한 훌륭한 도구일 뿐이었다.

* * *

레티시아가 문을 열고 나오자 소파 위에 앉아 있는 루비얀이 보였다. 레티시아는 별다른 말 없이 다가가 그의 어깨를 툭 쳤다.

"루비얀 경."

루비얀이 고개도 들지 않은 채 레티시아의 손을 꽉 잡았다. 그녀는 놀라 커진 눈으로 기사를 쳐다보았다. 고개를 든 루비얀이 핏발이 선 눈동자로 레티시아를 노려보고 있었다.

"당신이 피오네를……. 가주 자리가 탐이 나서……."

무어라 중얼거린 루비얀은 깨질 듯한 두통에 한 손으로 머리를 감쌌다.

두근. 두근. 두근. 두근. 두근.

그의 심장이 터질 것처럼 거칠게 뛰었다.

레티시아는 루비얀에게 잡힌 손을 빼내려 힘을 주었다. 하지만 훈련받은 기사에게서 손을 빼내기란 어려운 일이었다. 그것도 마네르에서 최정예로 꼽히는 적기사를 상대로는.

"마, 녀가 분명……."

루비얀이 레티시아를 살기 가득한 눈으로 노려보며 손목을 더욱 거세게 붙들었다.

"웃……!"

놀란 레티시아가 미약한 신음을 흘렸을 때 루비얀의 동공이 세차게 흔들렸다.

"어……. 공, 공녀님?"

루비얀이 눈을 크게 뜨더니 레티시아의 손목을 잡은 제 손을 내려다보았다. 그런데도 그는 그 손을 놓아주는 대신 더 세게 붙잡았다.

조금 전 환각으로 보았던 것과 다르게 레티시아는 어떤 것에도 묶여 있지 않았다.

분명, 화형대에 매달려…….

발치부터 불꽃이 휘감고…….

그다음은.

그 뒤는 어떻게 되었지?

루비얀이 혼란에 물든 눈으로 레티시아를 쳐다보았다.

그도 방금 무슨 일이 일어난 건지 알지 못했다. 백색의 빛기둥이 화앗, 하고 터진 순간.

꿈에서도 본 적 없는 기이한 환각과 환청이 들려왔으니까.

"제, 가 뭘 본 겁니까?"

루비얀이 한쪽 눈을 찡그리며 레티시아에게 물었다.

"이것부터 놔."

"제가 뭘, 본 건지 아시는군요. 그 표정은……."

루비얀에게 잡힌 레티시아는 손을 잘게 떨었다. 기사가 한 말이라곤 이어지지 않는 말이 전부였다.

'당신이 피오네를.'

'가주 자리가 탐이 나서.'

두 문장은 이어지지 않았다. 하지만 한 단어를 넣게 되면 문장은 매끄러워졌다.

'당신이 피오네를 죽였지. 가주 자리가 탐이 나서.'

레티시아의 눈동자가 두려움과 공포로 물들었다.

회귀는 온전히 그녀만의 것이라 생각했다. 대성녀의 축복이든, 대악마의 조롱이든. 이제껏 이전 생의 일을 아는 사람은 없었으니까.

"놔, 이거 놔!"

레티시아의 두 눈동자에 눈물이 고였다. 잡힌 손목이 아린 것보다 그때의 감정이 진득하게 옭아맨 탓이다.

"……내가 아니었어."

"아……."

"난 피오네를 죽인 적 없어. 모든 건 내가 아니라……."

툭.

레티시아는 멍하니 루비얀의 뒤쪽을 쳐다보았다. 갑자기 말이 끊기자 루비얀이 무슨 일인가 싶어 뒤를 돌아보려던 때였다.

"나 대신 대타로 세운 은인이 이놈?"

픽 웃는 소리와 함께 새하얀 로브를 쓴 흑발의 소년이 루비얀의 한쪽 손가락을 꺾어 버렸다. 훈련받은 기사로 보일 만큼 가벼운 동작으로.

우둑.

"크, 크윽!"

생리적인 아픔에 루비얀은 레티시아의 손목을 쥐던 손을 떼어 내야 했다.

"혹시 질 나쁜 개새끼가 당신 취향?"

일라이는 소년의 손을 꺾고는 레티시아에게 다정히 물었다.

"정말 그래?"

재차 물은 일라이가 레티시아를 보며 한쪽 입술을 끌어 올렸다.

"……흐읏."

"취향 한 번 고약하네. 아니면 얼굴로 고른 건가?"

일라이는 고개를 살짝 기울이더니 눈을 가늘게 떴다.

"아무리 봐도 나보단 못한데."

가볍게 탓하는 말에는 미약한 질투가 섞여 있었다.

일라이는 루비얀의 목덜미를 손날로 쳐서 기절시키고는 레티시아에게 다가갔다.

어쩐지 레티시아가 조금 멍한 얼굴이라서 일라이는 기분이 좋지 않았다. 조금 전 얼간이 때문에 공녀가 저런 표정을 짓는 거라 생각하니 몹시 불쾌했기 때문이었다.

일라이는 레티시아 앞에 멈추고는 한쪽 무릎을 꿇었다. 그리고 손목을 부드럽게 쥐고는 새파랗게 멍이 든 자국을 살폈다.

"왜 가만히 있어. 나 구해 줬을 때처럼 혼내 줬어야지."

일라이가 무심한 투로 말했지만, 하얗고 가녀린 손에 멍 자국이 든 걸 보니 여간 신경 쓰이는 게 아니었다.

"……방금 바보 같았지?"

아무것도 하지 못했다. 그 생각에 레티시아는 입술을 다물고 고개를 숙였다. 금색 머리칼이 뺨을 가리듯 흘러내렸다.

"아니, 당신은 잘못한 거 없어."

일라이는 짤막하게 답하고는 레티시아의 손목을 가까이에서 살폈다. 그런 다음 눈을 가늘게 뜬 채 공녀의 표정을 살폈지만, 불쾌한 기색은 없어 보였다.

공녀는 놀란 것처럼 보였다. 그러니 손목을 이렇게 조심스레 붙잡아도 가만히 두는 것이리라.

"치료해도 돼?"

"……치료? 다친 것도 없는데."

"멍이 들었잖아."

"이 정도는 다친 게 아냐."

레티시아는 얼버무리고는 일라이에게 붙잡힌 손목을 빼려 했다. 일라이는 한숨을 쉬며 레티시아가 하는 대로 손을 옮겨 갔다. 자세가 불편했던지 일라이는 굽혔던 무릎을 펴고 자리에서 일어난 상태였다.

"대가를 요구하지 않을 테니까, 치료하게 해 줘."

"……아. 거기까진 생각 못 했는데. 악마에게 치료받으려면 대가를 지급해야 해?"

"본래는."

일라이는 픽 웃고는 레티시아의 손목을 제 쪽으로 부드럽게 끌었다. 그리고 고개를 숙여 드러난 손목에 입술을 맞추었다. 입술이 손목 부근에 닿자 레티시아는 '물어뜯는 거 아니겠지?' 하고 걱정했다.

그녀의 걱정과 다르게 일라이는 그저 입술을 대었을 뿐이었다. 꽤 깊고 오래였지만.

"이제 됐어."

일라이는 그렇게 말하고 레티시아의 손목을 놔주었다. 루비얀이 잡았을 땐 끊어질 것처럼 아팠는데, 일라이의 손길은 무척 부드러워서 닿았다는 것도 나중에야 알았다.

"앞으로 저런 거 달고 다니지 마."

"저런 거라니……?"

"당신의 손목 멋대로 잡은 놈. 허락도 없이."

일라이의 말은 조금 미묘했다. 신체의 주인은 레티시아였기에 그녀의 허락이겠지만, 얼핏 들으면 그의 허락으로도 들렸다.

"마네르의 기사니 처리는 하지 않겠지만."

중얼거린 일라이가 사늘한 눈으로 루비얀을 내려다보았다.

"저런 놈을 호위라고 데려올 줄은 몰랐지. 나 대신."

"내가 원해서 데려온 거 아냐. 공작이 붙인 거니까."

그리고 저 대신이라니? 일라이가 뭔가 착각한 것 같다.

"당신 대역도 아니었어."

"……아니면 말고."

일라이는 잠깐 숨을 고르며 답하고는 레티시아의 어깨 위에 자기가 걸쳤던 새하얀 로브를 덮어 주었다. 그러자 일라이가 입고 온 검은 제복이 레티시아의 눈에도 잘 보였다.

마탑의 상징은 보랏빛 포도나무를 휘감은 흑암의 뱀. 그걸 그대로 새긴 제복을 중앙 교단에 입고 올 줄이야.

"일라이, 당신. 네르바드 후작에게 쫓기는 신세라고 들었는데."

그런 처지에 마탑의 상징이 새겨진 제복을 입고 온 거에 대단하다고 해야 할지, 그답다고 해야 할지.

'그나저나 교단에는 어쩐 일로 온 거지?'

일라이가 교단에 볼일이 있어 우연히 마주친 걸까. 그렇다기에는 타이밍이 참 공교로웠다. 레티시아 자신이 교단에 온다는 걸 알고, 일부러 맞추기라도 한 것처럼.

'내가 연회를 망친 뒤로……. 네르바드 후작이 눈에 불을 켜며 일라이를 죽이려 들 텐데.'

그 시선을 느꼈는지, 일라이가 이마로 흘러내린 흑발을 쓸어올리며 중얼거렸다.

"잠깐 따돌리고 온 거야. 네르바드에는 덜떨어진 놈들뿐이니까."

"당신 가문인데, 야박한 평가네."

레티시아는 작게 웃고는 일라이가 준 로브를 여몄다. 조금은 따뜻한 기분이었다.

"좀 걸을까? 기분이 안 좋아 보이는데 바람도 쐴 겸."

"그러지, 뭐. 그럴 상황은 아닌 것 같지만."

"걱정 마. 교단의 기사들이 떼로 덤벼도 공녀 손끝 하나 다치는 일 없게 할 테니까."

무심한 얼굴로 답한 일라이가 기절한 루비안에게 다가가 그의 등을 구둣발로 걷어찼다.

"끄윽, 윽……."

기절한 와중에도 고통은 느껴지는지 기사가 몸을 둥글게 말며 신음을 흘렸다.

"빌어먹을 새끼."

일라이는 짤막하게 욕하고는 기다리고 있는 레티시아에게 바삐 걸어왔다. 행여 그녀가 기다려 주지 않고 떠날까 봐 서두른 것이다.

"잠깐 후원을 걸을까?"

"사제들이 오지 않아? 교단의 기사도 붙을 수 있고."

"아, 그거……. 어떤 미친 여자가 거한 사고를 쳐서 그쪽으로 시선이 쏠렸을걸."

"미친 여자? 당신과 한패야?"

"전혀."

'잔느 윈터가 알아서 처리했겠지.'

잔느 윈터는 테레사 백작을 닮아 판단도 빠르고 냉정한 성격이라 후환을 남겨 두는 편이 아니었다.

지금으로부터 5년 전.

일라이는 테레사 백작의 부탁으로 윈터 성으로 갔었다. 테레사 백작이 급히 사람을 불러 데리러 왔기에 일라이는 바로 윈터로 떠났다.

잔느와 아네스. 두 쌍둥이도 그때 처음 만났다.

서로 보고도 못 본 척하며 인사도 안 했을 만큼 그리 좋은 사이는 아니었다.

'쌍둥이들과는 동갑이었지.'

당시에는 동갑이라고 더 막 대하나 싶었지만, 돌이켜보면 그냥 누구한테든 막 대하는 거였다.

관심 없다며 냉랭한 얼굴로 고개를 돌리던 잔느 윈터. 사람을 위아래로 훑고는 픽 웃던 방자한 아네스까지.

막상 가 보니 테레사의 용건은 간단했다. 쌍둥이가 대악마와 제대로 된 계약을 해야 하는데, 소환을 봐 줄 사람이 없어 대신 봐 달란 거였다.

그곳에서 일라이는 충격적인 장면을 봤지만, 그리 놀라진 않았다. 급하게 만든 제단 위에는 사람의 두 눈과 심장이 놓여 있었기 때문이었다.

윈터도 네르바드 못지않게 막장이로군. 일라이가 그렇게 생각할 때였다.

테레사는 그를 두고 '전 남편'이라고 짤막하게 덧붙였다.

'일라이, 그대도 알겠지. 내 남편은 네르바드의 남자였거든.'

'압니다, 제 삼촌이었던가요? 현 네르바드의 가주, 알렉 네르바드의 동생이라 몇 번 봤으니까요.'

'그를 죽인 내가 밉진 않나?'

'그에겐 아무 감정이 없습니다. 듣기론 연애결혼으로 유명했었죠. 철혈인 윈터 백작님이 어느 날 첫사랑에 빠졌다고. 백작님이야말로 괜찮으신 건가요? 사랑하는 사람을 직접 죽이셨는데.'

테레사는 쓰게 웃었다. 한때 그 남자를 사랑했던 적이 있었다. 하지만 그녀의 남편은 '테레사 윈터의 남편'으로 불리는 것을 원치 않았다.

먼저 결혼을 후회했던 것도, 다른 여자를 침실로 끌어들였던 것도 남편이었다. 잔느와 아네스만 있으면 되었기에 테레사도 남편을 성 밖으로 쫓아내 감정의 끈을 잘라 냈다.

냉정하기로 소문난 테레사였지만 사랑했던 남자에게는 다정했다. 하지만 사랑의 유효 기간은 끝이 났고, 먼저 의리를 배반한 것도 남편이었다. 아내를 배신한 남편이라 해도, 아이들의 아버지로 남아 있어 준다면 테레사는 그걸로 족했다.

하지만.

'난 네 자리를 갖고 싶은 거야, 테레사. 네가 쓰는 그 왕관이 갖고 싶은 거라고! 당신의 남편으로 불리는 게 지긋지긋해! 갑갑하다고!'

단탈리안이 두 딸을 인질로 잡아 백작위를 내놓으라 소리치자, 테레사는 이성의 끈이 뚝 끊겼다. 그녀가 흘러내리는 피를 흠뻑 뒤집어쓰고 눈을 떴을 때, 남편이었던 남자는 한쪽 팔을 잃고 빌빌거렸다.

'다시는 내 눈에 띄지 마라. 내 아이들에게도 접근하지 마. 죽여 버리기 전에.'

그놈에게는 윈터 영지를 떠나 살라고 적당한 금화를 주고 쫓아 버렸다. 다친 팔은 치료해 주지 않았다.

감히 그녀의 두 아이를 해하려 했으니 그에 대한 죗값이었다.

자신의 아이들을 건든다면 그게 사랑했던 남자라 해도 용서치 않으리라.

그렇게 끝난 거라 생각했다.

한때 사랑했던 남편이, 증오하게 되었던 저열한 남자가, 가련히 여겨 풀어 주었던 죄인이⋯⋯.

윈터의 군주가 되겠다며 사병을 이끌고 왔을 때는.

테레사는 마지막으로 자비를 베풀지 않기로 했다. 반란은 용서할 수 없는 것.

아이들을 위해서라면 목숨을 바칠 수 있었다. 그만큼 아이들을 사랑했기에 잔느와 아네스의 아버지로 남아 주기를 바랐다.

남편이 배반했을 때 테레사는 아내로서의 삶을 완벽히 버렸다. 남은 건 어머니란 자리일 뿐. 하지만 어머니이기 전에 테레사는 윈터의 군주로서 영지와 영민을 보호해야 했다.

그래서 테레사는 검을 들었다. 윈터의 병사와 단탈리안의 사병이 뒤섞인 곳에서 한때 몸을 섞었던 남자의 목을 쳐 냈다.

툭, 뚝—.

검을 타고 진득한 핏물이 흘러내렸다. 테레사는 새하얀 군마를 탄 채 검을 비스듬히 내렸다.

그걸로 어리석은 남자의 반란은 끝을 맺었다.

테레사는 기사를 시켜 남편의 두 눈과 심장을 가져오게 했다.

심장은 가장 많은 마력이 밀집된 부위였고, 두 눈은 그다음이었다. 그리고 곧바로 두 딸을 위해 대악마의 소환식을 준비했다.

어차피 미룰 수 없는 것. 죄 없는 영민을 100명 희생시키는 것보다는 배반한 남자의 두 눈과 심장을 쓰는 것이 나았다.

태어났을 때부터 대악마의 계시를 받은 두 딸이다. 제때 계약을 마치지 않으면 고통에 시달려 죽거나 미쳐 버릴 것이다. 그전에 테레사는 제단 위에 죽은 남자의 두 눈과 심장을 바쳤고, 다섯 살이란 어린 나이에 대악마와 계약한 일라이에게 부탁했다.

'덕분에 내 아이들이 대악마와 무사히 계약을 마쳤다.'

'제가 한 건 없습니다. 죽은 남자가 제물로서 훌륭한 가치가 있었을 뿐.'

'그게 무슨 소리지?'

'계약자와 피가 섞인 혈족이야말로 가장 뛰어난 제물입니다. 영민 100명을 바치는 것보다 피가 이어진 혈족 한 명을 바치는 게 나을 만큼.'

단, 이어받은 피가 상당히 짙어야 했다. 반절의 피를 물려준 어머니와 아버지.

부모가 제물로서 가장 큰 효력을 발휘했으며 그다음은 4분의 1로 피가 이어진 자매와 형제. 그다음으로 약한 제물이 조부와 조모였다.

천국과 지옥을 잇는 문.

베르타의 안식.

그 푸른 천이 인계의 존재가 중하급 악마는 물론, 대악마를 부르는 소환을 막았다.

푸른 불꽃으로 타오르는 거대한 천은 영생을 사는 악마가 겁도 없이 소환자가 있는 인계로 가려 할 때 무자비하게 불태워 버렸다. 그러니 대악마가 베르타의 안식에서 벗어나 인계로 가기 위해선 에너지가 필요했다.

그 에너지가 바로 소환자가 바친 제물.

당연하게도 제물의 가치가 높을수록 소환자가 바쳐야 하는 대가도 한미해졌다. 제물이 없거나 제물의 가치가 낮다면 대악마는 온전히 현신하지 못할뿐더러 '문'은 소환자의 신체와 정신을 앗아 갔다.

만약 소환에 성공한다 해도 소환자는 목숨을 대가로 마지막 소원을 비는 게 다였다. 형편없는 제물을 바쳤으니 본인이 제물이 되는 거였다.

나태. 탐욕. 분노. 미색. 인색. 질투.

이렇게 여섯의 대악마는 네르바드의 혈족들에 의해 소환되었다.

지옥보다 더 아래, 72 악마가 잠든 심연의 탑.

가장 높은 층에 여섯 대악마가 대성녀의 사슬에 의해 묶여 있었다. 하지만 지난 500년간, 심연에 잠든 금빛의 마왕 이블리스가 깨어난 적은 없었다.

오만의 마왕을 소환하려는 시도는 수차례 있었지만, 모두 성공하지 못했다.

네르바드 가주들이 욕망 때문에 이블리스의 제단 위에 제 목숨을 바쳤던 것도 수차례. 경외와 숭배를 위해 목숨을 버리면서까지 금빛의 마왕을 만나겠다는 멍청한 가주들도 여럿 있었다.

두 눈이 멀어도 좋으니 그 아름다운 얼굴을 보게 해 달라며. 두 귀를 잃어도 좋으니 아름다운 목소리를 듣겠노라고.

하지만 이블리스는 단 한 번도 그들의 부름에 답해 주지 않았다.

힐데가르트의 교화. 그리 불리는 대성녀의 사슬에 묶인 이블리스는 무의식 상태로 잠들어 있었다. 그녀의 두 눈을 가리고 손목과 목을 감고 있는 대성녀의 성유물 때문에 답하지 않는 것인지.

72 악마들을 가둔 탑.

그보다 더 아래에 있는 무저갱.

무저갱 속, 고요한 심연에서 함부로 벗어나지 못하는 것이거나, 욕망과 경외에 두 눈이 먼 자들의 소환에는 응하지 않겠다는 뜻일 수도.

네르바드의 가주들은 죽는 순간까지도 알 수 없었다.

그때 일라이가 알기로는 죽은 가주 놈들만 열 명이 넘었다.

아홉 살의 일라이는 기록 속에서 죽어 간 네르바드 가주들을 보며 붉은 입술을 비틀어 조소했다.

'사랑에 눈먼 멍청한 새끼들.'

사랑이라니 가당치도 않다.

사랑이 아니라 동경과 경외였어도 우습다.

모습을 볼 수 없는 금빛의 마왕을 상대로 무얼 하겠다고.

기껏 목숨을 걸고 네르바드의 가주가 되어 놓고서 그리 허무하게 생을 던질 필요가 있단 말인가.

그깟 마왕의 얼굴을 보겠다는 염원이 뭐기에.

일라이는 그 어린 나이에도 신이나 악마에 미친 듯 목매는 걸 이해할 수 없었다.

일라이 자신은 그러지 않을 자신이 있었으니까.

결국, 윈터 백작의 두 딸은 무사히 대악마와 계약을 마쳤다.

테레사는 네르바드 혈족이 아니었기에 자세히는 몰랐지만, 깨달은 바가 있었다. 어째서 잔느와 아네스가 대가를 치르지 않고 온전히 대악마와의 계약을 마칠 수 있었는지.

'내가 단탈리안 네르바드를 죽여 제물로 바쳤기 때문에…….'

테레사는 쓰게 웃으며 일라이를 안쓰럽게 내려다보았다. 그리고 뺨과 등에 상처투성이가 된 어린 일라이의 어깨를 부드럽게 감싸 쥐며 말했다.

'잔느와 아네스를 도와준 은혜는 잊지 않으마. 일라이, 그대가 내 도움이 필요하다면 전언을 보내라. 내 가문, 윈터의 이름을 걸고 무엇이든 도와줄 것이다.'

'백작님의 말씀대로 가장 절실할 때 윈터의 이름을 빌리겠습니다.'

그 말을 끝으로 아홉 살의 일라이는 윈터 성을 벗어났다. 원하면 윈터에서 머물러도 된다는 테레사의 말에도 일라이는 한사코 거절했다.

'아직 제겐 할 일이 있어요. 잔느와 아네스가 저와 같은 길을 겪지 않아서 다행입니다.'

'다행, 이라…….'

'대악마와 계약했어도, 사랑을 주고 보듬어 준다면 저처럼 괴물로 불리는 일은 없을 테니까요.'

어째서 그 기억이 이제야 떠오른 걸까. 테레사가 그에게 해 준 약속 때문일 것이다.

가장 절실할 때 도움을 주겠다는 그 말.

'온전히 나를 위해 쓸 거라 생각했었지.'

일라이는 후원 앞에서 걸음을 멈추며 레티시아를 돌아보았다.

사실, 공녀에게는 그가 받은 만큼 은혜를 갚을 생각이었다.

일라이는 대악마 〈탐욕〉의 계약자라, 그의 성정을 닮아 뼛속까지 이기적인 사람이었으니까.

"일라이, 잠깐만."

일라이는 자신에게 다가오는 레티시아를 향해 시선을 고정했다. 공녀의 붉은 눈동자가 좁혀지더니 고운 미간이 살짝 찌푸려졌다. 그녀가 손을 뻗어 제게 손수건을 내밀었다. 자신의 얼굴에 뭐라도 묻은 건가.

레티시아는 어서 받으라는 듯 손수건을 더 내밀었다. 조금 전에는 경황이 없어 일라이가 다쳤단 사실도 알지 못했다. 아마 그 자신도 모르는 것 같았다. 그녀의 손목에 멍든 건 귀신같이 알아도.

'의외의 구석에서 허점이 있다니까.'

"……."

일라이가 손수건을 선뜻 받지 못하자, 레티시아는 옅은 한숨을 내쉬며 일라이에게 더 가까이 다가갔다. 그리고 까치발을 딛고 서서 핏자국이 묻은 뺨을 조심스레 닦아 주었다.

"잠, 깐……."

너무 가깝잖아. 저도 모르게 물러서려던 일라이를 레티시아가 확 잡았다.

"마탑주가 될 남자가 칠칠치 못하네. 핏자국이나 묻히고 다니고."

일라이는 한쪽 눈을 치켜올리면서도 레티시아의 손길에 얌전히 몸을 맡겼다.

"공녀, 당신이 닦아 줬으니 됐어."

공녀는 늘 그의 예상을 벗어난 행동을 하곤 했다. 바로 지금처럼.

일라이는 저도 모르게 레티시아의 손을 감쌌다가 그녀와 두 눈이 마주치자 슬쩍 곁눈질했다.

그렇게 싫어하는 것 같지 않아서 일라이는 레티시아의 손을 조심스레 붙잡았다.

'마탑주는 어려도 마탑주라 생각했는데, 꽤 귀여운 면이 있네.'

레티시아가 그런 생각을 하며 신기한 듯 일라이를 쳐다볼 때였다.

"내 얼굴에 뭐라도 묻었어? 왜 그렇게 빤히 봐."

"빤히 보는 게 싫어?"

"그건 아니지만⋯⋯. 계속 보려면 봐."

일라이는 침착하게 답하며 아무렇지 않은 표정을 지었다. 차가웠던 제 뺨에 미지근한 온기가 도는 것 같았다. 귓가도 좀 더워진 것 같고.

"그리고, 내가 구해 줄 테니까 이상한 놈 믿지 마."

일라이가 레티시아의 손을 꽉 잡은 채 나직이 중얼거렸다. 말하는 그의 귓불이 이미 새빨갛게 달아올라 있었다.

"이상한 놈이라면 어떤⋯⋯?"

"나 같은 놈 빼고."

"당신 같은 남자면 다 괜찮단 소리야?"

"그게 아니지. 내가 괜찮다는 건데."

"어떻게 확신해? 연애해 봤어?"

레티시아는 정말로 궁금해져서 물었다.

그러고 보니 이전 생의 마탑주에게 연인이 있었던가? 그런 소문은 들리지 않았지만, 레티시아는 있었을 거라 생각했다.

'이렇게 잘생겼는데 사귀었겠지. 한 명쯤은⋯⋯.'

그때는 일라이에게 사적인 관심이 없었기 때문에 정확히는 모르겠지만.

"여자 친구 있었어?"

레티시아의 질문에 일라이가 눈을 동그랗게 떴다. 그러다 미심쩍은 얼굴로 레티시아를 보며 빠르게 머리를 굴렸다.

'뭐야. 지금 나랑 사귀자는 거야?'

그런 거라면 좀 이르다고 말해 주고 싶다. 속전속결로 만나서 사귀다 헤어지는 거, 일라이는 딱 질색이었으니까.

좀 더 느긋한 만남이 좋았고, 가벼운 사랑보다는 진득하고 깊은 감정을 나누고 싶었다.

대악마 〈탐욕〉이 들으면 당신이 그런 게 가당키나 하냐고 물었겠지만, 일라이는 그 생각조차 못 했다.

대악마와 대악마의 계약자들은 무감정한 사람들이란 걸.

그런데 레티시아와 함께 있을 때면 작지만 몽글거리는 감정이 이따금 찾아오곤 했다.

레티시아가 자신을 구해 줬을 땐 안도와 고마움.

공녀가 그의 두 뺨을 손으로 감쌌을 때는 심장이 튀쳐나갈 만큼 세차게 뛰었고, 입을 맞췄을 때는 '이 여자, 제정신인가?' 하면서도 레티시아가 주는 달콤함에 얌전히 안정제를 받아먹었다.

'그때도 단순하게 생각했었지. 독이 아니면 됐겠지, 하고.'

일라이는 탐욕의 계약자답지 않게 순진무구하게 굴었단 사실을 뒤늦게 깨달았다. 그리고 여자 친구가 있었냐는 물음에 답하는 대신 다른 말을 흘렸다.

"공녀, 당신하고 있으면 기분이 이상해져. 바보 같아."

일라이는 짧고 깊게 한탄했다. 유독 레티시아에게 약해지는 자신을 이해할 수 없었다.

'공녀를 계속 만나다 보면 알 수 있겠지.'

이런 감정을 느끼는 건 공녀가 처음이자 유일했기에 더더욱.

"아까 그 개자식이 당신 손을 함부로 잡았을 때, 정리하고 싶었는데 참았어. 공녀가 곤란해질 테니까."

일라이는 처음으로 격렬한 분노를 느꼈다.

자신이 금욕을 어긴 대악마 〈탐욕〉이 아니라, 분노의 릴리스와 계약했는지 착각했을 정도로.

"잘했어."

"……난 당신이 기르는 늑대견이 아냐."

칭찬이었건만 일라이가 못마땅한 듯 한쪽 눈썹을 올렸다.

"공녀 곁을 맴돌고 있는 건 맞지만."

결국, 스스로도 그렇다고 인정한다는 말이었다.

일라이는 테레사가 도와주겠다던 약속을 떠올리고는 공녀를 흘끔 쳐다보았다.

'공녀를 마네르에서 벗어나게 하려면 차기 마탑주 정도는 되어야 하는데.'

그러려면 네 명의 원로 중 절반인 두 명의 동의가 필요했다.

하지만 첫 번째 원로이자 전 마탑주였던 스승님은 모습을 감춘 지 오래. 나머지 세 명의 원로도 그리 좋은 상황은 못 되었다.

황금 가문 아스테반의 가주는 후계자 없이 실종되었으며, 네르바드 후작은 아들인 자기를 죽이겠다며 눈이 돌아 버렸다. 그나마 윈터 백작만이 온전한 권력과 정신을 유지했을 뿐.

테레사 윈터가 마탑의 네 원로 중 한 명이니, 나머지 한 명이 더 동의해야 일라이는 차기 마탑주가 될 수 있었다.

차기 마탑주로서 마탑주의 대리자가 되면 고위 귀족 가주라 해도 할수 없는 일을 해낼 수 있다.

법을 어기고 죄를 저지른 귀족을 처벌하기 위해선 황제의 동의를 얻어 재판을 거쳐야 했다. 하지만 마탑주가 되면 즉결 처분할 수 있었다. 권한에는 책임이 따르기에 심판의 대가도 마탑주가 치러야 했지만.

'테레사와 다른 한 명만 더 동의한다면……'

차기 마탑주와는 달리 마탑주가 되려면 원로 전원이 동의해야 한다.

즉 만장일치가 있어야 마탑주 될 자격을 가졌고, 마탑의 마지막 문이 주관하는 시험을 치를 수 있었다.

아직 먼일이겠지만, 일라이는 레티시아를 보며 생각했다. 그날이 일찍오면 좋겠다고.

일라이는 제 팔에 얹어진 레티시아의 손을 내려다보며 말했다.

"왜 나보고 마탑주가 되라 한 건지? 권력자가 공녀 취향인가?"

"취향 같은 거 없어. 난 그냥 당신이 필요했을 뿐이라서."

정확히는 가문을 나가기 위해 필요했지. 레티시아는 구태여 말할 필요가 없다고 여겨 뒷말은 흘렸다. 하지만 일라이의 귀에는 다소 왜곡되어 들렸다.

"내가 그렇게 필요했던 건가? 내게 목을 맬 만큼?"

"응."

목맨 적은 없는데. 레티시아는 그리 생각했지만 별 감흥 없이 대답했다.

"출세하라는 거구나. 고위 귀족 영애로서 충분히 할 만한 생각이야."

일라이도 귀족 부인들 사이에서 은근한 기 싸움이 있다고 들었다.

내 남편이 잘났느니, 네 남편이 못났느니, 하면서 빠르게 손부채질을 하며 목소리를 높인다 했으니. 물론 남자들도 기 싸움에는 지지 않지만.

레티시아는 이런 데 별로 관심 없어 보였지만, 어찌 되었든 제국 유일무이한 마네르의 공녀였다. 사회적 체면을 위해서라도 상당한 권력자를 남편으로 선호할 수밖에 없을 것이다.

이를테면 마탑의 주인이나 마탑주 같은.

"확실히, 야망이 있는 편이 좋아."

일라이가 레티시아를 보며 솔직히 말했다.

난 당신의 그런 야망이 좋아.

욕망에 충실한 사람이 일라이는 더 좋았다.

그런 사람의 남편일수록 대악마의 계약자 정도는 되어야 어디 내놓아도 부끄럽지 않겠지.

무슨 생각을 저렇게 깊이 해? 궁금해진 레티시아가 물었다.

"무슨 생각해?"

"어떻게 하면 중앙 교단을 조용히 빠져나갈 수 있는지 그 생각."

"역시……. 합리적이고 효율적인 생각만 하는구나. 일라이, 당신은."

대악마의 계약자들은 다 그런 건가? 레티시아의 미약한 감탄에 일라이는 시선을 돌렸다. 누가 봐도 거짓말하는 얼굴이었다. 일라이가 괜히 머리를 쓸어 올리며 물었다.

"내가 마탑주가 되면 공녀가 좀 기뻐하려나?"

"조금은. 마탑주는 원래 당신의 길이었으니까."

레티시아는 별 감흥 없이 답했다. 일라이는 어쩐지 그 무심한 태도가 마음에 들지 않아 한쪽 눈썹을 치켜올렸다.

"조금? 더 좋아해 줄 수도 있잖아."

"좋긴 하겠지. 당신이 잘 되면 내게 도움이 될 테니까."

도움 되는 게 전부라고? 일라이가 허, 하고 헛웃음을 흘렸다. 그는 내심 레티시아가 다른 말을 해 주길 원했다.

당신은 좀 특별하다던가. 그래서 위험을 무릅쓰고 구해 준 거였다고도.

뭐야.

설마, 아무나 구한 거야?

그냥 공녀 당신을 구해 줄 사람이면 그걸로 된 건가?

일라이는 실로 오랜만에 속이 부글부글 끓는 기분이었다. 하지만 내색할 수 없어서 애써 무표정을 유지했다. 그러자 레티시아가 살짝 몸을 돌려 일라이를 보며 말했다.

"당신은 바쁜 사람이잖아. 이번 한 번만 도움을 받으면, 다시는 귀찮게 구는 일 없도록 할게. 이미 지금도 귀찮다고 생각할지 모르겠지만."

레티시아가 미안해져서 눈을 찡그리며 말하자, 일라이가 한쪽 눈썹을 치켜세우며 말했다.

"귀찮게 해."

"아, 미안해."

역시 귀찮았던 건가? 레티시아는 일라이를 흘끗 쳐다보다 덤덤히 사과했다. 무던한 반응에 일라이는 뭐가 그리 불만인지 머리를 재차 쓸어 올리며 말했다.

"아니, 괜찮으니까 귀찮게 해도 된다고. 난 귀찮은 거 좋아해."

"그건 몰랐네. 근데 난 이제 당신에게 해 줄 게 없어."

"없어도 돼."

"그럼 당신 손해 아니야? 대악마들의 계약자들은 악착같이 대가를 받아 낸다고 들었는데. 절대 호구 짓은 안 한다고."

지금의 그녀는 일라이에게 줄 만한 것이 없었다. 나중에라도 생길지 모르겠다.

"그렇긴 하지. 근데."

일라이는 한숨을 내쉬며 몸을 살짝 빼서 그녀의 머리칼로 손을 뻗었다.

"공녀 당신은 괜찮아."

"왜?"

왜냐는 질문에 일라이는 고개를 기울였다. 그의 머릿속이 수백 개의 변명을 만들어 냈다.

당신이 날 구해 줘서? 내게 안정제를 먹여 줘서?

그걸로는 뭔가 부족했다. 뭔가 그럴싸한 결론이 나오지 않았다.

"나도 모르겠으니까, 계속 만나."

일라이는 레티시아를 물끄러미 보다가 고개를 숙여 그녀의 머리칼에 입을 맞추었다.

"이 감정이 뭔지 알게 되면 그때 말해 줄게."

"그래, 그럼. 이건 계약자들의 의식 같은 거야? 머리칼에 입 맞추는 거."

일라이가 입술을 떼고 뒤로 몸을 물리자, 레티시아가 제 머리칼을 붙잡고 물었다.

"아니, 그냥 내가 좋아서 한 거야."

* * *

'그런 말을 할 줄이야.'

대악마와 계약하면 감정을 잘 느끼지 못하고 무뎌진다는데, 일라이는 특수 체질인가?

레티시아는 그런 생각을 하며 홀로 중앙 교단을 빠져나왔다.

광기 증세를 보였던 호위는 내버려 둔 지 오래였다. 굳이 다시 주워서 데려가야 할 필요성을 느끼지 못했다. 그렇다고 일라이가 흘리듯 말한 대로 가는 길에 제거하기도 그랬다.

그게 어렵다면 대신 정리해 주겠다는데, 어찌 그런 부탁을 할 수 있겠는가. 기억을 지울 수 있다면 몰라도…….

'루비얀이 기억을 되찾은 걸까?'

레티시아는 의문을 가지면서도 확답을 내리지 못했다. 그럴 수도 있었고, 아닐 수도 있다. 혹은 부분적으로 기억을 찾은 것이거나.

'먼저 선수를 쳐도 되겠지만…….'

문제는 루비얀이 유로 백작의 아들이란 점이다. 친아들은 아니지만, 유로 백작은 차별 없이 루비얀과 피오네를 길렀으니 아들의 말에 좀 더 귀 기울일 것이다. 제자인 그녀보다는.

'내가 먼저 피오네를 죽인 게 아니라고 말하는 것도 이상하니까.'

제일 좋은 건 루비얀이 유로 백작에게 아무 말도 하지 않는 거였다. 그렇다면 레티시아도 나설 필요가 없을 테니까. 루비얀의 성정으론 확실하지 않은 사안을 공작에게 말하지 않을 테니, 누군가에게 말한다면 그 상대는 유로 백작이었다.

루비얀을 좀 더 지켜보기로 하고, 레티시아는 중앙 교단을 나와 느긋한 걸음을 걸었다.

'신기할 정도로 쫓아오는 사람이 없네.'

그때는 다소 경황이 없어서 몰랐는데 생각보다 평온한 상황이었다. 자신을 뒤쫓는 사제도, 교단의 기사들도 없는 걸 보니 일라이가 말한 '미친 여자'가 사고를 단단히 친 것 같았다.

그쪽이 벌인 범행이라고 생각할지도 모르겠다. 그렇게 큰 소란이 있었는데 아무도 레티시아를 추격하지 않는 걸 보면.

'이쪽이야 고맙지.'

이전 생에서 잘생긴 미친놈 소리를 들었던 일라이가 미쳤다고 할 정도면 어떨지 궁금하긴 했다.

'무사하겠지? 모르는 사람이긴 해도.'

그 미친 여자가 어떤 이유로, 어떤 방법으로 사고를 쳤는지 몰라도 레티시아는 편해졌으니 그러면 족했다.

일라이가 공작저로 돌아가는 마차를 잡아 준다고 했지만, 레티시아는 끝내 거절했다. 따로 갈 곳이 있었기 때문이었다.

'외출할 기회가 흔치 않으니까.'

귀족 영애가 호위 하나 없이 다니는 게 이상하게 보일 법도 해서 레티시아는 가는 길에 낡아서 보풀이 일어난 로브를 사서 썼다. 누군가 해져서 버렸거나 전쟁터에 널브러진 걸 세탁해 약간의 수선을 한 뒤 파는 거였지만 레티시아에겐 꽤 편하게 느껴졌다. 대우가 바뀐 후로 걸쳤던 고급 원단으로 된 드레스보다는.

* * *

덜커덩—

레티시아는 상업 마차를 탄 채 바깥 풍경을 바라보았다. 반쯤 열은

작은 창에서 사람 사는 냄새가 풍겨 나왔다.

'이게 사람 사는 곳이구나…….'

달곰한 빵 냄새. 비릿한 생선 냄새. 향긋한 꽃 향까지. 책에서만 보던 경험을 실제로 하게 되니 마냥 신기했다. 싸게 해 줄 테니 생선을 사라며 목청껏 소리를 지르는 상인, 꽃 선물을 받고 기뻐하는 연인, 손을 맞잡고 의상실에 들르는 어머니와 딸.

레티시아는 저도 모르게 넋을 놓고 그 광경을 바라보았다. 그림 속 풍경이 아니라서 소소한 것에도 그녀의 심장이 기분 좋게 뛰었다. 여섯 살에 공작저로 온 이후, 제대로 밖을 나가 본 적 없었기 때문이었다.

그쯤 어머니가 시름시름 앓기 시작했을뿐더러, 겨우 회복된 차에 레티시아를 품에 안고 나가려 하면 공작가의 기사들이 득달같이 달려와 막았다. 바깥으로 향하는 개구멍도 몇 번 들락날락하니 치밀하게 막아 둘 정도였다. 그러니 저택을 나가는 걸 상상해 본 적 없었다.

조부가 '가문의 수치가 어딜 바깥으로 나가려 하느냐!'며 목에 핏대를 세우고 막았으니까.

'이게 뭐라고…….'

레티시아는 허탈해져서 바람 빠지는 소리를 내었다.

이게 뭐라고 그렇게 바깥을 못 나가게 막았던 걸까.

사람 사는 모습을 보는 게 뭐라고 그리 악착같이…….

레티시아는 슬퍼하는 대신 지금 보는 풍경에 집중하기로 했다.

시야에 비치는 건 아름다운 바다도, 장엄한 산도, 녹음이 진 숲도 아닌 그저 상인들이 머무는 작은 상업 지구였다.

보는 것만으로도 행복했다. 남들에겐 별거 아닌 일이 레티시아에게는 용기를 내서도 할 수 없는 일이었으니까.

'이런 것도 제대로 못 봤어.'

제대로 외출할 수 있었던 건 열여섯 살에 후계자가 되고 나서였다.

하지만 그마저도 일을 위한 외출에 불과했다. 이렇게 온전히 혼자만의 시간을 가진 것은 실로 처음이었다.

'이렇게나 행복한데.'

무엇을 위해서 그리 아득바득 버텼던 걸까. 이런 작은 행복조차 모르고 인정받기 위해서만 살았던 거였나.

'행복해지렴, 레티.'

그제야 레티시아는 어머니가 했던 말을 떠올렸다.

그녀가 죽기 전 불꽃에 태워졌을 때 기억했던 말.

마지막으로 어머니가 딸의 손을 붙잡고 해 주었던 말.

레티시아는 이제야 조금 알 것 같았다. 어머니가 왜 그런 말을 남겼는지. 그리고 행복이란 무엇인지. 어떻게 해야 행복해질 수 있는지.

'전 행복해질 수 있을까요, 어머니…….'

웃음 많던 안나마리가 곁에 있었다면 "그럼" 하고 머리를 쓰다듬어 줬겠지만, 지금의 레티시아는 혼자였다.

하지만 레티시아는 예전처럼 눈물을 흘리지도 슬퍼하지도 않았다. 이전 생에서 인정과 사랑을 받으면 행복할 거라 생각했지만, 노력의 끝은 결국 배신이었다. 그러니 이번 생에서는 나 자신을 위해, 진짜 행복을 위해 살고 싶었다.

'노력하면 나 같은 사람도 행복해질 수 있을까요……?'

안나마리는 틀림없이 고개를 끄덕였을 테니, 레티시아는 어머니의 말을 믿기로 했다.

행복은 찰나에 불과한 것.

쫓으려 하면 잡히지 않고, 멀리 떠나 있으면 제 발로 찾아오는 거라고 하였다.

대현자 아브라함의 말이 다 맞는 건 아닐 테지만.

그래도 소소한 행복은 주위에서 찾을 수 있었다. 좋아하는 책을 보고,

노래를 듣고, 따뜻한 햇볕과 시원한 바람을 느끼는 것.

다른 사람에겐 평범한 일상이 레티시아에게는 무척 어렵게 느껴졌지만, 이제부터 배워 가면 된다.

레티시아는 근래 가장 기뻤던 일을 떠올렸다.

'대사제가 내게 선물을 줬을 때.'

윈터의 아이들이 갖고 노는 거라며 작은 돌을 줬었다. 딸의 애착돌이었다고도. 그걸로 모자라 윈터의 정령석까지 내주었다.

잠시 말을 나눴을 뿐이었지만, 타인의 배려와 따뜻한 손길이 낯설었던 레티시아도 알아차렸다. 그때 만났던 대사제는 강한 사람인 데다 따뜻한 마음을 가졌단 것을.

'그 외에는······.'

두 번째로 생각나는 게 있었다.

그녀의 금색 머리칼에 입을 맞추던 흑발의 소년.

'그래, 그럼. 이건 계약자들의 의식 같은 거야? 머리칼에 입 맞추는 거.'

'아니, 그냥 내가 좋아서 한 거야.'

일라이는 그냥 한 말이겠지만, 레티시아도 그리 기분이 나쁘지 않았다. 오히려 조금은 좋았다. 레티시아는 몰랐지만 조금 설렜던 것도 같다.

'즐거웠지.'

피오네와 차를 마셨던 것도. 스승님이 목검을 내던진 그녀의 손에 다시 검을 쥐여 줬을 때도.

그리고 오늘.

중앙 교단에 있는 태고의 정령석.

500년간 빛을 잃었다던 정령석을 일깨우고 정령술사가 되었단 확신을 얻은 순간.

"기뻤어······."

새로운 삶을 살 기회를 얻었으니까.

스스로를 지키고, 좋아하는 사람들을 지킬 수 있게 되었으니까.

자신의 선택이 틀리지 않았단 거에 레티시아는 안도했다.

하지만 언제까지고 정답만 맞힐 순 없는 노릇이다.

'새로운 삶을 살기로 했으니까. 그거면 됐어.'

때로는 틀린 길을 걷더라도 상관없었다. 사람은 살면서 늘 선택의 순간에 놓이기 마련. 기나긴 생을 살아가는 데 정답이란 없으니, 한때 틀렸다고 생각한 길이 기회를 열어 줄 것이다.

"도착했습니다."

상업 마차가 한적한 교외에서 멈췄다. 중년의 마부가 모자를 벗고 인사하자, 레티시아도 작게 고개를 끄덕였다. 자신이 낡은 로브를 걸친 상태라 공녀인 걸 모르겠지만, 마부 아저씨는 꽤 친절했다.

언뜻 드러난 금발과 새하얀 손등이 귀한 집 아가씨라는 걸 알렸으니 상업 마차의 마부도 공손한 예를 다한 거였다. 허름한 로브를 걸쳐도 소녀에게선 귀티가 났기 때문이었다.

그런 데다 범접할 수 없는 아우라가 흘러서 마부는 근 한 달 만에 가장 정중한 태도를 보였다.

마부의 행동은 품삯을 더 받으려고 의도적으로 했다기보다 무의식에 가까웠다. 본인도 몰랐지만.

'대단하신 분인가? 분위기가 성녀나…… 황족 같단 말이지.'

레티시아가 필시 높은 귀족 출신이라고 생각하며 마부는 슬쩍 고개를 숙였다.

"여기 품삯이에요. 수고하셨어요."

레티시아는 주머니에서 은화를 넉넉히 꺼내 마부의 손에 직접 건넸다.

도착지까지 거리도 가까웠고 품삯으로 3실버면 충분할 텐데, 시세를 잘 몰랐던 레티시아는 다섯 배에 달하는 값을 냈다.

'부족했나?'

마부가 눈을 휘둥그레 뜨자, 레티시아는 실수했음을 직감했다.

그녀가 묶었던 주머니를 도로 풀려 하자 마부가 손사래 치며 말했다.

"마차 값은 3실버면 충분합니다. 귀한 댁 아가씨라서 모르셨구먼요. 저도 썩 좋은 놈은 아니지만, 돈 냄새 기가 막히게 맡는 놈들이면 더 뜯어낼……."

말을 하던 마부가 눈이 빠질 듯이 크게 떴다.

짤랑.

금화 한 개가 더 마부의 손에 놓였다.

"수고하세요."

놀란 마부가 얼어붙은 채 눈을 깜빡였다.

레티시아는 그를 뒤로 한 채 마부가 설치해 둔 마차 계단을 밟고 마차에서 내려왔다. 살짝 뒤를 돌아보니 마부는 여전히 금화를 받던 자세로 얼어붙어 있었다.

'내가 빙결을 쓴 것도 아닌데…….'

정직한 사람이라 약간의 푼돈을 얹어 주었을 뿐.

레티시아는 그럴 만한 가치가 있는 일이라고 생각하며 나무 표지판이 가리키는 방향대로 걸었다.

'에바 고아원.'

이곳에 그녀가 찾는 또 다른 사람이 있었다.

* * *

"찾으시는 아이가 미하엘이라고 하셨죠?"

"네. 지금 한, 아홉 살쯤 되었을 거예요."

"미하엘, 알죠. 워낙 외모가 눈에 띄는 아이여서……."

원장이 말끝을 흐리며 레티시아를 흘끗 쳐다보았다.

실로 오랜만에 마차 소리가 들려 반겼건만, 귀족 가의 마차가 아니라 에바는 크게 실망했다.

대귀족 가문과 연결된 고아원이라면 모를까 수도 근교에 자리 잡은 허름한 에바 고아원을 찾아오는 귀족은 잘 없었다.

게다가 상대는 아직 어려 보이는 소녀였다.

'본인은 귀족 심부름으로 왔다고 했지만……'

최소 귀족 이상으로 보여서 에바는 소녀의 말을 곧이곧대로 믿지 않았다.

사람을 판단하는 기준은 외모, 체형, 말투까지 다양했다.

소녀는 얼굴을 가려 입술만 살짝 보였고 목소리는 청아했으며 낡은 로브를 걸치고 있어 신분을 종잡기 어려웠다.

하지만 부드럽게 들려오는 목소리에는 힘이 깃들어 있었다. 좋게 말하면 설득하기 좋은 목소리였고, 나쁘게 말하면 맑으면서도 깊은 울림이 있어 사람을 홀리기 딱 좋은 목소리.

'귀족의 시종 같진 않은데……'

그렇다고 저 나이 또래의 귀족 영애가 혼자 고아원을 찾는 것도 이상했다.

귀족이어도 아이가 없는 서른 중반의 부부, 또는 자식을 잃은 중년 부부가 찾아오곤 했으니.

"미하엘을 만날 수 있나요?"

"아, 미하엘은 고아원을 떠난 지 오래됐어요."

"어디로 갔는지 알려 주시겠어요?"

자연스러운 요청에 에바는 굳었던 어깨를 펴고 바로 답했다.

"아뇨. 그건 어렵겠네요. 고아원을 떠났어도 머물렀던 아이를 보호하는 게 원장 입장이라서요. 이해하시겠죠?"

레티시아는 작게 고개를 끄덕이고는 2골드를 내밀었다. 놀라서 입을 떡 벌린 에바를 향해 부드럽지만 선명한 목소리로 말했다.

"선급금이에요. 미하엘을 찾게 되면 3골드 더 드리도록 하죠."

"이렇게나 큰돈을……."

3골드면 한 달간 그녀가 풍족하게 쓸 수 있는 생활비였다. 에바로선 거절할 이유가 없었다. 고아원에서 내보낸 미하엘을 데려오란 것도 아니고, 어디로 간 건지 알려 주기만 하면 되는 거였다.

꿀꺽.

마른침을 삼킨 에바가 낡은 테이블에 올려진 금화 두 닢을 곁눈질했다.

지금 알려 주면 2골드. 미하엘을 찾게 되면 3골드.

5골드면 한 달하고도 보름을 편하게 보낼 수 있다.

"실례지만 어디 가문에서 오셨는지 여쭤봐도 될까요?"

"곤란하네요, 원장님. 제가 왜 2골드를 먼저 드렸는지 아실 텐데요."

"아, 알겠습니다."

에바는 긴장감에 목덜미를 매만지다가 고개를 숙여 보였다.

정보를 캐내려는 생각은 아니다. 5골드를 턱 하니 낼 수 있는 귀족 영애는 제국에서 흔치 않은 편이니, 알아두어서 나쁠 거 없단 생각에 연을 트려 했을 뿐.

에바는 상황 판단이 빠른 편이어서, 행여 행운이 달아날까 더는 소녀의 신분을 묻지 않았다.

"미하엘은 석 달 전쯤에 빌헬름 수도원으로 보내졌어요. 저희도 보내려고 보낸 건 아니에요. 애가 어린데도 사특한 면이 있었거든요. 또래 애들과 말 섞는 것도 없고, 어울려 노는 법이 없었어요. 저를 비롯한 어른들의 말은 지나치게 잘 들었지만……."

에바는 고아원에서 내보낸 금발의 소년을 떠올리며 몸을 떨었다.

"미하엘을 데려왔던 중년 여자가 그러더군요. 얼굴이 반반해 성년이 될 때까지 키워 보려 했는데, 저택에 기이한 일이 자꾸 생겨 고아원에 보낼 수밖에 없었다고요."

"기이한 일이라면……."

"작은 동물들이 쉴 새 없이 죽어 나갔어요. 저택에 하인이 꽤 있었는데, 미하엘을 데려온 지 한 달 만에 다섯이 도망쳤다고 하더군요. 하녀 한 명은 죽었고요."

"미하엘이 무슨 짓이라도 했나요?"

레티시아는 이유를 짐작하면서도 차분히 물었다.

자신의 신분은 물론, 아이를 찾는 이유도 밝히지 않았다.

미하엘의 숨겨진 능력이 있다는 걸 알은체하면 나중에 곤란해질 거란 생각에서였다.

분명 황제의 측근이 에바 고아원을 다시 찾을 테니까.

'족히 수년 뒤의 일이겠지.'

아직은 황제도 미하엘의 존재를 모를 것이다.

쾌락에 취해서 뿌린 씨앗 때문에 수년 뒤, 최악의 스캔들에 휘말리게 된다는 걸.

황제보다 먼저 알아차린 황후가 황제의 사생아를 이용하기 위해 나서게 된다는 것도.

'황후의 눈에 띄기 전까지 고아원에서 지낸 줄 알았는데.'

그가 빌헬름 수도원으로 보내졌다는 건 오늘에서야 알게 되었다. 여기서 바로 미하엘을 만나면 좋았겠지만, 어디로 갔는지 거처를 알아냈으니 이것만으로도 충분한 성과였다.

황제는 물론, 심지어 황후보다도 더 먼저 정보를 획득했으니.

레티시아가 앉았던 소파에서 몸을 일으키자, 에바가 그녀를 뒤따르며 조심스레 말했다.

"저, 아가씨. 몸조심하세요. 미하엘, 그 애……. 악마의 자식이라고 모두 꺼렸어요. 살아 있는 새를 그 애가 몇 번이나 죽였는지 몰라요. 순종적이고 얌전한 아이였지만 어딘가 꺼림칙해서……."

이미 알고 있는 사실이어서 레티시아는 작게 고개를 끄덕였다.

미하엘이 어른들만 보면 순종적이고 얌전한 것도 당연했다. 말을 듣지 않으면 채찍으로 때리고 이틀 넘게 굶겨 지하에 가뒀으니까.

그에 비해 아이들은 무섭다고 피하거나 돌을 던질 뿐, 직접 괴롭히진 않았다.

'미하엘이 새를 죽였던 건…….'

적어도 그 어린아이가 원해서 그런 건 아니었다.

'일단은 수도원부터 가야 해.'

하지만 지금은 임시나마 호위였던 루비안과 떨어진 상태다. 공녀가 실종되었다고 공작가에서 기사를 푸는 것도 시간문제였다.

'다행히 일라이가 말한 미친 여자 덕분에 묻힌 거 같지만.'

태고의 정령석은 깨졌고, 시험장은 폐허가 되었다. 언제 레티시아 자신이 정령술사란 사실이 공작의 귀에 흘러들지 모른다. 그렇게 되면 이제 공작이 먼저 레티시아를 후계자로 삼으려 할 것이다.

레티시아는 그녀를 걱정스레 바라보는 에바를 흘끗 보다가 먼저 몸을 돌렸다.

"몸조심하세요."

거듭되는 당부에 레티시아는 쓴웃음을 지었다. 잠깐 만난 사이였지만, 원장은 레티시아에게 호의를 가졌고 얄팍하나마 진심도 보였다. 사회적 신분이 높은 자에게 에바는 특히 친절했다.

"행운을 빌어요, 에바."

하지만 레티시아가 해 줄 말은 그거밖에 없었다.

원장은 필시 죽게 될 것이다. 그게 황제가 입막음을 위해 보낸 기사의 손이든, 그전에 죄가 발각되어 처형장에 끌려가게 되는 것이든.

에바 고아원은 5년 전부터 재정적인 어려움을 겪고 있었다. 3대째 운영하던 고아원의 문을 닫게 될 지경에 이르자, 에바는 부유한 귀족 남자에게 고아원의 아이를 팔았다.

기간은 3년, 족히 석 달에 한 번 꼴로.

소아 성애자 모몬토 남작에게 아이를 제공한 대가로 에바는 겨우 고아원을 운영할 돈을 받아 챙겼다. 그 돈을 제 주머니로 넣었는지 그녀가 마음에 드는 아이들만 성심껏 양육하는 데 쓰였는지 알 수 없다.

남작이 기죽은 고아원 아이들보다 활달한 민가의 아이를 원한다며 거래를 끊긴 했으나, 에바의 죄가 없던 일이 되어 사라지는 건 아니었다.

"……행운이요? 혹시 제게 할 말이 있으신가요?"

"언젠가 천국과 지옥의 갈림길 앞에 서게 된다면……."

레티시아는 말하다 말고 입을 다물었다. 에바에게 알려 그녀가 먼저 자백할 기회를 줄 것인가. 아니면 예정대로 죽게 내버려 두어야 하는가.

"이제껏 저지른 잘못을 후회하실 건가요?"

레티시아의 물음에 에바는 등줄기에 소름이 쫙 스쳤다.

'설마……. 뭘 알고 그러는 건가?'

에바가 덜덜 떨리는 손을 꽉 붙잡으며 억지로 레티시아와 눈을 마주쳤다. 거짓말이 아니라 진실인 것처럼 꾸미기 위해서.

"후회하지 않을 거예요. 제 잘못이라곤 아이들을 좀 더 제대로 보살피지 못한 것뿐이니까."

"……그게 당신의 생각이군요."

에바는 저도 모르게 격앙해서 소리쳤다.

"전 최선을 다했어요! 제 한 몸 살자고 아이들을 버리고 도망칠 수도 있었는데 그러지 않았다고요! 돈만 밝히는 다른 비겁한 어른들과 난 달랐으니까!"

원장인 에바의 마음에 든 아이들만 고아원에 남을 수 있었다.

특히 아름답거나, 선량하거나, 똑똑한 아이만.

'너희들, 절대 밖으로 나오려 하지 마! 더러운 돼지 새끼한테 끌려가기 싫으면 쥐 죽은 듯이 있어!'

에바는 그 경고를 열두 번도 더 내뱉었다. 모몬토 남작이 기사와 함께 고아원을 방문할 때면 마음에 드는 아이들을 가두고 숨기면서. 적당히 말 잘 듣고, 아름다워서 귀족의 양자로 보낼 수 있으며, 재능이 있는 아이들만 에바는 선택적으로 아낀 것이다.

너무 똑똑한 아이는 남작이 데려가게 했다. 원장이 무슨 짓을 저질렀는지 아는 영민한 아이들은 고아원을 빠져나가 경비대에 신고할지도 모르니.

에바의 입가에 경련이 일었지만 미소를 지으며 말했다.

"오히려 제겐 천국의 문이 기다리고 있을 거예요. 망해 가는 고아원을 살린 건 저였어요. 제 어머니도 못다 한 일을 제가 해낸 거예요!"

"천국의 문, 이라……."

레티시아는 에바의 말을 따라 하며 조소를 지었다. 그러자 에바는 바짝 긴장하며 몸을 굳혔다.

"미안하지만 에바. 당신이 베르타의 안식을 두르고 천국의 문에 도달하는 일은 결코 없을 거야."

레티시아는 그렇게 말한 뒤 먼저 몸을 돌렸다.

떠나기 전, 에바의 발치에 금화 세 닢을 던졌다.

땡그랑!

지옥에 끌려갈 에바에게 마지막으로 베푼 값싼 동정이었다.

* * *

레티시아가 마네르 저택으로 돌아온 건 이틀이 더 지나서였다. 고아원에서 나와 근교의 숙소를 잡은 뒤, 다음 날 수도 외곽의 우체국에 들러 긴급 서신을 보내느라 시일이 더 걸렸다.

수신자는 윈터 백작.

발송 비용은 거리에 따라 매겨졌는데, 험난한 북부까지 가야 해서 시세에 30배에 달하는 가격을 내야 했다.

레티시아는 3골드를 낸 뒤, 밀봉된 편지를 관리자에게 건넸다. 신분증을 확인하겠단 직원의 말에 그녀는 마지막으로 주머니를 털어 5실버를 내고 정체가 발각될 위험을 막을 수 있었다.

위험한 물건을 보낸다면 반드시 신분증을 확인해야겠지만, 편지 정도는 신분증 확인 없이도 괜찮았다. 귀족들은 물론, 부유한 상인들 사이에 흔히 있는 일이었기에 직원은 5실버에 입을 싹 닫아 주었다.

그렇게 레티시아는 테레사 윈터에게 갈 편지까지 보내고 나서야, 마네르 저택으로 돌아와 쉴 수 있었다.

어제저녁, 상업 마차를 타고 저택에 도착하자마자 레티시아는 씻고 정돈된 침대 위에 지친 몸을 뉘었다. 공녀가 도착했단 소식에 화가 난 가이안이 찾아와 레티시아에게 큰 소리를 냈다. 그때가 이미 늦은 밤이었다.

'레티시아, 네가 제정신이냐?! 중앙 교단까지 붙여 준 호위를 따돌려? 그곳이 어떤 곳인지 알고!'

'잠깐 길을 헤맸어요. 루비얀 경을 뒤늦게 찾으려 했지만 어디 있는지 알아야죠.'

'그 기사 말로는 네가 멋대로 떠났다더구나! 습격으로 기억을 잃었다는데, 눈을 뜨니 없어졌다고 들었을 땐 얼마나 황당하던지……!'

'저도 황당해요, 아버지. 다음부터는 제대로 된 호위를 뽑아 주세요. 주인을 버려두는 기사라니, 제가 얼마나 놀랐겠어요?'

레티시아는 털썩 주저앉으며 소리치는 가이안을 향해 눈물을 보였다.

온갖 서러움을 담아 꺼이꺼이 울자 당황한 건 가이안 주위의 사람들이었다.

심지어 공작의 기사와 보좌관이 잘릴 각오하고 그를 말렸다. 공녀님도 길을 잃으셔서 무서웠을 텐데, 그리 다그치실 필요가 있느냐, 하며. 오히려 제대로 호위를 서지 못한 그 기사를 정직시켜야 한다고 목소리를 높였다.

이쯤 되자 황당해진 가이안이 격분을 참으며 레티시아의 방을 나가버렸다. 교단의 일이 정리되는 대로 다시 보자는 말을 남기고서.

레티시아가 눈 뜬 건 정오가 지나서였다. 어제 공작이 찾아와 성내는 바람에 새벽이 되어서야 잠자리에 들었기 때문이었다.

'얼마나 오래 잔 거지…….'

레티시아는 침대에서 일어나 기지개를 쭉 켰다. 그녀가 깰까 숨죽이고 방을 정리하고 있던 카라가 놀라 물수건을 떨어트렸다.

"아, 아가씨. 혹시 저 때문에 깨신 건가요?"

"아니, 너무 푹 자서 그래."

"후유, 다행이네요."

카라는 벌써 한 소리를 들은 사람처럼 긴 한숨을 내쉬었다. 어깨가 굽다 못해 몸을 움츠린 하녀의 모습을 보자니, 레티시아도 마음이 편치 않았다.

한때지만 그녀도 후계자가 될 때까지 누군가의 눈치를 보던 편이어서, 상대와 자신이 위치가 바뀌었단 사실이 그리 즐겁지만은 않았다.

"카라."

"네……?"

갑자기 이름이 불리자 카라가 새된 목소리로 답했다. 주눅 든 모습에 레티시아는 가련한 하녀의 기를 살려 주기로 했다.

물론, 다시 기고만장해지는 일 없도록 아주 약간만.

"잠자리를 편히 봐 줘서 그런지, 덕분에 어제 잘 잤어."

"아가씨께서 피곤하셔서 그런 게 아닐까요? 저같이 덜떨어진 하녀가 뭐가 한 게 있어서……."

카라는 말을 하다말고 복받치는 감정을 참으려 고개를 숙였다.

예법 선생이었던 카트린느 부인이 저택에서 해고된 이후—카라는 그녀가 사직 의사를 밝힌 것을 몰랐기에 해고된 거라 철석같이 믿었다—시녀장은 더는 카라를 무시하거나 괴롭히지 않았다.

하지만 그제.

공녀의 호위인 루비얀이 홀로 저택에 돌아온 뒤로 카라는 꽤 불안에 시달려야 했다.

'신문에서 봤는데, 중앙 교단에 큰 사고가 있었대! 시험장이 폭발해서 감시탑하고 북쪽 건물 전체가 폭삭 가라앉았다나?'

'나도 봤지! 신문에는 사상자가 없었다는데……. 그보다 자네! 백색으로 빛나던 기둥 봤는가? 그게 역병이 시작된다는 징조라는구먼.'

'예끼, 이 사람아! 역병이 끝난 지 50년이 지났는데, 뭔 헛소리여?! 50년 주기로 터진다고 듣긴 했지만……'

단 하루 안에 벌어진 일이었다. 카라도 처음에는 크게 걱정하지 않았다.

레티시아 마네르는 카라가 아는 사람 중에서 가장 어리고 독했다. 교단에 사고가 터져도 레티시아는 꼭 살아남으리라 믿었을 만큼.

그러나 하루가 지나도 레티시아가 돌아오지 않자 초조해졌다. 언제 버려질지 모르는 공작가에서 카라가 믿을 만한 사람이 공녀뿐이었기 때문이었다.

레티시아가 악독하다 뭐다 속으로 툴툴대긴 했어도 꽤 공명정대한 편이라고 카라는 생각했다. 그뿐이랴. 사리 분별도 정확했고 판단력도 좋았다. 레티시아를 못살게 괴롭혔던 부류는 사회적으로도 문제를 일으킨 자들이었고, 결국에 살아남아 자리를 지킨 건 공녀였다.

그 무서울 정도로 뛰어난 생존력을 보고 카라는 단순히 운이 아니었음을 깨달았다.

음흉한 주치의 글란츠, 뺀질거리는 호위 파베르는 공녀의 사람으로 돌아선 지 오래였고, 그렇게 레티시아를 구박했던 시녀장마저 이젠 누가 윗사람인지 확실히 깨달았는지 엄숙히 예의를 지켰다. 오히려 공작보다 공녀를 상대로 더 정중하기까지 했다.

상황이 이렇게까지 변하자 카라는 레티시아의 전담 하녀가 되어 운이 좋다고 생각했다.

필립에게 지난 한 달간 저택 본관에 근신하란 명령이 내려졌고, 그 대신 레티시아가 네르바드 연회로 갔다. 사실상 레티시아는 후계자로 낙점된 상황이었다.

'아가씨의 하녀가 된 게 어쩌면 행운이었는지도.'

레티시아는 다른 귀족들과 다르게 기분에 따라 행동하는 법이 없었다. 여자든 남자든 결혼할 때가 되면 철이 든다지만, 열한 살치고는 내면이 단단했고 성숙하기까지 했다. 그게 카라에게까지 느껴질 정도라 곁에 공녀가 있으면 카라는 저도 모르게 안심이 되었다.

며칠 지내보니 공녀는 아랫사람의 실수에도 관대한 편이었다. 차 종류를 잘못 가져온다거나, 다른 하녀가 발을 헛디뎌 드레스에 차를 엎지르는 것쯤은 너그러이 넘어가 주었다. 오히려 어찌할 줄 모르는 하녀를 다독여 주기까지 했다. 카라에게는 여전히 냉정한 태도를 유지했지만.

하지만 지은 죄가 있어서 카라도 섭섭하진 않았다. 오히려 레티시아에게 인정받고 싶단 생각이 깊게 들었다. 잘못을 저질러도 고의가 아니라면, 그리고 진심으로 사과를 건네면 공녀도 눈감아 주었다.

그런 주인을 만나는 게 정말 어렵다는 걸 알기에 카라는 내심 행운아라 생각했다.

'하루 만에 돌아오셔서 어찌나 다행인지…….'

"저처럼 덜떨어진 애가 아가씨의 전담 하녀라니, 믿기지 않아요."

"나도."

레티시아는 훌쩍이며 코를 훔치는 카라에게 냉정히 말했다.

"역시 그렇게 생각하셨군요. 저같이 모자란 하녀는……!"

카라가 울음을 터뜨리려 하자, 레티시아는 한숨을 내쉬고 하녀에게 손수건을 건네주었다.

"모자란다고, 네 능력이 부족하다고 스스로 비하하지 마. 네가 숨만 쉬어도 깎아내리려는 사람들이 천지인 곳에서."

레티시아는 따뜻한 말로 다독여 주는 대신 차가운 말을 전했다.

"네 능력이 부족한 거 같으면 더 노력해. 이 악물고 뭐든 해. 방구석에 앉아서 언제까지 난 아무것도 못 하는 얼간이라며 질질 짤 거야?"

"그, 그렇게 말씀하셔도 저, 전 진짜 잘하는 게 없어요. 할 줄 아는 게 없어서 아가씨의 전담 하녀가 된 건데……."

카라는 실수를 했나 싶어서 훌쩍이다가 레티시아가 건넨 손수건을 조심스레 받아들였다. 전처럼 매섭게 혼날 거라고 생각했을 때였다.

"처음부터 잘하는 사람은 없어. 모든 방면에서 뛰어난 사람도. 네가 좋아하는 거, 할 수 있는 것부터 시작해."

"저는 자수도 못 놓고, 동료 하녀들과도 잘 지내지 못해요. 실수도 잦아서……."

"대신 넌 차를 잘 끓이잖아. 시녀장보다 훨씬 낫던데. 청소에도 일가견 있고. 지금은 내 방이 공작저에서 가장 깨끗할걸?"

"전에는 아가씨 방이 제일 더러웠잖아요. 제가 청소를 제대로 안 해서……."

카라는 그렇게 말하려다가 붉어진 눈으로 레티시아를 흘끗 쳐다보았다.

"전 잘, 못한 것뿐인데, 왜…… 그런 말씀을 해 주시는 거예요."

"사실이니까."

손수건에 얼굴을 묻으며 엉엉 우는 카라에게 레티시아가 단답했다.

"노력하고 있다는 거 알아. 반성했다는 것도. 그러니 세상에서 너 자신이 제일 불쌍한 하녀라며, 청승 그만 떨고 네가 잘할 수 있는 거에 집중해."

레티시아는 차가운 말을 마치고는 서랍으로 가서 낡은 지갑을 꺼내 왔다. 그리고 울음을 참으려 애쓰는 카라에게 금화 열 닢이 들어 있던 지갑을 건넸다.

카라가 받아도 되는지 한참 머뭇거리자 레티시아는 한숨을 내쉬며 하녀의 주머니에 지갑을 통째로 넣어 주었다.

"동료들과 사이가 안 좋다며? 체면치레라도 해."

"저는 받을 자격이…… 없, 없는걸요."

"그건 네가 아니라 돈 주는 내가 판단하는 거고."

레티시아는 조금 귀찮아하면서도 카라의 말에 꼬박꼬박 답해 주었다.

"아가씨가 줬다고 다른 하녀들에게 적당히 선물 돌리고, 시녀장 것도 준비해. 집사 것도. 나머지는 네 몫으로 써. 그럴 만한 가치가 있어서 주는 거니까."

카라는 오열하며 고개를 끄덕였다. 누군가에게 인정받은 적은 처음이었다.

시녀장에게 매번 "카라, 너처럼 무능한 하녀는 쫓겨나면 갈 곳이 없다는 거 아니? 누가 너같이 멍청한 애에게 추천장을 써 줄까? 내가? 아니면 집사가?" 하며 나쁜 말만 들었으면 들었지.

"그렇다고 자랑하고 다니진 말고."

레티시아는 카라에게 해결책을 제시해 주었다. 호의를 베푸는 건 호감을 사지만, 지나친 자랑은 반감을 사기 마련이다. 카라는 금화 따윈 눈에 보이지 않는지 레티시아의 손수건을 붙잡고 울기만 했다.

"잘, 못했어요, 아가씨. 제, 제가 너, 무 잘못했어요."

"알면 잘해. 내 밑에서 조금만 더 버티면 추천장 정도는 써 줄 테니까."

그 말에 카라는 더 서러워져서 눈물 콧물 다 흘리며 울었다. 고마우면서도 행여 아가씨에게 버려질까 봐 덜컥 겁이 났다. 평생 곁에 머물게 해 준다면 아가씨가 추천장을 써 줄 일은 없을 테니까.

"제가 바뀔게요. 노력할게요. 쓸모 있는 사람이 될게요……. 흐윽…."

카라의 흐느낌에 레티시아는 아무런 답도 하지 못했다. 하녀가 했던 말을 이전 생의 그녀가 가이안에게 했기 때문이었다.

"그렇게 애쓰지 않아도 괜찮아. 이대로도 충분하니까."

노력하는 건 좋지만, 자기 자신을 아끼는 게 먼저다.

레티시아는 그런 생각이 들어 카라에게 진심으로 말해 주었다. 그 누구도 레티시아 마네르에게 해 준 적 없던 말을.

한때 카라는 눈엣가시였던 하녀였지만, 레티시아 자신이 겪었던 고통과 슬픔을 다른 사람은 겪지 않았으면 하는 마음에서.

"이대로민 하면 좋은 곳으로 추천장 써 줄 테니까."

그렇다고 너무 기고만장해지진 말렴.

뒷말을 이으려던 레티시아는 카라가 너무 서럽게 울자 한숨을 쉬며 흘려보냈다.

"싫, 싫어요. 추천장 필요 없어요. 그냥, 곁에 있게 해 주세요……!"

카라의 간절한 외마디에 레티시아는 카라를 보며 되물었다.

"후회할 텐데? 누가 후계자가 될 줄 알고. 필립 마네르가 아직 건재한 거 모르니?"

"해도 후회, 안 해도 후회라면 아가씨 곁에 남아 있을 거예요! 아가씨의 오라버니지만, 필립 공자님은 끔, 끔찍하게 싫어요…….."

얘는 내가 후계자라 될 거라 생각해서 그러나? 조만간 가문을 나갈 생각인데 평생 곁에 있겠다니.

어차피 가문을 나가게 되면 그때 카라도 바로 정신을 차리고 말을 바꿀 게 분명했다. 그때는 공녀도 뭣도 아니니, 레티시아 당신을 따라가는 일은 없을 거라고. 그래서 공녀 자리를 잃기 전에 미리 추천장을 써 주겠단 소리였다.

"아가씨가 어딜 가도 따라갈게요."

"무덤까지?"

"무, 무덤은 너무 무서운데요."

카라가 훌쩍이며 레티시아가 준 손수건을 두 손에 꼭 쥐었다.

이제부터 이 낡은 손수건이 카라의 보물 1호였다.

레티시아가 금화가 든 지갑을 주머니에 넣어 줬다는 건 이미 잊은 지 오래.

사람과의 관계에서 돈과 보상보다 더 중요한 게 신뢰라고 카라는 처음으로 생각했다.

* * *

그렇게 하루가 지난 뒤, 레티시아는 카라에게 처음으로 그녀가 해야할 일을 알려 주었다. 공녀에게서 계획을 들은 카라는 기겁한 얼굴을 했지만, 직접 부탁한 거라 들어줄 수밖에 없었다.

"그, 그러니까 제가 아가씨 험담을 계속하면 되는 거죠? 정, 정말로 그래도 돼요?"

"안 될 게 뭐가 있니. 평소에 잘하던 거 아니었어?"

"예전에야 꽤 잘했지만, 지금은 아니에요!"

"그럼 재능 살려서 좀 제대로 해 보렴."

둘만 있는 방에서 레티시아가 침대에 걸터앉은 채 카라에게 눈짓을 보냈다.

"에일린! 아, 아가씨가 미쳤나 봐!"

"그렇게 책 읽는 어조여서 되겠니? 좀 더 실감 나게 해야지."

"에일린! 아가씨가 제대로 돌았나 봐!"

"다시."

나름대로 노력한 카라였건만, 레티시아가 냉정히 평가하자 그녀는 시무룩한 얼굴을 했다.

"아가씨가 머리에 꽃 단 미친 여자……."

"카라. 네가 공연하는 배우라고 생각해 봐. 그래서 관객들이 실감 날까?"

"그, 그럼 어떻게 하란 말이에요? 전 연극 본 적 없단 말이에요……."

카라의 울먹거림에 레티시아는 "나돈데." 하고 생각했지만, 굳이 입 밖으로 꺼내지 않았다. 대신 주먹 쥔 손을 입가에 가져가고는 가벼운 기침을 한 뒤, 자리에서 벌떡 일어났다.

"에일린! 레티시아 그 미친년이 또 패악질을 부렸어! 그년이 내 하녀복을 죄다 난도질해 버렸단 말이야."

이걸 나보고 따라 하라고?

카라가 새하얗게 질린 얼굴로 레티시아를 쳐다보았다.

미, 미친 뭐? 미친, 거기까진 말할 수 있겠다. 그런데 그다음은 봉급이 깎인다 해도 아니, 목숨을 위협받아도 못할 지경이었다.

"……저 못하겠어요!"

"자신 있다며?"

"그, 그치만 아가씨를 어떻게 욕해요! 아무리 연기라고 해도……."

카라가 벌써 포기하려는 기색을 보이자, 레티시아는 긴 한숨을 들이쉬었다.

그래. 카라의 말도 어느 정도 일리는 있다. 재능이 없는데 억지로 시킬 수 없는 노릇.

그렇다면 재능 있는 사람을 부르면 되지 않겠는가.

"글란츠 불러와."

어리둥절한 얼굴로 공녀의 방을 찾은 글란츠는 레티시아로부터 명료한 설명을 듣게 되었다. 이른바 '빌헬름 수도원'에 죽어도 꼭 가야겠으니 도와달란 소리였다.

"오호라, 그 악명 높은 빌헬름 수도원……. 제 안식처이자 두 번째 고향 아니겠습니까?"

글란츠가 킥킥대며 물 만난 물고기처럼 반색하자, 레티시아가 조금의 관심을 보였다.

"처음으로 쓸모 있겠구나, 글란츠."

레티시아가 눈을 가늘게 뜨며 말하자, 글란츠가 '저 말 좀 멋있는데. 검은 고양이 잘 키우는 최종 보스 같군.' 하고 감탄하며 아, 에, 이, 오, 우로 입을 풀었다.

"제가 그 수도사들하고 좀 친합니다. 친분이 있어서 그 선택적 대머리 놈들 버릇은 한눈에 꿰고 있죠."

"잠깐만요, 글란츠 님! 공작저에 주치의로 일하기 전에 수도사로도 일했어요?"

이거 영 사기꾼 아니야? 카라가 의심쩍단 얼굴로 묻자 글란츠가 가슴에 손을 얹으며 환히 웃었다. 그리고 자랑스레 답했다.

"그것도 편견입니다, 카라. 저 글란츠, 본의 아니게 환자로 감금당했습니다."

"……미친."

미친 소리를 할 수 없다던 카라의 입에서 바로 그 말이 튀어나왔다. 글란츠가 만연한 기쁨의 미소를 지으며 외쳤다.

"바로 오늘을 위해서! 악독하고 사악한 공녀님에게 총애받는 부하가 되기 위해, 저 글란츠는 과거에 쓸모 있는 선택을 한 겁니다."

"어떻게 들어갔는지는 알 필요 없어. 그러니, 글란츠 경. 본론만 짧고 간단히 전하도록."

이왕이면 5분은 안 넘었으면 좋겠는데. 레티시아가 다리를 꼰 채 글란츠에게 턱짓했다.

"오호, 그 분야는 제가 전문입니다. 제가 그 분야의 권위자 아니겠습니까?"

확신을 가진 글란츠가 레티시아에게 이런저런 정보를 흘렸다.

빌헬름 수도원이 세워진 이유, 수도사가 교대하는 시간, 비밀 장소, 수도원의 배후가 누구인지 줄줄 읊었다. 그중에서 가장 쓸모 있었던 건 빌헬름 수도원의 배후가 모몬토 남작이란 정보였다.

"수도원 지도는 갖고 있어?"

"네. 아마 제 방을 뒤져 보면 지도가 나올 겁니다. 한창 청춘일 때 지하 시설을 탐방하며 지도로 만들어 뒀거든요."

"수도사들이 교대하는 시간은?"

"점심 먹기 전에 감시 빡빡하게 하다가, 저녁 먹기 전에 슬쩍 둘러보는 정도입니다. 수도사들, 저녁 먹고 나서는 늘어져서 쉬니까요."

"감시가 해이하다는 거네."

"네. 수년 전이지만 크게 바뀌지 않았을 겁니다. 봉급제다 보니 적당히 둘러보고 마는 정도예요."

"고아원 출신이 수도원에 감금되는 일도 있었나?"

"예? 그럴 리가요. 부잣집 자식이거나 귀족의 방계 혈통은 되어야

하는걸요. 저는 평민이지만 의과대에서 수석을 했기에 특별한 케이스
로……."

"그건 아가씨가 안 궁금하시대요."

카라가 글란츠의 말을 싹둑 자르고는 칭찬을 기다렸다. 레티시아는
잘했다는 의미로 고개를 살짝 끄덕이고 다른 것을 물었다.

"그럼 하인으로 쓰는 건가? 수도사들이 귀족들 수발을 들지 않을
테니."

"네. 뭐, 하인이라고 해도 거의 노예와 다름없죠. 고아원 출신이면 헐
값에 사들일 수 있을 테니 수도원도 반기는 처지입니다. 그놈들은 사람
을 사람으로 안 보거든요."

그러는 당신은?

레티시아는 눈을 가늘게 뜨며 글란츠를 주시했다. 괜히 찔린 주치의가
헛기침을 내뱉으며 주절거렸다.

"제가 하는 연구는 어디까지나 의학의 발전을 위함으로, 소중하게 생
각하고 있습니다."

범죄자의 시신을 해부 용도로 쓴다는 말에 레티시아는 한숨을 삼켰다.
그러고 보니 전에 들은 적이 있었다.

'역병을 해결한 의사가 있었는데……. 이름이 뭐였지?'

그녀가 마네르의 후계자가 되었을 무렵, 남서부 끝자락에 있는 란델
영지에서 역병이 돌기 시작했다. 위치상으로는 남쪽의 마네르 공작가와
서쪽의 네르바드 후작가로 연결된 곳이었다.

황명으로 란델 영지를 폐쇄했고, 영민은 역병이 걸렸다고 의심되면
산 채로 불에 태워졌다. 역병에 걸렸는지 확인할 수 없었기에 기침을
하거나 몸에 흑색 반점이 생기면 신분과 지위를 가릴 것 없이 처형당
했다.

그러다 보니 개인적인 원한으로 건강한 사람을 역병에 걸렸다며 거짓

신고한 자도 있었고, 역병에 걸렸지만 살고 싶어 다른 영지로 넘어가려는 자들도 있었다.

남서부 평원을 통해 빠져나가는 영민을 병사들이 전부 감시할 순 없었다. 결국 황가는 마법사들의 힘을 빌려 생명체가 건널 수 없는 죽음의 경계선을 그었다.

일라이는 사람을 죽이는 데 마법을 쓸 수 없다며 거절했지만, 황제와 중앙 귀족들이 만장일치—윈터 백작이 반대할 게 뻔하니 북부 귀족은 제외시켰다—로 동의했기에 경계선을 긋는 일은 일사처리로 진행되었다.

전염 속도보다 숙주가 사망하는 속도가 빨랐기에 전염력은 그리 크지 않았으나, 란델 영지는 무너질 수밖에 없었다.

끝까지 영주로서 성과 영지를 지키려 했던 란델 자작은 자결로 두 눈을 감았다. 영주로서 영민을 지키지 못한 무력감, 중앙 황실에 대한 분노로 걷잡을 수 없이 혼란스러운 상황에 란델 자작은 성 밖으로 몸을 던졌다. 사촌 자매와 함께.

역병을 해결할 치료제는 그 누구도 만들지 못했다.

하지만 마탑주가 천재 의사를 불러들여 역병을 앓는지 확인할 수 있는 금속 테스트기를 만드는 데 성공했나. 그 테스트기 이름이…….

'글로리아였던가.'

영광이라는 어원을 가진 단어.

왜인지 글란츠가 생각나 레티시아는 오묘한 얼굴이 되었다.

'분명 그 의사가 악마와 손을 잡았다 했지.'

중앙 교단에서 그 발칙한 의사 놈을 쳐 죽여야 한다며 난리도 아니었다. 대성녀가 금지한 율법을 어겼기 때문이었다. 죽은 자를 우롱하지 말라는, 시신을 훼손해선 안 된다는 율법을 천재 의사는 완벽히 어긴 셈이었다.

금속 테스트기가 만들어지는데 걸린 시간은 족히 2년. 역병이 발생한 지 두 달 만에 죽음의 경계선이 그어졌다.

그 짧은 시간에 황제가 란델 영지를 버리는 선택을 했기에 역병은 제국 전역으로 퍼지지 않았다. 하지만 그로 인해 란델 영민의 4분의 3에 달하는 인구가 사망했고, 란델 영지는 죽음의 땅이 되었다. 그 당시 마탑주였던 일라이가 한탄했을 정도였다.

역병이 터질 것에 대비해 금속 테스트기가 미리 만들어졌다면, 란델 영민이 희생되는 일은 없었을 거라고.

의사의 말로 또한 비참했다. '글로리아'를 만든 의사는 중앙 교단에 끌려가 단두대에 올라 처형당했다.

마탑주가 그 의사를 보호하려 했지만, 고집이 셌던 의사는 직접 역병이 도는 곳에 남아 란델 영지에서 숨이 멎기를 바랐다.

테스트기를 개발했음에도 영민을 구하지 못했단 죄책감 때문이었는지.

'아니. 그럴 리가 없지.'

레티시아는 의심스럽단 얼굴로 글란츠를 훑었다.

내가 아는 글란츠가 그렇게 진심일 리가…….

몸 좋은 기사들 보며 컬렉션이라며 희희낙락하는 건 봤어도, 사람을 구하겠단 진정성은 애초에 보인 적이 없었다. 제 안위와 목숨이 전부인 남자가 폐허가 된 란델 영지에 남겠다고 했을 리가 없지.

만약 그 글란츠가 '글로리아'를 만들었다면…….

"글란츠 경."

"네, 공녀님."

"글란츠는 의사로서 눈감을 기회가 온다면 어떻게 할 거야? 의사를 그만두면 살 수 있는데."

레티시아는 당연히 글란츠가 "제 목숨이 최고입니다" 하고 답할 거라 생각했다. 아니면 적당히 꾸며 내거나.

글란츠는 심각해진 낯으로 제 턱을 쓰다듬더니 말했다.

"의사로서 죽는 게 더 짜릿할 거 같은데요. 그게 의사가 누릴 수 있는 최고의 영광이 아니겠습니까?"

"……정말로?"

"예. 부자로 태어났거나 권력자로 눈 떴으면 몸을 사렸겠죠. 근데 뭐, 가진 거 쥐뿔도 없는 평민 의사라 그냥 의사로 살다 가렵니다."

글란츠는 귀족들이 의사를 천대한다며 잠깐 불만을 표하면서도 체념하는 얼굴이었다.

"제가 미친놈처럼 보여도 저도 처음에 의사가 되었을 땐……. 이거역시 공녀님께선 안 궁금하시겠죠? 수도원 위치 먼저 말씀드릴까요?"

"아니, 그건 좀 궁금해. 말해 봐."

"어, 음. 네. 저도 사람을 살리고 싶어 의사가 된 놈이라……. 살릴수 있다면 잔뜩 살리고 싶습니다."

"네게 그럴 기회가 온다면?"

"네……. 그전에 어디 으슥한 데로 끌려가서 쥐도 새도 모르게 죽임을 당할 것 같지만요."

글란츠도 자기가 몰래 해부하는 게 얼마나 위험한 일인지 알고 있는모양이었다. 스릴을 즐긴다고 생각했는데, 제 안위와 목숨을 걸면서까지해부를 하는 걸 보면…….

"혹시 죽은 사람 좋아해?"

"예? 딱 질색입니다. 소름 끼쳐요."

글란츠는 두 팔로 몸을 쓸어내리며 얼굴을 찡그렸다. 카라는 공녀와주치의가 무슨 대화를 하나 싶어 고개를 갸우뚱했다. 그녀는 눈앞의 주치의가 해부로 인체 공부를 하고 있다는 걸 몰랐기 때문이었다.

"글란츠 경, 수도원 이야기부터 해 봐."

정말로 글란츠가 '글로리아'를 만들었다면…….

레티시아는 그리 말하며 '글로리아'의 개발 시기를 좀 더 앞당길 수 있을지 모른다고 생각했다.

란델 영지에서 시작될 역병 자체를 막을 순 없다. 군권과 통제권을 가진 황제라 한들, 그리고 역병의 원인을 모두 안다고 해도 세세한 변수까지 통제할 수 없었기 때문이었다.

그리고 어찌 된 영문인지 중앙 교단은 역병의 원인을 공개하지 않았다. 사회적 혼란을 야기한다는 이유였다.

'5년 안에 원인을 알아내면 돼. 글란츠를……. 아니, 그 의사를 찾아서 테스트기를 일찍 만들면…….'

어쩌면 역병이 확산되는 속도와 범위를 줄일 수 있을지 모른다. 그게 글란츠라면 더할 나위 없겠지만, 레티시아는 좀 더 지켜보기로 했다.

테스트기의 개발이 한참 늦는 것도 문제지만, 더 큰 난제가 기다리고 있었다.

5년 뒤에 란델 영지에서 처음 시작된 역병 '헤스티아'.

화로를 뜻하는 헤스티아는 역병에 걸리면 불에 태워지는 것처럼 끔찍한 고통을 겪는다고 하여 붙여진 이름이었다.

고서 『헤브론』이 예언한 첫 번째 재앙.

대성녀의 일곱 번째 권좌, 라파엘이 타락하여 심판이 사라졌으매,
지저의 사람이 불에 태워지는 고통을 겪으며 죽게 되리라.
무릇 이 땅에 치료제가 없으니 예언된 병을 막지 못할지어다.

역병 '헤스티아'의 치료제를 만들 사람이 없다는 거였다.

"……이상입니다. 공녀 신분으로 가실 테니 가장 호화로운 방에 머무실 거고, 가문에서 내놓은 자식이 아니고서야 그렇게 감시가 삼엄하진 않을 겁니다."

나 가문에서 내놓은 자식 아니었나?

레티시아는 가벼운 의문을 가졌지만 고개를 끄덕였다. 어쨌건 글란츠의 설명은 일목요연했다.

필립은 피오네에게 늑대를 푼 사건으로 공작의 신뢰를 완전히 잃었다. 좋든 싫든 공작이 후계자로 삼을 사람은 레티시아뿐이었다.

하루아침에 어디서 양녀를 데려오지 않는 이상.

'수진을 데려오는 건 5년 뒤니까.'

레티시아가 열여섯 살에 후계자가 되고 나서 수진은 공작저로 오게 되었다.

정식 기사가 된 필립이 황명으로 남부 노예시장, 야하르를 습격했고 그 과정에서 쓰러진 노예 소녀를 구해 와 공작가로 데려왔다.

우연히도 소녀는 신어를 다룰 줄 알았고, 공작은 크게 반색하며 양녀로 받아들였다. 그 소녀의 이름이 수진이었다.

하지만 그것도 5년 뒤의 일이니 공작의 속이 타들어 갈 만했다. 빌헬름 수도원에 보내겠다고 협박까지 하면서 레티시아가 제정신을 찾길 바라는 걸 보면.

글란츠는 수년 전의 경험으로 레티시아가 수도원에서 자유로이 움직일 수 있다는 판단을 내렸다. 어째서 빌헬름 수도원을 가야 하는지 궁금했지만, 눈치껏 묻지 않았다. 아랫사람으로서 적당한 눈치는 필수 덕목이지만 과한 눈치는 경계와 미움을 사기 마련이었다.

'황제의 사생아를 구하러 간다고 말할 순 없어.'

그렇게 생각한 레티시아가 말했다.

"빌헬름 수도원에 꼭 가야 하는데, 글란츠 경과 카라의 도움이 필요해. 거기서 나오지 못하는 한이 있어도……."

"제가 도울게요, 아가씨."

"저만 믿으십시오, 공녀님. 제 의학적 소견대로 행동하시면 바로 빌헬름 수도원으로 끌려가실 겁니다."

　레티시아는 글란츠와 카라의 의문을 모른 척 넘기고는 생각에 잠겼다.

　'미하엘 아스테반.'

　그를 구할 수 있을까…….

　프란츠 황제의 사생아이자.

　황금 가문 '아스테반'의 후계자가 될 그를.

chapter 5
아네스 윈터

"아스테반의 가주는 실종된 지 오래라고 합니다. 이제 10년도 더 지났으니 폐하께서도 이만 포기하시는 게……."

측근 기사의 말에 프란츠 황제는 번뇌가 담긴 얼굴로 고개를 끄덕였다.

"안타까운 일이지. 살아 있었다면 분명 좋은 아버지가 되었을 텐데."

"저도 그렇게 생각합니다, 폐하. 아스테반 후작과 부인 사이에 아이가 없다는 건 의외였지만……."

기사의 근심 어린 말에 프란츠 황제는 고개를 숙인 채 침음했다.

늙고 주름진 입술이 히죽이는 걸 기사는 알지 못했다. 아니, 황제가 파안대소했어도 못 본 척했으리라.

'내가 먼저 씨를 뿌렸으니까.'

끔찍하고 저열한 방법으로 아스테반 후작 부인을 겁측했다. 황제 자신이 생각해도 본인은 토악질 나는 부류였다. 그의 본성을 알고도 이해해 주는 건 마네르 공작, 가이안뿐이었다.

스텔라 아스테반.

실종된 아스테반 가주의 아내를 보고 프란츠 황제는 한때 야심을 가진 적이 있었다.

지엄한 제국법에 따라 황제는 황후의 허락이 있어야, 단 한 명의 황비를 들일 수 있었다.

녹티스 황후가 황제와의 아이를 잉태하지 못해 새로 들인 황비 사이에서 이미 황자를 가졌다. 그렇기에 황제가 어떤 술수를 써도 아스테반 후작 부인을 새로운 후비로 삼을 수 없었으므로, 대신 아스테반 후작에게 압박을 가했다.

하지만 아내를 사랑했던 후작은 선을 긋고 황제가 스텔라를 정부로 삼지 못하게 했다.

'적당한 때를 노려 아스테반 후작을 죽이면…….'

프란츠 황제는 매일 밤 젊고 새로운 여자를 침대에 들여 쾌락과 유열을 누리면서도, 피임약을 먹게 해 후사를 보는 일이 없도록 만전을 기했다. 이미 황비와 그 사이의 아이가 있는데, 만약 사생아가 생기고 그 소식이 알려지면 체면을 잃을뿐더러 신민의 신뢰마저 바닥날 수 있었다.

프란츠 황제가 황후와의 신뢰를 저버리고 제국의 가족법을 어겼다는 확실한 증거가 되는 셈이었으니.

황후와의 신뢰만 어겼으랴. 그를 존경하고 따르는 신민과의 약속도 저버린 꼴이었다.

틈을 엿보던 프란츠 황제가 무장한 기사들을 이끌고 아스테반 가문을 찾아간 것이 10년 전.

스텔라 아스테반이 젊고 아름답다는 이유로, 황제는 그녀의 남편이었던 아스테반 가주의 약점을 잡아 스텔라 아스테반과 억지로 동침하려 들었다.

아스테반 후작이 설득될 리가 없었다. 하지만 눈을 떴을 때 그는 약에 취해 정신을 잃었고 아내는 웃음을 잃은 뒤였다.

뒤늦게 분노한 아스테반 후작이 눈에 핏발이 선 채 황제를 죽이려 했지만, 황제의 기사들에 의해 저지되었다.

침실 바닥에 두 무릎을 꿇고 손목이 묶인 채.

'아스테반 후작, 제국의 주인에게 여자를 바친 게 그리 억울하던가? 그대의 충심이 한낱 연정보다 얄팍할 줄은 몰랐군.'

프란츠 황제는 가운을 여미며 뻔뻔하게 말했다. 그리고 황금 가문으로 불릴 만큼 부유했던 아스테반 후작에게 그의 아내와 동침한 대가로 사례금을 주는 것으로 넘어가려 했다.

'제국을 준다고 해도 저는 폐하를 용서할 수 없습니다. 그 끔찍한 두 눈을 파내고, 간악한 혀를 잘라 삼키게 할 것입니다. 더러운 손을 잘라 내고, 다리를 도려내 폐하의 심장이 멈출 때까지…….'

쿨럭.

교차하는 두 개의 검이 아스테반 후작의 가슴을 찔렀다.

'스, 텔라……. 여, 보…….'

후작의 심장에서 뚝뚝 흘러내린 붉은 피가 융단을 적셨다. 그 모습을 멍하니 지켜보던 스텔라 아스테반은 눈꺼풀 하나 움직이지 못했고 숨 쉬는 것조차 멈췄다.

꺽꺽대는 울음이 그녀의 입가로 새어 나왔지만, 아스테반 후작의 심장을 찔렀던 검은 거침없이 빠져나왔다.

'잘 죽였다. 그대로 두면 반역자가 되었을 악독한 남자야.'

'괜찮으십니까, 폐하.'

'가이안 공작이 준 성유물 때문에 멀쩡하더구나. 아스테반 가주들은 살아 있는 사람을 돌로 만든다더니, 영 헛소문인 모양이야.'

'성유물 때문에 보호를 받으셨던 걸지도 모릅니다.'

그때 스텔라 아스테반이 침대에서 천천히 일어났다. 그녀는 숨을 거둔 남편을 지나쳐 검을 갈무리하는 두 기사에게 향했다. 새하얀 손이 그들의 몸에 닿는 순간, 아스테반 후작을 죽였던 기사의 몸이 발끝에서부터 굳어 갔다.

쩌적, 쩍.

돌이 되어 가는 두 명의 남자를 보고 놀란 황제가 뒷걸음질 쳤다.

'……대가를 치를 각오는 되었겠지.'

얼굴을 일그러뜨린 스텔라 아스테반이 눈물을 토해 내며 웃었다. 스텔라의 손이 황제의 이마에 툭 닿았지만, 아무런 일도 일어나지 않았다.

가이안 공작이 준 네임드 성유물. '힐데가르트의 비호'가 황제를 삿된 힘으로부터 보호했기 때문이었다.

'허, 허어. 허…….'

황제는 숨 쉬는 것도 잊고 스텔라 아스테반을 멍하니 쳐다보았다. 그녀가 황제의 이마에 손을 얹은 채 쉰 목소리로 속삭였다.

'가이안 공작이 준 거겠지. 그 성유물. 추악한 그놈은 신성 가문의 가주니까.'

'다, 다, 당신이 아스테반의 가주였, 다고? 부, 분명 아스테반 후작이…….'

황제가 참았던 숨을 꺽꺽 내쉬며 묻는 말에 스텔라는 답하지 않았다.

'네놈이 대성녀의 비호를 받아 아스테반의 연금술이 통하지 않는구나. 자비로운 대성녀께서 네놈을 끔찍이 아껴서…….'

스텔라는 흐느꼈다. 피눈물이 그녀의 두 눈동자를 타고 흘렀다.

어째서 죄를 저지른 자는 죗값을 받지 않는 것인가. 어째서 죄를 저지르고도 저리 뻔뻔히 웃을 수 있단 말인가.

권력이 있다 하여, 명예가 따른다고 하여, 부를 누린다고 하여 대성녀께선 심판을 해 주지 않으시는구나.

대성녀께선 높은 자리에 오른 것들만 사랑을 주고 아끼셔서, 낮은 자리에 있는 무지한 이들은 외면하시는구나.

그러니 대성녀의 제단 위에 신성한 제물을 바칠 수 있는 건, 높은 자리에 선 자들뿐이라.

'대성녀께서 네놈을 끝까지 지켜 주신다면, 그래서 내 남편을 죽이고 나를 죽인 네놈이 끝까지 권력과 명예를 누린다면……'

스텔라 아스테반이 피로 젖은 눈물을 흘려내며 웃었다.

'나, 스텔라 아스테반은 끝까지 네놈을 저주하리라. 네놈의 두 눈을 파헤치고, 혀를 잘라 그 추악한 입 속으로 처넣고, 더러운 손을 잘라 늑대의 먹이로 줄 것이다.'

'아, 아하. 아하하!'

뒤늦게 스텔라 아스테반의 연금술이 제게 통하지 않는다는 걸 깨달은 프란츠 황제가 뒷걸음질 치며 물러섰다. 비열한 웃음을 머금은 채.

'그래! 내가 고귀한 황제로 태어나 네 가주의 충성을 받고, 대성녀의 비호를 받아 왔다. 너 같은 사특한 마녀는 날 절대 죽일 수 없어! 네년이 무력해 네 남편을 죽게 만든 거다. 사특한 년! 남편을 가주로 속일 줄은 몰랐지만!'

프란츠 황제의 웃음소리에 스텔라는 두 눈을 내리감으며 나직한 목소리로 읊기 시작했다.

프란츠 황제로선 들어 본 적 없을, 고대의 무겁고도 신비로운 운율을.

「오만한 나의 왕. 당신은 빛을 다스리던 어머니에 의해 버려졌다.
과거에 이름을 잃어버리고 심연에 갇혀 금빛의 두 눈을 빼앗겼으며 목소리마저 내지 못했을지니.」

대성녀의 가르침에 따라 선악이 없던 시절.

12월 제야에 태어난 아이들은 죄악을 저지르지 않아도 대성녀의 제단 위에 바쳐졌다.

그 아이들을 가련히 여긴 정의의 대천사, 이브는 천상에서 내려와 지저의 모든 것에게 선과 악이 무엇인지 알게 하였다. 그리하여 온전한 악을 저지른 자만을 심판하고자 하였다.

지옥의 빙결이 가련한 아이들의 살갗을 얼리고 심장을 멈추게 할까, 대성녀의 제단에서 푸른 불꽃을 가져와 인계에 심어 주었다.

지옥에서 죄인을 태우던 고귀한 푸른 불꽃.

염화가 지저에 닿고서 그 권능을 잃고 붉게 변했으니.

지저에 다시 푸른 염화가 타오르면 붉은 불꽃은 두려워하며 사그라지리라.

「당신의 진정한 이름을 아는 자가, 위대한 마왕의 현신을 청한다.」

낮고 고요하게 중얼거린 스텔라 아스테반은 의식을 잃어 가는 남편을 바라보다가 천천히 무릎을 꿇었다.

「오만의 이블리스. 금빛의 마왕이 금빛 날개를 펼치며 지상에 강림하는 날. 이 땅에 정의가 다시 한번 세워지리라.」

스텔라 아스테반은 얼어붙은 프란츠 황제를 줄곧 정시하다가 눈을 감았다.

그리고 그녀는 대현자 아브라함의 두 번째 예언을 직접 읊었다.

「대악마들의 경외를 받는 자가 제국의 패망과 멸망을 가져올지니.」

고대의 운율이 소름 끼치는 정적이 내려앉은 방을 감쌌다. 프란츠 황제의 동공이 움직임을 멈췄다.

그가 어렸던 황자인 시절, 어머니인 선대 황후에게서 마왕의 현신을 일컫는 예언을 들은 적 있다. 스텔라 아스테반이 읊은 예언과는 조금 달랐으나……

대악마들의 총애를 받는 자가 제국에 영광과 명예를 가져올지니.

이것이 대현자 아브라함이 고서 『헤브론』에 남긴 첫 번째 예언.

'황자, 이 어미의 말을 꼭 기억하세요. 예언의 주인이 나타나면 귀히 대하셔야 합니다.'

황자였던 프란츠는 어머니로부터 첫 번째 예언을 직접 들어 알았다.

프란츠가 두 번째 예언은 무엇인지 물었지만, 그의 어머니는 답하지 못했다. 피케네의 황족들조차 감히 알 방법이 없었기 때문이었다.

넋이 나간 황제의 귀로 고요한 목소리가 메아리쳤다. 스텔라 아스테반의 눈동자에 금색의 빛이 잠깐 머물렀다가 모습을 감추었다.

「위대한 대정령. 빙결과 염화를 다스리는 이블리스가 심판을 위해 강림할지어다.」

마지막 말을 마치고 스텔라 아스테반은 멍한 얼굴로 몸을 돌렸다. 그 모습이 무척 기이해 황제는 숨도 제대로 쉬지 못한 채 그 자리에 우뚝 서 있었다.

스텔라는 남편이 죽어 간다는 사실도 모르는지 방 안에 원을 그리며 배회했다. 프란츠 황제가 두려움에 몸을 떨고 숨을 헐떡일 때까지.

계속, 계속, 계속 걸었다.

새하얀 발에 남편이 흘린 피가 묻어 질척이는 그 순간까지도.

「이블리스의 시간이 일곱 죄악을 어긴 그대를 찾을지니.」

네 이웃을 간음하지 말라.

순결의 대천사 이슈타르Ishtar가 했던 말을 프란츠 황제는 어겼다. 그 이슈타르는 미색의 대악마, '아스타로트'로 불리게 되었으나…….

그 말을 끝으로 스텔라 아스테반은 정신을 잃었다.

아스테반 후작은 피를 흘린 채 죽어 가는 눈동자로 쓰러진 아내를 바라보았다. 아스테반 후작이 흘린 피가 붉은 원을 그리며 시계 반대 방향으로 돌기 시작했다.

<u>스스스.</u>

무저갱에 갇힌 것처럼 움직임이 미약해 프란츠 황제는 알지 못했다. 그가 선 자리에 붉은 피가 원을 그렸단 것도. 아스테반 후작이 정신을 잃은 아내를 숨이 멎는 마지막 순간까지 바라봤던 것도.

그날 이후로, 스텔라 아스테반은 미쳐 버렸고 프란츠 황제는 부분적으로 기억을 잃게 되었다.

황제가 기억하는 건 본인이 끔찍한 죄악을 저질렀으며 스텔라 아스테반이 가주였다는 것. 그리고 자기가 그녀의 남편인 아스테반 후작을 죽였다는 거였다.

스텔라가 황제인 저에게 저주를 걸었다는 건 기억했지만, 어떤 저주였는지는 그 내용까지는 기억하지 못했다.

그렇게 아스테반의 가주, 바론 아스테반 후작은 실종되었다. 스텔라는 보름간 아스테반 저택에 갇혀 지내다 어느 날 홀연히 모습을 감추었다.

아스테반의 가주가 스텔라였다는 것을 아는 이는 모두 살해당했다.

피로 물든 저택은 죽은 땅 위에 세워져 시간이 멈춘 곳이 되어 버렸다. 폐허가 된 곳에서 아스테반은 황금의 빛을 잃었다.

그로부터 1년 뒤.

프란츠 황제는 스텔라 아스테반이 숨졌다는 소식을 듣고 대성녀의 제단을 찾아가 기도를 올린 뒤 기뻐했다.

'대성녀 힐데가르트시여. 위대한 어머니의 뜻에 따라 제국의 모든 신민이 나를 존경하며, 저는 죽어서도 당신의 아이가 될 운명인가 봅니다. 베르타의 마지막 안식이, 그 자비로운 푸른 천이 제가 사자가 된 뒤에도 저를 찾아와 천국으로 인도할 것입니다.'

두 무릎을 꿇고 눈물을 흘리던 황제가 환히 웃었다.

'정의의 대천사가 대성녀 당신을 배반했을지언정, 감히 정의는 사라지지 않았습니다. 제가 황제가 되어 대성녀의 보호를 받는 것이, 힘 있는 권력자로 숨 쉬는 것이 정의 그 자체였습니다!'

환호 섞인 외침에 제단 위에 피워진 촛불이 일렁거렸다. 프란츠 황제는 그 계시가 대성녀의 긍정이라고 믿어 의심치 않았다.

죄를 저지른 그는 살아남았고, 대사제였던 자에게서 면벌부를 받았다.

바론 아스테반은 죽었다.

스텔라 아스테반도 죽었다.

아스테반 가문은 황금의 권능을 잃고 무너졌다.

대성녀 힐데가르트가 황제를 택했기 때문이리라. 프란츠는 대성녀에게 몇 번이고 감사를 표했다. 바람 한 점 없는 곳에서, 제단 위의 붉은 촛불이 꺼져 고요로 덮일 때까지.

* * *

"정말로 이거면 되겠어요?"

일주일 뒤 이른 저녁, 레티시아는 불안한 듯 묻는 카라에게 고개를 끄덕였다.

"줘 봐."

레티시아는 카라에게서 낡은 토끼 인형을 받아 바닥에 내려 눕혔다. 그리고 토끼 인형의 가슴 중앙에 실로 새겨진 이름을 빤히 쳐다보았다.

가이안 마네르.

그녀의 자격 없는 아버지였다.

레티시아는 카라에게서 받은 가위를 힘껏 들었다. 그리고 바닥에 있는 토끼 인형에 정확히 내리꽂았다.

"무, 무서워요."

"그럼 미친 사람이 귀엽겠어? 그만 떨고 적당한 시간에 가서 글란츠와 함께 사람 불러와."

무심히 답한 레티시아가 고개를 기울이더니 가위를 내려놓았다.

보통 수법으론 빌헬름 수도원에 가지 못한다. 가이안 공작도 그곳이 어떤 곳인지 알아서 웬만한 상태 악화로는 보내지 않으려 할 테니.

레티시아는 머리를 묶던 리본을 풀고 바닥에 던져 머리를 헝클어트렸다. 옷의 소매 단추도 풀고 목깃의 단추도 한 개 더 푼 다음 최대한 너절해 보이도록 드레스를 구겼다.

"죽어! 죽어! 죽으란 말이야!"

그리고 가위를 들어 죄 없는 토끼 인형을 계속 찔렀다. 공녀의 악에 받친 외침이 열린 문틈 사이로 흘러나왔다.

복도를 오가던 하녀들이 '이게 무슨 소리지?'란 얼굴로 홀린 듯이 공녀의 침실로 다가왔다. 두 명의 하녀가 몰래 공녀의 침실을 엿봤다. 그 순간.

"헉!"

"허억, 저, 저게 뭐야?!"

무서운 표정으로 토끼 인형을 찌르고 있는 공녀를 보고 경악을 금치
못했다. 소름이 쫙 끼치고 손끝에서부터 발끝까지 전율이 일었다.

"죽어, 가이아아안!"

공녀의 비명에 하녀 둘이 깜짝 놀라 몸을 굳혔다. 하필이면 입이 솜
털처럼 가볍기로 유명한 이들이었다.

"고, 고, 공작님 말씀하시는 거지?"

"그, 그런 것 같은데?"

"고, 고, 공작님이 좀 나쁘긴 했지."

"그렇다 해도 저렇게 저주해도 돼? 여긴 신성 가문인데……."

신성 가문에서 저주라니 가당치도 않다. 특히 같은 혈족을 상대로 하
는 거라면 더 악질이었다.

실제로 과거의 몇몇 악질들이 그 당시 가주들에게 저주를 걸곤 했다.
죽으라고 빌어도 가주의 머리털이 빠져 대머리가 되거나, 갑자기 살이
붙어 스트레스받는 정도에 불과했지만.

레티시아는 땀을 뻘뻘 흘리며 흘끔 하녀 둘을 살폈다.

'이 짓을 언제까지 해야 하는 거지?'

허탈하다 못해 헛웃음이 계속해서 흘러나왔다. 지금은 열한 살이라지
만, 이전 생에서 열여덟까지 살았기 때문이었다.

'연기가 부족했나.'

그랬을지도. 레티시아는 가위의 손잡이를 더 세게 고쳐 잡았다.

"주겟! 주겟! 가이안 죽어라! 아하하! 다 죽어! 마네르도 무너져! 폭삭
무너져라!"

"허억……."

"안 되겠어! 당장 공작님에게 알리러 가자!"

"하, 하지만……."

"더 볼 것도 없어! 완전히 미쳐 버렸잖아! 카라 말이 맞았어! 교단에

갔다 오신 뒤로 제대로 미쳐 버리신 거야."

하녀의 두려움 섞인 비명을 배경음 삼아 레티시아는 기분 나쁜 웃음을 흘려 댔다.

탁.

문이 닫히고 하녀 둘이 걷는 소리가 멀어지자 레티시아는 그제야 가위를 놓았다. 그리고 너덜너덜해진 토끼 인형을 보며 복잡한 표정을 지어 보였다.

착잡하다 못해 어쩐지 미안해졌다. 생명이 없는 인형이라곤 하나, 하필이면 작고 하찮은 모양새라 안쓰럽게 느껴졌다.

"하아⋯⋯."

레티시아는 땅이 꺼져라 한숨을 내쉬다가 눈을 부릅뜬 토끼 인형의 눈꺼풀을 감게 해 주었다.

"좋은 곳으로 가렴. 다음에는 돈 많은 부잣집 딸 인형으로 태어⋯⋯ 날 리가 없지."

이 짓도 이제 오늘이면 끝이 난다. 아니, 끝이 나길 바랐다. 글란츠가 일주일 내내 가이안을 찾아가 "바쁘시겠지만, 따님께서 미치신 것 같습니다."라며 독대하여 보고를 올린 효과가 있을 테니.

그때였다.

문틈을 엿보던 하녀들이 사라진 지 20분 남짓 흘렀을까.

무거운 발걸음 소리가 들리자 레티시아는 축 늘어뜨렸던 몸을 일으키며 바짝 긴장했다. 그리고 얼른 가위를 들어 제 머리칼을 한 움큼 잡았다.

쾅!

문이 열리는 순간 레티시아는 천연덕스럽게 가위를 움직였다. 그것으로 모자라 두 개의 자아를 가진 것처럼 '헤헤' 하고 웃다가 울음을 터뜨렸다.

싹둑.

흘러내리는 금색 머리칼을 보며 문을 연 남자가 경악을 금치 못했다.

"레, 티시아……."

문 앞에는 한창 교단 일로 바쁠 가이안이 서 있었다.

일주일 내내 글란츠가 귀찮게 괴롭혀 댔지만, 가이안은 한 번도 딸을 보러 오지 않았다.

교단에서 어떤 미친 자가 시험장의 성유물이란 성유물은 모두 타락시켰다. 특히 세라피나급 성유물은 죄다 망가뜨려 이렇다 할 매뉴얼이 없던 교단은 발을 동동 굴렀다. 그래서 가이안 공작에게 조사를 도와 달라 청했고, 눈코 뜰 새 없이 바쁜 시기에 레티시아가 또 술수를 부린다고 생각했기 때문이었다.

그게 정답이었지만, 충격적인 광경을 목도한 가이안은 말을 잇지 못했다. 굳은 얼굴과 벌어진 입술이 그가 무척이나 놀랐다는 사실을 알려 주었다.

"……빌헬름 수도원장에게 연락해라."

가이안은 레티시아에게 다가갈 생각이 없어 보였다. 그저 문 앞에 선 채 히죽거리는 딸을 질린 듯이 쳐다보다가 이를 사리물었다.

'조사가 끝나는 대로 레디시아에게 무슨 일이 있었는지 물어야 하건만!'

저런 상태에선 물어봤자 제대로 된 답을 듣기도 힘들었다.

누가 정말로 마네르를 저주라도 하는 것인지 근래 들어 악재만 겹치기 시작했다.

선대 공작이 죽은 건 호재 중의 호재였지만, 그것 빼고는.

일그러지던 가이안의 얼굴이 언제 그랬냐는 듯 펴졌다. 그는 꽤 빠른 속도로 평정을 되찾더니 냉랭한 시선으로 레티시아를 훑었다.

"지금 당장 짐을 싸라. 공녀가 정신 교정될 때까지 빌헬름 수도원에서 감시 보호하라고 전하도록."

"네, 공작님. 그렇게 하겠습니다."

공녀를 따랐던 사람답지 않게 글란츠가 무표정한 얼굴로 답하며 고개를 숙였다. 고개를 숙인 글란츠의 입가에 해사한 미소가 지어졌다.

'계획대로다! 공녀님에게 충성을 바치길 잘했지.'

"지금 당장, 공녀를 수도원에 보낼 준비 해."

공작의 불호령에 글란츠가 고개를 숙이고는 반듯한 미소를 지었다.

잠시 자리를 비웠던 전담 하녀 카라가 나타나 억센 손으로 레티시아를 일으키게 했다.

"일어나세요, 아가씨! 정신 차리시라고요!"

배려라곤 없는 손짓에 오히려 지켜보던 다른 하인들이 헉 숨을 삼킬 정도였다. 종이 인형처럼 질질 끌려간 레티시아는 공작을 지나쳐 복도를 걷게 되었다. 자비라곤 없는 하녀의 손을 꼭 붙든 채.

"제정신을 찾으면 수도원에서 벗어나게 해 주마. 날 원망 마라. 이게 다 레티시아, 널 위해서 하는 일이니."

지나칠 때 가이안이 흘린 말에 레티시아는 멍한 두 눈을 깜빡이며 생각했다.

공작의 개소리는 여전하다고.

현관까지 끌려간 레티시아가 다시 눈을 떴을 때, 그녀의 붉은 눈동자는 놀라우리만치 평온했다.

* * *

"어서 타세요! 어리광 그만 부리시고 마차에 타시란 말이에요!"

그날 늦은 저녁, 카라는 격앙된 외침을 내지르곤 레티시아를 꾸역꾸역 마차에 넣었다.

"하! 내가 왜 아가씨의 전담 하녀인 거야? 아, 답 없는 내 인생."

그러다 슬 눈치를 보더니 마차 옆에 나란히 탔다.

덜커덩.

마차가 출발한 뒤, 레티시아는 자연스레 앉는 하녀를 보며 눈을 가늘게 떴다. 카라의 연기력이 제법 늘었던 탓이다. 그때였다. 느리게 가던 마차가 갑작스레 멈추자 레티시아는 다시 멍한 표정을 지었다.

쾅!

"레티시아!"

마차의 문이 거칠게 열리며 나타난 건 유로 백작과 피오네였다.

마차를 몰아야 할 마부는 백작이 건넨 금화를 받고 잠깐 자리를 비켜 주었다. 마차를 호위하던 다섯 명의 기사도 단장의 신호에 천천히 말을 이끌고 물러났다.

유로 백작의 손을 잡고 나타난 피오네가 울먹이는 얼굴로 마차 안으로 들어왔다. 백작이 한 손으로 안아 레티시아 맞은편에 내려 준 것이다.

"공, 공녀님."

무엇이 그리 서러운지 훌쩍이던 피오네가 레티시아의 얼굴을 향해 손을 뻗었다. 저녁이 되어 주홍빛 황혼이 레티시아의 뺨과 살짝 감긴 눈꺼풀을 비췄다.

레티시아는 피오네를 보며 천천히 고개를 숙여 주었다. 아이가 그녀의 뺨을 만질 수 있도록.

사락.

레티시아의 금빛 머리칼이 흘러내리며 피오네의 뺨을 간지럽혔다.

"아프지 마요. 공녀님 아프면 안 돼요……."

피오네가 울음을 꾹 참고 말하자, 레티시아는 제 뺨에 조심스레 닿은 피오네의 손을 감쌌다. 저보다 어린 피오네가 무서워할까 봐, 그녀는 다정한 미소를 지으며 말했다.

"피오네. 난 잠시 아픈 거니까, 다 나으면 보러 갈게."

"네……. 공녀님이 낫길 피오네가 매일 기도할게요. 그러니까, 꼭 나아야 해요!"

피오네는 훌쩍이면서도 레티시아의 뺨에 조그마한 손을 얹었다. 레티시아가 먼저 피오네에게 손을 뻗어 아이의 작은 몸을 감싸 안았다. 공녀의 가녀린 팔에서 어디서 그런 힘이 났는지, 피오네는 레티시아의 품에 꼭 안긴 채였다.

레티시아는 피오네의 어깨에 고개를 묻고는 작게 속삭였다.

"건강한 모습으로 돌아올 테니까 밥 잘 먹고. 아프지 말고. 당분간은 필립 피해서 별장에서 지내도록 해, 알았지?"

레티시아가 평소처럼 차분하게 말하자 오히려 불안해진 건 카라였다.

다행히 레티시아의 목소리는 무척 작아 마차 밖으로 새어나갈 기미가 없었고, 유로 백작이 기사답게 훤칠한 체격으로 마차 문을 가리고 있어서 레티시아가 피오네를 안는 모습을 가려 주었다.

소식을 듣고 다급히 뛰어왔던 유로 백작은 어쩐지 안도가 되어 깊은 한숨을 내쉬었다. 공녀가 미쳤다는 소문을 들었을 땐 심장이 철렁 내려앉을 정도였다. 복잡한 눈으로 레티시아를 보던 그는 목이 멨는지 한참 후에야 말했다.

"몸 건강히 돌아와야 한다. 그쪽으로 내 수하를 보내 둘 테니, 위험해지기 전에 빠져나와."

"……."

"왜 그랬는지 이유는 묻지 않으마. 레티시아, 너도 심사숙고해서 내린 판단일 테니. 공작님에게도 말하지 않을 거다. 목에 칼이 들어와도 지킬 테니 걱정 마라."

유로 백작은 한숨을 내쉬고는 마차 안으로 허리를 숙였다. 체격이 큰 탓에 마차가 꽉 찼다.

"아프지 마라."

유로 백작은 레티시아의 머리를 부드럽게 헝클어트리고는 숙였던 허리를 바로 했다. 보낸 마부와 기사들이 돌아오기 전에 고별은 이 정도에 그쳐야 한다.

레티시아의 품에 한동안 안겨 있던 피오네도 아버지의 손에 이끌려 마차에서 내려왔다. 문이 닫히기 직전 유로 백작과 레티시아의 눈이 마주쳤다.

레티시아는 조금 붉어진 눈가로 유로 백작을 올려다보며 말했다.

"아프지 않을게요, 스승님."

덜커덕. 그 말을 끝으로 마차의 문은 닫혔다.

마부와 기사가 돌아오고, 레티시아가 탄 마차가 출발한 뒤로도 유로 백작은 그 자리에서 떠나지 못했다.

양털 구름이 다른 하늘로 흩어질 때까지.

'아프지 않을게요, 스승님.'

그는 피오네와 맞잡은 손에 저도 모르게 힘을 주었다. 놀란 피오네가 유로 백작을 올려다보며 불렀다.

"아빠……?"

유로 백작은 격분을 참으며 입술을 꽉 깨물었다. 일주일 전, 창백한 안색의 루비얀이 나타나 그를 붙잡고 말했다.

'레티시아 공녀가 피오네를 살해할 겁니다, 아버지.'

'루비얀! 네가 내 아들이라도 그딴 소리를 했다간 용서치 않겠다.'

'제가 본 게 환각이든, 꿈이든, 성유물이 보여 준 미래든……! 확신할 수 없지만, 그 악녀가 아버지의 딸을 죽일 겁니다! 그러니 그전에 먼저 공녀를…….'

'닥쳐라! 피오네도 내 딸이고, 너도 내 아들이지만…….'

철썩!

유로 백작은 루비얀의 뺨을 세차게 때린 뒤 입술을 짓씹으며 말했다.

'레티시아는 내가 귀애하는 제자다.'

입양한 루비얀을 친아들처럼 아꼈지만, 그 말만큼은 넘어가 줄 수가 없었다.

저렇게나 다정한 아이가 어찌 피오네를 해치려 한단 말인가.

"회의감이 드는구나, 피오네."

유로 백작은 이미 멀리 떨어져 점처럼 보이는 마차를 보며 나직한 말을 이었다.

"이토록 후회된 건 처음이다. 마네르에게 충성을 바친 것이."

썩어 가는 공작가를 지키는 데 어떤 명예와 보람이 있겠는가.

유로 백작은 쓴웃음을 지으며 걱정스레 올려다보는 피오네를 보다 딸의 머리를 쓰다듬었다.

"아빠……. 괜찮아요? 아빠도 공녀님만큼이나 힘들어 보여요."

"아니다, 피오네. 아빠는 우리 피오네가 있어서 힘든 걸 몰라. 그냥…… 해 본 말이니 잊으려무나."

* * *

"공녀님은 피오네 영애를 특히 좋아하시나 봐요."

공작저에서 출발한 지 하루가 지났다.

다그닥다그닥—!

사륜마차가 늦은 밤의 숲길을 헤치며 남서쪽으로 향했다. 란델 영지에 속한 빌헬름 수도원까지 최고 속력으로 반나절은 더 가야 했다. 카라는 잠든 레티시아를 보며 그녀의 머리칼을 쓸어 주었다.

'잠드셨을 땐 천사 같네.'

레티시아는 카라의 무릎을 벤 채 곤한 잠에 빠져 있었다. 잠깐 고급 숙소에서 쉬긴 했지만, 그때도 환자 흉내를 내야 해서 피곤했으리라.

'우리 아가씨……. 그런 미소는 처음 봤어.'

차갑고 독한 사람이라고만 생각했다. 정말로 열한 살이 이럴 수 있나 무서울 때도 있었다. 세상의 모든 냉정함을 끌어안은 사람처럼 서늘해서 카라는 레티시아가 마음을 주는 상대가 없을 거라고 늘 생각했었다.

하지만 유로 백작과 피오네를 보는 공녀의 시선이 한없이 다정해서 카라는 자신이 잘못 본 건 줄 알았다.

'아가씨도 다정한 면도 있었구나…….'

카라는 처음으로 레티시아의 처지에서 생각해 보았다. 어린 공녀를 가시 돋친 성벽으로 둘러싸던 마네르 공작가를.

그 안에는 카라 자신도 있었다.

* * *

레티시아가 눈을 떴을 때는 이미 동이 틀 무렵이었다. 자줏빛 새벽 여명이 마차의 창문 틈으로 스며들었다. 레티시아는 잠이 덜 깨 졸린 눈을 깜빡였다.

"이제 곧 마차가 도착한대요. 더 푹 주무시면 좋은데, 채비를 위해 미리 깨웠어요."

카라가 말하며 공녀의 어깨 위로 흘러내리는 여름용 모포를 덮어 주었다. 무슨 생각을 그리 깊이 했는지 밤을 꼴딱 새운 탓에 눈 밑이 새까맸다.

"잘 깨웠어. 근데 카라 너 한숨도 안 잤니?"

"네……. 수도원에 간다니까 잠이 안 오더라고요. 잠이야 도착하면 아가씨 방 살펴본 뒤 자면 되니까 괜찮아요."

"도착하면 하루쯤은 푹 쉬어 둬. 앞으로 신경 쓸 일 많을 테니까."

"그럼요, 아가씨. 아! 제가 머리 묶어 드릴게요."

공녀가 고개를 끄덕이자 카라는 돌아앉은 그녀의 머리를 곱게 빗겨 주었다.

"다음에 더 자라시면 그때는 올림머리 해 드릴게요! 땋은 장식도 예쁜 거로 구해서……."

"그래, 그런 날이 온다면야."

공녀가 저택에서 마구 헝큰 탓에 산발이 되었지만, 원체 부드러워 한두 번의 빗질로도 부드럽게 흘러내렸다.

카라가 분홍색 리본을 꺼내 레티시아의 머리를 반듯하게 땋아 주었다. 그녀가 사비로 사들인 리본이란 걸 레티시아는 알지 못했다.

나흘 전, 카라는 레티시아에게서 10골드를 받자마자 휴가를 내어 수도의 가게를 찾았다. 그리고 부유한 귀족 부인이 들를 법한 고급 부티크를 기웃댔지만, 부티크의 문이 하녀 복장을 한 그녀에게 열릴 리 없었다. 시종이라도 고급 의복을 걸쳤거나 하녀장쯤 돼 보이는 지긋한 나이라면 몰라도, 카라는 누가 봐도 어리숙한 십 대 후반의 하녀였기 때문이었다.

한참을 부티크에서 기웃거리자, 그것을 지켜보던 한 귀족 여자가 모자챙을 붙잡으며 무슨 일이냐고 물었다. 밖에서 마냥 기다리기에는 가늘지만 비도 오고 바람도 세찼기 때문이었다.

'모시는 아가씨에게 선물을 드리고 싶은데, 저는 하녀라서 부티크에 들어갈 수가 없어요. 아가씨라도 모셔 왔으면 같이 들어갈 수 있는데…….'

어쩐지 서러워져서 카라는 손등으로 눈가를 훔쳤다.

본래 제국에서 평민이 갈 수 없는 곳이 많은 걸 알면서도 오늘은 좀 울적했다. 돈도 있고, 물건을 살 생각도 있는데 하녀 신분이라 좋아하는 사람에게 선물도 사 줄 수 없다는 게.

'저희 아가씨, 탐스러운 금발에 새하얀 피부를 가지셨거든요. 분홍색 리본이 무척 잘 어울려요. 근데 생각해 보니 제대로 된 머리 장식을 쓰신 적이 없어서…….'

'분홍색 리본이면 되나요? 부티크에서 쉽게 볼 수 있겠네요. 괜찮다면, 내가 도와줄게요.'

곁에 있던 사촌이 오지랖을 부린다며 눈치를 줬지만, 챙모자를 쓴 여자는 카라를 위해 친절을 베풀었다.

'이렇게 비 맞지 말고 안에 같이 들어가요. 자주 들르는 곳이니 제 하녀라고 하면 돼요.'

'아, 아니요……. 저는 그냥 아가씨 선물만 고르면 되는걸요. 부티크에 가기에는 제 옷이 너무 허름하고 낡아서…….'

'그게 무슨 상관이에요? 저 부티크가 황성도 아닌데.'

'하여간 제니, 네 오지랖은 알아줘야 해.'

사촌이 핀잔을 주자, 챙모자를 쓴 여자도 그녀의 말이 맞는다며 고개를 끄덕였다. 그러더니 카라에게 "따라와요" 하고 말한 뒤, 둘은 먼저 부티크 쪽으로 걸으며 내밀한 이야기를 나누기 시작했다.

'너도 동화책 번역하느라 바쁘다면서. 백작님도 너무하신 거 아니니? 작작 부려 먹어야지.'

'목소리 낮춰, 헤젤. 내가 윈터 백작님께 도움받는 게 얼마나 큰데.'

'하기야, 백작님이 널 많이 도와주긴 했지. 그분 없었으면 내 멍청한 오빠들이 네 작위 빼앗으려 했을걸? 선대 자작님의 외동딸은 너인데, 작위에 두 눈이 멀어서. 하, 그전에 내가 그 얼간이들 엉덩이를 뻥 차 줬겠지만!'

'헤젤도 참. 아, 이번에도 백작님이 도와주시기로 했어. 빌헬름 수도원 때문에 내가 스트레스로 며칠 쓰러졌던 거 알지? 3년 전에 내 허락도 없이 고성을 헐값에 사들이더니 란텔 영지로 수도원 옮겼잖아. 여자가

자작이라 우습다는 거지.'

'그러게 말이야. 우리 가문에 세금을 내는 것도 아니면서. 네가 그 음습한 수도원 편의를 봐준다며 오죽 욕을 먹었겠니. 영지 관리 제대로 안 한다며 우리 가문만 욕 들어 먹잖아.'

'하아, 맞아. 모몬토 남작이 막대한 자금을 들여 투자한 거라, 빌헬름 수도원 이사를 막으려 해도 모두 모른 척하더라고. 모몬토 남작, 황제 쪽 사람이니까.'

그녀가 바로 란델 자작이었다. 카라는 아무것도 안 들리는 척 숨을 죽였다.

'도대체 폐하는 왜 그런 사람 뒤를 봐주는 거야? 나도 좀 찜찜하긴 했어. 빌헬름 수도원에서 한 달간 벌써 세 명이나 죽었잖아? 귀족 가문에서 정말로 미친 사람을 보내는 건지, 눈엣가시라 죽이려고 보내는지 알 수 있어야지.'

'정신 교정이 목적이었으면 빌헬름은 아니지. 불법으로 정신 교정을 한다고 들었으니까.'

'그럼 그렇지! 그 수도원 놈들! 귀족들로부터 막대한 뒷돈을 받아먹고, 우리 가문에 책임을 뒤집어씌우고 홀라당 가 버리면 어떡해?'

'네 말이 맞아, 헤젤. 어쩌다 사건 하나 터져서 황실의 조사가 들어오면, 빌헬름 수도원장과 투자했던 모몬토 남작은 쏙 빠져나가고 우리 가문만 뒤집어쓸 거야. 죽은 귀족들이 한둘도 아니었고……. 최소 작위 몰수에 재산도 국고에 바쳐야 하겠지. 우리 란델이 목숨이나 부지하면 다행인데.'

'어머, 얘는……. 그런 무서운 이야기를 아무렇지 않게 하네? 그래서 어쩔 거야? 그대로 내버려 둘 거야? 명색에 란델 자작이면서 두 눈 뜨고 당할 거 아니지?'

사촌의 질문에 여자는 한숨을 내쉬며 답했다.

'나라고 두 손 놓고만 있었겠어? 그렇다고 사병을 보낼 상황도 아니니까, 결국 체면 불고하고 윈터에 도움을 요청했지. 윈터 백작님께서 따님 한 분을 빌헬름 수도원에 입원시키신다는데…….'

그게 정말이야? 사촌이 입가를 가리며 놀라움을 금치 못한 채 물었다. 이건 빅 뉴스였으니까!

'어머머, 정말? 누구? 기사에다 후계자인 첫째 쪽? 아니면 엄청난 미인이라던, 드레스와 레이스에 집착하는 둘째?'

'글쎄. 이런 일은 후계자인 잔느 윈터가 맡지 않을까? 워낙 냉정한 성미라 일 처리는 확실하댔거든. ……백작님이 그, 둘째를 보내시진 않았을 텐데.'

챙모자를 쓴 여자가 답했다. 그녀와 그녀의 사촌이 목소리를 낮추며 부티크 쪽으로 앞서 걷자, 카라는 공녀가 쓰던 낡은 지갑을 조심스레 쥐고 뒤따랐다.

딸랑―!

문이 열리며 맑은 종소리가 울렸다. 카라는 긴장감에 마른 침을 삼키고 안으로 들어섰다. 그리고 살롱에서 가장 원단이 좋아 보이고 예쁜 분홍색 리본을 골랐다.

가격표에 딱 '10골드'라 적혀 있어서 다행이라 생각하며 카라는 금화 열 개를 두 손에 모아 내밀었다.

부티크 직원이 선물을 포장하고는, 1골드를 더 내야 한다며 이런 부티크가 처음이냐고 묻자, 카라의 얼굴이 새빨갛게 변했다. 직원은 눈치껏 카라가 란델 자작의 하녀가 아니란 걸 알아차렸다.

'저런, 돈이 없나 보네. 여긴 작위를 가진 남편을 둔 귀족 부인들만 오는 곳이에요. 어지간한 가문의 백작 영애도 값이 비싸서 자주 못 오는데, 하녀 혼자가 웬 말이래?'

'저, 저, 다, 다른 리본을 사면 안 되나요?'

'어머, 그렇게 번거롭게 하시려구요? 그냥 다음에 아가씨 모셔 와요. 아, 손님 복장이 그런 걸 보니 아가씨를 모셔 와도 손가락만 빨아야겠는데? 그 금화도 혹시 훔친 거 아니죠? 신고하기 귀찮은데.'

카라가 어안이 벙벙한 얼굴로 대답하지 못하자, 직원이 쿡쿡대며 포장을 다시 풀려 했다.

'훔친 건가?' 하고 사촌이 의심하는 사이, 카라를 도와준 여자가 먼저 움직였다.

'자, 여기 2골드. 됐죠? 내 친구 마음에 들게 포장 특별히 예쁘게 해 줘요.'

'네? 네! 선물 받는 분이 란델 자작님의 친우셨다니, 특별히 더 신경 쓸게요! 불편을 끼쳐 죄송합니다.'

'괜찮아요. 마담에겐 직접 말할 테니까. 그런데 오늘은 샬럿이 보이지 않네요?'

'죄, 죄송합니다. 마담 샬럿에게만은 말하지 말아 주세요. 3년 일하고 겨우 정식 직원이 되었는데…….'

그럼요. 어른의 미소를 보여 준 여자는 포장된 선물을 받아 카라에게 건넸다.

'좋은 아가씨네요. 하녀에게 선물을 사라고 그렇게 큰돈을 주고.'

'네! 저희 아가씨는 좋은 사람이에요. 제가 늘 아가씨의 기대에 못 미치는 거 같지만…….'

'당신도 좋은 하녀인 것 같은데요? 본인을 위해서 선물을 살 법도 한데, 아쉽지 않아요?'

'에이, 저는 해도 안 어울려요. 저희 아가씨가 워낙 검소하셔서 쓸 만한 장식이 없었거든요. 아, 실례했습니다. 그리고 오늘 일은 잊지 않을게요! 감사드려요, 란델 자작님!'

카라는 그녀의 고모가 란델 자작가에서 하녀로 일한다는 걸 기억하고는 꾸벅 고개를 숙였다. 물론, 란델 자작이 하녀인 카라를 알아볼 리 없겠지만.

'어릴 때 이후로 수년 만이라 제니 아가씨를 못 알아봤어. 아, 지금은 란델 자작님이지!'

챙모자를 깊게 써서 더 그랬으리라. 카라가 기억하는 제니 란델은 괴짜로도 유명했다. '타인의 시선과 평가만 신경 쓰기에는 인생이 짧다'라는 말을 번역한 책 문구에 적곤 했으니.

이 시대에 결혼하지 않은 여자가 자작으로 지낸다는 건 쉬운 일이 아니었다. 테레사 윈터 백작처럼 막강한 군사를 지녔다면 모를까.

'황제마저 두려워하는 테레사 백작마저 남편이 일으킨 내란을 정리해야 했으니…….'

결혼이 꼭 행복하지만은 않은 것인지. 카라는 알다가도 모르겠다고 생각했다.

그녀가 알기로 란델 영지는 남서부에 있었고, 외곽 쪽에는 마물 군대가 침범하기로 유명했다. 그래도 처신을 잘해서 마네르 공작가와 윈터 백작가의 도움을 받는 걸 보면 란델 자작은 여러모로 수완이 대단한 사람이었다.

감탄하는 카라에게 란델 자작이 물었다.

'아, 당신이 모시는 귀한 아가씨의 이름을 알려 주실 수 있나요?'

'네? 그, 그건 죄송합니다…….'

카라는 고개를 숙이면서도 단호히 거절했다. 도움을 줘서 고맙긴 했지만, 아가씨의 신분을 마음대로 흘릴 수 없다는 생각에서였다. 눈치 없이 부티크에서 레티시아의 선물을 사려다가 괜히 흠 잡힐까 걱정되기도 했다.

부유한 공작가와 어울리지 않는 낡은 하녀 의복도 부끄러웠다. 워낙 눈썰미가 좋았던 란델 자작은 카라의 목깃에 희미해진 공작가의 문양이 있는 걸 봤지만, 못 본 척 넘어가 주었다. 부티크 직원이야, 관심이 없는 건지 눈이 나쁜 건지 공작가의 문양을 못 본 거 같지만.

'아쉽네요. 다음에 제 사교 모임에 만날 수 있다면 좋을 텐데 말이에요. 어린 영애들도 오고, 나이 지긋하신 부인도 오곤 해요. 책을 읽기도 하고 직접 가죽 케이스와 끈으로 제책하기도 해서 기회가 되면 초대장을 보내드리고 싶었거든요.'

'사, 사교 모임이요? 저희 아가씨는 사람 많은 곳 안 좋아하시지만……. 다음에 여쭤볼게요!'

카라는 고개를 꾸벅 숙이고 포장된 선물을 품에 안은 채 여름비를 맞으며 뛰었다. 레티시아에게 선물할 리본이 소중한 보물이라도 되는 것처럼.

'아가씨가 시녀장과 집사 줄 선물을 사라고 했지만…….'

카라는 그녀를 멍청하다고 비웃던 사람들에게 군이 선물을 주며 비위를 맞추고 싶진 않았다. 그녀를 조금이나마 인정해 준 아가씨에게 선물 주기도 바빴으니까.

시녀장과 집사가 자신을 싫어한다는 걸 알지만 전처럼 무섭지는 않았다. 레티시아가 그녀의 주인이었고, 카라는 그 사실에 자부심과 긍지를 느꼈다.

그런 까닭에 공녀에게 줄 리본 장식을 사는데 모든 돈을 써 버렸지만, 카라는 어쩐지 속이 후련했다.

'아가씨에게는 가장 좋은 선물을 해 주고 싶어.'

그 사실을 모르는 레티시아는 마차에서 내리기 전 카라를 돌아보았다.

"왜 그렇게 뿌듯한 얼굴이야? 카라, 네 연기력이 늘어서?"

"에이, 그런 거 아니에요. 리본이 아가씨에게 너무 잘 어울려서요."

카라는 그리 답하며 예쁘게 땋은 공녀의 머리를 보고 뿌듯한 미소를 지었다.

* * *

자줏빛 새벽 여명이 불그스름해질 때쯤, 공작가의 사륜마차가 빌헬름 수도원에 도착했다. 그리고 지금, 레티시아는 카라와 함께 수도원과 어울리지 않는 화려한 문 앞에 서 있었다.

"특별히 공녀님께는 가장 크고 좋은 방으로 내어 드렸습니다. 공작님의 부탁이 있었거든요."

이른 새벽부터 배웅하러 나온 수도사가 호화로운 방을 가리키며 공녀를 돌아보았다. 독방이었지만, 수도원에서 귀족 영애 혼자 머물기에는 가장 좋은 방이라 단언할 수 있었다.

카라가 진심으로 감탄하는 사이, 레티시아는 영혼의 절반이 빠져나간 표정으로 고개를 끄덕였다. 그리고 멍청한 얼굴로 물었다.

"……아저씨. 여기서 지내려면 돈 내야 해요? 저 완전 거지인데."

공작이 과연 얼마를 냈는지 알아볼 요량이었다. 그래야 수도원에 감금될 시기를 제대로 예측할 수 있었기 때문이었다.

"예? 아, 하하. 그럴 리가요. 공작님께서 이미 저희 수도원에 넉넉히 기부하셨으니 걱정 마시고 푹 쉬시면 됩니다."

"저희 아빠가 얼마나 냈는데요? 50골드는 냈나? 돈 팍팍 쓰셨나요?"

"하, 하하. 글쎄요. 그건 내부 규율이라 말씀드릴 수 없군요. 그쯤 내셨단 소리는 들었지만, 저는 말단 수도사라 자세히는 모릅니다."

수도사는 카라에게 아가씨를 잘 보살피라고 신신당부하더니 열쇠 두 개를 주고는 떠났다.

"50골드면 두 달 치 비용일 텐데. 글란츠가 그러더군."

하지만 레티시아는 그리 오래 있을 생각은 아니었다.

'미하엘만 구하고 다시 공작저로 돌아가야 해. 여기 있어 봤자…….'

레티시아는 수도사가 나간 뒤, 글란츠에게서 받아 둔 지도를 꺼내 나무 테이블 위로 펼쳤다.

그러는 사이 카라는 꼼꼼한 눈으로 방을 살폈다. 이부자리는 푹신한지, 의복은 깨끗하고 질 좋은 것으로 마련해 뒀는지, 방의 청소는 잘되어 있는지.

걱정과 다르게 방 상태는 좋았다. 테이블은 고급 원목으로 된 것이었고, 맞은편에 있는 침대도 크고 널찍했다. 창가에는 분홍색 커튼이 깔끔히 묶여 있었다.

겉으로만 보기에 호화로울 뿐만 아니라 청소도 완벽히 되어 있었다. 필시 공작가의 사람이 가장 좋은 방을 준비하라며 입김을 넣은 것이리라.

"공작님께서 아낌없이 자금을 부으셨나 봐요. 저도 아가씨가 지내시는데 불편함 없도록 모실게요. 아, 주무실 땐 하녀들이 머무는 기숙사로 가야 해요."

레티시아는 카라와 함께 봤던 기숙사를 떠올리고 미간을 찌푸렸다. 별관으로 오는 길에 봤던 방은 방이라고 하기 무색한 곳이었다. 낡고 지저분한 데다 그토록 좁은 곳에서 여섯 명이 함께 지내야 하는 구조였다.

"방 두 개니까 여기서 지내."

"네? 작은 방은 욕실과 연결된 곳이라 아가씨께서 불편하실 거예요."

"두 번 말 안 하니까 그냥 써. 가까이 있는 게 편하기도 하고."

레티시아가 고개를 저으며 말했다. 카라가 수도원까지 따라왔는데 편의는 봐주고 싶었다. 가까이 있어야 의사소통이 빠르기도 하고.

"고맙습니다, 아가씨."

평소라면 손사래 쳤을 카라가 잠시 무언가 생각하더니 두 손을 모으며 고개를 숙였다. 그리고 이어 말했다.

"그래도 저는 기숙사에 가서 하녀들과 친해져서 정보 많이 빼 올게요! 저택에서는 좀 주눅 들었지만……. 여긴 제 또래도 많아 보여서 괜찮아요."

"그래, 그러렴."

레티시아는 고개를 끄덕였다. 이 독방에서 그녀 혼자 지내면 미하엘을 찾으러 가기 어려웠다. 하인으로 일하는 미하엘의 위치를 찾아줄 사람이 필요했다. 매 시각 바뀌는 동선도 알아낼 겸.

"무덤까지 가져갈 일이야. 이 일이 알려지면 나도 그렇지만, 너도 무사하지 못해."

"네, 아가씨. 명심하겠습니다."

카라가 결연하면서도 한결 차분해진 표정으로 답했다.

카라가 짐 정리를 마친 사이, 레티시아는 지도를 꺼내 펼쳤다. 글란츠가 준 것이었다.

'미하엘을 구하려면 정령술을 써야 할지도…….'

레티시아는 지도를 손으로 짚은 채 곤한 생각에 잠겼다. 강해진 아침 햇살이 그녀의 손등을 내리쬐며 그림자를 만들어 냈다.

살랑.

너른 창가에서 바람이 불어 들어 테이블 위에 올려 둔 낡은 지도 끝이 올라갔다.

'여기가 고위 귀족 자제들만 모아 둔 별관 건물이랬지. 점심, 저녁때만 감독이 엄격하고 저녁 이후로는 허술하댔나…….'

레티시아는 생각을 정리하고 카라에게 간략히 설명했다.

"이름은 미하엘. 나이는 아홉 살. 금발에 파란 눈을 가졌고, 한번 보면 잊기 힘들 정도로 아름답다던데……."

그래 봤자 꼬맹이 아닌가? 카라는 그렇게 생각하며 공녀가 알려 준 정보를 머리에 빠짐없이 집어넣었다.

"미하엘은 하인 신분으로 수도원에 왔어. 말이 하인이지, 노예나 다름없을 테고. 미하엘만 구해 낸 뒤 빌헬름 수도원을 조용히 빠져나가는 거야."

"조용히……가 될까요?"

"최대한 조용히 움직여야겠지만, 각오하는 게 좋아."

"……알겠습니다."

카라가 긴장된 얼굴로 목울대를 넘겼다. 그에 비해 레티시아는 무슨 생각을 하는지 침착하기 그지없는 표정이었다.

"중요한 일이야. 지금 당장은 필요 없어 보이더라도 미래를 결정짓게 될."

"그 노예 소년을 구하는 게……."

"왜 구하는지, 그가 누군지 알려고 하지 마. 고문을 이겨 낼 자신 없으면."

만에 하나였지만, 레티시아는 진실을 섞어 묵직한 경고를 건넸다. 일을 시작하기 전에 미리 겁먹을 필요는 없어도 적당한 경계는 해야 하는 법.

'이런 일이 처음인 것 같으니.'

게다가 카라는 어리숙한 면이 있어서 확실히 방향을 짚어 주는 편이 좋았다. 글란츠처럼 긴급 상황에서도 머리가 잘 돌아가는 편은 아니나, 시키는 일은 곧잘 하니 맡길 만했다.

"미하엘을 찾게 되면 절대 먼저 접근하지 마. 수도사들이 없을 때 내게 살짝 알리면 돼."

그 말을 한 지 얼마 되지 않았을 때 누군가 방문을 두드렸다. 글란츠에게 듣기로는 방음벽이 설치되어 있어, 문을 닫으면 옆방으로 소리가 새어 나갈 일도 없었다.

우려할 일은 없었지만, 레티시아는 재빨리 지도를 치우고 멍한 표정을 했고 카라는 주인의 방에서 편하게 쉬는 하녀를 연기했다.

똑똑.

재차 노크 소리가 들리자 카라가 몸을 움직여 조심스레 문을 열었다.

"누구세요?"

수도사가 찾아왔을 거라 생각했던 카라는 놀란 듯 문가를 쳐다보았다. 레티시아는 궁금했지만, 혼신의 연기를 다 하기 위해 바닥으로 고개를 숙인 채 중얼중얼했다.

"옆방에 머무는 영애인데……."

부드러운 중저음의 목소리가 들리자, 레티시아는 귀를 쫑긋 세웠다.

"혹시 실과 바늘 가지고 있어요? 레이스가 뜯어져 수선해야 하는데, 대머리 수도사 놈들이 날카로운 물건은 전부 가져가 버려서."

자신을 영애라고 밝힌 목소리가 허락 없이 안으로 들어섰다.

저벅저벅.

제멋대로인 행동에 카라가 "꺅!" 소리를 내며 막으려 했지만, 목소리의 주인이 더 빨랐다.

"너……."

영애의 목소리가 낮아지자 레티시아는 작게 숨을 들이켰다. 설마, 나를 아는 사람인가?

"대단해. 그 레이스."

신상인가? 레티시아의 코앞으로 다가온 영애가 손을 뻗어 그녀의 턱을 들어 올렸다. 그 덕택에 레티시아는 원치 않게 낯선 영애와 두 눈을 마주쳐야 했다.

푸른빛이 도는 은발에 샛별을 박아 넣은 듯한 푸른 눈동자.

은발을 옆으로 가지런히 묶은 데다, 프릴이 달린 드레스를 걸쳐 입은 게 누가 봐도 반할 만했다.

순간 레티시아는 넋을 잃고 드레스를 입은 소녀를 올려다보았다. 환자 흉내를 내려는 게 아니었는데도 세상 만물을 홀릴 것처럼 예뻐서 쳐다볼 수밖에 없었다.

"그 레이스……. 마담 샬롯의 부티크에서 산 거지?"

"······몰, 라."

"너 돈 좀 있는 애구나?"

은발의 소녀가 그리 말하며 피식 웃고는 허락 없이 침대 옆에 앉았다.

* * *

"네 방 간식 잘 나오네. 부럽다."

은발의 소녀는 레티시아의 허락 없이 방에 눌러앉았다. 공녀가 머물 방에 눌러앉은 소녀를 보고도 수도사들은 못 본 척했다. 쫓아낼 법도 했지만, 하나 같이 소녀와 눈이 마주치자 얼굴을 붉히기 바빴다.

소녀는 카라에게서 빌린 바늘로 레이스에 자수를 놓고 있었다. 굉장히 빠른 속도로 바느질하는데 정확해서 레티시아는 내심 놀라고 말았다.

"이거 나 먹어도 돼? 초콜릿 크루아상. 내가 좋아하는 건데."

소녀가 눈부신 얼굴로 미소를 짓자, 레티시아는 저도 모르게 고개를 끄덕였다. 환자 흉내를 내려는 게 아니라, 정말로 뭐든 주고 싶었다. 카라도 멍하니 소녀를 보다가 뒤늦게 간식을 빼앗겼단 생각에 발을 동동 굴렀다.

"그건 저희 아가씨가 먹어야 하는데······."

"나 먹으면 안 돼? 빵 조금만 뜯어갈게."

소녀가 애처로운 얼굴로 묻자, 카라는 뺨을 붉히며 고개를 끄덕였다.

"죄송합니다, 아가씨. 제가 죽일 하녀예요."

'하. 말로만 듣던 윈터가의 둘째 영애를 볼 줄이야.'

레티시아는 자기소개 없이 눌러앉은 소녀의 정체를 바로 알아차렸다.

'아녜스 윈터······.'

모르래야 모를 수 없었다. 이전 생에서 몇 번이고 윈터가의 가계도와 아네스 윈터의 초상화를 봤었으니까. 그리고 가이안 공작이 했던 말도 똑똑히 기억난다.

'조금 전이 후계자인 잔느 윈터. 지금은 동생인 아네스 윈터. 쌍생아 라던데 그런 것치곤 외모가 닮지 않았어.'

'초상화로 본 귀족 영애 중에서 제일 아름답네요. 잔느 윈터가 어린 재규어를 닮았다면, 아네스 윈터는 북부의 꽃이라 불릴 만해요.'

'그런가. 실제로 본 적이 없어서 모르겠군. 듣기로, 미모가 눈부시게 아름다운 것과 달리 머리는 텅 비었다더군.'

'그래도 윈터 백작의 딸인데, 그 정도일까요?'

'윈터 가문 내에서도 평판이 그리 좋지 못해. 사치는 기본이고, 드레 스와 레이스에 목숨을 건다고 들었으니. 남녀노소 불구하고 사람을 홀리 는 요물이라고 소문이 자자했지.'

잔느도 미인이었지만, 아네스는 미'인'이라는 관념을 넘을 정도라고 했었다. 그랬지만······.

"나 예쁜 건 알겠는데, 언제까지 그렇게 쳐다보려고?"

소녀의 붉은 입술이 호선을 그리더니 피식 웃는 소리가 들렸다.

"오늘 처음 본 여자애가, 세상에서 제일 예쁘다고 생각했어?"

속을 들킨 레티시아가 입술을 깨물었다. 왜인지 분했다.

"······아인데."

아닌데······. 라고 말하려 했지만 웅얼거리는 소리만 나왔다.

"왜 분한 표정이야? 나도 너 예쁘다고 생각했어."

아네스는 배시시 웃고는 레티시아의 어깨에 고개를 기댔다. 역시, 허 락 따위는 받지 않았다.

왜 나한테 붙은 거지?

레티시아가 영문을 몰라 카라를 쳐다봤지만, 카라도 어깨를 으쓱할 뿐이었다.

"너랑 붙어 있으니 내 대악마 미색이가 설렌대. 옛날 생각도 나서 헤 벌쭉해선 좋아해. 염치없이 좀 더 붙어 있으라고 지랄해대서……."

예쁜 얼굴로 나쁜 말을 한 아네스가 레티시아의 소맷귀를 잡으며 애 처롭게 물었다.

"멋대로 붙어 있어도 되지? 잠깐만이라도 좋으니까."

대악마의 잔소리에서 벗어날 생각에 아네스는 진심이었다. 그도 잔소 리를 퍼붓던 미색이 왜 조용해졌는지 몰랐지만.

어쩐지 카라는 얼굴을 붉히고 레티시아와 아네스를 쳐다보았다.

로맨스 소설에 나올 법한 그림 같은 장면이었다. 아네스가 여자란 걸 아는데도.

"너랑 있으니까 내 대악마 미색이 입 다물어서 좋아. 혹시 너 성녀, 뭐 그런 건가?"

아네스는 여전히 레티시아의 어깨에 고운 뺨을 묻고 혼잣말을 계속해 댔다.

"미색이 그러는데, 성녀는 연약한 대악마를 두드려 패기 위해 큰 망치를 들고, 광전사처럼 근육이 넘쳐야 한대."

"……안, 궁금해."

"안 궁금하다고? 너 보기보다 성격 있구나. 아니, 눈 똑바로 뜨는 게 성격 있어 보이긴 해."

"……시, 끄러워."

"내 목소리 시끄럽다고 한 건 네가 처음이야. 다들 홀리거든."

"……안 궁금하다니까."

레티시아는 조금 기가 빨린다고 생각하며 힘없이 대답했다.

그 '아네스 윈터'를 봤으니 기회라고 좋아야 하는데, 어쩐지 피곤해졌 다. 말로만 듣던 기 빼앗는 흡혈귀인가? 대악마 〈미색〉과 계약했다고 하니 그것도 꽤 신빙성 있어 보였다.

이렇게 앉아 있는 것만으로 정기를 빼앗아 가는…….

"내 곁에 있으면 정기 빼앗긴다고 의심하는데 난 그런 능력 없어."

"……그, 래?"

"적어도 키스 정도는 해야 빼앗아 가지. 그 이상의 것은…… 모르겠다. 난 죽기 전까지 순결을 지킬 생각이거든. 아, 너 이거 안 궁금하지?"

"……좀, 궁금해."

"그럴 줄 알았어. 사람들은 이런 걸 궁금해한다니까. 왜 나 같은 미인이 순결을 지키냐 하면…….'

결혼 전에 순결을 지키려는 건가, 하고 레티시아가 생각했을 때였다.

"죽어서 미색의 품에 잠들지 않으려면 순결을 지켜야 한다더라고? 왜 인진 나도 몰라. 못 지키면 대악마에게 영혼이 삼켜진대."

순결의 대천사 이슈타르가 타락하여 대악마 아스타로트가 되었나니.

샛별을 수호하신다는 아름다운 미의 천사께서 왜 갑자기 잘생긴 형님이 되었는지는 알다가도 모를 노릇이었다.

"……열심히 지켜."

"고마워. 응원해 줘서."

씩 웃은 아네스가 이어 말했다.

"네가 성녀였으면 좋았을 텐데. 분위기 보고 성화에 그려진 성녀인 줄 알았어. 미색이 말한 광전사 성녀하고는 좀 다르지만."

"……도대체 뭘 본, 거야?"

"미색이가 그러는데, 전대 계약자가 말해 준거래."

아네스는 혼자서 말하더니 턱을 45도 각도로 틀었다. 레티시아가 더 잘 볼 수 있는 각도였다.

"자, 국보급 얼굴이지만 오늘은 공짜니까 마음껏 봐. 넌 귀여우니까 오래 보게 해 줄게. 같은 수도원 동기이기도 하고?"

소녀의 헛소리에 레티시아는 화급히 정신을 차렸다. 멍한 눈동자에 초점이 명확해지자 아네스가 눈을 가늘게 떴다. 먹던 빵을 내려놓고 레티시아 곁으로 몸을 바짝 붙였다. 그러더니 턱을 괸 채 옆에서 빤히 쳐다보는 게 아닌가.

"너, 제정신이지?"

"……아, 니."

"너처럼 눈이 맑은 애는 처음인데. 여기 온 귀족 애들은 다들 눈이 풀렸거든."

수도사들이 귀족 자제들에게 정신이 몽롱해지는 약을 먹였기 때문이었다. 하지만 레티시아의 눈은 티끌 하나 없이 맑았다.

"나는 가짜로 왔는데."

아네스는 카라가 레티시아 먹으라고 깎아 둔 사과를 집어 아삭 베어 물었다. 사과즙이 입가로 흐르자 손수건을 꺼내 닦고는 레티시아를 구경하기 시작했다.

"너도 그……, 사짜의 냄새가 나. 가짜 맞지? 너 완전 제정신으로 보여."

계속되는 심문에 레티시아는 멍한 얼굴로 눈을 깜빡였다. 마음 같아선 훼방 놓지 말고 가 버리라고 소리치고 싶었지만, 그럴 수 없었다.

"저 하녀는 너 엄청나게 좋아하나 보다. 내가 이렇게 붙으니까 어쩔 줄 몰라 하네."

"……."

"이젠 침묵하기로 전략을 바꾼 거야? 너 거짓말 하는 거 완전 티 나. 진짜 연기 못한다."

그럴 리가! 마네르 공작마저 속인 몸이다. 당황한 레티시아의 손가락이 움찔거리자 아네스가 픽 웃었다.

"넌 뭐 하러 여기까지 왔어? 미친 짓까지 해 가며……."

"……."

"멀쩡한 사람이 빌헬름 수도원에 오는 거야 뻔하지. 대부분은 가문의 권력자나 가주의 눈 밖에 나서 갇힌 건데, 넌 달라."

아네스는 레티시아의 머리를 묶은 리본으로 손을 뻗었다.

스륵.

분홍 리본이 늘씬한 손에 의해 풀리며 금색 머리칼이 뺨을 타고 흘렀다.

"사랑받은 티가 나. 행동거지도 기품 있고. 아우라를 보면 사랑받는 막내딸인데."

'그건 완벽히 틀렸어.'

'응? 우리 아가씨, 가문에서 내놓은 자식인데.'

레티시아와 카라가 동시에 생각했지만, 아네스는 아랑곳하지 않고 말을 이었다.

"나는 어머님이 명령하셔서 이 수도원을 문 닫게 하려고 온 건데……."

아삭.

사과를 크게 한 입 베어 문 아네스가 매혹적인 미소를 지으며 물었다.

"마네르 공녀님은 어떻게 왔을까? 내가 빌헬름 수도원에 잠입한 이 시기에. 정확하게."

맹세코 아네스가 여기 있는지 알지 못했다. 레티시아의 목적은 아스테반의 후계자가 될 미하엘을 찾는 것이었다. 그래야 황제와 운명을 같이하기로 한 가이안 공작을 압박할 수 있을 테니.

황후를 포섭하려는 의도도 없잖아 있었지만, 수년 뒤의 일이라 우선은 나중으로 넘겼다. 이를 모르는 아네스가 멋대로 추측하며 물었다.

"너. 나 훼방하러 온 거니? 아주 못된 애구나?"

레티시아는 귀찮은 일에 휘말리겠다 싶어 고개를 내저었다.

"뭐야. 표정 보니 아닌 것 같네. 어쨌든 우리 이웃이니까, 잘 지내보자."

"이웃은 무슨."

"너 내 말 제대로 안 들었구나? 마네르 공녀님이 302호고, 내가 303호예요. 우리 이웃이야."

"……"

"또 할 말 없으면 침묵한다. 그거 안 좋은 버릇인데. 그냥 넘어가 줄게. 아, 옆방에서 시끄러운 비명이 들려도 무시해. 알았지?"

"방음 돼 있는데……"

이쯤 되니 반쯤 체념한 레티시아가 한숨과 함께 답했다.

"방음 돼 있는데 우리 방만 안 돼 있어. 너 그 뭐지? 미하엘을 찾는다고? 금발의 아름다운 소년인데, 나보다 더 아름답겠느냐마는. 아까 네가 한 말 다 들었어."

아네스는 피식 웃으며 레티시아의 머리칼을 쓱쓱 쓰다듬었다.

"열심히 찾아봐. 내가 수도원에 깽판 치기 전에 먼저 찾아야 할 거야. 비밀이라니까, 이 언니가 어디 가서 안 떠들고 지켜줄게."

고작 3년 된 시설인데 이런 문제가 있을 줄이야. 그것도 가장 좋은 방이라면서?

눈을 가늘게 뜬 레티시아가 아네스를 보며 생각했다. 아니면 대악마의 계약자들이라 시력은 물론, 청력까지 좋은 걸지도.

아네스가 귀여운 동생을 우쭈쭈, 하며 제대로 놀리는 표정으로 레티시아를 보며 말했다.

"아, 그리고 혹시 옆방에서 사람 죽는소리 들려도 나오지 마. 너나 하녀나 트라우마 생기면 안 되잖아."

레티시아는 진심으로 하는 소리인가 싶어 눈을 가늘게 떴다.

"나 손에 피 묻히는 거 잘해. 어릴 때 훈련받아 왔거든. 누굴 살리고 누굴 죽여야 할지."

쪽―.

아네스는 천사 같은 미소를 짓고는 레티시아의 뺨에 허락 없이 입을 맞추었다.

"넌 예쁘니까 알려 주는 거야. 내가 수도사 몇 명을 죽일 생각인데, 모른 척해야……."

고개를 떼어 낸 아네스가 레티시아의 머리칼을 느릿하게 만지며 웃었다.

"레티시아 공녀가 무사히 가문으로 돌아가지."

* * *

말의 갈기를 솔질하느라 부르튼 손이 바삐 움직였다.

"웃, 더워……."

여름 뙤약볕 아래서 금발의 소년은 쉬지 않고 말을 살폈다. 땀에 젖은 얼굴을 흙이 묻은 손등으로 닦는 꼴이 퍽 안쓰러웠다.

금발의 소년, 미하엘이 돌보는 건 망아지였지만 키가 작아 발꿈치를 들지 않으면 제대로 솔질하기도 어려웠다.

"저 아이라고?"

뱃살이 뒤룩뒤룩 찐 중년 남자가 뒷짐 지고 걸으며 물었다. 멀지 않은 산책로에 서서 어린 말구종을 지켜보는 중이었다. 모몬토 남작의 뒤를 따르던 수도원장이 공손히 답했다.

"네, 남작님. 이번에 들어온 아이입니다. 외모가 어찌나 눈에 띄는지, 귀족 집안의 양자로 보내야 하나 싶을 정도로 출중하죠."

"쯧, 어디서 약을 파나? 분명 크게 하자가 있으니 이런 산골 수도원으로 보낸 거구면."

"역시 냉정하시군요. 아, 에바 고아원 출신이라 하던데, 혹시 들으신 적 있습니까?"

"그 고아원에서 왔다고? 허, 그럴 리가. 내가 몇 번이나 고아원을 들락날락했는데 저렇게 눈에 띄는 아이는……."

말을 하다 말고 모몬토 남작이 눈을 부라렸다. 그 고아원 원장이 빼돌린 것이렷다!

"지금이라도 남작님의 아이로 배치할까요? 열다섯 살만 돼도 외모가 완전히 꽃피울 겁니다."

"자네는 눈치가 없구먼! 안 그래도 요새 소문이 퍼져서 몸 사리고 있는데, 누구 죽일 일 있어? 그냥 감시만 하게나!"

남작의 호통에 수도원장이 눈치를 보더니 말했다.

"알겠습니다. 아, 남작님. 그런데 한 가지 이상한 점이 있었습니다. 고아원장에게 듣기론, 몇몇 귀부인들이 예쁜 하인을 갖고 싶다며 데려갔다고 합니다. 근데 한 달도 채 지나지 않아 전부 아이를 돌려보냈다고 하더군요."

"왜? 뭐 알고 보니 대단한 가문의 자제였다. 뭐 이런 걸 말하고 싶은 게냐?"

"그건 아닙니다만, 저 아이가 오자마자 하녀고 하인이고 두셋씩 죽어 나갔다고 합니다. 작은 동물들도 그렇고……."

"악마가 깃들었다고 말하는 게야? 나이가 몇인데 악마 같은 걸 믿나? 내가 멀쩡히 살아 숨 쉬는 걸 보면 천사도 악마도 다 드러누워 잠이나 자나 본데."

모몬토 남작이 껄껄 웃으며 빈약한 턱수염을 매만졌다. 키도 작고 뚱뚱했던 그는 남자답게 보이기 위해 옷을 두툼히 입고 콧수염을 기르곤 했다. 그리고 그보다 작고 가녀린 아이들이나 여자들에게 목소리를 높였다.

하지만 권력자에게는 빌붙고, 아랫사람이라도 젊고 건장한 체격의 남자에겐 너그러우며 예의를 지키는 편이었다.

'젊은 사내놈들은 욱하는 게 있어서 조심해야 해.'

……가 모몬토 남작의 지론이었다.

"원장 말도 일리가 있어. 혹시 모르니 저 악마 새끼가 내 근처로 얼씬도 못 하게 해!"

"남작님께서 먼저 접근하시지 않는다면 그럴 일은 없을 겁니다."

"거, 사람 말하는 버릇하고는!"

모몬토 남작이 핀잔을 주자, 수도원장 빌헬름이 고개를 숙였다. 그때였다. 지저귀는 소리가 나더니 하얀 새가 금발 소년의 근처로 날아들었다.

푸드덕!

온기를 잃은 새가 땅에 떨어졌다. 그걸 보던 새파란 눈동자가 미세하게 흔들렸다.

"얘. 너 뭐 하니?"

다른 하녀의 부름에 미하엘은 손등으로 눈가를 훔치고 고개를 저었다.

"너 또 새 죽인 거야? 이 악마 자식!"

"아, 아니, 아니에요."

미하엘이 창백한 얼굴로 항변하자, 뺨에 주근깨가 박힌 하녀가 눈을 부라렸다.

"이게 어디서 거짓말을 해?!"

하녀가 손을 치켜들자 미하엘은 눈을 질끈 감았다. 그때 하녀의 귓가로 작고 희미한 목소리가 들렸다.

"……저어기."

하녀가 반사적으로 고개를 돌리고는 경악했다. 한여름에 겨울 드레스를 입은 미친 여자였다. 덥지도 않은지 목이며 손목이며 드러나는 곳은 모두 꽁꽁 감싼 소녀가 새초롬한 시선을 보내고 있었다.

"뭐, 뭐예요?"

단번에 귀족 영애인 걸 알아본 하녀가 뒤로 주춤 걸으며 물었다.

가문 사정 때문에 보내지는 귀족 자제들도 많았지만, 그중에는 '진짜' 미친 사람도 있었다. 하녀의 머릿속 레이더가 '저 여자는 진짜야. 조심해!'하고 경고해 와서 몸을 사려야겠단 판단을 내린 것이다.

"나와 초콜릿 크루아상 먹을래?"

노란색 드레스를 걸친 귀족 영애는 금발을 곱게 묶고 있었다. 필시 지금 옆에 있는 전담 하녀가 철썩 달라붙어 기를 쓰며 묶어 준 것이리라. 거기다 노란색 양산까지 쓰고 있어 얼굴은 잘 보이지 않았지만, 배시시 웃는 게 퍽 위험해 보였다.

"나랑 먹을래? 말래?"

레티시아가 하녀에게 대뜸 다가가 물었다. 하녀가 질겁하며 뒷걸음질 치자 더 가까이 다가가며 소리쳤다. 카라가 든 바구니에서 빵을 꺼내 하녀의 벌린 입 속으로 쳐넣었다.

"이거 먹으면 나와 친구 하는 거다? 응?"

"읍! 읍!"

"뱉지 마. 삼켜. 뱉으면 너, 나와 평생 친구 하는 거야. 관에도 같이 묻히는 거야. 응?"

속사포처럼 쏟아진 말과 입에 욱여넣는 빵 때문에 하녀는 정신을 차리지 못했다.

"아이, 아가씨는 정말 상냥하시다니까. 나 같은 하녀는 못 먹을 빵을 저런 볼품없는 여자에게 주다니. 하유, 속상해."

그걸 지켜보던 카라가 울상을 지으며 고개를 내저었다. 본래 자기가 당할 땐 억울해도 남에게 정의를 구현하는 것을 보면 속이 후련한 법. 카라는 오랜만에 막힌 가슴이 뻥 뚫리는 기분을 만끽하며 레티시아에게 빵을 더 건넸다.

"아이참, 아가씨. 아랫것들에게 양보 잘 하시네요. 더, 더 주세요!"

레티시아는 피식 웃고는 크루아상을 욱여넣던 손을 떼어 냈다.

"허억, 헉……!"

하녀가 뱉어 낸 빵이 바닥을 뒹굴었다. 털썩 주저앉아 숨을 고르는 사이, 마구간 근처에 서 있던 미하엘이 움찔했다. 반사적으로 땅에 떨어진 빵을 줍고는 무릎을 꿇은 채 망설였다. 흙과 먼지로 범벅된 크루아상을 먹으려는 듯 미하엘이 다물었던 입을 겨우 열었다.

'이 더러운 악마 새끼! 이거나 처먹으라고!'

'얘. 너에게 줄 건 이런 거밖에 없어. 땅에 떨어진 게 싫다고? 그럼 굶어 죽어야지.'

'땅에 떨어진 건 다 네 몫이야, 미하엘. 남기면 채찍질할 줄 알아!'

어른의 폭언과 폭력에 오래간 노출되었던 미하엘이 모래가 잔뜩 묻은 빵을 조심스레 입가로 가져갔을 때였다.

"……저어기."

레티시아는 카라에게서 새로운 빵을 가져와 미하엘을 좀 더 큰 목소리로 불렀다. 빵을 먹으려던 미하엘이 멈칫하며 레티시아를 쳐다보았다. 그녀는 무릎을 꿇은 채 덜덜 떨며 대답도 못 하는 소년에게 다가가 눈높이를 맞추고 다소곳이 앉았다.

"먹기 싫은 거 아니야? 안 먹어도 돼."

레티시아는 그녀답지 않게 부드러운 말투를 써서 미하엘을 타일렀다. 그런 다음 들고 있던 양산을 내려놓고는, 조심스레 팔을 뻗어 미하엘이 쥔 빵에 손을 얹었다.

"누나에게 이 빵 돌려줄래? 그러면 이 누나가 맛있고 깨끗한 빵을 줄게."

미하엘은 덜덜 떨면서 레티시아를 올려다보았다.

부드럽게 묶은 금발이, 맑고 깨끗한 루비색 눈동자가 아무런 적의 없이 그 자신을 보고 있었다. 그런 적은 처음이라 미하엘은 숨도 제대로 쉬지 못하고 끅끅, 울음을 참아 냈다.

따뜻한 말을 한 것도, 아직 안아 준 것도 아니었는데.

"누나가 이 빵 가져갈게. 미안해. 함부로 빼앗아 가서."

레티시아는 그렇게 말하며 미하엘이 모래로 뒤덮인 빵을 먹기 전에 조심스레 가져갔다. 그리고 이 어린아이가 다시 줍지 못하게 팔에 힘을 주어 멀리 숲 쪽으로 내던지고는 다른 손에 들고 있던 깨끗하고 따뜻한 빵을 미하엘에게 건넸다.

미하엘이 불안한 듯 새파란 눈동자를 굴려 레티시아를 흘끗 쳐다보았다. 여전히 그 하얗고 생채기가 가득한 손을 덜덜 떠는 채로.

"네 거야. 힘들게 일했으니 먹어도 되는 거야."

미하엘은 차마 빵을 받을 생각을 하지 못했다. 건방진 행동을 한다며 뺨을 맞고 욕설을 들을 거란 생각에서였다.

레티시아는 카라에게 눈짓해·빵을 다시 건네고는 품에서 손수건을 꺼내 깨끗한 물로 적셨다. 그리고 미하엘의 손을 조심스레 잡아끌어 손수건으로 닦아 주었다.

"훗……."

미하엘이 흐느낌을 참으려 입술을 깨무는 것을 보았는데도 레티시아는 별말 없이 두 손을 깨끗이 닦아 주었다. 말의 갈기를 솔질하느라 진흙은 물론, 오물이 묻은 손이었는데도.

"먹기 전에 두 손을 깨끗이 닦아야겠다, 그치? 누나가 생각이 짧았네."

레티시아는 처음 해 본 누나 소리가 어색하다고 생각하면서도 미하엘을 달래기 위해 조심스레 말했다. 더러워진 손수건을 바닥에 내려놓고는 미하엘의 깨끗해진 두 손을 놓아주었다.

스륵.

따뜻했던 손길이 떠나자 미하엘은 저도 모르게 멍한 얼굴로 레티시아를 쳐다보았다.

"자, 깨끗해졌지? 손에 먼지가 묻어도 괜찮아. 닦으면 돼. 흙먼지 따윈 네 손에 잠깐 머무르는 찰나와 같은 거니까……."

레티시아는 손을 뻗어 미하엘의 금색 머리를 쓰다듬으려다가 멈칫했다.

이것 또한 폭력으로 느껴질까 봐 잠깐 망설이는 사이, 미하엘이 주저하면서도 고개를 살짝 숙여 왔다.

"……."

금발의 소년은 별다른 말 없이 조금 전까지 눈물이 고였던 커다란 눈을 깜빡였다. 그리고 레티시아가 다시 머리를 쓰다듬어 주기를 내심 기다렸다.

잠깐의 시간이었지만 미하엘은 레티시아가 다정한 사람이란 걸 알아차렸다. 적의로 가득한 곳에서 선량한 사람은 그녀가 처음이었으니까.

아직 어린 미하엘은 레티시아가 그를 도와준 이유를 몰랐지만, 설령 이용하러 온 거라 해도 상관없었다.

저주받았다고 알려진 작은 악마, 미하엘.

더러운 쥐새끼, 미하엘.

악마라서 부모에게 버려진 불쌍한 고아, 미하엘.

그 미하엘을 사람답게 봐 주는 건 이 낯선 천사님이 유일했다.

레티시아는 짧게 숨을 들이켜고는 미하엘의 금발을 다정히 쓸어 주었다. 부드러운 손길에 미하엘이 기분이 좋아졌는지 눈을 지그시 감고 상처 난 입꼬리를 살짝 올렸다.

레티시아의 황금빛 머리칼과는 다른 레몬색 금발이 새하얀 손에서 흐트러졌다.

"누나는 공녀야. 가문은 좀 빵빵한 데, 내놓은 자식이라서 힘은 별로 없어."

레티시아는 미하엘의 머리를 쓰다듬으며 계속해서 말을 이었다.

"그래도 검술이라든가, 활 쏘는 거라든가 그런 건 좀 배웠거든. 누가 미하엘 괴롭히면 도와줄게. 아이들 괴롭히는 못난 새……를 보면 못 참아서."

레티시아는 스스로가 이성적이지 못하다고 생각하면서도 픽 웃었다.

"그러니까 걱정 마. 미하엘 괴롭히는 개……. 멍멍이들 다 잡아줄 거야."

"저……. 정, 말요?"

어느새 눈을 뜬 미하엘이 레티시아를 빤히 보고 있었다. 눈물로 범벅된 눈에 환한 빛이 돌며 미하엘은 구원자를 보듯 레티시아를 새파란 눈동자에 가득 담았다.

"혼, 혼내 주……지 않, 않, 아도, 돼요."

미하엘은 새하얗고 조그만 손으로 제 머리를 쓰다듬는 레티시아의 손을 붙잡았다.

"처, 천, 사니, 님이 다, 다치, 는, 거 싫, 싫어."

미하엘은 더듬거리면서도 할 말을 계속해 나갔다.

사람들은 그가 아무것도 모른다고 비웃고 돌을 던졌다. 부모에게 버려진 악마 새끼가 뭘 알겠느냐고.

하지만 미하엘은 모르는 게 아니었다. 그도 알고 있었다.

이 세상에서 좋은 사람들은 대성녀께서 더 좋은 곳으로 데려가신다고. 나쁘고 악한 자들은 끝까지 남아 서로의 영혼에 칼을 겨누고 육신에 상처를 입게 하노라고.

그래서 미하엘은 생각했다.

어차피 악마로 태어난 삶.

돌을 맞고, 욕을 듣고, 손가락질을 받아도 미하엘은 그게 제 운명이라고 받아들였다. 가시밭길을 처음 걸으면 피가 흘러내리겠지만, 상처가 굳으면 피조차 흐르지 못하리라……고.

"내가 다치는 게 싫어? 오늘 처음 봤는데……."

레티시아는 심장 한구석이 따끔거리는 것만 같아 미간을 찌푸렸다.

미하엘이라서 구한 것이다. 그가 황제의 사생아였으니까.

그가 좀 더 자란 후에 도움을 받기 위해서 구원의 손길을 베풀었다. 대가성 구원이란 생각에 그녀는 입술을 깨물었다.

하지만 미하엘이 아닌 다른 아이였어도 그녀는 나섰을 것이다. 직접 나서는 대신 카라를 시켰겠지만.

"네……. 천, 사님, 은 다, 치면 안, 돼요."

미하엘의 레티시아의 두 손을 붙잡은 채 그렇게 중얼거렸다. 기쁨과 안도로 가득 찬 두 눈동자에 어둑한 감정이 스쳐 지나갔다. 레티시아는 이를 알지 못했지만, 조금 떨어진 곳에서 지켜보던 카라가 바구니를 떨어뜨렸다.

툭…….

새파란 눈동자에 악마의 문양이 나타났다가 찰나에 사라졌다. 카라는 그게 악마의 것인지 몰랐지만, 소름 끼치는 사이한 분위기에 숨을 들이켰다. 땅에 떨어진 새하얗고 작은 새의 몸이 사늘한 바람에 들썩였다.

휙.

새의 두 동공이 멀찍이 서 있던 두 명의 남자를 향했다가 힘없이 풀어졌다. 미하엘은 레티시아의 온기를 느끼며 배시시 웃다가 서서히 그쪽으로 고개를 돌렸다.

모몬토 남작과 수도원장.

미하엘은 그들을 잘 몰랐지만, 하녀들이 끊임없이 욕하고 두려워하는 걸 들은 적이 있다.

'고운 아이들을 침대에 데려간다고 했어. 그것도 열일곱이 안 된 미성년자만.'

'그 더러운 남작 새끼……! 가문에서 내놓은 귀족 자식이라고 건드렸다가 보상금을 어마어마하게 뱉어야 했다던데.'

'우리 같은 하녀는 신분이 낮다고 거들떠보지도 않아. 도대체 그런 놈은 천사가 안 잡아가고 뭐 하는 거야.'

미하엘은 모몬토 남작이 레티시아를 빤히 쳐다본다는 것을 알아차렸다. 감히 그 시선에 더러운 야심이 숨어 있다는 것도.

미하엘은 제 머리를 쓰다듬던 레티시아의 손을 내리게 했다. 그리고 눈물로 얼룩진 뺨에 얹게 하고서 두 눈을 부드럽게 내리감았다.

처음 느껴 본 온기였다. 가엾은 아이를 위해 대성녀가 내려 준 저만의 천사라고 미하엘은 생각했다.

"천, 사님……, 저, 나쁜, 나쁜 애 될래요."

미하엘은 기분 좋은 미소를 지으며 중얼거렸다. 레티시아는 긍정도 부정도 하지 않은 채 미하엘의 뺨을 어루만졌다. 그리고 손을 떼자 아쉬워하는 미하엘에게 몸을 숙이며 말했다.

"그건 누나의 몫인데."

레티시아는 그렇게 중얼거리고는 미하엘이 처음으로 온기를 느낄 수 있게 꽉 안아 주었다. 짧지만 강한 포옹이었다.

"미하엘 넌 행복하게 살아도 돼. 누나가……."

레티시아는 눈을 내리깐 채 미하엘의 귀에만 들릴 만큼 작게 속삭였다.

"네 머리에 어울리는 왕관을 씌워 줄 테니."

미하엘은 그게 무슨 뜻인지 몰랐지만, 레티시아의 어깨에 묻었던 고개를 작게 끄덕였다.

미하엘은 레티시아가 다른 곳을 보고 있다는 걸 알아차린 순간, 모몬토 남작을 감정 없는 눈으로 정시했다. 그 시선을 정면에서 받게 된 모몬토 남작이 그대로 얼어붙었다.

나른한 눈동자가 제물을 바라보고 있었다. 어둑한 빛을 품었던 파란 눈이 남작에게 조소를 보냈다.

「영악한 것. 이번 제물은 저 돼지로구나.」

대악마 〈나태〉가 나른한 웃음을 흘리며 조소를 지었다.

「허나, 저 돼지를 죽일 악마는 네가 아니다. 네 것이 아니니 탐내지 마라.」

대악마의 속삭임에 미하엘은 아무 말 없이 남작을 보다가 눈을 내리 감았다.

미하엘은 이미 나쁜 아이였다.

그래서 어머니가 버렸고, 아버지가 외면했을 것이다.

「미하엘 아스테반. 아직 네 연금술을 꽃피우기엔 이른 시간이니…….」

황금 가문 아스테반의 유일한 후계자. 그리고 프란츠 황제의 사생아.

미하엘은 둘 중 어떤 사실도 알지 못했다.

그저 사람을 돌로 만드는 능력을 갖춘 어린 괴물이라고 생각했을 뿐.

그가 죽인 하녀와 하인들이 지옥에서 흐느껴도, 순수한 악인 아스테반의 핏줄은 눈길 하나 주지 않았다. 야심을 숨기지 않는 추악한 자들이었으니.

레티시아의 품에 안긴 미하엘에게 대악마가 나른한 목소리로 속삭였다.

「하나 더 알려 줄까. 널 안아 준 그 고상한 계집.」

대악마 〈나태〉가 미하엘의 몸으로 자신과 작은 계약자를 감싸 안는 온기를 느끼며 웃었다.

「저 계집을 죽이면 바로 연금술을 각성할 텐데…….」

대악마는 언뜻 스치는 어둑한 밤을 보며 나직한 한숨을 흘렸다.

「어리석은 네놈은 저 계집을 지키다 죽을 운명이구나.」

가엾은 미하엘.

네 아버지가 누구인지 모른 채 어머니를 잃고.

처음이자 마지막으로 마음을 주게 될 사람을 위해 죽어 가겠구나.

「나의 계약자는 이번에도 가여운 아이야. ——의 계약자를 버리면 넌 죽지 않을 텐데.」

미래에 보이는 건 자신의 계약자가 쓴 금빛의 관.

그리고 검은 그림자로 뒤덮인 사신.

영광과 죽음이 함께 찾아올 거라 대악마가 속삭였으나,

미하엘은 그대로 흘려들으며 레티시아의 품에 얌전히 안겨 있었다.

아무것도 모른다고 경멸과 조소를 받던 미하엘도 실은 알고 있었다. 죽음과 삶은 정할 수 있는 게 아니니, 원하는 것을 위해 원하는 삶을 원하는 방식으로 살아갈 뿐이었다. 다시 과거로 돌아간다 해도 미련이 없으리라.

그러며 바라던 삶을 살았노라고 죽음 끝에서 평온히 두 눈을 감게 될 날이 오기를, 기꺼이 기다릴지니.

그렇기에 미하엘은 대악마의 속삭임을 들어 주지 않았다. 그리고 처음으로 제대로 된 목소리를 내었다.

"저, 버……리지 말, 아 주 세요."

미하엘은 레티시아의 온기를 느끼며 야트막한 숨을 흘렸다.

"나의 천사님."

미하엘은 작은 심장이 빠르게 뛰는 것을 느끼며 레티시아의 목덜미를 끌어안았다. 놓치고 싶지 않은 온기가 제 것이 되었으면 해서.

목덜미를 살짝 덮던 레몬색 금발이 레티시아의 어깨 위로 천천히 흩어졌다. 흘러내린 금빛 물결이 반짝였다.

"……여기서 구해 줄게."

레티시아는 버리지 말라는 미하엘의 애원에 다른 답을 건넸다.

그녀가 생각할 때, 버린다는 건 깊은 관계에서나 통용되는 말이었다.

피가 이어진 가족에게도 버려졌는데, 다른 사람들과 깊은 관계를 가질 수 있을까. 세상을 떠난 어머니 말고 진정 자신을 사랑하고 아껴 줄 사람은 없으리라.

그래서 레티시아는 미하엘이 불안해서 하는 말이라고 여겼다.

레티시아는 속으로 고개를 젓고는 미하엘을 안은 손에 더 힘을 주었다.

"……그러니 버텨 내. 이 세상이 아무리 지옥 같아도, 거지 같아도 버텨 내."

기껏 전한 말이 강압적으로 들린다 해도, 레티시아는 그렇게 말할 수밖에 없었다. 그녀가 버텨 냈던 것처럼 미하엘도 버텨 내야 한다. 무너지지 않게 잡아 주어야 했다.

"……왜, 요?"

미하엘이 순수한 눈망울에 눈물을 가득 담고 물었다. 천사님이 '버텨 내라'라고 했다. 그 말은 '악마 자식, 죽어!'라는 소리만 듣던 미하엘에게 낯선 감정을 불러일으켰다.

"왜, 버, 텨야 해요……?"

"……그러라고 태어난 세상이니까."

"죽, 죽으라고, 그, 그런 말만 들, 었는데……?"

"죽지 마. 포기하지 마."

레티시아는 이유를 묻는 미하엘에게 대답해 주는 대신 고개를 저으며 속삭였다.

실은 나도 이유를 몰라. 왜 이렇게 괴로운지. 또 그 괴로움 속에서 실낱같은 희망과 행복을 붙들며 아슬아슬하게 나아가야만 하는지.

미하엘은 홀로 남겨졌고, 곁에는 아껴 주는 사람이 없었다. 그래서 레티시아는 다른 말을 건넸다.

"미래의 너를 위해서 살아가는 거야. 빠르게 뛰는 심장도, 아름다운 모습도, 타오르던 열정도⋯⋯."

어린 시절의 고통은 잊히지 않는다. 하지만 그 시간에 멈춰 있다면 행복을 찾을 수 없다.

그러니 주어진 시간을 흘려보내지 말고, 냉혹하고 차가운 시선들에 무릎 꿇지 말라고 말해 주고 싶었다.

"네 삶의 주인은, 미하엘 너뿐이야."

레티시아는 그녀가 듣고 싶었던 말을 미하엘에게 먼저 해 주었다.

아무도 그녀에게 해 주지 않았던 말.

너는 죽어 마땅한 계집이라고 손가락질하는 사람들만 가득했던 곳에서, 매일 밤을 눈물로 지새우며 생각했던 말.

"버텨서 너를 구원하는 거야. 나락에 빠진 네 삶을 붙잡고, 무너져 가는 몸을 일으켜. 끊어질 듯한 호흡을 이어 가면서⋯⋯."

살아.

살아남아.

레티시아는 미하엘의 귓가에 몇 번이고 속삭였다.

작고 고요한 목소리였지만, 미하엘에게는 천둥이 치는 것보다 더 큰 충격이었다.

"난, 죽, 어 마땅, 한, 애인데⋯⋯."

미하엘은 순수한 의문이 들었다. 악마와 계약한 개자식도 살아갈 가치가 있단 말인가?

살아 있는 것들의 온기를 빼앗는 괴물 같은 악마라도.

비록 그들이 지울 수 없는 끔찍한 죄를 지었다 한들.

"네 과거는 나락에 빠져 있을 테지만, 미래는 찬란할 거야."

레티시아는 미하엘에게 약조하며 소년의 이마로 고개를 숙였다.

지켜보던 카라가 숨을 들이켰다. 성화에 나올 것처럼 경건한 분위기에 하녀는 두 눈을 떼지 못했다. 곧, 레티시아의 차가운 입술이 미하엘의 땀과

흙으로 더럽혀진 이마에 닿았다.

"나의 미하엘, 빛나는 사람이 되어 줘. 그렇게 되면 그때는……."

레티시아는 미하엘에게 정온한 목소리로 속삭였다.

미하엘 아스테반.

황금 가문의 주인에게 모든 영광과 축복이 함께할지니.

바로 그때가 미하엘 아스테반이 잃어버렸던 황금의 관을 쓰게 되는 날이리라.

그의 어머니, 스텔라 아스테반이 만들었을 황금의 관.

"아스테반을 구해. 살아갈 이유를 찾지 못했다면……."

레티시아는 미하엘에게 그녀를 구해 달란 말을 하는 대신, 그가 해야 할 것을 나직하게 말했다.

레티시아는 말을 마치고 몸을 일으켰다. 미하엘을 가득 안아 주었던 몸은 떼어 낸 지 오래였다.

"이, 이름 알려, 주세……요."

미하엘이 아이답지 않게 강한 힘으로 레티시아의 손을 잡아끌었다. 아릿한 고통에 레티시아가 미약한 신음을 흘리자, 미하엘이 놀라 손을 떼어 냈다.

레티시아는 미하엘의 머리를 헝클어 주고는 픽 웃으며 말했다.

"마네르의 레티시아."

"네?"

"아니, 그냥 레티시아."

레티시아는 그렇게 말하고는 미하엘의 머리칼을 쓰다듬던 손을 떼어 냈다. 사라진 온기에 아쉬워하는 미하엘을 보면서도 그녀는 먼저 몸을 돌렸다.

'뭐지? 몸이…….'

레티시아는 숨을 짧게 몰아쉬었다. 공기의 흐름이 세밀해지다 못해 무겁게까지 느껴졌다. 그 순간, 그녀의 적안에 금빛의 조각이 잔상처럼 스쳐 지나갔다.

휘청이던 몸을 바로 하고서 그녀는 성큼성큼 걷기 시작했다. 그리고 지켜보고 있던 모몬토 남작과 수도원장에게 다가갔다. 멍하니 공녀를 보던 카라가 뒤늦게 정신을 차리고 뛰었다.

"공, 공녀님!"

카라는 빵이 든 바구니를 내던지고는 땅에 널브러진 양산을 챙겼다.

"그 변태 새끼한테 접근하지 마세요!"

카라가 질겁해 소리쳤지만, 레티시아는 이미 모몬토 남작의 눈앞까지 다가간 상태였다. 레티시아는 모몬토 남작을 빤히 쳐다보았다. 감정이 없는 인형 같은 얼굴은 숨을 삼킬 만큼 아름다웠다.

반쯤 정신이 나가 탄식하는 수도원장과 다르게 모몬토 남작은 벌벌 몸을 떨었다.

'악귀!'

분명 아름답기 그지없는 천사 같은 얼굴인데도, 모몬토 남작의 눈에는 살아 있는 사람을 짓씹어 삼킨다는 악귀 그 자체였다.

「……이브가 타락하여 정의가 사라졌나니.」

레티시아는 라파엘이 속삭였던 고대어를 읊었다. 말하면서도 '성어'를 말하고 있단 자각은 없었다.

「심판은 정의를 좇아 이 땅에 강림할지어다.」

레티시아는 말을 마치고는 픽 웃었다. 붉은 입술이 말아 올라가며 모몬토 남작을 조소했다.

그녀가 기름기가 줄줄 흘러내리는 모몬토 남작의 얼굴로 손을 가져갔다. 꽃을 꺾는 것도 어려울 것 같은 새하얀 손이 모몬토 남작의 두 눈으로 내려앉았다.

「죄인의 두 눈은 파헤치고……」

레티시아는 무언가에 홀린 것처럼 제 의지와 상관없는 말들을 내뱉었다.

「그 목소리는 빼앗아 비명조차 지르지 못하게 할지니.」

레티시아는 눈을 내리깔았다가 차가운 두 눈을 떴다.

맑은 루비색 눈동자에 깊은 심연이 들어찼다. 금색의 빛이 찰나에 스쳐 지나간 것이 남작의 눈에만 보였다.

"죄인의 영혼이 억겁의 염화에 타오를 때까지 심판하리라."

레티시아는 마지막 말을 제국어로 남기고는 모몬토 남작의 눈을 가리던 손을 떼어 냈다.

문득 성서의 기록이 떠올랐다.

타락한 역천사, 이블리스가 대성녀에게 두 눈을 빼앗기고 목소리를 잃어버렸다는 것.

"미, 미치신 줄만 알았는데 고, 고대어 잘하시네요?"

휘둥그레 떠진 눈으로 놀라워하는 수도원장과 다르게 모몬토 남작은 뒤늦게 정신 차렸다. 그가 살찐 입가를 구기며 소름 끼쳐 하더니 어깨를 문질렀다.

"이, 이 미친……년이 무, 슨 소리를 하는 거야?"

"아……."

레티시아는 낮은 침음을 흘렸다. 모몬토 남작이 거친 숨을 몰아쉬며 레티시아를 노려보았다.

"쥐뿔도 가진 거 없는 사생아 년이……!"

모몬토 남작이 수도원장의 허리춤에 있던 채찍을 빼앗아 들었다. 이성을 잃은 듯 동공이 확대되어 있었다. 그 자신도 모르게 두려움과 분노를 동시에 느끼는 거였다.

레티시아는 뒤늦게 상황을 깨닫고 뒤로 물러섰다. 머리가 깨질 듯이 아파 제대로 서 있을 수가 없었다. 누군가 그녀의 머리를 금속 막대로 휘젓는 듯한 끔찍한 고통 때문이었다.

"아가씨!"

카라의 비명과 동시에 모몬토 남작이 채찍을 든 손을 치켜들었다. 그는 수도원장이 말릴 새도 없이 무방비하게 서 있는 레티시아에게 채찍을 휘둘렀다.

"흐읏!"

날카로운 채찍이 하녀의 등을 내리쳤다. 카라가 고민할 겨를도 없이 두 팔을 뻗어 레티시아를 감싼 것이었다.

툭, 데구루루.

호신용으로 들었던 양산은 바닥을 나 뒹군 지 오래였다. 카라는 이를 악물고 버텼다. 덜덜 떨리는 손이 레티시아의 겨울 드레스를 붙잡았다.

"네까짓 게 뭐라고……."

카라는 눈물을 흘리면서도 이를 악물며 모몬토 남작을 노려보았다.

하녀인 자신은 가진 것 없는 평민이라 우스울 것이다. 하지만 레티시아 마네르는 아니었다.

그녀가 지키기로 맹세한 주인.

남작 따위가 공녀에게 손을 대서는 안 되는 거였다.

카라가 후들후들 떨리는 다리를 움직여 땅에 떨어진 양산을 집어

들었다. 낡은 하녀복이 찢겨 붉은 피가 흐르는 것도 알지 못했다.

"이 더러운 소아 성애자 새끼!"

카라는 그렇게 소리쳤지만, 모몬토 남작을 향해 양산을 휘두르진 못했다. 레티시아가 어느새 손을 뻗어 카라를 막고 있었다. 평소와 다른 힘 빠진 손이었지만, 레티시아가 필사적으로 막는다는 것을 카라는 깨달았다.

"아직은……."

레티시아는 고통에 힘들어하면서도 카라를 향해 겨우 말했다.

"내 사람을 지킬 힘이 내게는 없어, 카라."

저놈을 죽일 때가 아니야.

레티시아는 떨리는 카라의 손을 붙잡아 내렸다.

자신은 얼마든지 이 수도원에서 살아나갈 수 있다. 하지만 카라는 아니다. 귀족에게 함부로 상처를 입혔다간 평민이자 하녀인 카라는 살아남지 못했다.

그래서…….

"야."

낮지만 아름다운 목소리가 정적을 깼다.

아삭.

사과를 베어 문 은발의 소녀가 멀지 않은 곳에서 걸어오고 있었다.

"돼지 새끼, 너. 그렇게 안 봤는데 연약한 여자를 때리네? 그것도 내 이웃의 하녀를……. 하."

아녜스는 그리 말하며 모몬토 남작의 앞까지 다가와 걸음을 멈추었다.

"우리 어머님이 그러셨어. 여자와 아이를 해치는 개자식들은 정리하는 게 미덕이라고."

짜악!

그리고 모두가 보는 앞에서 모몬토 남작의 뺨을 후려쳤다.

"나도 때려 봐. 응?"

레티시아가 부를 새도 없이 아네스는 남작의 뺨을 열댓 번 후려쳤다. 늘씬하고 길쭉한 손가락이 남작의 한쪽 눈을 푸욱, 빼냈다. 살점이 일그러지고 붉은 피가 튀는데도 아네스는 눈 하나 깜짝하지 않았다.

"왜 말이 없을까? 네 새끼가 좋아하는 어리고 예쁜 여자가 눈앞에 있는데……."

아네스는 그렇게 말하고는 모몬토 남작의 하반신으로 손을 뻗었다. 그러더니 누가 말릴 겨를도 없이 힘을 꽉 주어 터뜨렸다.

"정의의 이름으로 네놈 생식 능력을 없애 주마."

은발을 곱게 묶어 옆으로 늘어뜨린 우아한 모습과는 전혀 어울리지 않는 난폭한 행동이었다.

「잘했어, 아네스.」

귀여운 내 계약자. 소년의 아름다운 미성이 공기 중으로 퍼지자 아네스는 퉤, 침을 내뱉었다. 몹시 아름다운 〈미색〉께선 결벽증을 앓고 있으니, 자기 전까지 손을 100번 씻으면 될 것이다.

「귀여운 아이를 해치려 들다니! 저런 더럽고 추악한 놈들은 용서할 수 없어! 다 죽여서 어머님의 제단에 바치는 거야. 그러면 빼앗아 간 내 날개하고 드레스 돌려주실지 모르잖니?」

〈미색〉이 사심 가득한 목소리로 웃음을 흘리자, 아네스는 질색했다. 사실 손을 더럽히고 싶지 않았는데, 대악마가 하도 잔소리해서 나설 수밖에 없었다. 그런데…….

"왜 혼잣말하는 거야?"

레티시아가 카라의 손을 잡아 뒤로 끌고는 아네스를 경계하며 쳐다봤다.

"응?"

"왜 일인이역으로 대화하는 거냐고."

"……아닌데."

「호오…….」

한때 아름다운 대천사였던 〈미색〉이 흥미롭다는 시선을 보냈다. 그리고 별 의욕 없는 아네스에게 여러 번 물으며 졸라 댔다.

"넌 누구와 계약했느냐고, 변태가 묻는데?"

"……그런 거 안 했는데."

"미색이가 널 보니까 막 옛날 생각나고 그립다는데? 초면이 아닌 것 같대. 혹시 예전에 만난 적 있냐고 물어보는데."

"……그럴 리가."

아네스는 흠, 하고 한숨을 흘리고는 레티시아에게 다가가더니 허락 없이 손목을 붙잡았다. 그런 다음 이 자리에 선 사람들이 들을 수 없게 목소리를 낮추고는 말했다.

「베르타의 안식이 네게 깃들었다는데……. 너, 정체가 뭐야?」

아네스는 일부러 악마어를 써서 물었다. 당연히 답을 들을 거라고 생각진 않았다. 왜냐하면…….

"……."

「봐봐. 이 성격 나쁜 애는 아무것도 못 알아듣는다니까. 게다가 10년도 더 된 저 촌스러운 드레스……. 하아, 마네르 공녀가 시골 촌닭일 줄이야.」

레티시아의 한쪽 눈썹이 위로 올라갔다. 카라가 넋이 나간 채 아네스를 쳐다보았다.

「얘, 딱 봐도 호구네. 마네르의 호구. 우리가 등쳐 먹자. 얘한테서 레이스와 드레스 좀 뜯어내자고. 아니, 훔치자.」

"……."

「그 필립 마네르였나? 지 오라비와 똑같이 생겼네. 필립이 가발 쓰면 딱 레티시아 재일 듯?」

"적당히 해, 아네스 윈터. 막말을 들어 주는 데 한계가 있어."

레티시아가 참지 못하고 입술을 꽉 깨물었다.

그가 하는 말들이 고대어가 아니란 건 알겠다. 하지만 처음 드는 말인데도 모두 알아들을 수 있었다. 제멋대로 시험하는 분위기라서 레티시아는 일부러 답하지 않았다. 모르는 척 넘어가려 했는데.

"……너, 다 알아듣네?"

이쯤 되니 오히려 아네스는 레티시아의 정체가 더 의심스러웠다. 아네스가 손수건으로 피가 묻은 손을 닦으며 잔뜩 경계하는 시선을 보냈다.

수도원장이 "악, 악마들!"이라고 소리쳤지만, 아네스는 가뿐히 무시했다.

"아직 몰랐어? 나 대악마 미색하고 계약한 거. 동네방네 알리고 다녔는데?"

그 대단한 사실을 모르는 멍청이가 있다니.

아네스가 뻔뻔하게 웃자 수도원장은 그를 못 본 척했다. 그리고 레티시아를 향해 손가락질했다.

"공, 공작님에게 말할 겁니다! 공녀 당신이 악마와 계약했다고!"

"말해. 맞으면 입막음을 위해 원장은 처리될 거고, 틀렸다면 세 치 혀가 잘릴 테니."

레티시아가 선뜻 말하라고 권하자 수도원장이 허옇게 질린 얼굴로 그녀를 쳐다보았다.

"이, 이리 뻔뻔할 수가……."

"네놈만 하겠어? 그래서, 내 아버지에게 언제 말할 거지?"

"그, 그게……."

수도원장이 주춤거리며 망설이자 레티시아가 그의 앞으로 다가가 어깨를 다독였다.

"꾸물거리지 말고 빨리 전하러 가. 아비의 반응이 나도 퍽 궁금해서 말이야."

"……그, 그게 저와 무슨 상관입니까? 당신네가 악마와 계약했든, 아니든!"

되레 놀란 수도원장이 버럭 소리치며 뒷걸음질 쳤다. 잘못 얽혔단 생각이 그의 뇌리에 가득 찼다.

"왜 말을 바꿔? 아버지에게 달려가서 말해야지. 가엾게도 모몬토 남작이 눈 한쪽과 하반신을 잃었는데."

"남, 남작 본인이 조심 안 한 걸 나보고 어쩌란 소리요!"

빌헬름은 정신을 잃고 바닥에 널브러진 남작을 보고 기겁했다. 행여 그와 같은 꼴을 당할지도 모른다는 생각에 두려워졌다.

"나, 나는 아무것도 못 본 거요! 수도사는 물론, 하인들도 입단속 시킬 테니. 그러면 나와는 무관한 일이야!"

빌헬름은 그렇게 소리치고는 뒷걸음질 쳐서 수도원 공터를 벗어났다.

둘만 남게 되자, 아네스가 먼저 말문을 뗐다.

"이번 연기는 꽤 신선했어. 공녀의 실력이 조금 늘었는데?"

아네스는 픽 웃고는 구두 앞굽을 바닥에 찼다.

캉!

금속이 땅에 부딪치는 소리와 함께 날카로운 날이 드러났다. 아네스는 그대로 모몬토 남작의 머리를 향해 발을 올렸다.

2센티쯤 떨어진 아슬아슬한 거리에서 구두 앞코가 멈췄다.

"죽일까……. 아, 이놈 황제의 자금줄이었지."

대악마 〈미색〉이 "타락한 역천사가 봐도 소름 끼쳐" 하며 어서 죽이라고 소리쳤지만, 아네스는 한 귀로 듣고 흘렸다. 잠시 뒤, 아네스는 남작의 한쪽 눈알을 마구간 안으로 던졌다.

팍!

놀란 말들이 뒷걸음질 치는 바람에 눈이 형체도 없이 터져 버렸다. 아네스는 별 거리낌 없는 표정으로 남작을 향해 중얼거렸다.

"억울하면 재판해. 아네스 윈터가 멋대로 네 눈을 빼앗고 하반신을 도려냈다고. 근데 넌 못 할걸?"

저지른 죄가 그토록 많은 주제에 어찌 재판을 열 수 있단 말인가.

"수백 명의 아이가 고통스럽게 죽어 가는 것을 희열에 찬 눈으로 보던 더러운 새끼가⋯⋯."

이웃을 해치지 말란 계율을 어기고도 잘 먹고 잘사는 놈들이 많았다. 그래서 남작도 그리 생각했을 것이다.

천사는 타락하고 악마는 잠들었다고.

하나, 그것은 틀린 말이다. 차례가 아직 오지 않을 뿐, 모든 대가를 치르게 되어 있었다.

아네스는 날이 튀어나온 앞굽으로 모몬토 남작의 목을 천천히 압박했다. 부들부들 떠는 남작을 보는 소녀의 눈동자는 지나치게 무감각하고 건조했다. 어떤 희열도, 쾌락도 없는 눈은 청명하고 고요한 호수 그 자체였다. 카라조차도 아네스가 경건한 의식을 치른다고 생각했을 정도로.

"아, 암, 늑, 대⋯⋯."

정신이 든 모몬토 남작이 손으로 날을 붙잡으며 고통에 찬 신음을 흘렸다.

테레사 백작은 이빨 빠진 하얀 늑대다. 수도의 중앙 귀족들이 모두 정령술사를 찾는 미친 백작을 두고 비웃지 않았는가.

저놈은 그 암늑대의 새끼였다. 미친 백작의 자식답게 광증을 앓는.

"헉, 허억. 후, 회, 하게⋯⋯."

"아쉽네. 네놈의 목숨을 여기서 거둘 수 없다는 게."

아네스는 그리 말하며 두툼한 목을 파고들던 날을 떼어 냈다. 날에 묻은 붉은 피가 땅바닥으로 흩뿌려졌다.

레티시아는 가만히 그 상황을 바라보다가 경련을 일으키는 남작에게 다가갔다. 한쪽 무릎을 꿇고, 고통과 두려움에 몸을 떠는 남작에게 속삭였다.

"그 한쪽 눈, 잘 보관해 둬."

레티시아는 눈을 내리깔았다. 불타오르는 얼음처럼 붉은 눈동자가 서늘한 분노를 품고 있었다.

"내 사람을 다치게 한 대가. 그리고 죄를 저지른 대가. 그 모두를 치르게 될 테니."

레티시아는 고요한 목소리로 읊조리고는 금화를 꺼내 남작의 몸뚱이에 내던졌다.

좌르륵.

에바에게 주었던 금화보다는 더 큰 몫이었다. 그녀가 저지른 죄와 비교할 수 없는 죄악을 저질렀으니.

"고통에 찬 신음을 흘리며 죽어 가게 될 거야, 당신은. 대악마들이 네놈을 지켜보고 있으니."

모몬토 남작이 흐릿한 눈으로 레티시아를 바라보았다. 풀린 동공이 한 곳에 이르러 멈췄다. 신성한 금빛의 기운이 레티시아의 두 눈을 가리고 있었다.

시야를 가리는 안대처럼.

마치 그 안대가 남작을 조소하는 것 같았다.

가련한 아이들의 목숨을 빼앗은 네놈은 가장 끔찍한 결말을 맞게 될 것이라고.

* * *

"왜 나서서 대신 다친 거야?"

레티시아는 방으로 돌아와 카라의 상처를 봐 주는 중이었다. 공녀의 눈이 찌푸려진 걸 아는지 모르는지 카라는 말없이 고개를 숙였다.

"비싼 연고를 가져와서 다행이네. 피오네가 준 거였는데."

"······제게 쓰시려고요?"

레티시아는 묻는 카라에게 도리어 이상하단 얼굴을 해 보였다.

사람이 다쳤는데 비싼 연고인지 아닌지가 중요하단 말인가.

"······그런 적은 처음이라서요."

카라는 그렇게 중얼거리며 낯간지러운 듯 웃었다. 하녀로 살아온 그녀에게 호랑이 풀로 만든 연고는 낯선 것이었다.

"저 호랑이 풀로 만든 건 처음 봐요."

"처음 보는 것도 많다. 사실 나도 처음 봤어."

비싼 게 좋다더니 빨리 낫긴 했다. 그런 생각을 하며 레티시아는 카라의 등에 연고를 살살 발라 주었다.

"저 아까는 좀 분했어요. 우산을 들고 모몬토 남작을 혼쭐내 주고 싶었는데, 손이 떨렸거든요."

"무서운 거 알면 왜 덤볐니? 그냥 얌전히 있지."

다칠 걸 알면서도 왜 나를 감쌌어? 레티시아는 그렇게 물으려다가 입을 다물었다.

다정한 손길에 카라는 떨리는 눈꺼풀을 감으며 물었다.

"아가씨라면 가만히 계셨을까요?"

"······안 있었겠지. 반쯤 죽여 놨을 거야."

"아가씨하고 있으면, 곁에서 지켜보다 보면······, 이상한 기분이 들어요. 제가 뭐라도 된 것 같고, 뭐든 할 수 있을 것 같은 기분이요."

"그래서 다쳤잖아. 평소처럼 숨어 있었으면 이런 상처도 안 생겼을 텐데."

"상처받는 게 무서워서 숨어야 한다면, 전 평생을 숨어야 할 거예요."

카라는 그리 말하며 눈을 떴다. 몸을 살짝 돌리자 공녀의 손도 멈추는 것이 보였다.

"공녀님은 숨지 않으신 걸 봤어요. 제가, 사람들이, 공작가 전부가 아가씨를 모욕하고 상처를 주었는데도……."

툭.

이불을 적시는 눈물방울을 보며 레티시아는 카라의 말을 들어주었다.

"버티셨잖아요. 숨지 않으셨잖아요. 그 아무리 높은 지위의 사람이라도, 대단한 권력과 명예를 가진 사람이라도 두 눈을 똑바로 마주치고 말씀하셨잖아요."

"……숨을 수 없었어."

레티시아라고 두렵지 않고 무섭지 않았던 게 아니었다. 그것을 극복하고 목소리를 낸 것이었을 뿐.

"나 자신과 약속했거든. 앞으로 숨지 않겠다고."

레티시아는 카라를 보며 깊은 한숨을 삼켰다.

사람은 알게 모르게 주변 사람에게서 영향을 받는다. 카라도 공녀인 자신의 행동과 말에 영향을 받았을 것이다. 그래서 대신 채찍을 맞아 다쳤는데도 카라는 씩 웃었다.

조금은, 후련해 보이는 미소였다.

"그럼 저도 숨지 않을래요. 아가씨를 따라갈 거예요. 아가씨께서 어디를 가시든, 어떤 길을 가든 따라갈 테니까……."

카라는 몸을 돌려 레티시아에게 조심스레 손을 뻗다가 끌어안았다.

"지옥으로 가신다 해도 따라갈게요, 나의 주인님."

주군이란 말은 낯간지러워서 하지 못했다. 그런 건 검을 찬 사내들이나 하는 말일 테니까. 하지만 카라는 그 못지않은 충성심을 가지고 있었다.

레티시아가 그녀를 구해 준 적도 없었고, 다정히 안아 준 적도 없었다.

그런데도 그냥 레티시아를 보면 가슴이 벅찼고 때때로는 눈물이 흘렀다. 그녀가 원하던 삶을 살려는 작은 아가씨가 대견하고 가여워서.

그 차디찬 공작가에서 홀로 버텼을 아가씨가 안타까워서.

아무것도 신지 않은 맨발로 가시밭길을 걸으면서도 눈물을 삼켜 내는 레티시아를 보면 슬퍼져서…….

"제가 곁에 머무르는 것을 허락해 주세요."

카라는 레티시아를 품에 안은 채 그렇게 중얼거렸다. 레티시아의 사람이 되고 싶었다.

공녀가 높은 곳에 다다를 때 함께 따를 수 있는.

절벽 아래로 떨어진다 해도 함께 떨어질 수 있는.

"아가씨는 높은 곳으로 가실 분이에요. 그러니까…….."

목이 메어 제대로 말하지 못하는 카라에게 레티시아가 말했다. 덜덜 떠는 하녀의 품에 안긴 채로 그녀의 머리를 쓸어 주면서.

"난 널 버리지 않아, 카라."

레티시아는 눈을 내리깔고는 고요한 목소리로 덧붙였다.

"내 사람은, 내가 죽는 한이 있어도 지켜."

은혜는 심장에 새기고 원한은 머리에 새기리라. 그리한다면…….

"가족이었던 자들은 버려도 넌 버리지 않아."

피로 이어진 관계를 끊기 위해서는 얼음으로 된 칼이 필요했다. 공작의 두 무릎을 꿇게 하고 처절하게 후회토록 하려면.

* * *

깽판을 치겠다는 아네스 윈터의 말은 진실이었다.

수도원에서 피비린내가 가실 일이 없었고, 수도사 다섯이 죽은 채로 발견되었다. 살아남은 수도사들은 두 무릎을 꿇고 침묵했으며, 붙잡혔던 귀족 자제들은 풀려나게 되었다. 그중에는 정말로 마음이 아픈 사람이 있어서 치료를 받아야 했기에, 그나마 제대로 일했던 수도사 몇이 그들을 맡았다.

모몬토 남작은 한쪽 눈을 잃고 하반신을 심하게 다쳐 절뚝이며 성문으로 향했다. 아네스가 그를 붙잡기는커녕 살려 보냈기 때문이었다.

"허억, 헉. 흐윽……."

하지만 그를 기다리고 있는 건 군마를 탄 여자 두 명이었다. 갈색 머리를 느슨히 묶은 여자가 남작을 보며 씩 웃었다.

"어이, 뚱땡이."

"그건 비하 발언이야, 헤젤."

"알았어, 란델 자작님. 염병할 새끼! 애들 죽여 놓고 어딜 살겠다고 기어 나와?"

갈색 말을 탄 헤젤이 검을 쥔 손에 힘을 꽉 주었다. 증오에 찬 두 눈이 남작을 노려보았다. 그녀의 옆에 선 란델 자작도 군마를 탄 채 사늘한 시선을 내렸다.

"각오는 되어 있겠지, 모몬토 남작."

"하……! 미, 친 년들, 피해 오니 이젠 란델 시골 촌년들이 내 앞, 을 막아?!"

모몬토 남작이 둘의 발치에 가래를 내뱉으며 소리쳤다. 억울함과 분노로 들끓는 목소리에 란델 자작은 길게 숨을 들이켜며 말했다.

"반성이라곤 조금도 안 한 얼굴이군."

"죽일까?"

옆에 있던 사촌 자매, 헤젤이 씩 웃으며 물어 왔다.

"저 새끼, 죽이자고. 우리 자작님은 너무 머리를 굴려서 문제야."

"딸 둘 둔 엄마치고는 과격한 말 아닌가?"

"뭐래. 딸 둘 둔 엄마니까 저런 새끼 죽이고 말겠단 거지. 넌 결혼 안해서 아무것도 몰라."

"네 말이 맞아, 헤젤. 난 아무것도 몰라. 그러니 이런 추악한 새끼가 내 영지를 우습게 본 거지. 남편 없이 여자 홀로 영지를 지켜 낸 게 그리 우스워서……."

란델 자작은 검을 비스듬히 세웠다. 어릴 때부터 사촌 자매 헤젤과 함께 검술 훈련이 쓸모없다고 생각했었다.

'무릇, 영주란 제 한 몸을 지킬 줄 알아야 한다, 제니 란델.'

'가문의 사내들에게 뒤를 맡기지 마라. 그게 네 안위든, 삶 자체든. 어른의 보호를 받는 건 아이일 때뿐이다. 제대로 된 영주가 되고 싶다면 아버지든 남편이든 아들이든, 그들에게 의지하지 마라.'

'영주인 네가 가문의 여자와 사내들을 지켜야 함을, 란델의 가주가 되어 월계수 관을 쓰는 순간부터 기억하라.'

윈터 백작의 말을 듣기 전까지는.

헤젤은 걱정스레 란델 자작을 바라보았다. 쥐새끼 하나 못 죽이는 마음 여린 아가씨가 무얼 하겠다고.

"차라리……."

란델 자작이 쥔 검을 휘둘러 사내의 머리를 베었다. 모몬토 남작이 시선을 끈 사이, 도망치려던 빌헬름 수도원장이었다.

툭.

붉은 피가 은빛의 검을 타고 흘렀다. 란델 자작은 표정 변화 없이 모몬토 남작을 향해 말을 이끌었다. 남작이 감히 도망칠 수 있게, 아주 느릿한 속력으로.

"나는 사랑하는 남자가 없어. 계집 주제에 서책만 본다고 또래 영식들이 비웃었거든."

란델 자작이 미소조차 없는 얼굴로 이어 말했다.

"빰에는 주근깨가 가득했고 절벽이었지. 머리는 짧게 자르니 영식들이 수군거렸어. 저 나무토막 같은 계집을 누가 데려가느냐고."

"흐, 흐어……. 이, 이 살인자!"

남작이 도망치지도 못한 채 손가락질하며 란델 자작에게 소리쳤다.

그에게 있어 평민인 어린 계집과 사내들은 사람이 아니었다. 귀족과 장성한 남자만 사람이었기에 살인자라는 말이 절로 나온 것이다.

"그래서 영식들에게 이렇게 말했지. 난 작위를 잇고 영주가 되어 남자가 아닌 다른 것들을 사랑하겠다고."

란델 자작이 검을 높게 치켜들었다. 옆에 서 있던 헤젤이 숨 쉬는 것을 멈추고 눈을 크게 떴다.

"난 내 영지를 사랑한다. 어리고 늙은 영민을 사랑한다. 사내든 계집이든 내가 지켜야 할 것들이었다."

허공을 향해 치켜들었던 검이 힘껏 내리쳐졌다.

"네놈이 내게서 란델의 아이를 훔치기 전까지는."

스컹!

"아아아아악!"

모몬토 남작의 팔이 잘렸다. 깔끔한 단면이었다. 붉은 피가 허공으로 솟구치며 란델 자작의 뺨에 튀었다. 옆에 서 있던 헤젤도 손으로 가리는 대신 그대로 맞았다.

"진풍경이군."

헤젤의 중얼거림과 함께 란델 자작은 검을 비스듬히 내렸다.

"인사가 많이 늦었군요."

갑작스러운 자작의 말에 모몬토 남작은 어안이 벙벙하면서도 두려운 표정으로 쳐다보았다.

"모시러 왔습니다, 남작님. 폐하께서 내린 황명으로 저, 제니 란델이 당신을 황성까지 호위할 것입니다."

란델 자작은 이를 사리물며 피가 흐르는 검을 기사에게 건넸다. 저 쓰레기를 황성까지 호위하는 것이 그녀가 해야 할 일이었다. 란델 자작이 힘껏 소리쳤다.

"남작의 잘린 팔은 들개의 먹이로 줘라. 목숨만 붙어 있으면 된다."

"예, 자작님."

기사 두엇이 땅에 무릎 꿇고 빌빌대는 모몬토 남작을 들쳐 멨다. 우악스러운 손길로 지혈까지 마쳤다. 마취제도 놓지 않은 채로 상처 부위에 붕대를 감았다.

기사들이 처참한 몰골의 남작을 철제 우리에 처넣는 것을 보며 헤젤은 말했다.

"그냥 미친 척하고 죽일걸."

"딸에게 자랑스러운 엄마가 되겠다며?"

"자랑스러워하는 걸 네가 빼앗았잖아, 제니."

헤젤의 핀잔에 란델 자작은 답하지 않았다.

자랑스럽지 않았다. 지켜 내지 못했다.

모몬토 남작을 죽이지 못했다.

피케네의 주인, 프란츠 황제가 직접 남작을 비호할 것을 명령했기에.

"황명을 어기면 그야말로 반역인 셈이야. 마음 쓰지 마."

"……그래. 그래야겠지."

란델 자작은 처음으로 빌었다.

천사든 악마든 뭐든 좋으니 심연 아래에 잠든 정의를 일깨워 주기를.

란델 자작이 철제 우리에 갇힌 채 끌려가는 남작을 보며 쓴웃음을 지었다.

"피케네의 귀족이 감히 황명을 거스를 순 없는 법이니까."

"맞아. 거지 같은 황명이지. 운 좋게 귀족으로 태어났는데, 이건 좀 불합리하네."

헤젤이 베지 않아 깨끗한 검을 검집에 집어넣으며 답했다.

"우린 황제 폐하와 정면으로 맞설 순 없으니까."

그것이 부끄럽게 여겨진 건 헤젤도, 란델 자작도 처음이었다.

두 여자는 무거운 한숨을 내쉬고는 군마를 끌었다. 저 빌어먹을 남작을 황성까지 무사히 호위하기 위해서.

* * *

"모몬토 남작을 그렇게까지 감싸시는 이유가 뭡니까?"

마네르 공작이 물었다. 수일 전 황제의 전언으로 급히 황성에 도착했고, 이른 아침부터 알현실을 찾은 그였다. 긴 테이블 맞은편에 앉아 있던 프란츠 황제가 불편한 듯 침묵을 지켰다.

"대답해 주십시오, 폐하. 이건 그냥 넘길 일이 아닙니다."

"자네도 참……. 예전부터 모몬토 남작에게 칼 같았지. 윗사람으로서 관대함을 보일 수 없나?"

"악취 나는 강간범을 말입니까?"

가이안이 픽 웃으며 우아한 태도로 차를 마셨다. 황제의 입가에서 미소가 사라진 것도 그 순간이었다.

"……말이 지나치군, 공작. 내가 모몬토 남작을 두둔하려는 건 아니다만, 그는 제국 실정에 깊이 관여했을 만큼 능력 있는 자라네. 벌이는 사업마다 족족 큰 성공을 거두지 않았는가?"

"그리고 영악한 남자였습니다."

가이안은 프란츠 황제가 원하는 답을 끝까지 해 주지 않았다.

신성 가문의 가주로서 지켜 온 신념이 있었다.

이를테면 악취 나는 쓰레기를 버릴 때가 오면 과감히 버리는 것.

황제의 명령 같은 부탁으로 모몬토 남작의 뒤를 잠깐 봐주긴 했지만, 그것도 잠시뿐이었다. 가이안은 모몬토 남작의 죄가 샅샅이 밝혀지기를 기다렸다. 그딴 추악한 범죄자의 뒤를 봐준다는 것이 고고한 자존심에 얄팍한 스크래치를 남겼기 때문이었다.

"모몬토 남작을 버리십시오, 폐하."

"하지만 남작은……."

황실의 뒤를 봐주고 있지 않은가. 그가 벌어들이는 수입만 해도…….

그렇게 말하려던 프란츠 황제는 가이안의 싸늘한 눈초리에 헛기침하고서 입을 다물었다.

"노예 사업, 인신매매, 마약 사업으로 벌어들인 자금이 아닙니까? 이제 손을 씻을 때가 됐습니다, 폐하. 그만둘 때를 분명히 아셔야 합니다."

"공작이 뭘 말하는진 알겠어. 하지만 남작 덕분에 나와 황실이 부유해진 건 사실이지. 공작도 그 혜택을……."

가이안이 경멸을 감추지 않고 황제를 쳐다보자 프란츠는 눈을 찡그렸다가 입을 다물었다.

공작이 딱히 혜택을 본 건 없었다. 모몬토 남작이 음지에서 벌이는 사업 덕분에 황실이 전적으로 부유해졌을 뿐.

"내가 남작의 뒤를 봐주고 있다는 건 제국의 어린 귀족들도 알 걸세."

"그러니 더 확실히 내치셔야 합니다. 눈 가리고 아웅이라고 해도 남작의 죄를 뒤늦게 아신 것처럼 사형을 내리십시오."

"하지만 그간의 정이 있는데……."

정 따위 있을 리가 없다. 모몬토 남작이 헛말을 뱉을까 봐 두려운 것이다.

분명, 남작은 제 목숨줄처럼 여기는 장부를 숨기고 있을 것이다. 그 장부를 발견해 불태운다면 모를까, 10년간의 불법 사업을 기록해 온 장부의 위치도 모르는 채로 남작을 죽일 수 없었다.

제국의 황제가 아동을 노예로 삼는 사업을 허가했다.

마약 사업을 눈감아 주었다.

인신매매를 허락했다.

노예시장을 불법이라고 소리치면서도 암암리에 뒷돈을 받아먹었다.

세금 명목이 아닌 프란츠 황제의 개인 자산으로서.

이제는 쓸모가 다한 모몬토 남작을 버릴 때가 왔다는 걸 황제도 알고 있었다. 황비 소생의 황자를 황태자로 정하고, 신민들의 지지를 얻기 위해 본보기로 남작을 처단해야 한다는 것도.

"제가 처리하겠습니다."

가이안은 깊게 한숨을 내쉬고 황제에게 청했다. 프란츠 황제는 모몬토 남작과 자신이 운명 공동체라고 생각하나 본데, 소름 끼칠 만큼 멍청한 판단이었다.

"강간범이니 제국법에 따라 처벌하시지요."

"그, 강간범 소리는 안 할 수 없나? 가이안, 자네. 황제 앞에서 못하는 소리가 없군. 모몬토 남작이 아이들에게 몹쓸 짓을 하긴 했지만……."

"강간이 몹쓸 짓입니까? 사형받아도 마땅한 죄입니다."

가이안이 미간을 찌푸리며 답답한 기색을 드러냈다. 찬물을 벌컥벌컥 마시던 공작이 목깃을 거칠게 풀었다. 그걸 지켜보던 황제는 또 심기가 상했지만, 말하는 대신 속에 꿍하니 쌓아 두었다.

황제가 못마땅한 듯 공작을 쳐다보며 말했다.

"내 시종들이 봤다면 자네가 황제인 줄 알겠어."

"그랬다면 모몬토 남작을 죽였겠죠."

가이안은 황제의 투정을 받아 주지 않았다. 단칼에 쳐 내는 공작을 보며 프란츠 황제가 허, 하고 헛웃음을 흘렸다. 그리고 물었다.

"자네, 혹시 나도 이상하게 생각하는 건가?"

"무엇이 이상하시다는 겁니까?"

"내가 스텔라 아스테반을……."

황제는 넋이 나간 채 중얼거렸다. 시종도 기사도 없는 넓은 알현실에서 황제와 공작의 시선이 얽혀 들었다. 가이안이 표정을 굳힌 채 쳐다보는 것도 모르는지 프란츠가 망연한 얼굴로 입술을 달싹였다.

"짐이 그 여자를……."

"기억이 안 난다고 하시지 않았던가요?"

"그, 랬지. 나도 참. 헛말을 하는 걸 보니 요새 쇠약해진 것 같나 보군."

"궁금하긴 했습니다, 폐하. 10년 전쯤에 마네르의 성유물을 빌리셨죠. 네임드 성유물이었던 걸로 기억합니다."

"……그랬지."

"그 '힐데가르트의 비호'는 어떻게 되었습니까? 돌려 달란 소리는 아닙니다만……."

가이안이 흘끗 황제의 목을 향해 시선을 고정했다. 황제의 주름진 목에는 못 보던 목걸이가 채워져 있었다. 목걸이의 중앙에는 붉은 안개가 회오리치는 원석이 들어차 있었다.

그것이 '힐데가르트의 비호'의 원형과 퍽 닮아서 가이안은 눈을 가늘게 떴다.

"……잃어버렸다네. 미안하군, 공작."

"아닙니다. 폐하께서 요긴하게 쓰셨다면 그걸로 되었습니다."

가이안은 10년 전의 일을 잠깐 떠올렸다. 그때, 황제가 분명 그랬다.

'바론 아스테반이 반역을 일으킬 걸세. 아, 공작 자네가 나설 필요도, 사병을 빌려줄 필요는 없다네. 그저 황가의 기사 몇을 데리고 아스테반 가문으로 가면 될 일이야.'

'아스테반 후작은 대단한 연금술사로 알려져 있으니, 성유물을 빌려주게나. 전에 그러지 않았나? 황금 가문의 연금술로부터 몸을 지킬 수 있는 성유물이 있다고. 네임드 성유물이라 빌려주기 껄끄럽다는 건 알지만, 야박하게 굴지 말게나.'

'대성녀의 성유물 앞에서 맹세하지. 삿된 감정으로 쓰려는 게 아니야. 제국에 파란을 일으킬 아스테반 후작을 정리하려는 것뿐이지. 그 남자만 죽이면, 자네에게 다시 '힐데가르트의 비호'를 돌려주겠네. 가이안, 자네에게도 이득이 아닌가. 네 가문 중에서 아스테반이 힘을 잃으면 그 빈자리를 마네르가 차지할 수도 있는데.'

아스테반 저택에서 무슨 일이 있었는지 가이안도 정확히 몰랐다.

황금 가문의 주인. 바론 아스테반 후작은 죽었고, 그의 아내인 스텔라 아스테반은 실종되었다.

둘 사이에 낳은 자식도 없이.

그로부터 10년이 흐른 지금, 황금 가문 아스테반의 가주는 사라졌고 후계자도 없었다. 아스테반의 의지를 이을 방계 혈족 또한 없으니, 황금 가문은 죽음의 상징이 되어 버렸다.

그리고 황제는 때때로 악몽을 시달리곤 했다.

시계 반대 방향으로 돌아가는 핏자국.

피비린내로 가득했던 방 안을 서성이던 스텔라 아스테반.

죽음 직전에 황제를 바라보던 아스테반 후작의 눈동자.

그것이 두려워 프란츠 황제는 밤마다 잠이 들지 못했다. 황비 사이에서 난 유일한 아들, 둑스 황자가 열여섯으로 무사히 자란 후에도, 스텔라 아스테반이 죽으면서 남겼던 말을 프란츠 황제는 기억하지 못했다.

만약 그녀가 남긴 말을 알게 된다면, 그때는 제 운명에 큰 변화가 올 것이라고 프란츠 황제는 짐작했다. 그래서 매일 밤 망각초를 태운 연기를 들이마시며 기억하지 못하는 진실을 잊기 위해 애를 썼다.

"버려진 오만……."

프란츠 황제가 멍한 얼굴로 중얼거리자 가이안이 눈을 찌푸렸다. 황제는 종종 사람을 두고도 넋을 잃을 때가 있었다. 제국의 주인이란 자가.

"찾, 아온다고 했지."

바론 아스테반이 죽는 그 순간, 황제의 기억 일부가 소실되었기 때문에 무엇이 찾아올지는 생각나지 않았다.

"걱정 마십시오. 오만은 칠대 죄악 중 하나입니다, 폐하. 교만이라고도 부르는 걸, 폐하께서도 아실 겁니다."

가이안은 무표정한 얼굴로 황제에게 친히 알려 주었다. 그리고 이어 설명했다.

"네르바드 가주들이 그토록 부르려고 했던 금빛 마왕의 또 다른 이름 이기도 합니다."

"……그, 마왕을 숭배하는 가주들이 그것을 부른 적이 있었나?"

"아니, 없었습니다. 그리고 앞으로도 없을 것입니다. 피케네가 멸망하 지 않는 이상은."

마왕은 죽음과 멸망을 부르는 존재.

그러니 가이안은 살아생전 마왕의 소환을 볼 리가 없다고 생각했다.

하지만 황제는 불안한 듯 눈을 굴렸다. 그리고 손톱 끝을 잘근잘근 씹다가 뒤늦게 정신을 차리고 물었다.

"아, 그 소후작은 어떻게 되었지? 네르바드 공자 말일세!"

"폐하의 명에 따라, 네르바드 후작을 처리하고 일라이 소후작을 가주 로 추대할 것입니다."

"자네만 믿겠네, 가이안. 아스테반도 무너졌는데, 제국이 돌아가려면 썩어 버린 네르바드도 물갈이되어야 하지 않겠는가?"

"지당하신 말씀입니다, 폐하."

가이안은 그리 말하며 가슴에 손을 얹고 고개를 숙였다.

하지만 대답과 달리 완벽한 거짓말이었다.

가이안 마네르는 일라이 네르바드를 살려 줄 생각 따위, 조금도 없었다. 그 어린 악마의 계약자가 제 후계자가 될 레티시아에게 더는 접근하지 못하도록 죽여 버릴 생각이었다.

"제가 책임지고 네르바드 소후작을 지킬 것입니다."

가이안이 입술을 비틀어 웃었다.

일라이가 사고로 죽는 것도 네르바드의 예정된 결말이었다.

그것도 마네르 공작가의 연회장에서. 레티시아가 후계자가 되는 것을 보고 일라이는 죽게 될 것이다.

'공녀님께서 중앙 교단의 정령석을 깨웠습니다, 주인님.'

수일 전, 가이안은 공작저를 찾아온 대사제에게서 놀라운 사실을 들었다. 그 기억을 떠올리며 그는 마른 입술을 핥았다.

'감히 추측하기론, 레티시아 마네르 공, 녀님께서는……'

숨을 삼키던 대사제가 더듬거리다가 겨우 말을 이었다.

'제국 유일의 정령술사이십니다.'

* * *

날이 저물고 새벽이 되었다. 레티시아는 카라가 가져온 로브를 챙겨서 고성의 후원으로 향했다. 그 뒤를 카라가 조용히 뒤따랐다.

레티시아는 후원으로 가는 길목에 잠깐 멈춰서 흘끗 성문을 살폈다. 본래라면 껄렁거리는 용병이 성문을 지켰겠지만, 문 앞에는 란델 자작가의 기사들이 서 있었다.

'란델 자작이 보낸 기사들.'

시선을 느낀 기사들이 이쪽을 쳐다봤지만 다가오진 않았다. 수도사들은 전부 남자였고, 레티시아와 카라의 실루엣이 여자로 보였으니 별다른 조치를 취하지 않은 것이리라. 귀족 영애와 그를 따르는 하녀로 봤을 테니.

로브를 눌러쓴 레티시아가 기사들을 향해 고개를 숙이고는 서둘러 후원으로 향했다.

사그락사그락.

이슬에 젖은 풀밭을 밟으며 걷던 레티시아는 후원 입구로 들어서서 걸음을 멈추었다. 마침내…….

"미하엘."

레티시아가 목소리를 한껏 낮추며 소년의 이름을 불렀다. 후원 수풀에 웅크리고 앉아 몸을 숨겼던 미하엘이 조심스레 고개를 들었다.

레티시아였다. 아름다운 천사님이 약속대로 자신을 보러 와 주었다. 그 사실이 뛸 듯이 기뻐 미하엘은 하마터면 그녀의 이름을 부를 뻔했다. 자신이 두 살이나 어렸지만 멋대로 '레티시아'라고.

"고, 공녀님. 저, 얌전히 숨어 있었어요."

며칠 사이에 말 더듬는 게 줄은 미하엘은 레티시아가 다가오기만을 기다렸다. 얌전한 태도에 레티시아는 한숨을 내쉬고는 미하엘을 향해 걸었다. 그리고 소년의 뺨을 손등으로 쓸며 가벼운 안부를 전했다.

"괜찮은 거지? 다치진 않았고?"

"네. 공녀님이 알, 려 주신 대로 꼭꼭 숨, 어 있었어요. 그 무서운 형, 하고 눈이 마주쳤, 는데……."

"형이라니? 수도사들 말하는 거야?"

"아뇨. 그 형, 은 대, 머리 아니었, 어요. 하늘빛, 이 도는 은, 발에 푸, 른 눈을 가진……."

"아네스구나? 아네스는 여자야."

"……형, 아, 니에요?"

미하엘이 놀라 물었다. 수도사들이 입 모아 말했던 것처럼 아네스 원터는 아름답긴 했지만, 누가 봐도 남자였다. 어쩌면 자신만이 진실을 알고 있다는 생각에 미하엘은 마른침을 삼켰다.

그때, 아네스가 분명 그랬다.

'우리 약속하나 하자. 내가 널 살려 주는 대신…….'

'약, 속……?'

'내가 가발 쓰고 다닌다는 거 함구해. 탄탄한 가슴팍을 가졌단 것도.'

가문에서 내쳐진 뒤, 연약한 귀족 영애만 골라 연쇄 살인을 저질렀던 수도사 놈이 굳이 살아남겠다며 아녜스의 옷깃을 붙잡았다.

강한 악력 때문에 연약한 드레스 천이 다 찢겨 버렸다. 아녜스는 그 놈을 처리하고서 옷을 여밀 새도 없이 미하엘을 찾아왔고, 그 덕택에 탄탄한 가슴팍을 보게 된 미하엘은 커다란 눈을 깜빡였다.

필시 대악마의 계약자란 걸 알고 보러 온 것이리라. 호기심에서든, 무언가 경고를 하기 위해서든.

'저, 전 처, 음부, 터 형인 거, 알았, 는데…….'

'알아. 네 대악마가 알려 준 거지? 그 게으름뱅이가.'

'나, 나태, 님은 게, 으름, 뱅이가 아닌, 데……요.'

'뭘 '님'이라고 불러? 나도 너 첫눈에 알아봤어. 네가 ……그 뭐였지. 아! 꼰대 대악마의 가엾은 계약자라는 걸.'

'제, 가 가, 여워요? 그리고, 꽃대 아닌데…….'

'미색이 그러는데, 나태는 여섯 아이 중에서 가장 먼저 타락해서 그런지 큰 오빠라고 폼 잡는 게 있대.'

'나, 나태, 님은, 변태 미색하고 상종, 하지 말, 랬는데…….'

요 녀석. 말을 더듬으면서 '변태 미색'은 잘 말하는 것 봐라?

아녜스는 기분이 나빠져 입을 다물었다. 계약자인 자신이 대악마인 미색에게 변태라는 둥, 소름 끼친다는 둥 수차례 폭언을 내뱉긴 했어도……. 새파랗게 어린 애가 제 대악마보고 '변태'라고 말하니 기분이 상했다.

그에 비해 미하엘은 제 대악마 〈나태〉를 '게으름뱅이'라고 얕잡아 보고 '꼰대'라고 조롱해도 상관없다는 태도였다. 이세계어를 모를 테니 '꽃대'라고 알아들은 거 같지만.

'형, 은 왜, 여자로 살아요……?'

'미색이 원하니까.'

'왜요?'

'너 질문이 왜 이렇게 많냐? 귀찮게 구네.'

'왜, 그렇게 살아요?'

'허, 발랑 까진 것 봐. 미의 대천사 이슈타르가, 미색의 아스타로트가 되었을 때 염원했단다. 됐냐? 순백의 드레스를 다시 입고 싶다고. 근데 대성녀가 그걸 빼앗아 가서……. 한이 돼서 계약자에게 드레스 입힌다는데, 낸들 알아?'

'변, 명, 이래요, 여, 장 변, 태가 하는…….'

미하엘은 눈을 동그랗게 뜨고 대악마 〈나태〉가 알려 주는 말을 조심스레 전했다.

'드레스 처입건 말건 내 대악마의 취향이니, 신경 꺼. 그래서 그 꼰대 대악마는 왜 널 여기 방치해 둔 거야? 네 힘이면 여기 수도사들 전부 죽일 수 있는데, 왜 도와주지 않는 건데?'

'아, 직은 때가 아니라고 해서…….'

'뭐, 대악마가 주는 시련 같은 건가. 나태다운 행동이긴 해. 계약자가 죽는 것만 아니면, 느긋이 턱을 괸 채 지켜보는 게.'

아네스는 피식 웃고는 한쪽 무릎을 꿇어 미하엘과 시선을 마주했다. 그리고 늘씬하고 고운 손을 미하엘의 헝클어진 금발 위에 얹었다. 사람은 물론, 동물마저 홀릴 듯한 아네스의 푸른색 눈동자가 어여쁘게 휘어졌다.

'근데, 한 가지는 확실히 하자.'

'네?'

'너, 레티시아 마네르에게 접근하지 마.'

쾅!

아네스는 그리 말하며 미하엘의 머리채를 쥐고 바닥에 처박았다. 붉은 피가 소년의 뺨을 물들이고 새파란 눈으로 흘러들었다. 미하엘은 힘없이 풀린 눈으로 아네스를 올려다보았다. 눈꺼풀이 파르르 떨렸다.

'아직 각성은 안 했나 보네. 순순히 당해 주는 걸 보면.'

콰쾅!

아네스가 쓰러진 미하엘을 두고 걸음을 떼려는 사이, 수도원의 검은 돌바닥이 솟구쳤다. 그리고 방 안에 있던 낡은 금속이 녹기 시작했다.

스르윽. 휙!

아네스의 가슴팍을 향해 금속이 날아들었지만, 은발의 소년은 피하는 대신 손으로 붙잡았다. 살갗이 타오르는 고통이 느껴지자 아네스는 눈을 살짝 찌푸렸다.

대악마들의 계약자들은 감정만 무딘 것뿐만 아니라, 통각도 무뎠다. 그래도 꽤 아픈 걸 보면 치명상을 입히려 한 것 같은데.

'내 미색이 그러는데, 네 대악마는 빌어먹을 새끼래.'

아네스는 그리 말하며 뭉그러진 손을 다른 손으로 어루만지며 미하엘에게 다가왔다. 전처럼 미하엘을 힘으로 제압하는 대신 턱을 들어 올려 두 눈을 마주쳤다.

'악질 중의 악질. 다시 심연의 탑으로 돌아가고 싶지 않아서 형제자매의 계약자를 죽여 온 개자식.'

〈나태〉는 그런 대악마였다. 금빛의 마왕, 이블리스의 선택을 받아 첫 번째 아이가 되었으면서도 심연의 탑으로 돌아가는 것을 원치 않았다.

계약자가 죽으면 다시 72번째 탑에 갇혀야 했기에 〈나태〉는 계약자가 망가지든 말든 수명을 쌓으려 했다. 그래서 제 계약자의 수명을 늘리기 위해 같은 대악마의 계약자를 찾아 죽이게 했다.

마력을 흡수하는 방식으로 제 계약자의 수명을 채우기 위해서.

'레티시아는, 천, 사님은, 악······마가 아닌데······.'

미하엘은 눈을 내리깔며 그렇게 중얼거렸다. 아직 자신이 아네스와 대악마인 〈미색〉을 이길 수 없다는 걸 깨닫고 얌전해진 것이다.

인계에서 대악마들의 권능과 마력은 별 의미가 없다. 계약자가 얼마나 강한 마력을 가졌는지, 또 대악마와 얼마나 감정적으로 동화될 수 있는지에 달렸기 때문이었다.

그러니 짐승 취급을 받아 왔던 미하엘은 희로애락과 같은 감정을 배울 일이 없었고, 갓 태어난 망아지와 같은 상태였다.

'짐승이구나, 너……. 날 잡아먹고 내 자매, 잔느를 잡아먹으려 하는 생각이 뻔히 보여. 영악한 대가리 굴리는 거 다 보인다고.'

아네스는 미하엘의 뺨을 부드럽게 쓸며 다정히 웃었다.

'네 꼰대 대악마가 역겹긴 한데, 그냥 넘어가려 했거든. 이 이상 소란 피우기도 싫고, 어린애 상대로 협박하는 거 같아서…….'

아네스는 미하엘의 턱을 손가락으로 들어 올리며 차갑게 속삭였다.

'근데, 네 눈. 레티시아 마네르를 보는 그 어둡게 잠긴 눈이……. 뭘 의미하는지 알 것 같아서 기분이 더러워. 그 애는, 네가 감히 탐낼 상대가 아니야.'

'형은 어떻게 알아? 내가 탐낸다는 거. 그리고 왜 안 된다는 거야?'

'네 대악마에게 물어봐. 레티시아 마네르가 뭘 가졌는지.'

아네스는 레티시아의 손목에서 베르타의 안식을 보았다. 그건 그의 대악마인 〈미색〉도 마찬가지였다.

하지만 아직 어린 미하엘과 그의 대악마, 〈나태〉는 알지 못하는 것 같았다. 미하엘이 〈나태〉와 감정적으로 동화하지 못했기 때문이리라.

베르타의 안식은 대악마가 인세에 소환되는 것을 막는 거대한 방해물.

한낱 인간이 안식을 가졌다는 건, 어떤 악마든 제약 없이 이 땅에 불러낼 수 있다는 걸 의미했다. 물론 반대로 인세에 소환된 대악마들을 심연의 탑으로 가둘 수도 있었다.

아직 레티시아 공녀가 그 방법까지 터득했을 거라곤 아네스도 생각하지 않았다. 그래도 하나는 확실했다.

레티시아를 손에 넣으면 다른 대악마를 거머쥘 수도 있으리라고.

'저도 봤어요. 내 천사님이 베르타의 안식 가진 거.'

'봤구나? 근데 네까짓 게 봐서 뭐 할 건데.'

'난 고작 그런 것 때문에 탐내는 게 아닌데……. 난 그냥 곁에 있고 싶은 거예요.'

미하엘은 떨리는 눈꺼풀을 감아 내렸다. 그러자 미지근한 눈물이 소년의 뺨을 적셨다.

'천사님과 있으면 내가 사람이 된 것 같아서.'

자신을 사람으로 봐 준 것도 레티시아가 유일했기에, 미하엘은 좀 더 욕심을 내고 싶었다.

'그래서 천사님의 말이면 뭐든 따를 거예요. 사람을 죽이라면 죽이고, 살리라면 살리고…….'

미하엘은 물기에 젖어 든 파란 눈동자를 올렸다. 동시에 아네스의 깊게 잠긴 푸른 눈과 마주쳤다.

'천사님이 알려 준 대로, 아스테반의 이름을 찾으라면 찾을 거예요. 내 이름을 찾고, 날 버렸던 어머니의 흔적을 쫓아서 자리를 찾을 거예요.'

'……'

'천사님이 원한다면 황금의 관까지 쓸 수 있어요.'

아네스의 눈이 크게 떠졌다. 얘가 말한 '황금'이 그저 아스테반의 상징일까…….

아니면.

그 황금이 제국의 황금 관을 일컫는 건가.

'천사님이 날 도와준다고 했어요. 그러니까…….'

'그 성격 나쁜 여자애가 왜 널? 네가 대악마의 계약자라서? 아니면 황금……'

'말 안 할래요. 형도 나, 방해하지 마요. 제 대악마님이 레이스 변태하고는 상종하지 말래요.'

미하엘은 그리 말하며 아네스의 손을 탁 쳐 냈다. 눈물 어렸던 커다란 눈동자가 무심하고 차갑게 변했다.

'내가 자라서 나의 구원자를 찾아갈 때까지, 방해하지 마.'

분명, 아네스에게 그렇게 말했었다.

복잡한 얼굴을 한 아네스는 미하엘을 죽이는 대신 풀어 주며 다른 조건을 걸었다.

'그건 뭐, 네 알아서 하고. 내가 남자인 것만 말하지 마. 말하면 가만 안 둬, 이 발칙한 꼬맹이.'

아네스는 그렇게 경고했다. 뒤늦게 기억을 떠올린 미하엘이 고개를 저었다.

"제가 착각했나 봐요. 아네스 님은 나쁜 누나였거든요."

미하엘은 그렇게 말하며 레티시아의 옷자락을 꽉 쥐었다.

"그러니까, 아네스 님은 특별히 조심하세요."

레티시아는 미하엘의 걱정 어린 말에 고개를 끄덕이고는 웃었다.

"말 잘 하는구나, 미하엘."

조심하라는 부탁과 어울리지 않는 답이어서 미하엘은 눈을 깜빡였다. 보통은 '알겠다'든가, '왜 조심해야 돼?' 하고 묻는 게 일반적인 반응 아니던가.

레티시아는 손을 뻗어 미하엘의 머리를 쓰다듬고 옅은 미소를 그리며 말했다.

"아네스는 내가 알아서 할게. 미하엘, 네가 관여할 일은 아니니 넌 네 살길에만 집중해. 이제 수도원을 나가면 널 죽이려고 찾아온 이리떼들만 득실거릴 테니까."

차갑기 그지없는 말에 미하엘은 놀라 숨을 들이쉬었다.

처음 만났을 때는 그렇게 다정히 말해 주고 가득 안아 주었으면서.

"수년간은 쥐 죽은 듯이 지내야 할 거야. 4년만 참아. 그러면 그때 황금 가문도, 황금의 관도 네 손아귀에 잡힐 거야."

레티시아는 그렇게 말하고는 미하엘에게 지도와 갈 곳을 알려 주고는 떠났다. 누구를 찾아가야 할지, 어떻게 지내야 할지, 대악마의 계약자란 사실은 왜 숨겨야 하는지 세세히 적은 가죽 서신만 전해 주고서.

'왜…….'

이게 끝일 줄은 몰라서 미하엘은 진심으로 당혹스러웠다. 넋이 나간 미하엘이 이미 등을 돌린 레티시아를 보며 중얼거렸다.

"언제 볼 수 있는데?"

천사님이 아니었다. 저렇게 냉정하고 차가운 천사님이 어디 있단 말인가. 아니, 원래 천사란 족속들은 악마보다 더 감정이 없을지도.

"레티 누나……!"

그 작은 외침을 들었는지 레티시아가 걷던 것을 멈추고 몸을 돌렸다. 그리고 어깨 위로 흘렀던 회색로브의 후드를 뒤집어쓰고는 미하엘에게 알 수 없는 시선을 보내며 답했다.

"4년 뒤, 황성에서."

* * *

새벽 여명이 밝아 올 무렵, 미하엘은 낡고 작은 집 앞에 서 있었다. 낡은 서신을 쥔 손이 떨릴 때쯤, 열리지 않을 것 같은 문이 열렸다. 허리가 굽고 지팡이를 짚은 노파였다. 얼굴 반쪽에 화상 자국이 있어 미하엘이 작게 숨을 삼켰지만, 비명은 지르지 않았다.

"……."

노파는 미하엘을 흘끗 쳐다보더니 무언가 가늠하듯 눈을 가늘게 떴다. 허여멀건 회색 눈동자가 미하엘을 머리끝에서부터 발끝까지 훑었다. 그런 시선은 처음이라서 대악마와 계약한 미하엘조차 긴장할 수밖에 없었다.

「너구나.」

노파는 손을 움직여 수화로 말했다. 심술궂은 입가가 들썩이더니 노파는 미하엘을 보며 웃었다. 그러더니 지팡이로 툭, 문을 밀고 안으로 들어갔다. 미하엘은 망설이다가 조심스레 노파의 뒤를 따랐다.

레티시아가 알려 준 주소를 따라오다 보니 수도의 민가였고, 사람이 사는지 의심스러울 만큼 낡은 집이 그를 기다리고 있었다. 노파는 낄낄거리며 웃더니 지팡이로 먼지가 풀풀 이는 집 안을 툭툭 쳐 댔다.

미하엘은 숨을 죽이고 뒤따랐다. 레티시아의 말이 틀렸다는 의심은 하지 못했다. 사실은 어린 괴물이 죽기를 바랐다며 무서운 노파의 집으로 보낸 거라 해도…….

툭. 툭.

지팡이로 집안을 치던 노파가 별안간 몸을 돌렸다. 그리고 벽에 딱 붙인 진열장 앞에 가서 멈추더니, 지팡이를 휙 던지고 먼지가 낀 더러운 유리문을 열었다.

끼이익—

미하엘은 숨을 죽이고 그 광경을 지켜보았다.

이내 노파가 기이한 액체가 든 유리병을 품에 안고서 미하엘에게 걸어왔다. 노파가 유리병을 건네자, 미하엘은 홀린 것처럼 유리병을 받아 들었다. 어른의 팔뚝만 한 크기였다. 그곳에는…….

적갈색을 띠는 두 개의 안구가 있었다.

노파는 미하엘을 흘끗 쳐다보더니 진열장 가장 아래에 둔 다른 유리병도 꺼냈다.

보석보다 더 아름다운 푸른 눈동자 두 개.

별처럼 빛나는 그 눈은 스텔라 아스테반의 것이었다.

「네 아비와 어미의 것이다.」

노파는 그렇게 말하며 미하엘을 물끄러미 쳐다보았다.

「오래간 너를 찾았지만, 나는 어떤 흔적도 발견할 수 없었다.」

노파는 수화로 이야기를 계속해 나가며 미하엘을 지그시 쳐다보았다.

'스텔라는 내 동생이었지. 그년이 그렇게 허무하게 죽을 줄 누가 알았겠느냐마는……'

아스테반가의 마지막 생존자. 노파, 소뵈르가 두 번째 유리병을 꺼내 미하엘에게 건넸다.

「그게 네 부모의 마지막이었다. 네 아비는 살해당했고, 내가 목숨 걸고 시신의 두 눈을 파헤쳐서 가져왔지. 아, 네 아비와 그리 사이가 좋은 건 아니었어. 내가 사이한 마녀라고 네 아비와 네 어미가 합심해서 아스테반에서 내쳤으니…….」

그렇게 손을 움직이며 소뵈르는 미하엘을 꼼꼼히 살폈다.

「그놈 두 눈을 챙겨 온 것도 어디 잡화점에 팔면 돈 좀 될까 싶어서 챙겨 온 거다. 스텔라 아스테반의 두 눈이야 말할 것도 없지. 내 동생이지만 그 고약한 계집은 아스테반의 진짜 가주인 데다, 최고의 연금술사였거든.」

노파는 얼어붙은 미하엘을 보며 주름진 입술을 구기듯 웃었다.

「자, 이제 네 앞에 운명의 조각이 놓여 있다. 네 어미와 아비를 따라가련? 아니면, 네 어미와 아비의 두 눈을 빼앗은 놈에게서 황금의 관을 가져오겠느냐? 평생을 쥐새끼처럼 도망치든지, 주제도 모르고 제국의 주인과 맞설지. 네놈이 할 수 있는 선택은 둘 중 하나뿐이다.」

선택해라, 아스테반의 왕자.

네가 걸어갈 길을.

노파는 손으로 말을 건넸는데도 미하엘의 귀에는 그녀가 말하는 것처럼 생생하게 들렸다.

아주 곱고도 낭랑한 목소리였다. 노파의 얼굴이 변하더니, 순식간에 고아한 여인의 모습으로 변했다.

새벽빛을 받은 듯한 금발.

밤의 바다를 끌어온 듯한 깊고 고요한 벽안.

단정한 차림새에 단아한 미소를 짓는 삼십 대의 여자가 미하엘에게 손을 뻗었다.

'미하엘, 우리 아가.'

진짜가 아닌 꾸며 낸 허상이 달콤한 목소리로 속삭여댔다.

'너 같은 새끼는 죽어 버려야 했는데…….'

여자는 스스럼없이 웃으며 미하엘의 목을 향해 손을 뻗었다.

'네놈만 아니었어도 내 남편은 살았어. 너만 아니었으면…….'

미하엘은 옅은 신음조차 내뱉지 못한 채 아름다운 어머니의 모습을 바라보았다.

그가 태어난 것이 원죄라면, 그래서 죽어야 한다면…….

"죽을게요, 어머니. 당신이 원하는 대로."

미하엘은 두 눈을 감으며 옅은 미소를 지었다.

두려움 따윈 없었다. 어차피 사람은 한 번 죽는다.

그의 목숨이 끊기는 순간에야, 미하엘은 증명할 수 있었다.

그도 빌어먹을 어린 괴물이 아니라 사람이었다고…….

툭.

힘을 잃은 손에서 유리병이 떨어지며 바닥을 뒹굴었다. 미하엘은 젖은 눈꺼풀을 감으며 죽음을 기다렸다.

'네 삶의 주인은, 미하엘 너뿐이야.'

그때 어디선가 맑고 고운 목소리가 흘러들었다.

'버텨서 너를 구원하는 거야, 나의 미하엘.'

이곳에 없을 목소리의 주인이 고요히 속삭였다. 버티라고 이야기하고 있었다.

'네 머리에 어울리는 왕관을 씌워 줄 테니.'

스륵.

미하엘은 감았던 눈을 떴다. 그의 귓가에 노파가 노래하는 낭랑한 돌림 노래가 들렸다.

아스테반의 작은 새.
황금 가문의 주인에게 모든 영광과 축복이 함께할지니.
그때가 아스테반의 새가 잃어버렸던 황금의 관을 쓰게 되는 날이리라.
그의 어머니가 만들었을 황금의 관.

미하엘은 제 목을 죄던 노파의 손을 힘주며 잡았다. 젖은 눈동자가 떠지며 노파를 똑바로 주시했다. 새파랗게 타오르는 눈동자는 스텔라 아스테반의 것을 똑 닮아 있었다.

"난 왕관을 써야겠어요. 어머니가 만들었던 황금의 관도, 제국의 왕관도."

그리고 어머니의 자매라던 노파를 향해 고요한 음성을 내뱉었다. 그러자 놀랍게도 노파의 얼굴이 수려한 사내의 모습으로 바뀌었다. 타오르는 듯한 붉은 적발과 다정한 적갈색 눈동자가 미하엘을 내려다보았다.

「그 자리에 오르게 되면, 그때 알 수 있을 거다.」

다시 노파의 모습으로 돌아온 소뵈르가 손을 움직여 말을 이었다.

네가 황제의 피를 이었을지, 바론 아스테반의 피를 이었을지.

네 어미가 널 죽이려 했는지, 널 살리려 했는지.

"……어머니께서 절 증오하셨다고 해도, 저는 살아가야 해요."

미하엘은 허리를 숙인 채 손을 뻗어 땅에 떨어진 유리병을 들었다.

"황금 가문의 주인으로 죽기로 했어요. 나의 천사님과 약속했으니까……."

대악마 〈나태〉가 비웃는 소리가 들렸지만, 미하엘은 이미 결정을 내린 뒤였다.

"감히 그 사람에게 더러운 손을 뻗으려 한다면, 나는 목이 잘리는 한이 있어도 그 손을 꺾어 버릴 테니까."

미하엘은 연금술사가 되기로 했다. 아스테반의 후계자가 되어 가주가 될 것이다. 잃어버린 황금 가문의 명예를 되찾고 권력을 얻어…….

마침내.

"4년 뒤, 황성에서 보기로 했어요."

이름 없는 황자가 되어 레티시아와 만나야 했다. 그것이 그를 구원해 준 차가운 천사와의 약속이었으니.

chapter 6
조사

빌헬름이 죽고 수도원이 정리된 지 나흘이 흘렀다.

드문드문 오던 마차 행렬이 길게 늘어진 건 이례적인 일이었다. 가문에서 내놓은 자식이든, 정말로 아픈 자식이든 더는 수도원에 둘 수 없어 데려가기 위함이었다.

레티시아는 배정받았던 3층 방의 창가에 서서 그 모습을 내려다보았다. 어둑한 밤안개가 깔린 곳에서 기사들은 횃불을 들고 있었고, 마차를 몰고 온 하인과 기사들이 저마다 귀족 자제들을 찾고 있었다.

카라는 두 손을 모은 채 레티시아를 흘끗 살폈다. 고요한 시선으로 창가를 내다보면서 레티시아는 말 한마디 없었다.

"저 귀족 자제들을 가문으로 돌려보낸 게 잘한 일일까?"

레티시아의 물음에 카라는 잠깐 숨을 고른 뒤 고개를 끄덕였다.

"지옥 같은 집이라 해도, 이 수도원보다는 나았을 거예요. 이곳에 남은 하녀들에게 듣기론, 한 달에 두세 명씩 꼭 죽어 나갔대요……."

모시는 아가씨와 도련님이 죽는다. 그러면 그들을 따라온 하녀와 하인들도 흔적 없이 모습을 감추었다. 불법으로 정신을 교정하는 것은 끔찍한 일이었다. 하지만 그조차도 그럴싸한 소문에 불과할지 몰랐다.

"이 수도원……. 안락한 죽음을 선사하는 곳이겠지. 아직 어린 귀족 자제들만 골라서."

"그러고 보니 그렇네요. 가문의 유지가 수도원에 입원했다는 건 들은 적이 없어요. 따라온 하녀들도 전부 어린 데다, 그들이 모시는 귀족들도 아직 미성년뿐이었고……."

카라는 소름이 끼친다며 어깨를 문질렀다.

"제 생각엔 지정받아서 죽인 것 같아요. 자식이나 친척을 위탁한 가문에서 막대한 보상금을 주고, 대신 죽여 달라 부탁하는 거죠."

그러니 정말로 가이안이 레티시아를 죽이려 했다면, 만약 모시던 아가씨가 죽었다면 하녀인 그녀도 살아남을 수 없었으리라.

카라의 말에 레티시아는 대답 없이 고개를 돌렸다. 잠긴 눈동자로 하녀를 물끄러미 보더니 말했다.

"꽤 냉정해졌구나, 카라. 그런 것도 알아내고."

레티시아의 중얼거림에 카라는 짧은 숨을 들이켰다.

"역시 아가씨께선 알고 계셨군요. 아는데도 이 빌헬름에 굳이 오신 이유가……."

그 미하엘이란 아이 때문인 건가. 카라는 그렇게 추측했지만, 묻진 않았다.

나흘 전, 레티시아가 미하엘과 대화를 나눌 때, 카라는 멀리 떨어져 있었다. 그래서 둘이 무슨 이야기를 나눴는지, 왜 미하엘이 넋이 나간 채 레티시아를 바라보았는지 알지 못했다.

그랬으나 카라도 짐작한 것이 있다.

노예로 끌려왔다던 어린 하인.

하지만 필시 고귀한 피가 흐를 것이다. 아름다운 금발과 밤의 바다를 옮겨 담은 듯한 벽안. 고귀한 기품이 서린 소년은 뺨에 오물이 묻어도 태생이 귀해 보였다.

그렇다 한들 미하엘이 감히 황자라고는 생각하지 못했다. 그가 무너진 황금 가문, 아스테반의 핏줄이란 것도.

째각. 째각. 째각.

느릿하게 움직이던 시곗바늘이 어느 한 곳에서 멈췄다.

"약속한 시각이 됐네요."

카라는 자정을 가리키는 벽시계를 보며 공녀에게 고했다.

"아네스 영애께서 찾아오실 시간이에요."

레티시아는 의자에 깊숙이 묻었던 몸을 일으켰다. 이제, 수도원의 비밀 지하 시설을 찾아볼 차례였다.

"모시러 왔습니다, 성격 나쁜 공녀님."

똑똑.

때마침, 문이 열려 있는데도 노크한 아네스가 횃불을 든 채 씩 웃었다. 소풍이라도 가는 것처럼 천진난만한 웃음이라 카라는 얼굴을 붉혔고, 레티시아는 한숨을 흘렸다.

"너만큼 할까, 아네스 윈터."

"내 성격이 뭐 어때서."

"특이하잖아? 자기애도 넘쳐 보이고, 가끔 이해 안 가는 말들도 쓰고……."

"이거 미색이 내게 가르쳐 준 거야. 고대어보다 더 배우기 어려운 거다? 대현자 아브라함도 모를걸?"

레티시아는 팔짱을 낀 채 고심하다가 흔쾌히 고개를 끄덕이며 말했다.

"뭐, 대현자도 모를 만해. 하나씩 가르쳐 봐. 후일에 도움 될지도 모르니까……."

"우선 고집부리는 어른을 두고 하는 말이 있어. ……'꼬온대'라는 건데. 그리고 또 뭐더라?"

"그게 다야?"

"……쩌, 쩐다? 대단하다는 뜻이래."

"그게 다니?"

레티시아가 시큰둥한 얼굴로 묻자 아네스가 얼굴을 붉히며 고개를 끄덕였다.

"아네스, 네 대악마는 여섯 살이니? 대화 수준이 좀 떨어지는구나."

혀를 짧게 찬 레티시아가 팔짱을 풀고 다시 길을 걸었다. 아네스가 뒤따르며 분한 듯 소리쳤다.

"이 냉혈한……! 피도 눈물도 없는 얼음 마녀! 아주 심장도 얼음이겠다!"

"그러면 좋겠는데."

레티시아는 픽 웃고는 아네스에게 어서 따라오라고 눈짓했다. 이제, 모몬토 남작이 남겼을 장부를 찾을 차례였다. 10년간의 불법 사업을 밝힐 증거가 될.

* * *

수도원의 지하 시설은 수도원장의 서재와 연결되어 있었다. 서재의 책 한 권을 꾹 누르면 문이 열리는 구조였다.

아네스는 레티시아가 알려 준 방법대로 문을 열고 횃불을 든 채 계단 아래로 내려갔다. 그 모습을 카라가 불안한 듯 봤지만, 레티시아는 방에서 대기하라고 이르고는 아네스의 뒤를 따랐다.

지하 시설은 고성만 한 크기여서 헤매지 않으려면 지도가 있어야 했다. 레티시아가 펼쳐 든 지도를 보고 아네스가 눈을 가늘게 뜨며 물었다.

"넌 그거 어디서 구했어? 빌헬름의 지하 시설을 기록한 지도라니."

"아는 사람이 줬어."

"필시 위험한 놈이겠네. 수도원장이 분명 아무도 모르는 데 숨겼을 텐데. 사본인가?"

레티시아는 대답하지 않았다. 아네스도 딱히 궁금한 건 아니었는지, 더 묻지 않고 앞장서 걸었다.

수도원장과 모몬토 남작은 대규모 지하 시설이 있는 고성을 수도원으로 삼았다. 그 이유야 뻔했다. 제국의 규제를 벗어나려면 지하가 적격이기 때문이다.

이 안에서 수많은 사람이 죽어 갔다.

그 글란츠가 자신도 한 번 끌려간 적이 있다며, 도리어 수도원장을 협박해 벗어났다고 말했을 정도다.

귀족 가문에서 후계자 다툼이 일어나는 건 흔한 일. 그렇다고 가문 내에서 적수를 처리할 순 없는 노릇이다.

가주 자리에 두 눈이 멀어 뒷일 생각하지 않고 가문 내에서 처리하는 자들도 더러 있겠지만, 평판을 중요시하는 몇몇 귀족은 빌헬름과 같은 수도원을 이용하곤 했다.

막대한 금전을 내고 수도사에게 부탁하는 것이다. 내가 보낸 가문의 아이를 죽여 달라고.

지상에서 사람을 죽일 수 없으니, 지하에 시설이 있기 마련이었다.

하지만 모몬토 남작이 3년 전 사들인 이 고성은 그런 목적으로 지어진 것이 아니었다. 족히 수백 년은 되었을 고성은 외부의 침입을 막기 위해 지하 시설에 여러 함정이 설치되어 있었다.

글란츠가 준 지도에는 수많은 'X' 표시가 그려져 있었고, 어떤 함정인지 짤막하게 메모해 두었다.

'수도원장이 가진 진본을 필사했나 본데.'

어떤 수단과 방법을 동원했는지 모르겠지만, 역시 글란츠는 수상한 작자였다.

레티시아는 지도를 보며 앞서 걷기 시작했다. 아네스는 횃불을 든 채 따르며 하암, 하품해 댔다. 밤낮으로 사냥을 하느라 며칠날을 새웠기 때문이리라.

사람의 탈을 쓴 몇몇 짐승을 아네스는 사람으로 여기지 않았다.

뒤따라오던 아네스가 횃불을 들지 않은 손으로 레티시아의 옷깃을 잡았다.

"잠깐만. 너 인사 좀 해 줄 수 있어?"

"갑자기 웬 인사?"

"자꾸 대악마가 치근대잖아. 너한테서 인사받고 싶대."

'며칠 전에는 대악마의 목소리가 들렸었는데, 지금은 왜 안 들리지?'

레티시아는 곤한 생각에 빠진 얼굴이었다. 분명 다 큰 남자의 나긋한 미성이었다. 듣기 좋고 감미로운. 아네스가 크면 비슷한 목소리가 날지도 모르겠다.

"인사하기 싫어서 뜸 들이는 거야? 그러지 말고 좀 해 주라. 안 해 주면 삐진단 말이야. 그리고 괜히 나한테 툴툴댈 거고."

레티시아의 옷깃을 여전히 잡고 있던 아네스가 간절한 시선을 보냈다.

'까짓것, 뭐……'

생각했던 것처럼 무서운 대악마는 아니라서 레티시아는 허공을 향해 손을 들어 보였다.

"안녕하세요, 미색 님."

화르륵.

그러자 아네스가 든 횃불이 더 크고 밝게 타올랐다. 그 덕택에 어두운 시야가 조금은 환해진 느낌이었다. 어디선가 천진난만하게 웃는 남자의 목소리가 들렸다.

웅웅, 하는 작은 바람 소리가 돌벽으로 된 공간을 울렸다.

"염치없이 좋아하네. 2,000살 넘게 처먹고 좋아해."

그에 비해 아네스는 질린다는 얼굴로 제 어깨 위 너머를 노려보았다. 그러든지 말든지 횃불은 더 환하게 타올랐다. 대악마 〈미색〉이 아주 기뻐한다는 증거였다.

"아주 좋아 죽네. 다 큰 남자 목소리로 '꺅꺅'거리지 좀 마! 아, 진짜 짜증 나."

아네스는 허공 어딘가를 노려보며 욕설을 내뱉기 시작했다. 보이지 않는 대악마와 열심히 싸우는 아네스를 보며 레티시아는 한숨을 삼켰다.

"너도 참 피곤하게 사는구나. 대악마를 휘어잡을 순 없는 거야?"

레티시아의 말에 울컥했는지 아네스가 허공을 향해 손가락질하며 외쳤다.

"2,000살 먹은 능구렁이를 이제 열넷밖에 안 된 내가 어떻게 이겨?"

아네스가 분한 듯 소리치자 횃불이 흐느적거리며 타올랐다. 필시 제 귀여운 계약자를 조롱하는 의도였다.

"입 닥쳐, 아스타로트."

아네스가 용기 내 소리치자 횃불이 조그맣게 줄어들었다.

"자꾸 귀찮게 굴면 사 달라고 졸라 댔던 드레스 다 찢어 버릴 거야. 원래 모습은 190센티에 가슴 근육 빵빵한 주제에 언니 소리를 들어야겠어?!"

아네스는 진심이었다.

저놈이 자기가 순결의 대천사라는 둥, 미의 여신으로 불렸다는 둥 헛소리하지 않았다면 필시 '태양의 신'이라든가, 전쟁의 '신'이다 하고 생각했으리라.

보통은 계약자의 눈에만 대악마의 본 모습이 보여서, 아네스는 허공을 보며 혼자서 열 내고 소리치는 꼴이었다.

「……쳇. 눈치 빠른 계약자는 별로라니까. 넌 정말 정말 나쁜 아이야.」

아네스에게 혼난 건 처음이라 〈미색〉은 입술을 쭉 내밀었다. 기분은 나쁜데, 또 맞는 말이라서 할 말이 없기 때문이었다.

그러자 횃불이 슉, 하며 꺼져 갔다. 대악마치고는 대단히 하찮아 보이는 모습에 레티시아는 못 본 척했다.

* * *

두 사람은 횃불을 든 채 지하 시설을 걷던 중이었다.

"공녀, 너. 아까 내 이름 무척 자연스럽게 부르더라?"

"불만이야? 싫으면 너도 불러."

"난 좋아하는 사람 이름만 부르는데."

"난 반대야. 싫어해도 이름 잘 부르거든."

레티시아는 그리 말하며 여전히 앞장섰다. 아네스가 눈을 가늘게 뜨며 물었다.

"너 진짜 수상해. 열한 살이라면서 지하 시설을 겁도 없이 앞장서는 것 좀 봐."

"열네 살이나 열한 살이나."

글란츠가 준 지도에 함정 표시가 나와 있어서 몸을 사려야 할 필요도 없었다. 그 함정만 피해서 돌아가면 되었기 때문이었다.

하지만 이해가 가지 않는 표시도 꽤 있었다. 이를테면 하트 표시.

지도에 새까맣게 칠한 하트 표시가 있었는데, 달리 돌아갈 길이 없어 무조건 건너야 했다.

눈앞에 보이는 길도 일직선으로 난 게 다라서 평범 그 자체였다.

"내가 먼저 건널게."

레티시아가 한 걸음 떼었을 때였다.

화악!

늘씬한 팔이 레티시아의 허리를 재빠르게 감싸더니 아네스가 그녀를 안고 뒤로 넘어졌다.

쿵!

위에서 톱니가 박힌 돌벽이 그대로 떨어졌다. 조금 전까지 레티시아가 있었던 곳이었다. 돌벽이 떨어지며 세찬 바람이 레티시아의 뺨을 스쳐 지나갔다.

그녀는 잠시 말이 없었다. 하트가 이런 의미였어?

"글란츠, 이 새……."

"너 진짜 맹랑하다. 얼음 심장만 가진 줄 알았더니, 목숨도 한 열한 개쯤 되나?"

"그랬으면 좋았겠는데……."

아쉽게도 목숨이 하나였다. 두 번째 삶이긴 했지만, 다시 살아날 거란 보장은 없지 않은가.

레티시아는 식은땀이 흐르는 목덜미를 매만졌다. 정신을 차려보니 아네스의 품에 안겨 있는 채였다.

레티시아는 아네스의 품에 안긴 채 작게 중얼거렸다.

"아네스, 너. 무슨 몸이 돌덩이 같아."

"윈터에서 아침 밤낮으로 운동하니까. 아, 훈련이라고 해야겠네. 아무튼, 난! 땀 냄새 풍기는 남자애들은 딱 질색이야."

레티시아는 조금 당황했다. 아네스의 가슴팍이 등에 밀착되었기 때문이다.

그보다…….

"너 혹시 가슴에 돌 숨겨 놨니?"

"넌 어린애가 못 하는 말이 없어. 지금 시비 거는 거야?"

"아, 아니. 순간 네가 남자라고 착각할 뻔해서……."

"그렇게 안 봤는데, 너 진짜 무례하다. 내가 그 땀 냄새 풍기고 머리 짧게 자른 사내들과 같다는 말이야?"

"미안."

레티시아는 진심으로 사과하며 아네스의 품에서 벗어나며 일어섰다. 슬쩍 몸을 돌리니, 아네스가 다소곳하게 자리에서 일어났다. 그러고는 뭐가 또 그리 화가 났는지 뒤늦게 씩씩거렸다.

"내가 남자란 말 취소해!"

아네스가 눈꼬리에 눈물을 매단 채 레티시아에게 손가락질했다. 그때.

툭, 데구루루…….

아네스가 팔을 든 그 순간, 그녀의 드레스에서 무언가가 굴러떨어졌다. 붉은 사과였다. 그것도 시장 어디에서나 흔히 볼 수 있는. 심지어 하나도 아닌 두 개였다.

"……오, 신이시여!"

아네스가 대악마 〈미색〉은 보이지도 않는지 신을 부르짖으며 울먹였다.

"웬 사과? 방금 가슴팍에서 흘러나온 거 맞지?"

레티시아가 꽤 날카롭게 질문했지만, 아네스는 침묵을 행사했다.

"……."

"……."

그 뒤로도 두 사람은 말없이 서로를 오랫동안 바라보았다.

그러고 보니 아네스의 가슴팍이 눈에 띄게 판판해졌다. 아네스가 가슴팍에 끼워 둔 사과 두 개가 모두 빠졌기 때문이었다.

"이, 이건 배고파서……."

절체절명의 위기를 느낀 아네스가 붉어진 얼굴을 가리며 중얼거렸다. 레티시아는 한숨을 내쉬며 아네스에게 다가가 발꿈치를 들었다. 그리고 고개를 숙인 채 넋두리를 해대는 아네스의 뺨을 두 손으로 감쌌다.

"중요한 건 외면이 아니라 내면이야. 듣고 있지?"

"……들켰어. 망했어. 난 끝났어!"

레티시아는 고개를 숙여 아네스를 살폈다. 어디서나 당당했던 아네스가 훌쩍이고 있었다. 푸른 눈동자에 투명한 눈물이 맺힌 걸로 모자라, 부끄러운 듯 입술까지 깨물면서.

"이번 생은 망했어. 역시 접시 물에 코 박고 죽어야겠어."

훌쩍이던 아네스가 툭, 눈물을 흘릴 때였다. 당황한 레티시아가 그의 뺨을 더 감싸며 말했다.

"아직은 안 돼. 여기까지 왔는데, 모몬토 남작의 장부는 찾아야지."

"……너 진짜, 못됐다."

말과는 다르게 아네스는 얌전히 있었다. 레티시아의 새하얗고 자그마한 두 손이 따뜻하게 느껴진 탓이다.

"손은 따뜻하네."

아네스는 여전히 뺨을 붉힌 채 중얼거렸다. 손길이 거두어지자 저도 모르게 아쉬워하며 레티시아를 흘끗 보다가 팔을 내밀었다.

"오늘만 길 안내해 줄게."

"레이디 아니야?"

레티시아가 눈을 깜빡였다. 아네스의 행동은 기사가 레이디에게 에스코트할 때 취하는 것이었다.

"레이디도 팔은 내밀 수 있지."

아네스는 자못 뻔뻔한 표정으로 고개를 치켜들었다. 그러고는 레티시아에게 어서 잡으라며 팔을 슬쩍 들었다.

"아무에게나 안 주는 팔이니까, 잡아. 언니에게도 안 줬으니까."

"자매 사이가 야박한가 봐?"

"잔느가 나 많이 싫어하거든. 그래서 나도 언니를 싫어하기로 했어."

아무렇지 않게 말하는 아네스를 보며 레티시아는 옅은 한숨을 흘렸다.

몇 번의 함정을 간파한 뒤로, 레티시아는 어쩐지 아네스와 손을 잡고 있었다. 레티시아가 잡힌 손을 살짝 위로 들어 올리며 말했다.

"아네스. 손은 가족이나 연인들만 잡는 건데."

"그래? 난 싫어하는 애하고도 잘 잡는데."

그거 내가 했던 말 아니야? 레티시아는 눈을 가늘게 뜨며 아네스의 옆얼굴을 쳐다봤다.

일라이도 넋이 나갈 만큼 잘생겼고, 미하엘도 숨이 멎을 만큼 잘생겼지만, 아네스도 눈부실 정도로 잘생겼다. 굳이 표현한다면 은발의 푸른 눈을 가진 천사님처럼 보인다고 해야 하나.

물론, 대악마 〈미색〉의 계약자였지만.

과거에는 인정받으려고만 했기에 주변을 돌아보지 못했는데, 이번 생에는 전에 보이지 않던 것들이 보이곤 했다.

생각해 보니 아주 어렸을 때는 예쁘고 아기자기한 것을 좋아했었다.

레티시아가 아네스에게 물었다.

"너 손이 참 크네. 뼈마디도 굵고. 윈터 여자들은 다 손이 커?"

"……내가 제일 커. 그래서 언니가 매일 구박해. 등 파인 드레스와 프릴 달린 원피스 처입지 말라고. 눈에 띄면 죽여 버린대."

"너희 언니도 한 성격 하나 보다. 힘내렴."

아네스는 고개를 끄덕였다.

잔느 윈터는 대악마 〈분노〉의 계약자라 그런지, 분노 조절을 못 하는 편이었다. 아니, 평소에는 냉정한데 쌍둥이 동생인 아네스만 보면 화를 벌컥 냈다.

"어지간히 구박해, 진짜. 가주가 되면 날 내쫓겠다느니……, 뭐니."

아네스가 한숨을 푹 내쉬며 말했다.

"막내가 그렇지, 뭐. 너도 막내잖아? 위로 오빠 한 명 있지 않아?"

"아니, 나 막내 아니야. 그 자식은 내 오빠 아니고."

"……너 가끔 입이 험해, 레티시아."

자연스레 나온 이름에 레티시아는 눈을 가늘게 떴다.

"아네스, 넌 좋아하는 사람만 이름 불러 준다며?"

"……내가 언제."

아네스는 뺨을 붉힌 채 레티시아를 원망스레 쳐다보았다.

이름 좀 불렀다고 저렇게 눈치를 주는 것 봐. 역시 얼굴만 천사처럼 예쁠 뿐, 못된 애가 틀림없다!

"왜 그 꼬맹이도 이름 막 부르던데, 난 부르면 안 돼?"

"누구. 미하엘? 언제 내 이름을 막 불렀대? 그 어린애가……."

"알 게 뭐야. 나도 네 이름 막 부를 거야. 레티시아."

아네스는 자기가 먼저 이름을 불러 놓고 새빨간 홍당무가 되어 있었다. 뺨은 물론, 귓불까지 붉어진 걸 보고 레티시아는 한숨을 내쉬었다.

"이름 부르는 게 뭐 대수라고. 너도 꽤 부끄럼을 많이 타는구나. 나와 친해지고 싶은 거니?"

"착각하지 마. 너 귀여워서 이름 부르는 거 아니니까."

혼자서 주절거리는 아네스를 보며 레티시아는 고개를 설레설레 저었다. 그때 아네스가 말했다.

"너처럼 제멋대로에다 오만한 아이는……."

"별로지? 나도 알아."

레티시아가 고개를 끄덕이며 담담히 답하자 아네스는 뺨을 화르륵 붉히며 소리쳤다.

"막, 그렇게는 나쁘지 않아. 그냥 계속 옆에 두고 싶고……. 보호해 주고 싶기도 하고."

"지름길 어디야?"

말허리를 끊은 레티시아가 로브를 쓰며 묻자 아네스는 원망스레 쳐다 보았다.

도대체……!

곁에 있고 싶다고 말하는데, 지금 지름길이 대수야?

아네스는 그렇게 생각했지만, 레티시아에겐 역시 지름길이 더 중요해 보였다.

역시 냉혈한…….

"따라와, 레티시아."

이 언니가 알려 줄게.

아네스의 중얼거림에 레티시아는 눈을 동그랗게 뜨다가 픽 웃었다.

"아네스 네가 내 언니였으면 심심하진 않겠다."

"잔느와 똑같은 소리를 하네."

아네스는 툴툴대면서도 레티시아의 손을 꼭 붙잡았다. 행여 저보다 작은 아이의 손을 잃어버리게 될까 걱정해서였다.

"야, 꼬맹이. 이 언니만 믿어."

"아……, 뭐. 응."

의욕 없는 대답에 아네스는 레티시아를 흘겨보다가 우측으로 걸음을 떼었다. 하트 표시도, 'X' 표시도 없는 곳이었다. 지도에서 작은 책 모양이 그려진 장소.

* * *

"장부는 내가 가져갈게. 어머님이 필요하시다고 했거든."

아네스는 낡고 두꺼운 서책 세 권을 가방에 넣으며 말했다. 10년간 벌였던 불법 사업의 증거가 기록된 장부였다. 모몬토 남작이 목숨줄처럼 여긴 것이리라.

이걸 왜 챙기지 않고 그냥 도망쳤는지 모르겠지만, 그건 남작의 큰 실수였다.

'그 정도로 공포심을 느꼈던지……'

남작의 얼굴이 허옇게 질렸던 건 기억난다. 그에게 큰 상처를 입힌 아네스 때문일지도.

어쨌든 지하에 있던 유물함에 장부가 숨겨져 있었다.

아네스가 장부를 빼낸 것과 기사들의 발소리가 들린 건 거의 동시였다. 란델가의 기사 둘이 들르긴 했지만, 장부는 이미 아네스가 빼돌린 뒤였다.

"여기도 없나 본데, 다른 곳을 찾아봐."

"예."

기사들은 잡동사니가 넘쳐나는 이런 곳에 장부가 있을 리 없다고 판단했는지, 대충 훑어보고 자리를 떠났다. 가까스로 기사들을 피해 지상으로 올라온 둘은 레티시아 방 앞에서 작별을 고했다.

"어머님이면 윈터 백작이시겠지?"

레티시아는 그리 물으며 대사제에게서 받았던 작은 돌을 꺼내 보여 주었다. 윈터의 장난감임을 알아본 아네스가 "어!" 하며 눈을 크게 떴다.

"그거 내 애착 돌인데. 왜 네가 갖고 있어?"

"윈터의 대사제가 준 거야. 훔친 건 아니고, 나도 받았어."

아네스는 장부가 든 가방을 옆으로 걸치고는 돌을 건네받아 꼼꼼히 살폈다.

"이거 내 돌 맞네. 대사제 아줌마는 왜 말도 없이 내 물건 자꾸 훔쳐가는 거야?"

"나야 모르지. 어쨌건 네 돌이 맞는 거지? 네 거면 너 가져."

"맞아, 족히 10년을 함께한 돌인데 모를 수가 없지. 준다니까 가져가긴 하는데……."

아네스는 애착 돌을 쓰다듬고는 뺨을 긁적였다.

"잠깐만. 대사제 아줌마는 영지 밖으로 나간 적이 없는데? 아직 수배령이 안 끝났거든."

"……수배령이라니?"

"10년 전이었나. 대사제였던 나브티스가 대형 사고를 쳤었지. 중앙 교단에서 세라피나급 성유물을 거의 다 가져왔거든. 절반은 아직 교단에 남아 있지만."

"……어째서?"

"나야 모르지. 중앙 교단과 척 질 일이 있었던 건지, 살기 위해 교단의 성물을 훔쳐 윈터로 도망쳐 온 건지. 10년이나 지났지만, 수배령이 아직도 안 풀려서 윈터 영지 바깥으로 나간 적이 없어."

아네스는 "이상하다. 집사 아줌마가 거기까지 갔을 리가 없는데……." 라고 중얼거리더니 스읍, 하고 숨을 들이켰다.

'누가 대사제를 사칭한 건가?'

그렇다면 떠오르는 딱 한 사람이 있었다.

어머님은 가끔 대사제 나브티스로 위장해 윈터 영지를 시찰하곤 했다. 하지만 그런 그녀도 대사제의 모습으로 윈터를 벗어나진 않았을 거다.

'그럴 이유가 없잖아. 굳이 뭐 하러…….'

저번에 며칠 자리를 비우신 적은 있지만, 원래도 바쁜 몸이라 아네스는 그러려니 생각했다.

"왜? 누구 생각나는 사람 있어?"

"음. 내 어머님이……. 아니다. 그럴 리가 없지."

"어머님이라니?"

레티시아가 물었다. 아네스는 머리를 긁적이다가 옅은 한숨을 내쉬며 답했다.

"잘못 말한 거야. 어머님이 대사제 모습으로 영지를 시찰하셨거든. 원래 모습은 눈에 띄는 백발에 적안이라, 영민들이 다 알아보니까……."

"그럼 내가 만난 윈터의 대사제가, 나브티스라고 했던 사람이 윈터 백작님……일 수도 있다는 소리야?”

레티시아의 심장이 두근두근, 세차게 뛰었다.

“……아닐걸? 어머님은 윈터 바깥으로 나가시기 귀찮아하시거든. 영지 일로도 바쁘시다고.”

오죽하면 윈터 영지의 식량 지원 문제를 논의하자고 황제가 불렀는데도 거절했을까. 빼질빼질한 마네르 공작과 음흉하게 생긴 황제가 꼴 보기 싫어서라고 했지만, 그 이유가 전부는 아닐 것이다.

황명조차 거부했던 어머니가 따로 윈터를 벗어나 남부 마네르로 향할 일이 뭐가 있겠는가.

그리 생각한 아네스는 머리를 쓸어 올리며 중얼거렸다.

“확실히 어머님은 아냐. 수년간 윈터 바깥으로 나가신 적이 없어.”

아네스의 단호한 말에 레티시아는 고개를 끄덕였다.

어쩌면 그때 보았던 대사제 나브티스가 정말로 윈터 백작이었을 수도 있다는 생각도 들었지만, 확실치는 않았다.

“그럼 전해 줘. 마네르의 레티시아가 어머님을 곧 뵈러 가겠다고.”

레티시아의 붉은 눈동자가 선명히 빛났다. 흰 제복을 걸쳤던 대사제가 마지막으로 남긴 말이 있었다.

'윈터에서 다시 만날 수 있기를 기대하마.'

이제는 가짜 대사제가 아니라, 북부의 군주 테레사 윈터를 만나러 갈 시간이었다.

* * *

다음 날 정오, 화려한 사륜마차가 빌헬름 수도원으로 들어섰다.

레티시아는 챙모자를 쓴 채 카라와 함께 마차를 기다리는 중이었다. 마차를 기다리는 귀족 자제들로 붐볐던 며칠 전과 달리 고성 입구에는 레티시아와 카라뿐이었다. 주변에는 란델 가문의 기사들과 그들의 감시를 받으며 수도원을 정리하는 수도사들이 다녔다.

'스승님이 사람을 보낸다고 했으니까…….'

빌헬름 수도원을 떠나기 전, 유로 백작이 피오네와 함께 작별 인사를 하러 온 적이 있었다.

'몸 건강히 돌아와야 한다. 그쪽으로 내 수하를 보내 둘 테니, 위험해지기 전에 빠져나와.'

유로 그가 그렇게 말했었는데, 수도사로부터 공작가의 마차가 도착했다는 소식을 듣게 된 것이다.

드륵.

문이 열리고 훤칠한 체격의 남자가 레티시아에게 다가왔다. 유로 백작이었다.

"……스승님?"

왜 직접 오신 거지? 그런 의문이 드는 차에 유로 백작이 성큼성큼 다가와 레티시아의 손을 붙잡더니 따라오란 눈짓을 보냈다.

"공녀에게 긴히 할 말이 있는데, 하녀가 있어도 상관없겠지."

"네, 백작님."

"전처럼 스승님이라고 불러라."

유로 백작은 무심한 투로 말하고는 레티시아를 데리고 성 뒤편 후원으로 향했다. 따로 와 본 적 없을 텐데도 후원의 위치를 정확히 알고 있다는 것이 레티시아는 신기했다.

후원에서 멈춘 유로 백작이 주변에 사람이 없는 것을 확인하고서, 카라에게 떨어져 있으라고 눈짓했다. 카라가 물러서자, 유로 백작이 목소리를 낮추고 말했다.

"네게 도망칠 기회를 주겠다."

레티시아가 놀라 눈을 크게 떴다. 아무런 대답을 못 하는 그녀에게 유로 백작이 이어 말했다.

"레티시아, 네가 정령술사란 사실이 발각됐다. 이 정도면 설명이 되겠느냐?"

"……!"

어차피 자신이 정령술사임이 발각되는 건 시간문제였다. 이미 예상하고 각오한 일이었지만 유로 백작이 먼저 말할 줄은, 그것도 도망치라고 할 줄은 몰랐다.

"네가 놀랄 거라 생각했지만, 머뭇거릴 시간조차 없어. 그러니 잘 들어라."

유로 백작은 레티시아의 손을 놓고는 두 눈을 마주 봤다. 그리고 결심한 듯한 얼굴로 말했다.

"레티시아 마네르. 공작가를 떠나 네가 원하는 삶을 살아라."

"……스승님. 왜 갑자기 그런 말씀을 하시는 거예요? 저를 데리러 기사를 보낸다고 하셨잖아요."

"그때는 이런 일이 생길 줄 몰랐으니까. 난 그저 네가 반듯한 후계자로 자라 가주가 되면 좋을 거라 생각했다. 분명, 전에 후계자가 되고 싶지 않다고, 마네르의 레티시아가 되고 싶지 않다고 했었지."

레티시아는 고개를 끄덕였다. 자신에게 검술을 가르치려는 유로 백작에게 그렇게 말했었다.

"결혼할 생각도 없다고, 검술 대신 다른 걸 배워 보고 싶다고……."

유로 백작은 그리 말하며 레티시아의 머리를 쓰다듬었다. 어쩌면 처음이자 마지막이 될지도 모른다는 생각에 손을 떼지 못했다.

"이제야 알겠더구나. 넌 결코 마네르에서 행복해지지 못하리란 걸."

"……"

"내가 너무 이기적이었어. 어린 피오네에게는 내가 있지만, 네 곁엔 아무도 없었다는 걸……."

유로 백작은 숨을 길게 들이쉬며 허탈한 미소를 지었다.

"너무 늦게 알아 버렸으니까. 네게 별 능력이 없다면 그럴싸한 귀족 가문의 영식과 정략혼을 해야 할 테고, 만약 능력이 있다면 공작에게 이용만 당하다 버려질 거다."

"……스승님."

레티시아가 놀라 유로 백작을 불렀다. 모시는 주군을 욕한 적은 있어도 언제나 공작의 뜻을 최우선으로 여기던 사람이었다. 가끔 입도 험하고, 주군인 공작과도 맞섰지만 결국에는 충성심으로 가득 찬 기사였다.

그런 사람이 레티시아에게 '가문을 벗어나 살라'고 말하고 있었다.

이용당하고 버려지기 전에.

"네게 신성 능력이 있었으면, 차라리 가문에서 버텨서 가주가 되라고 했겠지. 하지만 정령술은……. 신성 가문 마네르의 가르침과 어긋난 거다."

"저도 알고 있어요."

"그럼 이것도 알겠지. 현존하는 정령술사가 없으니 너는 공작에게든, 다른 누구에게든 귀한 대접을 받게 되겠지만……."

유로 백작은 어둑한 눈동자를 내렸다.

전쟁터에서 언제든 적의 목덜미를 물어뜯을 수 있는 군견은 귀한 존재였다. 하지만 모든 위협이 사라진 그 순간, 사냥을 마친 개는 삶아지기 마련이었다.

정령술사인 레티시아가 그런 존재였다.

제국 외부에 위협이 도사리고 있을 때나 마물과 외세가 북부를 노릴 때 레티시아는 마네르에서, 아니 제국 전체에서 귀한 대접을 받을 것이다. 하지만 위대하다고 떠받들던 정령술로 모든 위협을 제거하고 나면, 레티시아는 가장 위험한 존재로 바뀌어 공작과 황실의 경계, 감시를 받을 것이 분명했다.

이미 공작에게 정령술사라고 발각된 이상, 레티시아는 더는 능력을 숨길 수 없었다. 또한, 공작과 프란츠 황제가 정령술을 써 달란 부탁을 한다면 거절할 수도 없었다. 거절하는 순간 어떤 압력이 들어올지 몰랐다.

'정령술사는 분명 대단하나, 레티시아는 혼자다.'

유로 백작은 확신했다.

'마네르'의 레티시아는 가이안 공작과 프란츠 황제의 명령을 거부할 수 없는 처지라고. 이대로 마네르에 계속 남는다면, 레티시아는 권력자들의 꼭두각시가 되고 말 것이다.

"네가 무정한 아비에게 이용만 당하다 버려지길 원치 않아, 난……."

스승님이라는 소리를 들을 자격도 없었다. 그 자신이 레티시아에게 가르쳐 준 것이 뭐가 있단 말인가. 검술을 가르쳐 준 적도, 다시 일어서는 법을 가르쳐 준 적도 없었다.

"피오네도 그걸 원한다더구나. 아직 어려서 자세히는 말 못 했지만……."

'공녀님이 공작가에 남아 불행해지는 건 싫어요. 아빠, 피오네는요, 멀리 있어서 피오네를 볼 수 없어도, 공녀님이 행복해지셨으면 좋겠어요.'

'괜찮겠니? 이 아빠가 봤을 때는, 우리 딸이 공녀님이 보고 싶다고 울게 뻔한데.'

'조금만 슬픈 게 나아요. 공녀님에 제 곁에 있는데, 슬퍼하는 것만 본다면…….'

피오네는 커다란 눈동자에 눈물을 가득 담고서 고개를 떨궜다. 유로 백작의 옷깃을 잡은 손이 잘게 떨려 왔다.

'차라리 멀리, 아주 멀리 떠나서 그곳에서 행복하게 지내시면 좋겠어요. 그러면 피오네가 자라서, 이다음에 멋진 어른이 돼서 공녀님 다시 볼 수 있을 테니까…….'

'그러려면 아빠는 더는 백작이라 불리지 못할지도 몰라.'

'……공작님이 반대하세요? 반대하는데 아빠가 도우시려는 거죠?'

평소에는 둔했던 피오네가 눈물을 가득 담고서 유로 백작을 향해 웃어 보였다.

'아빠. 아빠가 공녀님 도와주세요. 아빠는 백작님이 아니라도 멋지고, 피오네도 백작의 딸이 아니라도 행복할 거예요. 공녀님이 벗어날 수 있게…… 도와주세요.'

피오네가 울먹이며 했던 말을 떠올리자 유로 백작은 가슴이 먹먹해졌다. 그는 잠시 숨을 들이켜고는 아무렇지 않은 얼굴로 말을 이었다.

"피오네도 동의했다. 그 어린 것이 뭘 알겠느냐만, 네가 행복해지면 좋겠다고 하더구나."

유로 백작의 말에 레티시아는 그를 바라보다가 고개를 숙였다. 눈물이 고이기 전에 숨을 깊게 들이켜기 위해서였다.

중요한 결정을 앞두고 왔을 유로 백작에게 눈물을 보일 순 없었다.

만약, 또 약한 모습을 보이게 되면 그는 자신과 딸에게 위험한 결정을 내리고 말 테니까.

"……스승님이 무슨 말씀을 하시는진 알겠어요. 하지만 전 공작가를 떠날 수 없어요. 아직은."

레티시아가 고개를 들고서 확고한 뜻을 담아 말했다.

"저도 스승님과 피오네가 행복해지면 좋겠어요. 스승님, 전 타인의 희생을 발판 삼아 도망치고 싶지 않아요."

"……레티시아."

"스승님이 도와준다면 마네르에서 도망칠 수 있을지도 모르죠. 하지만 전 평생 도망자 신세로 지내야 하고, 저를 도와준 스승님은 그 책임을 지셔야 해요."

"……그 정도는 알고 있다. 이미 결심도 했어."

"아뇨, 스승님. 전 스승님의 딸이 아니잖아요."

레티시아는 결국 눈물을 보였지만, 끝까지 웃어 보였다.

"가이안 마네르가 얼마나 교활하고 야비한지, 기사였던 스승님도 아시잖아요. 당신만 다치는 게 아니에요. 스승님이 목숨처럼 귀히 여기시는 피오네도 다치게 될 거예요."

"……네가 무사히 도망치고 나면 나도 백작위를 그만둘 생각이다. 그건 어른의 일이니 아직 어린 넌 걱정 마라."

"스승님, 어려도 전 공녀예요."

레티시아는 그리 말하며 유로 백작에게 손을 뻗었다. 그녀의 손에서 새하얀 안개가 돌더니, 푸른빛을 띠는 얼음 결정이 만들어졌다. 얼음으로 만든 조각 꽃을 유로 백작에게 건네고는 레티시아는 세상에서 가장 행복한 사람처럼 웃었다.

"피오네에게 전해 주세요. 이 얼음꽃도 지금 제가 하는 말도."

"……레티시아."

"난 도망치지 않을 거야, 피오네. 유로 백작님과 피오네, 모두 내게 모두 소중한 사람이니까. 피오네가 바라던 대로 행복해질게."

레티시아는 눈물이 고인 채 스승을 바라보며 두 눈을 휘었다.

"스승님이 적기사단장을 그만두시고 싶으면 그만두셔도 돼요. 그건 스승님의 뜻이니까……. 하지만 저를 위해 그만두시진 마세요. 백작님과 피오네만을 생각해서, 가족만 생각해서 결정을 내리셔야 해요."

유로 백작은 아무런 대답을 못 했다. 고개를 숙인 채 입술을 깨물던 그의 눈에도 눈물이 맺혔다.

한참의 시간이 흐른 후에야, 유로 백작은 레티시아가 건네는 얼음꽃을 받았다.

"네게 방법은 있는 거겠지, 레티시아."

"네, 스승님."

레티시아는 그렇게 말하며 유로 백작에게 다가가 그를 끌어안았다. 갑작스러운 포옹에 유로는 놀라면서도 팔을 뻗어 레티시아를 힘껏 안아 주었다.

백작에게서 전해지는 온기가 따듯해 레티시아는 그의 가슴팍에 눈물에 젖은 얼굴을 기댔다.

'레티시아, 넌 내 제자다. 내 자식에게도 가르쳐 주지 않는 유로 가문의 검술을, 네게 가르쳤다. 피오네는 그런 널 동경해 왔어. 올곧은 길을 걷겠다던 네가, 피오네를 죽였을 리가 없다. 내 제자인 네가……'

'네겐 기회가 없었을 뿐이다, 레티시아 마네르. 검을 잡아라. 기회를 놓치지 마. 아무도 네게 가르쳐 주지 않았으니, 내가 가르쳐 주겠다. 살아가는 방법도, 노력하는 방법도.'

레티시아는 이전 생의 유로 백작이 했던 말을, 그리고 이번 생의 그가 했던 말까지 모두 잊지 않고 기억해 두었다.

"제가 떠나고 나면 피오네에게 검술 가르쳐 주세요, 스승님."

레티시아는 유로 백작의 품에 안긴 채 진심을 담아 말했다.

"그 아이가 강하게 자라도록 가르쳐 주세요. 다른 사람의 손에 쉽게 꺾이는 꽃이 아니라, 거센 바람이 몰아쳐도, 매서운 비가 퍼부어도 버틸 수 있게……."

레티시아는 목이 메어 잠시 말을 멈췄다가 이어 말했다.

"스스로를 지킬 수 있게, 피오네를 그 누구보다 강한 기사로 키워 주세요."

"피오네는……."

"피오네가 앓는 병, 곧 나을 거예요. 지금은 불치병에 가깝지만 제가 무슨 수를 써서라도 해결 방법을 알아낼 테니, 그 아이에게 검술 이론만이라도 가르쳐 주세요. 스승님, 당신의 딸이 스승님보다 더 뛰어난 기사로 거듭날 수 있도록……."

아직은 아무것도 가진 게 없었다. 치료제를 만들 지식도, 피오네를 구할 방법도.

하지만 레티시아의 머릿속으로 떠오르는 사람이 있었다.

원인을 알아야 치료제를 만들 수 있다. 그리고 현존하는 의사 중 가장 뛰어난 실력을 갖춘 이가 바로 그녀의 측근이었다.

'글란츠가 앞으로 더 해부학을 터득한다면……'

최고의 의사가 된 그에게 부탁할 수 있었다. 다가올 역병이든, 주기적으로 열병을 앓는 피오네의 치료제든.

"네 뜻이 뭔지 알겠다, 레티시아. 내 딸, 피오네……."

유로 백작은 말하다 말고 피식 웃었다. 날카로운 눈매와 어울리지 않는 눈물이 모습을 감추었다.

"아비보다 더 뛰어난 기사로 키우도록 하마. 제국에서, 아니. 이 라반 대륙에서 가장 강한 기사로 키우겠다."

레티시아의 뜻을 받아들이겠다는 말이었다.

유로 백작은 공녀인 레티시아가 마네르를 탈출하도록 돕지 않을 것이다. 대신 다른 방법으로 돕기로 결정을 내렸다.

제국 최고의 기사, 유로 백작과 그 뒤를 이을 피오네가 레티시아를 도울 것이다. 아비는 공녀의 스승이 되고, 그의 딸은 기사가 되겠다는 맹세를 지키기 위하여.

〈다음 권에서 계속〉

약속 한 번 깼었지

꿀이흐르는 지음

제국의 8황자 에제트.
죽은 줄 알았던 그가 살아서 귀환했다.

때마침 터진 황태자의 자살과 맞물린 그의 귀환으로 인해
황실과 귀족들은 혼란에 휩싸이고 황권은 흔들리기만 하는데.

그와 함께,
아름답기만 한 인형이자, 사라졌던 8황자의 임시 혼약자였던 여자.
그리고 양부의 마리오네트로 알려진 영애, 디아린.

이미 깨진 임시 혼약을 어떻게든 다시 이어 가고자 하는 양부의 욕심에 따라
디아린은 에제트에게로 향한다.

하지만 에제트에게 매달릴 거라 생각했던 디아린의 입에서 나온 말은
모두의 생각과 달랐다.

"혼약을 파기해 드릴게요. 황자 저하."

제로노블(Zero Novel)은 판타지를 사랑하는 여성들을 위한 신감각 로맨틱 판타지 시리즈입니다.

그림자 없는 밤

김미유 지음

깊은 숲에 들어가면 그림자에게 잡아먹힌다.
숲의 그림자는 사람이 보지 않을 때 움직인다.
깊은 숲에는 사람을 흉내 내는 그림자가 있다.
숲의 그림자는 말을 한다.

사냥 대회에서 적국의 습격을 받고 실종됐던 하얀밤 기사단의 '로젤린'
절벽 아래에 큰 부상을 입은 채 의식을 잃은 그녀를 간신히 찾아냈지만,
며칠 뒤 깨어난 로젤린은 간단한 언어조차 구사하기 힘든 중증의 기억상실 상태였다.

잠옷을 입은 채 맨발로 집 안을 배회하지를 않나, 여기저기 반말을 하고 다니지를 않나.
심지어는 바닥에 떨어진 음식을 주워 먹기까지!

아무리 봐도 어딘가 이상한 그녀. 정말 로젤린이 맞긴 한 걸까?

제비꽃 설탕 절임
유서안 지음

그린 듯한 백마 탄 왕자님, 에드워드 델 크뤼거.
하지만 그가 매료된 상대는 맨발의 사생아, 제이 르퀸.

"흠모하고, 동경하고 있다고 말씀드렸습니다."

델라한 제국 사관학교를 수석 졸업한 에드워드.
가문의 반대에도 적대 가문의 사생아인 제이의 부관으로 들어간다.

에드워드가 자신과 같은 부류라고 생각한 제이.
그녀는 그를 받아들이기로 한다.

"그렇다면, 제게 옆에 있으라 명하십시오."
"……자네가 원한다면, 그래도 좋겠지."

그러나 그들이 가까워질수록 위험이 다가오게 되는데…….

"왜 에드워드 델 크뤼거였지?"

그들은 과연 행복해질 수 있을까?

제로노블(Zero Novel)은 판타지를 사랑하는 여성들을 위한 신감각 로맨틱 판타지 시리즈입니다.

R